ISBN 978-2-330-12046-7

OLIVIER PY

LES PARISIENS

roman

BABEL

In memoriam, *Jacqueline Folliet*.

VAINCRE, TRIOMPHER, IGNORER LA MORT

Un ciel mouvant d'acier et d'or, luxe et pourriture, désenchantement ou exaltation, éveil et songe.

Aurélien marche dans Paris les yeux au ciel. Réussir, vaincre, triompher !

Il se regarde faire, aller, siffloter, et en se jouant à lui-même la comédie de sa propre béatitude, il fait de Paris, ses façades de plomb, ses trésors voilés, ses arbres éblouis, un grand décor dont il est le centre. Il est le centre de cette spirale, sa beauté, sa jeunesse, sa désinvolture, son envie insatiable de victoire, Paris ne vit que pour dévorer sa féroce ambition, Paris est faite pour que les arrivistes arrivent et que les séducteurs séduisent. Il a compris le sens même de cette ville, ce n'est pas une ville c'est une manière d'ignorer la mort. C'est une manière de nier la mort – de laisser la mort fumer ses cigarettes et s'habiller en rose, parmi les autres créatures de ce bestiaire merveilleux.

Aurélien pisse contre un platane. Un clochard qui joue du tam-tam sur un vieux bidon d'huile, mythiquement abîmé dans l'amour de sa crasse, semble faire battre le pouls de la ville. Oublier la mort, dit Aurélien à personne d'autre que lui-même, et il remonte sa braguette, oublier, nier, contredire la mort, cela vaudrait la peine d'y consacrer plus d'une après-midi. Oublier la mort, oublier que l'on va mourir, vaincre, triompher. Réussir à Paris, c'est plus grand qu'inscrire en lettres d'or sur un temple fermé l'annulation du ciel. Oublier la mort cela voudrait dire croire au destin, croire à son destin et ridiculiser la mort, cela voudrait dire faire de la mode une religion. Aucune philosophie, jamais, dans sa difficile et amère mithridatisation de la mort, ne vaut le scandale de cette petite robe jaune pailletée dans la vitrine d'un magasin de luxe, soleil éblouissant d'inutilité. Deux jeunes filles la regardent comme le Saint-Sépulcre.

Rien n'est vanité et les Parisiens vont vers leurs travaux et leurs amours, leurs combats et leurs trahisons, la moindre de leurs brûlures est une œuvre d'art puisqu'ils l'ont connue à Paris. Chez un antiquaire derrière le Châtelet une critique de théâtre achète des boucles d'oreilles en forme d'ananas, c'est une affaire d'importance. La face du monde est changée, des gigolos préparent une orgie sous les ordres d'un musclé maître de cérémonie. Acte non moins considérable, un chef d'orchestre obèse, perdu dans les salles du Louvre, regarde les fesses des touristes américains. Et les compare à celles de David. Un quadragénaire qui a survécu au cancer va agacer les lions du Jardin des plantes, que faire de plus essentiel ? Un vieux milliardaire découvre sous un voile de satin noir la maquette d'un musée qui lui survivra. Chacun combat la mort comme il peut. Un ministre épuisé regarde de son balcon la beauté des nuages et se mesure à leur évanescence en rotant. Deux jeunes femmes qui s'aiment comparent leurs poitrines, ne savent-elles pas que le temps est court et qu'être belle un jour ensoleillé est plus grand que la philosophie ? Une révolution se prépare et des militants peignent sur des cartons des slogans éculés, la révolution elle-même est soumise aux saisons, et une passionaria en imperméable élimé médite sur les utopies. Près de la gare d'Austerlitz, un groupe de sans-papiers a installé son campement, il leur reste avant l'hiver des combats héroïques qu'on ignore dans le jardin des Tuileries. Une vieille élégante sable le champagne avec un influent mécène. Ensemble, ils rêvent d'intrigues florentines et de têtes coupées. Un pianiste raté pose ses doigts sur un Bösendorfer qu'il n'achètera pas, mais c'est le temps de se laisser flotter dans la loterie des destins. Une actrice alcoolique vitupère au bar de la Comédie-Française. Elle a été brûlée au feu de son génie et Paris est son bûcher. Dans l'église Saint-Gervais, un prêtre qui a perdu la foi admire le recueillement des fidèles, autour de lui le monde est indifférent à sa catastrophe intime. Un illustre ténor dîne au Café de la Paix et parle de l'art du chant français, il regarde les foules aller et venir dans la spirale endiablée des grands boulevards. Une fausse duchesse se souvient du temps où elle se vendait pour un repas chaud. Son ascension est plus belle que les étoiles, seul le ciel de Paris en connaît le secret. Un jeune homme brun hésite à s'ouvrir les veines, mais le suicide aussi est une vanité. Et tout ce peuple sait que si rien n'est possible politiquement, il reste à vivre une vie parisienne faite d'inutilités et de paillettes. Qui peut dire ce qu'est le Sens ? Ni l'amour, ni l'art n'en ont le monopole, il est possible qu'il apparaisse dans la plus superficielle des fêtes, dans la vacuité la plus cristalline, bijoux, chansons, liqueurs, rayon d'automne dans la rivière, qui peut comprendre ?

Oui tout ce qui a manqué aux grands systèmes est ici, car ce qui a manqué aux religions et aux philosophies, c'est la haute conscience qu'elles ne pouvaient rien, doublée d'une irrépressible envie de vaincre. Et Aurélien regarde un garçon torse nu sur une moto qui porte une perruque rose, une jeune femme l'interpelle, et il lui montre son majeur, on entend la moto qui pétarade dans le Triangle d'or et réveille les bourgeoises du Crillon. Tout ça n'a aucun sens, dit Aurélien aux vitrines dans un grand éclat de rire, tout en accélérant le pas pour faire jouer son visage dans les carreaux de lumière des feuilles d'or de l'automne. Il voit sur la Seine les miroitements éparpillés des grandes maisons luxueuses, et il rêve aux tréfonds du fleuve sale, ses cadavres, ses ordures, ses secrets, ses charognes que la brigade fluviale qui passe sur un bateau d'argent a pour mission de recueillir ; l'un vaut par l'autre, l'or et l'ordure sont l'Alpha et l'Oméga des villes. La splendeur haussmannienne est construite sur le charnier de la colonisation, et on peut toujours, par les soupiraux de la Préfecture, entendre les plaintes des Africains en détention par-dessus le râle de la ville tout entière qui jouit de sa supériorité culturelle. L'or et la pourriture brodés chez Lesage et jetés à la gueule effarée du monde, Paris est la capitale de l'élégance parce qu'elle sait que le monde est un charnier, Paris est la capitale de l'élégance parce que rien n'y a de sens et qu'elle sait faire de ce non-sens la splendide affirmation que les poèmes et les systèmes hésitent à prononcer. L'homme n'est rien, *rien* n'est rien, la mort est la seule connaissance et il faut vivre dans les applaudissements du soir, dans les victoires éphémères, dans cette écume faite de rien, de renoncement, de haute conscience et de frivolité, une seule tache sur le gilet rose et c'est déjà l'apocalypse.

Et Paris traverse le temps et broie les âmes, la ville se nourrit des espoirs et des extravagances de ses peuples. Ce n'est plus une ville c'est une expérience spirituelle, mais comme elle n'est pas sans danger, une armée de médiocres amers vivent dans l'ombre de sa splendeur. Les rois d'un jour font mille jaloux, les œuvres portées au sommet de l'art auront la postérité d'une publicité en page 12 d'un quotidien. Certains, la dent plus dure que d'autres, ont compris qu'il n'y avait pas de hiérarchie dans la tempête des vanités, le rouge à lèvres de la marquise n'a pas plus de valeur qu'une loi pour protéger les réfugiés, une symphonie nouvelle pèse le poids d'un baiser volé, la pâtisserie enseigne à la philosophie dans les rues du 18ᵉ arrondissement, et le discours d'un nouveau directeur de l'Opéra de Paris est attendu comme un cinquième évangile. Les touristes ne connaissent que l'or virevoltant de ce jeu de massacre, la machine parisienne, *fluctuat nec mergitur*, sur une mer de cadavres et de trahisons, va vers un nouvel idéal qui ne survivra pas au crépuscule. L'immanence est le véritable drapeau de Paris et sa devise est : Aime la mort elle te le rendra. De toutes les philosophies, la vie parisienne est la plus extraordinaire.

Et Aurélien s'assoit dans un café des bords de Seine, entre l'épave fantastique de la Samaritaine et la colonnade du Louvre, le café est splendidement dévoré de miroirs et de lumière angulaire, c'est idéal pour prendre une décision qui engage son destin.

Mais il faut tout d'abord qu'il réfléchisse encore à cette idée : Paris c'est nier la mort, Paris c'est oublier, ignorer, la mort, c'est donc que le Christ est impuissant et que Paris, dans sa crasse divine, a recouvert toute Miséricorde. Le Christ ou Paris ? Au fond, le plus sage serait peut-être de tirer aux dés. Et Aurélien a presque un fou rire en pensant à cette idée, du Christ ou de Paris, qui est le plus grand ? Cela ne se décide pas intellectuellement, cela ne ferait pas l'objet d'une dispute sérieuse à la Sorbonne entre un néo-marxiste et un catholique de gauche.

— Un velours s'il vous plaît, demande Aurélien.

C'est un café serré adouci d'un peu d'orgeat. Il faut un peu de sucre pour alimenter son idée – Paris c'est ignorer la mort, et non pas vaincre la mort. Mort, où est ton aiguillon ? Mort, où est ta victoire ? Je suis insensible à ton aiguillon, j'ai rendez-vous ce soir dans une fête où tout le monde rêve d'aller, le Tout-Paris s'y presse comme on dit, le Tout-Paris s'y roule et s'y frotte et s'y corrompt et s'y perd, et le champagne va noyer l'évangile. Comme le serveur a un joli visage de sainte et des auréoles sous les bras, Aurélien s'enhardit au point de lui poser la question, c'est un peu cela, le coup de dés.

— Peut-on vaincre la mort ?

Le serveur rit et l'on voit, entre ses dents disjointes, une petite langue rose sang prête à lécher des idoles.

— Vaincre la mort, non je ne pense pas, dit le serveur.

Quelle délicatesse conceptuelle ! Aurélien note qu'il ne dit pas non, simplement, il avance que la réponse à la question est subjective, et lui, non, il *ne pense pas*. C'est comme cela qu'aujourd'hui on avoue ne pas croire à la Sainte-Trinité ni à tout le tremblement du Jugement, à moins que ce ne soit une déformation professionnelle, il répondra à toutes les questions métaphysiques, Je ne pense pas, et ensuite il ira prier à Saint-Sulpice ou vendre son cul dans un palace. La mort vaincue ? Paris ne pose pas la question, Paris est trop occupée à lancer le concours d'élégance, on construit dans la cour carrée un gigantesque barnum où vont défiler les extravagances de textile, et où les vieilles actrices se presseront pour serrer la main glaciale de la première dame.

Et lui le petit jeune homme roux, qui réchauffe ses doigts d'un velours dans une tasse octogonale et noire, se demande à quoi consacrer sa vie puisque sans aucun doute il faut la consacrer à quelque chose. Seuls les provinciaux connaissent Paris, l'héritier du 7e arrondissement, avec son père patron de télévision et sa mère romancière, qui a gravé des bites sur les tables et les bancs de Louis-le-Grand, n'a aucune idée de Paris. Il ne sait même pas qu'il y a autre chose, il croit que ce qu'il y a au-delà du périphérique et dans l'incertaine province dont il parle comme d'un désert théorique, c'est une forme de vie invertébrée, de survie cellulaire où la littérature est remplacée par une parthénogenèse de sous-préfecture, il ne sait pas que ce qui s'oppose à Paris, ce n'est pas la province mais la Miséricorde.

À Paris, celui qui triomphe, c'est celui qui nie toute transcendance, celui qui affirme que Paris seule lui suffit et que Paris seule lui permet non pas de vaincre la mort mais de vivre indifférent à son aiguillon. Paris est une fête, c'est la fête de l'inconscience, la mort y est partout, la mort n'y est nulle part, on lave au champagne les trottoirs tachés de sang, et les réverbères s'allument pour l'éternité dans une nuit qui suffit à rompre le temps.

Mais, se dit le très philosophique Aurélien en léchant le fond du velours, mais moi, qu'est-ce que j'en pense de cette mort qui est à la fois affirmée et niée dans la virevoltante aventure parisienne ? Lui qui n'est pas un héritier, mais le fils d'une mère célibataire comptable aux galeries Lafayette de Dijon – elle est morte il y a deux ans et il n'a pas pleuré, il s'est avoué très vite que c'était un grand soulagement d'être seul au monde. Qu'est-ce qu'il en pense ? Est-ce qu'il y a en lui encore un espoir de vivre autrement que dans le chatoiement perpétuel des fêtes parisiennes ? Il faut demander encore à l'oracle, le serveur qui fume dehors derrière le café, dans une pose extatique, sous les cieux apocalyptiques. Il le rejoint et il voit ses souliers usés qui jouent à piétiner une bouteille en plastique.

— T'es mignon tu veux que je te suce ? demande Auré-lien, frondeur.

— Pourquoi pas ? répond le serveur. Je finis dans une heure, tu viens chez moi ? Tu veux quoi ?

Ce que veut Aurélien ne saurait se dire autrement que comme il l'a déjà formulé dans le moment de parfaite assomption où, un café-orgeat dans les mains, il s'est avoué ne pas croire à la résurrection des morts, et a fait vœu de se consacrer à vénérer Paris et à son bréviaire nihiliste. Mais comme le moment est plein de charme, entre deux pou-belles vertes, il le dit autrement.

— Ce que je veux ? Je veux la gloire, l'argent, le pou-voir.

Cela amuse manifestement le serveur qui répond, très bibliquement.

— Tout le monde veut ça.

— Tout le monde veut ça mon chéri, mais tout le monde ne sait pas qu'il suffit de le vouloir pour plier le destin à son désir, dit Aurélien et ses yeux deviennent des diamants.

— Pas si simple, dit le serveur en se tripotant le lobe de l'oreille.

— Dans une heure, on ira chez toi et je vais te baiser hardiment en t'expliquant ma théorie.

— C'est quoi ta théorie ? demande le serveur, en appétit.

— La mort est la seule pensée qui mérite d'être pensée, mais pour penser cette pensée, le mieux c'est de l'ignorer.

Le serveur est perdu mais il n'en montre rien.

— Moi, les intellos, c'est pas mon truc mais pour la baise, c'est d'accord.

Et voilà comment il met en pratique sans le savoir non pas la théorie, mais le projet spirituel d'Aurélien qui, seul dans la rue Saint-Germain-de-l'Auxerrois, s'accroupit et s'adosse contre le mur pour faire de ces pensées frivoles un serment inviolable.

— Je veux tout. J'aurai tout. Si je n'ai pas tout dans un an, je me tuerai, je me jetterai dans la Seine avec les mains menottées, j'aurai annulé la philosophie et la religion. Je ne suis pas un professeur de philosophie, je suis un aventurier, dit Aurélien à la ville qui devant lui entre dans l'ombre.

Depuis si longtemps déjà, il a compris que ce qui a tué la philosophie en Europe, c'est la pédagogie et que seule une toute petite minorité de fous furieux peut encore exercer l'art suprême de l'amour de la sagesse, à la condition d'avoir renoncé à la Miséricorde, à la révolution et à la Sorbonne. Et lui, y a-t-il renoncé ? Suffit-il de la lumière diffractée des miroirs d'un café de Paris, d'un serveur au sourire de giton et d'un peu de sucre fondu pour transformer deux mille ans de gloses en un acte définitif ? Il n'est plus très sûr de lui, mais il sait qu'en allant au hasard dans la rue Saint-Honoré, il retrouvera ce mélange de dégoût et d'exaltation qui lui est nécessaire pour mûrir son exploit.

Il veut les choses mourantes, le sexe, l'argent, la célébrité, il veut tout cela et oublier la mort. Alors peut-être, il ira sur la tombe de sa mère et, sur le marbre gris, il laissera tomber un bouquet de roses et une larme pure. Mais le combat commence, et dès ce soir, il doit marquer des points décisifs, il lui faut une clef, une seule, et entrer par la petite porte, quand il sera dans le palais, on verra ses yeux verts, ses cheveux roux et on l'acclamera. Un succès, un seul, et Paris se prosternera, alors il saura coucher avec les ministres, décrocher les couronnes, créer sa cour, et ce succès ne doit pas attendre, le théâtre brûle, le chef d'orchestre de Paris c'est le désir insatiable, et ce désir insatiable cherche un pourvoyeur, voilà, il a trouvé son rôle, il va leur vendre du génie éruptif au prix fort, et quand ils verront que ce génie est une verroterie intellectuelle, il sera trop tard, on s'arrachera déjà les mèches de ses cheveux rouges au prix fort pour s'en faire des talismans contre le cancer. Être un charlatan ne l'effraie pas, mais un charlatan de génie. Quelque chose lui murmure qu'il ne peut pas ne pas réussir. Il a compris que tant qu'il danse il ne peut pas tomber, que tant qu'il danse il entraîne avec lui les rouages mystérieux du pouvoir et les architectures magiques du désir. Quoi de plus beau que ce jeune homme arrogant qui traverse la ville ? Ne donne-t-il pas sens à la ville tout entière, la ville n'est-elle pas une pourriture que la fleur de sa jeunesse justifie ?

Ce soir il ira dans un château et entre tous les trésors, sa jeunesse, sa beauté, son ambition carnassière sembleront la nécessité même de Paris. Il sait aussi qu'il y aura parfois un peu de sang sur le col de sa chemise et que sa peau, pure comme le devenir, risque d'être décorée de grandes cicatrices. C'est bien cela qui amuse Aurélien, il aime les combats, les blessures, les crachats, les médailles, en un mot il aime les récits. Sera-t-il un mot perdu dans le grand récit des vanités parisiennes ? Ou une phrase décisive dans le chapitre de son siècle ? Sa réussite sera-t-elle un long poème ou une incise nécrologique ? Qu'importe ! Il y a entre lui et l'instant qui vient une attraction charnelle. Qu'est-ce qu'on va s'amuser !

LE CHÂTEAU

— Mais d'où vient tout cet argent ? demande Aurélien. Il marche dans le palais que Milo Venstein s'est offert.

Et le chef d'orchestre, tout en tripotant fébrilement
Aurélien, soupire et pense à sa vie de forçat de la Musique.

— J'enregistrais l'intégrale des symphonies de Schubert
et en même temps, je dirigeais la première de *Pelléas* à Moscou, j'ai travaillé comme un dément tous les jours, toutes
les nuits, j'ai travaillé au point de haïr la musique, j'ai la
nausée quand je vois une partition, et je suis devenu insensible à toutes les mesquineries de fosses et tous les caprices
des premiers violons. Je suis devenu un diamant à force de
travail, le travail a été mon cloître, toujours en répétition,
toujours en représentation, jusqu'à ce que la vie n'ait plus
aucun sens, jusqu'à ce que j'aie perdu tout sens, et avec tout
cet argent, j'ai acheté cet hôtel, l'hôtel des Ambassadeurs.

Milo Venstein fait danser ses cent cinquante kilos velus
sous les lustres à pampilles, c'est parmi les chefs d'orchestre
français le seul dont la discographie pharaonique ait pu
payer un hôtel dans le Marais aux plafonds peints par un
élève de Vouet.

Au-delà d'un porche mazouté et d'une imposante porte
sculptée de têtes de Méduses qui tirent la langue, l'hôtel des
Ambassadeurs est un des plus beaux du Marais. La cour est

janséniste à la manière des hôtels de la place des Vosges, mais derrière les carreaux de verre artisanaux, les intérieurs d'or, d'azur, de cramoisi et de céladon vibrent et s'anamorphosent dans les irrégularités de la transparence.

Milo ouvre les portes une à une, et dévoile le château à Aurélien qui ne peut, pour rivaliser avec la beauté des marbres et des boiseries, qu'enlever son pull rouge et montrer son corps parfait. Et Milo parle de son fol amour pour cet hôtel Louis XIII avec une retenue de jeune fille.

Dire qu'il est fier de son œuvre serait peu. Il sait aussi qu'Aurélien comprendra qu'il ne s'agit pas seulement d'un signe extérieur de richesse mais d'une sorte de testament. Testament non pas au sens notarial mais évangélique. Milo a voulu dire qu'il n'y a qu'une seule manière de vivre, c'est de se dévouer corps et âme à une beauté plus grande que soi. L'œuvre lui survivra, il le sait et il espère qu'Aurélien, après lui, enchaîné à cette folie, fera vivre son idée. L'art est un espace qu'il faut habiter, pas seulement un objet que l'on regarde mais un lieu qui vous dévore, un océan qui vous comprend, une chambre qui vous ferme les yeux. Maintenant, parce que la peinture des boiseries est achevée, il peut être une question, pleinement. Il lui reste à choisir entre les pieds de la croix et la bouche du revolver. Et Aurélien est le plus beau de tous les revolvers.

— Je me souviens de la première fois que je suis entré ici, tout était cendre et noir, j'ai caressé les têtes de Méduses sculptées de la porte d'entrée, et j'ai su que mon destin serait de faire revivre ce petit hôtel, ce morceau de Grand Siècle enfermé dans les moisissures et charbonné par la pollution. Et j'ai rêvé de travailler encore plus, pour la renaissance de l'hôtel des Ambassadeurs. Dix ans d'aventures qui m'ont ruiné financièrement et moralement, qui m'ont poussé jusqu'au bout de mes forces, mais toujours le désir de créer ce paradis de pierre me renvoyait dans les avions, et j'enchaînais les opéras et les enregistrements, pour construire ma merveille, je ne savais pas que je construisais un tombeau, plus je travaillais plus j'étais seul, plus j'étais seul plus je travaillais, plus je me disais que mon salut viendrait de cette œuvre : la résurrection de l'hôtel des Ambassadeurs.

J'ai commencé par l'éventrer et par retrouver son âme sous les couches du temps, j'ai refait daller la cour dans l'esprit des calades baroques, j'ai acheté aux enchères des boiseries d'époque, je les ai fait repeindre et les restaurateurs ont trouvé parfois des chefs-d'œuvre embusqués sous une couche de vernis, le petit paysage bucolique du salon du printemps a été retrouvé sous une couche de vert amande du XIXe, et j'ai fait restaurer le plafond qu'un élève de Vouet avait laissé inachevé, et qui représente les Muses descendant sur la France.

Les personnages mythologiques des peintures appelaient les bronzes, les lustres, les faibles reliefs, les soubassements, les dessus-de-porte. Un groupe de Grâces de marbre sont venues compléter le décor avec les Danaé, les Hyacinthus, les centaures ! Est-ce que le plafond de la chambre d'apparat ne valait pas la peine d'acheter à New York ce couple de centaures en bronze des débuts d'Houdon ? Les fenêtres ont retrouvé leurs parures chez Canovas, chez Braquenié, j'ai demandé des éditions spéciales sur des motifs historiques, comme pour les papiers peints manufacturés de la maison Zuber, qui a reproduit pour moi, avec des pochoirs classés, une grande fresque représentant Psyché, en grisaille sur papier rare.

Bien sûr les meubles ne sont pas tous du XVIIe, et je voulais aussi harmoniser les siècles et célébrer tout le baroque tardif des moulures de certaines chambres…

Le parquet avait été endommagé, j'en ai racheté un d'époque, les ouvriers l'avaient posé *parallèle* aux fenêtres.

J'ai tout fait enlever, et je l'ai fait remettre à l'oblique, on a perdu quelques dizaines de plaques de marqueterie, j'ai dû trouver des ébénistes qui complètent avec des bois de fruitiers choisis, mais je n'aurais pas supporté que ce ne soit pas parfait. Ce sont des petits détails, le diable se cache dans les détails qui m'ont ruiné.

Aurélien fait mine de ne pas être émerveillé par l'accumulation de trésors et par la scrupuleuse rénovation historique qui donne l'impression d'entrer dans un xviie siècle inviolé et intime, fait pour rêver l'union d'Ovide et de Marie Madeleine.

Les quatre salons d'apparat sont sur le motif des quatre saisons et Aurélien qui court la bite à l'air en giflant les fesses opulentes du chef d'orchestre célèbre ces splendeurs de sa propre beauté. Et Milo lui a dit une fois pour toutes, en découvrant son petit torse blanc à peine floqué de poils roux, La seule vraie merveille ici c'est toi.

Ainsi il marche entre les bronzes olympiens, les tapisseries des Gobelins représentant le mythe d'Orphée, les porches de *finti marmi*, les plafonds à caissons polychromés, les écussons de Lebrun représentant les Muses, et la collection hallucinante de peinture religieuse qui dévore les murs, il marche sur la pointe des pieds sur des tapis persans lavés par des soleils disparus et joue à se draper dans des soies damassées que Canovas a spécialement réalisées pour répondre aux verts forêt d'une fresque de Lebrun et aux rouges orangés d'un pseudo-Champaigne dont un spectaculaire Louis XIV orne le salon d'été. Il marche parmi les trésors, certain qu'il est lui-même le seul véritable trésor ou encore, la part de vie qui donne à la collection la fulgurance d'un projet spirituel.

— L'hôtel m'a tout pris, je lui ai tout donné, il a donné sens à ma vie, il a donné sens à ma mort, dit Milo en jetant des coussins sur le parquet, où il s'affaisse, Baal repu de sacrifices.

Maintenant l'hôtel est achevé, et le Tout-Paris rêve de voir la merveille dévoilée par le chef le jour de ses cinquante ans, mais est-ce un mausolée ou un tombeau ?

— Bien sûr que c'est un tombeau, et ta peau est blanche comme un suaire, je t'aime comme un fou, j'ai fait ce palais pour toi, je ne savais pas que tu viendrais.

— Entre moi et la vérité que choisis-tu ? demande Aurélien.

— Toi, toi, toi ! crie Milo, et le ciel sombre dans les trumeaux au-dessus des cheminées de marbre.

Milo commence à allumer des bougies pascales dans le salon du printemps, des photophores verts dans celui de l'été, des chandeliers d'or dans celui de l'automne et dans celui de l'hiver, des cierges noirs sur un autel de chapelle. Dans le salon de l'hiver, un coin plus obscur abrite un reposoir drapé dans des broderies d'époque. C'est dans cet authentique oratoire du Grand Siècle que Milo organise ses orgies les plus romanesques. Il veut que les larmes du Christ se mêlent aux larmes d'Éros, et parmi les albâtres, un christ d'ivoire sur fond violet semble jouir de son martyre. On se tromperait en pensant qu'il blasphème, jamais il n'a été si proche d'une idée de Dieu qu'à quatre pattes, femelle écumante sous le poids d'un gigolo agressif.

Aurélien sait qu'il n'a plus qu'à exiger de Milo qu'il lui donne tout, mais pourquoi exiger ? Milo lui donnera tout, lui a déjà tout donné. Pourquoi lui ? Parce que Milo a vu dans le désir de réussite sociale d'Aurélien comme un fantôme de celui qu'il fut trente ans plus tôt. Parce qu'Aurélien est, au-delà de sa jeunesse, une intelligence joyeuse qui fait de sa peau blanche un livre. Parce qu'Aurélien a compris que Milo n'est pas seulement un quinquagénaire en mal de corps frais, mais une question, une lettre en souffrance. Et Aurélien n'est pas la réponse, mais une manière de poser cette question plus irré-vocable. Parce qu'il sait entendre le manque d'amour déme-suré du chef d'orchestre, Aurélien a triomphé de sa solitude.

Aurélien, pour célébrer son triomphe, fait quelques pas de danse et va caresser les tétons à peine naissants d'une Muse en bronze au pied léger.

— Qui êtes-vous jeune Muse ? Clio, Euterpe, Melpo-mène ? demande Aurélien.

— Je crois que c'est Terpsichore, la Muse de la danse. La sculpture est de Jean de Bologne, ses pieds sont froids, mets-lui tes chaussettes, dit le chef, plein de facétie.

Aurélien, avec la grâce d'un échassier, retire sa chaussette gauche et la fait tourner au-dessus de sa tête, toujours en équilibre sur la pointe du pied droit. C'est une chaussette de sport un peu sale et malodorante, et Aurélien, quand il en chausse le pied droit de Terpsichore, sifflote et prend du recul, comme un artiste exigeant dont la touche ultime, le génie, est un geste de désinvolture.

— J'exige que cette chaussette reste là pendant ta soi-rée d'anniversaire, tu diras que c'est un jeune poète qui a donné sa chaussette pour achever cette statue, dit Aurélien sentencieux.

— Je le dirai, oui, parce que j'y crois. Mon coucher de soleil, mon miracle au caramel, mon renard lubrique, tu es venu pour mettre des fleurs dans les vases, pour mettre du vent dans les rideaux, pour mettre des odeurs dans ces lambris, tu es le zeste de vie qui rend tout parfait, tu es le petit scandale nécessaire qui rend l'art supérieur à la religion.

Et pendant cette confession, Aurélien tortille du cul comme s'il dansait sur les métaphores de Milo.

— Tu es un chef d'orchestre ! dit Aurélien avec une étrange profondeur.

— Que signifie cette tautologie mon petit écureuil ? demande le chef, amusé.

— Tu es l'emblème de la musique et tu n'émets pas le moindre son, dit Aurélien, très puissant.

— La musique n'est pas un son, la musique est la réconciliation. Et il n'y a pas de rédemption pour le rédempteur, dit Milo, soudain très sombre.

— Mais moi, je suis ta rédemption, dit Aurélien.

— Non, toi tu m'apprends à vivre sans rédemption, dit Milo avec douceur.

— Mais pourquoi avoir voulu un château ? demande Aurélien.

— Pour y mettre le feu, je suppose…

— Et pourquoi m'avoir voulu, moi ?

— Parce que tu es la flamme, petite pute !

— Mais pourquoi moi ?

— Parce que toi seul oses sourire comme tu souris.

— Tu vois, tu penses aimer mon corps, mais c'est mon âme que tu aimes, ce que tu aimes c'est ma fureur, ma soif, est-ce qu'il n'y a pas cent gigolos plus désirables que moi ?

— Il y en a des légions, j'en ai baisé des régiments, mais ils ne sont pas toi et c'est toi que j'aime.

— Tu penses que j'aime ton talent ? À propos j'ai bien aimé ton *Mandarin merveilleux*, c'était très jazz. Mais non, c'est ton corps que j'aime…

— Tu aimes les gros gras ours fessus et velus ?

— J'aime le manque qui a fait ce corps inimaginable.

— Je suis arrivé à destination, dit très distraitement Milo.

— Tu es une longue phrase et je suis ton point d'exclamation, répond Aurélien.

— Parfois je pense que tu m'aimes vraiment.

— Je vais te trouer le cul en écoutant les symphonies de Bruckner par Celibidache, pour t'humilier doublement.

Le soir est tombé d'un coup sur les trésors du chef d'orchestre. Les colonnes de porphyre deviennent brunes, les lustres sont pailletés de reflets d'ombre et un lent crépuscule change la couleur des tentures. Il ne subsiste plus que les carats perdus des objets de cristal, et les pilastres à la feuille d'or deviennent des feux follets, tout prend sens, et Milo gémit de bonheur, offert à Aurélien qui le baise copieusement.

Aurélien commence à connaître son instrument, Milo ne jouit vraiment que dans un simulacre de viol, et ce que Milo appelle jouir c'est plutôt un envol éphémère dans la Miséricorde. La formule, Milo l'a utilisée pour parler de la musique et Aurélien l'a adressée au plaisir charnel. La musique d'ailleurs ne console plus Milo – l'a-t-elle jamais consolé ? La musique est devenue pour lui une sorte de raison d'État à laquelle il sacrifie tout ce qui en lui est encore attaché à l'enfance. Et de la musique, il reste toujours quelque chose, on fredonne ici et là la mélodie perdue, mais de l'envol orgasmique, il ne reste pas même le souvenir, et c'est en cela que la jouissance est divine, elle ne laisse aucune trace. Tandis qu'il besogne le fessier tremblant du génie musical, Aurélien inventorie les trésors qui l'entourent. La moindre des splendeurs de la collection sauverait des vies, mais le rythme accéléré de la pénétration sauve l'existence de Milo. Et soudain, Aurélien s'interrompt, soit pour créer un suspens nécessaire à la violence du retour, soit pour reprendre souffle et avancer plus profondément dans sa pensée. Aurélien pense que personne ne lui donne ce qu'il donne à Milo, qu'il lui manque pour devenir princier, un héraut, un miroir, un bouffon, qu'il lui manque celui qui comprendra parfaitement sa très spirituelle virtuosité. À quoi bon danser sur un fil à des hauteurs vertigineuses si personne ne le voit ? Mais qui est l'être qui pourrait recueillir dans son cœur l'aventure intérieure du jeune homme et la faire rayonner ? Il lui faut un poète, un poète qui comprendrait sa beauté et n'en serait ni exclu, ni annulé.

— À quoi penses-tu ? demande Milo.

Aurélien regarde le plafond, une apothéose d'azur et de rose qui devient gris avec le soir, il voit les anges et les nymphes signer un pacte secret. Il pense, Bientôt tout cela sera à moi, tout sera à moi, il faut qu'il en soit ainsi, tu ne l'as pas encore dit, mais si ta gloire éclate et éclabousse Paris, tu n'auras plus rien d'autre à faire que me donner ton royaume.

Et il revient à son travail, il ne considère pas Milo comme un client, il ne considère plus Milo comme un client, entre eux il y a bien plus que l'intelligence de la fugacité. Faire jouir Milo est devenu pour Aurélien un acte d'amour pur, mais aussi une œuvre d'art tombée au fond des mers. Il frappe abondamment les fesses du chef qui gémit gracieusement et enfonce ses doigts dans sa gorge. En général, le haut-le-cœur, le spasme d'avant le vomissement, actionne la machine complexe de l'éjaculation, et quand Aurélien l'inonde de son jeune sperme conquérant, le grand artiste s'oublie et jouit. Ce soir, Aurélien tente le tout pour le tout et feint de jouir avec des coloratures porcines. Cette musique a raison de la résistance du chef.

Enfin Milo jouit abondamment, et son sperme est merveilleusement léger en volutes successives, trois jets longs et joyeux.

L'un et l'autre restent longtemps muets, la crainte toujours que la jouissance dénoue le merveilleux canevas des désirs d'invisible. Et il est vrai qu'Aurélien rêve en caressant la bite molle du chef, il rêve d'un monde dont il serait le centre, il rêve de se placer très exactement au centre du centre du monde, d'en être l'axe. Il s'imagine Paris, les vanités multicolores, les intrigues des grands, les complots des médiocres, il s'imagine Paris tournant, son manège décoré de têtes de mort, et lui, au centre, intouchable, immobile, semblant commander l'orbe de la Ville Lumière. Il n'a qu'à fermer les yeux et il se sent devenir cet axe mystérieux, ce serait comme un cloître au milieu d'un ouragan, et de là, il pourrait peut-être comprendre quelque chose. Il aime peut-être Milo pour son incommensurable manque, à moins qu'il ne l'aime pour ce qu'il peut lui donner, pas seulement un château, mais un destin.

Milo de son côté rêve d'un monde indolore, il a voulu cet invraisemblable palanquin pour traverser l'océan de sa souffrance. Le jeune homme roux à l'odeur d'ambre et d'herbe coupée qui somnole près de lui ne se doute pas qu'il héberge dans sa lumineuse beauté un misérable assoiffé. Milo a fait le tour du malheur et est revenu au point de départ. Le succès, la musique, les jouissances noires et blanches l'ont conduit à redevenir intérieurement celui qu'il était, un enfant perdu sur qui ses camarades ont craché. Maintenant qu'il est vengé, que lui importe la revanche ? Il est toujours le même, seul dans la nuit. Il n'y a qu'une seule lumière, les cheveux roux d'Aurélien.

— Dis mon gros, j'ai une faim d'ogre, si tu m'invitais dans un restaurant très cher, pour que je rote et me conduise comme un sagouin devant des duchesses au cul serré ?

Très amusé par la proposition, Milo embrasse le cou du faune.

— Oui, allons parader dans Paris ! Je vais te lâcher dans Paris, mon petit fauve.

Le fauve s'étire et ronronne, il a la certitude qu'une bataille fort passionnante va se jouer bientôt. En sera-t-il l'enjeu, le martyr ou le héros ? Il se promet d'être les trois. Et d'un pas allègre, ils sortent voir les visages du possible.

L'ÉGLISE

Comme ils sont dérisoires, ces objets qui veulent représenter la mort ! Les cierges, les couronnes et la musique sacrée.
Toute cette beauté est inutile, et pourtant c'est la beauté
seule qui pourrait nous faire connaître la mort. Mais ce cercueil, ce n'est pas la mort, rien qu'un noir scarabée qui vire
au gris dans la lumière bleue, et ces cierges ? Une odeur de
cire écœurante mêlée au salpêtre. La mise en scène échoue,
des larmes contenues, rien que l'orgue froid et son orga-
niste ennuyé. Costumes sombres, fleurs enroulées et rubans
mauves, catafalques décorés, grandes draperies funèbres,
paroles convenues, rien de tout cela ne présente ou ne
représente la mort, la mort est la connaissance suprême et
rien de tout cela ne nous le dit, la déploration envahit l'espace d'intelligence pure qui pourrait s'ouvrir dans la mort.

Lucas imagine un ballet de satyres, un volcan d'or et de
fleurs, une rhapsodie endiablée, qui fasse échapper la mort
au deuil et la rende à sa splendeur. Il ne veut pas entendre
de consolations, il voudrait qu'on proclame la splendeur de
l'énigme. Et ce prêtre qui dit que la mort est vaincue n'a pas
vraiment l'air d'y croire, il serait plus simple de dire que la
mort triomphe et de le dire en dansant. Et le jeune homme
allongé dans le cercueil n'est pas mort, il est intouchable,
interdit et absent mais pas mort, mort cela ne veut rien dire.

Lucas regarde tout cela et a envie de siffler cette mauvaise représentation, cette ringardise éculée le fait rire et grimacer, rien n'est à la hauteur, décidément, rien ne pourrait être à la hauteur. La souffrance elle-même, en s'exhalant de son cœur, a des accents parodiques. Quand il a pleuré, il a douté de ses larmes, et depuis la mort du jeune homme, tout semble irrémédiablement truqué et traître. Et il s'en veut de pouvoir convoquer des monstres et des tempêtes pour magnifier la mort. Qu'il soit tombé dans la mort, il a du mal à le lui pardonner, mais qu'il soit tombé dans la bourgeoise ringardise de cette cérémonie funéraire, cela, il faut qu'au cœur de son secret Lucas le dénoue et l'annule, qu'il le tourne en farce ou en révolte, puisqu'ils s'étaient promis l'un à l'autre de vivre dans les cimes.

La femme debout contre un pilier ne pleure pas, elle a refusé de s'asseoir, et regarde non pas l'autel mais sur le côté. Elle montre qu'elle ne regarde rien, une main sur l'épaule qui retient un drapé sombre, elle se montre regardant le vide. Le vide et non pas la mort, c'est ce que se dit Lucas, le vide nous le connaissons, mais la mort ? A-t-il espéré voir la mort ? A-t-il espéré rencontrer le maître absolu ? Dans ce sermon préfabriqué, Lucas applaudit les efforts du prêtre pour évoquer le suicide sans en parler vraiment, admirons sa générosité, son élasticité théologique, son sens de la périphrase. Il n'a pas voulu continuer, dit le prêtre, et Lucas pense que la formule n'est pas si dérisoire, elle aurait même été belle si le prêtre n'avait pas ce déplorable nez rougi par le froid de l'église. Mais quelle trahison, *il n'a pas voulu continuer*, alors que ce qu'il a voulu c'est agir, écrire dans le ciel avec son corps, épeler le testament de la beauté, faire de sa jeunesse un scandale, détruire les certitudes, faire entrer le malheur et célébrer sa liberté, parler par la mort la langue de ceux qui désirent toujours plus. Banalité, erreur, folie

narcissique, inutiles imprécations, nauséeuse sentimentalité, désespoir transformé en grandiloquence, sang versé.
Ou rien. Démission devant l'œuvre de vivre, ah, Lucas pré-
férerait des insultes à la commisération du prêtre. Mais il
ne s'agit pas du mort, ni de l'honorer ni de l'insulter, il faut
caresser les vivants et regarder leur douleur comme sacrée,
si la plupart des hommes échappent au sacré, aux exigences
et aux questions du sacré, la douleur consacre toutes les vies,
pas d'existence aussi bourgeoise soit-elle qui ne plie le genou
devant la douleur et ne retrouve, par là, la voix du mythe.

Il regarde la femme, exagérément belle et immobile, et il
voit qu'elle essaie de personnifier le deuil, qu'elle essaie peut-
être de donner à la mort une consistance que ni l'orgue ni
les cierges n'arrivent à convoquer. On sent que l'auditoire
est gêné de voir la mère du garçon debout et non pas prostrée, debout au centre du spectacle, et non pas assise devant
le spectacle, et Lucas se dit qu'elle a raison d'être ainsi, de
se donner en spectacle. Car la mort, dès qu'elle entre dans
nos vies, se retire aussi de toute image et appelle en nous,
du plus obscur, l'antique besoin de spectacle. Le préhisto-
rique besoin de représentation est un mystère insondable.
Et, machinalement, Lucas pose sa main ouverte sur le mur
de l'église et souffle sur elle un crachat de sang, la trace de
sa main pour toujours dans les rougeurs rupestres, cela vaut
bien l'orgue qui joue faux. La femme, la mère, n'a pas eu
d'autre choix que le spectacle, elle est désormais emmurée
dans le spectacle de son propre malheur et Lucas songe que
le théâtre vient de cette voix endeuillée, comme les mots
viennent de l'innommable et les images de l'irreprésentable.

Et lui-même, comment ferait-il spectacle de cette mort ?
Avec quoi ? Avec sa main sur le mur froid ? Avec ses fausses
larmes ? D'un geste dérisoire comme de siffloter ou de sortir sa

bite de son pantalon et d'en bénir la noble hypocrisie de l'assemblée ? Ah, s'il suffisait de pisser dans les bénitiers pour blasphémer ! Profaner la mort ne rend pas la mort plus présente, et il comprend qu'aucun spectacle ne sera jamais à la hauteur de cette seule vraie connaissance. Il voudrait connaître la mort, non pas dans sa morbidité mais dans son énergie vitale, dans la dévastation de son œuvre, et danser pour le Dieu aveugle.

Il a beau se dire qu'il a aimé le garçon, que la mère du garçon souffre une souffrance sans nom, qu'il est responsable de la mort du garçon, il a beau se dire tout cela, il n'en devient pas plus intelligent. La connaissance de la seule chose digne de connaissance est inconnaissable et il n'en accusera pas la pauvreté de la liturgie, ni la vulgarité des fleurs et des phylactères.

Il se souvient du garçon se baignant dans le lac un matin de juillet, et nageant jusqu'au point d'ombre des montagnes, son corps blanc et mince, et la beauté sépulcrale du lac enténébré de bleu. Cela représente la mort mieux que le cercueil noir et que le sanglot exagéré de ses amis d'enfance. Il se souvient du garçon qui venait à lui en nageant, il était sur un rocher au bord du dernier rayon de l'été, il voyait une statue de sirène argentée se refléter dans les eaux claires, et le mont Blanc enneigé qui dominait toutes les images. Et le garçon venait à lui. En sortant de l'eau, il l'a regardé de toute la limpidité de sa jeunesse et de toute la limpidité du lieu, et il a dit, Je ne te suffis pas, n'est-ce pas ?

Et Lucas a répondu, Si tu ne me suffis pas, alors rien ne me suffira.

Et aujourd'hui cette réponse lui semble une impardonnable lâcheté, il aurait dû répondre, Rien ne suffit, jamais, et pourtant je t'aime.

Mais il n'est pas même sûr de l'avoir aimé.

Et c'est vrai, rien ne suffit, et même la douleur de le savoir dans cette boîte noire sous ces chrysanthèmes obligatoires, accablé des périphrases qui évitent le mot suicide, tout cela ne suffit pas, le bonheur ne comble pas plus que le malheur, se dit Lucas, et il devient d'une intelligence épouvantée, et il veut de toutes ses forces entrer dans le désert de glace de l'Éthique.

Il n'a pourtant pas honte d'avoir espéré qu'un désespoir, qu'un désespoir et qu'une souffrance coupable le jetteraient enfin dans l'enfer du devoir, et lui feraient entrevoir, entrecoupée d'orages nauséeux, la splendeur étoilée de la loi morale. Mais ce n'est pas le désespoir, c'est le vide qui lui a dévoilé son devoir. En attendant, il fait racler ses chaussures sur les dalles de l'église et il toise la femme qui regarde le vide et représente le vide de la mort au vide de l'assemblée. Et entre ses lèvres, il souffle, Maintenant il faut agir.

Il observe l'assemblée éplorée qui commence à se tortiller sur les bancs, tous ne pensent qu'au café chaud qu'ils pourront prendre bientôt, à la fin de cette mascarade dont la nécessité s'efface avec la voix aigrelette d'un prêtre en soutane élimée.

Et le souffle de la rhétorique inutile vient doucement balayer les bougies, c'est parfait. Il faudrait un tremblement de terre ou un raz de marée, il faudrait qu'une météorite vienne anéantir un hémisphère et que la rotation de la terre en soit arrêtée, il faudrait qu'un crépuscule de cendres dévore la moitié du globe pour honorer vraiment la mort et la douleur de ce seul garçon, les fleurs et les paroles, les signes épars et les mouchoirs, valent autant que des crachats. Et la mort qui se refuse à entrer en scène, il ne suffirait pas d'égorger le prêtre, ni d'exhiber son corps ridé en déchirant sa soutane, pour qu'elle accepte enfin de jouer son rôle. Il n'y a rien, il n'y a rien d'autre que des choses qui fanent, la mort, le maître absolu, la vérité, la seule connaissance, rien de tout cela jamais ne nous apparaît.

Lucas, parfois, quand le vent souffle au nord et qu'il a avalé une bouteille de vodka, pourrait enfin connaître l'inconnaissable, autrement que dans les reflets infinis de son absence. Que ce cercueil est laid, qu'est-ce qui le retient de cracher dessus ?

Au lieu de cela, il crache sur les petites bougies rouges et jaunes, et une par une il les éteint, et un léger rire remplit le vide de son âme.

Aurélien qui le regarde le trouve d'une beauté singulière, d'une tristesse singulière, et il sourit de le voir blasphémer si médiocrement. Mais il pressent que ce jeune homme brun saurait imaginer des blasphèmes conséquents, des blasphèmes qui seraient des cris d'amour au Dieu absent. C'est comme un serment intempestif, il veut l'aimer, le connaître, il le veut comme allié de son aventure spirituelle.

— Pourquoi blasphémer ? Dieu est absent, dit Aurélien, très sûr de son charme.

Lucas rit. Et il répond un peu platement :

— C'est parce qu'il est absent qu'il faut lui sonner les cloches !

— Voilà qui est très artiste. Si vous étiez laid, je n'y croirais pas, dit Aurélien en serrant les dents.

— L'art est un autel pour le Dieu inconnu, dit Lucas et Aurélien le comprend absolument, et il lui fait signe par-delà le malheur, avec son sourire léger et sa façon de jouer avec les grandes phrases.

— Je sens des flots de larmes sous le bleu de votre barbe mal rasée, dit Aurélien. Mais c'est sûrement à cause de ma joie de petite pute écervelée, vous ne pourriez pas me comprendre, tu ne pourrais pas me comprendre. Je suis jeune et beau, je suis la scandaleuse joie, la joie de la jeunesse, la joie de la beauté, la joie d'être là, bercé par toutes les choses qui commencent.

— J'ai le malheur d'être très beau, dit Lucas.

— Tu n'es pas beau, tu es déchirant de beauté, dit Aurélien en regardant la petite moustache brune que Lucas lisse comme s'il essuyait un couteau.

Et Aurélien considère cette beauté au-delà de toute sexualité, elle est comme l'ombre du monde.

— Personne jamais ne parle de l'absence de Dieu, ni les mystiques, dit Lucas, ni les athées, ni les croyants. Qu'est-ce qu'ils en savent ? Ils racontent leur petite histoire de couple avec Dieu, ou de divorce à l'amiable, tout ce désir conjugal pour leur Jésus de sucre. Je déteste les croyants, je déteste les athées. La tiédeur des athées et la tiédeur des croyants, athées par conformité, croyants par habitude, mais jamais personne ne parle du Dieu absent.

— Les soufis peut-être, leur prière est silence, dit Aurélien.

— Les musulmans, c'est vrai, parlent de l'absence de Dieu, dit Lucas mais Dieu est partout dans la nourriture, dans les fenêtres, les portes et les paillassons, dans les robinets d'eau froide, dans le saucisson de poulet, Dieu, partout, et finalement la Loi est pleine d'un jus graisseux qu'ils appellent Dieu. C'est peu ragoûtant. Les juifs ne connaissent pas non plus l'absence de Dieu puisqu'ils peuvent le retrouver partout dans la souffrance, et n'en ont-ils pas un réservoir inépuisable ? Quant aux chrétiens, réformés ou pas, ils finissent toujours par confondre Dieu et leurs intérêts bancaires, la Sainte Vierge et la moralité bourgeoise, le Saint-Esprit et la propriété.

Moi je suis là, inflexible dans l'absence de Dieu. Le judaïsme, c'est Dieu pour les élus, le christianisme, c'est

Dieu pour tous, le protestantisme, c'est Dieu pour chacun et l'islam c'est Dieu pour les vainqueurs. Mais si je devais inventer une religion, et je suis trop paresseux pour ça, ce serait Dieu pour personne, parfaitement absent et refusé, exilé des espérances, et face à lui une humanité qui se sent indigne de Lui. Bref c'est la littérature, ma religion. Ne fais pas semblant de m'écouter, je dis n'importe quoi.

Je tiens saint Paul dans une main, je lui ai mis un bonnet d'âne, et Nietzsche travesti en chanteuse de cabaret berlinoise dans l'autre, et j'avance comme ça, les yeux crevés, dans un monde plein d'antidépresseurs. Et quand on me dit que je suis beau, je pense que je ne suis pas encore assez beau et qu'il faut que je me transforme en étoile.

Aurélien a envie de prendre Lucas, de le tuer, d'en faire une statue, une statue de plâtre reproduite à l'infini, une armée de Lucas statufiés, il en mettrait sur toutes les places du monde, dans toutes les rues pauvres, dans les hôpitaux, dans les prisons, dans les écoles, dans tous les lieux de souffrance. Il a envie de le garder pour toujours, avec ses yeux pleins de larmes, et d'en faire un totem pour les générations à venir. Il a envie de faire fortune en vendant son image à l'infini en falsifiant sa parole, en le trahissant de son amour immédiat et débordant.

— Si tu es Socrate, je veux bien être Platon dit Aurélien à condition que ça rapporte ! Ne perdons pas de vue notre projet très catholique, amasser le plus de pognon possible et tamponner le plus de derrières possible. Oui je sais, ce mysticisme te surprend, et ma pureté te laisse idiot. Je veux tout ! Quand je te disais que je tutoyais une joie surnaturelle…

Lucas sourit d'un sourire de chien qui va mordre, et Aurélien se dit que c'est probablement cette manière qu'il a de lisser sa moustache qui donne envie de le suivre au désert. Ou en enfer.

— Ah vous êtes un homme dangereux, chef-d'œuvre à la moustache, et moi je veux rester très matériel, très surfaciel, je dirais, j'ai appris le funambulisme pendant une jeunesse très violente, j'ai vendu assez souvent mon cul pour savoir que les étoiles existent moins que les diamants. D'ailleurs nous voulons la même chose, seules les polarités diffèrent. Le signe de l'infini, ce huit assommé, tu le veux en moins et je le veux en plus. Nous sommes parfaits, nous sommes les verrous de la nuit et les portes du siècle. Ah ! ah !, ça t'érotise un brin, mes idioties métaphysiques ? N'espère pas trouver Dieu ailleurs que dans son absence, dis-tu ? C'est trop savant pour moi. J'espère que Dieu me trouvera où je suis et je ne me soucie pas du reste. Qu'est-ce que tu vois de brillant dans ta petite nuit portative que tu appelles la fin des temps ?

— Je vois tes dents blanches, dit Lucas, je vois les perles blanches du désir, je vois les incendies de l'espoir, tes pupilles couleur d'or, je vois que tu peux tout engloutir dans ta soif...

— Je veux bien vous baiser les pieds, dit Aurélien, mais je ne veux plus entendre parler de Dieu, je veux bien parler du divin et je veux bien être amoureux. Je pourrais être amoureux, c'est dégoûtant.

Et pour repousser cette idée catastrophique, Aurélien dit :

— Si je peux vous servir à quelque chose, beau prince, mais ce sera cher, car moi, ce que je veux c'est l'or très matériel et la chair la plus fraîche et la gloire la plus fausse.

— Je peux te donner tout ça, petit faune, mais à tes risques et périls, dit Lucas. Quand tu auras eu mon incommensurable fortune – papa est chevalier d'entreprise mais il n'a plus toute sa tête, on lui ferait signer n'importe quoi –, mon jeune corps et le succès de notre récit en feuilleton, il te restera quoi ?

— D'abord avoir tout ce qu'on peut avoir, dit Aurélien, nous verrons après si être ou ne pas être me vient à la bouche avec des accents de tragédien qui a la colique.

— Tu es un jeune homme lumineux, dit Lucas. Ça rend tristes les êtres comme moi, peu doués pour la danse.

— Et toi, tu es un masque bien grimaçant, dit Aurélien, et on a envie de le briser. Oui j'aimerais m'amuser à briser ton malheur ! Je voudrais te voler tes larmes pour ma toilette du soir.

— J'aime cette chapelle, il y a une grande fresque de Delacroix qui représente le combat avec l'ange…, dit Lucas.

— C'est cela que je suis venu voir, dit Aurélien.

— Ah, je pensais que tu étais de la famille, dit Lucas, soulagé.

— Mais on a cassé les lampes. La peinture est dans l'ombre, dit Aurélien.

— C'est moi qui ai cassé les lampes, dit triomphalement Lucas. Delacroix n'a pas peint pour des néons à cinquante centimes. Viens, tu as l'air d'un petit chien courageux, j'ai besoin de dire la vérité. Je n'ai pas voulu le tuer. Mais j'étais trop beau, la blancheur de mon torse, de mes yeux, ça l'a tué. Tu as vu sa mère ? Elle ne pleure pas, elle est en colère contre lui. Il faudrait que je lui dise la vérité, mais qu'est-ce que j'y peux si son fils était un médiocre qui n'a pas supporté d'aimer un fauve ? Il s'appelait Hadrien et maintenant il est mort.

Lucas, en reculant dans l'ombre, sort de ses poches une petite lame dans un fourreau de plastique noir. Et Aurélien pense qu'il veut s'ouvrir les veines et s'éteindre au fond de la chapelle, devant ce grand paysage brossé vert et brun, tous les arbres tourmentés par le vent, et le combat de Jacob avec l'ange a l'air d'une anecdote inutile, la seule grande question est posée par le vent dans les arbres. Lucas s'assoit dans un recoin derrière l'autel, Aurélien ne voit plus son visage, il voit les bras nus d'une blancheur exacte.

— Tu vas te tuer ? demande Aurélien sur un ton qu'il veut détaché.

— Non. Il faut que je fasse une croix sur mon bras, dit Lucas, très calme. Depuis qu'il a sauté par la fenêtre, je suis libre. La seule manière d'être libre, c'est d'obéir à un maître plus grand. Parfaitement libre, je n'ai plus qu'à obéir. Je suis un peu de saleté dans le pli d'un col de chemise un soir de fête, cela me rend libre. Fais une croix sur mon bras.

— Je dis toujours oui, répond fièrement Aurélien.

Aurélien trace un premier trait dans la chair puis, il hésite. Une étoile ? Lucas ne souffre pas, au contraire, il jouit d'une jouissance noire quand il voit le sang couler. Ah, il n'avait pas prévu cela, qu'un petit jeune homme facétieux viendrait l'aider dans l'ombre.

— Je vais plutôt écrire l'initiale de mon nom, dit Aurélien. A, c'est assez. A c'est comme si tout ton corps était dédié à… tu choisiras le nom de Dieu ou de la petite blonde à qui tu veux vouer ces soixante-dix kilos de chair tremblante, et cette âme tellement éprise d'elle-même.

— Tu es un soleil, dit Lucas pendant qu'Aurélien le scarifie.

Le sang tache le sol carrelé de la chapelle, la messe est finie et devant eux passent le cortège et le cercueil, porté par des garçons au nez rouge. Lucas et Aurélien les regardent, goguenards. Le sang coule et tout semble mystérieusement léger ou dérisoire ou désinvolte ou inutile ou bâclé ou parodique.

Et en voyant passer le cercueil, Aurélien murmure, Je t'aimais trop, comme s'il parlait à la place du mort. Et Lucas n'en est pas offensé, au contraire, il est émerveillé de l'audace du jeune homme roux et de son rire sonore.

— Oui, je l'ai lâché, dit Lucas, je l'ai lâché, il m'a lâché, pas de quoi théoriser, juste l'attraction terrestre. Je ne souffre pas, je suis incapable de souffrir, depuis qu'il s'est tué je ne peux plus échapper à mon devoir et les choses sont bien plus simples.

Un garçon s'approche, il a le visage enflammé et il porte un pull violet qui donne à son allure une élégance irrésistible. Les premiers mots qu'il dit ne sont pas audibles. Il s'avance vers Lucas et Lucas le regarde avec lassitude, ce n'est pas du mépris, c'est une immense lassitude, une héroïque lassitude, plus rien sur cette terre n'a la fraîcheur du printemps, et cet ami en colère n'est pas un Dieu vengeur, ce n'est qu'un incident dénué de sens.

— Qu'est-ce que tu fais là ? Qu'est-ce que tu fais là ? demande le garçon.

Mais Lucas ne répond pas, la réponse serait trop effroyable : Je suis venu boire l'énergie de mon projet spirituel dans vos larmes. Je suis un négateur en costume de fête !

Pourtant sans que Lucas ait rien dit, le jeune homme a dû comprendre quelque chose. Quand il le frappe au visage, c'est avec une sorte de mollesse, une sorte de censure, le coup n'est pas méchant, mais Lucas qui n'a pas cherché à l'éviter tombe en arrière et son occiput frappe le pied métallique d'un porte-cierge. Il saigne abondamment et il a le visage plein de cire brûlante, il ne crie pas, mais en quelques secondes, Aurélien voit le masque parfait d'un saint souriant dans le martyre. Il l'aide à se relever, et le cortège passé, ils se reposent l'un contre l'autre,

assis par terre dans le silence de l'église. Et puis, ils se mettent à rire dans ce silence, à nier ce silence par un rire dont
ils ne savent ni ce qui l'a provoqué, ni lequel des deux l'a
inauguré. Ils savent seulement qu'il faut rire, qu'il n'y a
que cela à faire, et ils ne rient pas de la même manière, le
rire du désespéré est clair et le rire du danseur est grave. Ils
s'accordent à la tierce.

— Il n'y a qu'une seule chose un peu sérieuse… dit
Lucas.

— Laquelle ? demande Aurélien.

— L'innocence perdue…

— Ceux qui ont perdu leur innocence pensent toujours
que c'est le monde qui a perdu son innocence, dit Aurélien très amusé.

— C'est vrai. Et je prends cela au sérieux.

— Donc tu veux, à toi seul, réenchanter le monde.

— C'est ce que je veux absolument.

— Eh bien moi, je veux jouir pleinement de la catastrophe.

— Ce qui veut dire ?

— Vouloir tout ce que l'on peut avoir, dit Aurélien en
frappant dans ses mains.

— Mais on ne peut rien avoir, dit Lucas en riant.

— C'est vrai, c'est bien pour ça, autant vouloir tout !
dit Aurélien, s'applaudissant toujours.

Maintenant l'église est vide et Lucas, d'un mouvement
du menton très impératif, fait signe à Aurélien de partir, de
le laisser dans l'obscurité de sa prière sans Dieu. Et Aurélien aimerait lui donner rendez-vous mais a peur de briser
la perfection romanesque de leur jeu.

— Je m'appelle Aurélien.

Il lui semble qu'il n'a jamais prononcé son nom auparavant, qu'il le dit enfin à l'oreille de la mort.

— Va-t'en, Aurélien, ou tu vas m'aimer aussi et ce sera une belle boucherie. Disparais !

Le ciel de Paris est plein d'éclats bleu sombre et Aurélien marche à toute allure en regardant son reflet dans les vitrines de luxe, parfois il est habillé d'une robe rouge et rose, ce n'est pas si difficile de prendre le malheur et le hasard et d'en faire un manège de fête foraine. Son rire fend les foules laborieuses, nous ne connaissons que ce qui meurt mais parfois dans l'éclair d'une rencontre, dans la conscience lumineuse de la jouissance ou dans l'accélération subite du temps, nous pouvons connaître ce qui commence.

LA GUERRE

Le jardin du Palais-Royal est un secret bien gardé. Quelques familles ennuyées laissent les enfants grimper sur les colonnes de Buren et des amoureux très discrets s'embrassent sous les marronniers. Dans la galerie, un gourmand collectionneur, sa boîte à musique sous le bras, toise un petit homme gris qui vient d'acheter sa médaille des Arts et des Lettres. Toute la République se croise et s'ignore, les conseillers du ministère de la Culture qui regardent les vieillards du Conseil constitutionnel, les comiques du Théâtre du Palais-Royal passent devant la cantine flambant neuve de la Comédie-Française, où les sociétaires finissent de racler un bol de crème de carottes. Quelques touristes ont suivi le guide qui, à travers la poussière du grand jardin, les cornaque jusqu'aux fontaines. Loin de la folle agitation parisienne, une foule dilettante s'est arrêtée dans le silence recueilli des échoppes de luxe et des salons de thé feutrés. Sur le côté droit, des boutiques de vieilleries et de parfums rares ont des habitués aussi mystérieux que des exhibitionnistes sous leurs manteaux. Et dans le tourniquet qui conduit au ministère et que garde un vigile lassé, passent les gloires et défilent les espérances ; jeunes artistes flattés d'être invités au déjeuner du Salon Jérôme, inspecteurs de Bercy la mitraillette cachée dans le veston, journalistes cherchant à flairer l'air vicié des nominations, anciens chanteurs considérés comme patrimoine national et qui ne doivent leur décoration qu'à leur âge.

Touraine a attendu dans le salon Alechinsky qu'il connaît par cœur. Il a retrouvé l'arbre aux racines bleues qui lui plaît et qui, toutes ces années, lui a servi d'huissier. Puis il a suivi un nouveau directeur de la communication plus frais qu'un pain de mie dans le salon qui a appartenu au frère de Napoléon – grands candélabres sur pieds, pilastres décorés de flammèches à la feuille, on a accroché çà et là des œuvres d'un peintre contemporain dont le ministre ignore le nom.

Enfin, l'insubmersible Laiguillé, conseiller du ministre pour le livre et le spectacle vivant, lui a désigné le balcon avant de se retirer dans son antre où il décidera, à la place du ministre, des affaires de seconde main.

Le vent soulève les rideaux brodés des couronnes de l'Empire et le ministre, sur le balcon, une tasse de Sèvres à la main, sourit douloureusement. Le sourire douloureux est un masque nécessaire de la fonction publique que Ferrand a posé une fois pour toutes sur son visage amolli. Touraine sait qu'être reçu sur le balcon, et non pas dans le bureau, évitera les oreilles indiscrètes, et que c'est un signe de distinction. Le ministre le prend dans ses bras et lui tend une tasse de café. Elle attendait sur une crédence, coincée contre la balustrade. En dessous d'eux, le monde réel des familles et des touristes, des étudiants et des amoureux, dont le ministre, dans un accès de mélancolie, se sent exclu. Les marronniers sont couleur fauve et il monte une odeur de bois brûlé par les cheminées des voisins fortunés de la place Colette. Tout cela est si beau et si calme que les deux hommes qui se retrouvent pour un plan de guerre hésitent à déballer leurs insanes complots et, laissant un instant suspendu l'air innocent de l'automne piqué de cris d'enfants, ferment à demi les yeux. Mais il faut bien parler et le ministre, qui connaît les sanglots longs des violons de l'automne et ne peut guère plus se cacher sa déchéance, a décidé de regarder la mort en face.

— Je n'ai plus la confiance du château, je n'ai pas non plus d'alliés à Matignon, le Tout-Paris attend mon exécution, je suis fini, anéanti, usé, je suis au vide-ordures, au mieux je pourrai briguer une ambassade au Venezuela ou en Slovénie…

— Tu redeviendras journaliste, dit Louis, sachant que cette proposition ne peut pas rassurer le ministre.

— Je me suis corrompu avec la droite, le milieu ne voudra plus de moi.

— Tu espérais quoi, en devenant ministre de la Culture d'un gouvernement de droite ? dit Touraine.

— J'espérais changer le système culturel, replacer l'artiste au centre de la culture, diminuer le pouvoir des intermédiaires.

Il fait des gestes vagues avec sa main pour indiquer que la tâche était à la fois connue et immense, que la rue de Valois regorge de possibles qui sont toujours arrêtés par le pragmatisme des restrictions budgétaires.

— Oui, j'espérais inventer un grand mouvement populaire, j'espérais un ministère de la Culture qui compte vraiment dans le jeu politique…

— Tu savais bien que tu étais la caution de gauche d'un gouvernement de droite, dit Touraine avec une moue gourmande.

— Je croyais être plus fort qu'eux, répond le ministre qui sait bien que son vieil ami ne le croira pas.

Touraine bat la mesure avec sa petite cuillère en argent, Cause toujours, je t'attends à l'heure de vérité, quand tu auras fini de te mentir à toi-même. Le geste agace le ministre qui tombe dans un mutisme plein de larmes. Touraine le pousse du bout du pied vers le bord de la tombe.

— Ils ont commencé par te tondre, tu aurais dû dire d'emblée, Rendez-moi mes budgets ou je rends mon tablier, dit Touraine, cruel.

— Je ne pouvais pas, je ne pouvais pas, ils me tenaient. Le ministre a parlé un peu trop fort et il le sait.

— Ça veut dire quoi, *ils me tenaient* ? demande Touraine.

— Ils m'ont nommé porte-parole du gouvernement. Maintenant le vent tourne, ils veulent ratisser à l'extrême droite, je suis une branche morte de la stratégie centriste, dit le ministre en baissant la voix.

— Combien de temps ? dit Touraine, qui a l'habitude d'entendre ses jérémiades.

— J'ai jusqu'au printemps, je pense, le remaniement aura lieu avant les municipales, pour freiner un peu l'hémorragie, ou après, pour répondre à la déroute. Quoi qu'il en soit, je suis carbonisé, je peux dès à présent chercher une institution noble et ennuyeuse. La villa Médicis ? Ou alors devenir nonce apostolique. Je suis bon pour me branler devant des films pornos tandis que le monde continue de broyer des rêves et des jeunesses.

Touraine a envie de le prendre par les sentiments.

— Je t'ai vu à quatre pattes te faire fesser le cul, je t'ai vu pleurer à l'enterrement de ta mère, je t'ai vu en désintoxication sniffer le plâtre des murs, je t'ai vu plein de merde, malade à crever, je t'ai vu plein de honte et de haine pour toi-même, plein de désirs inassouvis, plein de rancœurs, je t'ai vu brûler le manuscrit du seul roman un peu valable que tu as écrit, le roman sur ton père qui te battait et te forçait à nettoyer son vomi quand il rentrait saoul à cinq heures du matin, alors tu crois que tes "je voulais changer le système culturel" peuvent me convaincre ?

Tu as été enivré par le protocole, monsieur le ministre, enivré par la fonction, les huissiers, les jeunes stagiaires admiratifs, tu as baisé des étudiants en lettres classiques en disant des "je dois filer pour le Conseil des ministres", tu as adoré servir de pot de fleurs en Chine et en Russie, et surtout, tu as pu distribuer des postes à tous les gigolos de France et de Navarre qui te faisaient l'honneur de te niquer sur le bureau de Malraux.

— Pourquoi veux-tu m'humilier comme ça ?

— Ouvre les yeux. Tu n'as rien voulu changer. Ni mettre les artistes au cœur de la culture ni mettre la culture au cœur du politique, tu n'as voulu qu'une chose : te mettre, toi, au cœur de Paris, rafler la mise, étendre ta misérable revanche aux salons d'or de la rue de Valois, écraser ceux qui t'ont craché dessus, les journalistes et les artistes qui pendant trente ans t'ont considéré comme un minable écrivaillon. Tu as voulu, d'un coup, assouvir tout ce que le destin te refusait, avoir des conseillers à petit cul et à moustache fine qui viendraient te lécher les couilles pour devenir directeur de la culture à Aix, avoir de jeunes metteurs en scène prêts à tout pour une nomination au centre culturel de Lisieux.

Tu as voulu un royaume, et de la cruauté du pouvoir, tu as voulu être le roi, et je t'ai jalousé pour cela, et je t'ai même admiré parce que, cette fois, tu étais sincère, tu allais au bout de ta revanche de premier de la classe obèse qu'on traitait de pédé.

Et Touraine est émerveillé de sa propre éloquence.

— Pourquoi tu me dis tout ça, aujourd'hui que j'ai la tête sur le billot ? dit le ministre dans un éclat de rire qu'il voudrait courageux.

— Ce n'est pas le moment de te cacher la vérité, un homme de gauche qui accepte de travailler pour un gouvernement de droite, c'est cancer social phase terminale, ne me dis pas que tu te l'es caché…

— Je me suis bien amusé, j'en ai baisé à plat ventre sur le bureau devant la photo du président et ils en redemandaient. Maintenant, je suis dans l'impasse, oui, je n'ai pas d'œuvre, mais aucun de mes prédécesseurs non plus. La politique culturelle est finie, de temps en temps un élu veut l'agrafer à la panoplie de son prestige, mais c'est fini. Le temps de la culture est fini, ce qui reste c'est les comptes déficitaires, c'est tout, dit le ministre d'un seul souffle.

— Tu aimais le président, tu étais d'une bigoterie écœurante.

— Oui, il me fascine, les politiques m'ont toujours fasciné, tu sais pourquoi ? Parce qu'ils ne savent pas ce qu'ils font, ils se battent, ils tuent, ils égorgent, ils prostituent leur mère, ils emprisonnent leur père, et quand enfin ils sont entrés dans le cabinet d'or, ils ne savent plus ce qui, à l'origine, les a poussés à tant de crimes, dont le premier est leur propre crucifixion.

Alors là ils sont vraiment intéressants, parce que vraiment désespérés, et ils ressemblent à ces trous noirs par lesquels on comprend le fonctionnement de l'univers. Le président est comme ça, il est perdu et splendide, obscur et carnassier, et il pourrait à chaque instant devenir un mystique éclairé, parce qu'il a franchi toutes les désillusions.

— Qu'est-ce qui te fascine en lui ? demande Touraine.

— Sa vulgarité.

— Qu'est-ce que tu veux dire ?

— Il veut quelque chose et il l'obtient, tu comprends ? Il n'essaie pas de travailler sur lui, de mettre son désir en salle d'attente. Il a, avec son désir, une alliance, un tutoiement, un lien érotique, s'il veut tuer il tue, s'il veut faire naître, il crée, oui je voulais être comme lui…

— Tu ne tutoies pas ton désir, toi ? dit Touraine qui en réalité se pose la question à lui-même.

— Non, j'en ai peur, j'en ai terriblement peur, c'est la seule chose dont j'ai peur.

— Quel est ton désir aujourd'hui ?

— La vengeance.

— La vengeance ? Mais c'est ce que tu as eu rue de Valois… Comment tu as humilié Sarazac, par exemple, viré de son beau théâtre de Bordeaux, contraint de mendier. Qu'est-ce qu'il t'avait fait ?

— Presque rien, il avait dit à ce garçon, comment s'appelait-il ? Le gigolo de Laiguillé, Romain ? Il lui avait dit que j'avais les mains moites. Un jour je lui ai serré la main, et il m'a dit, Vous n'avez pas les mains moites, Sarazac dit que vous avez les mains moites…

— Et tu l'as cru ?

— Oui, j'ai compris pourquoi Sarazac, avec ces chemises ouvertes sur sa poitrine velue, me regardait toujours en souriant. Je pensais qu'il était gentil, beau et gentil…

— Tu étais le seul à croire cela, il te méprisait.

— Évidemment, oui, il me méprisait. Il a payé pour ça, il a payé, il a payé, je l'ai fait payer, je l'ai eu dans ce bureau, là. Et je lui ai annoncé qu'il n'était plus rien, qu'on lui préparait sa médaille des Arts et des Lettres, je l'ai vu la mâchoire serrée, et j'ai eu terriblement envie de me branler avec mes mains moites.

Touraine applaudit la facétie de bon cœur, il sait que quand le ministre fait le pitre c'est qu'il est sur le point de pleurer.

— Ce que tu ne sais pas Francis, c'est que Sarazac méprise tout le monde. Tu as pris pour toi ce qu'il dispense à tous, il dégouline de mépris pour tout le monde, et pour lui-même aussi… Parce qu'il n'est pas devenu ce qu'il rêvait d'être, un grand pianiste, parce qu'à sa sortie du Conservatoire il est devenu administrateur d'orchestre… Il se méprise, et il méprise la terre entière, il est comme nous tous, toi, moi, lui, le président, le vieux Laiguillé, ton petit conseiller à moustache, il a attrapé la peste parisienne, l'envie érigée en Éthique, son âme, comme la mienne, la tienne et celle du président, est dévorée par l'envie, il ne veut plus qu'une seule chose, ce qu'il n'a pas, et si tu la lui donnes, il en sera encore plus dépeuplé, encore plus vidé.

Nous sommes des morts dévorés d'envie et toi, après trois ans passés au sommet de ce tas de pourriture, qu'est-ce que tu veux ? La vengeance ? Tu as été rassasié de vengeance et tu veux encore de la vengeance. Trois ans ici, consacrés uniquement à assouvir ta vengeance, à remonter les racines de ta souffrance jusqu'aux humiliations de l'école primaire, quand tu étais un petit gros à lunettes avec une voix de fille et que les footballeurs te crachaient dans la bouche. Tu ne peux jouir qu'en étant humilié, une si vieille habitude, et ce qu'il te restait d'âme, tu l'as prostitué dans les intrigues politiques, et aujourd'hui tu as la tête sur le billot, moment propice à la prière et à la contemplation des étoiles.

Touraine a dit tout cela à voix basse et le ministre a dû s'approcher et respirer son odeur de tubéreuse. Et maintenant le ministre pleure légèrement.

— Il me reste mes esclaves, dit le ministre.

Mais son calvaire n'est pas fini, Touraine doit le désespérer tout à fait pour pouvoir l'utiliser.

— Je connais Paris, ceux qui te servent aujourd'hui, qui t'assurent de leur fidélité, serviront le prochain roi avec autant de servilité. Tu es fini, et tu crois encore à la fidélité de tes esclaves. Ouvre les yeux, il ne te restera personne, dès que tu perdras la couronne – personne et moins encore qu'avant ton heure de gloire. Tu feras pitié et honte, et être vu dans un restaurant chic avec toi sera la marque la plus dégradante qui soit pour l'armée des courtisans.

Les jeunes courtisans, avec leurs costumes serrés, leurs canines blanches, leurs paroles doucereuses, leurs cœurs battants d'aventuriers, les jeunes courtisans qui ont déjà tué leurs amours et leurs rêves et qui n'aiment plus que leur avenir, les jeunes courtisans vont rayer ton nom des invitations. Et les vieux courtisans, avec leur cuir usé, leur façon d'embrasser leurs ennemis, leur regard de désespoir dans les soirées mondaines – quand le jeune courtisan entre et que son nom est murmuré comme une formule magique –, les vieux courtisans oublieront qu'ils t'ont courtisé.

Pour être un grand courtisan il faut déjà savoir que l'on est un médiocre, et cette médiocrité devient une force. Alors, prêts à toutes les alliances, le cul et le cœur ouverts à toutes les corruptions, les médiocres te reconnaissent et se disent que tu es achetable, négociable, corvéable, et que tu seras redevable. Le système tourne par la conspiration des médiocres. Dis-moi que je me trompe.

— Tu n'es pas différent, dit le ministre en lui caressant le menton.

— Si j'étais différent, je ne parlerais pas avec toi à cette heure. Est-ce que tu as une idée précise de ta déchéance ? demande Touraine.

Le ministre prend une grande respiration et dit :

— Tu viens de me la montrer.

— Comment appelle-t-on un homme qui ne vit plus que pour sa carrière, demande Touraine, qui ne jouit plus qu'en écrasant les autres, ne croit plus en rien de juste, de grand et de vrai, qui sait pertinemment que le plus court moyen d'obtenir ce que l'on désire est d'actionner les leviers de la courtisanerie et qu'aucune qualité ou compétence véritable n'est jamais récompensée hors d'un système d'amitiés, de réseaux et d'échanges ? Comment appelle-t-on un homme qui ne désire plus rien que ce que l'autre a, ou pourrait avoir, qui tous les matins se réjouit de voir tomber

ceux qui tombent, et vit comme une souffrance métaphysique l'élévation de celui qui est juste ou brillant ? Comment appelle-t-on cet homme, qui se méprise lui-même,
qui préfère être craint qu'aimé, qui s'illusionne encore d'un
pouvoir dont il n'est qu'un rouage, et qui meurt de soif dans
le désert de son ambition mais qui ne quitterait ce désert
pour rien au monde ?

— Un Parisien.

— Et qu'est-ce qui est pire qu'un Parisien ?

— Je ne sais pas.

— Deux Parisiens.

La blague fait sourire le ministre à travers ses larmes.

— Deux Parisiens qui se jalousent peuvent à eux seuls
inverser les pôles magnétiques de la politique. Tu as humilié Sarazac, et le retour de manivelle t'a assommé. Il avait
trop d'appuis, la semaine suivante il était nommé à l'Opéra
de Strasbourg avec des budgets décuplés, de là il a mené
une campagne sans précédent contre toi. Nous pouvons
dire que nous avons désormais un ennemi commun, et si
je veux le détruire, ce n'est pas pour te défendre.

Tu savais qu'il était très proche de Duverger, n'est-ce
pas ? Tu sais ce que ça veut dire, d'avoir un groupe de
presse contre soi ? Ta déchéance sera pire que tout ce que
tu imagines. On dit déjà de toi, Francis Ferrand, le pauvre,
il a fait ça, le pauvre, il a dit ça, *le pauvre*, on parle déjà de
toi avec pitié, on t'imagine en train de faire tes cartons, de
caser tes conseillers en catastrophe, Martin au Centre national de la musique, ça n'a trompé personne, qu'est-ce qu'il
connaît à la musique ?

— L'imbécile voulait Radio France, je ne pouvais pas
lui donner.

— Tout le monde le sait, mais tout le monde sait aussi
que tu as essayé et que le château a dit non, un ministre de
la Culture qui n'a rendez-vous au château qu'à sept heures

du matin, ce n'est plus un ministre, c'est une femme de ménage.

Touraine a abattu cette carte au moment propice : l'homme est à genoux, les banderilles claquent les unes contre les autres.

— Tout le monde sait que le président m'a convoqué à sept heures ? demande le ministre, abasourdi.

— Mais oui, tout le monde le sait, c'est le chargé de communication du président qui a organisé la fuite : convoqué à sept heures, officiellement pour parler de la nouvelle loi de Décentralisation. Mais c'est l'heure qui est le vrai message : il ne déjeune plus, il n'a même pas le droit à un croissant, dans l'agenda il passe après le président du Kazakhstan, c'était assez pour sonner l'hallali, dit Touraine, fier de lui.

— Je suis mort, dit le ministre, avec une froideur qui s'imagine être de la dignité.

— Tu es décomposé, on détourne le regard, on se bouche le nez, tu es une charogne. Il aurait fallu que tu entendes notre Jacqueline à l'anniversaire de Duverger, elle a fait rire tout le monde : "Ferrand ? Il numérote ses abattis !" Il numérote ses abattis, c'est merveilleux non ? On te voyait dépecé, dans l'arrière-cour d'une boucherie, qu'est-ce qu'on a rigolé !

— Pourquoi tu me dis tout ça ?

À la manière qu'il a de poser cette question, Touraine comprend que le ministre vient de relever la tête. Il ne se plaint plus, il veut savoir, il a compris qu'une stratégie est à l'œuvre. Touraine fait bien attendre la réponse et dit avec une solennité de tripier :

— Parce que je veux l'Opéra de Paris.

C'est d'abord un grand silence sur le balcon qui domine les jardins du Palais-Royal, un magnifique silence dans lequel le ministre a le temps de se laver de toutes les insultes. Son ami est un solliciteur, il ne vient pas sans sébile, tout n'est pas perdu.

— Tu crois que j'en ai le pouvoir ? demande Ferrand pour aiguillonner la bête.

— Non, mais je crois que tu peux obtenir ça, dans ta négociation…

Touraine fait traîner la dernière syllabe de négocia*tion*.

— Ma négociation ?

— Ils vont te couper la tête, mais une tête coupée, ça parle. Vends ton silence un bon prix, ils ne pourront pas te nommer à un poste trop voyant, mais ils peuvent nommer tes amis.

— Et tu es mon ami ? demande le ministre qui reprend des couleurs.

— Non, mais je suis ton allié. Les amis ne servent à rien, les amis, c'est ceux à qui on doit quelque chose, les alliés c'est ceux qui vous doivent quelque chose, je suis ton allié, nomme-moi directeur de l'Opéra de Paris et je serai à jamais ta petite pute obéissante.

— La nomination est déjà faite. C'est Venstein et Duverger qui décident, pas moi. Ils veulent Sarazac.

— Ce n'est pas public, donc ce n'est pas fait. Venstein hésite, et nous pouvons agir sur Duverger. *Je* peux agir.

— Sarazac est ami avec la femme du président. Il préside sa fondation pour l'enfance malheureuse.

— Justement, c'est une candidature que nous pouvons faire exploser en vol.

— Dis-moi pourquoi tu veux l'Opéra de Paris, demande le ministre, qui crève de connaître le fin mot de l'histoire.

Tout ce qui touche Sarazac est devenu pour lui une obsession. La nuit, il rêve de la virile touffe de poils qui jaillit de sa chemise lavande et vient recouvrir le Panthéon.

— L'Opéra c'est l'Olympe, dit Touraine.

— Tu mens, tu veux juste le voler à Sarazac, dit le ministre qui aurait pu formuler la chose plus subtilement mais pas plus clairement.

Et enfin il lui semble qu'il reprend la main, car cette vérité est si brutale qu'elle coupe le souffle à Louis Touraine.

— Oui, c'est le rêve de sa vie, dit Touraine, à peine audible.

— Tu veux lui voler son rêve, dit le ministre.

Ferrand a trouvé le talon d'Achille, et il plante dedans sa curiosité malsaine.

— Absolument, et puis je l'inviterai et je le saluerai au rang protocolaire, avec un sourire adorable, dit Touraine.

— Tu veux le tuer ? demande le ministre.

— Oui, dit Touraine, d'un oui très appuyé et très lent, sacramentel.

C'est le oui le plus déterminé de l'histoire de la politique culturelle, c'est un oui de mâchoire serrée, si puissant que le métal a résonné dans les tempes du ministre. Ce Oui, il le trouve magnifique, il trouve magnifique que son vieil ami, le metteur en scène révolutionnaire des années folles, qui sniffait de la cocaïne habillé en Marilyn Monroe, qui promenait un guépard en laisse, qu'il ne soit plus que cela, cette haine, une haine d'acier pour Sarazac, le superbe et musclé quadragénaire qui s'habille en bleu marine et parme et avance escorté d'une cour d'éphèbes hypnotisés par ses sermons sur la démocratisation culturelle.

— Pourquoi ? dit simplement le ministre, qui sait que Touraine ne répondra pas.

Quelle obscure trahison ? Lui a-t-il volé l'amour de sa vie ?

— Si tu arrives à me nommer à l'Opéra, je te dirai pourquoi.

Et Touraine a fait cette promesse sans trembler, sachant que la curiosité la plus idiote peut très bien être la dent qui déclenche la crémaillère de la décision.

— Alors la guerre est déclarée, dit le ministre.

— Oui, et ce sera ma victoire et la tienne.

— Ma victoire sur qui ?

— Sur le château et sur ceux qui disent que tu n'as plus d'influence. Réussis ma nomination et tu garderas ton pouvoir, qui sait, tu sauveras peut-être ton ministère. On te craindra, on te haïra, on te jalousera, enfin, tu seras toujours un…

— Un ? demande le ministre.

— Un Parisien, mon chéri, tu seras toujours un Parisien, dit Touraine.

— Comment cela est-il arrivé ? demande le ministre.

— Quoi ?

— La mort de l'innocence, demande le ministre avec la froideur d'un radiologue soviétique.

— L'horreur de l'innocence, c'est qu'elle ne meurt pas, elle reste avec nous comme un fantôme, et elle pleure. À tout instant, tu sais que tu pourrais l'inviter à ta table, faire une belle chose gratuite qui lui redonne un visage, mais non, on jouit de son pouvoir, et on a peur d'elle, on a peur qu'elle détruise ce château de cartes qui nous a coûté si cher. Et si elle venait avec son petit visage triste nous dire que nous nous sommes battus pour rien, que nous avons trahi, humilié, tué, pour rien… non, il faut que l'innocence reste muette, qu'elle décore notre château, qu'elle passe dans les rues avec son odeur de fleur, et qu'elle nous laisse en paix.

Les deux hommes se taisent et les klaxons de la rue de Rivoli créent des accords de tierce majeure tandis que le marteau-piqueur des travaux de la rue du Louvre se met en six-huit, à faire danser toutes les hypothèses. C'est beau, Paris qui rougit dans la forge des épées de vengeance.

LE RÉVEIL

— Il y a longtemps que tu es réveillée ? demande Aurélien en regardant Iris, nue, se laver les aisselles au-dessus
du petit lavabo, en face du lit.

C'est une chambre de bonne au huitième étage dans la
rue du Temple, par une échelle de fer on peut atteindre les
toits, le ciel y est donc à portée de main. Indifféremment,
Iris, Serena et Aurélien y dorment dans des draps douteux, le
lit est grand, et Aurélien y dormait de son sommeil héroïque
quand il a entendu Iris se lever.

— Je n'ai pas dormi, je dois aller chercher Serena au commissariat, dit Iris affairée.

— Qu'est-ce qu'elle a fait encore ? demande Aurélien,
très en appétit.

— Elle croit qu'être exhibitionniste suffit pour être révolutionnaire, dit Iris, énigmatique.

— Tout dépend de ce qu'elle exhibe ! dit Aurélien, à
court de concept politique.

— Sa frémissante poitrine de jeune femme insatiable,
avec des slogans apocalyptiques : "La France est une pute",
"La politique est morte", "Nous sommes tous des émigrés", "À bas les frontières", "Ceci n'est pas une femme",
"Le nationalisme c'est la guerre"… Je ne sais pas, je crois
qu'elle tire au sort et puis elle bondit, toute jeune et belle
et colérique, hier elle a bondi sur une manifestation contre
le régime de Pékin, comment ne pas l'aimer ?

— Comment ne pas l'aimer ! dit Aurélien en se branlant distraitement.

— Elle a été arrêtée par la police hier soir, ils la connaissent maintenant, la France recevait le président chinois
alors c'est sûr, ça la démangeait. Gilda voulait organiser quelque chose… Tu la connais, la passionaria des trottoirs… Serena l'adore. Elles ont préparé un petit comité d'accueil sur
les droits de l'homme en faveur de cet artiste chinois, Weiwei.
Il casse des vases Ming *made in China* devant l'Onu tous les
printemps. Bref, elle s'est fait coffrer, c'est ce qu'elle voulait,
elle adore ça. Je vais la chercher au commissariat à midi, pour
la retrouver, comme toujours, la lèvre fendue et éructant des
slogans altermondialistes.

— Vous pouvez dormir ici, je reste chez mon chef d'orchestre ce soir, dit Aurélien.

— J'espère bien mon amour, tu me dois trois nuits. Ce n'est
pas simple de vivre à quatre dans quinze mètres carrés, dit Iris.

— À quatre c'est faisable, et puis, quand tu as envie que
je te lèche, tu es assez contente de me trouver. Tu es beaucoup moins lesbienne que tu ne le dis…

— Je suis *pansexuelle*, et toi, tu es moins pédé que tu ne
crois. J'ai juste besoin de jouir avant de dormir, ça n'a rien
à voir avec du désir, dit Iris sur un ton d'évidence.

— Moi pareil, dit Aurélien.

— Donc vivre à deux ici, c'est possible mais nous vivons
à cinq ou six. Et je ne compte pas les jumeaux roumains qui
viennent de temps en temps fumer et partouzer.

— Marko et Belasz, ils ne sont pas jumeaux, ce sont des
faux frères qui se ressemblent, et ils sont hongrois, dit Aurélien… Non, tu as raison, ils sont peut-être roumains.

— Donc je n'ai pas dormi et j'ai lu ton texte, dit Iris.
Tu ne veux pas savoir ce que j'en pense ?

Je pense que c'est injouable mais au fond, la gloire d'un
texte de théâtre c'est d'être injouable, de déjouer les limites

du théâtre. Seul le poète peut inventer un nouveau théâtre, parce que le poète n'a pas de murs, ni d'horaires. Mais ce n'est pas un texte de théâtre. Non, c'est un poème obscur. Tout commence dans la mystique et finit dans la politique, j'aime bien cette idée…

— Ce n'est pas une idée, c'est une tragédie, dit Aurélien. Ce n'est pas moi qui l'ai écrit.

— Mais c'était dans le lit, au fond du lit, dit Iris.

— C'est un garçon qui s'appelle Lucas, qui a un beau visage blême et une petite moustache qu'il lisse comme ça. Je lui ai fait des scarifications et il m'a donné son livre. Ah, c'est un fauve ! Il est très sale.

— Et il mord ?

— Non, il s'est lui-même cassé les dents, et il ne se lave plus depuis un mois. Il refuse l'Éthique, il refuse la politique, il refuse la religion, il a déjà brûlé toutes les églises, il a déjà assassiné toutes les révolutions, il a déjà noirci tous les horizons, il a déjà trahi toutes les amitiés, dit Aurélien qui continue de se branler négligemment.

— Qu'est-ce qu'il lui reste alors ?

— Le chant.

— C'est quoi, le chant ? demande Iris en se saisissant du vernis à ongles bleu.

— Une sorte d'affirmation, qui ne se fait qu'au prix de tous les renoncements, tu savais pas ça ? Tout le monde sait ça.

— Il s'est crevé les yeux ? demande Iris en se peignant les ongles des orteils…

— Il dit que s'il trouve un homme ou une femme assez éclairée pour le comprendre, il rêve d'être castré. C'est joli non ? Je crois qu'il est prêt à payer un million pour qu'on lui coupe la flûte. On pourrait demander à Serena de le faire, on reverserait l'argent aux Palestiniens ! dit Aurélien très amusé.

— Tous les hommes rêvent d'être castrés, rien n'est plus beau qu'un homme castré, dit Iris en soufflant sur ses orteils. Serena n'est pas un homme castré, c'est une femme accomplie, n'oublie pas ça. Bref, ton type c'est un héritier qui n'a pas eu à se battre et qui est toujours insatisfait. Un petit-bourgeois de plus. Tu as déjà le chef d'orchestre dans le même genre… Tous les insatisfaits viennent boire à ta fontaine, tu es si mignon et si généreux avec ton petit cul et ta petite bouche pleine d'oracles.

— C'est ça oui, un petit-bourgeois insatisfait ou un héros mystique.

— Je ne suis pas sûre d'aimer la mystique, tu veux que je te dise, les mystiques finissent toujours par te faire les poches, j'ai eu un amant mystique, il restait des heures assis en tailleur devant une fleur de lotus en plastique, et un matin il est parti avec mon portefeuille.

— Je te parle d'un homme qui peut à lui seul réinventer le lyrisme, et tu me racontes tes amours désastreuses.

— Donc, dans le poème, la dernière scène, la scène de la castration, est autobiographique ?

— Je n'ai pas lu le poème.

— Il faut faire éditer ce texte.

— Il ne le permettra pas ! Je ne l'ai vu que trois fois dans ma vie. La première, c'était à l'enterrement d'un ami à lui, un jeune acteur dépressif, comme des milliers de jeunes acteurs dépressifs, qui a fini par sauter par la fenêtre, comme des milliers de jeunes acteurs dépressifs. Les fenêtres de Paris sont les points d'orgue de toutes les carrières ratées. Et il m'est apparu beau comme un sacrement, et ricanant, et j'ai aimé voir couler son sang, et il était si perdu, il n'y avait qu'à le ramasser, comme on cueille une fleur pour se la mettre à la boutonnière.

— Ce que tu peux être verbeux ! Donc son ami s'est tué. Il l'a tué ?

— Je pense qu'il l'a tué, oui… je pense qu'il l'a abandonné et que l'autre en est mort, quelque chose comme ça… dit Aurélien.

— Cette histoire me plaît, dit Iris, est-ce qu'il vit avec un mouchoir taché du sang de sa victime ?

— Oh, il n'y a pas d'autre manière de vivre que coupable. Mon problème c'est que je ne me sens pas coupable, c'est sûrement pour cela que je ne saurais pas écrire des poèmes aussi… Je crois que pour écrire, il faut vouloir deviner, dans sa propre déchéance, la déchéance même du langage.

— Écris ça, c'est très bien ! Raconte encore…

— Je raconte si tu me branles, le matin je suis dur comme un Soviétique, j'en ai mal au frein… dit Aurélien, qui présente son sexe joyeux.

— Ah ah, le frein, oui ça, tu as mal au frein, ça te définit !

Et Iris hurle de rire en répétant la formule, Mal au frein, tu es effréné ! Ahaha !

— Branle-moi, dit Aurélien suppliant.

— Non ! Va te faire branler par ton chef d'orchestre, dit Iris boudeuse en reprenant sa peinture.

— Tu veux la fin de l'histoire ? demande Aurélien, espiègle.

— Branle-toi de la main gauche ! dit Iris, impérative.

— Tu ne veux pas la fin de l'histoire ?

— Bon d'accord, mais je te préviens, si tu utilises le moindre adverbe, je te peins la bite en bleu, dit Iris qui ne plaisante pas, en brandissant son vernis à ongles.

— Nous parlons, dans l'église pendant l'enterrement, il joue à cracher sur les bougies pour les éteindre, il se met à parler de l'absence de Dieu, personne jamais n'avait parlé comme lui de l'absence de Dieu, il dit que l'art est un autel pour le Dieu absent, un autel pour le Dieu inconnu, des choses comme ça, et je sens en lui un flot de larmes… et je voudrais l'aider et je l'ai aimé très vite.

— C'est un adverbe… dit Iris.

— Pas vraiment, c'est pas comme si j'avais dit, je veux l'aimer obscurément, tragiquement, inéluctablement…

— C'est ce qui s'est passé ?

— Oui, c'est ça, sans adverbe.

— Parce qu'il est beau.

— Il n'est pas beau, il est déchirant de beauté.

— Mais tu es amoureux, c'est dégoûtant !

— Il m'a donné une lame, il voulait que je fasse une croix sur son bras, il me l'a demandé très gentiment, très simplement, très purement…

— Trop d'adverbes ! Cette fois je te fais la bite en bleu !

Et elle s'exécute avec minutie.

— Mais enfin qu'est-ce que tu as contre les adverbes ? demande Aurélien. Son avant-bras saignait et a taché le sol de l'église.

— Et tu l'as revu ?

— Oui, quelques jours plus tard. Il m'attendait à la sortie de la répétition, je ne sais pas comment il m'a retrouvé. Il est venu me donner ça.

Aurélien montre, à son cou, un collier de perles.

— Il m'a dit que ça venait de sa mère et qu'il me le donnait parce que personne jamais n'avait été bon comme moi avec lui le jour où je l'ai scarifié. Et il s'est enfui.

— Le collier te va bien, je pensais qu'elles étaient fausses, dit Iris en revenant à ses pieds.

— Je l'ai revu la nuit dernière. Il avait ce manuscrit avec lui et il disait vouloir en finir avec la littérature, il a apporté le texte et il m'a demandé de le brûler, et je ne l'ai pas fait. Pas *encore* fait…

— Tu ne le feras pas. Et où est-il maintenant ?

— Il est sous le lit.

— Sous le lit ?

— Oui, il est sous le lit.

— Pourquoi il est sous le lit ?

— Parce qu'il m'a demandé de l'attacher, de le bâillonner et de le mettre sous mon lit et de faire l'amour au-dessus de sa tête, dit Aurélien qui commence à caresser Iris.

— Donc il est là, dit Iris, un peu nerveuse.

— Oui, oui, dit Aurélien occupé à autre chose.

— Et tu as fait l'amour avec qui ? demande Iris.

— Avec un couple d'Argentins en vacances, elle était assez belle, lui un peu gras, et après, à minuit, avec toi, quand tu es rentrée…

— Et tu vas brûler le livre ?

— Oui, je vais le brûler. Je respecte ce garçon.

— Il ne faut pas brûler le livre. Chut ! Chut ! J'entends les anges pleurer pour qu'on ne brûle pas le livre ! dit Iris.

Et elle tire de dessous le lit, par les pieds, Lucas torse nu, qui la regarde en riant. Quand elle lui enlève le bâillon, il dit :

— Aurélien fera ce qu'il veut du livre, et je ferai ce qu'Aurélien voudra, la littérature c'est fini pour moi, c'est une impasse, je ne veux plus de livre, le monde est plein de livres, il y a trop de livres, trop de mots, des mots des mots des mots et non pas de l'Éthique comme disait un prophète quelconque qui a fini dans un volcan, ou sous un train, ou mangé par un tigre…

Iris le dévisage, elle comprend que Lucas est un bateau ivre, et une tendresse maternelle l'empêche de rire.

— Branle Aurélien, il faut que je parte. Et la prochaine fois prévenez-moi qu'il y a quelqu'un sous le lit. On pourrait manger une salade de pamplemousse chez Rosa Bonheur ?

Lucas pense qu'il s'agit d'une formule magique, et c'est une formule magique. Il se couche près d'Aurélien qui lui caresse les cheveux.

— T'as vu comme elle est belle, ma copine ? dit Aurélien, triomphant.

Pour toute réponse à ce qui n'était d'ailleurs pas une question, Lucas se met debout sur le lit et parle d'une voix d'oracle. Le lit devient un petit radeau dans une mer déferlante d'écume. Splendide, Lucas parodie sa vérité pour faire jouir Aurélien avec des mots d'un autre âge.

— Moi je veux vivre en haute mer, dans la conscience de la mort, avec tous les dangers et en créant un héroïsme et une guerre pour moi seul. En créant un héroïsme et une guerre dans un monde sans héroïsme et sans guerre. Je veux aimer démesurément, c'est cela que j'appelle héroïque. Mais pour le regard de qui ? De mon père. Il n'y a que mon père qui puisse me comprendre. Et puis tu es venu, et ton regard est devenu mon ciel. Un ciel si différent du ciel paternel, ce ciel noir, ce ciel glacé. Toi tu es le soleil, et tu m'as fait mal immédiatement, et j'ai jalousé ta jeunesse, et j'ai eu conscience de ce qui me manque. Tu n'as pas condamné mes vœux d'héroïsme, tu les as couronnés d'un baiser. C'est pour toi que j'ai voulu me battre encore. C'est pour toi que j'ai voulu ce que j'ai voulu. C'est pour répondre à ta beauté, à ta légèreté, à ta rousseur, que j'ai voulu la guerre, la douleur, la nuit. C'est pour être à la hauteur de ton midi que j'ai inventé une nuit polaire. Avec toi je peux échapper à l'ennui. Avec toi je peux échapper au néant, à la bourgeoisie, à la compromission, à la tiédeur, à l'anesthésie ; à l'aveu d'échec de toute notre société.

À ces mots Aurélien se met à quatre pattes et imite le chien ; il montre son trou à Lucas comme si c'était une bouche bien plus éloquente que la sienne. L'autre, imperturbable, continue son sermon du haut de sa montagne. Il voit Aurélien qui l'écoute dans les positions les plus scabreuses.

— Ils ne veulent pas de révélations, ils veulent des fauteuils, le bruit des pantoufles est pire que le bruit des bottes, ce qu'ils appellent lumière, c'est la lampe qui éclaire le jardin. Avec toi j'ai encore le droit à des exaltations sans cause, à des projets utopiques. Avec toi, par toi, je peux aimer ce qui n'est pas encore apparu. Tu ne m'as rien appris, mais tu as rendu possible le pacte de mon âme avec l'imprescrit. Tu as parfumé mes devenirs. J'ai inventé avec toi une *terra incognita*, quand toute la terre est recouverte d'ordure. J'ai ouvert une terre vierge, puisque qu'il n'y a plus un point du globe qui ne soit quadrillé, raturé, prévu, défiguré. Nous avons fui ensemble dans l'invisible, et où pouvions-nous fuir sinon dans l'invisible ? Fuir ? Oui, fuir ces destins qui n'en sont pas, ces chemins recouverts d'étrons, ces visages repus, ce gargantuesque repas de merde que l'Occident dévore en se croyant supérieur. Pour toi, par toi, je veux être l'exclu, le nègre, la pute, l'exilé, l'apatride, je veux faire de ce petit espace de mon corps le lieu de la dernière vérité, le lieu de la dernière énigme, la dernière terre inconnue, l'île bienheureuse qui aurait résisté à tous les colonialismes.

Ces paroles ravissent Aurélien au point qu'il se branle de manière philosophique. Il a compris ce qu'aucun auditeur n'avait jamais compris, Lucas parodie le grand style par excès d'humilité, il ne veut pas qu'Aurélien le voie dans toute la pureté de son vœu, mais il veut qu'Aurélien l'aide à prononcer ce vœu.

— Et je t'ai vu dansant… Tu as inventé quelque chose. Pendant que j'ouvre une petite brèche dans le monde du visible, en m'écorchant les mains, toi tu décrasses les bijoux royaux, la couronne posée de travers sur la tête, tu décrètes que la vie est un jeu. Leur belle réalité, tu en fais un théâtre, leur éprouvante matérialité, tu la réécris en la signant, leur ennuyeuse prospérité, tu la pervertis d'un seul regard. Tu dis pouvoir jouer tous les rôles, et tu joues tous les rôles. Ce monde, cet Occident rabâché, ce triste paysage vaincu, tu en es devenu la signature. Tu cries, Il y a un salut ! et tu me murmures à l'oreille, Mais il n'est que pour moi. Il n'est que pour moi et je t'en donnerai dix pour cent, c'est assez pour éclairer ta nuit.

Maintenant Aurélien imite le lion, il rugit et mord les pieds de l'oracle, ce que Lucas dit de lui, il l'accueille sans fausse humilité, à peine une petite moue amusée parfois. Lucas descend du lit et s'assoit au sol, il a l'air ému, peut-être parce que l'écoute faussement désinvolte d'Aurélien a confirmé toutes ces folies, et la divagation les a conduits au pays du vain espoir.

— C'est vrai, incompréhensible et vrai, je pourrais vivre des miettes de ton banquet, c'était assez. Ma nuit est si noire, ma conscience est si noire que la moindre lumière… et il suffit de la beauté de ton rire. Faire de ce désastre une fête, c'est bien, c'est beau, moi j'avais le désastre, toi tu avais la fête, à nous deux nous faisons tourner le monde, ton ivresse, mon manque suffisent à raconter l'histoire. Vainqueurs dans un monde détruit, héroïques dans un combat invisible. Belle jeunesse, merveilleuse jeunesse, tout réinventer, tout reconstruire, vivre dignement. Vivre toi et moi dignement et laisser à notre temps les problèmes de société, les chroniqueurs sportifs, les supermarchés électroniques, les espoirs de relance, la démocratie parlementaire sans idée, les événements télévisuels, les voyages organisés, la littérature qui ne parle de rien, le théâtre à la mode, la laïcité bon marché, nous laissons toute cette merde jaune et sans goût et nous allons manger des étoiles.

Aurélien a arrêté ses frasques, il est immobile, la queue raide les yeux au fond du désir de Lucas. D'un coup de menton il lui dit, Parle encore ! Et d'un doigt, il le menace étrangement. Où vont-ils ? Vers quelle union mystique ? Lucas revient sur le lit et s'allonge sur Aurélien, il l'écrase et prend ses mains dans les siennes.

— Elle était pas belle ma gueule en sang ? Il est pas beau ton sommeil épuisé de jouissance ? Elle est pas belle cette jeunesse et les serpents rampant sous nos pieds ? Nous mangerons des étoiles, et ils nous regarderont, ils nous admireront. Ils nous regardent et nous admirent. Nous allons danser sur le volcan et si le volcan n'est pas assez brûlant, je vais descendre au cœur de la forge et souffler sur le feu. Ce monde est ennuyeux, ce monde est écœurant, ce monde est un désert encombré, une forêt fausse, une mer sans sel, ce monde n'a plus de ciel. Et nous nous sommes deux enfants perdus qui n'ont renoncé ni au désert, ni à la forêt, ni à la mer, ni au sel, ni à la souffrance. Moi je refuse leur potion magique anesthésiante, je veux plus de douleur encore ! Je veux ajouter à ma souffrance une souffrance plus grande, je guérirai mon malheur par un malheur plus grand. Et toi, devant ton miroir, tu dis il n'y a ni malheur, ni défaite, ni souffrance, regardez-moi, admirez-moi, ni malheur, ni défaite, ni souffrance, je suis dans le monde enchanté si je veux, je suis dans les vérités premières si je veux, la joie du monde si je veux, ce que je veux est.

Alors Aurélien l'embrasse d'un étrange baiser, d'un baiser d'une soudaine et intempestive chasteté, et Lucas a les larmes aux yeux à cause de la chasteté radieuse de ce baiser.

— Si je veux quand je veux, quand tu dis cela, quand tu le dis sans le dire, en sifflotant, en buvant le vin au goulot, quand tu dis tout cela je veux ta bouche qui sifflote, qui sourit, qui a le goût du vin volé. Tu es le sang changé en vin, mon sang changé en vin !

Mais Aurélien se rebelle, il se lève et debout sur le lit, écrasant de son pied le visage de Lucas, il profère qu'il est plus libre encore que son ami ne l'imagine.

— Pourquoi changer le vin en sang, je préfère boire du vin. Et je ferai du vin avec tous les désenchantements, toutes les ordures, toutes les démissions, tous les renoncements, je ferai du vin avec les ruines du temps. Mais je ne le donnerai pas à tous, ce vin n'est que pour moi !

Alors Lucas connaît une immense jouissance à être piétiné par Aurélien, et il reprend, avec un timbre tremblant.

— Et moi qui croyais avoir tout perdu, tu me dis, Non, tu n'as pas tout perdu.

Aurélien, qui n'aime pas laisser passer une allégorie sans lui monter sur les épaules, est allé chercher une bouteille de vin et boit au goulot, des gouttes tombent sur les draps.

— Amour, splendeur, lumière, gloire, je peux réinventer tous ces mots.

— Je te crois. Comment ne pas t'aimer ? dit Lucas qui ouvre la bouche pour recevoir le vin de la bouche même d'Aurélien. Mais puisque tu peux réinventer l'amour, la splendeur, la lumière et la gloire, moi je vais réinventer pour toi la solitude, la guerre, la nuit spirituelle.

— Ah ! ah ! Ça m'amuserait bien de voir ça, dit Aurélien en l'aspergeant de vin pauvre.

— Je ne suis pas chrétien, dit Lucas sur un ton de *confiteor*, mais si j'avais envie de l'être, ce christianisme sans larmes, ce christianisme avec chauffage central, ce christianisme sans miracle me dégoûterait tout à fait d'aimer cet homme-dieu crucifié pour moi. Et devant cette religion sans joie, ce mysticisme sans stigmates, cette messe sans musique, cette leçon de morale moisie, comment ne pas adorer Aurélien dansant nu, la moustache pleine de vin ? Je ne suis pas un païen, c'est au-delà de mes forces, je ne danse pas, je ne me sacrifie pas, je n'adore pas les pierres et les feux follets, je m'efforce de vivre comme un homme, avec un peu de dignité. Je n'ai pas eu d'enfance, je n'ai aucun souvenir d'enfance, comment vivre avec ça ? On peut dire que le monde ne m'a pas aidé. Quelle solitude pour celui qui veut l'invisible, pour celui qui veut aimer démesurément, quelle solitude ! Il y a des médicaments pour ça, et des livres de morale, et des séminaires de réinsertion, et des prothèses sentimentales, l'ennui est le but suprême de la société occidentale. La culture elle-même est une effarante machine d'ennui, volupté sage et consolation élégante. Ce que j'ai voulu, ce que veulent les anges, moi seul le sais, ils me connaissent, et je les reconnais, leur visage de glace, leur visage terrible. La loi morale, celui qui la rencontre n'a plus rien d'autre à faire que de donner sa vie pour qu'elle existe encore sur la terre et dans les cieux. Et quand le faune vient me dire qu'il y a une vérité plus grande, qu'est-ce que je peux répondre d'autre que, Tu es venu trop tard. Je suis contaminé, gangréné, condamné par l'amour moral. Ah si c'était à refaire, comme j'aimerais avec toi sauter par-dessus les feux de la Saint-Jean, célébrer les solstices en me baignant dans le vin, peindre des idoles pour m'en moquer, entraîner les foules dans des orgies à faire pâlir le soleil.

Tout en disant cela comme un poème récité, dont Aurélien entend qu'il s'agit de passages entiers du livre perdu dans les draps, tout en disant cela, Lucas s'est habillé et a ouvert la porte. Aurélien ne cherche pas à le retenir, il écoute son pas qui dévale les escaliers.

LES RÉVOLUTIONNAIRES

Serena a pris la parole, elle est montée debout sur une chaise de bureau en plastique, l'équilibre est instable et elle bat un peu des ailes, comme une funambule. Ayant accompli sa transformation sexuelle à la vitesse d'une hirondelle, elle peut virtuosement se déguiser en garçon, blouson noir, cheveux mal coupés, sourcils interrompus de cicatrices. Elle a rêvé de devenir une femme pour pouvoir s'habiller en garçon, et c'est dans ce costume de petite frappe qu'elle cache le mieux son état civil. Elle est une femme, elle n'a donc pas besoin de s'habiller en femme. Ses seins neufs vivent librement sous ses pulls sales, sa bouche sans maquillage a été faite pour mordre. Elle parle d'un soprano que les hormones n'ont pas falsifié.

— Nous devons écrire une déclaration internationale des droits de la pute !

Dans le petit local prêté par l'Armée du Salut où les militants des droits des travailleurs du sexe se retrouvent, un néon du plafond crépite et stroboscope. De temps en temps, un des participants à l'assemblée générale lève le bras et le remet en place, c'est tantôt un jeune homme en débardeur noir, tantôt une dame très maquillée en imperméable gris, ou encore une jeune femme aux cheveux bleus. Ils se relaient pour réparer la lumière, cela ne gêne pas l'écoute toujours passionnée, ni l'espoir vaillant qui anime le collectif. Au moins, dans ce lieu malodorant à l'éclairage alternatif où un crucifié poussiéreux s'ennuie, il ne peut y avoir ni descente de police, ni attaque de l'extrême droite. Et surtout, il ne pleut pas.

Le thème de la réunion est "Mon corps est à moi", très christique en somme. C'est comme toujours la porte ouverte à un feu d'artifice d'utopies anarchistes et de projets révolutionnaires en papier mâché. Aurélien, très en retrait, joue à en recueillir le sel, et s'en régale.

Iris regarde Serena qui a pris la parole, elle a une main posée sur le puissant Kamel qui a profité du retard des troupes pour travailler ses deltoïdes sur un tuyau de gaz, et Aurélien a eu du mal à se concentrer sur les propos révolutionnaires de la femme en imperméable, tant il a eu envie de lécher la sueur de sa nuque. C'est après l'introduction de la femme en imperméable que Serena a pris la parole. Mais sitôt lancée, elle est interrompue par des voix qui lui demandent de décliner son identité.

— Je me refuse aux identités, c'est pas la police ici, je n'ai pas besoin de décliner mon identité, dit Serena, rétive.

— Alors, dis ce que tu voudrais être ! crie Kamel par-dessus les sifflets.

— Je suis ce que je veux être : Serena, transsexuelle, travailleuse du sexe et activiste révolutionnaire et tout ceci n'est pas une identité !

— Bien sûr que si, c'est une identité, dit Éric, étudiant en sociologie en débardeur.

Serena reprend le cours de sa pensée :

— Je ne considère pas mon corps comme un objet personnel, intime, je n'ai pas besoin d'affirmer que mon corps m'appartient, ce n'est pas le problème, le problème est de comprendre jusqu'à quel point mon corps appartient au corps social ; je suis une femme, si je vais torse nu avec écrit "Désespoir politique" sur la poitrine, je peux être arrêtée par la police. Si j'étais un homme et que j'allais nu avec écrit "Vive l'argent", il n'y aurait aucun danger. La démonstration est faite, mon corps est la totalité du corps social, l'intimité n'existe pas, je suis fière d'être ce que je suis, l'identité c'est toujours l'autre qui la demande : une pute, une exhibitionniste, une fétichiste, une gauchiste, etc., tout ça c'est des étiquettes pour le supermarché politique, pour les étagères de la vie rangée, l'identité c'est des fiches de police.

— Mais je ne suis pas d'accord, pour moi être pute, c'est justement affirmer que mon corps m'appartient ! dit Gilda, la femme en imperméable, et pour joindre le geste à la parole, elle défait sa ceinture et on voit son corps d'une maigreur impensable, perdu dans un pull angora rose.

— Qu'est-ce que tu appelles ton corps ? dit Aurélien, qui sait que ce genre de question un peu vague peut provoquer des réponses passionnantes.

Pour parler tout à son aise, Gilda, la passionaria des trottoirs, a retiré son imperméable et l'a négligemment jeté sur un rebord de fenêtre.

— Mon cul, mon vagin, ma bouche m'appartiennent, en faire commerce c'est justement me les réapproprier, parce que les hommes qui viennent à moi ne sont pas des jeunes cadres dynamiques mais des migrants, des Arabes, des Africains pour qui je suis un défouloir nécessaire, et j'aime ça. Je suis une vieille pute pas chère, et je suis au service du prolétariat. J'aime cette idée, qu'une pute de soixante ans comme moi, plus vraiment une jeune fille, soit justement celle qui, dans la société, réponde le plus directement à la souffrance sociale de ces hommes, loin de chez eux, ne maîtrisant pas la langue, humiliés socialement. Oui, quand je me suis fait quatre ou cinq passes dans la journée avec les travailleurs émigrés, quand je suis à cheval sur mon petit bidet à m'arroser la chatte d'eau tiède, oui, je pense que mon corps m'appartient, et je pense qu'il m'appartient comme l'outil de travail appartient au travailleur. Alors pour répondre à ta question, qu'est-ce que j'appelle mon corps ? Mon outil de travail, donc de dignité.

Elle est fortement applaudie et quelqu'un crie Je t'aime ! dans le fond de la salle.

— Et eux, les émigrés, tu penses qu'ils se sont réapproprié leur corps ? demande Kamel, qui a pris Aurélien dans ses bras comme un objet.

— Oui, je le pense, je le pense vraiment, personne ne les touche, personne ne les caresse, ils dorment seuls, ils souffrent seuls, ils prient seuls. J'aime les migrants, je ne suis pas une sainte, mais je préfère les migrants aux fils de bourgeois, en plus ils sont beaucoup plus propres que les bourgeois, ils ont eu un courage inouï de risquer leur vie pour venir ici, ils n'ont plus rien qu'une vieille pute en solde pour les rassurer. C'est ça ma vie.

Serena est sincèrement émue par le discours de Gilda, elle a demandé son nom à Kamel, elle est même émerveillée par l'immense humour de cette femme dont elle peine à croire qu'elle a une carte vermeil. Et elle reprend la parole.

— Nous disons la même chose à l'envers, moi je dis que je n'ai pas le droit de considérer mon corps comme m'appartenant, et toi tu dis que c'est en le mettant au service d'une cause qu'il t'appartient le plus. J'en conclus : notre corps ne nous appartient que dans la mesure où nous l'offrons à une cause plus grande.

— Là, je te suis, dit Gilda, et ses beaux yeux prennent une couleur grise.

— Je pense que Serena a raison, dit Iris. Sur la question de l'intimité, on nous demande toujours de rejeter dans l'intime, la sphère privée, la chambre, l'alcôve, ce qui est au fond le plus politique. Pourquoi le sexe serait-il du domaine de la vie privée pour les homosexuels et les transgenres, alors que pour les hétéronormés, les cisgenres, il est absolument public, il est absolument licite. Et pardon, je n'ai pas décliné mon identité : Iris, lesbienne, actrice, chanteuse et je cherche un deux-pièces pas cher parce que je n'en peux plus d'habiter avec Aurélien.

Sous les rires, elle désigne Aurélien, lui aussi très amusé que l'identité puisse être résumée à un statut de colocataire.

— Qu'est-ce que c'est, cisgenre ? demande Aurélien.
Et c'est Serena qui répond :
— Ceux dont le genre correspond à la biologie.
— Comme moi ! dit Kamel en gonflant ses pectoraux.
Gilda tient à ce que le débat ne tourne pas à la foire.
— Ce que tu dis du sexe, c'est vrai aussi de la mort, la mort n'est pas privée, ma mort m'appartient et c'est profondément politique. Nous avons les mêmes valeurs que ceux qui se battent pour l'euthanasie. Mon corps m'appartient, ma mort aussi.
— Tout ça c'est à cause de la religion judéo-chrétienne, dit une voix perdue dans le fond. C'est Ernesto, une jeune pute brésilienne au crâne rasé, toujours habillé d'invraisemblables camaïeux orange.
Et Kamel corrige gaillardement :
— On dit toujours judéo-chrétien mais l'islam n'est pas non plus fréquentable sur ces questions. À vrai dire il n'y a que les protestants américains qui soient acceptables !

— Notre mort, notre corps nous appartiennent ! dit Éric, qui essaie de parler d'une voix plus grave quand il entonne des arguties altermondialistes. C'est vrai aussi de la souffrance, parce que l'idéologie de la bourgeoisie, c'est toujours une équivalence entre l'oubli de la souffrance et le bonheur. Personnellement, je ne crois pas que la poursuite du bonheur puisse guider une nation, je pense que ce qui fait la force d'une civilisation, c'est la dose de blessures et de souffrances supportables pour accéder à une meilleure définition du politique.

— Je suis d'accord, ce n'est pas le bonheur que nous poursuivons, c'est l'amour universel, et au fond, l'amour universel, c'est le politique, dit Iris avec des accents mystiques qui étonnent Serena.

— Mais je refuse, en tant que pute, d'exclure l'Éros du politique, répond Gilda.

— Ce n'est pas ce que je voulais dire, dit Iris.

Un grand travelo arrivé en retard prend la parole :

— Je suis Ulrika, maîtresse dominatrice, travestie, père d'une fille qui s'appelle Lucie, entièrement épilée et grande lectrice de Teilhard de Chardin. Voilà pour l'identité. Moi aussi je trouve que l'identité, c'est une connerie. Personnellement, je suis maîtresse dominatrice depuis vingt ans, j'ai payé les études de ma fille aujourd'hui oncologue avec l'argent de tous les patrons de grandes entreprises qui venaient se faire humilier dans mon donjon. J'ai donc une expérience transsociale, très différente de celle de Gilda. Ma clientèle, ce n'est pas le travailleur émigré, c'est le cadre dynamique qui n'en peut plus d'être au service du vide de la société de consommation. C'est le haut fonctionnaire qui sait pertinemment qu'il sert un système pourri dans lequel les liens de la République sont remplacés par des valeurs d'achat, ce sont eux, les puissants, qui viennent s'agenouiller devant moi. Moi, un travelo qui leur crache dessus et les humilie, et moi je dois comprendre ça. Je ne peux pas me contenter de sortir mon fouet et mes menottes, je dois *comprendre* leur souffrance.

— Et qu'est-ce que tu comprends ? demande Aurélien.

— Que nous vivons dans un monde sans transcendance, dit Kamel à voix basse.

Et Ulrika acquiesce.

— Et c'est toi, la transcendance ? demande Gilda.

— Non, pas moi, dit Ulrika, mais leur désir, leur désir qui est de l'ordre du religieux, et je fais la différence entre le transcendant et le religieux, je suis la vestale, je suis l'eucharistie, et eux, dans la jouissance, surtout si elle est très morbide – j'ai un client qui veut que je profane son cadavre sous le regard de ses enfants, il met des photos de ses enfants et puis il joue le mort, et moi je dois lui pisser dessus, lui chier dessus, il ne jouit pas, il n'éjacule pas, il jouit sans rien sortir…

— Finis ta phrase ! crie Kamel, impatienté par ces banalités.

— Eux, dans la jouissance, ils retrouvent une sorte de pureté, voilà, c'est ça que je voulais dire : je les fais accoucher de la pureté.

— Moi je crois que la relation tarifée est loin d'être pure, dit Ernesto.

— Pourquoi non ? Par rapport à toute la perversité de la société, cette relation-là est pure, dit Gilda, assez en rogne.

— Pure de quoi ? demande Aurélien qui adore jeter de l'huile sur le feu.

— Pure de la violence sociale éprouvée chez les puissants comme chez les opprimés, dit Ulrika.

— L'exclu n'est que le signifiant du puissant.

Quand Gilda sort ce genre de formule de son pull angora, nul ne songe à lui disputer le titre de passionaria des trottoirs.

— Je voudrais revenir sur le fait que Serena a été arrêtée pour avoir écrit sur ses seins "Désespoir politique", parce que je crois que, dans ce que nous voulons, il y a un espoir politique, et d'abord l'espoir d'une circulation trans-sociale, qui est devenue impossible. Si nous reconnaissons la souffrance de l'émigré et la culpabilité des puissants, alors nous proclamons les conditions d'un véritable changement politique.

— C'est quoi, un véritable changement politique ? demande Kamel qui, à cet instant, ressemble à un diable ricanant, peut-être parce qu'il a enfoncé sur sa tête un sac en plastique aux armes de l'Armée du Salut. Il avait besoin de cet accessoire pour jouer le rôle du contradicteur dubitatif.

— Eh bien justement ! C'est ce que tu disais, une pureté. Une pureté de diamant, dit Serena, dont la patience révolutionnaire est remplie de l'électricité statique du pull angora de Gilda.

— La pureté, c'est un peu effrayant comme concept, c'est un concept fasciste. Ce qui est beau, c'est toute l'impureté, le métissage, la complexité, l'inachevé, etc., dit Kamel à travers le sac en plastique dont il s'est fait une cagoule.

— Oui, alors il faudrait parler d'espoir, l'espoir est pur sans le totalitarisme de la pureté, ajoute Gilda qui ressemble désormais à un Che Guevara en peluche rose.

— Moi, je pense que Serena devrait refaire sa performance avec "Espoir politique", c'est plus difficile à porter et nous verrons comment les termes de son procès seront revus en fonction de ce changement, dit Iris.

— Mais y a-t-il un espoir politique ? C'est un oxymore, "espoir politique", l'espoir est toujours plus ou moins mystique, ce n'est pas l'espoir qui construit une nouvelle organisation de la société, dit Kamel, qui a fait des trous dans le sac pour voir ses contradicteurs.

— Bien sûr que si ! dit, péremptoire, Serena.

À ce moment, la question de l'existence ou pas d'un espoir politique alimente un vrai tohu-bohu qui agace terriblement Gilda, elle est obligée de sonner la fin de la récréation en sifflant dans ses doigts et après les avoir essuyés sur son pull, elle reprend :

— Non, ce n'est pas l'espoir, c'est simplement la démocratie. La démocratie n'est pas un décret administratif, ni un aboutissement transcendantal, elle est la condition des fictions constituantes.

— Qu'est-ce que c'est que ça, une fiction constituante ? demande Aurélien qui rêve d'orienter le débat vers une question qu'il maîtriserait un peu.

Gilda répond, plus sûre d'elle-même encore :

— Par exemple : la prostitution est bonne pour la société ; l'émigration nous sauve du pourrissement identitaire ; la seule famille à laquelle nous devrons quelque chose, c'est celle qui reconnaîtra la totalité de la société des humains ; l'opposition entre le sexe et l'amour universel doit être abolie… ça, c'est des fictions constituantes !

— C'est pas des fictions, c'est ma vie ! dit Ernesto, très ému.

Mais Gilda ne se laisse pas couper la parole par un peu de sentimentalisme quand elle entend chanter les lendemains et que sa petite troupe de putes néomarxistes commence à se constituer en force subversive.

— En tout cas, c'est un programme. Si, dans notre déclaration universelle des droits de la pute, nous n'avons que des revendications pratiques – le droit d'exercer, la couverture sociale, la dépénalisation –, notre déclaration ressemblera à un syndic de faillite. Ce n'est pas un syndicat que nous voulons former, c'est une révolution symbolique ! dit Gilda.

— Tout est dans le terme symbolique, murmure Kamel à travers son masque, mais il n'a pas le cœur de couper l'élan de Gilda, qui semble vouloir en venir aux choses sérieuses.

— Je veux dire que nous devons aussi formuler une chose utopique, affirmer que la revendication, si elle n'est pas utopique, n'est pas digne qu'on se batte pour elle.

— Ma vie est une utopie, donc si tu veux en faire un bout de papier utopique, ça ne me gêne pas, dit Kamel qui a enlevé son masque, sans doute pour signifier que cette fois, il est du côté de la patronne. Des hommes viennent à moi pour que je donne réalité à leur vie intérieure qu'ils appellent fantasmes, pour que je fasse que le monde soit en accord avec l'intérieur de leur crâne. Ma chambre est un lieu d'expérimentation utopique. Il y a dix ans, des hommes venaient pour que je les attache, les fouette, leur pisse dessus, maintenant ces pratiques sont courantes, ils viennent pour autre chose, ils veulent que j'anime un théâtre qui leur apporte la miséricorde. Ils veulent être un enfant puni pour avoir volé un livre de poèmes, ils veulent être un prisonnier torturé pour avouer le crime de leurs pères, ils veulent être un salaud qui demande pardon à ses victimes et surtout, surtout, ils veulent être des putes.

— Oui, c'est vraiment devenu le fantasme numéro un, ils veulent prendre notre place, dit Ulrika, manifestement troublée par la mise en abyme de la situation.

— Je connais un directeur d'opéra, je ne dirai pas son nom, il veut que je sois son mac, que je le prostitue, il veut toujours des conditions plus ignominieuses, il veut prendre la place de Gilda, être une pute pour les émigrés, les exclus, etc. Et il ne faut pas que ce soit un simulacre, dit Kamel.

— Je veux bien lui laisser mon appartement le dimanche soir, je fais mes lessives, dit Gilda, très amusée.

— Ils ne veulent plus de simulacres, ils veulent la vérité. Or la société tout entière est un simulacre, dit Serena, qui sort de son réticule des cocktails Molotov et les lance sur l'Assemblée nationale par le soupirail du local.

Mais Kamel reprend, divin, imperturbable :

— Voilà pourquoi ma vie est une utopie, parce que tous ces hommes ont besoin d'une utopie et que moi j'œuvre à faire entrer ces utopies dans un petit espace de réalité. Ce qui leur apporte la Miséricorde, ce n'est pas la jouissance, c'est la vérité, une vérité, oui, pure. Cela est pur oui, pur !

Et Aurélien entrevoit que derrière la beauté sauvage du maître dominateur se cache un homme d'une générosité surhumaine.

— Donc, nous devons rédiger des paragraphes utopiques, conclut Gilda.

— Ce que nous sommes en train d'affirmer, c'est que seul le théâtre peut sauver la société, dit Aurélien, qui sait qu'il prend un risque considérable par cette phrase.

— À la condition que le théâtre soit débarrassé du théâtre, dit Serena, suffisamment rapidement pour revenir dans le lit révolutionnaire.

Elle connaît le discours d'Iris sur la révolution impossible et la nécessité du théâtre comme forme de cette impossibilité qui préserve la dignité.

— Si nous arrivons à rendre nos vies désirables nous aurons aboli tous les rapports de classes, et nous ouvrirons la voie au plus grand des poèmes, dit Gilda parfaite, comme toujours.

Elle propose que plusieurs cellules soient créées pour rédiger des paragraphes utopiques dans la déclaration universelle des droits des prostituées. Les mains se lèvent puis tout le monde sort dans les bistrots voisins pour jeter sur le papier les bases d'une société juste et équitable où l'éjaculation aura la valeur d'un pacte républicain.

Kamel, qui ne prend part à aucun des ateliers, a attrapé Serena par une main et Aurélien par une autre.

— Il faut occuper les locaux de la Banque mondiale, voilà ce qu'il faut faire, occuper les locaux et déclarer ce lieu zone franche. On y jouira comme on voudra, on y vendra notre cul comme on voudra, on accueillera les sans-papiers, et on lira des poèmes révolutionnaires, juste histoire de se marrer un peu. Ces conversations de vieilles putes soixante-huitardes m'ont donné envie de faire pipi !

Serena le regarde, et elle se demande s'il plaisante. Pour le jauger, elle dit :

— La Banque, c'est un trop gros morceau, occupons plutôt les locaux de Pôle Emploi. Il faut dénoncer tout le système. Le chômage profite aux puissants, allons faire quelque chose de nécessaire à Pôle Emploi.

Kamel réfléchit, embrasse Serena sur la bouche et lui dit :

— Oh oui ! Amusons-nous, amusons-nous !

UNE RÉPÉTITION

— Je vous demande seulement de ne pas vous frotter aux murs du décor, il a été repeint cette nuit, dit Aurélien.

Iris regarde, dubitative, le bleu azur d'une petite chambre façon vacances en Grèce que le décorateur a repeinte, des aplats de couleur à grands coups de spatule et, ironique, elle dit :

— On a le droit de marcher sur le plateau quand même ?

— On peut s'asseoir sur la chaise ? demande Catherine.

— Ce que vous voulez mais à l'avant-scène, dit Aurélien. De toutes les façons, il faut jouer à l'avant-scène, il faut tout, tout, jouer à l'avant-scène... et de face, nous ne faisons pas du théâtre psychologique.

— On fera de la psychologie quand le quatrième mur sera sec, dit Catherine, vociératrice, en se servant une tasse de thé sous l'œil légèrement culpabilisateur d'Aurélien qui l'attend depuis deux heures.

— Prenons la scène où Pénélope et la servante parlent de l'Attente comme mystique, dit Aurélien.

La reine Catherine, lunettes de soleil géantes, les cheveux mal entortillés dans un turban sale, son manteau de renard défraîchi posé en cape sur les épaules, assise sur le bord d'une chaise comme au bord extrême de toute chose, boit sa tasse de thé froid. Elle a gardé de son ancienne beauté une arrogance souveraine, même quand elle titube elle le fait avec splendeur et s'évanouit comme une infante dans les caniveaux les plus sales. Elle a des mains immenses qu'elle lance devant ses mots et parfois elle les joint comme dans une prière, elle qui ne croit en rien, elle garde ce signe de toutes les reines qu'elle a jouées et de toutes les invocations au ciel fermé qu'elle a lancées devant des toiles peintes poussiéreuses.

— J'ai eu un accident de voiture, dit Catherine, de sa voix impérialement grave, d'autant plus péremptoire qu'on ne la croit pas.

Elle soulève ses lunettes et révèle un œil bleu et noir qui a plus l'air de provenir d'un coup de poing que d'un refus de priorité. Elle a deux heures de retard et Aurélien devient déjà une caricature de metteur en scène hystérique.

— Je ne comprends pas ce qui te fascine dans l'attente. À part la mort, je ne vois pas trop ce qu'on pourrait attendre ? Il n'y a rien à attendre. D'ailleurs tu détestes attendre et tu fais une pièce sur l'attente. Moi ça fait cinquante ans que j'attends, la révolution, l'homme de ma vie, la gloire… alors l'attente, j'aimerais bien qu'elle ne soit pas gratuite, poursuit Catherine, buvant toujours son thé à petites gorgées.

— Mais justement, c'est cela l'héroïsme de Pénélope, elle attend quand elle ne peut plus attendre, elle espère sans pouvoir espérer. Le xxe siècle, c'est la question de l'attente, c'est pour ça que *Godot* reste une grande pièce, vieillie mais grande, dit Aurélien. Comme en musique, on prend la mesure de l'absence de résolution harmonique, on n'attend plus, ni les lendemains qui chantent, ni le Christ Sauveur, ni le triomphe du Prolétariat, ni le bonheur capitaliste, mais on attend, on doit attendre encore, il faut imaginer Vladimir, Estragon, Pénélope, nous tous, satisfaits d'incarner l'attente.

— Comprends pas. Comprends pas, comprends pas ! répète la grande actrice avec un air buté, et elle se ressert une tasse de thé.

— Le désespoir doit être retourné en héroïsme par l'artiste, dit Aurélien sans grande conviction.

— Le désespoir, je comprends, l'héroïsme, je comprends, mais l'attente je comprends pas, dit Catherine, et après avoir répété encore et encore *je comprends pas*, elle monte sur la scène et jette son manteau de fourrure sur les premiers rangs.

Elle est en minijupe, ce qu'elle commente la bouche un peu pâteuse.

— Je l'ai coupée moi-même, c'est un rien irrégulier.

Et puis, après trois tours de piste, elle se saisit du suaire de Laërte que Pénélope brode le jour et défait la nuit.

— Bon alors, elle déchire l'œuvre d'art, elle n'attend plus rien mais elle attend, vous les petits-bourgeois vous ne savez pas ce que c'est que la souffrance, moi je regarde les femmes, les vieilles femmes moches avec leurs robes moches et je me dis, Mais qu'est-ce qui a fait que j'ai échappé à ça ? Je vous rappelle que je suis née à Sarcelles.

Iris, qui a flairé le whisky dans la tasse de Catherine, est en train de murmurer à Aurélien qu'elle ne peut pas répéter, qu'il faut annuler la répétition quand, brutalement, Catherine, comme possédée, se retourne vers la salle et se met à déclamer de sa voix rauque :

— Attendre, toujours attendre, quoi ? Suis-je la dernière qui attend ? Et si je n'attendais pas, que resterait-il d'Ulysse ? Que resterait-il de la légitimité du roi ? Que resterait-il du royaume ? Tant que j'attends Ulysse, Télémaque est en sûreté, et le royaume qu'Ulysse a voulu n'est pas dévoré par les chiens. Et si je n'attendais plus, que resterait-il de l'attente elle-même ? On me dit qu'il est perdu, on me dit que la mer a dévoré son corps, on me dit qu'on l'a vu dans la poussière de Troie, le corps mutilé. La chouette d'Athéna et les feuilles de l'olivier et la lumière changeante de la mer me parlent de lui. Mais y a-t-il une réalité ? Qu'est-ce qui sur cette terre, où nos douleurs même sont des rêves, où nos rêves n'ont pas de mains, où nos mains ne nous appartiennent pas, qu'est-ce qui pourrait avoir la prestigieuse autorité du réel ?

La prestigieuse autorité du réel, ça n'a aucun sens mais bon, dit Catherine sur un ton plus prosaïque, puis elle reprend :

— Détruire, encore, chercher encore, je défais la nuit ce que je fais le jour, non pas pour différer le temps, les prétendants pensent que je cherche à gagner du temps, mais c'est bien autre chose, moi je fais une œuvre qui n'a pas de pareille, une œuvre faite de vide, je construis pour Ulysse une cathédrale de vide et dans cette cathédrale, je proclame l'existence de l'amour. Et l'amour n'est pas dans le temps. Quand je l'ai vu, la première fois, surgissant de l'eau, sa barbe noire, son corps parfait, ses yeux toujours tristes, quand je l'ai vu, je l'ai aimé dans une seconde si courte, dans un déferlement d'immédiateté et de lumière, hors du temps. Et maintenant j'ouvre un temps hors du temps, en défaisant la chronologie, en reculant, en différant, en déjouant les clepsydres. L'amour n'est pas dans le temps. Il naît en un instant et il ne meurt pas, il ne peut pas mourir, il a vaincu le temps. Voilà ce qui s'appelle l'attente, ô ! l'humanité n'a pas d'autre chant, l'espoir est trop bruyant, avec ses livres et ses armes, l'espoir est trop violent, avec ses armées et ses dogmes, mais l'amour dit qu'il faut attendre, atterrer le temps, voilà la seule pensée qui sauve, puisque tout est mort, il faut attendre, et faire de cette attente l'être même des choses. C'est pourquoi je détruis ce que je construis. Je crée en détruisant, avec des mains nuptiales.

Ça, je comprends parfaitement dit Catherine. Moi, tout ce que j'ai fait, je l'ai défait aussi.

Iris s'est décidée, craintive, à lui donner la réplique. Elle joue le rôle de la servante.

— Au nom de la Vie, tu renonces à la vie ! Antinoüs est beau, il est la vie, plus qu'un Ulysse absent, qu'est-ce que c'est que ces choses qui ne sont rien, l'attente, l'absence, l'espoir, quand la vie est là, le soleil, la mer, Antinoüs. Prends le temps au moins de l'écouter chanter, de le voir courir, de le voir nager, il vaut tous les Argonautes et tous les hoplites ! Moi je crois que la vie existe, et je crois que ce qui est existe avant d'être, et que ce qui n'existe pas ne peut pas être, et je ne veux pas attendre, espérer, je veux que me soit donné dès aujourd'hui tout l'amour du présent, je veux que me soit donnée ma part, la part de vie, la part de vie parfumée, les bras aimants d'Antinoüs. Depuis dix ans tu renies la vie, et tu refuses d'entendre.

— Qu'est-ce que je devrais entendre ? dit Pénélope.

— Le chant de la mer qui dit, Vis ! Vis et ne te soucie pas de ce qui n'est pas, de ce que tu ne comprends pas, de ce que tu ne peux pas concevoir, dit la servante qu'Iris a jouée avec tout son amour.

— Si la terre n'est pas de l'attente, elle est une fosse commune, dit Pénélope. Si le livre n'est pas de l'attente, il est une loi inutile. Si l'amour n'est pas de l'attente, il est une gymnastique de bête. Si l'art n'est pas de l'attente, il est la décoration de l'Occident coupable. Si les mots ne sont pas de l'attente, ils sont des miroirs brisés tout juste bons à se couper les veines, si la mort n'est pas de l'attente elle est inexistante, si l'absence n'est pas de l'attente, elle est un livre fermé. Si le travail n'est pas de l'attente, il est le cercueil des foules sans voix. Si le roi n'est pas couronné d'attente, il est un tyran perdu dans ses cauchemars. Si le ciel enfin, si le ciel et toutes les étoiles, le ciel et toutes les prières, le ciel, majuscule immensité, perpétuelle question, destination de tous les symboles, si le ciel n'est pas de l'attente, il est un morceau de bois peint en bleu.

Qui a écrit ça ? demande Catherine, *Si le ciel n'est pas de l'attente…*

— Moi, dit Aurélien, surpris.

— Ça, c'est pas mal, dit Catherine.

— Toute la pièce est faite pour ce monologue, dit Aurélien.

— Et qu'est-ce que tu attends, toi ? demande Catherine en tirant sur les mailles défilées de sa jupe coupée.

— Je ne sais pas. J'attends, dit Aurélien.

— Mais moi, tout m'a été enlevé, on m'a tout pris ! Qu'est-ce que j'attends ? Avec quelle force ? Ma mère était concierge et elle est morte une nuit pendant que je travaillais, seule et pauvre. Qu'est-ce qu'elle attendait, elle ? Il n'y a rien à attendre, il faut juste, il faut seulement survivre un jour de plus, dit Catherine, furieuse.

Elle a enlevé ses lunettes et on voit son visage tuméfié, l'œil gonflé de sang, et la joue bleue, elle explique comme elle peut.

— C'est mon mari, le petit Russe, qui m'a fait ça. Ah le salaud, je pensais pas qu'il pouvait frapper si fort… Mais quoi, je l'ai mérité. Eh ben, me regardez pas comme ça ! La vie est dégueulasse. J'ai essayé, oh oui ! J'ai essayé de me battre, de préserver ma dignité, mais je m'en suis pris plein la gueule. Moi je voulais quelque chose de grand, je voulais un théâtre plus grand, je ne voulais pas de cette chambre avec le canapé et le jeune premier et les problèmes des petits-bourgeois. Je voulais le feu, j'étais le feu et c'est pour ça qu'on m'a tapé sur la gueule. Je vais chercher quelque chose dans ma loge…

Aurélien, assis dans la salle, contemple le désastre, son drame lyrique sur l'attente devient une farce, une servante amoureuse d'une prostituée transgenre, une actrice avec un œil au beurre noir, un Ulysse qui calcule ses heures d'intermittence, un jeune metteur en scène qui s'endort quand on joue son œuvre, il a un petit rire léger et très douloureux.

— Où est Ulysse ? demande Aurélien.

Pour parfaire le tableau, Ulysse, assommé d'antibiotiques pour terrasser une trachéite, s'est endormi en serrant son chien dans ses bras. Le chien a l'air passionné par les arguments philosophiques qu'Aurélien tente encore de jeter vers Iris, stupidement habillée en soubrette.

Elle s'approche de lui avec la douceur d'une sainte.
— Je crois que Catherine aura du mal à reprendre. Tu as reniflé son thé ? Je crois que ça n'a du thé que la couleur.
— C'est elle qui paie le théâtre, dit Aurélien, le directeur est un ancien ami qui lui a donné ça, notre spectacle, pour la sauver en quelque sorte. Personne ne peut la sauver. Elle n'a pas joué depuis dix ans, la dernière fois c'était au Français, elle jouait Gertrude, elle a failli tuer Hamlet, le tuer vraiment, elle le poursuivait dans les couloirs avec un couteau. Il n'en pouvait plus et il lui avait sorti une saloperie sur son fils, son fils qui s'est suicidé, il lui a dit que c'était sa faute. Le gosse s'est flingué le jour de son anniversaire, il était acteur au Français lui aussi, il débutait. Quand Hamlet lui a sorti ça, elle a pété les plombs. Ils ne l'ont pas virée, elle est sociétaire, et les autres l'ont défendue, mais elle est sur la touche depuis dix ans. C'est la plus grande, c'est peut-être la seule vraie grande actrice française, mais il n'en reste plus rien, l'alcool, la folie… elle a épousé un Russe un peu perdu qui l'a ramassée dans le caniveau et

a essayé de raccommoder les morceaux, mais parfois il se défend comme il peut.

— Tu crois qu'elle jouera ? demande Iris.

— C'est mon premier spectacle, je voulais faire une œuvre d'importance, j'ai mis la barre trop haut, j'aurais mieux fait de monter un bon *Misanthrope* avec des élèves du Conservatoire. Tout le monde aime la jeunesse. Je ne suis pas très sûr de la valeur impérissable de cette *Pénélope*, plus je l'écoute plus elle me semble bavarde et vide. Tu as raison, le poème de Lucas est très beau, il est ce que j'aurais voulu écrire, un appel à la mystique sauvage, même si tout est impossible. Tout est impossible, c'est pour cela que nous faisons du théâtre, *parce que* c'est impossible. Parce qu'il n'y a plus de révolution possible, parce que nous voulons changer l'amour, en faire un acte démesuré et libéré de l'enfer ménager, de la conjugalité, de l'épargne-logement. Nous voulons le polyamour révolutionnaire et c'est ce que le théâtre peut encore faire. Je voulais renvoyer dos à dos l'avant-garde et le théâtre bourgeois, ni l'un ni l'autre ne se fondent sur le poème, dit Aurélien.

— Ce que tu veux, c'est le théâtre de la parole, dit Iris.

— Oui, pas le texte, pas la poésie, mais le poème, je voulais un théâtre du poème. Je voudrais poémiser le présent. J'aurais voulu…

Aurélien se tait.

— Pourquoi parler au passé ? demande Iris.

— Rien ne s'enflamme, rien ne s'envole, il manque le feu et l'air, d'où les faire naître ? Comment les faire rugir ? J'ai cru que par le théâtre je pourrais sauver la littérature, et je suis enseveli sous les mots… dit Aurélien.

— Mais pourquoi Pénélope ? demande Iris.

— L'artiste qui défait la nuit ce qu'elle a fait le jour, c'est une métaphore du théâtre : Pénélope, c'est l'art du XXᵉ siècle, elle détruit à mesure qu'elle crée, comme moi, comme nous.

C'est pour cela que nous sommes les seuls vrais grands artistes, les autres font des objets et les vendent dans un système marchand qui aime l'art et dévore l'aura des œuvres, et détruit la sacralité de l'art à coups de millions, dit Aurélien.

— Ce sont des idées, on ne fait pas de théâtre avec des idées, dit Iris.

— Tu as raison, on fait du théâtre avec un espoir dévorant.

— C'est quoi, cet espoir dévorant, pour toi ?

— Une attente. Oui, je crois que mon théâtre se dresse seul, éperdu, perdu à l'endroit d'une attente, mais différente de celle de Beckett, si différente. C'est une attente et c'est une impatience, cela n'ose pas être un espoir, mais il faut bien qu'il y ait quelque chose, et quand j'ai rencontré Lucas, cette inimaginable force spirituelle qu'on sent tout de suite en lui, cette beauté irradiante, tout m'a semblé dérisoire par rapport à lui, par rapport à ce qu'il écrit…

— Tu veux du religieux, dit Iris.

— Du religieux, je ne dirais pas ça, mais du sacré, oui. Oui, j'ai voulu une chose sacrée, et c'est pour cela que je refuse le canapé du théâtre bourgeois autant que le plateau nu des fausses avant-gardes, dans ce décor de décombres, j'ai voulu un réalisme enchanté, et je ne vois que de l'ordure… dit Aurélien et il a un rire amer.

— Ce n'est pas la faute de Catherine, dit Iris.

— Catherine ne croit pas à ce rêve, elle ne croit pas à mon rêve de théâtre, tu ne devines pas ce que je rêvais…

— Mais si ! Je le vois, je le vois très bien, tu éternues des cœurs sanglants ! Tu veux que tout soit possible encore…

— Et pourquoi, pourquoi notre génération devrait-elle vivre dans l'ombre d'Auschwitz, soixante-dix ans après l'Apocalypse ? demande Aurélien.

— Soixante-dix ans c'est rien, l'Europe est en deuil pour mille ans et toi tu voudrais que ton petit carnaval lyrique réenchante notre vie.

— Si le théâtre ne le peut pas, qui le peut ?

— Ce n'est pas le théâtre qui peut ou qui ne peut pas, dit Iris, ce sont les hommes qui peuvent ou qui ne peuvent pas, le théâtre est seulement le lieu le plus… lumineux que l'on puisse ouvrir, mais ce sont les hommes qui doivent créer une chose plus grande.

Qu'est-ce que je peux, moi, si le désespoir est d'un noir plus secret, plus muet, plus opaque qu'il ne l'était au temps de la plus grande souffrance. Je dois faire de cette absence la dignité même de ma génération, je porte le monde sur mes épaules, et le monde ne le sait pas. C'est mon sang qui fait tourner la roue de l'histoire et l'histoire ne le sait pas. Ce sont des temps difficiles, l'espoir politique n'est pas écrit sur les enseignes des auberges, l'espoir politique est un clandestin anonyme, affamé, pourchassé par les pragmatismes. Il nous manque quelque chose, si je n'attends pas, cette chose qui manque, elle disparaîtra à jamais. La vérité a un visage, c'est le visage d'Ulysse tant que mon souvenir le berce. Si je n'attendais plus, dans ce théâtre de l'attente, avec cette robe d'attente, cette nuit de l'attente qui est une nuit de théâtre, si je n'attendais plus, c'est le peuple tout entier qui deviendrait esclave du réel, des preuves, de la rationalité et de la mort, dit Iris en citant Pénélope.

— Pénélope croit encore au retour d'Ulysse, Pénélope croit encore au poème. Elle détruit ce qu'elle écrit mais elle croit toujours, elle croit incessamment à la force de la littérature. Moi aussi je suis la fidélité à l'exaltation littéraire, qui sait, je suis peut-être le dernier fervent mystique de l'exaltation littéraire. Je dois croire quand le ciel lui-même ne croit plus, dit Aurélien.

CEUX QUI DESCENDENT
ET CEUX QUI MONTENT

C'est la nuit au château. Après l'amour, Milo donne souvent à Aurélien une leçon de parisianisme. Le petit Rastignac écoute avec une humilité sans exemple. Le grand chef, aguerri à toutes les manigances capitales de la mondanité, lui a promis un tour de magie. Pour l'écouter, Aurélien s'est coiffé d'un chapeau de Napoléon en papier journal, ils ont bien ri la veille en lisant dans *Le Monde* un portrait du chef en héros musical. Milo, dans une robe de chambre écossaise, s'avance vers une console dorée à la feuille où deux paquets de cartes soigneusement égaux attendent ses commentaires. Il les fait tourner dans sa main et Aurélien trépigne d'impatience.

À L'OCCASION DE SES CINQUANTE ANS
MILO VENSTEIN A LE PLAISIR DE VOUS INVITER À
UN PETIT-DÉJEUNER AU PAVILLON MARCEAU.

C'est un somptueux carton au grain lourd, ourlé d'or, une lyre en ronde-bosse s'emmêle dans les initiales du célèbre chef d'orchestre, un M et un V alambiqués jusqu'à l'illisible. M pour Musique et V pour Victoire, s'amuse souvent à dire le facétieux chef d'orchestre qui apprécie les robes de chambre désuètes.

— Tu vois, ce n'est pas un carton d'invitation, c'est un non-carton d'invitation ! dit Milo triomphant.

— Trop parisien pour moi, ces subtilités, dit Aurélien en se grattant le dos sur le tapis.

— Voici l'autre carton, le *véritable* carton d'invitation, celui qui vaut de l'or, qui vaut de l'or juste parce que l'autre ne vaut rien, dit Milo, de plus en plus énigmatique.

À L'OCCASION DE SES CINQUANTE ANS,
MILO VENSTEIN VOUS INVITE À LA SOIRÉE
ORGANISÉE DANS SON HÔTEL PARTICULIER,
L'HÔTEL DES AMBASSADEURS.

— Ah ! Je commence à voir la lumière, dit Aurélien, bon élève. Certains, pauvres misérables bouseux provinciaux, sont invités au petit-déjeuner, et d'autres, véritables élus de l'Olympe, à la soirée de l'hôtel des Ambassadeurs. Jalousie, envie, rivalités, intrigues, offenses, suppliques et médisances, le concert parisien est bien orchestré, maestro. Qu'est-ce qu'on va rigoler, mon gros !

— Dès ce soir, Paris est divisée en deux : ceux qui sont invités au petit-déjeuner du pavillon Marceau, donc pas à la soirée à l'hôtel particulier, les mortifiés, les humiliés, les anéantis. Et les autres, qui se sentent regonflés, vaniteux et persifleurs, dit Milo avec des accents d'empereur au forum.

— Mais qui viendra au pavillon pour le petit-déjeuner ?

— Quelques imbéciles qui n'auront pas compris l'offense, deux ou trois inutiles pique-assiettes, mais les autres ont compris que ce carton d'invitation est une non-invitation à la soirée la plus importante jamais organisée à Paris. Tu veux la liste ? Conseillers de ministres tombés en disgrâce, directeurs d'opéra sur le départ, anciens chefs des chœurs dont le nom est mal orthographié, journalistes perfides qui devront trinquer avec leurs rivaux, jeunes chefs d'orchestre prétentieux qui me savonnent les escaliers, metteurs en scène caractériels qui croient avoir inventé la roue, la liste infinie des anciens gigolos et gigolettes qu'on a utilisés un temps pour leurs entrées – *entrées* c'est bien trouvé ! Attachées de presse virées qui n'étaient pas méchantes mais devenues injustement la risée du gratin, professeurs de musicologie qui puent de la gueule et dont personne ne peut soutenir le discours plus de trois minutes, anciens jeunes premiers prometteurs dont la jeunesse était le seul talent, anciens directeurs de théâtre numéro Z de l'annuaire des influents, directeurs de radio de province devenus chroniqueurs sportifs pour payer des pensions à leurs ex, veuves de musiciens patrimoniaux épouvantablement idiotes et bavardes, anciens mécènes ruinés au jeu, courtisans de tous poils passés de la droite à la gauche et retour, jusqu'à ne même plus savoir épeler leur propre nom, écrivains projetés au sommet l'année dernière ayant déjà dévalé les pentes de la gloire en slip troué, réalisateurs de documentaires que personne n'a jamais regardés jusqu'au bout, éditeurs de brochures qu'on range illico dans les tiroirs, cumulards béats de tous les conseils d'administration à qui le seul titre de personne qualifiée donne des moiteurs, occupants permanents de tous les placards qui croient encore à un retour en grâce, conseillers sans influence qui se croient toujours influents, responsables de communication passées entre les mains de tous les directeurs de cabinet et qui portent des jupes trop courtes à cinquante-huit ans, et la liste n'est pas finie…

Éclopés de la gloire d'un jour, footballeurs mouillés, chanteurs sans voix, journalistes perdus dans la Toile, parasites verbeux, minables sans avenir, minables sans passé, jaloux inavoués, envieux incapables d'un mot d'esprit, ennuyeux animaux culturels, dérisoires responsables de rien, pathétiques postulants malchanceux, seconds couteaux de la politique culturelle, animateurs de courants socialistes inaudibles, faiseurs d'opinions que personne ne consulte, narquois aigris amateurs de canapés au saumon, médisants sans humour qui se trompent toujours de cible et encore, tous ceux-là, on s'en souvient, mais en dessous, dans les grands fonds, le plancton, les mollusques aveugles, les calamars innommables.

Masques neutres des salons où l'on cause, gris suppléments en bas de listes, ratisseurs désespérés des soirées de premières, voitures-balais des inaugurations, hommes de paille, tampons et fusibles usés, interchangeables figurants du ballet des nominations, merdes sèches collées aux basques des puissants, mouchoirs glaireux de tous les remaniements, poussière déposée sur les meubles de la République, invisibles invertébrés des grands fonds aveugles et édentés, les Parisiens de deuxième choix, plus méchants et plus snobs encore que ceux qui brillent.

Ils auront droit à un croissant et un café et certains seront flattés, oui je sais c'est cruel, certains ne vivent plus que pour ce croissant et ce café, c'est désespérant, non ? Ceux qui croient encore à leur succès ou à leur retour aux manettes déclineront l'invitation et essayeront d'entrer à la soirée des élus, le carton est valable pour deux, ils créeront des alliances. Ils se prostitueront auprès de leurs anciens ennemis pour être leur partenaire de bal tout en disant bien sûr que cet anniversaire est la dernière soirée où ils ont envie d'aller, mais que pour accompagner machin qui a peur de s'y ennuyer à périr, ils ont accepté !

— Paris est divisée en deux, ceux qui montent et ceux qui descendent, dit Aurélien, qui récite sa leçon en ajustant son chapeau.

Après une pirouette, Milo reprend son exposé.

— Et cette soirée est l'épouvantable Jugement dernier qui va rejeter les inutiles dans la géhenne, et aspirer dans sa radieuse gloire les futurs puissants et les incontestables mandarins. Ils ne valent pas mieux que les autres, ce sont les mêmes exactement, les mêmes, mais la roue de la fortune les hisse vers le firmament de ma soirée, et elle écrase les autres. C'est cruel, tu n'imagines pas à quel point. Paris est une machine à tuer. On croit que c'est un jeu au début, on pense qu'on joue pour jouer, et puis on se prend au jeu, on devient l'esclave du Jeu. Paris est une drogue dure, celui qui gagne un peu voudra gagner toujours, celui qui a perdu a perdu son image, il n'est plus rien. Du jour au lendemain, un décret, un mauvais papier, une rumeur, et tout s'écroule. Et alors on est prêt à toutes les bassesses pour revenir dans la course, on ouvre son vieux cul et on s'offre à toutes les compromissions. Paris dévore les âmes, et cela commence comme un paradis, parce qu'un petit Rastignac qui arrive à Paris croit qu'il pourra jouer au jeu de la Vie sans se salir, les pattes. Il ne sait pas que non seulement il va se les salir, mais aussi se les faire couper, et que s'il n'a pas de chance, s'il n'a pas les bons appuis, s'il n'est pas plus vif que l'air, Paris qui l'a encensé ce printemps le vomira cet automne. Quant à moi, le cul au chaud dans ma robe de chambre écossaise, je suis la main terrible de la Parque…

— Parle-moi de l'autre liste, dit Aurélien que ce dantesque portrait érotise sévèrement.

— L'autre liste des imbéciles prétentieux qui ont le vent en poupe et croient que c'est dû à leur talent, qui se demandent déjà quelle cravate il faut porter pour ne pas avoir l'air endimanché, jeunes nominés pour un prix littéraire qui récompense la conscience politique, étoiles montantes de la technocratie dont la gauche et la droite s'arrachent les faveurs, ministres passionnés d'art qui se donnent cinq ans pour être présidentiables, nouveaux chevaliers d'industrie dont la fortune est à moitié russe, petits amis influents de patrons de télévision qui jouent de la flûte à bec, jeunes épouses de secrétaires d'État dotées d'un avis sur la politique culturelle, conseillers occultes pour ministres incompétents qui font la pluie et le soleil dans des dîners en ville végétariens, journalistes détestés pour leur crétinerie mais dont l'audience n'a jamais fini de grimper, magnats de la soupe aux choux ou du pâté en croûte prêts à investir dans le spectacle vivant pour ne plus ressembler à monsieur Jourdain, jeunes chefs d'orchestre sans technique mais fils d'un directeur de festival autrichien lui-même sans compétences, tous les anciens directeurs d'opéra, les *nouveaux* directeurs d'opéra, les *futurs* directeurs d'opéra, dont le jeu des chaises tournantes n'a pas varié les visages depuis trente ans, veuves amusantes de présidents de la République polonais dont le carnet d'adresses est aussi gros que les nichons, actrices facétieuses qui amusent la France de leurs saillies et de leurs perruques et font décoller l'audience des émissions culinaires, directeurs d'université influents à l'intelligence redoutable qui invitent le président dans leur maison de vacances en Corse, présentatrices du journal télévisé qui couchent avec le patron de la chaîne concurrente, insubmersibles présidents de toutes les institutions, véritables sparadraps dont personne n'a jamais pu se débarrasser…

Et le metteur en scène incontournable – c'est Touraine, tu le connais ? L'ancienne journaliste d'émission culturelle qui écrit des livres sur la sophrologie et siège au comité d'éthique de trois chaînes, le directeur d'opéra de province pressenti pour diriger l'Opéra de Paris qui fait mine d'hésiter – c'est Sarazac, tu le rencontreras, grand champion du lancer de noms qui impressionnent, commence toutes ses phrases par, Hier j'ai encore dîné avec le pape (ou Zuckerberg).

Éditeurs alcooliques qui détiennent encore des manuscrits inédits de René Char dans leur coffre-fort, porteurs de valises pour les financements occultes des partis, programmateurs de théâtre national qui se font une gloire de ne pas avoir d'avis et dont on admire la perruque, jeunes énarques bien notés qui s'intéressent à la culture et dont personne n'a besoin mais qu'on est sûr de retrouver à un poste clef, administrateurs d'orchestre déjà postulants pour un fauteuil plus grand à la radio bien qu'ils ne savent pas lire la musique, et le secrétaire général de vingt-huit conseils d'administration où il ne va jamais, le jeune loup aux dents longues et aux costumes cintrés qu'il faut inviter parce qu'il est le petit ami de la sœur du cousin du Premier ministre et qu'il a écrit un scénario de comédie qui a cartonné, le ténor au firmament dont tout le monde veut qu'il fasse du cinéma à cause de ses yeux bleu lagon – c'est Karlsberg, il vient chanter pour moi, d'ailleurs –, et le vieux courtisan usé, au cuir tanné, à la lippe pleine de bave, toujours utile quand on a besoin d'un intermédiaire, le peintre conceptuel qui a crevé le plafond des ventes et est devenu un athlète de la commande publique, le chroniqueur vedette d'une chaîne musicale qui pourrait devenir directeur, le patron de chaîne généraliste qui compte ouvrir à la culture quelques secondes d'audimat entre le football et la téléréalité, la directrice de fondation pour le renouveau de l'opérette – c'est Louise Ducreux, tu la croiseras forcément –, le sénateur plein d'humour, responsable culture de l'Association des maires de France dont on ne sait plus s'il était de gauche ou de droite, le directeur de Radio France aux mille casseroles mais qui a lui aussi des dossiers sur tous les puissants, le bras droit musclé du directeur de l'Institut français à Berlin qui prétend être assommé par la vie parisienne et nous vante la scène berlinoise, la vieille milliardaire entremetteuse qui connaît tout le monde depuis toujours et aime la jeunesse – ça, c'est ma chère Jacqueline, elle est indispensable, elle est le sel de ce ragoût !

Le grand mécène de l'opéra – c'est Duverger, faudra que tu lui cires les pompes –, le champion olympique de judo homophobe reconverti dans l'humanitaire, l'ancien gréviste de la faim dont le livre a dénoncé les paradis fiscaux, la traite des femmes, les maladies nosocomiales et dont le prochain brûlot fait trembler tout le monde, l'ambassadeur auprès du Saint-Siège dont les plaisanteries de folle opératique sont devenues une nécessité des soirées ennuyeuses, la baronne à neveux qui s'intéressent à la musique baroque, et la liste n'est pas close…

Les têtes couronnées de l'art et de la mode, les médaillés du réseautage, les saints et les martyrs de la vie politique de province, les demi-dieux des gouvernements successifs, les reclassés impermutables de l'aristocratie fonctionnaire, les fauves, les monstres, les oiseaux de la faune carnassière dans la jungle des nominations, les sublimes, les éblouissants, les irradiants vainqueurs de la vie parisienne, ceux qui ont toujours été les crabes supérieurs du panier et les chiens de garde fidèles de tous les pouvoirs quels qu'ils soient, les dieux olympiens de notre monde, que nous nourrissons, que nous méprisons, dont nous cirons les pompes, dont nous léchons les culs frémissants tandis que, penchés, eux-mêmes lèchent d'autres culs, plus supposément omnipotents, dans une chaîne sans fin de lécheurs de cul abaissés et extatiques, en un mot les maîtres du monde : les Parisiens.

— Le carton d'invitation des élus est moins beau, dit Aurélien, soupçonneux.

— Il est même d'une sobriété parlante, tandis que l'autre est ostentatoire. Ils auront le triomphe modeste quand, à la première de *Tristan* la semaine prochaine, ils s'éventeront négligemment de ce passeport pour la gloire sous les yeux catastrophés de celui qui a reçu le matin même le carton tout ripoliné d'or trompeur et qui ne savait pas encore l'existence de l'autre carton, de l'autre soirée, de l'autre élite, de sa disgrâce irrémédiable.

Aurélien joue la scène en faisant les questions et les réponses.

— Tu viens à la soirée de Venstein ?

— La soirée ? Le petit-déjeuner, tu veux dire ?

— Mais *non*, la soirée ! Le petit-déjeuner, c'est pour les ringards... Oh pardon ! Tu n'es pas invité... mais ce sera sans doute très bien, le petit-déjeuner, très bien aussi, moins long moins ennuyeux, même si le soir Jon Karlsberg vient pour chanter des mélodies françaises.

— Et l'autre sourit en se sentant enfermé dans le dernier cercle de l'enfer, dit Milo.

— C'est vrai, Karlsberg vient ? demande Aurélien.

— Mais oui, bien sûr qu'il vient ! Je l'ai engagé avant qu'il soit le plus grand ténor de l'univers, il me doit bien ça, il interprétera trois mélodies de Duparc, dit Milo, agacé.

— C'est tout ! dit maladroitement Aurélien.

— Karlsberg vient chanter à mon anniversaire trois mélodies de Duparc, et toi tu dis "c'est tout" ! Tu mérites le fouet, dit Milo courroucé.

— Quelles mélodies ? demande Aurélien, ingénu.

— *La Vie antérieure, Extase, L'Invitation au voyage*, dit Milo, pas peu fier.

— Qu'est-ce que tu espères de cette soirée ?

— C'est mon sacre, ensuite je partirai.

— Rien ne te comblera jamais, tu es un ogre, dit Aurélien pour éviter de relever l'énigmatique "je partirai".

— À minuit commencera l'autre soirée, celle que tu vas m'organiser, après la *Cena Trimalchionis*, commencera l'orgie des dieux.

— J'ai quelques idées... pour commencer nous devons commander à Kamel un bataillon de garçons des banlieues bien vicieux et parfaitement corruptibles, je crois qu'il faudrait installer une sorte de donjon dans la chapelle qui est au fond du salon de l'hiver...

— Oui, et nous la décorerons avec des fleurs blanches et des bougies noires ! Il faut que je te montre mon plus beau trésor, dit Milo en transe.

Et en disant cela, il dépose sur un fauteuil Molière tapissé cuivre un coffre d'ébène à la serrure de vermeil…

— C'est un phallus en porphyre du Ve siècle avant que Notre Sauveur mette son sang en bouteille.

Il sort l'objet de son catafalque tapissé de velours et le fait jouer dans la lumière des lustres.

— C'est un gode que Socrate aurait pu se mettre dans le cul. Il m'a coûté aussi cher que les dessins de Champaigne du salon de l'hiver, mais il est bien plus utile.

Le phallus aux marbrures rouge sang est d'un réalisme ensorcelé, des veines arborescentes circulent sur la verge, et l'urètre est percé profondément dans un gland légèrement plus épais que sa base, le frein est doux et serpente artistement. Il brille d'avoir traversé le temps et les culs, on le dirait fraîchement coupé au dieu Priape lui-même et tout sanglant encore de dithyrambe.

— C'est un poème ! C'est l'objet suprême ! dit Aurélien. Il faudra lui réserver un manipulateur de génie !

— Sais-tu que la baguette du chef d'orchestre vient du *skêptron* grec, le thyrse des bacchanales, qui a donné le sceptre, le bâton de maréchal, et toutes les représentations phalliques du pouvoir, dit doctement Milo.

— Il faudrait qu'il soit présent au dîner, mais masqué. Tu devrais le suspendre au lustre, dans un masque, tout le monde le verrait sans le voir, dit Aurélien, inspiré.

— Oh oui un masque de mort, ce sera parfait. Puis, quand nous aurons chassé les Parisiens, nous inviterons les vrais êtres humains, et nous sortirons l'emblème de son masque, et tu me le mettras dans le cul, bien profondément, et j'aurai tout accompli !

— Mais pendant l'orgie, qui jouera ? demande Aurélien, soucieux des détails.

— Le quatuor Leonis a accepté de jouer des transcriptions de mes musiques préférées, *L'Escalier du diable* de Ligeti, l'œuvre sur une seule note de Scelsi, l'ouverture de *Tristan*... Je les ai prévenus qu'ils joueraient pendant que nous serons des porcs, des chiens, des larves, et ça ne leur fait pas peur.

— S'ils bandent, ils ne pourront pas jouer.

— Nous les branlerons, et ils joueront plus lentement.

— Tu veux forcer la vie à donner son secret.

— Je pense que tu connais ce secret.

— Oui, c'est vrai, dit Aurélien, minaudant.

— Dis-le-moi, dit le chef, larmoyant.

— Désirer dans la mort, toujours, dit Aurélien, comme s'il concluait un roman de mille pages.

Aurélien éclate de rire, monte sur une chaise et, du bout des doigts, fait tinter les cristaux du lustre, et il rit encore et encore, et il imite le tintement des pampilles dans son rire. Milo le regarde, et ferme les yeux à demi, il lâche le phallus de porphyre qui roule sur le tapis et bute contre la patte de lion de la cheminée de marbre noir.

DEUX FEMMES

— Est-ce que ce n'est pas beau d'être une femme, est-ce que ce n'est pas la plus belle chose qui soit au monde ? Est-ce que cela ne suffit pas ? dit Serena, qui regarde son sexe, éperdue d'admiration.

Elle se souvient de l'indicible dégoût d'avoir vu là, entre ses jambes, un morceau de viande étrangère. Depuis qu'elle est chirurgicalement passée de l'autre côté, elle a abandonné les signes d'hyperféminité théâtrale, et elle reproche souvent à Iris d'en faire abus. Elle n'aime pas particulièrement les perruques blondes. Sa beauté, sa jeunesse sont faites pour être regardées, et c'est sans doute pour cela qu'elle aime Iris, le nom de sa bien-aimée est aussi celui d'une fleur et du centre de l'œil, l'œil où les couleurs de spectre d'Iris la voient comme une œuvre parfaite, c'est la nature qui imite l'art, elle a fait d'elle une femme, elle a fait d'elle une lumière de femme, et il lui semble ce matin, avec les longues averses de l'automne, que ce n'était que la porte d'un destin plus grand. Elle voudrait que tout ne soit plus que féminité et qu'en place du dur et du stable, on souhaite le lascif et le tendre, et qu'en place de la fermeté des dogmes, il n'y ait plus que la féminité mystérieuse des désirs.

— Aurélien a raison, dit Serena, Pénélope est l'emblème de la femme, celle qui défait l'œuvre qu'on lui demande de faire, celle qui espère, celle qui tient tout le sens du monde sur ses épaules, entre ses mains, seule, solitaire, esseulée, je voudrais tirer sur ce fil de mon destin et découdre tout le patriarcat. Qui sait, je suis peut-être née pour ça ? Pour détricoter les mailles millénaires de l'oppression masculine, pour libérer les femmes et les hommes de l'oppression phallique ! Cette révolution-là, je l'ai commencée dans mon cœur, dans mon corps, au cœur de mon corps, et je crois qu'elle est juste. Oui, la femme est l'avenir de l'homme.

Et en fumant nue sur le minuscule balcon de la chambre de bonne, elle souffle sur Paris des ronds de fumée qu'elle a le temps de voir comme des vagins évanescents lancés à la conquête du pouvoir symbolique.

— Être une femme, c'est politique en soi, dit encore Serena, tu ne te rends pas compte parce que tu n'as pas eu à te battre pour être une femme.

Iris lui pardonne ces étranges insinuations, elle lui épargne aussi la difficulté de sa vie, ce qu'il lui a fallu de courage pour un jour quitter Dunkerque et avancer vers Paris avec une petite valise bleue.

Pourtant cette femme nouvelle qui s'exhibe dans le ciel de Paris, son jeune corps vibrant mérite une petite leçon.

— En tant que femme, dit Iris, je me suis battue tous les jours de ma vie, et chaque fois que j'ouvre la bouche je ressens les prisons de ma condition de femme heurter mon destin de femme et ma colère de femme.

À ces mots, Serena quitte son piédestal et se jette sur elle en imitant un fauve en colère, elle la dévore, elle la mord, elle la fétichise, elle mordille le bout de ses seins et la peau de son cou, elle jouit de toute la beauté d'Iris, elle la gifle, elle gifle son sexe, ses jambes, ses fesses, elle crache sur son ventre puis elle lèche toutes les libations que son amour a lancées. Hébétées de bonheur, les deux filles regardent la blancheur du plafond où des auréoles de fuites d'eau ont dessiné des augures.

— Je vois là-haut une tour en feu, dit Serena.

— Et moi une reine couronnée, dit Iris.

Maintenant c'est au tour d'Iris d'honorer Serena, elle monte sur elle et lui tient les mains attachées au-dessus de la tête, les mèches de cheveux rouges un peu délavées tombent sur ses yeux.

— Qu'est-ce que tu veux de plus ? demande Iris. Tu es si belle ! Tu marches dans la rue, les seins nus, et c'est une révolution, un scandale, un raz de marée de questions et de splendeurs, tu n'as qu'à être une femme et c'est déjà le feu.

— Qu'est-ce que c'est être une femme pour toi ? demande Serena.

— Tu sous-entends que pour moi, être une femme, c'est avoir des chaussures à talons, du rouge à lèvres et les cheveux de Marilyn Monroe ? C'est ça ? Ce n'est pas parce que je suis née femme biologiquement que je ne le suis pas devenue, dit Iris.

— Pour toi, être une femme, c'est être le rêve d'un homme, dit Serena.

Blessée, Iris se lève et se rhabille, elle cherche dans le minuscule frigo une bouteille de lait qu'elle ouvre et renifle, elle boit en laissant couler du lait sur son menton. Le silence s'est installé dans la chambre et Serena sait qu'elle n'aurait pas dû dire ce qu'elle a dit. Qui connaît le désir de qui ? Sommes-nous autre chose que le désir de l'autre ? Iris n'est-elle pas, à ce moment, à demi habillée, la bouche pleine de lait, le désir d'être femme et le désir d'une femme. Et elle-même, de qui est-elle le désir ? D'elle-même ? Ou d'une chose plus grande, le désir de l'histoire ? Le désir de l'époque ?

— Comment tu peux dire ça ? demande Iris. Alors, ce que j'ai voulu, ce que j'ai atteint de haute lutte, c'est d'être le fantasme d'un homme, de tous les hommes, du plus commun et du plus vil des hommes ? Parce que j'aime les robes de femme et les bijoux de femme ? Parce que, sur scène, j'incarne une femme, je suis une traîtresse ? Une vendue à la cause phallocratique ? Ce que tu aimes en moi, c'est ma féminité, c'est toi qui reproduis le désir masculin, pas moi, moi je suis une femme de théâtre, une fausse femme, une poupée, un masque, une enluminure, et c'est plus révolutionnaire que tout. Tu me fais penser aux pédés qui détestent les folles, qui veulent interdire les travelos. Comme si je ne m'étais pas battue toujours, et contre tous...

— Je ne dis pas que tu ne t'es pas battue, dit Serena, je dis que ton rêve de femme est fait du désir de l'autre.

— Non ! Je suis devenue ce que j'étais, comme toi, je n'ai pas eu à me couper les couilles mais j'ai dû inventer une danse ! crie Iris. Et ce n'est pas le rêve de l'autre qui a fait de moi ce que je suis, c'est la profondeur d'une vérité que je vivais comme supérieure à toute Éthique. Est-ce ma faute à moi si j'aime être une femme féminine. Je n'ai rien contre les femmes masculines, contre les hommes féminins, contre les hommes masculins, je n'ai rien contre la liberté caméléonesque, je suis pour l'indécision du genre, je suis pour le multicolore et pour l'intersexualité. Mais moi, je suis une femme, essentiellement.

— Non, je t'en supplie, ne me fais pas le coup du féminisme essentialiste, dit Serena un peu roublarde.

La bouteille de lait a volé et a rebondi sur le mur au-dessus de la tête de Serena.

— Je ne suis pas essentialiste ! La femme n'existe pas, je suis d'accord, mais il y a l'éthique, il y a une manière de vivre dignement et des millénaires de patriarcat ne nous ont pas appris à le faire !

— Justement, tu crois que tu es supérieure à l'éthique, et moi pas ! Moi, je veux me battre pour définir l'éthique, et pour cela, je ne veux pas que mon corps ressemble à celui de Marylin Monroe.

— Laisse Marilyn en dehors de ça !

— Pour toi, être femme c'est l'éthique, mais pas pour moi, essaye de dire Serena.

La plaisanterie glisse lentement vers le combat d'idées, et le combat d'idées ne tardera pas à fourbir des armes obscènes, elles se désirent trop pour supporter ce qui les sépare et quand ce qui les sépare explose entre elles, dans une chambre de quinze mètres carrés, elles ne peuvent plus que s'enfoncer dans un combat à mort, avant de faire l'amour et de rire de toutes les idéologies.

— Nous ne sommes pas faites d'idéologies, nous sommes faites de mythes et les mythes sont des créanciers impitoyables, dit Iris.

— Parce que tu es une petite-bourgeoise pour qui vivre, penser, contredire, affirmer, marcher dans la rue, aimer a toujours été un droit, dit Serena. Mais moi, dans mon monde, je n'avais pas droit à cela, il fallait que je me batte pour cela, tu n'as aucune conscience du fait que j'ai toujours dû me définir par rapport à toi. Par rapport à toi et Marylin Monroe. Mais toi, tu n'as pas conscience que ce que tu appelles être une femme, pour moi, c'est la prison.

— Et te mettre sur la gueule avec la police, pour toi, c'est la sortie de prison ?

— Du moins ne pas rester immobile, parce que ce que l'on appelle la mort du politique, en réalité, c'est autre chose.

— Quoi ? demande Iris.

— C'est l'Éthique qui meurt, dit Serena, qui meurt parce que revendiquer une étiquette ce n'est pas de l'Éthique, ça ne suffit pas, et la politique, l'art, et le désir n'ont aucun sens si ce n'est de tendre vers l'Éthique.

— Je n'ai pas envie de faire de l'Éthique avec toi, j'ai envie de faire l'amour avec toi, dit Iris.

— Le sexe était de gauche, il est devenu de droite, dit Serena en couvrant son corps avec un drap.

— Qu'est-ce que tu veux dire ? demande Iris.

— Il n'y a plus aucune subversion dans le sexe aujourd'hui, il y a juste un commerce, dit Serena.

— Je suis une actrice, moi, dit Iris. Oui je fais commerce de ma beauté, et alors ? Tu as fait commerce aussi, et pas pour subvertir la société capitaliste, pour payer le loyer ! La prostitution, pour toi, c'était exaltant, mais chanter sur scène, c'est confirmer les stéréotypes. Pourtant il n'y a pas de différence, nous sommes dans un monde de commerce, il faut s'y faire, et qu'est-ce que tu veux ? La lutte armée ?

— Je ne peux pas rester immobile ! crie Serena. Tu comprends ? J'ai conscience qu'il faut sauver quelque chose, quelque chose de très fondamental, une chose si rare, si belle, qu'elle retrouve les origines de notre humanité et qu'elle couvre la totalité de son horizon.

— C'est beau ça, je croirais entendre Aurélien quand il a pris des substances ! Et c'est quoi cette chose qu'il faut sauver ?

— Une sorte d'impatience, une sorte de prémonition, une sorte d'intranquillité… dit Serena.

— Mais j'ai accompli plus de chemin vers l'intranquillité que toi, dit Iris. Chaque soir quand je monte sur scène, j'accomplis plus de chemin vers l'intranquillité. Tu fais ta révolution dans la rue, et moi je la fais sur scène, laisse-moi mon théâtre et je te laisse le tien.

— Donne-moi quelque chose, je t'en supplie, donne-moi quelque chose de plus grand ! dit Serena, et elle se met à geindre comme un chien mourant.

— Tu n'as pas le droit de me parler comme ça.

— Je ne vais pas passer ma vie à faire le coup de poing contre la police pour donner du sens à ma vie, dit sagement Serena.

— Voilà une bonne nouvelle…

— Je veux la guerre, dit Serena, mourir au combat et être canonisée !

— L'engagement, c'est de l'idéologie, dit Iris. Pour moi, devenir ce que je suis, ce n'est pas de l'idéologie et c'est pour ça que c'est, comme tu dis, *grand*.

— Je veux plus grand que grand, dit Serena. Le grand que tu proposes, c'est le théâtre et ce n'est pas assez grand.

— Plus grand que le théâtre, c'est la mort, dit Iris.

— Ce n'est pas la mort, c'est le sacrifice. Et j'ai coupé ma bite pour cela, pour sacrifier quelque chose, pas pour devenir une petite-bourgeoise avec des rêves de célébrité à deux balles, dit Serena en regrettant immédiatement ses mots.

Cette fois, la gifle est partie avec la perfection d'un argument. Serena est restée idiote pendant quelques secondes, et puis elle a cherché quelque chose pour armer son coup, et c'est une chaussure à talon qui est tombée sous sa main, elle frappe Iris au creux de l'épaule, la douleur épouvantable du choc sur la clavicule donne à Iris une force surhumaine, elle agrippe Serena et la jette au sol, elle lui donne dans la foulée quelques coups de pied dans le ventre, Serena attrape une chaise et la lance au hasard, la chaise casse le carreau de la fenêtre. Iris, qui a voulu parer le coup, trébuche et se coupe au talon avec le verre cassé, les deux filles se regardent et elles dressent entre elles un temple de beauté ensanglantée qui les plonge dans un silence magique.

Elles sont émerveillées de leur propre violence, elles sont enivrées de douleur et adorent cet instant de connaissance absolue. Elles ne parlent pas, elles se regardent et, comme deux miroirs, l'une comme l'autre sont foudroyées de la beauté de celle qui la regarde, et la beauté n'est plus une chose devant soi, mais un phénomène cosmique qui embrase la totalité des choses présentes.

Serena sent que la beauté des seins d'Iris tachés de sang est en train de gagner les rues de Paris et de changer le monde.

— Ce que tu veux, ce n'est pas l'Éthique, c'est la beauté, et tu m'as aimée parce que j'étais cette forme supérieure de l'Éthique qu'on appelle la beauté, dit Iris.

— Oui, tu étais sublime.

Elles se caressent le visage et s'aiment irrésolument, elles savent désormais qu'entre elles deux, un être indéchirable est né. L'amour politique est en vérité le plus mystérieux amour. L'éros est si facile à comprendre, même son mystère est compréhensible, mais l'*agapè*, nul ne sait si ce mot signifie quelque chose, et sans doute amour politique en est-il la meilleure traduction. Elles s'embrassent en pleurant, elles ruissellent de joie, elles se touchent avec une brutalité splendide et Iris, qui jouit toujours beaucoup plus vite, a une série de petits orgasmes brefs.

Épuisées, couchées au sol à côté du lit, elles avancent sur une terre inconnue où sonnent les clochettes des serpents les plus dangereux.

— Il me manque quelque chose, dit Serena. Je ne suis pas heureuse, je suis une petite-bourgeoise malheureuse, je veux combattre et il n'y a pas de combat. Je veux être une femme et je ne sais pas ce que ça veut dire, être une femme, je veux une vie parfaite et j'ai peur de perdre la vie dans cette exigence de perfection, j'aime le théâtre et je hais le théâtre, il y a, au-delà de cette chambre, un monde qui m'appelle, qui m'attend et auquel je veux me donner, je veux devenir ce que je suis mais je ne sais pas ce que je suis, je suis une flamme, comment être une flamme sans devenir cendres ou fumée ? Oui, je marche nue dans la ville et mon corps de femme est toutes les révolutions, et je suis adorée et l'on veut me crucifier, mais cela ne suffit pas. Il doit y avoir une manière de vivre plus humaine, je veux être impeccable, mais impeccable comme une flamme pas comme une nappe ou une robe de mariée, parce que je vois toutes les taches de l'histoire dans la blancheur des mains tendues, ton corps si blanc est le matin du monde, j'étais pour toujours une enfant devant le matin du monde de ton corps...

— Je veux quitter Paris, dit Iris. Rien de bon jamais ne peut advenir dans cette ville. C'est une machine à détruire les âmes, à avilir les destins, j'étais une enfant et je suis une vieille femme, j'étais toutes les femmes et je t'aimais parce que tu étais toutes les femmes, mais à force de cogner ma tête contre les murs, je suis devenue idée, et les idées ne créent pas les mondes. Les hommes, eux, ne perdent pas de temps à se définir, ils ont avec eux, dans leurs couilles et leur bite, l'affirmation et la certitude de l'identité, une certitude si sûre et si écervelée, qu'elle ne perd pas une seconde à se définir. Mais nous les femmes, nous sommes une question dans le monde, quand nous ne sommes plus une question dans le monde, nous ne sommes plus des femmes, et toute personne qui est une question est une femme. Regarde les hommes, ils parlent de combat et de conquêtes et d'acquisition, ils ne perdent pas une seconde à se demander, Suis-je un homme ? Les femmes, elles, passent leur temps à se demander, Suis-je une femme ? Et à se demander, à travers cette question, Suis-je un être humain qui vit humainement ? Aide-moi à vivre humainement, mon amour.

Silencieusement, elles se sont habillées et sont allées s'asseoir à la terrasse d'un café de la rue du Temple, juste devant l'école de danse d'où des jeunes filles sortent avec leurs chaussons en bandoulière. Elles se taisent et respirent l'innocence épuisée des danseurs qui viennent dans ce bistrot mordre un café sans sucre et parler de Pina Bausch.

— Je pense à ma mère, dit Serena. Elle a eu cinq enfants, elle a travaillé dans un restaurant toute sa vie, toute sa vie elle n'a fait qu'une seule chose, lutter contre la crasse, laver les enfants, laver le restaurant, laver la cuisine, laver les vêtements, lutter opiniâtrement contre la crasse, ça a été son combat le plus révolutionnaire, ne pas sombrer dans l'obsession hygiéniste, mais se battre chaque jour chaque heure contre la crasse.

— Tu trouves que je manque d'humilité ?

— Comme toutes les bourgeoises.

— La vie est difficile. La vie des femmes est difficile. Il ne faut pas pleurer.

— Pourquoi tu t'interdis de pleurer ? Pleure, pleure tant que tu veux…

— Je ne veux pas pleurer, je n'ai pas le temps, parfois un ange me murmure quelque chose à l'oreille et je dois exiger un silence plus grand pour l'entendre, et pas seulement de moi mais du monde entier, dit Iris.

— Moi aussi, j'ai besoin de silence, c'est vital, dit Serena.

— Tu veux que le monde entier fasse silence pour que tu puisses entendre ton destin, dit Iris.

— Oui, c'est ça exactement ma vie. Je veux que Paris se taise. Je ferai neiger sur Paris pour que le silence tombe du ciel, je ferai une danse qui convaincra le ciel d'envoyer sur Paris un manteau de neige, et j'entendrai alors que je ne sers pas à rien, que je suis plus qu'une petite enfant capricieuse, que je suis une très belle flamme invulnérable, que je connais le secret de l'amour…

— Alors dis-le-moi.

— Je n'arrête pas de te le dire, tu ne veux pas entendre, dit Serena. Oh ! Je veux un silence si grand que tous les secrets seront révélés.

— Tu n'es qu'une petite enfant capricieuse.

— Oui, je crois que je vais encore faire des bêtises, dit Serena.

— Ne t'inquiète pas, je suis là pour toujours. Je t'aime pour toujours, dit Iris.

LE TOUT-PARIS

Un foulard de soie jaune pour cacher son cou de dindon, la mise en plis d'un blond cendré et serein, généreusement maquillée à la mode de l'année 1972, la paupière tartinée de bleu lavande, serrée dans un tailleur acidulé couleur guêpe, ruisselante de bijoux fantaisie qu'elle s'amuse parfois à lancer dans les seaux à champagne, Jacqueline, forte de soixante-dix ans de vie parisienne, est l'indicateur ferroviaire très précis des carrières montantes et des dégringolades annoncées.

— Le pauvre chéri, il ne voit vraiment pas qu'on va lui couper la tête !

Elle parle du ministre de la Culture dont le rire est un peu trop fort à l'entrée du salon de l'automne.

— Tout le monde le sait, il n'y a que lui qui veuille croire à son avenir politique, le président va le faire grand-croix de la Légion d'honneur, c'est un signe qui ne trompe pas. Je lui avais conseillé de partir avant qu'il ne soit trop tard, une grande institution culturelle, l'Opéra de Paris ou le Louvre, mais il croyait encore pouvoir remporter les municipales à Caen, sa ville natale, la bonne blague ! Un méchant petit loup de droite l'a tondu au premier tour, se faire étriper par un parachuté, la fin du monde pour un ministre de la Culture. Regarde-le, il rit beaucoup trop fort, il essaie de se voiler la face, il devrait numéroter ses abattis.

L'expression *numéroter sattis* laisse Aurélien rêveur pendant quelques secondes et puis, ils rient tous les deux en imaginant le ministre à quatre pattes, essayant de mettre une étiquette sur son gros côlon. Il faut dire que la formule est utile dans ce Paris où tout le monde veut assassiner tout le monde. Et depuis plusieurs semaines, Jacqueline la diffuse comme un poison.

— C'est la guerre de tous contre tous. Les amis, c'est encombrant les alliés c'est mieux, dis-toi bien ça mon chéri. Regarde-les, ils n'ont plus qu'un petit plaisir, c'est se réjouir de la chute de l'autre. Ils gourmandisent la disgrâce du ministre qu'ils ont courtisé hier. Quand on n'a plus le cœur à jalouser la réussite des autres, on peut toujours avoir un certain plaisir à leur échec.

Le ministre crie beaucoup trop fort qu'il a quitté la politique pour cacher que c'est la politique qui l'a quitté.

Jacqueline analyse la planche savonneuse en experte.

— Il n'aurait pas dû accepter les coupes budgétaires, ça aussi je le lui avais dit : rends ton tablier ou retrouve tes budgets. Mais il était flatté, il aimait passionnément les jardins du Palais-Royal et voilà, c'est le toboggan vers l'oubli, demain ou après-demain, il ne sera plus rien, il aura tout perdu, sauf ses ennemis. Viens, fuyons ! Voilà Louise Ducreux. Elle veut que je finance sa Fondation pour le renouveau de l'opérette, je vais finir par être méchante et dire très fort qu'elle a sucé Francis Lopez, fuyons, fuyons !

La guêpe se faufile entre deux salons et, à coups de coude dans les côtes, atteint l'observatoire rêvé, un balconnet dans le salon de l'été d'où l'on voit très bien sans être vu.

— Regarde-les, à se sourire et se lécher le cul, tous ces nénuphars de pissotières, tu sais ce qui se joue ce soir mon petit renard ?

Aurélien répond sans grande conviction que c'est l'anniversaire du maestro, il sent que Jacqueline en sait beaucoup plus long sur les intrigues à tiroirs de la vie culturelle.

— Mon petit cœur, regarde, ici au salon de l'hiver, le fringant directeur de l'Opéra de Bordeaux : Louis Sarazac. Il est en pleine danse de séduction, toutes plumes dehors, avec cette vieille raclure de Christian Laiguillé, l'éditeur devenu conseiller culture du président, ne me demande pas pourquoi le ministre a pris cette vieille chauve-souris comme conseiller, soit ils sont dans la même loge, soit ils étaient de la même promotion à Louis-le-Grand, enfin quoi qu'il en soit, il souffle le chaud et le froid dans l'oreille lassée du prince en sursis. Maintenant, hop ! Tourne à cent quatre-vingts degrés, le salon de l'automne et qui est là en train de parler avec notre ministre préguillotiné ? Le toujours jeune metteur en scène Louis Touraine. M. le ministre lui a accordé audience il y a trois jours. Voilà, tu as les éléments de l'énigme et maintenant je vais me laver les mains.

Jacqueline dit qu'elle va *se laver les mains* – elle ne fait jamais pipi, elle ne mange pas, elle ne boit pas, elle ne fait jamais pipi. Aurélien regarde autour de lui la fourmilière des solliciteurs toute à sa disgracieuse besogne, et il ferme un peu les yeux, là, maintenant, il sait qu'il est le centre du monde, inconnu encore mais si proche du pouvoir, il a déjà pêché quelques journalistes et quelques directeurs de théâtre, du menu fretin, dans son filet, mais il a une première dans quelques jours, et il faudra que ce soit la chose à ne manquer à aucun prix.

"Bande de pauvres minables, je vous ferai lécher mes pieds sous peu", qu'il murmure.

Milo Venstein s'approche de lui et le prend par la taille.

— Viens mon petit soleil, je vais te présenter l'ambassadeur auprès du Saint-Siège, c'est une folasse de première qui peut être utile, il connaît les clefs d'à peu près tous les souterrains qui conduisent à la réussite.

Voici notre petit génie, un poète dont Paris ne pourra plus se passer sous peu, introduit le chef d'orchestre.

Et Milo lance le jeune homme roux dans un petit cénacle qui va grandissant et s'agglutinant autour du chef et de son protégé.

— Je ne sais pas pourquoi Milo porte toujours ces horribles cols Mao, il n'y a vraiment plus que les chefs d'orchestre pour porter des cols Mao et croire à la poésie, dit Aurélien.

L'ambassadeur est ravi de cette saillie et réclame l'anecdote du béret que Milo ne raconte jamais sans se faire prier.

— Un jour, je croise Barenboïm à Gaveau, il portait un béret, il ressemblait à une caricature de Français dans un film américain… voyant que je remarque le béret, il devance mon exclamation : Eh bien oui, j'ai voulu avoir l'air français ! Et moi, je lui réponds, du tac au tac : Il ne vous manque que la baguette !

L'ambassadeur auprès du Saint-Siège rit tellement qu'il est obligé de recracher un morceau de poulet au caramel dans une serviette.

— Je n'ai jamais rien entendu de plus drôle ! Oh ! J'aurais voulu être là ! Et je suppose que ça ne l'a pas fait rire du tout…

Milo est prêt à porter l'estocade.

— Il n'a pas du tout relevé, il a dit, Je ne mange jamais de pain blanc.

Là, l'ambassadeur auprès du Saint-Siège est proche de l'infarctus, il pleure de rire, de longues larmes irisées font des rails dans la fine couche de poudre qu'il s'applique sur le visage pour cacher sa couperose. Et, pour retrouver ses esprits, il dit une jolie petite banalité bien stable :

— Enfin, il n'a pas le sens de l'humour mais c'est un grand chef.

— Qu'est-ce qu'un grand chef ? demande Milo, et seul Aurélien voit qu'il y a dans sa question non interrogative un précipice d'inquiétude.

— Quels sont les chefs que vous estimez ? demande l'ambassadeur. Guerguiev ?

— Il ne donne jamais d'entrée, mais les orchestres l'adorent, et ça, j'aimerais savoir faire, répond Milo.

— Et Jordan ?

— Le père ou le fils ? répond Milo.

— Les deux.

— Le fils a du talent, le père avait du génie. Évidemment pour être chef, le talent est plus utile que le génie.

— Et chez les moins connus ?

— J'admire Kawka pour son humilité, je l'ai vu diriger *Parsifal* sans regarder la partition – ce qui en soi n'est pas difficile, d'ailleurs Wagner c'est moins difficile que Bizet –, mais il avait la partition devant lui, il ne voulait pas montrer qu'il la savait par cœur, et ça, ça vaut une place au paradis.

— Ah ? Kawka, vraiment ? Je ne l'aurais pas rangé parmi les incontournables, dit l'ambassadeur.

— J'ai toujours essayé de contourner les incontournables, dit Milo.

— Et Thielemann ?

— Il est probablement génial, puisqu'il est caractériel ! répond Milo.

— Et Muti ?

— Muti n'est pas un chef, il *est* la musique, il demanderait une goutte d'eau au désert, et Dieu qui aime la musique et l'Italie ferait tomber de l'eau que Muti s'en lisserait les cheveux probablement.

— Et donc un grand chef sait qu'il est un grand chef ? demande un jeune mélomane anorexique.

— Un grand chef doit jouer au grand chef. Les musiciens d'orchestre sont les êtres les plus snobs du monde, ils préféreront toujours un Gerguiev qui ne les aide pas à un Kawka qui les sauve à chaque mesure.

— Mais le plus grand des plus grands ? Solti ? Karajan ?

— Celibidache, évidemment ! Lui seul a compris qu'il faut servir la musique et non pas se servir d'elle, répond Milo avec tristesse.

— Ah ? Et comment apprendre ça, l'humilité des grands ? demande Aurélien.

— Je pense que c'est le désespoir qui apprend cela, mais une forme de désespoir qui sourit toujours, une forme de désespoir capable d'organiser la plus grande fête de l'histoire des fêtes.

Milo s'attend à les faire rire mais il glace l'ambassadeur dans un silence très imbécile. Jacqueline apparaît, salvatrice, en passant avec grâce sous un plateau de sorbets à la mangue.

— Rendez-moi ce jeune homme, je dois faire son éducation !

Et elle tire par l'oreille Aurélien qui exagère un petit couinement de douleur.

— Alors, ma devinette, qu'est-ce qui se trame ici ? demande Jacqueline.

Aurélien sèche misérablement et lui fait une moue de poisson bouilli.

— Je vais te donner un indice ou deux : à ta droite, s'éventant avec un programme de l'Opéra de Vienne, la toujours jeune soprano Patricia Petibon. On voit qu'elle a ouvert son décolleté pour séduire Sarazac. Elle ne se doute pas que c'est pour lui aussi répugnant qu'un cadavre de veau. Et à ta gauche, une cour d'éphèbes en master de gestion culturelle exhibent leurs triceps et parlent de chorégraphes flamands à Touraine.

Cette fois Jacqueline pense que les choses sont claires.

— Je crois que je suis perdu, dit Aurélien.

— Tu n'es pas perdu, mon petit ange, tu es le cœur de tout, car quand les pique-assiettes seront rentrés se coucher, c'est toi qui organises l'orgie n'est-ce pas ?

— Comment tu sais ça ? demande Aurélien.

— Tiens ! J'ai échangé mes boucles d'oreilles en corail contre cette petite boîte de GHBXZ, enfin je ne me rappelle plus toutes les lettres, mais c'est un interne de Saint-Louis qui m'a dit que vous alliez vous amuser comme des fous. Tu vois je ne sers pas qu'à lancer des charades !

Sa main aux ongles bleus fait tomber dans la paume d'Aurélien la boîte de drogue inconnue.

— Comment trouves-tu mon tailleur ? demande Jacqueline.

— C'est jaune, dit Aurélien suffisamment réprobateur.

— Je crois que je suis la dernière à m'habiller en Cardin, d'ailleurs c'est un machin d'il y a dix ans, il est toujours démodé, c'est ça qui est bien !

Et soudain c'est la flamme de la Pentecôte et Aurélien, entre ses petites dents parfaites, lâche, étouffé et triomphal à la fois :

— L'Opéra de Paris !

— Bravo ! Voilà que tout peut maintenant t'apparaître avec ses vraies couleurs, dit Jacqueline. Qui sera le prochain directeur de l'Opéra de Paris ? Nous avons deux prétendants, Sarazac et Touraine, mais Sarazac ne sait pas que l'autre est dans la course. Et bien sûr, Milo veut que les deux croient qu'il a le pouvoir de faire pencher la balance, et que le Tout-Paris pense qu'au final, c'est lui qui tranchera.

— Et moi ?

— Toi, tu as tout intérêt à ce que Milo réussisse à se faire passer pour le Grand Instigateur de la farce, car son seul but c'est que tu mettes en scène *Elektra* dans la première saison du gagnant.

— Et toi ? demande Aurélien.

— Moi ? Je vais te dire quel est mon susucre à moi. Pas le whisky, pas la coco, pas les minets, moi, ma joie honteuse, mon plaisir ardent, mon vice irrépressible c'est…

— Les tailleurs démodés ?

— Tu y es presque, moi ma jouissance la plus secrète, ma revanche la plus inavouable, ma nourriture la plus substantielle, c'est le petit Rastignac, orphelin tout ensoleillé d'émerveillements départementaux et qui serre les poings dans les poches de son manteau troué.

— C'est *moi* ?

— Toi. Ou Milo il y a trente ans. Je vais faire pour toi ce que j'ai fait pour lui, mon petit caramel, je suis même la reine des reines de la réussite sociale ; je vais commencer par cacher tes dents longues sous une lèvre purpurine qui te donnera l'air de ne t'intéresser qu'à l'art. Je vais donner à ton provincialisme des accents de fraîcheur champêtre et de sincérité désarmante, je vais faire de tes coucheries une sarabande mystérieuse, je vais faire de ton accent de province une élégance indispensable à la panoplie des snobinards.

— Pourquoi moi ?

— Je ne crois pas au talent mon cœur, je crois à la mondanité.

— Tu crois que la mondanité peut tout ?

— Je pourrais transformer un cheval en âne, un chat pelé en un lion, et un canari empaillé en aigle, il suffit que tout le monde y croie et tout le monde y croira. Tu as l'avantage.

— Quel avantage ? Toi ?

— Non. Tu es un charlatan, donc tu as l'avantage.

— C'est ce que tu as dit à Milo il y a trente ans ?

— Tu l'aurais vu, assistant de l'assistant de Georges Prêtre, avec son petit cartable élimé, tout frais émoulu du conservatoire de Lisieux, premier prix de hautbois – l'instrument bien inutile. Mais j'ai reconnu en lui cette chose plus rare et belle que le matin : la fureur de vaincre. Autrefois c'était un clou, aujourd'hui c'est un marteau. Mais ça ira beaucoup plus vite pour nous, parce que, franchement, metteur en scène ou poète c'est beaucoup moins compliqué que de diriger *Wozzeck*. Tu ne voudrais pas aller me chercher un verre d'eau ? Et en passant, pince les fesses du ministre.

— Tu plaisantes ? demande Aurélien.

— Mais non ! Pince-lui les fesses, il va adorer !

Se faufilant entre les coupes de champagne, dans le labyrinthe des paroles médisantes, et tout en faisant mine d'aller vers le jardin, Aurélien pince subtilement mais sûrement les fesses flasques du ministre comprimées dans la popeline grain-de-poudre de son costume. Pincé, l'homme se retourne et Aurélien qui sait jouer un coup d'avance lui adresse un sourire désarmant et s'enfuit. Le ministre ne sait trop quoi penser, mais il est rafraîchi par cette impertinence. Il a le temps de voir la nuque tachetée de rousseur d'Aurélien qui disparaît dans la foule.

Ainsi sont les ministres, ils prétendent se moquer du protocole, surtout s'ils sont de gauche, mais sont prêts à faire emprisonner celui qui manquera de révérence, et vérifient toujours quelles places leur sont attribuées aux premières. L'obsession protocolaire est d'autant plus grande quand ils se sentent illégitimes, il faut les badigeonner de monsieur, madame le ministre, les attendre sur le perron, les remercier trois fois. Mais, lassés de leur propre lassitude, et prisonniers de leur vice, ils apprécient aussi l'irrévérence qui semble affirmer, Je vois l'homme sous la fonction.

Le talent d'Aurélien tient non seulement à sa confiance en lui mais aussi à une habileté instinctive, il devine le désir de l'autre comme le chien flaire le gibier. Il ne s'impose pas, il pince et s'enfuit, il sait que le ministre le reconnaîtra, il ne se transforme pas en ennuyeux solliciteur, il ferre et laisse filer la ligne…

Pendant qu'on fait tinter une petite cuillère d'argent contre un verre de cristal, faussement timide Milo se racle la gorge. C'est l'heure du discours que Jacqueline introduit en murmurant à l'oreille d'Aurélien, Voilà le discours, nous allons savoir lequel des candidats il soutient, mais il faudra écouter avec attention…

— J'avais préparé un long discours très ennuyeux, je préfère vous l'épargner.

Et ce disant il déchire deux pages écrites en pattes de mouche.

— Mes chers amis…

— Oh ! oh, dit Jacqueline, toujours un peu trop fort, il ne salue pas le ministre, ça c'est un camouflet mon loulou.

— Mes chers amis, vous tous, réunis ici, croyez profondément à la valeur politique et sociale de l'art et de la musique.

— Il a soigneusement évité le mot culture, c'est malin, dit Jacqueline.

— Nous croyons aussi que la politique a besoin de se réinventer à partir de la pensée et de l'espérance, pas uniquement à partir des sondages et du clientélisme.

Une salve d'applaudissements fait trembler les lustres, et Jacqueline, d'un coup de menton, désigne le visage faussement souriant du ministre.

— Nous devons espérer que les artistes jouent dans la société un rôle plus important que décorateurs de la crise des valeurs et du déclin de l'Europe.

— Ça c'est un point pour Touraine, c'est l'artiste des deux.

— Et pour cela, ils doivent trouver des appuis réels parmi toutes les bonnes volontés de la société civile.

— Un partout !, bien joué, l'appui réel, c'est le technocrate, donc Sarazac.

— Mais je ne veux pas vous ennuyer plus longtemps. Que les salons de l'hôtel soient pour vous le lieu de la joie et du désir !

— J'espère qu'il n'est pas en train de nous inviter à la partouze qui suit, dit Jacqueline.

— Et puisque nous fêtons mon demi-centenaire, je me sens suffisamment vieux pour vous dire que désormais ma vie ne sera plus consacrée qu'à la musique.

— Ça, ça veut dire qu'il ne brigue pas l'Opéra pour lui-même, dit Jacqueline.

— Il est temps pour moi de me dévouer à l'essentiel : la beauté du ciel, la vérité de l'amitié, la passion des œuvres d'art.

— Il va nous faire croire que tout cela n'est pas une immense campagne. Le ciel, tu parles !

— Ma chance est inouïe de voir réunis autant de gens que j'aime…

— … qu'il aime *et* méprise, ce n'est pas incompatible. On s'attache à ses ennemis avec le temps.

— Ce que nous voulons, ce n'est pas une place pour la beauté, c'est *toute* la place pour la beauté !

— Toujours bien de citer René Char, ce sont des citations que tout le monde connaît et ça flatte le public, dit Jacqueline hilare.

Applaudissements redoublés, sifflets d'une partie de l'assistance déjà bien éméchée, quelques bravos et quelques Vive le maestro !, avant que la foule ne scande Mi-lo, Mi-lo, bref, un triomphe de circonstance pour celui qui régale. Au-dessus des hourras, un masque de crâne se balance dans le grand lustre, à l'intérieur un phallus de marbre rouge tremble d'aise.

— Belle démonstration de force, tu vois, mon petit lapin, il vient de prouver au Tout-Paris qu'on ne nommera personne à l'Opéra sans tenir compte de son avis, et il a envoyé un signe aux deux candidats donc, la guerre commence. La vieille Jacqueline et le petit Rastignac pinceur de fesses vont devoir tirer les marrons du feu.

Christian Laiguillé, le cacochyme conseiller du ministre, tire Aurélien par la manche et le conduit jusqu'à Sa Majesté, assise avec nonchalance sur une banquette judicieusement poussée vers le soir automnal.

— Il me semble, jeune homme, que vous m'avez pincé les fesses, dit le ministre.

— C'était irrépressible, monsieur le ministre.

— Je sais qui vous êtes, dit le ministre.

— Votre faiseur de fiches tire plus vite que son ombre, dit Aurélien en désignant Laiguillé.

— Alors, cette pièce que vous répétez ? demande le ministre.

— C'est une divagation prétentieuse sur Pénélope, l'attente sans but, etc. J'essaie de faire ennuyeux pour avoir l'air intelligent.

— C'est une bonne stratégie. Vous irez loin.

— Je crois que depuis la catastrophe de la Seconde Guerre mondiale, l'Europe a remplacé la métaphysique par l'attente.

— C'est possible, le messianisme sans messie ne me déplaît pas, dit le ministre qui veut avoir l'air de penser.

— Sauf votre respect, je pense qu'il s'agit plutôt d'un messie sans messianisme.

— Et qui est ce messie ?

— Moi ! Évidemment ! répond Aurélien en se hissant sur la pointe des pieds.

— C'est donc un messie qui m'a pincé les fesses ?

— Mais il n'y a pas d'autre espérance que cela, pincer les fesses de tous les pouvoirs, dit Aurélien.

— Vous êtes un petit jeune homme très désagréable. Je viendrai voir la pièce. Veillez à ce que ce soit noté sur mon agenda, dit le ministre, désinvolte, à son conseiller.

Il prononce le mot agenda âge-en-da, ce qui amuse terriblement Aurélien qui, après deux courbettes, plonge dans la foule des Parisiens, en fredonnant âge-en-da, âge-en-da, âge-en-da.

SON PÈRE

Lucas est assis dans le jardin de l'hôpital, il regarde son père qui essaie de rallumer un mégot, il l'a vu faire ce geste tant de fois, et quelque chose de la rancœur qu'il a pour lui se concentre sur ce geste, un dégoût mêlé d'amour et de pitié. C'est le geste de l'avarice absolue, son cœur est pétrifié, se dit Lucas, et plus rien jamais n'échappera à cette avarice, la pierre qui est une arme, la pierre qui survit à la vie, la pierre des cathédrales et des ruines, la pierre qui tue, la pierre qui ne meurt pas.

Ils ont parlé longtemps, toujours à mots secs, de la cantine de l'hôpital, d'une infirmière qui a le nez percé, son père trouve qu'on ne devrait pas tolérer un personnel comme ça et, dans cette réflexion, il retrouve encore l'intransigeance du capitaine d'industrie qui a passé sa vie à jouer à la roulette russe avec ses employés, Lucas se souvient d'un voiturier que son père avait viré parce qu'il cachait des papiers de bonbons à la menthe dans les poches de sa livrée.

Et aujourd'hui que son père, sous l'arbre jaune de l'Hôpital américain, n'est plus que cet homme cramponné au bord du gouffre, à qui la démence sénile laisse parfois des éclairs de lucidité, il ne sait pas ce qu'il pourrait faire de l'immense dégoût et de la haine sans frein qu'il a toujours éprouvés pour lui. Ni de l'amour. Ce serait trop simple, si cette haine n'allait sans une admiration malsaine et sans un amour inavouable, mais la confusion des sentiments pour ne pas dire l'ambivalence brûlante de son amour filial ne peut plus se dire, le vieillard n'entendrait pas. Il appartient déjà au monde des pierres. Lucas regrette si profondément de ne pas lui avoir craché au visage, à l'époque où il le pouvait encore, il ne se doutait pas que la vie serait plus éloquente et humilierait plus vite que lui, aujourd'hui, le vieil homme au regard terrifié par un vol de pigeons. Il est sous un arbre sale, et l'automne ressemble à ses doigts jaunes et à ses ongles trop longs. Est-ce la robe verte et les cheveux épars, lui qui soignait si stratégiquement son apparence, deux jambes maigres dans des mocassins sans chaussettes, est-ce la robe verte qui déjà le fait entrer dans la lumière de la mort ?

— Pourquoi tu étais si dur avec moi ?

Lucas dit ça avec l'espoir que cela réveille la banalité de leurs retrouvailles. C'est la dernière chance, il sait que son père sombre et craque d'autant plus vite qu'il est un grand bateau. Lucas a l'espoir de fouetter la lucidité de l'homme en face de lui, les joues creuses et le regard mauvais.

— Quel genre de réponse veux-tu ?

— La vérité, dit Lucas.

— La vérité n'existe pas, dit le père.

Lucas se voit enfant, allant à l'école, avec le mot "imbécile" écrit au feutre rouge sur son front de la main de son père, humiliation qui ferait rire son père aujourd'hui, luimême ayant subi tellement plus cruel quand il était caché dans une famille d'accueil, sauvé de la déportation par une conversion rapide et un cagibi plein de rats. Il avait dû, pour survivre, oublier sa mère et son père, renier sa religion et sa famille et, parce que c'est une traîtrise qu'au fond il ne s'est jamais pardonnée, cela lui a donné le droit d'humilier son fils, au nom de la pureté. C'est même cette humiliation systématique qui lui semblait la règle avec laquelle tirer un trait sur sa culpabilité. L'enfant était venu tard, il avait déjà cinquante ans, et en dépit du regard impeccable de Lucas, de son âme sans conjuration, de son intelligence assoiffée d'absolu, son père n'avait pas pu l'aimer autrement qu'en le traitant avec la plus grande cruauté possible. Lucas pense en un éclair que seul le malheur peut établir entre eux une ressemblance et que cette ressemblance serait un équivalent suffisant à l'amour impossible.

— Tu voulais que je sois comme toi, je ne pouvais pas être comme toi, dit Lucas.

— Je ne voulais pas que tu sois comme moi ! Je me haïssais, dit le père.

— Mais pourquoi ?

— Je suppose que je me haïssais d'avoir échoué.

— Et moi aussi, tu me haïssais ?

— Parfois oui, tu semblais si fragile, si vulnérable, je ne pouvais pas te protéger, je me souviens qu'un jour, tu es rentré en larmes parce qu'on t'avait volé un bonnet. Alors je t'ai attaché à un arbre et je t'ai frappé, je n'avais pas d'autre réponse ; il fallait que je te montre qu'il n'y a aucun autre droit que la loi du plus fort, dit le père de Lucas avec une voix sans voix.

— Ce n'est pas les coups que je craignais le plus.

— Je sais, tu étais devenu presque insensible à mes coups.

Lucas voit sur le visage de son père une admiration étrange, mais ce n'est peut-être qu'une grimace qui dit que tout est énigme.

— Et quand maman est morte, je n'imaginais rien de pire que de vivre seul avec toi, je n'imaginais pas d'existence plus misérable que de te servir.

Pourquoi avoir été si cruel, je me souviens qu'un jour j'ai dû aller acheter du pain et tu avais écrit sur mon front : "fils de personne". Pour me punir de quoi ? dit Lucas avec le calme d'un prince.

— Je ne voulais pas te punir, je voulais te briser.

— Pourquoi ?

Le silence entre le père et le fils n'espère rien, il se suffit à lui-même. Mais Lucas sait aussi que ce silence est ouvert, et que son père va parler encore.

— Parce que tu étais là, et elle était morte, et je ne supportais pas non plus de vivre avec toi, dit le père, sans violence.

— Tu me privais aussi de tout ce qui pouvait être une consolation, et surtout tu me privais de livres, dit Lucas sans émotion.

— Il me semble que les livres, l'art, la pensée se méritent, je ne voulais pas que les livres soient pour toi une distraction. C'était trop difficile à comprendre ?

— Je devais être parfait, c'est ça ?

Cette fois Lucas n'a pas pu parler sans émotion, mais il est loin encore des sanglots qui mettraient fin à cette discussion si nécessaire.

— Mais tu *es* parfait, a conclu l'homme qui l'a élevé très mathématiquement. Je t'ai forgé dans la souffrance, je ne t'ai apporté aucune consolation et tu es parfait.

— Qu'est-ce que ça veut dire ? demande Lucas, et ce n'est pas une question rhétorique.

— Tu es enchaîné aux questions que posent les étoiles, tu es incapable de vivre dans autre chose que le feu, tu as compris que le chant et la souffrance sont un, tu es un être entièrement sacrifié au pressentiment du divin, tu es si proche de Dieu que cela produit une obscurité abyssale sur le visage de ceux que tu croises, tu es crucifié, pas seulement par la souffrance mais par la présence de l'éternité dans le temps. Voilà ce que je t'ai donné, dans cette très dure éducation, j'ai fait de toi le mystique que je ne suis pas, que je ne serai jamais, j'ai fait de toi un diamant, dit le père de Lucas d'un seul trait, comme si c'était un discours appris et répété cent fois, et il se lève, tourne le dos à son fils et caresse l'écorce grise de l'arbre. Il s'interroge.

— C'est un aulne, non ? Je connais mal les arbres.

Lucas se demande si la digression sur l'arbre est une manière de répit ou de volonté de clore la conversation. Et l'aulne lui fait penser à la ballade de Schubert, et il se voit emporté et mourant sur le cheval noir d'un père qui l'aimerait plus que le monde.

— Tu pensais cela, en me forçant à courir nu dans le froid, ou en me faisant dormir dans la niche des chiens, et en écrivant des insultes sur mon front ? Pourquoi ? Pourquoi ? demande Lucas sans exiger de réponse, c'est plutôt une lamentation froide. Les coups, parce que je n'avais pas réussi à réciter un psaume de David sans hésitation, je n'avais eu qu'une journée pour l'apprendre, j'avais neuf ou dix ans…

Le père de Lucas a un moment de lassitude et se rassoit, il parle maintenant à voix basse.

— Tu ne te souviens que des moments où j'étais dur, tu ne te souviens pas du temps que j'ai passé à ton chevet quand tu as eu cette pneumonie, tu ne te souviens pas du temps que j'ai passé à peindre des étoiles dans ta chambre, tu ne te souviens pas… dit le père de Lucas.

Lucas sait qu'il est lâche de profiter de cet avantage, mais il ne peut résister à son tour à la cruauté lapidaire.

— Non, je ne me souviens pas. Mais je ne pense pas que tu te souviennes du tisonnier avec lequel tu m'as brûlé un jour, de la chaîne à laquelle tu m'as attaché si souvent, du tas de pierres que je devais déplacer d'un point à l'autre du jardin pour le reconstruire à son point de départ…

— Tu as un corps parfait et une âme parfaite, dit le père de Lucas en souriant et, les yeux perdus dans les feuilles jaunes, il ajoute : c'est ce que je voulais.

— La perfection est le contraire de la vie, dit Lucas.

— Tu avais déjà la vie, moi je pouvais exiger la perfection.

— Pour racheter ta propre imperfection ? Ta tiédeur ?

— Pour racheter ma solitude, mon incapacité à aimer.

— Tu voulais m'apprendre à aimer en me privant d'amour ?

— Oui, c'est ce que je voulais. Je voulais voir naître en toi une forme d'amour encore inconnue sur terre, une forme d'amour incommensurable.

— Je ne te pardonnerai jamais, dit Lucas comme s'il gravait ces mots sur une pierre tombale.

— Je voulais te remplir d'une colère si belle, si fondamentale, qu'elle aille dans les étoiles réclamer une parole d'amour. Et puis tu étais beau, d'une beauté qui me donnait envie de te tuer parfois.

— Tu me trouvais beau ?

Lucas ne s'étonne pas, il se contente de creuser, creuser encore, il sait que dans cette tombe qu'il creuse, il y a des trésors d'énigmes, assez d'énigmes pour une vie entière.

— Tu étais d'une beauté parfaite. Tes yeux d'un bleu d'acier, tes cheveux noirs et brillants, ta peau blanche comme le papier, je n'avais pas de honte à te trouver beau. C'est ce que je voulais, je voulais que tu sois le plus bel enfant du monde.

— Mais à quoi bon ? À quoi bon, si tu ne m'as pas appris la Joie ?

— La Joie ne s'apprend pas, la Joie est une grâce que l'on refuserait si on la comprenait absolument, dit le père de Lucas très simplement, comme s'il connaissait cette vérité depuis toujours.

— À cause de ce qu'elle exige ? dit Lucas, et ce n'est pas une question.

Une colère blanche commence à monter dans l'âme du père.

— Mais oui ! Toi seul peux répondre à la Joie, avec cette noirceur en toi, le monde en toi est-il autre chose que noir ? Brûlé, enténébré, obscur, on t'a plongé le cœur dans un encrier, et maintenant tout ce que tu touches devient nuit, tout ton corps souffre d'un désir et rien n'est assez grand, rien n'est assez beau…

Mais cette colère, Lucas l'interprète aussi comme un cri de triomphe, et il avoue.

— C'est vrai, seul le sacrifice m'attire…

— Mais qu'est-ce que l'on pourrait désirer d'autre ? Rentrons, j'ai froid, dit le père.

Le père de Lucas se dirige vers le bâtiment, et Lucas le suit après avoir ramassé le paquet de cigarettes et les magazines qu'il a laissés sur sa chaise, et en voyant sa nuque maigre qui avance dans le couloir, il a envie de le sauver, de faire jaillir avant la nuit une parole qui sauve, de le forcer à une confession d'amour qui rachèterait tous les mystères de sa vie.

— Qui es-tu ? demande le fils.

— Un misérable, répond le père.

— Mais est-ce que tu as jamais aimé ?

— Qu'est-ce que j'en sais ?

— Tu n'as pas envie de savoir ?

— Maintenant que je vais crever, non, je ne veux pas savoir. Tu crois que je veux le pardon ?

— Je ne pourrais pas te le donner, tu as éteint toute la lumière en moi.

Et en disant ces mots épouvantables, il aide son père à s'allonger, et le vieillard, avec une grimace, scrute les yeux de son fils, et n'y voit plus que sa propre déchéance et le vide de l'abandon.

— Je ne veux pas de pardon, dit le père de Lucas. Je veux que tu sois hanté toujours par un devoir magnifique. C'est ainsi que moi j'accomplis le Père. Oh ! Le plus atroce est que tu me comprends, tu m'as toujours compris. Nous nous sommes toujours compris. Tu savais que ma prière était froide, que j'accomplissais un devoir religieux, et tu me le disais à ta manière. Tout cela n'est rien s'il n'y a pas l'amour, mais qu'est-ce que l'amour ? Moi, ce que j'appelle l'amour, c'est une exigence surnaturelle pour mon enfant. Et cette exigence met les choses les plus simples – couper du pain, marcher dans le froid, regarder la mer – à la hauteur de la mort.

Parce que ce que nous avons à accomplir c'est la mort, non pas seulement crever comme je vais crever, avec ce cancer que les médecins veulent à tout prix prolonger, mais à chaque instant. La mort est bonne, si on la laisse parler, elle n'est pas morbide, elle n'est pas abjecte, comme ce lieu, cet hôpital, ces infirmiers, la mort c'est mettre chaque geste de notre vie dans une aspiration à la réponse, même s'il n'y a jamais de réponse, la mort, c'est regarder Dieu droit dans les yeux, surtout s'il n'existe pas. La douleur me purifie, chaque jour, et je ne la hais pas, je ne hais que ma tiédeur, maintenant va-t'en je suis fatigué.

Ce geste de la main, impératif vestige d'un temps où il régnait sur des milliers de personnes et où ce qu'il appelait son exigence était en fait une implacable intransigeance. Mais Lucas ne part pas, il reste au bout du lit, dans le prolongement exact de ce corps que stupidement il associe à un cep de vigne.

— Tu n'as rien compris, tu es un vieux fou, défiguré par la souffrance, on s'approche de la réponse avec la douceur, on s'approche de la réponse comme si la réponse était un oiseau, sur la pointe des pieds, avec admiration, on s'approche en retenant son souffle, en disparaissant, la réponse nous attend, mais elle est si fragile, si craintive, qu'il faut une délicatesse d'enfant, on s'approche de la réponse en vivant, en vivant pleinement une vie dans laquelle jamais on ne brise une âme, jamais on n'effraie un devenir, jamais on ne froisse un émerveillement.

— Pour moi, il n'y avait que la souffrance, alors je t'ai donné ce que j'avais.

Il voit que, par ces mots, son père essaie de le faire taire. Maintenant Lucas parle avec un calme surnaturel.

— Le plus épouvantable dans notre lien, dit Lucas, c'est que je t'admirais. J'admirais tant ta beauté, ton exigence, je te voyais prier à genoux longtemps, dans une chapelle de fer, et je t'admirais. Tu étais si beau, toi aussi, avec tes yeux bleu-noir, toi aussi, une peau immaculée, toi aussi, brun comme un prophète ! Je t'aimais plus que tout.

— Et j'ai brisé cet amour ? demande le père, sans attendre de réponse.

Il se couche sur le dos et regarde le plafond.

— Hélas, non, dit le fils.

— Regarde ce qu'il reste de ma beauté, est-ce que je ne ressemble pas tout à fait à un spectre ? demande le père.

— Non, pas à un spectre, à un cadavre ! dit Lucas entre ses dents, et il quitte la chambre de son père.

Il s'en va, il a dit le dernier mot. Mais dans le couloir il est pris d'une terreur inexplicable, il faut qu'autre chose soit dit. Non, ce ne peut pas être le dernier mot. Qui sait si, demain, son père aura encore la lucidité de parler. Le crabe qui lui ronge le cerveau lui laisse peu de temps, qui sait s'il ne vient pas, dans un mouvement d'orgueil, alors qu'il avait réussi jusque-là à contrôler son émotion, de perdre la dernière chance de parole. Il revient sur ses pas et il se cramponne aux pieds du lit.

— Oh, dis-moi une parole ! Une seule parole, et je serai guéri de toute cette souffrance que tu voulais pour moi, éteins ce brasier où tu m'as jeté dès l'enfance, donne-moi l'équivalent de douceur, pour que la balance de la grâce soit rétablie, pour que j'entende que tout cela ne venait que d'un incommensurable amour, si grand qu'il ne pensait pas être de l'amour, et non pas d'une insoutenable obscurité.

Et pendant un instant il est certain d'avoir vaincu. Son père s'est redressé et s'est assis, il a mis la tête dans ses mains, non pas pour pleurer mais pour se protéger de la lumière des néons qui viennent de s'allumer dans la chambre.

— Tu parles comme si cela n'avait été que pour toi. Est-ce qu'on élève un être comme toi pour le sauver lui, et lui seul ? Ce diamant que tu es, tu penses qu'il va éclairer seulement la nuit de ce mourant ? Ce cadavre pour qui la douleur même est parole, pour qui toute parole est douleur ? C'est le monde que je voulais vaincre, et je jette dans l'opacité, dans la tristesse, dans la désunion et l'incohérence, un enfant parfait et redoutable, pour qu'il ouvre toutes les portes, qu'il consomme tous les destins, qu'il répande tous les parfums, qu'il vérifie tous les livres…

Si c'est la parole d'amour que Lucas attendait, il est écrasé par le destin auquel elle l'oblige, et il tremble de peur.

— Je ne peux pas, je ne suis pas capable de ça.
— J'ai fait de toi un guerrier, dit le père.

— Mais pour quelle guerre ?

— Pour réinventer la guerre ! crie le père.

— Mais je ne voulais rien d'autre que ton amour, moi ! pleure le fils.

— Désire-le encore, désire-le encore par-delà mon corps mourant, par-delà ma charogne, viens sur ma tombe, et insulte-moi pour t'avoir condamné à un devoir si grand ! Pisse sur ma tombe, ou mieux, jette-moi dans la fosse commune et qu'il n'y ait pas de tombe. Mais la guerre est là.

Lucas doute alors de la lucidité de son père et se demande s'il dialogue avec la démence ou avec l'homme qui l'a élevé, mais il doit pourtant continuer. Il est épuisé, plus que son père encore. Il s'assoit au sol, le dos contre le mur.

— La guerre ? La guerre ? demande Lucas à voix basse.

— Oui, le grand combat. Il faudra que chaque chose du temps soit retournée vers l'éternité, il faudra que chaque définition de l'éternité soit ensevelie dans le temps, il faudra rendre le temps amoureux de l'éternité et l'éternité jalouse de la beauté du temps, dit le père de Lucas d'une voix épuisée.

— Mais comment, comment alors que tu m'as dépossédé de la seule arme qui soit ?

— C'est par ce que tu es sans arme que tu vaincras !

Et Lucas entend encore, et peut-être pour la dernière fois, la voix prophétique de son père qui résonne dans ce lieu sans velours. Il n'a qu'une seule idée, se décharger de ce que son père demande, trouver l'argument théorique ou poétique qui le délivrera de ce fardeau. Il ne veut pas de cette vie, il veut goûter la joie du printemps.

— Je suis incapable d'aimer, dit Lucas.

— Tu es incapable d'aimer comme les autres, dit le père. Comme les autres croient aimer, mais tu ne sais pas que ta façon de marcher seul dans la rue, ton impatience devant le jour, ton insolence devant la nuit sont la forme d'amour la plus grande.

— Comment ? Quoi ?

— Insatiable, l'amour insatiable, celui qui n'en a jamais assez, celui qui dit toujours, celui qui dit encore, parce que la blessure est trop grande, trop profonde, parce que l'ange a ouvert une blessure sans mesure, une blessure belle comme une bouche…

— Une blessure… Tais-toi, tais-toi !

Et il répète, inlassablement, Tais-toi !, pour conjurer toutes les paroles de folie de son père. Mais le père ne l'écoute plus, allongé de nouveau sur le dos, il déroule une parole sans intonation, vide de toute violence.

— Mais c'est la blessure du langage, tu as dans ton cœur la blessure du langage, et seul l'amour divin peut l'apaiser…

— Tu voudrais que je sois un saint, dit tristement Lucas.

— Je ne voulais pas cela, non.

— Non ?

— Ce n'est pas moi qui le voulais, c'est toi, dit le père, dans un silence de marbre. Dès l'enfance, tu mettais ta main dans les flammes, tu restais longtemps muet pour réapprendre la nécessité du langage, ton corps était prière… Et moi j'étais l'instrument, j'étais au service de cet enfant très effrayant.

— Je te faisais peur ?

— Dans ma vie misérable, je n'ai jamais eu peur que de toi, dit le père de Lucas en perdant connaissance.

Il s'est évanoui et Lucas reste debout, dos contre le mur, pensant qu'il est peut-être mort, mais ne pouvant pas appeler au secours. Jusqu'au moment où il entend son père gémir, alors il se sent l'être le plus abandonné du monde, non pas parce qu'il est seul, mais parce qu'il est écrasé par un devoir impossible, dont il ne sait pourtant pas comment se défaire.

DANS LE SALON DE L'HIVER

Le salon de l'hiver aux soubassements de faux marbre blanc et aux pilastres argentés ouvre sur une petite chapelle que le décorateur a tendue de velours marine ocellé, c'est soudain l'obscurité des grands fonds piquée d'étoiles et de pupilles.

Aurélien adore ce recoin mystique où un débordement de lys blancs et de cire tache un autel d'albâtre. La foule n'y vient pas – dégoût, respect ou terreur sainte en interdisent l'entrée et l'on admire du seuil les statues votives perdues dans les ténèbres. Sans doute à cause du capitonnage de velours encre, le son s'éloigne si bien que d'un pas d'un seul on pénètre dans le séjour rassurant des ombres et des spectres. Le salon de l'hiver a une sonorité de marbre et de cristal, tout y a été banni qui ne rappelle pas la glace et le givre, un grand lustre en verre de Venise bleuâtre et laiteux éclaire à peine la fluorescence du brocart argenté et tout cet émail glacé ne semble fait que pour préparer à ce lieu sans fenêtre qu'est la chapelle ardente, où la lumière des photophores bleus semble en apnée, et où le réel, dans sa totalité, a la couleur d'une méduse crevée.

La chapelle baroque a été conçue tardivement dans l'hôtel pour le deuil d'un enfant, la châtelaine avait fait excaver ce reposoir inquiétant où sa souffrance, bien plus que sa piété, pouvait s'exhaler sans spectateurs et pourtant, paradoxe nocturne, c'est le cœur même de la maison, mais on pense d'abord à un recoin d'ombre avant de voir la profondeur vénéneuse de ses prie-Dieu cobalt, de ses tentures céruléennes et de son autel blanc comme un fœtus.

Aurélien aime ce lieu plus que tous les autres, il aime cette chapelle lugubre et il a la conviction que la mère éplorée qui l'a conçue, avant que le chef n'y ajoute les plumes de paon brodées sur la soie sombre et la statuaire fantomatique de saint Sébastien, il a la conviction que la mère éplorée a conçu ce lieu, non pour y pleurer son fils disparu, mais pour, loin du regard des hommes, cracher de blancs blasphèmes à la face offerte du Christ.

Jacqueline l'a attiré dans ces profondeurs en promettant de sa voix éraillée une rencontre de la plus haute importance stratégique. Près de l'autel où brillent des bouteilles et des coupes de champagne sur une bergère crème déplacée pour son hôte, un homme respire péniblement. Aurélien a le temps de voir le visage délicat de l'homme qui, près du fauteuil, déplace une bouteille d'oxygène, et sitôt que la rémanence rétinienne le lui permet, il voit apparaître, dans un halo irisé, un vieillard parcheminé dont le nez est prolongé par des tuyaux opalescents. C'est un monstre des grands fonds, une sorte de calmar calme et inquiétant, l'œil bien vivant au cœur d'une masse informe de chair froissée.

Alors Jacqueline, nageant sans complexe dans la morbidité du lieu, présente Aurélien, sa jeunesse scandaleuse, son avenir pirate, son insolence rousse, à la plus grande fortune de Paris. Laurent Duverger, patron de deux groupes de presse, fondateur de maisons de haute couture et mécène surpuissant de l'Opéra de Paris.

— Approchez-vous jeune homme, je ne mords plus depuis longtemps. Alistair, va chercher un strapontin pour la marquise, je connais Jacqueline depuis… combien ? Cinquante ans ? J'étais amoureux de son frère, qu'est-ce qu'il m'en a fait voir, n'est-ce pas chérie ?

— Mon frère était un petit con violent, chéri, répond Jacqueline.

— C'est ce qui me plaisait ! Toi, tu es toujours aussi belle, et moi je suis une vieille momie avec des tuyaux dans le nez, et mes jours sont comptés. Du reste, il était temps, plus rien ne m'amuse !

— Menteur, je sais, moi, ce qui t'amuse, dit Jacqueline.

— Ils s'imaginent qu'ils pourront faire cette nomination sans moi, ils n'ont peut-être pas tort ; si elle a lieu dans un an, je serai réduit à un peu de poudre grise et cette coupe de champagne, elle sera toujours là pour faire tinter une petite cuillère et ouvrir un discours…

À ces mots Jacqueline, comme si elle avait accompli ce geste une centaine de fois, lui prend la coupe des mains et la jette contre le mur. La coupe se brise dans un merveilleux accord lumineux. Elle saisit le menton de son vieil ami et dit, d'une voix victorieuse :

— Voilà chéri, tu as encore l'avantage.

Laurent Duverger rit de bon cœur et invite Aurélien à rire avec eux.

— N'est-elle pas divine ? "Tu as l'avantage", mais oui, elle est philosophique ! Je me souviens d'un jour, après une représentation de *Tristan* au Met, on marchait dans les rues avec Karajan, tes bijoux tintinnabulaient et Karajan a dit qu'ils étaient mal accordés, qu'ils faisaient un accord en *mi* mineur déplaisant, et tu t'es dessaisie de tes parures et tu les as jetées dans l'Hudson !

— C'étaient des faux, chéri, dit Jacqueline les yeux au ciel.

— Qu'est-ce qui est vrai ? demande Duverger.

— Tu n'as jamais cru en rien, mon ange, dit Jacqueline.

— Si ce jeune homme veut bien m'écouter, je vais lui dire en quoi je crois. Je crois en une chose unique et indéfinissable, plus incarnée que toutes les philosophies et plus radicale que toutes les religions, je crois en une chose immortelle et omnipotente, elle a don de vie ou de mort sur les choses et les êtres, je crois en une chose qui se métamorphose toujours pour rester absolument elle-même, je crois en cette chose subtile et cruelle et incontestable et pourtant sans aucune loi, je crois en elle, cette chose dont j'ai parfois recueilli la force errante, que j'ai parfois alimentée de mes folies, dont j'ai toujours célébré la célérité et la puissance, je crois en une chose plus belle et plus grande que la vérité, elle se rit de la vérité, elle dit, Je suis la vérité, je crois en une chose qui sait que tout meurt sauf elle et qui s'en fait une gloire, je crois en une chose qui est partout et à laquelle rien ni personne n'échappe, elle guide les révolutions, elle défait les règnes, elle élabore ses morales, elle dicte sa politique, elle couronne, elle exile, elle tue, elle est plus belle que tout et plus inutile que la plus inutile beauté, l'amour même plie le genou devant elle…

Le spectre s'interrompt et respire profondément en caressant le tuyau où son oxygène monte, il semble pris d'un spasme prophétique et, comme la pythonisse sur son trépied, il se relève légèrement de sa bergère et sa tête osseuse entre dans le rayon des bougies qui tremblent.

— Et quelle est cette chose ? demande Aurélien. Quelle est cette chose ?

Il a osé rompre l'acmé de silence qui précède la révélation, et les mots ont jailli de lui très naturellement, comme un fauve qui va vers le sang, il veut cette connaissance que l'homme le plus influent de Paris diffère de lui donner…

— C'est la mode, jeune homme. La mode, la mode seule règne, la mode seule a du sens, la mode, plus grande que tout.

— C'est pour cela que Jacqueline a jeté ses bijoux dans l'Hudson ! dit Aurélien.

— Il est intelligent, ton protégé, dit le prophète squelettique en caressant les griffes de Jacqueline. Saint Laurent disait que les faux bijoux étaient plus beaux que les vrais. Il avait compris que seule la mode ne meurt pas, l'éternité du diamant n'est rien, le diamant lui-même un jour s'évanouit devant la mode. Le seul saint que j'ai jamais prié c'est Saint Laurent.

— Je vous crois, dit Aurélien. Nous imaginons toujours l'éternité comme une pierre, or seule la métamorphose est éternelle.

— Il ne suffit pas de le comprendre mon jeune ami, il faut l'incarner et, comme moi, vous franchirez toutes les portes et vous marcherez vers ce lieu obscur où un jeune homme vous demandera le secret de la vie, dit Duverger en fermant les yeux.

Mais on entend déjà les accords du piano et le sol tremble des pas de la foule qui se presse vers le salon du printemps où, sur une petite estrade, le grand ténor Jon Karlsberg est monté pour commencer son récital miniature.

— Allez, allez, ne manquez pas cela, c'est la plus belle voix que j'ai entendue depuis Corelli, dit Duverger en les congédiant.

Aurélien est déjà dans le salon du printemps quand il voit que Jacqueline ne l'a pas suivi. Il l'imagine murmurant à l'oreille du mourant des souvenirs d'une vacuité sans fond dont, privilège de l'âge, ou de la mort, le fabuleux malade arrivera à tirer des allégories pleines de sens.

— Il faut être superficiel par profondeur, dit Aurélien à l'oreille de Milo.

La voix du ténor est d'abord barytonnante et ainsi déçoit l'attente. Mais son phrasé est impeccable, la projection est naturelle et chaque mot vient du plus intime. Le poème de Baudelaire mis en musique par Duparc s'élève dans la perfection du chant français. À mesure que la révélation mystique du sonnet se fait pressante, décrivant les éclats de la mer sur les portiques, la voix devient plus brillante, et enfin elle éclate, solaire, méditerranéenne, italienne dans le "c'est là !" répété deux fois. *C'est là que j'ai vécu dans les voluptés calmes*, dit la chanson, déchirante, nostalgique débordante d'intelligence sensible. À ce moment, un filet de bave coule sur la lèvre du grand ténor et sa beauté devient irradiante. Dans l'abandon où il est, il ne retient pas même un peu de bave et, les yeux mi-clos, il s'offre à la musique. Là est le secret, il s'abandonne à plus grand que lui, à plus réel que lui, et sa voix n'est plus seulement le timbre chaud, l'aigu facile et la diction élégante, elle est la marque de la présence divine. La salle y répond par une immobilité magique. Et quand les derniers mots s'allongent jusqu'à une plénitude étale, *le secret douloureux qui me faisait languir*, la voix devient alors légèrement voilée, comme si elle disparaissait ; de l'air voile le timbre et le velours et la rondeur de l'harmonique sont l'ultime virtuosité du ténor. Il reste pénétré longtemps dans l'écoute des derniers accords, et chante silencieusement par-delà la partition. Il a réussi l'indépassable, il a réconcilié la terre avec le ciel.

La nuit est venue d'un coup dans les derniers accords de *La Vie antérieure* et c'est le temps pour les plus mondains de faire leurs adieux, partir en dernier d'une soirée parisienne, c'est le discrédit assuré.

On a le temps d'échanger encore quelques potins mais ce sont les plus anodins ou ceux que tout le monde connaît déjà. Mireille Verdier, l'oreille à l'affût, n'y trouve rien de croustillant. Dupont quitte le parti socialiste, Michaux est nommé à la tête de l'Orchestre régional de Bretagne, le ministre de la Culture fait ses cartons, Alvarez a été viré de la répétition de *Fidelio* pour désaccord avec le chef, ils se sont traités de tous les noms, Chenier a viré de bord et couche avec la femme de l'ancien PDG d'Air France, on savait tout cela, et à cette heure tardive où les affaires sont terminées, on n'entend plus que des, Je le savais, Je le savais, dans les couloirs. Et Mireille Verdier qui souffle comme un phoque.

Le ministre de la Culture, qui entend partout l'écho de sa propre déchéance, est passablement éméché, on le guide vers sa voiture et son chauffeur tandis qu'il rit à gorge déployée. Jacqueline dit à qui veut l'entendre qu'il est temps de partir, non qu'elle compte elle-même se retirer mais elle fait, selon sa propre expression, "la voiture-balai". Tout le monde aurait voulu féliciter l'immense Jon Karlsberg mais il s'est esquivé sitôt chanté le *la* naturel qui a ravi l'assemblée. Il ne reste plus que quelques viandes saoules emballées dans des costumes Dior un peu élimés et la lumière des lustres baisse jusqu'à plonger tout le monde dans des rêveries philosophiques vagues. C'est le moment où Aurélien, debout sur une échelle, décroche le masque de la mort suspendu dans le lustre avec son contenu mystérieux.

Sur la grande table du buffet, comme une vanité hollandaise, les meringues écrasées, les taches de vin, les fraises mordues, les plats raclés et les miettes de chocolat font un grand tableau épique, que picorent un chef de chant et une attachée de presse en murmurant des vacheries sur des connaissances communes.

Mme de La Roche revient précipitamment, drapée dans une étole aubergine, et demande à ses deux neveux aussi gémellaires que nigauds de retrouver son téléphone portable. Les deux jeunes gens, à quatre pattes sur les tapis et sous les tables, s'acquittent de la mission en râlant contre leur tante qui se demande décidément si elle a eu raison de les coucher sur son testament.

Une jeune blonde à l'air dédaigneux achève de se faire draguer par deux vieux salopards dont les cigares empestent le salon de l'été, elle leur demande avec un accent bulgaro-suédois où l'on peut aller prendre un verre, et chacun lance le nom d'une boîte de nuit des années 1980. Et la malheureuse journaliste Mireille Verdier se console de n'avoir eu aucun potin en finissant discrètement les verres.

Touraine est songeur, il marche dans les salles vides en regardant par terre, les verres brisés, les serviettes froissées, les miettes et les crachats sur les tapis précieux. Il tente de faire le point sur l'avancée de sa manigance. Son rival Sarazac est parti une heure plus tôt mais a eu le temps de harponner le ministre. Lui a pu parler à Duverger et c'est bien plus essentiel, puisque le vieillard lui a dit qu'il le soutiendrait si Milo le soutient. Lequel des deux a emporté l'adhésion du chef d'orchestre dans la course au pouvoir ? Nul ne le sait, pas même Milo, mais les deux le pensent, et les deux ont fait des promesses délirantes. Jacqueline l'attrape au vol et lui confie que tout le monde a murmuré son nom. Il dit, Je ne suis pas candidat, et Jacqueline sourit.

On entend encore le rire sonore de la directrice de cabinet du ministre des Finances, elle dit que Bercy est une prison dorée, et les deux vagues silhouettes qui l'écoutent n'ont pas la force de lui demander le sens de cette énigme, ils ont leur manteau à la main. Valérie Guilloux, numéro

interchangeable du Parti socialiste, qui n'est pas allée courtiser Duverger dans la chapelle, demande à M. Martin s'il
l'a vu. Duverger est parti un peu plus tôt, aussi discrètement que possible, par une porte à l'arrière du château. Il
a eu un petit malaise dans l'arrière-cour. Alistair l'a sou-
tenu comme un ange de la mort en costume gris, mais le
fascinant vieillard a retrouvé son énergie et sa méchanceté :
— Vous ne pensez pas que je vais crever entre deux poubelles ! Ça leur ferait trop plaisir.

Oui, ça leur ferait plaisir, à eux, eux tous, eux qui quittent
l'hôtel des Ambassadeurs pleins de rancœurs et d'envie
mais aussi d'espoirs secrets et de stratagèmes huilés. Eux
que Milo a régalés pour les étouffer, eux qui décident de
tout et ne décident de rien, eux qui se croient le centre du
monde et craignent pourtant l'opinion de Jacqueline, eux
qui sont assez naïfs pour croire à ce monde faisandé ou assez
misérables pour l'aimer malgré tout. Eux qui ont embrassé
leurs ennemis vingt fois dans la soirée, eux qui ont colporté
les idées reçues et les ragots les plus abjects sur leurs amis,
eux qui se font une gloire de ne croire en rien, eux qui ne
laissent entrer personne dans leur secte qui n'ait préalable-
ment abandonné toute lumière et tout espoir, eux, les premiers des premiers, les derniers des derniers, les Parisiens.

Et Jacqueline, avec le calme d'un général qui a mené
la bataille, se penche vers Aurélien et lui dit d'une voix de
petite fille :
— J'ai couché tous les trous du cul, la fête peut commencer !

L'ORGIE

— *L'Escalier du diable*, c'est une pièce pour piano de Ligeti, je l'aime tellement que je l'ai transposée moi-même pour quatuor à cordes et le quatuor Leonis le joue à la perfection, ça ne module pas, c'est un ostinato de ténèbres.

En disant cela, Milo dandine les cent cinquante kilos de son corps de rêve sous le regard hébété des garçons. Il a demandé à Aurélien de lui trouver des jeunes gens à l'air inexpérimenté et à la peau glabre. Ils sont cinq : Éric l'étudiant en sociologie actif et bien monté qui arrondit ses fins de mois en tapinant, Marko et Belasz, les deux faux frères hongrois qui paraissent jeunes mais ont déjà écumé toutes les partouzes de Paris, des généralistes prêts à tout contre un supplément – rien ne leur fait peur, ni le sale ni le douloureux. Ernesto, le petit Brésilien métis très passif que les cinq autres ont enculé sans qu'il ait l'air d'y faire attention, Micha un petit junky maigre au crâne rasé déjà venu à l'hôtel des Ambassadeurs – il a volé des cuillères en platine, ça a particulièrement excité Milo qui a dit à Aurélien qu'il était une priorité, il ne bande jamais complètement mais a un regard si noir que le chef d'orchestre a envie de fredonner "La mort de Siegfried".

À ces cinq petites putes, chevilles ouvrières du mouvement de révolte mené par Gilda qui parlent volontiers d'art et de politique, s'ajoutent Aurélien et le plus beau maître de Paris, Kamel, dieu calme et absent, qui manie le fouet et le crachat comme des arguments théologiques. À force de l'avoir croisé dans les réunions syndicales des putes, il a pour Aurélien une amitié très singulière, basée sur un irrépressible besoin de subversion politique, et une désinvolture hilare dans les gymnastiques sexuelles. Il a connu Aurélien cinq ans plus tôt, maigre, affamé et sans honte. Pendant les années où Aurélien a tapiné à l'aveuglette, ne sachant pas s'il suçait une éminence grise du président ou un professeur de mathématiques de Bayonne, Kamel lui a toujours été de bon conseil. Leur lien fraternel, comparable à celui des vétérans, est fait d'une certaine admiration et d'un réservoir de secrets qui pourront servir la cause révolutionnaire. Comme dit souvent Kamel, *après dix ans dans le tapin tu peux être maître chanteur pendant cinquante ans, c'est la couverture sociale, en quelque sorte.*

Pendant que Kamel, professionnellement, met son pouce dans le cul d'Aurélien pour faire bander la queue que Milo suce consciencieusement, ils discutent à voix basse des options révolutionnaires en vigueur.

— Ce qu'il nous faut, c'est une étincelle, et toute cette société injuste va voler en éclats, dit Aurélien.

— Toi, tu penses que cette étincelle viendra de l'art parce que tu es le plus beau garçon de Paris. Moi, je pense que quand nous aurons un martyr, nous pourrons entreprendre quelque chose, dit Kamel. Et il ajoute : Je suis sûr que si j'organise un acte de terrorisme artistique, tu me trahiras.

— Tu vois passer dans ton donjon la moitié de l'élite parisienne, si tu veux, tu peux faire un coup d'État, dit Aurélien, très amusé.

— Le sexe est aujourd'hui le seul pouvoir que nous avons sur les héritiers, dit Éric, en qui on reconnaît le sociologue. Et il se branle gentiment.

— Alors, qu'est-ce qui nous manque pour tout faire sauter ? demande Kamel.

— Nous n'avons pas encore confiance en notre pouvoir, nous avons intégré les interdictions sociales, dit Éric.

— Toute la fête de ce soir n'est qu'une démonstration de force de l'élitocratie. Pas un Noir, pas un Arabe, et les pédés sont solidaires du clivage de classe. On est loin de la révolution rose des années 1970, quand on pensait que les homos allaient créer des ponts entre les dirigeants et les masses, dit Kamel.

— Je suis un infiltré, mais je ne suis pas un traître à la révolution, dit Aurélien.

— C'est ce que nous verrons mon petit lapin, dit Micha d'un air menaçant – mais tout ce qu'il dit est toujours dit d'un air menaçant, même quand il dit, Je vais éternuer, formule dédaigneuse pour annoncer, Je vais jouir, même quand il prévient qu'il va éternuer, ça a l'air d'une menace.

Et pendant ce temps Milo se laisse malaxer les tétons et le trou du cul sans pousser le moindre argument révolutionnaire, bien que directement visé par les philippiques contre l'élitocratie, il pense qu'il est à la fois dehors et dedans, l'élite et son antidote. Il aime les entendre parler de révolution, cela lui fait presque autant de bien que de sucer la queue blonde d'Aurélien et de respirer l'odeur caramélisée de ses poils ras. Soudain, mais maladroitement, il se relève.

Probablement enivré par les pilules de Jacqueline qu'il a avalées avec du champagne rosé, Milo se met à danser frénétiquement sur *L'Escalier du diable* et provoque l'hilarité des travailleurs du sexe. Les deux soi-disant frères soi-disant hongrois qui, un peu lassés de besogner, se roulaient des pelles dans l'embrasure d'une fenêtre, applaudissent le maestro en transe.

Il ruisselle, il halète, il soupire, mais il n'arrête pas de danser, il danse sa mort et, de pièce en pièce, les salons de l'été, de l'automne, de l'hiver et du printemps le voient dérouler une sarabande bachique adorable. Inspiré par cette soudaine exultation, le quatuor joue à tempo rabattu, l'alto a cassé une corde et le premier violon tape du pied, *L'Escalier du diable* enchaîne les chromatismes merveilleux et entre dans les suraigus d'accords diminués en *pizzicati*. Le chef, lui, danse, danse, danse, il salue au passage les sculptures et les tableaux, le saint Sébastien d'un maître italien qu'il imite, éléphantesque et lascif, les bronzes Renaissance de centaures lustrés auxquels il adresse des hennissements, et la volupté de grandes vanités faites de fleurs et de fruits lui donne envie de voler un bouquet et de s'en coiffer. Il a sur la tête un vase de Chine rempli de roses et de lys, avec sa main libre il bat la mesure, et comme le reste du corps est contraint par le vase qu'il s'efforce de ne pas renverser, il exagère des mouvements du bas-ventre et l'on peut voir, comète perdue dans les galaxies épaisses de sa chair, sa queue triomphale qui danse avec lui.

— C'est la baguette du chef ! dit avec beaucoup d'à-propos Ernesto, qui s'est mis à danser à son tour, et toute la troupe se change en un cortège de Silènes dansants et criants, évohé du plaisir sexuel, parés de rideaux arrachés et coiffés d'objets précieux ; le phallus brandi entre les bijoux et les fleurs, ils font trembler le parquet Versailles et, sous le coup de la transe bachique, cassent ici et là quelques chefs-d'œuvre de porcelaine de Meissen. Le vase de Chine, en tournant, distribue les fleurs aux quatre coins de la pièce et, quand il est vidé, Milo s'affale sur un canapé Louis-Philippe et supplie qu'on vienne le branler et jouir dans sa bouche.

Le quatuor joue maintenant une œuvre de Giacinto Scelsi, elle aussi transposée par les soins du chef. C'est une pièce sur une seule note, et pas n'importe laquelle : le *la* initial. On raconte que le compositeur, interné pour troubles mentaux, a passé un an à jouer sur un piano désaccordé un *la* obstiné. Il écoutait toutes les résonances sympathiques du piano et leurs couleurs spectrales. Retranscrite et développée en un choral obsessionnel, l'œuvre est une prière sans égale à la verticalité. Le changement de musique a fait entrer une solennité parfaite et le maestro exige qu'on lui remette le godemiché de porphyre.

— Je ne pense pas qu'il vienne de la collection des Stupra antiques, je pense qu'il est faux, mais qu'importe, c'est lui qui doit me pénétrer cette nuit.

Éric apporte le meuble sur un coussin en mimant le pas d'une procession, et il demande qui doit officier. Ernesto se propose de le lécher pendant que Kamel arrondit le trou du chef qui dit, avec des accents d'huissier :

— Pas ici ! Cela ne peut être que dans la chapelle.

Toute la troupe file dans la chapelle où la bergère de Duverger est restée enclose dans les tentures sombres. C'est là que Milo, le cul en l'air, dit, Allez-y ! Allez-y ! Comme s'il donnait l'ordre de sa mise à mort.

Aurélien est seul dans le salon du printemps, il entend les garçons qui murmurent des encouragements au chef en se passant l'objet du sacrifice. Il pense à tout ce qu'il doit accomplir et que, le temps de cette soirée, il a aperçu. Il est tenté de penser qu'il ne se bat pas pour lui mais pour tous les marginaux, tous les provinciaux, tous les orphelins dont il connaît la colère. Il sait aussi que s'il se laisse aller au ressentiment, il perdra la partie, c'est pourquoi Kamel ne le comprend pas toujours : la revanche sociale n'est pas l'étoile de son destin, tout au moins pas consciemment. Il doit être joie, exubérante et scandaleuse joie, s'il veut que les succès viennent à lui comme des orages. C'est une drôle de chose que d'avoir à ce point confiance en son destin. Mais il entend Milo qui le réclame.

Milo se fait goder énergiquement par Kamel, et murmure, Mon ange, mon ange ! à l'oreille d'Aurélien qui s'interroge très sincèrement sur cette étiquette.

Suis-je un ange ? Non je ne crois pas, pas même un ange noir ou un ange rouge. Non je crois que tout ce qui est angélique m'est étranger, je pense que je suis un arriviste, pas un ange.

— Je ne suis pas un ange, je suis une pute, dit Aurélien qui ne se sent pas, dans l'extrême moment dramatique où le cylindre de porphyre est englouti par les généreuses fesses du chef, de déplier tout l'argumentaire de sa pensée.

— Tu es un ange et une pute, dit Milo.

— Ta gueule ! dit Kamel, qui assume à la perfection le rôle du maître dominateur et impose le silence à l'académie des gigolos.

Et tout en embrassant Milo à pleine bouche, Aurélien ne peut pas s'empêcher de penser à cela : Je suis une pute, pas un ange, une pute c'est plus grand qu'un ange, je méprise les anges et j'admire les putes, qu'est-ce que les anges savent de l'incarnation ?

À ce moment, on sent bien que le plaisir le plus intense envahit Milo et les deux soi-disant frères soi-disant hongrois espèrent l'heure où ils vont, comptant leurs billets, retourner dormir dans leur chambre de bonne. Cette jouissance contenue et sollicitée dans toutes ces débauches de pouvoir et d'imagination arrive à son comble, et Kamel sait, en grand technicien, que tout est rythmique en cet instant, qu'il ne faut pas presser la mesure, qu'il faut garder un irréprochable tempo et que le moindre soupir ou la moindre faute d'harmonie, si près de la délivrance, peut annuler la partition.

Kamel va et vient inflexiblement avec l'objet de marbre rouge et, de son autre main, il branle Milo qui est proche du bord, qui se cramponne en gémissant aux bras de la bergère. Alors, le destin exerce un de ces revirements subtils qui feront toujours penser aux hommes qu'ils ne sont pas les architectes de leur propre histoire, la matière se dérobe au projet spirituel et le bras de la bergère casse avec un bruit d'apocalypse. Le corps énorme du chef roule sur le côté, et le morceau saillant du bras lui érafle horriblement le ventre. Le sang coule. Il tombe à plat ventre sur le marbre de la chapelle et ses bras épuisés par la résistance aux coups de boutoir ne le protègent pas de la chute, il est comme une méduse échouée et, trop choqué pour crier ou gémir, il ne sent d'ailleurs pas la douleur. Dans sa chute, il a entraîné Kamel qui s'est cogné la tête contre l'angle de la cheminée et a lâché le chef-d'œuvre de porphyre. L'objet merveilleux a fait un vol dans l'ombre de la chapelle et est retombé sur le seuil, il s'est brisé en trois morceaux qui trinquent sur le marbre.

Milo voit le sang sur son ventre et l'objet de son plaisir brisé sur le sol, et il a un éclat de rire magnifique, plus merveilleux que ne l'aurait été sa jouissance. L'échec de sa jouissance compliquée fait entendre un cri hilare d'une jeunesse inouïe. Et les garçons savent qu'ils ont dénoué le rêve, et que Milo vient de jouir comme aucun de leurs clients ne le pourra jamais.

À la porte, après qu'Aurélien a distribué des enveloppes, les garçons lancent des au revoir de collégiens au maître des lieux qui est en train de panser son ventre éraflé. Kamel embrasse Aurélien sur la bouche et lui donne rendez-vous pour le Grand Soir, et Aurélien sait ce qui se cache sous la plaisanterie.

— Trop de marxisme tue le marxisme, Kamel !
Ils rient et se saluent comme des duettistes.

LE CHAOS

Le chien qui joue le chien s'est réveillé et, après avoir léché Ulysse qui a grogné misérablement et s'est calé un peu plus à l'aise entre deux tas de pendrillons, il vient danser devant Aurélien qui le caresse. De joie, le chien tourne en rond et pisse un peu sur la moquette rouge. On entend dans les loges un bruit de verre cassé, et puis quelques cris, la tempête semble ne pas s'être apaisée, lâchement Aurélien est resté avec le chien, et Iris est partie en éclaireur. Elle revient livide en se massant l'épaule, Aurélien pense immédiatement que Catherine l'a frappée.

— Elle t'a cognée ? demande Aurélien.
— Non, elle m'a jeté un bouquin, dit Iris en montrant le livre, les œuvres complètes d'Anouilh, tome II, parfait comme arme quand on veut assommer le théâtre bourgeois. Elle ne veut pas continuer, il faut que tu lui parles… Parle-lui de continuer quand on ne peut plus, de croire encore, de devancer l'à-quoi-bon, parle-lui…
— La plus belle des prières, c'est celle de l'homme qui ne croit pas. C'est Lucas qui dit ça.
— Étrange garçon brun, dit Iris.
— Oui, étrange garçon brun qui est prêt à tout pour vivre un peu plus humainement, un peu plus étroitement lié avec les pressentiments, oui, étrange garçon qui a lu tous

les livres et qui sait que le Sens est un corps et non pas une idée. Étrange garçon qui est si effroyablement poète qu'il ne saurait être autre chose, qui est si furieusement poète que c'est le monde qui paraît poétique autour de lui, dit Aurélien.

— Tu l'aimes ? demande Iris.

— Je n'ai jamais aimé un être comme lui, il est la porte de mon royaume, dit Aurélien d'une voix lasse qu'Iris ne lui avait jamais entendue.

— Et tout ce que tu as écrit te paraît dérisoire ?

— Dérisoire ? Non, répugnant.

— Tu veux être vainqueur et lui veut tout perdre.

— C'est vrai, je veux vaincre.

— Vaincre quoi ? demande Iris.

— L'opacité du temps, dit Aurélien en riant de sa formule.

— Tu veux jeter des étoiles dans le temps ? demande Iris.

— Oui, je veux vaincre, dit Aurélien, vaincre dans le temps, être une étoile dans le temps. Vaincre le temps en devenant une étoile.

— Tu veux vaincre ou tu veux la jouissance de la victoire ? demande Iris.

— Je veux la jouissance du vainqueur, la victoire, la couronne, la palme, le mausolée, la légende, je veux tout, dit Aurélien sur un ton de comédie.

— À quoi sauras-tu que tu as réussi ? demande Iris, taquine.

— Je ne veux pas de succès, je veux un triomphe, le triomphe est d'un autre ordre, le triomphe réaffirme la possibilité du destin. Le succès est matériel, le triomphe est une énigme, un chiffre à déchiffrer, un signe dans une langue inconnue, un morceau d'éloquence divine dans le siècle, le triomphe est une escarbille née au commencement des temps, le triomphe est un recommencement du temps, le triomphe est un renouvellement de l'histoire, le triomphe doit permettre la renaissance de tous les destins, le triomphe est la seule espérance d'une génération sans destin, dit Aurélien de moins en moins ironique.

— Un triomphe au théâtre est une manière de renouveler l'histoire du théâtre, pas plus, dit Iris.

— De replacer le théâtre dans son ciel, de le faire à nouveau ce danger des falaises et des feux, le triomphe nous permet de vouloir plus, dit Aurélien.

— Quelle erreur de vouloir plus ! dit Iris.

— Tu ne veux rien de plus ? demande Aurélien.

— Je veux que le rideau se lève comme le jour se lève.

— Moi, je veux que le jour se lève sur un monde possible.

— Tout est possible, il suffit de sourire.

— Je sais sourire, dit Aurélien en montrant ses dents de faune. Je souris en incendiant le monde de ma chevelure de petite pute rousse.

— Oui, c'est beau d'incendier les châteaux avec sa soif d'absolu ! Vous êtes tous les mêmes, toi, Lucas et Serena, vous ne savez pas vivre, vous cassez tout, et moi je passe mon temps à recoller les morceaux.

— Je ne veux pas vivre, je veux plus ! crie Aurélien dans le théâtre éteint.

— Tu ne veux pas plus, mon chéri, tu veux tout, dit Iris.

— C'est vrai, je veux tout.

— Lucas veut plus, et toi, tu veux seulement être un petit roi sur le petit monde, c'est dé-goû-tant.

— Ce petit monde est assez grand pour moi, il s'appelle Paris.

— Et tu penses que Paris s'achète avec un seul poème ?

— Oui. Et c'est ce qui me désespère aujourd'hui.

— Tu devras pourtant l'achever, ce poème, et vivre dans le petit enfer de ton désenchantement. Tu comprends, mon bébé ? Et sauver les spectacles et sauver les acteurs. Continuer quand on ne peut pas continuer, c'est ça qu'il faut apprendre, trouver quelque part la force magique d'achever une œuvre à laquelle on ne croit plus… et qui sait ? Tous les grands succès ont lieu sur un malentendu.

— Oui, il ne me reste plus que le succès, puisque j'ai échoué.

— Mais tu as quelque chose que Lucas n'a pas, qui lui manque si essentiellement.

— Quoi ? demande Aurélien.

— Le désir, dit Iris. Lucas ne peut pas vivre, c'est un mort, c'est un fantôme, il n'est pas de ce monde. Toi tu veux le monde, tu ne veux pas son poème, tu veux autre chose, tu veux la gloire de son poème et les tombereaux d'or et d'admiration, et la jeunesse qui déchirerait sa poitrine en t'implorant de continuer ton œuvre, tu veux les jolis garçons et les jolies jeunes filles qui s'immoleraient sur le bûcher de ton génie.

— C'est vrai.

— Lui, il veut seulement cesser de se haïr.

— C'est un saint.

— C'est un saint, dit Iris, c'est un ange, c'est un clown, un monstre et un innocent. Remets-toi au travail ! Va convaincre Pénélope de reprendre la répétition. Elle a déchiré ses vêtements et elle s'est méchamment tailladée avec une bouteille de vodka cassée. On a pu la maîtriser. Elle boit dans sa loge, elle boit dans un vase…

— Dans un vase ?

— Tu lui as envoyé des lys, elle a jeté les lys, elle a rempli le vase et elle boit dans cette grande coupe du champagne et du whisky mélangés.

Aurélien frappe plusieurs coups à la porte de la loge, Catherine finit par grommeler un *ouais* qui veut dire qu'il peut entrer mais doit s'attendre au pire. En sous-vêtements, la diva esquisse des pas de danse en serrant le vase plein d'alcool contre elle. Elle a laissé couler l'eau chaude de sa douche et toute la loge est baignée d'une vapeur tiède, les miroirs embués reflètent une image floue de sa beauté déchue. Après avoir jeté quelques livres à la tête d'Aurélien sans l'atteindre, elle s'est couchée sur une table de maquillage et crie sa douleur.

— On s'en fout de tes conneries métaphysiques !

Aurélien voit qu'elle saigne abondamment au cou, elle a les mains pleines de sang, et elle ne semble pas y prêter attention.

— Tu saignes, dit platement Aurélien.

— C'est rien, ça ne fait pas mal. C'est tellement rassurant quand ça fait mal. Je ne veux plus jouer cette merde, je ne veux plus patauger dans la merde, je veux tomber dans un volcan.

— Tu n'as qu'à considérer le théâtre comme un volcan, dit Aurélien qui connaît bien la légende d'Empédocle.

— Mais tu ne comprends rien ! La mort est en moi comme une musique, dit Catherine dans un jet de bave sanglante. Il avait fait un testament d'empereur, et il s'est tué le jour de mon anniversaire. Pour me punir, pour punir en moi l'artiste, la femme. Parce que j'étais belle.

— On ne peut pas reprocher à sa mère d'être belle, dit Aurélien.

— Oh si ! dit Catherine. Parce que j'étais d'une telle beauté, tiens regarde, tu vois comme j'étais belle.

Elle montre une photographie en noir et blanc d'elle à vingt ans, on la voit, Vénus sortant de l'eau, sa chevelure festonnée, sa poitrine martiale, son visage effrayant de perfection.

— On ne peut pas vivre dans une telle lumière, dit Catherine. Tu veux que je joue Pénélope, mais tu ne comprends pas, tu ne connais rien à la souffrance, Pénélope veut seulement que la souffrance s'arrête, tu ne sais pas ce qu'il faut pour entrer en scène, ce qu'il faut de renoncement et de terreur. Je ne peux pas jouer ce spectacle, ou alors il faut jouer une Pénélope qui ne retrouve jamais Ulysse.

— C'est ce que tu penses ? demande Aurélien.

— J'entre en scène comme une morte, c'est tout ce que je sais.

— Du moment que tu entres en scène.

— Je ne peux pas jouer le lyrisme de l'espoir. Je n'ai pas d'espoir. Je veux juste que la bête cesse de me ronger la cervelle, c'est tout ce que je veux. Je veux de la morphine, pas de l'espoir métaphysique. Parler quand on ne vous entend pas, parler pour le vent, pour les murs, quand on sait que tout est perdu, parler pour sauver la parole…

— Qu'est-ce que tu veux ? demande Aurélien.

— Je veux que tu dises à la petite qui joue avec moi, comment s'appelle-t-elle ? Que tu lui dises de ne pas sourire. Tiens, prends ce couteau et coupe-lui les lèvres, elle rit, elle sourit, comme si Dieu existait et qu'il était toiletteur de caniches ! Petite connasse !

— Dieu n'est pas toiletteur de caniches, je confirme, dit Aurélien.

— Non, c'est un boucher ! Le plus simple, c'est que tu la vires. Non, c'est inutile et cruel. Je veux qu'elle joue avec un masque, il faut un masque dans ton théâtre de petit-bourgeois, mets-lui un masque, ou alors je pars. Voilà, c'est réglé : un masque nègre, *Les Demoiselles d'Avignon*, tu vois ?

— Elle joue une servante…

— Eh bien, qu'elle joue une servante avec un masque nègre, dit Catherine.

Dépité, Aurélien reprend le chemin du plateau et entraîne Iris dans un coin. Il murmure pour atténuer la violence de sa demande et l'évidence de sa capitulation.

— Elle veut bien revenir sur scène mais si tu portes un masque, dit Aurélien comme si c'était très peu important.

— Un masque ? Iris ne voit pas immédiatement la lâcheté du metteur en scène se lever comme un soleil de Waterloo. Elle répète : Un masque ?, très amusée, et pour vérifier qu'il s'agit bien d'une plaisanterie demande : Un masque de quoi ?

— Elle propose un masque nègre, mais ça peut être un masque de n'importe quoi, dit Aurélien qui sent qu'il vient de poser le pied sur une mine.

— Tu veux que je joue avec un masque ? dit Iris, qui déroule dans un coin de son cerveau la liste des sacrifices qu'elle a dû faire pour que le spectacle existe.

Elle est tentée de jouer le jeu pour un instant mais, sachant qu'elle ne pourra pas se contenir, elle attaque frontalement.

— La répétition est finie, je ne jouerai pas sous un masque.

Et avec une élégance éloquente qui montre bien que seule sa dignité peut encore être sauvée, elle donne un coup de pied dans le chien et s'enfuit en faisant tournoyer son imperméable de ski rouge.

Ulysse, alerté par les aboiements du chien qui a suivi la servante mutinée dans les couloirs, s'est réveillé et, semblant briller sous l'ampoule de l'idée transgressive, murmure en demi-extase, la bave aux lèvres :

— Il faut recentrer l'œuvre sur Ulysse, Ulysse est rentré avec un de ses compagnons encore transformé en cochon, il est lui-même couvert de merde, de la vraie merde, et avec lui son ami que la magicienne Circé a transformé en cochon et il dit, C'est ce qu'il reste à toutes les grandeurs, toutes les beautés, le monologue, je le joue avec un cochon, t'en penses quoi ?

Et dans le couloir du Théâtre de la Bastille, tandis qu'Aurélien voit, à travers les vitres, Iris assise sur le capot d'une voiture pleurant tout ce qu'elle peut, Ulysse se met à réciter son monologue en mimant un cochon grognant à ses côtés.

— Et si j'étais le poète, grrr grrr grrr, si j'étais l'élément lyrique perdu dans la mer de l'Histoire, ggrrr grrggrr, avec mes mains désignant l'horizon et mes yeux insatisfaits, gggrrrr, je n'aurais pas d'autre choix que de me couvrir d'ordure pour passer inconnu dans les villes, personne ne m'attend, personne ne me désire, et si je montre mon âme et mon inassouvi besoin de perfection, on me jettera des pierres…

C'est bien avec un cochon, non ? demande Ulysse assoiffé d'amour.

Aurélien est pendu par les pieds et balancé au-dessus d'un bûcher, et quand il pense à un cochon vivant qui viendrait crotter son chef-d'œuvre, il ne peut pas le concevoir autrement que comme un soulagement. Après tout, lui aussi a la possibilité de défaire ce qu'il a fait, de détruire son œuvre pour qu'il y ait une belle catastrophe plutôt qu'un chef-d'œuvre avorté. Et il applaudit à l'idée du cochon, s'étonnant lui-même de sa propre sincérité.

— Tu sais où acheter un cochon ? demande Aurélien.

— Oui. Mon beau-frère a une ferme dans la Marne, il élève des porcs. Je peux nous avoir un cochon pour pas cher, dit Ulysse triomphant.

Alors, quelque chose de magique, comme un orage d'été, vient rafraîchir le désespoir d'Aurélien, l'idée de maquiller la fausse noblesse de son poème en décadente symphonie. Il voit bien distinctement le cochon et le chien jouer tandis qu'Iris, avec un masque nègre, danse, le sexe peint en vert. Cette idée de carnaval ensorien, de tentation de saint Antoine lui plaît, et il rêve de balancer des cintres des paillettes d'or tandis que Pénélope, épuisée, déchire son œuvre.

Mais, à ce moment où l'inspiration commence à soulever le couvercle de sa marmite bouillante, il entend des cris, le directeur du théâtre affolé demandant où est Catherine et il comprend que le pire est à venir. Catherine, folle de rage, a voulu mettre le feu au décor, elle a roulé des vieux journaux sous une chaise et a provoqué un incendie, le contreplaqué a vite réagi à la sollicitation du désastre et immédiatement le système anti-incendie s'est déclenché, une pluie diluvienne tombe sur la Grèce en préfabriqué où Pénélope attendait l'émergence du Sens. Au milieu d'un mélange de fumée et de pluie, un extincteur grippé, agité par un technicien, éjacule de maigres jets. À l'avant-scène, Catherine, buvant et riant, achève de maudire le présent. Voyant entrer Aurélien elle crie :

— Rien ne peut nous sauver ! Rien, ni le théâtre ni la musique, rien ! Il faut tout détruire, il faut détruire tous les mensonges, il faut faire entrer la mort, il faut faire entrer la mort dans le théâtre bourgeois !

Sous la pluie elle agite une bouteille de vodka qu'elle fait couler dans sa bouche pleine de rire et de colère avant de recracher l'eau de feu sur les flammes.

— Vous n'avez rien connu, ni la guerre ni la vie, soixante-dix ans de paix, vous êtes tous devenus des notaires et des dentistes, et moi je suis seule dans un monde qui ne comprend plus rien à la poésie, la poésie c'est la mort, tu ne comprends pas cela ? La vérité c'est la mort, la poésie doit éclabousser la vérité de la mort, je croyais que tu saurais faire ça, mais tu es incapable, tu ne comprends pas ce que le masque veut dire, tu crois qu'il y a une vérité, mais il n'y a pas de vérité, la seule vérité c'est la vérité du masque, parce que la seule vérité c'est la mort.

Aurélien est totalement immobile. Dans un éblouissement qui le paralyse, il reconnaît le théâtre qu'il attendait, un romantisme de la dernière heure, une vérité sans fard, il est émerveillé par Catherine et ses imprécations, il comprend qu'il n'a jamais su véritablement ce qu'est la tragédie, il a confondu la tragédie avec le triste sérieux de la pensée philosophique. Il voit la reine Catherine crachant le feu, elle crie de tout son génial démon.

— La mort seule nous enseigne quelque chose !

Et Aurélien se dit qu'elle a raison, elle seule a raison, la pluie, le feu, les injures et l'agitation des techniciens, le directeur affolé, et le poète qui confronte ses pauvres mots à la beauté des éléments, il se dit que c'est cela qui mériterait d'être vu et entendu, les quatre murs du théâtre bourgeois anéantis par une soif de rédemption qui ne peut plus se taire.

Le chien a sauté sur la scène et mord la robe de Catherine qui l'attrape à pleines mains et le jette dans la salle sur le directeur du théâtre, mais on s'occupe peu d'elle, on tente d'arrêter le déluge et le feu, et le décorateur a soufflé le mur du fond qui est tombé en avant silencieusement en faisant un grand vent. Le malheureux crie des choses inaudibles.

Avalanches, raz-de-marée, orages désirés, incendies, tremblement de terre, qui aurait cru que le théâtre puisse les accueillir et d'une certaine manière s'y ressourcer ?

Aurélien pense que la tragédie est un état de folie qui dit la vérité, bien le contraire du théâtre qui croit à l'empathie larmoyante pour les malheurs sociaux, la tragédie est une colère qui montre l'origine des choses, elle fait jaillir une beauté insupportable. Il applaudit à ce désastre qui le sauve de l'ennuyeuse pusillanimité de son œuvre, il crie, C'est ça ! C'est ça ! Bravo !

Mais Catherine a fracassé la bouteille contre le cadre de scène et sa danse de déesse indienne devient plus effrayante. Elle s'interrompt et se déchire le cou avec la bouteille brisée, le directeur du théâtre retient son bras et tente de l'immobiliser, elle tombe au sol, il roule avec elle, et elle n'est plus que cris et grognements. L'heure de la conscience enflammée est passée, elle devient une bête à l'abattoir.

Toujours avec des grondements de fauve en rut, elle échappe à ses gardiens qui la rattrapent dans les allées entre les sièges, elle a eu le temps de leur jeter au visage ses habits et ses chaussures, à demi nue, elle est de nouveau immobilisée au sol. Ils la traînent par les jambes sur le dos vers les loges et tentent de la plonger sous l'eau froide de sa douche, la moquette du théâtre a brûlé son dos, et elle tombe sous l'eau froide d'une seule masse, en gémissant. Le directeur a appelé les urgences.

Iris, qui a entendu le fracas du chaos, est revenue pour soutenir Aurélien qui sourit, assis sur un piano, les pieds clapotant sur les aigus du clavier.

— C'est cela qu'il faut faire, dit Aurélien euphorique, exactement ! Il faut retrouver ce féroce chaos, lui seul est poésie. Ah !! Je suis lavé de mes plaintes et de mes études, la vie veut la vie, et nous, jeunesse intelligente, nous allons détruire l'ancienne salle des commémorations tristes et inventer des miracles ! Je danserai moi-même avec le masque nègre, et toi tu diras le texte de Pénélope, notre Pénélope pleurera dans un décor brûlé et détruit et sous la pluie parmi les bêtes elle déchirera les livres et brûlera un crucifix.

Il dit tout cela en martelant à présent les notes graves du piano avec ses chaussures de sport mouillées.

— Oh comme je suis heureux, je n'ai jamais été aussi heureux !

Iris le regarde froidement, les poings serrés dans les poches, et se demande ce qui, dans la course des astres, agit si cruellement sur l'impatience de sa génération.

CONSPIRATION

— Quels sont ses atouts ? demande Jacqueline en faisant la moue de l'experte.

— Il est proche de la femme du président, dit Touraine, et il peut réunir un pactole de mécénat avec ses amis du CAC40. Ce n'est pas non plus un incompétent.

— Nous n'arriverons pas à des chiffres comparables mais j'ai quelques amis, dit Jacqueline. Et s'il fait dans les chiffres, tu dois faire dans les lettres.

— Ce qui veut dire ? demande Touraine.

— Ton projet, c'est la démocratisation de l'art, l'opéra populaire, tu dois baisser les tarifs, travailler dans les écoles, ouvrir les répétitions… De la démagogie socialiste, ça fascine toujours les gens de droite et tu auras la presse de ton côté. Tu sais que Vilar travaillait sur un projet d'opéra populaire en 68, mais avec les événements, il a refusé de continuer, et puis Liebermann est passé par là et a mis en place la politique opposée, un produit exceptionnel qui en impose au reste du monde lyrique…

Tout en disant cela, elle a contemplé le décor de Jacques Garcia pour ce salon de thé bonbonnière en marbre rouge. Des serveurs habillés en noir et pois blancs portent sur des plateaux d'argent de véritables chefs-d'œuvre de sucre qu'on a la vanité d'appeler des douceurs.

— Faire hypocritement un projet de gauche, Sarazac en est capable aussi, dit Touraine un peu dépité.

— Oui mais toi, tu es sincère, c'est ce qui compte, dit Jacqueline sans que son interlocuteur ne décèle la moindre ironie. Le contenu de ton projet importe peu, ce qui importe c'est la stratégie militaire, tu seras nommé par quelqu'un qui ne fait pas la différence entre Rossini et Verdi. Ce qui importe, c'est de trouver le dindon…

Touraine est un peu perplexe et lui demande de préciser sa pensée.

— Si tu te présentes, tu perdras, le ministre de la Culture s'inclinera devant le château, l'Élysée je veux dire, et tout le monde sera bien humilié. Ils ont déjà décidé de la nomination mais ils ne l'ont pas rendue publique, cela veut dire que le fait du prince ne leur semble pas une bonne politique, ils doivent lancer un simulacre d'appel d'offres et de démocratie. Donc, ils cherchent un candidat, si possible très mauvais, qui puisse être opposé, pour donner l'illusion d'une décision collégiale, ils nommeront un comité entièrement sous contrôle. Le fait du prince ne plaît pas à la presse, mais si on trouve un candidat bidon, ils ne chercheront pas plus loin… Seulement il ne faut pas que tu sois celui-là… et notre ministre t'a vu venir de très loin… Tu vas servir de dindon de la farce, mon chéri, ta proposition est arrivée à point pour leur stratégie. Tu dois rester dans l'ombre. Quand les deux candidats se seront discrédités, tu entreras en scène et tu déchireras ton cœur avec tout l'amour de la démocratisation culturelle et le sens du service public…

— Je pense qu'un artiste conviendrait parfaitement, dit Touraine.

— Milo ! dit Jacqueline, comme si elle n'y pensait pas depuis trois ans. Tu n'as qu'à convaincre le ministre de lui ménager une ouverture. Je vois déjà le ministre essuyant un jus d'huître qui brille encore sur son menton et dire, Il nous faudrait un artiste à l'Opéra de Paris…

— C'est Milo qu'il faudrait convaincre, dit Touraine.

— Ça, je m'en charge, dit Jacqueline.

— Et en échange ?

— Tu programmeras Aurélien, mon petit protégé, et pas pour un Rossini minable, dit Jacqueline en croquant une petite meringue rose.

— Qu'est-ce que tu veux ?

— Mais le *Ring*, dit Jacqueline, la bouche pleine.

— Il n'a jamais mis en scène d'opéra…

— Justement, le *Ring* donné à un inconnu, quelle audace !

— Pourquoi tu aimes ce garçon ?

— Parce qu'il s'est baigné nu dans ma piscine, parce qu'il écrit des textes pornographiques, parce que nous rions comme des enfants en nous moquant des autres, parce qu'il y a, au-dessus de sa tête, une auréole de feu, dit Jacqueline en faisant le geste qui convient de sa main bijoutée.

— Je ne la vois pas, dit Touraine amusé.

— Mais bien sûr que tu ne la vois pas ! Pour cela, il faut une âme, et toi tu préfères régner sur un royaume d'illusion or et rouge. Enfin ! tant qu'à vendre son âme au diable autant en tirer un bon prix.

Et Jacqueline rit en se tenant la gorge.

— Et toi, qu'est-ce qui te fait jouir ? demande Touraine.

— Tant que je continue à jouer, je ne suis pas morte, dit Jacqueline en riant plus fort encore.

Quelques heures plus tard, Jacqueline se retrouve avec Sarazac dans le hall de l'hôtel Amour. C'est un ancien hôtel de passe reconverti en haut lieu de parfaite branchitude. Des objets des années 1950 élégamment chinés croisent des photographies originales de Pierre Molinier.

— Tu ne trouves pas que ta nomination tarde un peu ? demande Jacqueline.

— Le président me l'a promise, dit Sarazac.

— Il te l'a promise mais il n'a pas fait l'annonce. Tu as vu le ministre ? demande Jacqueline comme si c'était sans importance, tout en appelant d'un geste de reine un serveur barbu.

— Pas encore, tu sais bien qu'il me hait, dit Sarazac amusé.

— Et Duverger ? demande Jacqueline comme si ça, par contre, était de la plus haute importance.

— Duverger dit qu'il suivra la décision de Venstein, alors si tu me garantis Milo, je ne vois pas où il pourrait y avoir un problème, dit Sarazac, moins sûr de lui.

— Je te l'ai dit, tu as l'appui de Milo dans la mesure où tu lui promets de programmer son petit protégé, et pas dans un Rossini à la noix.

— Il aura un Wagner. Le *Ring*, je ne sais pas si c'est bien prudent.

— Pourquoi pas *Rienzi* ? C'est un Wagner que tout le monde attend et Milo rêve de le diriger, dit Jacqueline en accueillant un lait orgeat.

— Je m'attendais à ce qu'il soit plus clair dans son discours à la soirée de son cinquantenaire, dit Sarazac.

— Il a été clair, mais lui aussi semble penser qu'il y a un grain de sable dans la mécanique, dit Jacqueline avec un petit sourire. Le ministre t'en veut, ce n'est pas rien.

— Il a un autre candidat ?

— C'est possible, dit la fée, énigmatique.

— Tu en sais plus ?

— Oui. Je sais qui est l'autre candidat et ce que je vais te dire ne devrait pas te surprendre. Ils cherchent un candidat bidon pour donner un air de démocratie à l'affaire, et ils ont choisi Milo lui-même. Il déposera un projet qui tiendra en une petite page écrite bien gros et ensuite un comité en carton choisira très démocratiquement – après une longue concertation et dans l'intérêt général de l'art et du peuple – le candidat que le président ou plutôt sa femme a déjà choisi. Et toi, tu pourras demander à notre petit protégé roux de travailler sur le premier grand opéra de Wagner, un jeune homme de vingt-cinq ans met en scène un Wagner de vingt-cinq ans, l'affiche est bonne !

— Tout ça me semble bien construit ma chérie, dit Sarazac, pas si fier. J'attendrai donc un mois ou deux, le temps d'aller choisir ma garde-robe et un ou deux jeunes assistants allemands avec des corps d'athlètes dignes d'Arno Breker.

— Je crois que nous sommes d'accord, monsieur le directeur, les autres rumeurs me semblent sans fondements, dit Jacqueline lançant du baume sur la blessure.

Elle a planté le couteau très délicatement puis, non moins délicatement, pansé la plaie, et elle fait mine déjà de chercher dans son sac ses lunettes pour payer l'addition. Sarazac fait signe qu'il peut lui offrir un lait orgeat. Et tout en aspirant bruyamment le fond de lait avec la paille, elle dit :

— Ces rumeurs sont ridicules, il ne faut pas attacher d'importance aux rumeurs, il y en a des nouvelles tous les mardis.

Ces rumeurs qu'elle a jetées comme des graines raticides, il les connaît ou les ignore ou ne veut pas les connaître, ou veut les ignorer. Mais elle a parlé avec un air si subtil, si délicat, si enduit de miel et de venin, que cela a réveillé en lui les pires instincts.

— Quelles rumeurs ?

— C'est toi qui les fais courir, non ? demande Jacqueline en lui volant sa question.

Sarazac se tait.

— Oh pardon ! dit Jacqueline. J'ai cru que c'était toi qui avais lancé ces histoires à cause de tes rapports avec lui, mais non, oublie, de la neige sur une cloche…

— Mes rapports avec lui ? Tu parles de qui ? demande Sarazac très agacé.

Elle le tient et elle le fait courir derrière son carrosse, c'est un moment de délice, il faut qu'elle en jouisse encore quelques minutes, de ces ineffables minutes où elle a le pouvoir et qui s'évanouiront comme un parfum.

— Si on recommandait un lait orgeat ? J'adore ça, c'est écœurant !

— Mes rapports avec lui ?

— J'aurais dû me taire. Touraine bien sûr.

— Quoi Touraine ?

Elle le regarde d'un air totalement idiot, et elle commande un autre lait orgeat *mais plus frais* de sa petite voix aigrelette.

— Ne me dis pas qu'il est dans la course ?

— C'est ce qu'on dit rue de Valois, dit Jacqueline, perfectionnant encore son air idiot.

— Le ministre est allé chercher Touraine pour me bloquer, c'est ça ? Il lui a promis quelque chose, c'est ça ?

Sarazac sent le sol s'ouvrir sous lui. Le colosse vacille sur ses pieds d'argile, et Jacqueline se demande ce qui, de tous les dangers que le nom de Touraine a convoqués, déstabilise à ce point le magnifique et puissant quadragénaire. Il vient de déboutonner le col de son polo rouge sang et elle aperçoit une impressionnante pomme d'Adam qui fait l'ascenseur entre tous les étages de son angoisse.

— Il ne peut pas se présenter contre moi, dit l'homme perdu.

— Il n'a aucune chance, de toute façon, dit la guêpe.

— Tu peux le voir, lui demander qui il a vu ? dit l'homme qui se noie.

— Je sais qu'il a vu le ministre, c'est tout, dit la sirène.

— La conspiration des médiocres, dit Sarazac. Non il n'est pas un médiocre, il est l'homme qui a illuminé et empoisonné ma vie. Il a vu le ministre, donc ce n'est pas une rumeur. Qu'est-ce que tu sais encore, qu'est-ce que tu peux savoir ?

— Je peux demander à être présente au rendez-vous avec Duverger, dit Jacqueline qui sait qu'elle l'assassine lentement.

— Il a rendez-vous avec Duverger ! Donc c'est très engagé. Il est mon rival. Et il avance dans l'ombre.

Sarazac est enivré de souffrance.

— Qu'est-ce qui s'est passé entre vous ? demande Jacqueline, espérant savoir enfin.

— C'est de l'histoire ancienne.

— Il est un réel danger pour toi ?

— Je ne pense pas que sa candidature soit un danger, je pense seulement qu'il peut faire échouer la mienne, dit l'homme au polo rouge sang.

— À mon avis, c'est Duverger qui sonnera la fin de la partie, dit Jacqueline désinvolte en vérifiant la température du lait orgeat avec son doigt.

— C'est ton meilleur ami, c'est comme un frère pour toi !

— Oui, oui, mais je ne suis pas sa seule petite sœur chérie. Est-ce que Touraine a des dossiers contre toi ?

— Je pense que oui.

— Alors il faudrait que tu négocies, propose-le pour être ton second.

— Impossible, dit un Sarazac qui regarde fixement le vide.

— Alors, demande au président de le nommer tout de suite à un poste moins important, dit Jacqueline en baissant la voix pour faire croire à sa sincérité.

— Il n'acceptera pas, dit Sarazac.

— Alors, la guerre est déclarée, dit Jacqueline, faussement catastrophée.

— Non, pas une guerre avec lui, non, tout mais pas une
guerre avec lui, je ne supporterai pas une guerre contre lui.

Les larmes sont montées aux yeux du viril Sarazac, et
elles sont belles comme des diamants, elles semblent la dernière chose vivante dans son visage parfait au nez légèrement
refait, ces larmes, la vie même, la vie sous la forme de diamants de douleur, et Jacqueline, un instant, a l'impression
d'avoir fait renaître en lui l'enfant qui avait peur du noir.

— Ne te mets pas dans tous tes états, je vais aller le voir,
je vais négocier, dit Jacqueline.

— Tu peux faire ça ? demande Sarazac, perdu.

— Mais oui, mais oui, mon chéri ! Et, à cet instant, elle
a réellement pitié de lui.

Fière de son doublé, Jacqueline sirote son lait sucré
en regardant passer les clients de l'hôtel. Dans le silence
bruyant du hall, elle s'identifie à eux, elle est la jeune femme
pressée qui entre et se jette dans les bras d'un homme en
costume noir, elle est le livreur épuisé, blessé à la main, elle
est le maître d'hôtel qui tente de calmer un client ivre, elle
est le journaliste qui finit à la va-vite un article, elle est le
couple de quinquagénaires, chacun perdu dans un roman
de gare, elle est la femme assise au piano qui d'un doigt fait
raisonner un *la*, un *la* unique, absent et désabusé, elle est la
foule de provinciaux admiratifs qui cherchent l'ascenseur,
elle est ce petit garçon qui grimace devant son reflet dans
une théière en argent. Elle joue toutes les humanités dans
son théâtre intérieur, elle a connu tous les triomphes, a ri
de tous les échecs, et elle a survécu. Elle se voit comme un
personnage qu'elle joue depuis longtemps. Paris, son tourbillon, sa scintillante superficialité a, sinon consolé, tout
au moins anesthésié les douleurs accumulées, les deuils et

la tristesse infinie de l'âge. Mais plus que tout, quand elle attend dans un hall d'hôtel ou dans un aéroport, les yeux bouleversés par le mouvement de la foule des inconnus brassés, kaléidoscope d'elle-même et de toutes les époques de sa vie, c'est le bonheur dans ces heures les plus lumineuses qui lui perce le cœur. Elle souhaite profondément aux passants de connaître ce qu'elle a connu, ses heures de gloire et de jeunesse, la foule des hommes autour d'elle, et les nuits d'éblouissement quand elle croisait au large des îles Éoliennes sur un bateau blanc. Ce qu'elle veut encore une fois, peut-être une dernière fois, en étant ce rouage urgent de l'ascension d'Aurélien, ce n'est pas oublier le malheur ni retrouver la joie du passé, c'est plus simplement se sentir encore dans le tumulte du destin, entendre chaque dent de chaque engrenage agir, et vérifier que tout est possible. Et peut-être, pense-t-elle en faisant sonner son ongle contre le verre vide, peut-être est-ce cela le bonheur, rien qu'un instant où l'on se dit qu'il y a du possible. A-t-elle suffisamment connu l'inverse ? L'impossibilité du possible pétrifié jusqu'à un point de lourdeur insoutenable. La mort, l'irréversible, l'a frappée jusqu'à lui faire perdre la joie du langage, elle a gardé de ses deuils successifs un léger bégaiement, une légère hésitation sur certains mots, comment ne pas comprendre que, là, le cœur même de sa joie a été touché et qu'elle ne peut parfois plus donner le change.

Mais elle vient de mettre face à face deux hommes que tout oppose et que l'amour défunt a scellés dans la pire des rivalités. Le jeu cruel la fait sourire, sa rouerie l'enchante et elle trotte vers l'Opéra où, sa répétition achevée, Milo l'attend, impatient des dernières nouvelles du front.

Dans la fosse, rien ne va, le décor a mangé cinquante centimètres et les harpes n'ont pas assez de place, il est contraint de les séparer, ce qui va accentuer les difficultés de la mise en place. Et puis un trombone a quitté la répétition prétextant qu'il était aveuglé par un projecteur. Une fatigue homérique a harcelé Milo au milieu de la "Marche hongroise", et il s'est dit qu'il ne finirait pas la répétition, mais son assistant, grippé, n'a pas pu le remplacer alors il a continué tant bien que mal sans retrouver les tempi de la veille. Hagard, furieux contre lui-même, trempé des pieds à la tête, il a ouvert le portillon du muret qui sépare la fosse et s'est assis dans la salle. Il a une heure de repos avant que les chœurs n'arrivent. À la dernière répétition, les balances étaient catastrophiques, il est allé lui-même entendre le désastre, et il a laissé la baguette à cet assistant qui éternuait sur le quatuor au risque de provoquer une grève.

C'est vrai, l'orchestre est trop fort, il regrette d'avoir voulu une fosse si haute, mais il espérait les obliger à plus de nuances et avoir le temps de corriger l'harmonie qui parfois vire dangereusement à la fanfare populaire. Il est d'autant plus désespéré que l'œuvre n'est pas si longue et qu'il lui semblait bien la connaître, mais *La Damnation de Faust* est un étrange monument, vénéneux et mystérieux, qu'il faut réinventer avec chaque orchestre, chaque chœur et chaque théâtre, et l'avoir dirigé vingt ans plus tôt ne lui est d'aucun secours. Berlioz a multiplié les effets de spatialisation du son et les enchevêtrements de voix. L'exécution de l'œuvre reste une gageure. Il aurait voulu faire entendre *Une profonde inquiétude*, cette méditation presque hilare sur la mort et le néant, et non pas des airs de danse inutiles et des dérives belcantistes. Il rêvait d'une direction analytique, basée sur des unités de systèmes bien plus que sur les effets pompiers de tempi échevelés et une masse orchestrale hippopotamesque. Il savait très parfaitement ce qu'il voulait et pourtant, une fois dans la fosse, tout a semblé impossible face à la monstrueuse matière sonore, les quadruples chœurs emmêlés, les timbres confondus, les lignes de chants inouïes.

Peut-être, se dit-il, qu'il vaut mieux ne rien savoir, ne rien prévoir et écouter ce chaos qui veut dire quelque chose, qui cherche lui-même, par-delà le bras du chef, sa propre logique. Peut-être que la musique ne peut qu'être applaudie et désirée et toute préméditation, un blasphème. À quoi bon agir sur cette matière plus mystique encore que le sexe, et qui laisse les hommes éberlués par la vanité de leurs conspirations. Comment espérer imposer un ordre quand on touche justement à l'origine du désir en fusion qu'est la musique ?

Reste Jon Karlsberg, le ténor surhumain, toujours calme et impérieux, il est le Faust de rêve, quintessence du chant français, italo-allemand et suffisamment caméléon pour changer de voix à chaque acte, être rossinien dans les duos et webérien quand l'orchestre s'alourdit dans l'invocation à la nature. Au fond, il n'y a peut-être rien d'autre à faire que l'écouter et l'accompagner, c'est lui qui dirigera par le chant, c'est lui qui imposera l'introuvable legato, c'est lui qui sentira les limites du tempo avec lesquelles il faut jouer pour faire apparaître les motifs, pour éviter l'overdose de couleurs. Cette pensée le rassure, et l'entraîne vers une eau plus calme où arrive, toutes voiles au vent, Jacqueline, frétillante de nouvelles fraîches.

— Toutes les éventualités sont parées, nos deux hommes sont prêts à programmer notre petit protégé, dit la Mata Hari en imperméable à motifs léopard. La seule chose qui importe c'est qu'ils pensent tous les deux me devoir quelque chose. Tu aurais vu la tête de Sarazac quand je lui ai lâché le morceau sur son ancien grand amour.

— Ancien grand amour ? demande Milo. Je pensais que c'était une légende urbaine.

— Il faut que tu le saches, cette guerre détruira l'un ou l'autre, absolument, dit Jacqueline. Ou les deux. L'important, comme dit le proverbe : ces mystères nous dépassent feignons d'en être l'organisateur.

— Et Duverger ?

— Duverger, je m'en occupe. À mon avis il te laissera toute liberté, mais il faut que, quel que soit l'heureux élu, il te doive son règne.

— Faire le troisième est peut-être dangereux.

— Non, pas pour l'instant. Tu te désisteras le moment venu et tu auras le beau rôle.

— Comment me trouves-tu ?

— Tu as l'air dévasté, dit Jacqueline avec une franchise qu'il aurait préférée absente.

— Tout cela m'ennuie, dit le chef, toute cette guerre. Et puis lève les yeux, regarde l'épouvantable plafond de Chagall, qui voudrait souffrir autant sous une telle mièvrerie ?

— Tout le monde a toujours détesté cette maison, dit Jacqueline, jusqu'à ce qu'on construise l'opéra Bastille, on dirait une banque de Centrafrique, et les Parisiens se sont mis à aduler Garnier.

— Tu sais ce que j'aime dans cet opéra ? Pas ses ors et ses velours, mais sa crasse, sa crasse est plus belle que son or.

— J'ai l'impression que tu parles de toi, dit Jacqueline sans rire.

— Tu as raison, notre crasse nous appartient sûrement plus que nos gloires. Viens, Aurélien m'attend dans le salon de la danse, nous verrons ce qu'il pense de tout ça.

Ils montent sur la passerelle qui surplombe la fosse et permet d'atteindre la scène sans avoir à faire le tour par le public. À la générale, le monde de la salle et le monde de la scène seront définitivement séparés par la béance de la musique, elle-même séparée de tout, des décors et du public, de la logique dramatique et de toute justification politique. Milo regarde en bas, le tabouret du chef devant son petit mur blanc, la place tant convoitée vers où tous les regards se portent, le cœur du cœur, et il se demande si Dieu est ainsi, au cœur du cœur de la souffrance, dans la connaissance la plus intime et la plus indicible.

— Tu crois que Dieu souffre, chérie ? demande Milo.

— Bien sûr qu'il souffre, dit Jacqueline, comme si Dieu était une vieille connaissance de classe. Et notre souffrance est divine aussi, elle est une écaille de Dieu tombée dans l'inutile.

Ils passent sur le côté jardin, parmi les décors des autres productions pliés dans l'ombre, ils remontent la pente de la scène toujours et ils voient le délabrement lépreux de la cage de scène et, comme le maestro le laissait entendre, la crasse du lieu les rassure. Derrière le lointain et ses portes Eiffel monumentales, le petit salon de la danse si cher à Degas, écrin de stupre et d'innocence caramélisés. Le lieu exquis les attend, ses grands candélabres vibrent, et les banquettes vert bouteille défoncées sentent la sueur et le sperme. Ce bigorneau géant incrusté de peintures hystériques et badigeonné de feuilles d'or est le lieu préféré d'Aurélien, il y travaille ou lit les pieds sur la barre, parfois un danseur égaré lui demande timidement s'il peut s'échauffer et Aurélien lui dit oui, amusé qu'on lui donne des prérogatives dans cet endroit où il est pourtant l'intrus absolu. Attendre Milo dans sa loge est vraiment trop ennuyeux, la vue sur les galeries Lafayette n'est intéressante qu'à Noël et il y a toujours une odeur de vernis et de labeur qui imprègne les murs et lui donne envie de vomir.

Les trois se retrouvent et s'assoient dans le fond du salon, Milo sur un tabouret de piano qu'il fait grincer, Jacqueline en amazone sur une chaise peu fiable et Aurélien, déchaussé, qui prend des poses d'odalisque sur la puante petite banquette verte ; le trio infernal plume les conjonctures en poussant des petits cris réjouis. Jacqueline raconte, amusée, son double rendez-vous en miroir, elle dit, triomphale :

— Quoi qu'il arrive, nous les avons dans le creux de notre main, ce sont nos marionnettes, l'un et l'autre pensent que nous sommes les seuls à les protéger de leur rival.

Aurélien est ébloui par la rapacité de la vieille dame tandis que Milo donne des coups de poing distraits dans le vide.

— Et Duverger, demande Aurélien, on est sûr de lui ?

La main sur le cœur, l'infatigable intrigante dit :

— Duverger, c'est mon affaire.

Et soudain prise d'une crise de lyrisme aigu, et désignant de son bras décharné l'au-delà du salon de la danse elle s'exclame :

— Bientôt, mes petits chéris, tout cela sera à nous, et vous pourrez vous empapaouter dans les dorures et les rideaux.

Milo semble plus rêveur et déjà bien moins amusé que les deux autres par cet imbroglio de courtisanerie.

— Tout le monde a couché avec tout le monde, dit le chef, les mêmes Sarazac, les mêmes Touraine depuis des siècles, dans le même bordel, et le ministre là-dessus qui ne pense qu'à ses gigolos et encore et encore la même sauce de copinage douteux, de réseaux mafieux, de compromis pour ne pas dévisser dans ce jeu de chaises tournantes, parfois cela fait monter en moi un tel dégoût – et parfois un rire. Mais voilà trente ans que je les coudoie, avec leurs grimaces hypocrites et leur trou du cul dilaté que tout le monde a fourré. Et moi je ne vaux pas mieux.

Jacqueline et Aurélien sont un peu refroidis par cette pique et Aurélien bondit au secours de sa vieille amie.

— Allons, allons, maestro, vous avez un coup de mou, si tout cela est si dérisoire, Jacqueline nous rappelle que c'est aussi sublime que dérisoire, d'ailleurs qu'est-ce qui n'est pas dérisoire ?

Jacqueline, extatique et le regard perdu dans les ange-lots de stuc, murmure :

— La musique, la musique, seule la musique sauve, oh la musique n'est pas dérisoire Milo, elle justifie tout.

Mais le maestro n'est pas de cet avis.

— Ne dis pas de bêtises, la musique ne sauve pas, elle nous enfonce, elle nous rend dépressifs, c'est une drogue aussi insupportable que les autres. Seul le regard d'Auré-lien sauve.

Et Aurélien, flatté de savoir ses yeux verts plus miséri-cordieux que les quatuors de Debussy, monte à califour-chon sur le chef et lui roule de grosses pelles baveuses et mélancoliques.

Jacqueline leur demande de revenir au calme et d'orga-niser avec Duverger une concertation puissante, elle n'est pas du tout prête à renoncer à son feuilleton.

— Il faut être sûr que Duverger fera ce que nous lui dirons, et que son jeune garde-malade, le petit Alistair – je l'ai jamais senti celui-là –, ne va pas tout chambouler. Les garçons, écoutez-moi, vous m'avez l'air de vouloir l'essence des choses et la vieille Jacqueline sait qu'il n'y a que l'écume des choses qui soit essentielle.

À cette dissertation philosophique, ils ne peuvent pas résister, et si l'essence des choses c'est la bandaison voyante du chef dans sa flanelle bleue, l'écume des choses c'est le rire d'Aurélien fou de joie à l'idée de revoir le lugubre Duverger.

— Oh oui, je veux revoir ce vieux monstre, il me plaît démesurément. Jacqueline n'est pas superficielle, elle est sur-facielle, elle a compris que l'existence est avant l'essence ; que l'existence est une désinvolture. La vie est faite de détails.

Jacqueline acquiesce et ajoute :

— C'est pire que cela, je crois que seules les apparences triomphent.

De mauvaise grâce, Milo se prête au jeu :

— Bien, nous devons voir Duverger, le convaincre de nous laisser la main puis faire monter les enchères, demander à la femme du président qui sera nommé finalement et faire mine d'avoir été à l'origine de cet avènement.

— Bravo ! dit Jacqueline en faisant sonner tous les bijoux de ses poignets dangereux.

Le trio infernal continue de spéculer, la presse, le milieu, les politiques, ils jonglent avec les noms des puissants, ils trient hardiment les fatalités, et s'approprient leur avenir autant que l'Opéra de Paris, ils sont les maîtres du monde. Autour d'eux, on appelle à la reprise de la répétition et déjà les chœurs se pressent en coulisse, plus haut les bureaux entendent l'aboyeur appeler le chef et dehors, tout autour de l'opéra, un jour de grève des taxis, la pluie accable les Parisiens pressés dans des affaires aussi essentielles que la nomination du prochain directeur de l'Opéra. Le patron de la Banque populaire doit choisir son successeur, on crée un comité pour l'évaluation du projet du Grand Paris, l'héritage de la fortune de Mme de La Roche est contesté par ses ayants droit, le prochain manuscrit de Troudec ne sera pas publié chez Gallimard et Mireille Verdier est la seule à en avoir les bonnes feuilles, la polémique autour de la rénovation de la salle Pleyel a pris fin et déjà les mêmes chroniqueurs attisent une nouvelle polémique, ce sera le restaurant qui a perdu une étoile pour avoir refusé une famille musulmane, un maire de banlieue qui a commis un délit d'initié mais prétend l'avoir fait pour le bien de la commune, ou une chanteuse à la mode qui a poignardé son pianiste. Au-delà, toute la France n'est que province et la province n'existe pas pour la fourmilière passionnée qui réalise le rêve de jeter des grains de sable dans les rouages sublimes du parisianisme. Et au-delà de la patrie des droits de l'homme, des migrants meurent en Méditerranée, des famines sont organisées par des consortiums en Afrique, des prisonniers politiques achèvent de crever dans les geôles chinoises ou russes, le Moyen-Orient brûle de son éternel conflit qui ne rentre plus dans aucune stratégie onusienne, les États-Unis lancent leurs guerres sempiternelles pour la domination énergétique, et au-delà encore, la misère effarante de milliards d'exclus fait vaciller une terre où les banquises s'effondrent, où l'oxygène se raréfie, où le ciel prépare des cyclones bibliques.

Mais les trois conspirateurs ont la certitude que rien n'est plus fondamental que cela : qui sera le prochain directeur de l'Opéra de Paris ? Et Milo retourne en répétition, on l'entend déjà pester, Suivez ma battue, dans les retours. Jacqueline joue à faire tourner le tabouret de piano qui crisse divinement, et il lui semble qu'elle fait tourner le monde.

LES TRAVAILLEUSES

Le local de la Croix-Rouge devenu trop petit, les putes révo-lutionnaires sont accueillies au Théâtre de la Bastille. La configuration du théâtre donne un aspect formel à ces réu-nions qui étaient jusque-là une vraie foire à la parole crue. Ordre de passage, questions rédigées, micro circulant dans la salle, l'assemblée générale ressemble à s'y méprendre à celle d'un ennuyeux syndicat de taxis ou de buralistes. La divine Gilda, présidente par proclamation, n'a pas mis un de ses fétiches angoras, elle est sobrement moulée dans une marinière. À ses côtés, maîtresse Ulrika, en tenue civile, ni perruque ni talons aiguilles : il est en chemise bleue, mal rasé et porte un bandeau sur l'œil à cause d'un orgelet. Les autres membres du bureau portent des hauts où l'inscrip-tion "Fière d'être une pute" s'inscrit en rouge sur noir.

La lecture des Droits universels des putes n'a reçu que des applaudissements. Particulièrement les questions de dépénalisation. Les arguments en faveur de la prohibition ont été battus en brèche dans un texte qui dit que cette pro-hibition ne ferait que repousser l'esclavage humain au-delà des frontières en prétendant avoir résolu les questions. Le plaidoyer pour le droit à la dignité, à la santé, à la solidarité aussi bien qu'à une assurance chômage et maladie, à l'ins-tar des autres travailleurs, a été applaudi. L'affirmation de la liberté de destin aussi bien que la volonté d'en finir avec

l'exploitation humaine n'a récolté que des suffrages posi-
tifs.

Un peu avant l'assemblée générale, Gilda avait apporté ses
grands ciseaux de vieille routière de la rédaction des pétitions
pour couper quelques réclamations qui risquaient de faire
couler la barque. Non, réclamer une éducation à la liberté
de se prostituer dans le collège ne semblait pas réaliste et les
ferait passer pour des folles sous acide. De même, la représentation d'un secrétariat à la Prostitution nécessairement dirigé
par quelqu'un du métier, si elle n'était pas une hérésie, ris-
quait de faire perdre du temps à des revendications plus sol-
vables. Enfin, la question des clauses utopiques qui devaient
rallier les foules avait été résumée en trois points : la solidarité avec tous les travailleurs précaires, la place de la culture
dans la société marchande, et la démocratie participative.

Sur ce dernier point Gilda avait été formelle : "La politique est trop sérieuse pour qu'on la laisse aux politiques."
Et la formule coup de poing allait faire le tour de Paris, prête
à revendiquer pour un nombre incroyable d'associations.
Prostitué(e)s du monde entier, vous êtes une force politique !
Tout semblait acquis pour que le texte parte à la conquête
des médias : les intempéries d'octobre terminées ; les atten-
tats au Moyen-Orient déjà exploités ; les affaires scandaleuses
autour d'un président de parti de droite mouillé dans des
trafics d'influence en perte de vitesse… l'actualité laissait
une fenêtre médiatique au mouvement.

Éric, l'étudiant en sociologie amateur de fruits de mer,
s'est levé.
— Je ne suis pas d'accord avec "prostituées", c'est un terme
passif et nous ne sommes pas passifs. Nous ne travaillons
pas qu'avec nos organes génitaux, mais aussi avec notre tête.

— Oui avec notre conscience, notre âme, notre imaginaire ! crie Serena en agitant son soutien-gorge comme une suffragette.

— La partie la plus érogène du corps, c'est le cerveau, dit Aurélien qui refuse le micro.

Éric ne se sent plus seul.

— C'est vrai, nous ne pouvons pas être considérés comme des masseurs génitaux, notre connaissance de l'humain est plus grande et notre rôle plus transcendantal.

Voyant qu'il y a là un véritable point d'achoppement, la Rosa Luxemburg des alcôves demande le silence et donne la parole à un membre du bureau, en concédant que la dénomination est hautement politique.

— Moi j'aime bien travailleurs et travailleuses du sexe, dit Ulrika, en civil.

— Pourquoi pas seulement *travailleuses* du sexe ? ajoute Gilda.

— Parce qu'il y a beaucoup d'hommes ! crie Kamel.

Gilda ne se laisse pas démonter :

— Est-ce que, pour une fois, la grammaire ne pourrait pas être à l'avantage du féminisme ! Si nous disons travailleurs et travailleuses, très vite nous serons des travailleurs, et ce soi-disant neutre sera à l'avantage du patriarcat. Est-ce que les hommes ne pourraient pas, pour la première fois, assumer une féminisation de leur identité, est-ce que c'est dégradant d'être féminisé ?

— Mais oui, nous sommes des travailleuses, c'est très bien, hommes ou femmes, nous devons rappeler que le Mouvement pour les droits des putes est avant tout un féminisme, dit Ernesto, le passif Brésilien allergique aux cacahuètes.

— Un féminisme dont les féministes ne veulent pas ! lance Iris, qui s'attend à recevoir sur la tête une pluie de stérilets.

— Elles veulent nous libérer ! dit Gilda, carnassière et ironique même sans son pull angora. Et de développer : Moi je ne cherche pas à libérer la femme mariée hétérosexuelle soumise à son mari, à son père, à ses frères, sans autre identité que celle de reproductrice et de femme de ménage et pour qui le plus grand cauchemar est de vendre son cul. Son aliénation ne me regarde pas, mais qu'elle me laisse ma liberté si elle n'est pas capable de la comprendre.

C'est un tonnerre d'applaudissements, et Gilda passe le micro comme si c'était un sceptre. Exaltée par son idole, Serena enchaîne :

— Mais *moi*, je cherche à la libérer ! Je trouve que nous devrions organiser des stages de reconversion, leur proposer un autre métier, un autre destin, exactement comme les associations chrétiennes veulent le faire pour nous… Si les bourgeoises, surtout les bourgeoises de gauche, sont putophobes, il faut les rééduquer. Elles cherchent à oublier que tout le monde se vend. Nous sommes toutes des putes, bourgeoises ou révolutionnaires, nous sommes des putes, autant en être fières !

— Pour revenir à la dénomination, pourquoi pas "putes" ? Assumons l'insulte en fierté, et puis c'est féminin, dit Ulrika qui pense avoir clos le débat. Et aussi nous devons montrer notre solidarité avec les collègues émigrées, avec les collègues exploitées par le patronat, avec les collègues persécutées par la mafia d'un côté et la police de l'autre.

— C'est difficile à traduire en anglais, *whore* est moins violent, *bitch* est négatif, dit Ernesto dont personne ne s'étonne qu'il prévoie à lui seul l'internationalisation du mouvement.

— Si tout le monde est d'accord pour *travailleuses*… dit Gilda qui a intelligemment mené sa barque.

Kamel se lève et prend le micro. Il est d'une beauté impériale dans un costume trois pièces gris absolument parodique, on pense qu'il l'a mis pour donner un air de respectabilité à la séance, la vérité est qu'après l'assemblée générale, il a une séance de domination avec un directeur de banque qui veut jouer à tire-moi-la-cravate.

— Moi, je voudrais ajouter que la putitude, c'est plus qu'une catégorie professionnelle, c'est toutes les femmes, tous les transgenres, tous les êtres différents, expérimentaux, libres, hybrides, tous les êtres singuliers qui refusent l'hétéronormativité. La putitude, si c'est l'équivalent de la négritude de Césaire, c'est un mode de vie qui doit s'inventer, c'est une dialectique maître-esclave, c'est une révolution de tous les sans-papiers, les exclus, les maltraitées, les méprisées, donc c'est aussi majoritairement les femmes !

Il a mis le feu à une fierté qui n'attendait que lui. Serena est folle de joie, elle retire son petit chemisier à carreaux pour montrer sa poitrine sur laquelle Iris écrit déjà *Putitude*. On respire mieux, le ciel s'ouvre, l'avenir est plein d'odeurs et de bruits, Aurélien regarde émerveillé la fleur féminine de la dignité s'ouvrir au soleil des hourras.

Gilda saisit la balle au bond.

— Absolument ! La putitude c'est le droit d'être femme : qui je baise, combien et comment, ça me regarde, c'est le droit au plaisir comme le droit de baiser sans plaisir et pour des raisons lucratives, c'est le droit de jouir absolument de mon corps…

Éric reprend le flambeau.

— Les mères porteuses aussi sont des travailleuses du sexe. Elles ont le droit de faire ce qu'elles veulent de leur corps, d'aider leur prochain en portant un enfant. C'est ridicule, on n'accuse pas l'ouvrier du système capitaliste, alors pourquoi accuser ces femmes du danger d'exploitation, c'est aberrant. PMA pour toutes ! GPA pour toutes !

— Je veux arracher mon corps au système d'oppression du patriarcat, dit Gilda.

Ulrika reprend :

— Il ne faut pas seulement libérer les femmes, mais aussi la femme en chacun : homme, père, ministre, femme au foyer ou plombier.

Et Iris jette à la volée :

— Mais alors, nous devons redéfinir la femme. Et pas à la manière des féministes essentialistes.

Gilda reprend la parole.

— Il ne peut pas y avoir d'essence de la femme, la femme n'existe pas, a dit Lacan – il est vrai que Gilda a l'âge d'avoir hanté le séminaire et d'avoir fumé des joints avec Roudinesco. Il a dit ça pour la libérer du rôle auquel elle est assignée, pour la libérer du rôle d'objet. Et il a ajouté qu'en revanche, la poupée éternelle existe. Il voulait dire que si nous sommes identitaires, nous sommes perdues, et c'est bien ce qui nous sépare de toute une partie du féminisme identitaire.

Serena n'attend pas le micro.

— Moi je préfère être une pute qu'une femme. Parce que j'ai choisi. Chaque jour je choisis. Il n'y a rien de génétique ou de physiologique dans la définition que je donne de moi-même... Je suis libre et je me définis par la liberté de mes idées et de mes actes, pas par mes ovaires, d'ailleurs je n'en ai pas, j'ai choisi d'être une femme, être une femme est une œuvre d'art pour moi, pas un état chromosomique.

— L'identitaire, c'est ce qui a tué le mouvement gay, dit Kamel qui semble avoir soudain perdu tout humour sur la question.

Aurélien trouve là la brèche pour faire entrer son rêve.

— Pour un temps, il était utile d'être identitaire, d'avoir une identité, maintenant nous pouvons lutter pour la putitude, parce que pour moi, la putitude, c'est le droit au théâtre : un jour je suis ça, un autre je suis ci, avec toi je suis celle-ci et avec toi, celle-là, et la richesse de l'existence, pour ne pas dire le sens même de l'existence, c'est une sorte de carnaval dans lequel j'ai le droit d'avoir tous les masques...

— Dans lequel j'ai tous les rôles plutôt que tous les masques, le masque renvoie à la honte... dit un peu platement Ernesto, rembarré par des "on avait compris".

— Alors nous appelons notre déclaration la Déclaration universelle des droits de la travailleuse du théâtre, c'est ça ? dit Gilda, qui s'amuse beaucoup à utiliser l'ironie socratique pour agacer Aurélien.

Mais Serena vient au secours d'Aurélien.

— Nous savons toutes que ce n'est pas du sexe que nos clients veulent, c'est une sorte de mise en scène, la partie la plus érectile du corps, c'est la scène !

Et Ulrika est une alliée inattendue, alors pour donner plus de solennité à son rôle de secrétaire, elle sort finalement sa perruque à frange noire tant attendue et la fixe sur son crâne dégarni. Quelque part entre Cléopâtre et l'abat-jour, elle est une pièce constitutive du combat qui se déchaîne :

— La partie la plus érogène du corps, c'est le cerveau. C'est vrai, le sexe n'est que le moteur d'un jeu de rôle qui produit la véritable jouissance. Je remets ma perruque ? Il n'y a pas de jouissance sans théâtre. C'est pour cela que la solidarité avec les autres exploitées a été proposée en point dit "utopique" et que la culture est la deuxième utopie. Nous voulons réclamer aussi d'autres fictions signifiantes que celles que les grandes puissances nous imposent.

Iris l'interrompt.

— Les filles qui font du strip-tease, ou du téléphone rose, les hôtesses d'accueil, les figurantes, les pots de fleurs, les *escorts* pour les dîners, les performeuses, elles jouent des rôles...

— Et bien plus que ça ! dit Ulrika de sa voix de Cléopâtre testiculaire. Les professeurs de sport, les réception-
nistes des grands hôtels, les pédaleuses de vélo-taxi, les
sommelières, les gardiennes de zoo, les ministres, les chan-
teuses d'opéra, les créatrices de mode pour enfants, tous
jouent un rôle, c'est cela que nous devons faire reconnaître,
aucune prévalence d'un signe sur un autre, faire couler le
sperme ne vaut pas moins que faire couler la salive.

Et Gilda, toujours au rayon ironie mordante :

— Alors nous voulons écrire la Déclaration universelle
des droits de la réceptionniste ?

Mais elle lâche un peu de lest.

— "Travailleuses du sexe" pourrait comprendre des ca-
tégories socioprofessionnelles très vastes, qui englobent l'art
dramatique, la performance, et qui vont vers tous les métiers
de la représentation. Y compris présentatrice du journal télévisé, par exemple.

Pourtant, Serena a vu un écueil sur lequel la caravelle
magnifique du "tout est théâtre" pourrait se fracasser.

— Nous perdons notre spécificité, qui est la subversion,
si on doit inclure les droits à la représentation de la norme,
je ne suis pas d'accord. Nous représentons l'altérité, pas la
norme ; le possible, pas la convention ; la révolte, pas la
soumission ; l'imaginaire, pas le légal.

— Oui mais nous réclamons des droits donc une légalité, contredit Ernesto, qui de nouveau joue les rabat-joie
et de nouveau s'entend submerger de "on avait compris !".

— C'est vrai, nous devons réclamer le droit à l'imaginaire, à vivre conformément avec l'imaginaire qui est justement le réel, et non pas la réalité, reprend Gilda décidément
très lacanienne quand elle ne porte pas de pull angora. Nous
devons subvertir la réalité et *inventer* le réel.

— Nous devons inventer l'amour, dit Kamel, qui sait
que cette sentence, dans une autre bouche que la sienne,

tout enténébrée de barbe sombre, pourrait passer pour franchement cucul.

Au contraire, Ulrika prend cela très au sérieux :

— L'amour, oui. J'aime mes clients, je suis heureux de les faire jouir, je crois que je fais quelque chose de bien, qu'au fond, je le fais par amour. Quand un homme de quatre-vingt-cinq ans me baise les mains pour me remercier parce que je l'ai fait jouir en lui pissant dessus, je suis fière de moi, de ma vie, de mon travail.

Gilda commence sa synthèse, elle sait que s'ensuivront encore des heures de palabres, Donc, dans notre Déclaration universelle, il faut inclure les droits des sans-papiers, des transgenres, des exilés politiques pour orientation sexuelle, des mères porteuses, des toxicomanes…

Kamel applaudit.

— Oui ! C'est cela la putitude ! Le droit d'aimer l'humanité !

Éric, qui est sociologue et se ronge les ongles, a envie de rappeler par une philippique que la sociologie n'est pas de la poésie lyrique, au cas où l'audience aurait des doutes.

— Je serais moins lyrique, j'ai peur de l'amour de l'humanité, c'est la voie ouverte à la violence et à l'extrémisme. Staline aimait l'humanité et les ayatollahs aiment l'humanité. Non à l'amour de l'humanité comme argument politique car l'humanité ne peut pas être aimée malgré elle, c'est simplement la révolte de toutes les victimes du patriarcat que nous représentons ici.

Gilda acquiesce.

— Oui. C'est la réorganisation de la société libérée des modèles du patriarcat.

— Est-ce que ce sera un monde meilleur, le matriarcat ? demande Ernesto avec sa voix chantante, et plus personne ne doute dans l'assemblée qu'il a été élevé avec une douzaine de frères et sœurs, dans l'ombre d'une mère hystérique.

Gilda, debout, les mains ouvertes, se transforme en prêtresse absolue.

— Ni l'un ni l'autre, ni papa, ni maman, c'est l'humanité adulte, c'est-à-dire libre d'écrire sa propre histoire !

— Vive la liberté ! Vive l'égalité ! Vive les putes !

La salle a compris que c'était le mot de la fin et elle pousse un grand cri de joie.

Plus tard, dans un bistrot de la rue de la Roquette, Kamel revient sur son désir d'insurrection.

— Luttons contre le patriarcat, oui je suis d'accord, faisons-le, faisons-le vraiment. Agissons. Ne restons pas déclaratifs. Il faut créer un scandale, un mouvement, il faut qu'il se passe quelque chose, il faut dénoncer ceux qui votent des lois putophobes et payent des putes. Il faut prouver que l'argent public peut servir à payer des putes, il faut détruire toute la classe politique. La politique est trop belle pour qu'on la laisse aux politiques. Ils sont à la mangeoire. Il y a trois fois plus d'élus en France que dans les autres pays d'Europe, ce sont eux les putes de la République. Il faut subvertir tout le système pour que le souci premier de la politique soit la culture. Et l'éducation. Et le sexe libre. C'est à nous d'agir. Je veux organiser une révolution sexuelle avec la seule arme puissante qui soit.

Et disant cela il ouvre sa braguette et sort une splendide queue avec laquelle il fouette l'air et ses ennemis imaginaires.

LA MUSIQUE

— Tu n'imagines pas ce que c'est de vivre quand on a perdu l'amour de la musique, dit Milo, assis dans la salle de l'opéra, le regard perdu dans le plafond Chagall.

La répétition de *Tristan* a été difficile, Milo voudrait faire de la musique de chambre, l'orchestre le déborde, trop lourd, trop fort, prisonnier d'une certaine idée de Wagner.

— Ils jouent Wagner martial, allemand et viril, je le voudrais sensuel, dit Milo, inquiet, mystérieux, italien. Mais comment faire ? Ils n'ont qu'à écouter Jon, il n'est pas un ténor wagnérien, il n'est pas un gros stupide *Heldentenor* plein de choucroute et de testostérone, il est un ménestrel. L'orchestre l'écrase, démolit son legato, c'est le mariage de Babar, c'est la fête de la Bière. Et moi j'ai perdu l'amour de la musique.

— Qu'est-ce que tu appelles la musique ? demande Aurélien qui lui masse le cou.

— Une machine complexe qui suspend le temps, qui suspend la douleur, qui fait qu'on est au monde et hors du monde, à la fois de ce monde et comme n'y étant pas. C'est saint Paul qui a dit ça, Soyez au monde comme n'y étant pas. Je ne comprends pas, je ne sais pas comment être au monde sans y être, mais la musique me le permet.

— Moi, je comprends ce que ça veut dire, dit Aurélien.

— Toi, tu *es* la musique, tu n'as pas besoin de *faire* de la musique. Moi, je suis un soutier, toi tu es la mer. La musique c'est ce qu'il y a de plus profondément simple et que nous ne pouvons pas accomplir par nous-mêmes : nous pardonner d'exister.

— Alors, la musique n'est pas un son ?

— Si la musique était un son, je n'aurais pas pleuré à douze ans, en lisant la partition d'*Orphée* de Gluck. Sans l'orchestre, je lisais simplement, je n'entendais pas l'orchestre, j'entendais qu'il était possible de vivre, j'entendais que vivre est possible, j'entendais qu'il est permis de vivre ! dit Milo et les larmes montent en lui.

— Bien sûr qu'il est permis de vivre mon chéri ! dit Aurélien.

— Tu dis cela parce que tu es beau…

— Alors c'est parce que tu étais laid que tu as aimé la musique ?

— C'est parce que je me sentais illégitime.

— Et si moi je te dis que je te trouve beau ? Que je te désire vraiment ?

— Je comprends que l'on désire mon corps, je suis gros, je suis vieux, mais je comprends que l'on désire mon corps.

— Quel rapport avec la musique ?

— Je comprends que l'on désire mon corps mais pas qu'on le trouve beau, dit Milo avec une grimace.

— Je te demande le rapport avec la musique, dit Aurélien.

— Tu es excité par les hommes âgés et obèses, c'est assez banal, tu sais.

— Je suis excité par tous les corps, c'est une sorte de génie, je bande pour un rien, je bande pour une métaphore, pour un bouquet de pervenches, je bande presque continuellement et tout m'excite, les jeunes les vieux les beaux les moches…

— La musique est au-dessus de tout, dit Milo sur un ton de tragédie.

— Au-dessus de Dieu ?

— Tu connais la phrase de Schopenhauer ? *Le monde pourrait ne plus exister la musique existerait encore.* Oui, la musique préexiste, elle est ce qui reste de la préexistence, ce qu'il reste d'avant la création. L'origine même du complot divin.

Ils sont retournés à la loge du maître, et là Milo se déshabille, il a l'habitude de changer de chemise pendant la pause, il est trempé, les poils collés par la sueur, il s'éponge avec une serviette grise et usée et s'assoit sur un canapé bleu. La loge du chef est décorée d'anges rococo et de festons de velours qui amusent Aurélien.

— Tiens, enroule-toi dans cette étoffe rouge et continue de parler, tu as un air d'empereur exilé. Je vais me branler en t'écoutant. Je me branle au moins quatre fois par jour.

— Mon corps suant t'érotise ?

— Ta tristesse m'érotise, c'est difficile à expliquer… Tu disais ? La musique est l'origine du complot divin…

— Dieu a décidé de tout jeter dans l'existence et il n'a pas réussi à humilier la musique, la musique ce n'est pas un gros corps de chef d'orchestre dans un drap rouge qui danse pour amuser un petit pervers. La musique n'est pas là pour nous divertir, est-ce que je peux te gifler les fesses avec ces partitions pour illustrer mon propos ?

— Mais oui mon gros, gifle autant que tu veux, j'ai la chance d'avoir les fesses blanches, tu y marqueras des barres de mesure.

— Tu m'inspires, je vais te gifler avec ma baguette.

Et il s'exécute, il strie le cul blanc d'Aurélien de sa baguette non moins blanche.

— Fesse-moi pendant que je mange des biscuits trempés dans le vin, et parle encore, je veux l'eucharistie à l'envers, des paroles emphatiques, le fouet sur mon cul, la dérision entourée de larmes, ton gros vieux corps tout enflammé de divinations et de manque, ah que j'aime la vie !

Milo reprend son exposé en lui caressant les fesses.

— Donc, au commencement il y avait la musique, il y avait une jouissance qui était faite seulement de mathématiques et non pas de chair. Pourquoi Dieu a-t-il voulu autre chose ? Pourquoi Dieu a-t-il voulu s'incarner, devenir ce tas d'ordures, cette machine de putrescence, alors qu'il n'était qu'une cathédrale d'intervalles, un souffle de contrepoint, bref, il a incarné la musique dans le son, et le son n'a pas été à la hauteur de la musique, le son a trahi la musique ! Mais la musique reste ce qu'elle est, la musique est ce qui est, la musique est ce qui était avant que Dieu n'éternue la création.

— Ah tu es en colère mon gros salaud ! Vas-y, venge-toi sur mon joli cul ! Tu m'aimes ?

— Comment pourrais-je t'aimer, quand tout ton corps me crucifie, comment pourrais-je ne pas t'aimer quand tout ton corps me crucifie.

— Mais mon corps est à toi !

— Ce que je veux, c'est me servir de ton corps pour mourir en musique, je veux diriger l'orchestre de tes souffrances, je veux être le chef d'orchestre de tous tes désirs inavoués...

— Ça va être du travail, maestro, dit Aurélien les yeux fermés.

— La musique n'est pas un son et la preuve c'est que le chef d'orchestre, qui est le symbole de la musique, est le seul musicien qui n'émet pas le moindre son.

— Voilà d'où vient ta colère ! dit Aurélien triomphant.

— Ma colère contre moi-même est plus grande que la musique ! La musique est le remords de Dieu, la création tout entière était une erreur, le temps n'aurait pas dû s'ouvrir, le temps est une erreur de Dieu, une erreur si effroyable que Dieu s'est enfui à jamais dans les solitudes et l'homme est resté, avec sa bite molle, son mal aux dents, sa culpabilité et sa paresse, et l'homme est resté seul dans cet abandon et pour lui rappeler qu'il n'est rien qu'un peu de merde dans un costume trois pièces, il y a la musique.

— Donc la musique est l'envers du temps.

— La musique n'existe pas, elle est, elle préside, si je devais m'approcher au plus près de cette falaise, définir la musique, je dirais que ce qui en l'homme est le plus impeccablement musical c'est… Non je ne peux pas le dire, cela va ruiner ce joli moment.

— Fais-moi jouir alors, dit Aurélien boudeur.

— Avec la bouche ? demande le maestro, timide.

— Oui, viens, mets-moi un doigt en me suçant. Tu sais, je te trouve pathétique, j'ai honte de toi, après tous ces efforts, cette fête merveilleuse pour tes cinquante ans, l'orgie si philosophique avec le phallus de porphyre et les garçons dansant sur *L'Escalier du diable*, tu reviens toujours à la même tristesse, tu es un puits sans fond, tu manges et tu as encore faim, tu bois et tu as encore soif, tu jouis et tu bandes encore…

— C'est parce que je sais la vérité. Seule la musique peut me combler, mais la musique m'a trahi. Quand j'avais onze ans, j'ai joui rien qu'en entendant un accord diminué suivi d'un accord en *sol* majeur, rien que cette harmonie, cet intervalle, et j'ai senti en moi monter des flots de sperme, comme si j'avais voulu féconder la terre. Mon manque était si grand si exagérément grand, qu'il comprenait l'absence de Dieu, qu'il engouffrait l'absence de Dieu dans son désir de musique, et la musique m'a trahi.

— Je crois que c'est pour ça que je t'aime, mais ce désir démiurge, ce désir titanesque, moi, jamais je n'en ferai de la tristesse. Suce-moi bien ou je te cogne.

— Cogne, fais-moi mal, fais-moi très mal.

— Tu veux ?

— Oh oui, je veux le plus de souffrance possible. Parce que je n'aime plus la musique, je n'aime plus l'absence de Dieu, je n'aime plus ce désir sans fin dont mon corps était la machine et qui était la plus haute connaissance…

— Mais qu'est-ce que tu aimes alors ?

— J'ai découvert que ce qui est le plus comparable à la musique, c'est la loi morale.

— Ah non ! Tu ne vas pas me faire ça ! Pas au moment de jouir ! Pas après ce que j'ai fait pour toi, pas après les trésors d'imagination que j'ai déployés pour faire jouir encore ton gros corps de Falstaff usé. Il y en avait du corps à réveiller, et moi je travaillais comme un forcené, pour cuisiner des huîtres au champagne, arranger les bouquets de lys sur la table noire, trier les gigolos sur le volet et surtout, éviter que la conversation ne s'affadisse quand monsieur est en train de jouir. Alors tu ne vas pas me quitter pour la loi morale !

— Non, je ne vais pas te quitter pour la loi morale. Non, je ne suis pas capable d'aimer la loi morale comme on aime les symphonies de Mahler, la première, surtout. Non, je ne suis pas capable de ça.

— Ni d'aimer la musique comme on aime le Bien.

— Je n'appartiens plus qu'à la mort, je suis mort.

— Dès que tu as joui, tu parles de la mort, tu trouves ça élégant. Et moi, juste avant de jouir, il faut que je t'entende dire, Je n'appartiens qu'à la mort. C'est insupportable !

— Je parle sérieusement, je ne peux demander cela qu'à toi.

— La musique apaise ma souffrance ! dit Aurélien.

— Imbécile, la musique *est* la souffrance ! Qu'est-ce que j'ai voulu moi, sinon agrandir toujours ma souffrance, la musique n'est pas un médicament existentiel, la musique agrandit la souffrance jusqu'aux dimensions de l'univers. Voilà ce que je demandais à la musique, non pas de m'apaiser, mais d'agrandir encore cette blessure jusqu'à des dimensions

196

cosmiques, jusqu'au sentiment océanique, à l'extase, et je travaillais encore et encore pour des amateurs de musique qui cherchaient là une consolation. Une consolation ! Ah, si je dois décrire le postmodernisme, je dirais qu'il est la société de consolation. Pour les crétins la musique est un analgésique, la musique est un antidépresseur, la musique est un stabilisateur neuronal… Ce n'est pas de la musique, c'est une pommade sonore sur les petits bobos de l'existence bourgeoise !

Ce qui me rattache à la musique c'est que, justement, ma blessure n'a pas d'autre destin que la conquête de l'univers ! Ma blessure est l'origine retournée dans un corps ! Et quel corps ! Un corps d'ogre. Laisse-moi dévorer tes derniers espoirs, laisse-moi t'engloutir dans mon insatiable bedaine, viens dans mon ventre de baleine mon petit Jonas, oh non tu n'y trouveras pas la musique qui console, tu y trouveras la musique archaïque, les dents qui rongent les os des morts sacrifiés sur la pierre votive, viens mon petit ange généreux, viens ma luciole, mon écœurant morceau de nougatine, mon petit rayon de vie prisonnier du givre, viens mon enfant, viens là-dedans, viens dans le ventre dévorant, viens écouter ce qui est plus grand et mystérieux que la musique, et dont la musique est la fiancée éperdue…

— Quoi, grand ogre, dois-tu me manger pour me l'apprendre ?

— Je t'ai déjà mangé ! Ce qu'il y a dans ce corps, c'est le manque bien sûr. Est-ce que je ne suis pas une allégorie du manque ? Regarde autour de toi ce que j'ai amassé pour remplir ce trou, regarde, tous ces trésors jetés dans la vaste béance de ma vie. La musique seule promettait de faire de mon manque une sorte de prière païenne, qui célébrerait la vie incandescente, la violence primitive du désir, l'acharnement des fauves, que sais-je ? La prédation impériale d'un homme seul, j'ai voulu que mon ventre soit plus gros que le monde.

— Et aujourd'hui ?

— Et aujourd'hui, je suis Gargantua dévorant des troupeaux de brebis, je suis Titan qui mastique sa progéniture dans les obscurités de la genèse, je suis le colosse qui boit la mer et les poissons à son petit-déjeuner… et il n'y a plus de musique. Maintenant je sais que ma folie avait une limite, et ce n'est pas ma panse, la limite, ni mon appétit. C'est la musique qui est limitée. Tu entends de la musique et moi j'entends des notes !

— Non, la musique n'est pas limitée, les notes se changent en vérités incarnées.

— La musique peut s'écrire, même la musique improvisée peut s'écrire, ce royaume plus grand que mon manque, pour lequel mon appétit d'ogre a été conçu par un Dieu farceur, ce royaume est limité. Ce qui n'est pas limité, c'est l'oreille, l'oreille qui déchiffre la parole musicale, qui donne des coups de coude dans les côtes des anges, qui s'attable au banquet divin et proclame sa caducité, l'oreille qui aime la mort fait de la musique une parole inlassable, illimitée, surabondante, la musique est la blessure de Dieu, et nous avons pour tâche de l'apaiser, puis de l'ouvrir, puis de la cicatriser, puis de la saigner encore. Oh, j'ai trop aimé la musique et maintenant je veux fermer les yeux.

— Le permanganate, dit Aurélien d'une voix grave.

— Qu'est-ce que c'est que ça ?

— Une substance létale très douce, on s'endort en souriant, la plus musicale des drogues.

— Oh, mon petit pourvoyeur me donnera l'estocade, tout commence ce soir.

— Si j'ai bien compris ce que tu dis dans ton baragouin mystique de musicologue alcoolique, tu n'as plus de désir, et le projet spirituel de dévorer le monde finit en indigestion.

— On ne pouvait pas dire cela plus cruellement.

— Et tu penses que la mort est plus grande que le désir ?

— La mort ? Non, je pense que la mort est décevante, mais je suis arrivé au terme ; l'échec est consommé.

— L'échec ? Quel échec, désirer sans fin ?

— Mais est-ce que ça aurait pu être autre chose qu'un combat perdu ? Est-ce que je *voulais* autre chose qu'un combat perdu ?

— Et l'heure de déposer les armes a sonné ?

— Parce que je t'ai rencontré, mon adorable petit faune rouge, mon satyre barbouillé de sucre, mon elfe roux couronné de papier doré. Je n'entends plus la musique, j'entends les notes, les fausses notes, j'entends très clairement un comma trop bas de la clarinette et un *si* trop haut d'un comma chez l'alto, mais je n'entends pas la musique. Si aujourd'hui je lis la partition de l'*Orphée* de Gluck, je n'entends pas la musique, je vois très clairement l'architecture de la partition, je devine déjà la patte sonore qui serait son parfait accomplissement, mais la musique, c'est autre chose, tu vois, j'ai réussi, j'ai dévoré l'univers avec la musique, j'ai amassé une fortune, j'ai dépensé une fortune en œuvres d'art, et l'art a payé l'art, palais, gloire, pouvoir, plaisir et puis plus rien.

— Dis-moi que je suis beau, éternellement, et je répondrai à la question que tu n'as pas posée.

— Tu es beau, d'une beauté éternelle, même quand tu auras cent ans, tu seras toujours aussi beau, il y a en toi une flamme que je n'ai vue chez personne d'autre, une joie d'être en vie qui est la réponse à toutes les questions. Tu vas par le monde avec la pureté d'un temple et la gravité d'un enfant. Tu poses tes mains parfaites sur le monde et le monde devient un miroir. Qu'est-ce que tu aurais pu trouver dans les livres ? Tu devines toujours la fin de l'histoire dès le premier chapitre. La musique elle-même n'a pas d'autre utilité que ta danse, tu es beau comme la mort et pourtant tu sens bon comme un printemps révolutionnaire. Tu es beau comme le possible. Ta beauté fait de moi une ordure, une plaie, une supplique muette, je suis dévasté par ta présence au monde, tu es beau comme le premier des tigres et le dernier des serpents, tu es la flamme et la promesse faite garçon, tu es le vent et l'icône, si je devais choisir entre toi et la vérité je n'hésiterais pas.

Je n'ai pas pu t'aimer simplement comme on aime parce que tu étais trop incommensurablement beau, parce que ta beauté enseignait au bien et au vrai et parce que je ne me suis jamais senti digne de t'aimer. Tu es la beauté qui vient de la liberté pure, tu es un éclat de rire dans le tombeau. Parfois je pense que je suis né pour te célébrer. Ta beauté est comme la musique, elle est hors du temps, une énigme, mais tu n'es pas comme la musique, parce que tu ne t'enfuis pas dans l'origine des choses quand on te demande ton nom.

— Quel est mon nom ?

— Ton nom est joie pure. Et maintenant réponds à ma question.

— Oui, je t'aiderai à mourir.

— Qu'est-ce que tu veux en échange ? demande Milo.

— Je veux une année entière où tu me serviras, où tu serviras tous mes caprices, dit Aurélien.

— Dans un an jour pour jour, dit Milo, sérieux, trouve le poison, trouve la musique, fais que je ne souffre pas, donne-moi l'absolution, et éteins la lumière.

L'ÉCHEC

Le public très averti du Théâtre de la Bastille est entré religieusement découvrir la *Pénélope* de ce jeune auteur-metteur en scène dont déjà on murmure dans tout Paris qu'il est la lumière des nations, le salut de l'Occident, le dernier rayon de soleil de la poésie lyrique. On murmure aussi et surtout qu'il est à la mode pour avoir pincé les fesses du ministre lequel devait être présent mais, prisonnier d'un voyage officiel sur l'avenir de la francophonie au Congo, s'est fait représenter par son conseiller théâtre, le cacochyme Christian Laiguillé. Et pour Jacqueline, ce n'est pas la moindre des victoires. Mais elle peut tout autant s'enorgueillir d'avoir rempli la salle de quelques mécènes à qui elle avait présenté l'enfant terrible et raconté la merveilleuse anecdote du pincement des fesses. Milo est bien sûr au premier rang, et pour montrer sa solidarité et sa proximité avec le génie, il s'est habillé d'un polo vert et d'un survêtement gris. Jacqueline a bien compris la stratégie de cette tenue négligée mais a préféré l'expliquer bruyamment dans le hall en accueillant le maestro :

— Ah ! Voilà Milo ! Il a dû courir. Il enregistrait à Radio France, il est en tenue de répétition mais il ne voulait manquer ça à aucun prix. Il est très proche d'Aurélien.

Aurélien par-ci, Aurélien par-là, elle répète à qui veut l'entendre le prénom magnifique, plein d'aurore et de destin, et elle a même fini par entendre des Aurélien dans la bouche de ceux qui ne le connaissent que d'hier mais tiennent à montrer à des astres plus éloignés qu'ils sont proches du soleil naissant. Hier, une amie de Jacqueline qui travaille au *Figaro* a obtenu deux colonnes en échange d'un petit partenariat juteux que Milo a payé rubis sur l'ongle. La fée penchée sur le berceau du génie arbore un tailleur Cardin canari et une écharpe léopard qui lui permet d'être repérée dans la foule compacte. Elle tient à la main le portrait du *Figaro* et, tout en disant qu'elle déteste ce journal démodé, elle en exhibe des photocopies à qui veut.

Surnommé "le jeune prodige" et surtitré de promesses de gloire, Aurélien sourit sur une jolie photo printanière où il pose nonchalant, la moue provocatrice de celui qui ne doute de rien et n'aime que lui.

— La photo est un peu agaçante, dit le maestro qui la trimballe depuis le matin pliée en quatre dans sa poche. Il a l'air de se foutre de nous mystiquement.

— C'est exactement cela ! dit Jacqueline. C'est une définition de l'art mon lapin, un canular mystique.

Le maestro ne répond rien sachant que pour produire l'image d'un artiste nécessaire, elle n'a pas son pareil.

Et elle fait signe au chef d'aller saluer Touraine qui ne peut rien refuser à celui qui est peut-être la clef de sa vengeance. Pendant ce temps, elle accueille Sarazac trois mètres plus loin, mais comme séparée par des galaxies. Les deux ont répondu à l'appel, elle redoute qu'ils ne se parlent et ne découvrent les insignes manipulations auxquelles elle s'est adonnée, mais l'immense barrière de leur passé douloureux semble tenir bon et les deux pôles du monde opératique se repoussent avec tout le magnétisme négatif de la rivalité.

Suivant les conseils de sa bonne fée, Aurélien n'est pas apparu, et son absence dans le petit hall est une invite suffisante à diriger les regards sur son nombril. La sonnerie usée attire le public déjà conquis dans l'ancienne salle de cinéma reconvertie en théâtre au début des années 1980. Les murs ont vieilli et les fauteuils rouges ont tout de la précarité indispensable à l'émergence des chefs-d'œuvre. C'est ici que depuis trente ans on découvre les talents les plus inattendus et qu'on enterre les éternellement jeunes artistes. Ayant su faire de l'avant-garde une marque de qualité, la programmation a ingénieusement alterné les espoirs de demain et les gloires obscures d'hier, et même si le quartier tout entier n'est plus aujourd'hui ce lieu pour qui le mot *branché* s'est inventé, il lui reste ce petit théâtre éclairé de néons rouges pour se souvenir que dans la rue de la Roquette, sortant du Balajo, la jeunesse des années folles allait applaudir l'art de l'avenir.

Plus rien n'est à proprement parler à la mode dans ce petit théâtre si ce n'est qu'il n'a pas eu de rival. Et les succès de Claude Régy ou de Guyotat l'ont nimbé à jamais de l'aura fantastique de l'art pour l'art. Le public ouvre déjà les strapontins et les deux cents privilégiés regardent le lieu délabré artistement et protègent leurs yeux de la lumière aveuglante qui vient de la scène et sert de rideau. Le programme titre *Pénélope, drame lyrique sans musique*, ce qui fait déjà conclure à quelques critiques qu'il s'agit évidemment d'une définition ironique, le mot "lyrique" étant depuis longtemps un repoussoir pour toute œuvre véritablement moderne, donc entièrement noircie à la lucidité la plus cruelle et à l'impossibilité du langage.

Lyrique, se disent certains, tiens donc, oui pourquoi ne pas se moquer du lyrisme, c'est bien vu, et bien évidemment, compris comme la marque de la jeunesse qui rit de toutes les boursouflures de l'art de ses pères. Gourmande de désespoir, la faune des animaux culturels, directeurs de théâtre en recherche d'alibi créatif, critiques prêts à enfourcher le cheval impétueux des talents transgressifs, jeunes artistes cherchant dans l'échec des autres le diapason de leur propre créativité, travailleurs souterrains de l'opinion dans les couloirs du ministère, acteurs habitués des premières disponibles à toutes les modes même les plus charlatanesques, surtout les plus charlatanesques ; l'immense, passionné et profond monde du théâtre d'art, à peu près au complet dans une salle de deux cents places strapontins ouverts, a déjà décidé que *Pénélope* serait la découverte de la rentrée. Tous les voyants sont au vert, la collusion systématique de la nouveauté et de la secte des découvreurs d'avant-garde est en route pour l'orgasme artistique. Jacqueline, debout dans le fond comme une maquerelle un soir de Noël, surveille son monde. Elle est parfaitement placée pour constater, dès les dix premières minutes du chef-d'œuvre, que le vent de l'attente mystique, sans doute un peu surévaluée, est assez vite retombé et que le froid polaire de la déception congèle déjà les enthousiasmes.

Pourtant rien ne manque des signes de la subversion. Iris, les poils pubiens dûment coiffés, danse longuement avec un masque picassien. Dans le décor à demi brûlé, Catherine est une Pénélope en soutien-gorge, le dos tuméfié et le visage défait, assise sur un frigo. Elle a elle-même tenu à ajouter le frigo qu'elle a poussé sur scène depuis sa loge et Aurélien n'a rien pu faire. Elle parle si bas qu'au premier rang un jeune barbu s'est fait un cornet avec le programme. Quand le chien d'Ulysse entre, c'est le fou rire. L'animal, perplexe à cause de la foule, refuse de flairer son maître selon le récit d'Homère et file dans le public renifler plutôt un sac à dos probablement garni de cannabis ou d'un vieux sandwich. Le cochon, lui, refuse carrément d'entrer en scène, et on entend longuement son grognement qui couvre le filet de voix infragrave de Pénélope, laquelle, face au décor, continue imperturbablement comme si elle n'avait aucune idée de la position du public. Iris sue considérablement sous le masque et elle est obligée de tenir à deux mains l'élastique qui l'attache, ce qui enlève un peu de grâce à ses mouvements. À la fin de la danse, elle tombe le masque solennellement et quelqu'un murmure *enfin* ! Nul ne sait s'il parle de la fin de la danse ou du dévoilement du visage de la danseuse, rougi par l'effort et la suffocation.

Les rires ont agacé Catherine qui s'est brutalement retournée vers le public et, au contraire de son lent exorde, hurle à l'avant-scène, ne rendant pas plus audibles les malédictions de Pénélope que l'élégie de l'absence qu'elle avait psalmodiée.

Dans son attente mystique, elle refuse tous les divertissements et brûle les livres, l'idée était venue à Aurélien pendant la répétition apocalyptique, mais la sécurité ayant refusé le feu, il a dû se contenter d'un brûlot. Dans un bidon éventré, une soufflerie agite timidement des lambeaux de tissus pourpres. En tombant dessus, les livres font un bruit très prosaïque. Dans ce refus de toutes les métaphysiques, après l'autodafé des auteurs patrimoniaux, la Pénélope en soutien-gorge décroche un crucifix et le brûle avec le reste, elle a eu l'idée d'ajouter dans le brûlot son soutien-gorge, référence au féminisme qu'Aurélien n'a pas su contrer.

La voilà, les seins nus et pendants, qui invective les premiers rangs. Devant ce corps offert dans une lumière froide, le public offre un silence admiratif et, enfin, Catherine trouve le lit du fleuve. Sa voix inégalable de sociétaire avinée fait trembler les cœurs, elle dit plus qu'elle ne joue, comme un *ostinato* musical. Son phrasé à la fois monocorde et déchirant a retrouvé la grande déclamation française, faite d'une monotonie, d'une mise à distance, d'une froideur qui sent le soufre et la mort.

"J'aime le silence de la nuit, c'est à ce silence que je mesure mon cœur. Si je priais, si je créais, si je chantais, je trahirais la très pure absence. J'ai appris à aimer le vide, la nuit et le silence. Ils sont mes alliés, on est visité à la mesure de ce qu'on est déserté, il y a dans mon cœur le désert et le désir, ils se confondent et s'approuvent."

Pendant un instant tout semble à nouveau possible, mais l'entrée du cochon ruine toute écoute. Consciente que l'animal est en train de réduire à néant la splendeur de son chant, Catherine s'interrompt et fonce sur la bête pour la rouer de coups de pied, et c'est l'hilarité générale. Ulysse, censé raconter comment ses camarades ont été changés en cochons par la magicienne Circé, saute trois pages du texte et, intempestif, demande des nouvelles de Télémaque. Pour sauver la situation, Iris entraîne Catherine à l'avant-scène pour le dialogue de l'hédonisme et de la mystique, à peu près exécuté comme prévu.

Catherine, épuisée, arrive à l'acmé poétique, ce grand chant sur l'attente qui est le cœur de la pensée de l'enfant terrible de la Bastille.

"Je veux incarner l'attente, l'attente pure, sans promesse et sans demain, car le monde s'est écroulé depuis tant de nuits et celui que j'aime ne revient pas. Et s'il ne revient pas, et si je dois parler avec le vent marin comme je parlais avec lui, si je dois pleurer avec les oiseaux comme je pleurais dans ses bras, si je dois aimer le ciel de son absence comme j'aimais le ciel de sa présence, alors je soutiens à moi seule l'arc du monde et la lumière de l'histoire."

Et tandis que la poésie lyrique tente de se frayer un chemin dans la forêt du scepticisme parisien, Ulysse pousse vers la sortie le cochon qui, ne voulant pas entrer, ne veut pas non plus sortir, même s'il craint les coups de pied de la grande tragédienne. À ce moment, le public devrait éprouver une pitié mêlée d'admiration pour la condition de la femme qui attend sans espoir mais c'est plutôt l'animal qui provoque son empathie. Iris et Catherine ont beau redoubler de soupirs bouleversés, l'image a définitivement vaincu la parole et le cochon, supplanté le poème.

De l'œuvre d'Aurélien qui observe l'étendue du désastre depuis la cabine régie, il ne reste plus rien, c'est le moment où la pluie s'abat sur le plateau mais vaguement pisseuse par rapport à la violence du système anti-incendie. Les tuyaux crevés lâchent des cintres une eau glaciale qui sidère Catherine et Iris, elles avaient répété avec une eau tiède et voluptueuse mais l'ampleur de l'échec artistique a dû glacer les canalisations.

Grelottantes, elles finissent leur dialogue pourtant si essentiel – faut-il espérer ce qui ne viendra pas ? Faut-il admirer ce qui est comme une beauté irréfutable ? L'art doit-il célébrer la beauté des choses dans ce qu'elles sont, ou décrire les conditions de l'attente d'une chose qui ne viendra pas ? L'essence de la poésie est-elle la révélation de l'être ou de l'espoir d'un Sens dont le monde n'est qu'un alphabet confus ? Toutes ces belles idées ne sont du théâtre que si les canalisations sont tièdes et le cochon obéissant. Aurélien comprend qu'il a voulu forcer le théâtre à une intelligence discursive contre laquelle il s'est pourtant insurgé.
Il comprend trop tard que le théâtre est le lieu du non-savoir, et qu'il vaut mieux un beau théâtre au service de lui-même qu'un mauvais théâtre au service d'idées fondamentales. Son intelligence lumineuse lui fait comprendre sa naïveté et sa prétention, il voit la toute-puissance des signes

se rebeller contre sa tyrannie érudite. Rien de ce qu'il voulait dire n'est dit, les signes se sont révoltés contre sa dictature dramaturgique, le théâtre est un dieu et sa parousie est souvent faite de violence déceptive.

Le grand n'importe quoi s'est imposé assez vite et la cohérence intellectuelle a eu du mal à tenir les rênes des chevaux emballés. Cochon, chien, soutien-gorge, brûlot éteint, eau froide, voilà les véritables penseurs, les purs prescripteurs de signes qui se rient de toutes les formules avisées des programmes.

La noblesse de l'attente pure n'est-elle pas au fond un peu risible ? Le cochon dit-il la grossièreté du monde qui refuse la poésie ou la poésie elle-même, mise à l'abattoir ? Le masque d'Iris est-il la violence archaïque du sacré ou le signe du plus carnavalesque nihilisme ? Tout et son contraire, le tout digéré avec la soupe au potiron d'un tel et les antibiotiques de l'autre, l'un voit des références à Mallarmé quand l'autre a entendu des slogans publicitaires. Ceux qui croient en un théâtre politique projettent sur Pénélope l'attente d'un renouveau de la gauche, mais ceux qui aiment la gaudriole pensent qu'il s'agit d'une dérisoire opérette, parodie de la grandiloquence des œuvres dites sérieuses. Enfin, un intégriste catholique peut s'offusquer du blasphème quand un professeur de mathématiques a vu au contraire dans le crucifix brûlé une profession de foi catholique d'un autre âge.

Comme très peu s'étaient donné la peine de relire les derniers chants de l'*Odyssée* dans la traduction lumineuse de Jaccottet, la plupart pensent que ce chien errant n'a rien à voir avec la reconnaissance d'Ulysse et trouvent l'idée irrévérencieuse autant que bienvenue. Mais pour la tribu des soi-disant connaisseurs d'art, aguerris depuis si longtemps à la subjectivité pure, il ne s'agit pas de signifier quoi que ce soit, seulement de faire rupture, et le spectacle, qui se voulait une méditation sur l'attente de Pénélope, peut toujours, dans son échec, ressembler à l'éternel manifeste d'avant-garde mille fois recopié d'un dadaïsme académique. Aurélien ne veut pas être confondu avec le catéchisme de la subversion, le scandale préfabriqué qui séduit la bourgeoisie cultivée, il veut que quelque chose soit dit qui change et éclaire le monde. Et les larmes qui coulent de ses yeux, alors qu'il n'a pas même conscience de pleurer, tiennent moins à son échec personnel qu'à l'idée que la cacophonie de l'art a abîmé à jamais la soif de la transcendance.

Au pire, puisqu'il ne peut être un prophète, il sera marchand de mode, il sait qu'il vaincra le monde et aura dans ses mains les restes calcinés de son ambition littéraire. Il découvre alors en lui l'irrespirable désir d'ailleurs, tombe obscure et ouverte qu'il ne pensait pas creusée si profondément dans son cœur. Il voit le plus invisible, son attente elle-même, celle que Pénélope a été incapable d'incarner, celle qu'il a été impuissant à partager avec le public des pisse-froid de l'art dramatique. Son échec, devenu matière noire, rend sensible son impatience mystique, c'est bien la raison pour laquelle il n'a pas pu la mettre en scène, elle était trop extravagante et trop vraie.

Comme si le destin de la vie intérieure et le succès mondain, opposés sur une balance, n'en finissaient pas d'actionner en lui les mécanismes de la quête spirituelle. Et s'il n'avait pas voulu mettre dans cette quête des bigoteries ou des obscurités théologiques, c'était pour la préserver pure et éloquente. Pourtant cette éloquence s'était arrêtée à la machine ricanante du milieu de l'art. Pris d'un orgueil volcanique, perché au sommet de la souffrance, habillé d'or et d'excrément, il découvre l'exceptionnelle puissance de son désir d'invisible.

Lucas seul pourrait le comprendre, Lucas le splendide, qui, au milieu de la salle, reste seul impassible quand une tempête de rires accueille le parapluie coincé qu'Ulysse ne peut pas ouvrir pour protéger une Pénélope résignée à l'injure d'une fausse pluie. Après deux rappels polis, la foule des penseurs des pots de première, un gobelet de kir et un petit chou-fleur à la main, à grandes sentences démonstratives, parle du spectacle vu la veille à l'Odéon, signe incontestable d'un bide que rien ne peut réparer.

Aurélien, qui n'a pas voulu saluer, est sorti par la porte de derrière et, dans une ruelle qui longe le théâtre, assis par terre, il regarde ses mains. Maintenant, toute l'exaltation qu'il a connue est retombée et l'échec n'est plus la figure inversée d'un désir absolu mais une souffrance écœurante : il pourrait supporter l'échec artistique qui appellerait l'œuvre à venir, qui validerait son exigence spirituelle, qui entraînerait son besoin d'accomplissement vers un sacrifice de travail plus grand, mais il ne supporte pas l'échec social. Les blessures d'orgueil sont les plus douloureuses parce qu'elles n'offrent aucune compensation et qu'on ne peut pas fuir dans la grandiloquence. Il sait que la douleur – il a pataugé dans tant de douleur – ouvre aussi l'intelligence, mais cette blessure-là n'est pas plus philosophique qu'une rage de dents, elle le domine irréversiblement, et un flot de larmes et de rage monte en lui. Il espère qu'on ne le verra pas, caché entre les poubelles, avouer à la nuit que l'œuvre qui devait lui ouvrir le paradis de la réussite sociale vient de se transformer en pet fumant. Il pourrait s'arranger du désespoir mais pas du déshonneur. Quand Falstaff dit que le déshonneur ne tue pas, il se trompe. Aurélien est au bord du gouffre, il a envie de s'éventrer discrètement et d'agoniser entre deux poubelles de fer. Il frappe son crâne plein de merveilles contre les armes de la Ville de Paris, un bateau dans la tempête, gluant de pisse de chien et de reste de sauce, *fluctuat nec mergitur* !

De son côté, Jacqueline n'est pas vaincue. Contrairement à Aurélien, elle sait que pour aucun de ces Parisiens il n'est de véritable pensée ni d'analyse critique, s'ils peuvent passer à côté d'un chef-d'œuvre simplement pour complaire à la femme du Premier ministre qui est partie à l'entracte à cause d'une cystite carabinée, s'ils peuvent nier le travail et la splendeur du protégé de leurs ennemis pour mettre en place un garçon coiffeur, s'ils peuvent rester sourds à la vérité de l'art, ils peuvent aussi encenser des niaiseries, élever une statue à la gloire d'un vide-ordures, et acclamer une diarrhée beige comme le Saint-Graal de la créativité. Elle compte bien leur faire adorer ce qu'ils ont regardé goguenards, préoccupés surtout par ce que pensaient les autres, surtout si les autres sont puissants et qu'ils ont une faveur à leur demander. Mais il faut pour cela que le zéphyr subtil de la mode souffle dans le bon sens, et comme Titania lubrifiée par la beauté d'un âne, ils se donneront à tout et à n'importe quoi en croyant servir les plus essentielles exigences de l'esprit. Mais la tâche est un peu difficile, elle a lancé quelques superlatifs ici et là, et ils sont tombés dans un vide interstellaire. Elle doit d'abord pêcher un gros poisson et ce gros poisson, c'est Sarazac… ce n'est pas un si gros poisson mais dans le minuscule aquarium où le frai grouille, il passe pour un requin splendide. Avant même qu'elle n'ait ouvert la bouche, il l'agonit.

— C'est ça le petit giton de Milo ! Sincèrement ? C'est à lui que tu veux que je confie le *Ring* ? Tu as arrêté tes antidépresseurs ? Ce gamin est trisomique !

Jacqueline n'a plus rien à perdre. Elle enfile presto une armure d'or scintillante et brandit son épée de Walkyrie.

— Si tu n'aimes pas, ce n'est pas lui que ça juge, c'est toi ! Je te conseille d'être discret, tout le monde a trouvé ça révolutionnaire. Tu n'es pas en situation de passer pour un réactionnaire fermé aux formes nouvelles, c'est pas le moment, tourne avec le vent, change d'avis, va voir Mireille Verdier, la critique du *Monde*, dis-lui que tu es dérouté mais que c'est ce que tu attends d'un jeune artiste. Elle m'a dit qu'elle a trouvé ça passionnant, profites-en pour lui dire que tu veux faire un festival consacré à l'émergence, elle va jouir immédiatement et nous aurons une voix de plus de notre côté.

Elle s'essuie le front et boit à la fontaine de l'espoir au cœur de cette bataille sanguinaire. Mireille Verdier n'a pas encore écrit son papier, Milo l'a coincée contre l'armoire électrique et lui assène tout le bien qu'il pense de la tragi-comédie de *Pénélope*, une audace que sa subtilité herméneutique ne peut pas manquer. Elle remet de son rouge à lèvres orange assorti à de ravissantes boucles d'oreilles en forme d'agrumes, preuves de son sens de l'humour et de la causticité de son esprit pour qui en douterait. Jacqueline a à peine le temps de lui dire que Sarazac a adoré l'œuvre de l'enfant terrible et qu'il avait des informations sur les nominations, l'œil de la journaliste s'éclaire, elle cesse de tremper distraitement son radis dans un pot de mayonnaise et file vers Sarazac – qui l'attend un peu perplexe et va s'efforcer de mentir au mieux.

Reste à convaincre Touraine, qui est loin de se laisser dicter ce qu'il pense, et le conseiller qui représente le ministre, que l'on ne peut pas convaincre tant il est buté et prend ses opinions pour des pensées. Mais que l'on peut acheter. C'est Milo qui l'achète, assez facilement et assez crûment, en l'invitant à dîner avec le grand Jon Karlsberg. Il doit le recevoir dans son hôtel pour la deuxième de *Tristan*. Ils seront tous les trois, le conseiller a fait sous lui une petite flaque et se dandine de joie, dans la foulée il concède que le ministre doit voir cette *Pénélope* merveilleuse. Mais Jacqueline attaque la face nord d'un Touraine amusé, qui la décourage immédiatement d'utiliser les armes lourdes.

— Non, Jacqueline, je ne peux pas penser que tu sois sincère, c'est vraiment une grosse merde. Qu'est-ce que t'a dit Sarazac ? Tu as parlé avec lui ? Il sait que je suis sur ses talons ou pas ?

— Oui, il le sait, dit la dame en tailleur Cardin, pas joyeuse qu'il change de conversation.

— Il en souffre, j'espère ? dit le beau quadra, à qui la méchanceté accroche une petite moue enfantine. Il rit trop fort je le connais, ça lui fait mal, et c'est ce que je veux, lui faire mal.

— Chéri, parlons d'Aurélien. Tu n'aimes pas ça, ce n'est pas grave, défends-le pour me faire plaisir, parce que tu m'aimes moi.

— Jacqueline il y a une chose de valable dans le spectacle, c'est le blasphème. Si tu veux que l'on parle de cette pochade d'étudiant en philo, mets en avant le blasphème, n'importe quel navet passera toujours pour une œuvre intéressante si elle produit un scandale.

À ce moment, elle a envie de lui baiser les pieds. Il lui a donné l'idée qui lui manquait. Dès ce soir, elle informera les réseaux intégristes qu'on brûle un crucifix au Théâtre de la Bastille, elle en rajoutera un peu, on trempe une image de Marie dans un bol de pisse, on défèque allégrement sur des saints sacrements, il faut saler le potage, ils n'iront pas vérifier. Pour remercier Touraine elle revient à ses petites affaires.

— Méfie-toi, Sarazac va contre-attaquer très vite. Il verra Duverger, le ministre, toute la clique, il va les hypnotiser, il faut que tu croises Duverger au plus vite.

La bataille n'est pas finie, le directeur du théâtre est lui-même en train de saboter le spectacle auprès du menu fretin des invités de première.

Au moment où l'opinion commence à basculer, Catherine est sortie de sa loge et a décidé de défendre l'œuvre du jeune homme à sa manière. Elle est passée par le bar et a trouvé un gros pot de moutarde qui sert à enduire avec parcimonie les sandwichs briochés, elle pense s'en servir comme projectile et moutarder les convives pour leur dire ce qu'elle pense d'eux, mais cela ne suffit pas. Avec une agilité attisée par le goût de la facétie, elle retire sa culotte, la dispose sur le bar et vide le pot jéroboam de moutarde à l'intérieur, puis, munie de cette machine à détruire l'hypocrisie comme d'une fronde tourbillonnante, elle se jette sur les pique-assiettes. Lourde de moutarde, la culotte tourne comme la roue de la fortune et commence par heurter la face de Mireille Verdier qui pleure et rit en même temps. L'arme fatale tourne encore tandis que l'on s'éloigne et cette fois c'est le directeur du théâtre qui reçoit une grande vague de moutarde dans les yeux, il court se passer la tête sous l'eau et la fronde culottée continue son ouvrage vengeur !

Tant d'années à attendre, cette vengeance de Dijon exalte Catherine qui ajoute au jet de moutarde un flot d'injures.

— Bande de minables ! Fils de notaires, fils de dentistes ! Vous ne savez pas ce que c'est que l'art, et ça boit et ça discute et ça dit du mal ! Vous êtes des vidangeurs, des vendeurs d'assurances, je vous conchie, je vous pisse dessus, allez vous faire foutre, bande de dégénérés, consanguins stupides, inutiles parasites, lécheurs de culs, loufiats du pouvoir !

La culotte continue sa course et frappe au hasard la poitrine d'une actrice aigrie, le nez d'un universitaire ennuyeux, le crâne chauve d'un directeur de théâtre véreux, et quelques

innocents dont certains de ses admirateurs : deux pharmaciens d'Agen. Enfin, la bagarre générale a lieu quand un
professeur d'expression corporelle, s'improvisant vigile,
ceinture Catherine. Touraine, qui se régale de la scène, ne
supporte pas bien cet acte de répression et cogne le professeur. Catherine libérée éructe debout sur le bar tandis
que ses admirateurs pharmaciens d'Agen applaudissent.
Jacqueline, impassible et protégée des déjections de moutarde derrière son sac Hermès, se demande comment utiliser la situation.

Calmée par Iris, assise par terre, Catherine dit :
— J'ai besoin d'*exagérance*, j'en peux plus du gris et du
beige, on s'emmerde trop dans ce monde, on s'emmerde !
Iris l'aide à se relever et la conduit vers la loge où, effondrée sur un canapé vert pomme, elle murmure en plantant
ses ongles dans le bras d'Iris.
— Mon Dieu, si tu existes, sauve-moi…

La soirée s'en trouve écourtée, et Jacqueline a le temps
d'alpaguer deux, trois personnes pour leur dire que les intégristes veulent manifester contre le spectacle. Cela n'intéresse pas grand monde, on va dîner à La Cloche d'Or ou au
Viaduc, et raconter le seul grand événement de la soirée :
l'étoile de la Comédie-Française armée d'une culotte pleine
de moutarde a arrosé tout le petit monde du théâtre public.

Seul Lucas est resté de marbre devant la bande de chim-
panzés aux mœurs étranges, il cherche Aurélien, et quand il
le voit assis près des poubelles, il rit bruyamment et Aurélien regarde ses dents parfaites et il voit un millier d'étoiles
rire de sa déconfiture.

LE CIEL

— Regarde ! Dans le ciel tournent des chimères à tête de feu et des théories d'anges en colère, dit Aurélien.

— À moins que ce ne soit les reflets des enseignes publicitaires de Bercy sur la nappe de pollution, répond Lucas.

Par un petit escalier de fer, ils sont montés sur les toits d'une tour qui domine l'Est parisien et, assis sur le zinc, dans la forêt d'ardoises argentés, ils regardent Paris. Lucas n'est habillé que d'un gros manteau chiné et d'une écharpe bleue, Aurélien a mis un pantalon rouge et une chemise rose, ils ont un peu froid, se serrent l'un contre l'autre. Ils sirotent une bouteille de cognac que Milo avait gardée pour des jours de victoire. La bouteille presque vide va d'une lèvre à l'autre et brille dans le ciel noir. Parfois ils s'embrassent distraitement, comme si c'était une ponctuation jetée au hasard de leurs divagations. Ils volent au-dessus de Paris et du temps, et fouillent dans les étoiles.

— Nous pouvons nous aimer, nous pouvons nous jeter dans le vide, alors que nous importent l'éloge et le blâme ! dit Aurélien qui se sent d'humeur poétique. C'est un moment très rare, les planètes s'alignent, nous avons du possible plein les poches. Toute la merde que nous avons sur nos bottes, toute la merde que nous avons dans la bouche est en train de se changer en or. Ce qu'hier nous appelions un sacrifice est en train de devenir un chant, et si je faisais tomber des gouttes de sang sur le pavé, elles se transforme-raient en prophéties. Je n'y peux rien, mon corps est plus passionnant que la philosophie. Est-ce que je ne suis pas beau ? Un vrai petit scandale roux ! Cela s'appelle proba-blement la jeunesse, cette joie qui s'enflamme et donne sens aux choses les plus basses. Quand je dirais les plus absurdes absurdités, j'aurais toujours raison puisque je veux la vérité. Et ce que j'appelle vérité, c'est un parfum de fleur d'oran-ger qui se faufile entre les ordures du temps. Tu me trouves trop exalté ? Mais la vie est si belle ! La crasse est si belle, la mort est si belle ! J'aime mon temps !

Lucas apprécie ce n'importe quoi poétique et l'encou-rage en dodelinant, l'ivresse et le froid les poussent vers des jouissances verbales dont ils ne sont qu'à moitié dupes. Ils sont venus célébrer quelque chose qu'ils sont bien en peine de nommer. C'est une alliance qui n'existe dans aucun livre, ils veulent s'aimer, à la condition que ce lien les oblige à un accomplissement de leur devoir sacré. Mais comment définir ce devoir, il est si différent pour le roux et le brun, seule l'idée de vivre poétiquement les réunit. Mais qu'est-ce que cela veut dire ? Ils ne le supposent qu'ensemble, entraî-nés par les mots qu'ils lancent librement dans la nuit. Ils cherchent une chose qu'ils n'ont de chance de trouver que dans ce court moment horoscopique de leur rencontre, une jeunesse encore surprise de sa puissance, c'est le moment où, luxe absolu, se nouent des pactes déraisonnables.

— Regarde sur les toits, qu'est-ce que tu vois ? demande Lucas sans attendre de réponse. Le gris infini d'une ville sans âme, les antennes paraboliques de la conscience mon-diale, des oiseaux sans plumes que la pollution fait ressem-bler à des rats, et parmi eux, les spectres de tous les combats perdus qui cherchent des idées neuves. On dirait que le ciel repose sur les toits, on dirait que le ciel, pris d'une lassitude moderne, a oublié tous les azurs. C'est vrai, pas une étoile pour nous guider, rien que ces nuages coloriés par le monde marchand. Regarde sur les toits là-haut, au-dessus de la ville, s'il y a d'antiques victoires aux fronts ceints de couronnes, aux ailes dépliées et rebelles, elles sont noircies par la crasse politique de la social-démocratie, du majoritairement correct, de la peur des bien-pensants, de la corruption des héritages, et on les confond avec des panneaux publicitaires. Qu'est-ce que je peux espérer de ce monde ? La seule vérité est en moi, et encore ! Elle n'apparaît que quand tu me regardes !

D'ici, on voit la ville comme un volcan éteint dont je suis la dernière rougeur, moi, mon cœur insatiable, mon pauvre cœur assoiffé de lumière. L'immense cratère d'ennui a dévoré tous les espoirs, a enseveli toutes les jeunesses, a enténébré tous les destins. Et sur les toits, on voit de gigantesques proverbes enflammés qui ne proclament plus rien. Je parle bien sûr de ces grands néons qui disent la puissance des multinationales. La technologie sans idée, le commerce sans frein, la communication qui se prend pour de la politique et la politique qui se prend pour de la communication, les panneaux publicitaires éclairés jour et nuit vantant les vertus des panneaux publicitaires eux-mêmes, éclairage éternel d'une bêtise en lettres fluorescentes. Le ciel rougit parfois de tant de démission politique et quand il pleut, la pluie est sale comme le cœur d'un ministre.

À ces mots Aurélien éclate de rire

— Je ne te savais pas altermondialiste.

— Je ne le suis pas, je suis révolté contre tout ce qui est matériel, c'est tout, c'est simple, je veux qu'il y ait encore dans ce monde une étincelle spirituelle. Une étincelle suffit. Mais moi, je n'en suis pas capable, alors je te regarde…

— Je suis beau, le monde est beau, regarde-nous !

— Et moi, pauvre guerrier d'un autre âge, je vais sur les toits, n'espérant pas de hauteur mais au contraire plus d'abîme et de nuit ! C'est à l'heure bleue que le ciel est le plus défiguré, les phylactères d'or claquent au vent industriel et il n'y a plus rien d'écrit, rien sinon les chiffres du chômage, les chiffres de la croissance, et le cadavre de la littérature n'en finit pas de pourrir. On voit ça d'ici depuis les toits, et on voit aussi qu'il n'y a plus ni haut ni bas, seulement les cours de la Bourse et l'enrichissement des riches. Comme on voit bien, d'ici, l'étendue de l'abjection, la ville est une grosse décharge publique pleine de cadavres en costume. À quoi sert la jeunesse ? À pelleter les échecs, à enterrer les promesses, à décorer les congrès des partis socialistes libéraux et nationaux.

Ils rient tous les deux et pour prouver à Lucas que tout est encore possible, Aurélien fait le funambule sur les gouttières instables.

— Tu as peur ? Avoue !

— Oui j'ai peur de te perdre ! Je vis dans la peur de te perdre.

Aurélien a fini sa danse avec la mort et revient se blottir contre le contempteur du monde moderne. Ce petit jeu a mis fin à la diatribe de Lucas.

— Tu vois, d'ici, de la hauteur de mon désir, on jauge plus facilement l'étendue du désastre, mais est-ce bien grave, mon amour ? La révolution est impossible mais il nous reste la vie, non ? dit Aurélien en montrant son cou que Lucas mord rageusement.

— Le collier te va très bien. Enlève ta chemise et danse un peu.

— Il fait froid.

— Justement, ce petit tremblement ressemblera au matin du monde, je te trouve beau, surnaturellement. C'est peut-être parce que nous sommes montés au dernier étage d'une tour remplie de bureaux financiers. J'aime ton visage de poupée et j'aime que tu désires le monde.

— Pourquoi ?

— Parce que moi je le vomis.

— Il n'y a rien que tu désires ?

— Pas en bas, pas dans cette merde.

— Même pas mon corps ?

— Ton corps est à tout le monde.

— Et alors ?

Et Aurélien danse nu dans le ciel, Lucas le regarde et rit, le froid rougit sa peau, cette torture l'érotise monstrueusement. Les grandes lettres de néon rougissent son corps et pour accompagner sa danse, il chante librement une chanson de variété stupide qui parle de perroquet et de noix de coco.

— Tes cheveux roux je les désire, mais ils ne sont pas de ce monde, ta peau est parfumée, mais ce parfum n'est pas au monde, j'aime tes yeux quand tu désires, quand tu regardes Paris du haut de ce toit et que tu dis, Je veux tout. J'aime tes dents de petit fauve, j'aime ta queue de baiseur jamais comblé, j'aime aussi tes mains quand tu frappes le piano, quand tu me gifles, quand tu caresses les femmes, j'aime tout ça, oui, mais ce n'est pas de ce monde. C'est pour cela que je voulais que tu viennes ici, au sommet de toutes choses, légèrement au-dessus du chaos, pour te servir de miroir, un peu, et que tu voies ton visage qui n'est pas de ce monde et derrière, le ciel grisâtre qui attend que tu fasses quelque chose.

— Je veux tout, je veux être le roi de cette ville crasseuse, je veux devenir la résolution harmonique de tout ce bruit, dit Aurélien complètement enivré par le froid et l'admiration de Lucas.

— Tu auras ce que tu veux, je te l'ai dit, tu désires le monde, aussi titanesquement que je le refuse. Tu es fait pour la conquête comme je suis fait pour la quête, tu es fait pour te baigner dans l'or et les désillusions, et moi pour être enfermé dans un placard avec des vieux livres et dûment bâillonné.

— C'est vrai que tu es bavard !

— Je ne suis pas bavard ! C'est ton désir qui est bavard, moi je ne dis rien, je chante ! Et chanter est la meilleure manière de se taire.

— Est-ce que tu pourrais te tuer, là, maintenant, tout de suite, te jeter en bas ?

— Oui. Évidemment. C'est vivre que je ne peux pas.

— Tu penses que je serai vainqueur…

— Si je t'aide, oui.

— Tu m'aideras ?

— Si je ne meurs pas.

— Qu'est-ce que tu veux ?

— Je veux être au cœur de Dieu.

— Où est-il, le cœur de Dieu ?

— Dans ce qui vient.

— Comment feras-tu ?

— Je vais commencer par me dissoudre, puis par disparaître et enfin par m'oublier.

— Et tout ça en chantant !

— Tout ça, mon petit roi, c'est chanter.

— Et moi je vais gagner tous les combats, mettre ma beauté au service de ma gloire.

— Tu auras tout ce que tu désires, l'argent, la gloire, les femmes, les hommes, les éditeurs, les palais, les ministres, ils viendront tous te lécher les pieds…

— Tu m'aideras…

— Je suis l'esprit du feu.

— Et moi je suis si inflammable !

— Me dissoudre, disparaître, m'oublier, dit Lucas et soudain il n'a plus l'air de plaisanter, il n'a plus l'air de jouer au poète délirant ou à l'oracle de pacotille, il a l'air sombre.

Et Aurélien le trouve justement plus poétique que lorsqu'il crache sur le monde, Aurélien est émerveillé de sa détermination.

— Me dissoudre dans la débauche, au point de ne plus savoir à quoi servent mes organes, au point de confondre mon corps avec un tuyau de vidange, ce sera vite fait, et quand je serai écœuré de tant de viande, quand j'aurai fait tourner tous les manèges de toutes les fêtes, j'entrerai dans une immobilité de statue. De statue, non ce n'est pas assez, je serai immobile comme une cloche de bronze qui attend l'heure au fond de l'océan, et je sonnerai un glas silencieux pour effrayer les monstres des abysses. Voilà ce que j'appelle disparaître. Ma prière était du feu, ma prière deviendra du plomb ; j'irai jusqu'aux limites de la connaissance et tu me supplieras de revenir sur terre. Et alors peut-être, si Dieu le veut, si la providence est un jardin, si la grâce peut revêtir un manteau de fleurs, alors je pourrai m'oublier… m'oublier dans la plus ineffable des joies, dans une joie sans cause, sans fin, sans horloge. Et offrir cette joie à Dieu, lui rendre cette joie ! Tu sais, je me hais, mais je hais encore plus furieusement ma haine et ma tristesse. Et je te regarde, je te regarde désirer toutes les choses mortelles, et je voudrais te bénir de désirer ce qui est, de célébrer l'œuvre de Dieu avec des dents ensanglantées.

Maintenant il y a un silence entre eux, Aurélien a entendu que le projet spirituel de Lucas formulé de manière abracadabrante sera mis en pratique de façon très concrète. Aurélien regarde le jeune homme qui l'appelle dans ses bras, il est contre lui grelottant et émerveillé. L'autre le frotte et le gifle pour le réchauffer puis le rhabille comme un pantin, et pendant tout ce temps Aurélien gémit de bonheur, de douleur, d'intelligence.

— C'est vrai je suis beau, dit Aurélien. C'est vrai, ce monde est gris, oui, je suis la lumière impitoyable de la jeunesse et du désir… Qu'est-ce qu'on va s'amuser ! Toi avec tes yeux noirs de saint en plein jeûne, moi avec mon carnaval de diables, on aura une jeunesse à peindre sur des tablettes d'or. Tu me promèneras en laisse, déguisé en panthère, dans les rues de Paris, le jour du solstice d'été ; nous irons habillés en vierges folles aux funérailles des politiques ; on nous achètera pour des sommes faramineuses, on nous suppliera de révéler notre secret, et ce grand volcan éteint renaîtra et criera sa joie…

— Quel volcan ? Paris ?

— Non ! La littérature ! Le verbe ! L'espoir ! Le désir. Appelle ça comme tu veux, nous allons inspirer des révolutions, lever des armées, créer des religions, élever des cathédrales, moi qui désire tout, et toi qui désires être rien, nous sommes l'alpha et l'oméga de la jeunesse, il faut briller au ciel du siècle et puis…

— Fuir dans les solitudes.

Et Aurélien voit passer dans les yeux de Lucas la nostalgie du silence sacré, et cette fois, il est incapable d'ironie. Le désir de dépossession chez Lucas est parfois d'une pureté si éloquente, que toute la moquerie d'Aurélien se change en larmes d'admiration. Et c'est vrai aussi en sens inverse, à force de dire des bêtises, Aurélien avoue parfois son besoin de quelque chose de plus grand et de plus vrai, ses yeux deviennent étrangement vulnérables. Aurélien, même s'il rit et applaudit le lyrisme exorbité de son idole, entend malgré tout la soif de miséricorde la plus pure dissimulée dans les virtuosités du verbe et les colères du rebelle. Il ne se trompe pas, il aime quand Lucas joue à la littérature, mais il sait que Lucas croit à une aventure innommable qui déroute toute littérature. Aurélien aime le verbe et le corps de Lucas, il refuse d'aimer son attente. Pourtant Lucas attend d'Aurélien la confirmation de son plus fol espoir, et s'il joue au poète, c'est pour lui demander une aide bien plus précieuse que son admiration littéraire. Lucas veut qu'Aurélien le regarde dans sa chute ascensionnelle, il a besoin de ce miroir, il a besoin qu'un être adorable lui fasse la courte échelle.

— Je vais commencer par gagner un paquet de fric, dit Aurélien sur un ton de résolution éthique. Je vais vivre dans un palais, être aimé de la plus belle femme du monde et du plus beau garçon du monde, ensuite j'écrirai un poème et l'on me célébrera, je serai la renaissance du lyrisme, je laverai d'un coup, d'un grand éclat de rire, toute la cendre de la modernité. Personne ne verra que je suis un charlatan, ou plutôt si, tout le monde le verra et c'est ce qui fera ma gloire. J'irai, triomphant sous les lustres de l'Académie, déclarer que le temps de la poésie est advenu, que l'ère de la politique, le siècle des idéologies, le millénaire de l'histoire avec un grand H, laissent place à une joie d'être au monde si brillante qu'elle peut rallumer les étoiles au ciel.

— C'est jouable, avec un peu de chance et d'audace, dit Lucas avec une douceur toute maternelle. C'est faisable, mon petit roi, tu as déjà des cheveux de feu, des yeux de feu, tu as déjà une voix enflammée, et puis surtout tu n'es rien, tu es seul, tu n'as que moi pour confirmer ton destin et je suis un miroir très amoureux.

— Amoureux miroir, donne-moi la beauté qui peut conquérir le monde et en échange…

— Oui ?

— Je te briserai.

— Comme tu sais parler aux êtres qui souffrent !

Ils s'embrassent, ils se perdent dans un long baiser, ils rient en s'embrassant, ils se confondent dans le rire, leurs lèvres tremblent, leurs yeux se ferment. La nuit avance et les grands néons qui les éclairent deviennent plus colorés, leurs structures de fer s'évanouissent et on voit dans le ciel noir des lettres de feu bleues et rouges qui glorifient le monde marchand. Devant tant de beauté, les deux amants se taisent, et Lucas accepte que toute la violence du monde contemporain soit transformée en beauté lumineuse par l'invraisemblable danseur qu'il tient serré dans ses bras. Une fine pluie colorée par le néon rouge qui les abrite tourne au-dessus de leur tête.

— Le ciel a tant besoin de nous qu'il pleure des larmes rouges, dit Aurélien en extase ou jouant l'extase, ou les deux. Dieu est absent, tant mieux !

— Dieu se cache comme un enfant. Pour qu'on le trouve, dit Lucas, incroyablement triste.

— Dieu me laisse tout à fait froid, j'ai trop de travail.

— Je ne crois pas en Dieu mais je l'aime.

— Qu'est-ce que ça veut dire, aimer ?

— Ça veut dire vibrer avec toute la terre, toute la souffrance de la terre, ça veut dire être dans un état où le mystère de l'être est lisible.

— Alors je suis l'amour !

— Dieu ne demande rien, n'exige rien, que d'être en joie.

— Alors tu es loin de Dieu, avec ta volonté d'expier, ton goût pour le châtiment, ta soif de punition… et Aurélien crache sur le visage de Lucas qui adore la liberté d'Aurélien. Il se donne à lui en fermant les yeux et Aurélien lèche ses paupières.

— Ma soif de punition est peut-être une joie.

— Il me semble que Jésus au mont des Oliviers a dit, Éloigne cette coupe de moi. Non ? La douleur est inutile mon amour, rien ne naît sans douleur mais rien jamais ne naît de la douleur, tu voudrais que je t'apprenne à être en fête perpétuellement pour célébrer la grandeur de Dieu ?

— Oui, je le voudrais.

— Je le peux, il suffit que tu ne me quittes pas du regard. Nous allons marcher main dans la main.

— La ville en dessous de nous a trouvé son remède, le chaos et la destruction se croient tout-puissants, et il suffit d'une goutte de désir pour que les murailles tombent. Et peut-être qu'en te regardant vivre, j'apprendrai cette joie qui me manque, dit Lucas qui s'allonge sur le dos en soupirant.

L'OUBLI

Les noms des bordels à Paris rivalisent d'invention poétique.

Le Trap veut dire piège en anglais mais désigne, après inversion sexuelle de son substantif, un monastère où le silence est éloquent. *La Mine*, qui laisse à penser que le sexe est un labeur nécessaire et se souvient du temps où l'homosexualité espérait être une révolution trans-sociale qui unirait le grand patron en costume et l'ouvrier en salopette dans le même besoin de rédemption sociale. *Le Keller* doit son nom à la rue qui l'accueille, dont la consonance alémanique fait rêver de rencontrer des chevaliers teutoniques habillés en caoutchouc. *Le Bunker*, pour les claustrophiles nostalgiques de bidasseries, *L'Impact*, inflexiblement nudiste, oblige à mettre ses effets dans un sac poubelle, porte un nom qui ne peut être qu'une antiphrase vu le peu de violence qui y circule, *Le Quartier Général*, toujours dans le champ sémantique martial, presque un truisme, a l'avantage d'être d'une saleté répugnante, ce qui est toujours une vertu pour un mess des officiers de l'armée des ombres, *L'Arène*, qui tente de rappeler les origines antiques de ces joutes, confond dans un cadavre exquis sexuel gladiateurs et coiffeurs, *Le Dépôt*, dont le nom tragique a servi d'emblème à une jeunesse qui ne croit plus à son destin que dans l'ordure et l'attente, a démocratisé les bordels, *Le Transfert* est le plus ancien de tous et son nom, directement inspiré des topiques freudiennes, analyse les champions du *fist* en costume de cuir d'un autre âge, *Le Trou* a osé dans son nom avouer à la fois la pléonastique errance du désir et la tautologique terreur de la mort, *Le Mec zone*, étroit comme un cercueil et accueillant comme un berceau, dont le nom de zone ne désigne pas un inaccessible horizon chimérique mais bien le lieu de l'immanence circonscrite et délectable. Et enfin *L'Oubli*, dont le nom poétique inscrit nulle part mais connu de tous crée une nécessité supplémentaire à celle des hormones surchauffées.

Touraine n'a pas choisi d'aller au bordel, il s'est levé au milieu de la nuit, il s'est habillé, et sachant qu'il ne pourrait pas lutter, et que l'insomnie produirait un désir vide d'objet jusqu'à l'aube, il a préféré transformer ce tourment en créance sexuelle, mais en réalité ce qu'il veut c'est que la mort parle un autre langage. Il pense au joli mot de *bordel*, il voit les femmes à fanfreluches du XIXe siècle, corsetées et poudrées dans les lumières d'or, leurs éclats de rire dans des bonbonnières de nacre. Mais c'est bien autre chose, ce que depuis trente ans on appelle bordel, c'est un lieu où tout le monde est à la fois le chasseur et la proie, le voleur et l'objet, le couteau et la plaie. C'est une église communautaire où l'orgie est consommée debout, et où la parole n'a pas d'autre choix que d'être dérisoire ou triviale face au déferlement de sacré et à l'odeur de pisse. Il aime les bordels et avant d'aimer ces lieux de magie pure, parfumés de sueurs et d'espérances déçues, il aime leurs noms, promesses infatigables et brillantes dans les nuits parisiennes.

Des noms qui lui viennent à l'esprit comme une litanie nocturne toujours renouvelée. Ici l'espoir d'une rencontre mystique s'est toujours terminé avec un mouchoir en papier et une bière tiède. Et pourtant, dans ces lieux dont le nom évoque l'enfermement, la guerre et la fatalité, il s'est souvent senti, sinon heureux, du moins profondément paisible. Et après avoir joui, les rires des camarades et la tristesse de tous les échoués de l'amour sont ce qui l'a le mieux aidé à ne pas se sentir seul. La mort parlant un autre langage, oui, le langage le plus insupportable de la mort, c'est la solitude et c'est cela qui parfois dans la nuit le prend et le jette dans la rue en débardeur noir sous un blouson de cuir. Il s'est senti si seul ces derniers jours, si seul parmi ses amis, si seul dans cette guerre dérisoire de l'Opéra. Pourquoi ne pas vivre, pourquoi ne pas se contenter de vivre, se dit-il en poussant la porte de L'Oubli, et il respire profondément l'odeur d'hommes et d'alcool, il fait entrer dans ses veines la musique obsessionnelle, la lumière rainurée de rouge et la gaieté désespérée.

Tous ces lieux, véritables temples de la vie à Paris, témoins de tous les manques et de toutes les désillusions, font un grand labyrinthe souterrain où la vie parisienne masculine a uni à l'orgueil mâle la tendresse des fraternités passagères et l'arrogance des jeunesses victorieuses. C'est là que se retrouvent ceux qui veulent un peu de silence et de recueillement hors la folle agitation des jours, c'est là que Pénélope défait sa tapisserie et que les puissants s'agenouillent, c'est là que les exclus débarqués de la banlieue, le corps bandé d'amertume sociale, vont trouver leur terrain de revanche. Mêlé aux autres dans la fosse commune des nyctalopes, celui qui a passé sa journée à se construire socialement vient ici pour se perdre, c'est là que le bûcher des vanités brille et réchauffe les misérables et que les Rastignac apprennent à être mortels. La ténèbre des caves accueille toutes les souffrances et les console de tous les échecs dans le ballottement originel du désir. Les mêmes silhouettes de héros meurtris, de guerriers hantés, d'éphèbes convoités, de satyres sentencieux ou de professeurs en mal

d'expérience sensible, se donnent la main à travers les générations dans une amitié humide dont peu devinent qu'il
s'agit de la Philosophie libérée des livres. Cette académie
de Socrate que les hétérosexuels jalouseront toujours est
le secret refuge des assoiffés de réponses existentielles cos-
tumés en baiseurs addictifs. Plus nécessaires encore que
les théâtres, et très proches des catacombes, c'est entre ces
murs qu'on célèbre une religion de l'instant dont le corps
officiant est un bataillon de shampooineuses travesties en
guerriers grecs, cette religion peu religieuse enseigne que la
répétition éternelle du désir masculin est une forme d'éternité qu'on apprend sans avoir à étudier. Celui qui n'aura vu
que les gymnastiques sérielles et les enjambements versifi-
cateurs des poètes de la braguette ne soupçonne ni l'amitié profonde, ni la pensée exacte qui se décline dans un feu
d'artifice de sperme.

Il y a là un art de vivre avec ses signes et ses hiérarchies
dont le plus malheureux et le plus oublié peut jouir à l'abri
du ressentiment. Heureux hommes qui, abolissant l'horloge et les lois sociales, ont inventé une immanence nocturne et une vénération de la jeunesse et de la beauté qui
n'exclut pas ceux qui les ont perdues. "Heureux temps où
il suffit d'aimer pour être aimé", comme dit Théocrite dans
une de ses idylles où des bergers se couronnent de fleurs.

Il aime par-dessus tout L'Oubli, pour son nom programmatique et pour ses trois étages, il aime la saleté crois-
sante de chaque palier, la poésie qui monte et descend et
s'en trouve toujours confirmée. C'est un des hauts lieux de
la mondanité, où un présentateur vedette de la télévision,
couché sur le dos dans un *sling*, scrute du coin de l'œil un
secrétaire d'État qu'il a rencontré à une soirée de mécénat,
l'homme au bar est en train de sucer un garçon en tenu de
sport qui boit au goulot en parlant des primaires du parti

socialiste. Touraine reconnaît son peuple et son peuple le reconnaît, il appartient à cette clique qui se saluera demain dans les couloirs de la rue de Valois, sous la bannière "ce qui se passe dans l'oubli reste dans l'oubli", et c'est un plaisir piquant d'écouter l'ennuyeux discours d'un commissaire aux comptes de Bercy en pensant qu'on l'a joyeusement fessé la veille. Le Tout-Paris est là ce soir, maquillé d'un incognito bancal. Entre deux mêlées et la rencontre d'un dieu approximatif, il aura le temps de parler avec un camarade de la seule chose qui passionne Paris, en complet-veston ou le pantalon godillé sur les chevilles : qui sera nommé à l'Opéra de Paris ?

Le bar a trois étages et chacun ses adeptes et sa météorologie. Au premier, se sont arrêtés ceux qui viennent d'arriver, encore timides et inhibés, ils boivent à petites gorgées et s'habituent à l'obscurité, ils voient les chauves-souris aguerries glisser vers les étages inférieurs. C'est là aussi que les plus jeunes se retrouvent et ceux qui, naïfs, espèrent encore rencontrer quelqu'un qui change leur destin, quoique, dans les profondeurs aussi, on attende quelqu'un qui, miséricordieux, comblerait le vide existentiel.

Les plus mignons se disent qu'ils auront le temps, en fin de soirée, de dégoter de quoi épuiser la bête, ils trouveront toujours, mais bien peu sage est celui qui croit que l'étudiant au visage d'ange accédera dans les bras du guerrier à une jouissance qui le rassasiera. Pas plus dans les romans d'amour des corps laiteux que dans l'ordure de la jouissance coupable la mort ne sera vaincue, tous regagneront avec le jour la tristesse des rêves enfuis et l'amertume des jouissances préméditées.

Ce soir, il y a peu d'activité sexuelle et Touraine s'assoit pour regarder non sans envie deux petits magasiniers du

Bazar de l'Hôtel de Ville qui se roulent des pelles en tirant sur leurs tétons. Il les envie non pour le plaisir qu'ils se donnent mais pour la légèreté de leurs jeux, cela ne reviendra sans doute plus pour lui, le sexe ne sera plus jamais une plaisanterie. Mais c'est peut-être aussi le fait d'une génération qui n'a pas connu l'opprobre et la prohibition et pour qui le désir est un jeu. Pour lui, lecteur de Sade et de Bataille, le sexe a toujours les ferments expérimentaux de la métaphysique. C'est peut-être aussi que leur vie est plus simple et qu'ils ne cherchent pas toujours à interroger les mécanismes compliqués qui lient l'âme et la conscience aux besoins du corps ou à la dispersion des humeurs. Il les trouve adorables et s'approche pour voir s'ils lui donneraient une petite place dans leurs jeux d'enfants. Les deux jumeaux, nuques rases et corps minces, lui font signe de les rejoindre, ils tirent la langue entre leurs deux petites bouches aiguës mais très vite les deux garçons s'enfuient et Touraine reste seul, sa bouteille de bière à la main. Il regarde un film porno dans lequel de faux collégiens bizutent un blondinet qui a l'air de s'ennuyer ferme. Un maigre myope, très chevelu, semble s'intéresser à lui et se caresse l'entrejambe de la manière la plus stéréotypée. Pour éviter son regard il est obligé de ne pas quitter des yeux le film passionnant où le bizuté, toujours aussi admirablement absent à son sort, se fait introduire un manche de passoire dans le cul.

— Il n'y a pas grand monde, dit en guise d'introduction un replet professeur de latin qui zozote. Tu zerzes quoi beau brun ? poursuit le professeur comme pour ajouter à la banalité la fadeur d'une formule désuète.

— Ce que je cherche ?

Voilà une bonne question pour Touraine qui se demande à quel moment il va quitter la pataugeoire pour les profondeurs du grand bassin.

— Je cherche l'arme de la vengeance.

Le professeur de latin est interpellé et comme s'il venait de se réveiller d'un rêve, il dit :

— Ah ! L'arme de la vengeance, mais tu veux te venger de quoi ? Parce que si tu veux te venger de la mort, il n'y a qu'une zeule arme. C'est la désinvolture.

Touraine trouve l'idée juste et il branle du chef en signe d'approbation.

— Oui, il faudrait que je prenne les choses plus légèrement.

Le professeur de latin replet a baissé son pantalon et, tout en massant vigoureusement une queue molle, il dit :

— Oui, la vie est un jeu, et ici c'est l'académie de la désinvolture, la zeunesse s'enfuit, c'est une plaisanterie, mon colocataire est mort, c'est une farce, mon gros cul, l'échec de ma vie, ma dépendance aux antidépresseurs, tout ça est à mourir de rire et ze ris de bon cœur. Falstaff a-t-il le choix ? Tu veux me cracher dans la bouche ?

Touraine, par générosité, s'exécute.

— Tu me donnes quel âge ? poursuit le professeur. Trente ? Z'en ai trente-sept, c'est l'avantage des gros, on vieillit moins. Z'aurais voulu savoir jouer du piano, mais je suis paresseux et z'ai peur de la mort.

— Quel rapport avec le piano ? demande Touraine.

— Il faut travailler beaucoup, dit le professeur.

— Non, la peur de la mort.

— Ah ! Ze dis ça pour rire, ze n'ai peur que d'une chose, c'est que les lumières se rallument, que ce soit le matin et que ze n'ai pas eu le temps de déverser ma semence dans ce désert affectif. Ze peux te lécher les pieds ?

Et joignant le geste à la parole, il retire la chaussure et la chaussette droite de Touraine.

Et pendant que, bruyamment, Falstaff lui lèche le pied, Touraine, insensible à la langue qui arabesque entre ses orteils, touille dans sa tête les intrigues qui pourraient le conduire à la victoire. Il ne peut pas s'empêcher de croire qu'il a rétabli l'égalité avec son concurrent et qu'il lui manque peu de chose pour faire pencher la balance, mais les décisions d'État sont toujours si mystérieuses. Dans le domaine du politique, plus la décision est importante, plus elle est chahutée par des motifs inavouables et des vents irrationnels. Toute la folie de cette course au pouvoir lui saute au visage quand il voit les Dioscures revenir torse nu, et de plus belle se lécher mutuellement la langue.

— Ah voilà la vérité, quand on perd la jeunesse il y a un parfum de vengeance qui empeste les bonheurs les plus simples, dit-il d'une voix caverneuse, comme s'il était l'oracle de cette misérable grotte.

Et pendant que Falstaff, lassé de lécher son pied avec des grognements de verrat, le lui rechausse, Castor et Pollux rient d'un rire de coloratura devant un vieillard qui remonte des Enfers, son pantalon en bas des jambes. Pris de pitié, Falstaff l'aide à se relever et voit que le géronte ne sait plus très bien où il se trouve, belle catastrophe, et catastrophe inévitable, il va s'affaler près des toilettes, obligeant la jeunesse à l'enjamber en se secouant la nouille. Falstaff, d'humeur mutine après ce léchage pédophile, va agacer un beau méprisant qui le repousse avec un élastique ennui.

— Tu te crois beau ! lui lance Falstaff en faisant tourner sa bedaine velue.

Pour tromper l'ennui, Touraine joue toujours à surnommer ses compagnons de galère. Falstaff, les Dioscures, Catastrophe et Tu-te-crois-beau le guident vers une nostalgie de saison. Tous ces hommes l'excitent au début de la soirée mais, une fois le niveau de testostérone retombé, il est souvent pris d'un élan d'amour pour l'humanité qui n'est autre, d'ailleurs, qu'une indulgence pour sa propre dégringolade.

Touraine contemple son corps mince et se dit que la maladie qui l'a pressurisé il y a un an lui a presque fait retrouver
ses bras d'adolescent. Qui pourrait croire, en le voyant souriant à Tu-te-crois-beau, qu'il est passé si près du gouffre. Ici
au moins, la jeunesse ne ment pas, elle est fièrement cruelle
et c'est ce qu'on lui demande. Falstaff a trouvé, près des uri-
noirs, enjambant Catastrophe, un petit brun à casquette qui
l'étouffe de son énorme bite. Et comme Casquette vient
d'arriver, les Dioscures veulent leur part de Méditerranée
et surgissent pour caresser sa barbe bleue. Tu-te-crois-beau,
vexé de ne plus être à la mode, descend vers les Enfers. La
ruche se retrouve autour de la reine des abeilles et piétine
allégrement Catastrophe qui n'a pas l'air mécontent de
recueillir sur son front lassé quelques gouttes de sueur de
la divine jouvence.

C'est le moment que choisit Touraine pour descendre
vers le Purgatoire à la suite de Tu-te-crois-beau qui lui a lancé
une œillade vague. Avant l'Enfer, tout en bas, creusé dans
les voûtes et les caves du xviie siècle, il y a le Purgatoire, et
c'est un décor de miroirs noirs où, comme d'insouciantes
frégates dans une mer nocturne, volent des mouchoirs en papier.
— L'odeur est nettement moins pénible que celle du
Paradis d'ailleurs, dit Touraine à un barbu qui n'a pas enlevé
ses lunettes de soleil. Je trouve que le Paradis pue.
— Je préfère le Purgatoire, dit le barbu sans retirer ses
lunettes, ce qui fait penser à Touraine qu'il doit avoir une
conjonctivite aiguë.
— Moi aussi j'aime le Purgatoire, j'aime que la péni-
tence laisse entrevoir la rédemption.
— Chacun ses goûts, dit Conjonctivite. Pour certains,
le désespoir est le seul moyen de traire une dernière goutte
de jouissance.

Et après cette parole bien savante, il file caresser langou-
reusement les bottes noires d'un pas si jeune autre barbu.

Touraine constate que l'échantillon sociologique est plus
proche de sa classe d'âge, des quadragénaires et des quinquagénaires habillés comme des adolescents jouent et rejouent
la scène primitive de leurs premiers émois. Un attroupe-
ment autour d'un petit roux qui se laisse malaxer sans fin
lui donne envie d'aller se mouiller un peu. Poil de Carotte
ouvre la bouche sans trop de distinction et Touraine se laisse
pomper gaillardement tout en roulant des pelles à un commissaire de la Cour des comptes aux aisselles parfumées.

Le moment est suffisamment agréable pour qu'il oublie
un peu son humour cynique. Il est vrai qu'au Purgatoire,
la dérision peut être nocive et dangereusement réflexive.
Mais l'extase est miniature, Poil de Carotte, lassé d'être
la fille publique de l'entre-deux-mondes, se rhabille et va
boire un Coca-Cola avec les garçons de son âge. Il monte
au Paradis qui semble si loin et si irréversiblement proscrit.
L'essaim se défait et Aisselles-Parfumées a l'extrême délicatesse de ne pas lui rappeler qu'ils ont travaillé ensemble sur
les budgets artistiques du Théâtre de l'Odéon, c'était dans
une autre vie, une vie moins éprise d'essentiel.

Touraine s'ennuie de nouveau, adossé à un mur lépreux,
il se demande si Tu-te-crois-beau va se décider à se débra-
guetter. Moment d'exquise inanité, un très moche quinqua
en tenue militaire vient lui dire, sans préambule :
— Je m'appelle Ludovic.
Touraine le regarde, effaré de cette rupture de toute règle
de savoir-vivre, et répond non sans cruauté :
— Ça ne m'étonne pas.

La foule tourne un peu et s'épaissit. L'équipe gagne en nombre avec quelques bruyants en polo moulant qui aspergent la morne plèbe de leurs bières et de l'arrogance de leurs pectoraux. L'un d'entre eux, polo vert, déclare :

— J'ai envie de me faire péter le cul !

Et cette maxime, somme toute fort classique, égaye ses comparses. Il est vrai qu'il y a mis le ton. Touraine commence à trouver qu'il manque un peu de sacralité dans ce Purgatoire, il hésite à rejoindre l'Enfer quand Conjonctivite trouve une bonne âme pour lui fesser le derrière avec une ceinture. Toute la guilde compte les coups qui lui font des zébrures élégantes car, tout quadra qu'il est, il a encore une peau de pêche.

Falstaff, que Touraine n'a pas senti venir, lui déclare dans l'oreille cette épigramme nécessaire :

— Il y a des salopes plus subtiles que d'autres.

Ce qui fait tellement rire Touraine qu'il baise tendrement la bouche de Falstaff, lequel, pour cacher son bonheur, fait "Beurk !" avant d'embrasser Touraine en retour. De son côté, Ludovic se branle dans une solitude insondable et le ciel poisseux du Purgatoire le condamne sans indulgence.

Tu-te-crois-beau est descendu aux Enfers, troisième et dernier cercle de ce décor dantesque. La lumière a baissé, et quand on arrive de l'étage encore facétieux et lumineux du Purgatoire, on est ébloui d'obscurité et l'on n'a plus pour se guider qu'une odeur de mort et des grognements de pourceaux. L'odeur, comme l'obscurité, s'atténue au bout de quelques minutes et l'on peut, en apnée, contempler toute la déchéance amoureuse d'elle-même. Sitôt le fond touché, alors que Tu-te-crois-beau a été dévoré par les abysses, un cacochyme, sa chair de calmar avariée sanglée dans un harnachement de cuir, vient parler à Touraine d'une voix péremptoire. Il est pris d'un délire d'analyse politique assez commun dans la redescente post-orgasmique.

— On ne comprend plus rien. Autrefois, une belle salope buveuse de pisse était généralement maoïste, je dis bien maoïste, les communistes encartés ont toujours eu l'anus extrêmement rétif, mais aujourd'hui on ne sait vraiment plus qui suce qui. On peut très bien trouver un coincé effarouché par une claque sur le cul qui s'avère altermondialiste tandis que le charmant petit vicelard qui veut se faire féconder par une tournante d'Arabes est en fait un membre du Front national, je me demande si je ne vais pas raccrocher les gants.

Devant tant de cohérence, Touraine se contente de sortir sa queue, qu'engouffre le vieillard visqueux, ce qui a au moins l'avantage de le faire taire. Calé contre une humide table chirurgicale, il regarde le trou noir qui a mangé Tu-te-crois-beau et d'où sortent d'autres épaves épuisées, le cheveu maigre, la couille bleuie, la lippe sceptique. Il est devenu le plus jeune de ce cercle et il voit ce qui probablement l'attend dans quelques années, quand le corps aura cessé de lutter et s'abandonnera à l'âge.

Le Calmar a fini sa tétée et, couché sur le sol, sans aucun souci des bouteilles cassées, des mouchoirs en papier et des mégots, se fait inonder de pisse par un homme qui pourrait être son père. Touraine reconnaît Christian Laiguillé, le conseiller du ministre, qui était déjà un vieillard dans sa jeunesse. Spectre décharné en tenue de vidangeur, il urine en souriant, et les deux gérontes, dans une exultation de joie, poussent des cris de mouettes. Il faut bien qu'ils célèbrent eux-mêmes leur exploit, aucun autre damné ne songerait à les applaudir. La scène est aussi belle qu'une rage de dents.

Falstaff a fait glisser sa surcharge pondérale entre les griffes des amateurs d'ours et, toujours très attaché à Touraine, veut lui délivrer le sens ultime de cette bacchanale sans vin.

— Au fond, tu vois, c'est ici qu'est la vraie innocence.

Et, joyeux d'avoir posé sous les images de chairs éventées une légende pleine d'esprit, il se laisse absorber par le trou noir, dernier recoin encore inexploré par l'appétit de Touraine.

Le dernier trou, c'est là que comme un grand nombre de soirs, pour n'avoir rencontré ni Patrocle ni Rimbaud, il ira se finir, avec des torses imaginaires et des langues sans visage, et c'est bien.

Voici l'affreux Ludovic de retour qui, ayant tout à fait oublié qu'il a déjà été éconduit, recommence son exorde "Je m'appelle Ludovic" et cette fois Touraine répond "C'est pas grave", ce qui laisse Ludovic perplexe.

Tu-te-crois-beau est sorti du trou et il semble plus accueillant aux sollicitations muettes de Touraine. Il se cale dans un angle et l'invite d'un petit coup de menton d'une virilité étudiée. Touraine l'embrasse à pleine bouche et Tu-te-crois-beau le doigte avec fermeté, tout ce début semble augurer des chances de la nuit, voire d'une justice rare en ce bas monde, et tout en espérant que Falstaff ou le Calmar ne viendront pas s'agglutiner contre eux, Touraine pense avoir décroché le gros lot. Il aime les poils drus des aisselles de son Tu-te-crois-beau, et de fait il commence à le trouver inexprimablement beau.

Le magnifique héros grec a l'air chauffé à blanc et veut visiblement plus que des caresses externes. C'est alors que, comme un coup de tonnerre dans un ciel d'été, le magnifique guerrier se retourne, tend sa croupe en émoi et dit d'une voix aiguë à l'accent marseillais :

— Baise-moi, je suis ta petite pute.

Qui eût cru, qui eût dit que sous le masque de Tu-te-crois-beau se cachait une salope phocéenne au cul gourmand. Touraine en est tout décontenancé et il l'encule sans mettre de gant mais affreusement désabusé sur le sens de la vie.

Tout n'est qu'illusion, se dit-il, tout est théâtre, et plus on vieillit plus on s'approche de cette vérité qu'il n'y a pas de vérité en soi. Il a alors l'idée, par vengeance évidemment, d'appeler Falstaff à la rescousse, lequel s'empresse de venir mettre sa verge mi-dure dans la bouche de Tu-te-crois-beau, qui n'en est plus à rechigner.

Touraine qui a devant lui la face réjouie de Falstaff, tout en enculant le Marseillais, ne peut pas s'empêcher de citer Schopenhauer :

— Quand on est jeune, la vie est une toile peinte vue de loin et quand on est vieux la vie est une toile peinte vue de près.

Falstaff éclate de rire et répond par une citation de Cioran.

— On aurait pu nous épargner la souffrance d'avoir un corps, avoir un moi était amplement suffisant.

Les deux camarades rient en s'embrassant tandis que, percé de part en part, Tu-te-crois-beau jouit bruyamment.

L'heure commence à sérieusement mettre en danger la possibilité d'une jouissance heureuse, c'est le moment où, de guerre lasse, le voleur d'extase va laisser le hasard et la nuit traire sa virilité.

Reste la salle sombre, Touraine avance vers le trou, la cave mystique où plus rien n'est ni organe ni visage, mais jouissance mécanique. Où, une bouteille de Poppers dans chaque narine, on prend ce qui tombe de la surface à la manière des poissons des grands fonds nourris de cadavres dérivants. Mais tout cela est encore trop romantique et il faut surtout se finir avant que les lampes ne se rallument et que la messe soit dite. Mais comme Touraine allait se jeter dans l'anus de sa soirée, il voit Poil de Carotte radieux qui s'agenouille, à nouveau prêt à donner sa bouche charmante à toutes les nourritures souterraines.

Son joli petit visage rigolard prouve à qui en doute encore qu'il y a de la lumière dans les ténèbres. Et quand Touraine reconnaît Aurélien, il n'a pas l'indécence de lui rappeler qu'ils ont échangé des calembredaines à l'anniversaire de Milo. C'est Aurélien qui tombe le masque et debout sur la pointe des pieds dit en essuyant ses petites lèvres :

— Je n'en ai jamais assez.

LE GARDIEN DE L'ÊTRE

Lucas n'est pas retourné voir son père depuis un mois, mais il sait que son état s'est sérieusement dégradé, sa parole n'est plus cohérente et la souffrance morale ne peut plus être contenue par les camisoles chimiques. Une infirmière aux paupières tombantes lui annonce qu'il le trouvera changé.

Les médecins l'ont plus ou moins abandonné à la patience du personnel soignant. Bien avant le cancer et les métastases qui le dévorent, il avait déjà des tendances schizophréniques, et quand on l'annonce à Lucas, il se contente de confirmer d'un signe de tête. Il le voit assis sur le lit, habillé d'une chemise de nuit verte et affreusement sale.

— Est-ce que vous devez le laisser dans cet état ? demande Lucas à l'infirmière.

Il ne peut pas cacher sa colère.

— C'est difficile vous n'imaginez pas, il ne supporte plus aucun soin, vous ne pourrez pas dialoguer avec lui. On ne peut pas le tenir propre, on n'y arrive tout simplement pas, dit l'infirmière qui ne se justifie pas, elle rend seulement compte de la difficulté de son travail. Je le lave tous les jours, mais ça ne suffit pas. Je vais rester avec vous, c'est difficile.

Lucas s'assoit près du vieillard qui a conscience de sa présence mais est occupé à se caresser un avant-bras couvert d'escarres. Lucas voit les peaux d'orange que l'infirmière a mises sur ses talons aussi bleus et meurtris que ses bras.

— C'est le frottement la nuit contre les draps qui use la peau.

Le cou de son père est très sale et ses ongles sont noirs, il sent une odeur insupportable.

— Vous êtes médecin ? demande le père.

Et Lucas répond qu'il n'est pas médecin.

— C'est moi, c'est Lucas.

— Ah ! fait le vieillard soudain soulagé, comme s'il craignait les médecins, et il cache son visage de ses deux squelettes de mains. D'une voix faible, il dit : Tu es un mauvais père, c'est tout. Avec Yvan, on a voulu s'enfuir mais tu nous as rattrapés sur la route. Yvan est petit, tu n'aurais pas dû l'humilier comme tu as fait, je ne t'aime pas, j'aurais aimé que tu meures dans les camps, quand tu es revenu, j'ai vomi, je ne voulais pas que tu reviennes.

— Je ne suis pas ton père, je suis ton fils. Ton père est mort. Ton frère aussi, il est mort. Ils sont tous morts.

Lucas a parlé très calmement, il ne cherche pas à lui faire entendre raison, il veut seulement que la vérité soit dite. Et il regarde l'infirmière qui lui fait signe qu'il n'y a pas d'espoir qu'il comprenne.

— Vous êtes médecin ? redemande le père mais avec moins d'inquiétude que précédemment.

— Non. Je suis ton fils, dit le fils.

— Je n'ai pas de fils, ils sont tous morts, ils sont morts dans les camps, tous mes fils, tous mes êtres, les êtres sont perdus, perdus, perdus, perdus, perdus, mais ça ne fait rien. Moi je sais pourquoi on meurt.

— Personne ne sait pourquoi on meurt, dit Lucas, toujours aussi calmement.

— Les êtres meurent pour changer les couleurs, sinon tout serait noir, tu comprends ?

Lucas ne veut pas faire semblant d'écouter ; il accepte la parole mystérieuse, les couleurs sont faites de la perte des êtres et pourquoi pas ? La palette de Dieu c'est notre souffrance, et son pinceau c'est la mort… Cela lui plaît.

— Va-t'en ! Va-t'en ! crie le père en frappant Lucas au visage, il a frappé si fort que Lucas a failli tomber du lit, l'infirmière est intervenue, elle le calme en le couchant sur le dos.

— Il faut nous laisser faire, nous avons l'habitude.

L'orgueil de Lucas a été atteint, il a cru dialoguer avec la folie en ne la contredisant pas, mais la souffrance a deviné la ruse.

— Moi aussi j'ai l'habitude, dit Lucas, et il se tient droit comme un soldat au milieu de la lumière blanche. Il meurt comme il a vécu, dans la haine.

Et pourtant jamais Lucas n'a été si proche de lui pardonner.

Le père, allongé, le regard fixe, répète ses incantations comme si elles conjuraient toutes les malédictions, avec le débit d'une prière inutile.

— Les petits êtres, il ne faut rien perdre, les petits êtres, il faut les garder, les êtres sont muets, il faut les faire parler, le noir du ciel est plus noir que le noir des yeux à cause des êtres, les êtres doivent être préservés, il faut attendre la parole des êtres, le noir vient dans l'être qui n'est pas encore mort. Les êtres, les êtres, les êtres…

Lucas regarde le mot fondamental qui est répété sans fin et il a la lâcheté de croire que, dans la maladie, son père touche aux questions philosophiques.

— Il souffre, dit Lucas pour interrompre en lui la pensée romantique d'une folie éloquente et proche de la vérité la plus pure.

— Je sais ce qu'il veut dire, il dit "les êtres", mais il parle des étrons, dit l'infirmière et, en disant cela, elle jette Lucas dans une souffrance insoutenable, ses membres tremblent d'horreur à cette idée.

Et le père répète, *les petits êtres, les petits êtres*, alors Lucas comprend qu'il a refusé d'entendre que son père ne disait pas *les petits êtres* mais *les petits étrons*, et il est pris d'une inexplicable haine de lui-même.

— Je suis obligée de l'attacher parfois, dit l'infirmière qui entraîne Lucas vers le couloir pour le faire asseoir, et reposer l'insurmontable souffrance qu'elle a vue en lui. Vous voulez boire quelque chose ? J'ai du café.

— Oui, merci, dit Lucas avant d'ajouter, qu'est-ce qu'on peut faire ?

— Les psychiatres viennent une fois toutes les trois semaines, il faut qu'ils le soulagent, moi je ne peux pas faire plus, il faut de nouvelles prescriptions.

Lucas reste seul dans le couloir assis sur un siège en plastique rouge, il entend distinctement la voix insupportable de son père qui répète qu'*il ne faut pas perdre les étrons* et c'est chaque fois un coup de poignard. Il cherche un moyen de sortir du labyrinthe, pourquoi n'arrive-t-il pas à sortir du labyrinthe, pourquoi cette histoire du mot étron, qu'il a entendu comme être, lui est-elle si insoutenable, peut-être parce qu'il se reproche de ne pas avoir compris et d'avoir cru à la force des mots. Peut-être qu'il lui semble à cet instant que les mots ont perdu tout sens et à jamais, qu'il a touché le fond de la mort des mots, lui qui pourtant n'espérait rien. Il n'espérait rien, et il découvre au fond du cachot un lieu plus profond encore, et plus noir, car s'il n'espérait rien, il espérait encore. Il croyait encore confusément, comme un enfant, à la force des mots, et il ne sait pas comment vivre une vie d'homme privé de tout espoir dans le langage.

Mais pourquoi perdre espoir dans le langage ? S'il était plus fort, il parviendrait à vaincre la mort du langage. Il se sent coupable de ne pas comprendre les mystères de l'être, et il a envie de se tourner vers un Dieu absent et de lui dire que la tâche imposée aux hommes, par son absence précisément, est trop lourde.

Il sent ses jambes trembler et il sait que sans le secours de l'infirmière et de la brûlure du café dans le gobelet de carton qu'il tient dans ses mains, il pourrait s'évanouir.

Il tente de concentrer sa pensée sur les nervures de faux marbres du linoléum qui par plaques disjointes couvre le sol du couloir. Alors une idée délirante autant qu'irrépressible associe les motifs arborescents du sol à un devoir de sainteté qu'il ne peut pas exprimer mieux dans sa puissance et son évidence que par les lignes infinies de plastique bleu. Il perd lui aussi la raison, mais s'il osait parler, il dirait à l'infirmière que les lignes bleues de ce faux marbre sont comme la musique exacte de son devoir de sainteté. Le sol plastifié, légèrement brillant, dont il sent l'odeur de détergent rassurante, lui dit qu'il n'a plus d'autre choix que la sainteté. La banalité de ce sol industriel est l'écriture cryptée de son destin.

Ils sont infiniment entremêlés, les fils peints, on y voit tant d'affluents, le dessin est si complexe, on en a pour toute une vie à lire chaque ligne enchevêtrée et liée à une autre et toutes ces nervures sont les veines de son devoir de sainteté. Il aimerait, à genoux, en suivre chaque méandre d'un doigt d'enfant, et au bout de cette carte du ciel, il trouverait la Cause, plus simple et plus accessible que dans aucun livre.

Un sursaut le fait échapper à sa contemplation. Est-il devenu fou ? Il sait qu'il est insensé de croire que dans les lignes du sol il y a l'alphabet d'un destin de sainteté, il rit de considérer le dallage de linoléum comme une échelle de Jacob d'où il verrait monter et descendre les anges, il rit et pourtant il y croit irrépressiblement. Il boit le café à petites gorgées et son regard exalté court dans les chemins du motif des dalles et sa pensée ne peut plus fuir une révélation toujours confirmée par les sinuosités du motif. Il ne peut pas se défaire de cette idée, les nervures du faux marbre sur le sol sont la carte de son chemin vers la sainteté, l'assurance que ce chemin existe, qu'il doit le suivre et qu'il le conduira vers ce qui n'a pas d'autre nom que Lumière.

Et ce qu'il déchiffre dans le sol bleu, c'est une sainteté accessible, qui ne demande pas de miracle ou de grâce surabondante, qui est simplement un choix, un choix dont on ne peut jamais plus se départir, comme de sauter du haut d'un pont dans un fleuve nocturne.

Et il est en train de faire ce choix avec un calme, une détermination, une légèreté qu'il n'a jamais soupçonnés en lui. La sainteté est un choix, c'est ce qu'il comprend, pas une prédestination surnaturelle. La sainteté n'a que faire de croire en Dieu, elle est au-delà de tous les marchandages de la foi, de tous les paris de la métaphysique, de toutes les exigences de la spiritualité. Il ne s'agit plus de mettre Dieu dans son cœur mais de se mettre dans le cœur de Dieu. Cela, il sait pouvoir l'accomplir. Ce qu'il ne comprend pas, c'est pourquoi ce café chaud, cette femme lasse, ce père défiguré, sont pour lui les conditions réunies de ce saut dans le don absolu de lui-même. Il est possible que Dieu ne *soit* pas de toute éternité, qu'il ne préexiste pas, qu'il ne soit pas non plus la Cause, mais qu'il vienne, advienne, survienne dans le vide d'une âme rendue à l'extrême pauvreté.

Il est possible que la virginité de ce vœu enfante Dieu, et que Dieu ne soit plus la proie des architectures théologiques, ni des pesanteurs de la religion, mais l'écoulement naturel de l'humilité d'un être. Il a la certitude que dans le lino-léum bleu du sol, les signes de sa vocation sont inscrits avec une perfection qui ne laisse aucun doute et dans un idio-lecte que lui seul peut comprendre. Et pourtant cette cer-titude lui semble absurde.

Il se redresse sur sa chaise, respire et considère un instant l'écœurante laideur de l'endroit où il est. La maladie de son père, non pas la maladie dont il meurt, mais la schizophré-nie qui a aliéné le feu de sa vie à lui, l'a contaminé. Il peut, avec une partie de son cerveau en flammes, diagnostiquer le réveil des symptômes schizophréniques hérités de son père, et de l'autre, croire avec ferveur aux signes qu'il déchiffre dans le sol et qui lui donnent enfin la clef de son destin.

Il sait qu'il vient d'être contaminé par la folie de son père, et que l'épouvantable jeu de mots, être/étron, a réveillé en lui la maladie, il meurt avec son père de la même mala-die. Il n'y a pas d'autre explication et il est parfaitement conscient et raisonnablement lucide sur sa perte totale de lucidité. La maladie de son père vient de réveiller en lui le monstre qui dormait et qu'il s'est toujours efforcé de gar-der immobile. Depuis plusieurs jours déjà, il sentait que le monstre allait revenir, et lui manger le visage. Il est en train de couler à pic et pourtant il ne peut pas ne pas croire à la perfection de l'oracle qu'il voit dans le sol. La superstition tout d'abord, les défis absurdes qu'il se lance pour conju-rer ou espérer l'avenir, et puis toute une série de rituels grotesques, frotter sa semelle, dire "27" quand une partie du corps le démange, pisser avec un œil fermé, et tout cela pour contenir un monstre, et le monstre vient de surgir et il est d'une beauté hallucinante, il a la beauté d'un ange.

Il regarde la femme en blouse blanche près de lui, et il lui dit, avec une grande tendresse :

— Vous pensez que je suis fou ? De la même folie que mon père ?

— Qu'est-ce qui vous fait dire ça ?

— Je me pose simplement la question.

— Je ne pense pas, non, dit l'infirmière.

Cette petite phrase prononcée avec un calme professionnel le sauve du désespoir. Non il n'est pas fou, c'est autre chose. Il croit véritablement que les marbrures du sol lui demandent de devenir un saint, mais il n'est pas fou.

Non, il n'est pas fou c'est autre chose, et il lui faut une force surhumaine pour le comprendre, il vit une expérience spirituelle. Ce que l'on appelle, faute de mieux, une expérience spirituelle.

La déchéance de son père, l'horreur qu'il en conçoit, est contrebalancée par un sentiment d'altitude rare ; la rencontre du désespoir a produit, par antidote, une connaissance qui dépasse tout ce qu'il a connu jusqu'alors. L'effroi de la perte du langage a permis une langue au-delà de tout langage. Ce ne sont pas les motifs du sol qui l'ont guidé vers une vérité des cimes, c'est cet état de connaissance, qui interprète l'objet le plus banal et le plus inerte comme une épiphanie. Cet état de connaissance supérieure pourrait utiliser tout autre motif, toute autre image, n'importe quelle image. Si ses yeux s'étaient portés vers les radiateurs électriques du mur d'en face, ou vers les lampes incrustées dans le faux plafond, ou vers la pile de gobelets en plastique de la fontaine d'eau minérale, le mur, les lampes, la fontaine auraient parlé autant que le linoléum du sol.

C'est l'être qui lui apparaît, au moment précis où son père en a perdu toute conscience. Et dans la fulgurance de cette apparition du plus simple, il atteint aussi la certitude qu'il ne pourra jamais oublier cet éblouissement, et qu'il en est le gardien. Être le gardien de l'être c'est cela que, naïvement, il a appelé pour lui-même la sainteté, mais dans ce devoir plus impérieux que le salut de son âme, le poète et le saint sont une seule et même personne ; voilà ce qui lui a fait croire à l'alphabet ineffable du linoléum bleu, il peut lire toute chose, il a atteint la connaissance suprême, inondée de feu et cernée de souffrance. Il a trouvé dans la mer des larmes l'île merveilleuse de la Vérité.

L'être est ce que nous voyons et ce que nous ne voyons pas, l'être est ce que nous voyons toujours et que nous ne voyons presque jamais, nous ne le voyons qu'au prix d'un sacrifice très grand, il faut abandonner sa douleur. Lucas regarde le sol et comprend son destin, devenir gardien de l'être, toutes ces choses confuses de son histoire, la mort de son ami et la déchéance de son père, s'ordonnent miraculeusement, il n'est pas fait pour le monde, il n'est pas fait pour être hors du monde non plus, il est fait pour être dans le monde et voyant le monde, ce qui l'exclut du monde, il doit être en sa chair la parole de l'Être, son recueillement, et peut-être sa source.

Il a la sensation que dans cette pureté, cette exactitude, cette attention, il ne se contente pas de voir l'être, mais de reconnaître sa fragilité, d'entendre son appel, de célébrer sa souffrance, comme on dit d'une lettre qu'elle est en souffrance. L'être est une lettre en souffrance, et il en est le destinataire. Mais plus encore, il est l'auteur de cette lettre, car il a conscience que ce que le monde lui demande, c'est de naître, de naître dans son regard, de naître par son regard. Et l'Être, fût-il inanimé comme les objets autour de lui, n'ayant plus trace même de la main de l'homme comme cette fontaine artificielle, ce plafond industriel, ce mur sans pierre, l'être lui apparaît chargé d'une présence qu'il ne peut exprimer autrement que comme la vulnérabilité de Dieu. Il a connu beaucoup de dieux dans sa vie, mais ce qu'il rencontre c'est un Dieu en souffrance, présent dans le plus infime (?) atome et qui n'est pas tant qu'il ne l'a pas reconnu. Lucas est dans la jouissance absolue, il est en train d'accoucher du monde et de Dieu. Non, il n'est pas fou, ni même saoul, ni délirant, il est au contraire dans la place la plus essentielle et la plus modeste, il ne sert plus à rien d'autre qu'à recueillir la présence de l'Être, à la relier à toutes les présences, pour faire naître en lui, secrètement, indicible et mystérieuse, la Présence. Son destin est clair comme une note de piano jouée par un enfant dans une maison vide. Il doit se faire voyant.

— Oh non, il recommence, a dit l'infirmière qui s'est précipitée dans la chambre du père. Laissez-moi faire, je sais comment faire. Et d'une main impériale, elle ordonne à Lucas de rester à sa place. Il mange ses excréments, c'est une pathologie très courante.

Lucas voit son père accroupi au pied du lit et dévorant la merde qu'il vient de déféquer, ses yeux sont presque révulsés dans une expression de plaisir intense, ou de souffrance, il a les deux mains dans la bouche et, voyant l'infirmière arriver, il a un regard de fureur, il fuit sous le lit, tenant dans sa main le butin abject d'un étron qu'il n'arrive pas à avaler d'une seule bouchée.

— Laissez-moi ! Il ne faut pas les perdre ! Il ne faut pas perdre les petits êtres !

Il crie d'une voix cassée et altérée par la bouche collante d'excréments.

Et si Lucas, du couloir, ne peut pas voir la scène, il entend la voix, tachée, ignominieusement, et cela suffit à le faire frissonner d'horreur.

Et maintenant, venant de sous le lit, il entend des sanglots et il voit l'infirmière penchée qui l'exhorte à lâcher prise. Il ne sait pas par quel miracle elle arrive à le convaincre. Après l'avoir assis sur le lit, elle lui lave sa bouche avec des serviettes, et Lucas voit aussi qu'elle a pour cela enfilé des gants chirurgicaux qui prouvent, horreur supplémentaire, qu'elle est habituée à ce travail. Deux aides-soignants sont venus à son appel et conduisent le père de Lucas vers les douches.

— Il se retient, il ne veut pas aller aux toilettes, il veut retenir ses excréments, il a peur, vous comprenez, il a peur de mourir de ça, de déféquer, il a peur que la vie s'échappe, il veut la retenir, explique l'infirmière.

Lucas aide les hommes à déshabiller son père, qui réagit à peine. Est-il rassuré d'avoir ingurgité l'élément de vie qu'il avait perdu ? Est-il épuisé de l'effort qu'il lui a fallu produire pour fuir sous le lit ? Est-il rassasié de violence et de désespoir ?

Le corps décharné est sous le jet d'eau puissant, sans aucune réaction. L'un des aides-soignants l'arrose d'un savon médical alcoolisé et le frictionne, il n'a toujours aucune réaction, puis, rincé toujours aussi vigoureusement, il grogne mais sans se débattre.

— Il peut être violent parfois. Il m'a mordu. Vous savez, les morsures, c'est ce qu'on craint le plus dans ce bâtiment, dit l'un des soignants.

Lucas essaie un instant de deviner ce qui s'oppose à ce plus. La puanteur ? Les crachats ? La pitié ? Et il suit le petit cortège des hommes qui ont rhabillé son père d'une blouse verte fermée dans le dos. Pendant ce temps, l'infirmière a changé la literie, jeté l'alèse et le drap dans un panier et préparé un sédatif. Quand il revient au lit, le père a presque le visage reposé et il pourrait sembler qu'il va parler comme autrefois, de sa voix d'acier, si sûre de sa légitimité, de cette légitimité sans égale que donne une vie marquée par la tragédie.

Lucas sera bientôt le dernier de cette tribu, tous morts de mort violente, et il se couche près de son père mourant, sa mère, son frère mort-né, son oncle, et tous ceux qui en déportation ont disparu dans la nuit de l'oubli et qui n'ont pas même laissé de tombe. Il pense qu'il est lui aussi destiné à cette extermination, et qu'elle n'aurait pas de fin si par malheur il devait enfanter un jour. Il pense que son ami aussi est mort de cette mort, que l'histoire dévorante a poussé son carnage dans l'ombre des inconscients, que l'épouvante du XXe siècle se propage toujours dans des ramifications invisibles qui produisent encore et encore la mort. La mort et l'anéantissement du sens, la mort et la négation des destins individuels, on continue de mourir encore et encore de la violence idéologique qui a défiguré le destin de l'Occident. Et face à ce constat, il sait exactement ce qu'il doit faire : prévenir la mort, se mettre hors de la mort, c'est-à-dire aggraver la conscience jusqu'à la sainteté.

Par la fenêtre de la chambre, Lucas voit les feuilles d'un érable perdu dans l'or du soir. Il pense au poème de Verlaine, *Le ciel est par-dessus le toit, si bleu si calme,* ce poème qui à lui seul dit l'essence de la poésie peut témoigner de ce qu'il a vécu il y a quelques instants, avec des matériaux moins nobles que l'arbre ou la cloche, il a pourtant connu la même épiphanie, et il pourrait comme Verlaine la conclure par *Qu'as-tu fait de ta jeunesse ?* Cette grâce a la netteté d'un devoir. Son père repose et murmure, Lucas résiste à la tentation d'écouter les mots, il devine que, quels que soient les mots, la parole perdue dans l'incohérence du langage ne dira jamais plus rien d'autre que l'impuissance, l'horreur, le dégoût. Il meurt comme il a vécu, dans une colère contre toutes les choses belles et dans la certitude que le sens n'existe pas, il aura pataugé dans l'ordure et la haine tout au long d'une vie sans lumière.

Mais Lucas pense que cela n'excuse pas sa brutalité, et il est incapable de lui pardonner. Il regarde la lumière du soir, il regarde le soleil de son nouveau devoir. Le mot même de destin a coulé avec le *Titanic*, non seulement la technique a détrôné la providence mais les hommes ont trouvé une chose plus grande que le destin collectif, et ils l'ont appelée la liberté individuelle. Les hommes n'ont plus de destin, ils ont trop à faire avec leur carrière, se dit Lucas, et il pense que pour lui, héritier de la souffrance, il y a un destin de souffrance.

Son père est debout derrière lui, il a retrouvé sa stature de géant, il mesure plus de deux mètres et il est armé d'une bouteille de verre.

— Va-t'en ! Va-t'en, je te casse la tête !

Il est si grand que Lucas disparaît totalement dans son ombre, le géant a les yeux pleins de sang, son bras qui tient la bouteille est celui d'un bourreau. Lucas évite le premier coup et la bouteille se casse contre le mur, mais la main tient maintenant une bouteille cassée qui déchire l'espace. Lucas s'éloigne de quelques pas et cherche la meilleure manière de maîtriser le vieillard qui a une force surnaturelle. Il se retourne et le père et le fils se font face dans un temps suspendu, on entend grésiller les néons de la chambre, et dans le couloir les chariots se sont tus, la terre s'est arrêtée de tourner, mais la main de l'ange n'intervient pas quand une deuxième fois le père se jette sur lui en criant Je te casse la tête ! Cette fois, au lieu d'éviter le coup, Lucas a saisi le poignet et la bouteille est tombée du poing, a ricoché sur son front et s'est écrasée sur le sol. Lucas tient fermement les deux poignets de son père et tente de le faire plier vers le lit, où il le maîtrisera plus facilement. Il veut éviter qu'il ne marche dans le verre cassé, et il l'oblige à une torsion du buste en lui tenant les mains derrière le dos. Pour se défendre, le père lui donne un coup de tête qui laisse Lucas aveugle une seconde. Pour éviter un deuxième coup de tête, il repousse le vieillard avec le plat de sa paume, le vieillard déséquilibré tombe en arrière et sa tête vient cogner le mur, il gémit assis sur le sol. Lucas l'aide à se relever et le couche, il vérifie que le choc n'a pas été trop grand, le sang qui coule vient de la blessure de son front à lui. Le regard de son père tourne sous les paupières closes puis s'interrompt, le démon est vaincu. Épuisé, Lucas s'assoit de longues minutes sur le bord du lit et regarde le corps immobile et inconscient. L'infirmière l'emmène pour nettoyer la plaie sur son front et lui mettre un pansement, ce n'est qu'une éraflure.

Lucas revient dans la chambre et veille encore son père de longues minutes, il ne voit pas qu'il est mort. Ce n'est qu'une demi-heure plus tard qu'il s'en rend compte et quand il demande à l'infirmière si c'est à cause de la chute, elle répond, Je ne sais pas, et part finir son service.

Lucas sort de l'hôpital étonné par son propre calme. Il ne sait plus quoi attendre. Après une légère pluie, la nuit sur Paris est transparente et toutes les lumières de la ville paradent dans l'or liquide.

LA MÉDAILLE

On l'a installé confortablement dans un des petits salons adjacents à la salle de réception, café dans vaisselle de Sèvres, auquel il n'a pas touché, fauteuil roulant devant la fenêtre, vue sur les terrasses de la Comédie-Française. Laurent Duverger va recevoir une distinction, comme on dit. Et comme le lui a précisé l'huissier, le ministre ne va pas tarder. Il ricane en regardant le ciel, il remâche ce qu'il dira au ministre quand, dans la petite pièce qui sert de coulisse, il aura le temps de lui parler de sa fondation. Il entend déjà la foule qui piétine sur le parquet ciré, ils n'ont pas arrosé le Tout-Paris d'invitations, juste les cinq cents personnes qui comptent et qui peuvent servir.

Duverger connaît son petit monde :

— La cour, la basse-cour, le poulailler secret, la soue à vache et à cochon, les médisants en bavoir, et les lèche-culs en costume qui vont jouer des coudes pour venir me murmurer une petite sucrerie, je les aime bien au fond, et j'ai veillé à ce que mes ennemis historiques ne soient pas oubliés, parfois j'ai plus de tendresse pour un vieil ennemi que pour un nouvel ami, il me rappelle le bon vieux temps. Le bon vieux temps de mes victoires, de mon alpiniste ascension, personne n'a fait ce que j'ai fait. Pourquoi ? Parce que je n'ai jamais eu peur de la guerre, parce que j'aime la guerre.

C'est Alistair qui, muni du document officiel, est allé acheter la médaille de grand-croix de la Légion d'honneur dans la boutique des arcades du Palais-Royal qui fait justement face au ministère de la Culture. Puisque, comme le dit le *Journal officiel*, Laurent Duverger est *élevé* au rang de grand-croix. Dans sa boîte de velours lie-de-vin, Alistair rapporte l'objet symbolique à son maître. Elle ne sera portée qu'une fois, le jour de la remise, puis la décorante ira avec d'autres dépouilles opimes, des prix, des palmes et des certificats, s'empoussiérer dans un tiroir où Duverger, exquise désinvolture, les remise avec des revues pornographiques des années 1960. Sa collection de vanités est complète et il lui vient parfois l'idée de jeter aussi pêle-mêle parmi ces fausses gloires et ces faux désirs une vieille brosse à dents et une chaussette sale, fausses reliques du faux bonheur d'une fausse jeunesse qu'il n'a jamais eue. Il regarde l'objet ostentatoire quoique républicain et la collection de petites rosettes qu'il agrafera à la boutonnière de ses costumes qu'une ancienne petite main de Saint Laurent lui taille spécialement sur mesure en tenant compte de sa scoliose.

— Ils vont me l'accrocher sur le cœur, c'est un peu étrange tu ne trouves pas ? Ce n'est pas mon cœur qui mérite d'être décoré. Oui, je sais, ne proteste pas, j'ai éparpillé presque toute ma fortune dans des œuvres de charité, des instituts de recherche, le mécénat d'œuvres éternelles, mais c'était de la politique mon chéri, pas du cœur. Quand j'ai offert à la Ville de Paris la rénovation du pont Marie et la coupole d'or des Invalides, ce n'était pas du cœur, c'était de l'arrogance. Je t'en supplie Alistair, ne dis pas "mais non, mais non" comme si je pêchais des compliments, *I'm not fucking fishing for compliments*, ta fausse admiration fait descendre mes défenses immunitaires, tandis que ta lucidité, si elle était bien ordonnée, me sauverait mieux que toute charité. Le cœur, non, je n'en ai pas, j'ai autre chose, je suis un prophète.

Oui, oui, je suis un prophète, seulement je ne prophétise pas les temps qui viennent, je prophétise ce qui est et sera toujours, j'affirme ce qui est et sera toujours, je suis un prophète de l'insoutenable désinvolture de la postérité, de l'hilarante cruauté des étés qui passent, je suis le prophète de ce qui meurt pour renaître, de ce qui part pour revenir toujours, je n'ai pas de cœur mais j'ai su vivre, j'ai étreint la rugueuse réalité et j'en ai fait un bois de rose délicat, je suis un falsificateur d'immanence, je suis la peau qui recouvre le sang et la merde de toute l'organisation politique, je suis nécessaire et implacable comme un vide-ordures, j'ai appris aux idéologues à chanter sur les refrains à la mode et aux vendeurs de modes à s'inspirer des révolutions avortées, j'ai confondu la mode, l'art et la politique en un grand bal masqué, j'ai été l'infâme artisan de la lucidité, j'ai fait s'agenouiller les métaphysiques devant l'autel de l'argent et l'idole du sexe et pour tout cela je mérite une médaille, une décorante pour *in extremis* avant mon dernier couac récompenser des années d'efforts au service du parisianisme et de la mondanité. On devrait venir me visiter autant que la tour Eiffel et me baiser les pieds, j'ai enchanté cette vieille ville qui avant moi n'était qu'une misérable bourgade, elle est redevenue l'empire de la mode et de l'élégance parce que je l'ai voulu et que, grand timonier de mon petit navire qui avance quelle que soit la mer, je l'ai fait dériver vers l'or illusoire du couchant, autrement dit la mort de l'Occident. L'Occident, tu vois ce que c'est, c'était une bibliothèque en feu et c'est devenu une grosse confiserie, l'Occident est le lot de consolation de l'humanité pour avoir échoué dans la grande aventure de la sainteté. Quand je fais de tels efforts de langue, tu pourrais rire un peu, mal élevé ! Ah ! Tu es protestant jusqu'au bout de la queue – circoncise d'ailleurs, signe de ton alliance avec le monde hygiéniste d'outre-Atlantique. Je pense que me mettre cette médaille sur le cœur, c'est cette vielle tarlouze de Francis qui le fera, ce serait une injure à ceux qui méritent vraiment qu'on récompense leur cœur, non ? Et il y en a, c'est bien le pire, les vieux cyniques comme moi, sont forcés de le reconnaître ; notre génie de l'indifférence a son équivalent inversé dans le cœur d'hommes et de femmes qui débordent du génie de l'amour. Je ne parle pas de toi, tu fais ton travail, tu me donnes de la morphine, tu me branles, tu m'écoutes, je n'en demande pas plus et je te paye bien mieux qu'une infirmière de première classe ou qu'un gigolo quatre étoiles.

Donc, accrochons-la cette médaille, sur ma tête qui a ruminé des stratégies de pouvoir, ou bien sur mon nez pour célébrer mon orgueil, ou bien sur ma bouche pour la faire taire une bonne fois, ou bien sur mon cul qui s'est posé dans tous les fauteuils de tous les conseils d'administration, ou bien sur mon index qui a désigné tant de nouvelles modes à suivre impérativement, ou bien sur mes pieds qui ont foulé tous ceux qui tombaient sous mes coups ou bien sur ma langue qui a répandu les rumeurs les plus effroyables, bien plus dangereuses parfois que les exactitudes, ou bien sur mes couilles qui ont contenu tant d'audace et d'arrogance que j'ai cru quelques fois être changé en taureau, ou bien sur mon dos qui a porté pendant des années le fardeau de la réussite et tiré tant et tant de charrettes à trois roues. Mais pas sur mon cœur ! Je suis un grand méchant, Paris l'a vite compris et cette ville aime les grands méchants et méprise les saints, parce que cette ville est faite principalement de médiocres, innombrables insectes inutiles qui tournent autour de sa lampe dans la nuit de l'Europe.

Enfin j'espère qu'en se penchant, car je serai sur mon fauteuil roulant, le gros Francis ne craquera pas son pantalon ! Et j'espère aussi que cette médaille, je me suis toujours méfié des médailles, ne cache pas une entourloupe, tu me

vois venir ? Je sens que notre ministre met moins d'énergie à clore le budget de ma fondation, la municipalité de
Clermont-Ferrand, ma chère ville natale, a commencé les
travaux et le ministère de la Culture semble moins sûr de
ses chiffres. Mais pendant que les pelleteuses viabilisent le
terrain, mes métastases gagnent aussi du terrain et je veux
couper le cordon d'une main qui ne tremble pas trop, qui
sait ce qu'il adviendrait de la fondation si je cassais ma pipe
avant que le bâtiment ne s'élève.

Il contemple quelques photos de l'épure et de la maquette
du bâtiment qu'il a apportées pour moucher le nez du
ministre. Il s'oublie, se perd dans la forme spiralée de l'architecture de verre.

— Elle a la forme d'un tourbillon, c'est bien ma vie, non ?
Un tourbillon, une énergie colossale, une vitesse effrénée,
et qui entraîne tout, emporte tout, donne son mouvement
à tout, alors qu'au centre il n'y a rien, alors que le centre
n'existe que par le mouvement de tout le reste, centripète,
serti, le vide fait croire qu'il est l'origine, mais le vide n'est pas
plus intelligent que le mouvement, au centre il n'y a rien, et
pourtant ça tourne, ah miracle de la mode, miracle de la vie !

Donc ce vieil hippopotame passif de Francis me décore,
peut-être pour me faire avaler sa pilule ? Les conditions
financières ne sont pas réunies, s'il ne s'était pas fait bouffer
ses budgets, s'il n'avait pas dit merci chaque fois qu'on lui
volait sa pâtée, nous n'en serions pas là ! Mais pour garder
son gros cul assis dans son fauteuil avec vue sur la Comédie-Française, il a avalé toutes les couleuvres et maintenant
il a les budgets de la kermesse de Draguignan !

J'aurais dû accepter le travail, ils m'ont proposé d'être
ministre, mais j'ai pensé que je pouvais le manipuler, le
manipuler ce n'est pas difficile, c'est l'inspirer qui est difficile, lui donner du muscle, je n'ai pas su faire. Je l'ai mis
dans la place et il m'a été aussi utile qu'un paquet de linge

sale ! Donc ce que je crains, c'est l'atermoiement, la force passive, on peut le piquer, le fouetter, le cogner, l'insulter, il ne bouge plus. Le ministère a dû renoncer à la moitié de ses grands travaux. À la poubelle le grand musée de la Méditerranée ! À la casse l'institut de l'Histoire du théâtre ! Aux chiottes le musée de l'Émigration ! Ce que je ne veux pas entendre c'est : dans la tombe la fondation Duverger ! Qu'elle crève avec lui et qu'on vende ses Pissaro, ses Sargent, ses Bouguereau, ses Marquet, son Velázquez et ses Redon... La bataille va être dure, mon petit Alistair, et la médaille, si c'est mon lot de consolation, je vais la lui faire avaler. Je n'ai pas vécu en vain, il y aura à ma mémoire un impressionnant musée dans ma ville natale et de jeunes collégiens viendront s'y ennuyer et regarder la nuque de leurs camarades avec des rêves de cataractes de sperme.

Quand le ministre de la Culture entre dans la petite pièce aux dorures Empire, il est accueilli d'un regard désapprobateur par le mandarin chafouin dans son fauteuil à roulettes.

— Mais qu'est-ce que c'est que ce pantalon moutarde ? Il faut apprendre à vous fagoter, Francis, vous n'êtes pas sous-préfet, et cette cravate trop large ? C'est bien pour manger la soupe, pas pour médailler Laurent Duverger ! Vous oubliez que je dirige entre autres le plus grand groupe de mode d'Europe, passez à la boutique on vous rhabillera. Qui est votre conseiller communication ? Virez-le !

— Mais je m'habille toujours chez Arnys, par fidélité, dit le ministre bredouillant.

— La fidélité à ses amis doit passer après la fidélité à ses idées, vous n'avez pas compris ça ? Arnys ! Vous n'êtes pas représentant en matériel chirurgical ! dit Duverger.

— Vous voulez lire mon discours ? demande le ministre.

— Pour quoi faire ? Corriger les fautes de syntaxe ? Je me fous de votre discours et de votre médaille, mettez-vous-la où je pense, si ça vous excite. Parlez-moi plutôt de la fondation, quand je pense que vous ne m'avez pas pris en ligne hier… dit Duverger avec un geste agacé de la main.

— Mais enfin Laurent, j'étais en Conseil des ministres… dit le malheureux Francis.

— La fondation ! Vous vous souvenez que je vais crever ? Et que vous allez sauter ? dit Duverger.

— Nous avons des difficultés avec Bercy, dit le ministre, très bas.

— Bercy n'est pas un État dans l'État, j'ai eu le président, vos services jouent aux petits chevaux pendant que mes métastases roulent en décapotable ! dit Duverger.

— Je fais mon possible, dit le ministre.

— Je ne pense pas. Je pense que vous profitez de l'avantage. Alors, si vous ne voulez pas que je vous crache à la gueule tout à l'heure devant le Tout-Paris, dites-moi ce que vous voulez. Et finissons-en, dit Duverger.

— Mais enfin, je vous assure, Laurent, que je suis à votre service, dit en s'inclinant le ministre.

— Vous me donnez la diarrhée, Francis, votre mollesse, vos costumes, votre voix efféminée, vous êtes un laxatif. Qu'est-ce que vous voulez, c'est simple et clair, vous répondez, et on affiche notre grand sourire pour aller voir la foule des courtisans, vous me décorez, on s'adore et je rentre chez moi me faire masser par Alistair en écoutant Monteverdi.

Duverger a parlé d'une voix jeune et claire, rajeunie et éclaircie, la méchanceté a toujours été son remède.

— Qui avez-vous en tête pour l'Opéra de Paris ? demande Francis Ferrand.

— Ah ! C'est ça ! C'était ça ! dit Duverger, triomphal. Ma cervelle gorgée de morphine n'a pas été capable de le comprendre ! Je suis l'ombre de moi-même. Bien sûr, l'opéra ! Vous êtes Touraine ou Sarazac ?

— Je suis Touraine, dit Ferrand.

— Alors, va, pour Touraine ! Pour ce que j'en ai à foutre, je n'ai rien promis non plus à Sarazac. Allez, Sarazac à la poubelle, vous le décorez des Arts et des Lettres, ça réjouit toujours les fils d'ouvrier. On peut finir cette ennuyeuse discussion ? Je veux que le vote des budgets soit sur l'agenda demain, c'est clair ?

— Mais bien sûr, Laurent, tout est clair, c'est toujours un plaisir de parler avec vous…

— Vous voyez ! Quand vous voulez, dit Duverger. Ah ! Vous avez des miettes sur votre col, cessez de grignoter entre les repas. Alistair, époussetez monsieur le ministre. Allons-y, la postérité n'attend pas. Vous savez, Francis, de toutes les marionnettes que j'ai pu manipuler vous êtes vraiment la plus gluante.

Et la porte s'ouvre. Alistair, au bord du fou rire, pousse son maître tandis qu'à sa droite, le ministre affiche un sourire figé, comme s'il venait de se faire dessus. À l'autre bout de la pièce, Jacqueline, appuyée sur le bras d'Aurélien, boit du petit-lait. Elle voit au sourire carnassier de son vieux camarade Duverger qu'il a dû humilier le ministre, et à dessein. Pour en savoir plus, et avant tout le monde, elle fait un petit signe à Alistair qui, après avoir calé le fauteuil roulant au pied de l'estrade, la rejoint.

— Dis-moi ce qu'il s'est passé dans la coulisse, bébé, fais pas ton Anglaise, je t'inviterai à Gstaad et je te trouverai un mari suisse et musclé, mais dis-moi, supplie Jacqueline.

— *Never explain, never complain*, dit Alistair, devise des jeunes filles victoriennes.

— Chéri, ne sois pas bête, tu es à Paris, les secrets sont faits pour circuler, dit Jacqueline avec une voix de petite fille.

Alistair jouit encore un peu de sa position et, par son silence, sous-entend que ce qui s'est passé derrière les lambris

Empire est de la plus haute importance pour la marche du monde.

— *You're such a bad ass !* dit Jacqueline dans un anglais *fluently bad*. Qu'est-ce que je peux te donner que Duverger ne te donnerait pas ? Ah ah je sais ! Je sais ce qu'il te faut, je sais comment te faire parler, je te servirai d'alibi quand tu auras besoin de t'éclipser, et je te prêterai ma chambre de bonne au troisième. *Fair enough ?*

— *Fair enough*, dit Alistair avant de lui raconter l'humiliation de Francis en cravate trop grande. Jacqueline pleure de rire et dit :

— Je crois que je vais faire pipi, continue.

Elle l'entraîne vers le couloir des toilettes tandis que le discours officiel commence. Aurélien les regarde de loin et caresse distraitement les tétons d'un bronze de Barbedienne, allégorie de l'industrie.

— C'est le ministre qui a la main maintenant, dit Alistair. Laurent appuiera celui qu'il veut, et c'est Touraine le favori. Il n'y a vraiment qu'à Paris qu'on se passionne pour des choses comme ça.

— Sarazac est enterré, alors ? demande Jacqueline.

— Oui, Francis a bien joué la partie, il sait que le temps n'est pas du côté de Laurent, donc Laurent soufflera le nom de Touraine à l'oreille du président.

Jacqueline se faufile dans la foule compacte pour rejoindre Aurélien qui bâille en écoutant le ministre.

— C'est non seulement un homme d'exception que je décore aujourd'hui mais aussi un très grand ami. Il est trop modeste pour endurer le bien que je dis de lui sans grimace, mais de mon côté, quelle joie d'honorer un homme que j'admire et aime et considère comme un homme de cœur autant que de tête. Il a su être fidèle à ses amis avec une constance que le danger n'effrayait pas, il a su être fidèle à ses idées, et les marchands d'éthique ne sont pas si nombreux pour se priver de les applaudir, il a su être fidèle à ses rêves et c'est bien ce qui lui vaut cette distinction, mon cher Laurent, je vous fais grand-croix de la Légion d'honneur.

Le lustre à pampilles tintinnabule au-dessus des hourras hypocrites, les rideaux verts frappés de la couronne impériale se soulèvent et la foule en délire acclame l'homme du jour d'autant plus bruyamment qu'elle le jalouse et le vomit en silence.

Aurélien regarde le banc de maquereaux suivre le courant et s'en émerveille, Jacqueline lui dit un peu trop fort que Sarazac est poussé dans les oubliettes et que le ministre a obtenu que Touraine soit le futur seigneur de l'art lyrique.

Elle a parlé assez fort pour que Louise Ducreux l'entende et le répète à Alexandre Martin, qui vient d'être nommé au Centre national de la musique, lequel l'a murmuré à Mireille Verdier qui l'a soufflé au neveu de Mme de La Roche qui l'a dit en riant à la soprano Patricia Petibon qui n'a pas résisté à la tentation de le confier à Jon Karlsberg qui l'a dit à l'ambassadeur auprès du Saint-Siège. En quelques minutes, le discours de Duverger à peine entamé, tout le monde sait que Touraine règne sur Paris, sauf Sarazac qui continue d'applaudir le grand-croix avec ferveur, persuadé qu'il est son meilleur soutien. Jacqueline conseille à Aurélien d'aller lui-même porter la nouvelle à Touraine qui se tient un peu à l'écart.

— C'est fait, Duverger vous soutient, dit sobrement le persifleur petit roux en lui piquant l'oreille de sa fine moustache.

Touraine a un sourire imperceptible et tire discrètement deux fois sur le pull d'Aurélien. Qui ajoute :

— Si vous voulez me jouir dans la bouche, on ne peut plus rien vous refuser, monseigneur.

Et Touraine retient un éclat de rire, il est en train de nager dans les étoiles et tutoie la Miséricorde.

— Merci mon cher Francis pour ces éloges, dit Duverger, que je mets sur le compte de votre tendresse fraternelle, mais pas de la vérité. Tout le monde sait bien que je n'ai vécu que par les œuvres des autres. Je suis un sublime parasite, utile peut-être dans l'écologie de la culture, comme certains oiseaux qui picorent à tous les banquets font ainsi des fientes fertiles. J'ai vécu de l'art des autres, voilà ma gloire, ma bien étrange gloire. J'ai d'abord dirigé une galerie et j'ai fait connaître Soulages et Mathieu, ils m'ont fait connaître aussi, puis une maison de couture puis deux puis trois, un peu plus tard, un groupe de presse, j'ai produit des films, des opéras, des fêtes et des scandales. J'ai été généreux sachant les effets magnifiques du bon retour d'image, et ma fortune, chaque fois que je l'ai risquée, m'a remercié au centuple. Prenez exemple sur moi, jeunes gens, les hommes de talent sont nombreux, mais ceux qui savent les reconnaître avant les autres sont rares, et l'œuvre de l'artiste est une récompense en soi, laissez la gloire à l'artiste et volez-lui la notoriété et les *royalties*, il sera trop heureux de trouver cet être gris et servile qui lui servira de piédestal. Récompensez le cadre plutôt que le tableau, sa vie est douloureuse ; acclamez la beauté du socle plutôt que la sculpture, il porte l'essence de l'art. Et quand, sur la fin de votre vie, contemplant un empire, vous vous direz, Je n'ai rien fait, rien, j'ai fait moins que le peintre du dimanche et le vaudevilliste oublié, il y aura toujours pour vous une foule d'admirateurs qui, se sachant incapables de faire ce que vous avez fait, vous couvriront des honneurs qu'ils refusent aux véritables artistes. L'artiste subira toujours les critiques, et l'artiste sera le jouet de la mode, quand le souteneur qui l'a prostitué tirera les bénéfices de sa gloire et misera déjà sur un talent plus novateur. Voilà ce que nous sommes, nous, les utiles, les très utiles, les secondes mains, les deuxièmes couteaux, les hommes de l'ombre, nous sommes les vainqueurs de la mondanité et les bouchons qui ferment la bouteille du temps. Mais ce n'est pas seulement pour cela que je suis hissé jusqu'à cette distinction décorative, c'est aussi parce que mon cancer est en train d'écrire à ma place le dernier chapitre de ma biographie. Il était temps mon cher Francis, qui sait ? Dans trois mois, dans six mois, vous auriez décoré un cadavre et la cérémonie aurait au moins permis au Tout-Paris de dire publiquement le mal qu'il pense de moi. J'aurai vraiment exploité toutes les transcendances : l'art, le pouvoir, la mort m'auront servi, ou bien je les ai servis, c'est à vous de voir, et je vous remercie de croire que j'ai été au service de quelque chose quand la vérité est que je me suis servi de tout et n'ai été au service que de moi-même. Sur cette note de lucidité, je vous invite à célébrer le seul dieu que j'adore et respecte, le seul qui m'ait entendu et répondu quand les temps étaient trop sévères : le Champagne !

L'auditoire qui n'a rien écouté est enchanté, le ministre prétexte un rendez-vous important pour écourter cette séance de torture, personne ne le regarde partir. Jacqueline s'est précipitée pour être en première ligne des congratulants. À l'oreille elle lui dit que son discours était *vraiment vache*, ce qui amuse Duverger qui n'avait pas entendu *vache* depuis un certain temps et apprécie que la sémantique de Jacqueline soit aussi datée que son tailleur et ses colliers fantaisie.

— Je vais laisser les Parisiens intriguer en mangeant des pains briochés au faux caviar et me faire enfiler à l'anglaise, dit Duverger en désignant Alistair, toujours très agacé qu'on rappelle qu'il est anglais.

Mais avant de disparaître derrière la porte aux boiseries d'or qui cache l'ascenseur de l'entresol, il se retourne sur la foule des solliciteurs venus pour caresser sa bosse.

— Regarde-les, ils ne savent pas ce qu'ils font. Ils s'entredévorent dans l'ombre. Alors qu'il suffirait d'une journée hors de Paris pour qu'ils voient que leur lutte n'a aucun sens. Mais tant qu'ils sont affairés à écraser la tête de leurs amis, à ourdir des complots, à colporter des médisances, je les tiens dans ma main. Je n'ai que le pouvoir qu'ils me donnent. Me voir diminué, mourant et exultant de cynisme confirme ma toute-puissance dans leurs pauvres petits cœurs assoiffés de réussite. C'est une grande ruche où l'on fait son miel avec le sang des autres. Je sais qu'il n'y a pas de pitié, c'est moi qui ai inventé le jeu. Regarde Sarazac, comme il a l'air arrogant dans son costume bleu sombre, au moins il sait s'habiller, mais il croit que sa cravate noire sur sa chemise lilas va le préserver de la chute. Il ne sait pas qu'il est déjà liquidé, tu devrais, par cruauté, essayer de le coincer dans une impasse avec son adversaire, je te jure que cela vaudra son pesant de cacahuètes – et tu me raconteras quand la morphine ne fera plus d'effet.

— Mon chéri, pourquoi te fais-tu plus noir que tu ne l'es ? demande Jacqueline.

— Si je te le disais, je ne pourrais pas retenir mes larmes, dit Duverger.

— Tu as eu tout ce que tu désirais, comme tu l'as dit, tu n'étais ni beau ni talentueux ni bien né, et pourtant tu as eu tout ce que tu désirais. Comment comprendre ? demande Jacqueline.

— Je le voulais plus que les autres, c'est tout.

— Et aujourd'hui ?

— Pas la moindre petite lumière, retour à la case départ, le vide, le manque, l'imbécillité. Même l'art ne m'a pas consolé. Seulement, parfois, le matin d'une victoire, la bête cessait de me ronger le foie. Voilà comment je suis devenu méchant, je suis devenu méchant comme tous les chiens qui souffrent.

— Tu mens, Laurent, tu n'as pas toujours été comme ça, je me suis baignée avec toi dans des lacs très purs, dans des sources transparentes.

— C'est cruel de me le rappeler ma chérie, il n'y a plus guère que toi qui t'en souviennes, je pense que je vais te faire assassiner pour préserver ma légende.

— Comme ce serait amusant ! dit Jacqueline en sautillant.

— Comment as-tu fait pour garder cette joie de vivre ? Tu sais, je pense que c'est ça la philosophie, la joie de vivre. Ma chérie, tu es la philosophie en tailleur soleil.

— J'ai compris que, dans la vie, il n'y a pas de grande victoire, il n'y en a que des petites.

— Donne-moi un peu de ta joie de vivre avant que je crève.

— C'est promis, chéri, dit Jacqueline en soupirant.

Elle a le temps de glisser à Aurélien de la retrouver sur le balcon avec Touraine. L'ingénieux traquenard est organisé. En moins de deux, elle a attrapé Sarazac pour lui donner des nouvelles de leur affaire, et tous les quatre se retrouvent dans un espace où les deux ennemis ne peuvent pas échapper l'un à l'autre. Jacqueline fait mine de les présenter comme si elle ne connaissait pas leur histoire, et ils se saluent. Aurélien, très amusé par la scène, jette un peu d'huile sur le feu

— Depuis que j'ai pincé les fesses du ministre, il a l'air rajeuni vous ne trouvez pas ?

Ils ne répondent pas, ils se regardent et convoquent un ciel d'apocalypse au-dessus du Palais-Royal. Jacqueline, qui jouit profondément de ce silence de fin du monde, meuble avec allégresse :

— Duverger est parti, il était fatigué, son discours était farce, non ? Vous ne l'avez pas trouvé farce ? Quoi ! Ce n'était pas sérieux ! Il a une façon de se rabaisser pour se grandir, c'est magique ! Mais on n'apprend pas à la vieille guenon à faire des grimaces. Enfin moi, je ne suis qu'une vieille idiote. Tout de même, quand je vous dis que je suis une vieille idiote, l'un de vous trois pourrait avoir la politesse de dire quelque chose !

Et Aurélien comme formant avec elle un couple de duettistes rodés :

— Tu es l'intelligence incarnée qui se fait passer pour une cruche.

Mais les deux hommes qui se regardent n'écoutent pas les badinages et soudain rompant toute distance, Sarazac lance un seau de glaçons sur Touraine.

— Il paraît que tu brigues aussi l'Opéra de Paris ?

Jacqueline prend son fameux sourire figé et plante ses ongles peints en vermillon dans le poignet d'Aurélien, très heureux d'être au premier rang pour voir les lions dévorer les chrétiens.

— Non, je ne veux pas l'Opéra de Paris, dit Touraine.

L'autre est prêt à lui demander de tomber le masque quand Touraine ajoute :

— Ce que je veux, c'est te détruire. Et comme il ne te reste plus que ça, c'est ça que je vais te prendre.

— Il ne me reste plus que ça ? dit Sarazac, qui a reçu le coup de poing dans le ventre.

— Je connais ton désespoir comme ma poche, dit Touraine.

— Et m'anéantir est ton seul rêve, je connais ton désespoir comme le mien, dit Sarazac, qui alimente sa force d'une irrépressible douleur.

— Alors nous sommes deux désespérés et la guerre sera totale, et je vaincrai parce que j'ai toujours vaincu, et que tu n'es pas un adversaire très redoutable.

— Savoir que je me bats contre toi va me donner des forces.

— Oui, je suis ton miroir, le miroir de toutes tes démissions, de toutes tes lâchetés, de toutes tes terreurs. Oui, j'ai le pouvoir d'annuler en toi tout sens, d'éteindre ton ciel, de faire de toi une bête blessée, et je le ferai, dit Touraine, toujours aussi calmement.

— Ton besoin de vengeance est pathétique, tu crois que c'est de la force tu ne vois pas que tu es mort, et seul le ressentiment te fait croire que tu es en vie, tu es un canard étêté, dit Sarazac, un peu à court de splendeurs.

Sur cette dernière allégorie il tourne les talons et marche en lissant son costume comme s'il avait été sali par un crachat.

Dans son dos et suffisamment fort pour que tout le monde entende, Touraine le salue :

— Tu n'existes pas !

Et à son tour il quitte le ring, sous le regard faussement gêné de Jacqueline.

Aurélien, assez émerveillé par le sordide de la saynète, demande à Jacqueline de lui raconter toute l'histoire.

— Comment, tu ne sais pas !? Ils s'aimaient d'un amour sans nuage. Touraine, solaire et insolent, Sarazac comme son ombre, puissance froide, ils s'aimaient d'un amour fusionnel, ils avaient même adopté un guépard dans leur hôtel particulier de Bordeaux… On les admirait, on les craignait, on applaudissait les mises en scène de l'un et l'intelligence politique de l'autre, ils étaient les héros du monde lyrique. Et puis Touraine a été malade, personne ne le sait, mais il a vraiment frôlé la mort, un cancer fulgurant, et avec ça, le sida bien sûr, et les trithérapies qui ne fonctionnaient pas. Il a passé un an dans le couloir de la mort. Et Sarazac l'a lâché pour un petit étudiant, il l'a laissé sur son lit de mort, il l'a abandonné à la mort. Tu comprends pourquoi je défends Touraine plus que l'autre ? Il a survécu, et il revient des enfers avec une idée une seule, se venger de celui qui l'a abandonné.

Et Aurélien, qui s'étire comme un chat, dit avec un air d'indifférence radieuse :

— Quelle belle histoire, j'adore cette histoire !

— Il l'a abandonné sur son lit d'hôpital, et c'est lui qui l'avait contaminé dix ans plus tôt, dit Jacqueline qui semble très triste d'un coup : C'est moche, bébé, c'est moche.

— Qu'est ce qui est moche ? demande Aurélien, dont rien ne peut ternir l'humeur facétieuse.

— La mort, c'est moche, tu ne comprends pas, tu es un jeune homme romantique, toute cette cruauté t'exalte, et tu as le don de t'exclure de la souffrance pour regarder les morts et les vivants et les mourants qui se battent dans la désillusion, mais c'est moche, chéri, si on allait danser dans une boîte de nuit à la mode ? J'ai envie de voir l'effet de ton petit torse roux sur la piste de danse, que ta jeunesse éblouisse ce cimetière !!

Ils quittent le royaume des morts et, dans l'escalier, les talons de Jacqueline sonnent le glas. Elle accompagne leur scansion d'un *Tac ! Tac !* plein de raillerie et d'allégresse.

LE CARRÉ DES INDIGENTS

Pendant deux jours et deux nuits, Lucas a erré dans Paris, et vu des Sisyphes poussant chacun sa boule de crasse, et des Tantales devant les vitrines des grands magasins où s'agitent des vanités. Lucas est allé de café en café, il n'a pas dormi et s'est nourri exclusivement de ce breuvage qui coule dans les veines de Paris, amer, noir, court, idéal, et qui instantanément, petit hors-temps dans une tasse douteuse, rend la folie vivable. Il s'est mêlé aux foules, il s'est baigné dans le vaste océan, il a joui profondément d'être un anonyme parmi les anonymes. Quand la douleur montait trop haut, il essayait de sortir de son corps en se perdant dans la multitude des travailleurs. Alors il le regardait, ce corps de fourmi, comme du haut d'une fusée. Se perdre, se donner, se dissoudre, s'absenter, c'est cela qu'il cherche à faire, pour tenir ce vœu de sainteté qu'il a noué avec lui-même. Moins que la mort de son père, c'est ce qui s'est passé pour lui dans le couloir de l'hôpital qui l'empêche de fermer les yeux. Son destin lui est apparu d'un coup avec l'espoir de retrouver un jour la joie d'être au monde, et tout cela dans une sorte de théâtre morbide et dérisoire. Mais si la formulation qu'il pourrait en faire, qu'il devra en faire, reste maladroite, il sait sur quoi bâtir son avenir. C'est parfois comme une pierre sur laquelle il peut s'appuyer, rien de ce monde ne le tente, c'est parfois une lumière qui change la totalité des choses présentes, il est né pour voir l'invisible qui vient dans le visible.

Qu'est-ce que cela voudrait dire être un saint ? Totalement, absolument délié des gymnastiques morales, être un saint sans jamais prononcer le nom de Dieu, sans jamais servir de tableau noir à la géométrie scolaire des religions, être un saint athéologique, qu'est-ce que cela voudrait dire ? Cela voudrait dire être un homme parfait. Qu'est-ce que cela veut dire un homme parfait ? Cela veut dire un homme qui n'a plus de souci que d'exister et qui est si vide, si pur, si transparent, que toute chose – les êtres et les objets, mais aussi les rêves – vienne s'abreuver en lui. Et dans ce mystère orphique, les fauves viennent écouter de la musique et les misérables qui dorment dans la rue s'approprient les étoiles et la nuit. Qu'est-ce que cela veut dire être vide ? Qu'est-ce que cela veut dire être pur, et être transparent qu'est-ce que cela veut dire ? Être vide, il a toujours été vide, vide de toute ambition terrestre. Il n'a jamais rien voulu d'autre que la joie des enfants. Il pense à Aurélien, qui joue avec la vie, qui danse mystiquement sur les douleurs du monde, qui incendie l'instant avec ses cheveux roux et rit à la face des catastrophes. Il aimerait connaître encore cette joie insouciante, mais la connaître en conscience, l'avoir gagnée de haute lutte, la rendre à la lumière.

Chacun son règne, Aurélien va à travers Paris, salamandre, étincelle, paillette de feu envolée, et lui marche dans Paris, morceau de charbon, graphite, fusain, suie, écriture raturée, chacun à son ouvrage. Aurélien doit s'attacher aux choses pour les jeter dans le ciel, lui doit se détacher de tout pour que le ciel tombe sur la terre. Qu'est-ce que ça veut dire être vide ? C'est d'abord comprendre que nous sommes vides, qu'il n'y a rien, qu'il n'y a que la liberté de considérer ce vide, de le retourner, d'en faire un miroir, sans que personne n'en sache rien. Aurélien a compris que ce vide qui fait de nous ce que nous sommes et qui fait ce que nous ne sommes pas a la couleur d'un éclat de rire. Il rit, et on voit ses dents blanches parfaites et dégoulinantes du vin sacré, il rit, il danse, il chante.

Mais Lucas, s'il devait se figurer le vide, ce serait plutôt un puits profond, un de ces puits oubliés envahis de ronces, à la margelle haute, et il faudrait se pencher pour voir au plus bas, perdu dans l'ombre, tremblant dans la vase, cerclé de parois sales, un morceau d'azur. Cela est trop poétique encore, le vide qu'il ressent n'est pas le vide auquel il aspire. Il voudrait un vide qui soit comme la lettre O, n'est-ce pas la lettre votive ? Un vide qui permettrait de dire Ô présence ! Ô absence ! Un O qui serait le vase de la lumière. Pourtant, ce qu'il ressent n'est pas si poétique, c'est tellement concret, il sait matériellement que même s'il était Homère ou Léonard de Vinci, il ne serait rien, rien d'autre que l'acceptation de ce rien, et que l'art seul change les polarités du désespoir. Mais c'est toujours trop poétique ! Et il regarde devant lui un tabouret à la peinture craquelée, et il pense que ce tabouret, oublié dans un bar sous les lumières fluorescentes, ce tabouret n'existe pas plus que lui-même, il est une vibration d'atomes, rien de plus.

Il voudrait rejoindre le vertige de la physique quantique par le versant de l'émotion, ressentir dans toute sa chair sa non-existence et sa non-connaissance, et s'offrir à ce non-savoir, pour atteindre le vide parlant. Il sait que c'est possible, c'est plus simple que la poésie, cela ne demande rien d'autre que du courage, ou tout simplement, plus simplement, rien d'autre qu'un peu de fatalité. Le malheur est une voix du néant qu'il faut saisir au vol, qu'il faut retourner vers ce que l'on appelle, faute de mieux, le ciel. Désormais c'est ce ciel qui est sa créance, et le ciel est un vide que bleuit la conscience du vide.

Qu'est-ce que cela voudrait dire, être pur ? Et ne l'est-il pas, malgré lui, il n'y a qu'une chose sale, c'est l'envie, vouloir ce que l'on n'a pas, vouloir ce que l'autre a, et il déambule devant les vitrines extravagantes. Il rit de ces marchandises inutiles, mais ne pas être hypnotisé par ces faux trésors ne fait pas de lui un être pur, vivant de la pureté elle-même. L'envie est sale, parce qu'elle fait manquer le cœur de la cible, qui est un O vide, et purement joie du vide. Être pur, cela voudrait dire ne rien désirer que la lumière, ne pas céder aux tentations de remplacer la lumière par un objet, même un objet plein d'auratique présence, ne pas désirer une moto rouge qui file dans la nuit, ou un palais vénitien et ses fêtes, ni même un théâtre et ses triomphes, ne désirer que la lumière qui vient, sur la moto, le palais, le théâtre, comme elle vient sur le tabouret en face de lui.

Et pourtant quelle machine merveilleuse à faire sentir la joie de la lumière errante qu'une moto lancée à cent à l'heure sur la route et qui va au hasard ! Quel splendide reposoir, une fête sous les lustres, quel piège à lumière ! Et enfin un théâtre, ce n'est jamais que la matérialisation d'un besoin de lumière. Aurélien sait cela, on ne peut désirer la lumière sans un objet qui la révèle, et c'est en voulant tout étreindre qu'Aurélien rêve de ne plus étreindre que la vérité de la mort comme lumière. Mais Lucas a une autre manière d'attraper la lumière, c'est de faire silence, c'est de faire en lui une nuit de silence et de s'y tenir, résolument, souriant et libéré de toute envie.

Ne plus rien désirer que la lumière, c'est cela être pur, et il est pur, et si le nom de Lucas est étymologiquement celui d'une lumière enfuie, il veut faire de son nom une pureté, un miracle, un recueillement dans l'ombre, une leçon de ténèbres.

Qu'est-ce que cela voudrait dire, être transparent ? Être vide est un fait, être pur une fatalité, mais qu'est-ce que voudrait dire la transparence, plus rien qui ne s'oppose à la lumière, qu'est-ce que cela veut dire avec la vie et la chair d'un homme ?

Il entend la voix d'Aurélien qui dit, Pourquoi vouloir l'essence des choses quand on peut avoir les choses ? Et qu'est-ce que tu peux savoir de l'essence des choses sans les choses. Du sens de la vie ? Sans la vie ?

Et il le trouve superbe dans ses affirmations et dans cette danse qui ne doute pas. Il a sans doute raison, mais ce qui est vrai pour lui n'est pas vrai pour moi, se dit Lucas, parce qu'il n'y a rien sur cette terre que je considère comme une chose désirable en soi. Et si rien ne m'est désirable, ce n'est pas par dégoût, je crois que j'aime la vie, c'est parce que j'aime trop la vie que je ne désire rien en particulier. Être transparent, comme il l'a murmuré sans réfléchir dans le fond de son cœur, cela veut dire désirer la lumière sur les choses, non pas une essence ou une vérité introuvable, mais la lumière elle-même. Pour cela il faut se couper la tête, abolir le Je, ne plus exister, ne plus exister seulement que dans l'impatience de cette rencontre. Qui sait si, perdant toute volonté, toute identité, et toute langue, il rencontrera un être, une personne bienveillante, ou l'Être lui-même, personnel et impersonnel, un étranger, une part de lui, la part essentielle, le combustible ? Je n'*est* pas un autre, Je n'*est* pas, et toutes les gesticulations testiculaires essayent de nous priver de cette vérité, c'est quand Je suis là où Je ne suis pas que Je suis, et la sainteté, vide, pure et transparente, serait d'entrer dans cette non-existence comme on entre dans la mer en été, comme si c'était la seule chose à faire, comme s'il n'y avait rien d'autre à faire.

Il entre dans cette Méditerranée de tumulte intérieur, et il rit de tout ce qui en lui se révolte encore contre cette baignade décisive dans la mer des promesses. Il veut le paradis, il sait que chacun l'a en lui. L'inconscient n'est pas un trésor enfoui dans les profondeurs de l'oubli, l'inconscient est la totalité du monde, à la fois extérieur et intérieur, sans discontinuité. Nous devons non pas découvrir notre intériorité, chambre dans laquelle nous tournons notre littéraire ennui, mais l'extériorité, qui est ce qui est et contre quoi toutes les résistances sont vaines. Voilà ce que murmure la mort aux oreilles de Lucas, Tu es le monde, Tu es le monde, Offre-toi à cette totalité dont tu es déjà la fête sonore, Ne résiste pas, Vis absolument, Ne sois plus séparé de la totalité des choses créées, Ne t'exclus pas toi-même de la lumière, Laisse-lui toute la place, Sois dissous, anéanti, éperdu et tu entendras la cloche obstinée de la Joie.

C'est bien trop de poésie, se dit Lucas, il faut marcher encore dans la ville, il doit y avoir une chose plus simple, un chemin plus simple. Il pense que l'acteur qui entre dans la lumière le fait aussi au sens métaphorique, il devient transparent, il n'est plus que le désir d'une foule obscure, et sa jouissance n'est pas de ce monde. Il aimerait connaître cela, mais dégagé de tout désir de succès, et libéré même de toute notion d'art. Simplement entrer physiquement et spirituellement dans une lumière comme un moucheron dans un rayon de soleil, et s'évanouir, être dissous. Il voudrait seulement vivre là où l'acteur se perd, et pas seulement sur scène, il sait que les feux de la rampe éteints, il ne reste plus de ce saint d'occasion qu'une loque jalouse, une dérisoire marionnette qui cherche un restaurant pour dîner au chaud. Et pourtant l'acteur est un saint intérimaire qui touche un instant la source de la lumière en s'abrutissant de vérités qu'il ne comprend pas. C'est ce qu'a dit Aurélien.

Debout sur le trottoir de gauche du boulevard de Strasbourg, Lucas se gifle copieusement, tous ces mots ne servent à rien, la plus belle échelle conceptuelle ne sert à rien si personne n'y monte. Il pourrait écrire des livres et des livres, poèmes nébuleux ou très concis, sacs de gloses, tout cela ne sert à rien, à rien, à rien, répète Lucas et il se gifle encore et encore. Il lui semble que plus il cherche à circonscrire sa pensée, plus elle lui échappe, les mots qui la révèlent et la fondent sont aussi ceux qui la trahissent. Et qui, dans cette ville, pourrait lui faire la courte échelle ?

Il n'y a qu'Aurélien qui sans doute hurlerait de rire s'il l'entendait professer ses vœux d'exactitude. Il est prêt à suivre n'importe quel gourou, comme des milliers de jeunes gens dans la ville, mais qui ne sauraient pas en parler aussi bien que lui. Et son âme délicate, habituée au plus pur oxygène, ne se contentera pas de quelques exercices tantriques et de méditation végétarienne. Sa prière, même s'il n'ose pas l'appeler ainsi, est liée à la douleur et il a honte de cela.

Il est plus désespérément seul, et dans cette solitude la silhouette d'Aurélien, infatigable faune, est la seule qu'il puisse comparer à son désir d'absolu. Mais pourquoi ? Parce qu'Aurélien ne se dérobera jamais ? Parce qu'Aurélien l'a reconnu comme un fou de Dieu sans dieu, un orpailleur d'éternité au corps de soldat de plomb ?

Parfois il se rabaisse tant qu'il peut, fils de riche, bon à rien, qui cherche à justifier son existence dans de fumeuses expériences mystiques. Voilà comment il se décrira si Aurélien lui demande de se déshabiller séance tenante et de décliner ses lettres de noblesse. Mais il ne peut retenir en lui la voix qui lui dit qu'il est fait pour trouver au monde une lumière d'outre-monde et qui sait, peut-être, pour en témoigner ? Mais avant de témoigner, et c'est pour cela qu'il a voulu détruire son livre, il faudrait l'avoir, en vérité, connue, cette joie, cette lumière, cette expérience lumineuse de la Joie.

Il regarde les phares jaunes des voitures dans l'embouteillage sous la pluie, et les boutiquiers qui tirent avec une gaffe leur lourd rideau de fer sur des collections de costumes bon marché et de robes de mariée en acrylique frisé. Quoi de plus détestable que l'homme qui rêve d'un destin simple et besogneux quand il a dans son jeu de cartes les arcanes d'un grand combat spirituel ? Comment ne pas penser que se retirer du jeu de la vie est moins spirituel que d'y participer avec tous les échecs et les souffrances des gens simples. Il est incapable de vivre, voilà la vérité. Il s'attable dans un petit café turc sous une affiche graisseuse de Sainte-Sophie, cadre parfait pour sa croisade. Deux hommes dansent sur de la musique orientale et il les envie, il envie leurs larmes et il se sent cruellement insensible. Qui le regarde ? Personne. Et si on le regardait qui le verrait ? Personne ?

Maintenant que son père est mort il n'y a plus au-dessus de lui cette exigence contre laquelle il s'est si souvent révolté, cette créance paternelle diffractée dans toutes les choses du monde ne lui laisse plus aucune échappatoire. En tuant son père, il a accepté le destin que son père voulait pour lui, et son étrange amour d'une violence inouïe brille dans un ciel absolument indéchiffrable.

Il n'a plus d'autre maître que lui-même, et plus d'autre étoile que ce qu'il a ressenti dans le couloir de l'hôpital, et tout autour de lui le vortex de Paris tourne et dévore les destins. Il a tué son père comme les dieux tuent chez Homère, d'un simple geste, et il est resté longtemps à côté de son cadavre, inconscient de son crime. C'est ce qu'il se reproche le plus, il aurait pu le sauver dans ce temps qu'il a passé à moitié méditatif près de lui, tandis que le vieillard mourait. Mais rien ne lui prouve que c'est le coup qu'il a reçu qui l'a plongé dans la mort, c'était peut-être la fin de son temps, décidée depuis toujours par la Parque qui coupe le fil. Qu'en saura-t-il ? Sans doute rien et aucune expertise médicale ne lui enlèvera l'idée qu'une fois de plus il a tué l'être qu'il aimait. Il veut que cette certitude le rende prisonnier de ce projet d'être un saint inconnu et de ne plus résister à une joie qui est sa dernière chance, lui qu'aucun bonheur ne pourrait rassasier.

Autour de lui, les hommes qui dansent et ceux qui passent pressés sous la pluie, et le chauffeur de taxi qui klaxonne, et la jeune fille abritée sous le porche d'une maison sans lumière et qui essaye d'allumer une cigarette, ces inconnus et ces clandestins, ces passants, lui semblent tous avoir des mains plus solides que la sienne pour attraper les fragments de joie qui dérivent au hasard des jours. Et pourtant, s'il avait droit à une part de joie en ce monde ce serait nécessairement une part plus lumineuse que toutes, puisqu'il est prêt à lui sacrifier tous les petits bonheurs du quotidien. Il n'est pas fait pour vivre, il est fait pour espérer, il n'y a dans son cœur aucune exaltation, il y a seulement la tâche, le titanesque ouvrage de rouvrir le ciel. Et soudain il se rappelle qu'il doit enterrer son père.

Il est à l'hôpital pour régler les problèmes administratifs.

La jeune femme du secrétariat du service médicolégal lui demande quelles sont ses dispositions et Lucas répond d'une voix déterminée.

— Aucune.

— Vous avez pensé à la sépulture ?

— Oui, j'y ai pensé, dit Lucas, j'y ai beaucoup pensé. Je ne veux pas de sépulture. Et pour ses affaires, je vous demande de vous en charger, j'ai payé les frais de l'hôpital et je paierai pour tous les autres frais mais il n'y aura pas de sépulture.

La jeune femme ne semble pas exagérément surprise, elle joue avec un stylo à bille dont elle actionne le bout.

Derrière elle, des plantes vertes décorées de petits oiseaux en plastique se balancent dans l'ennui.

— Non, je ne veux aucune sépulture, la fosse commune, dit Lucas.

— La fosse commune n'existe plus, monsieur.

Lucas voit qu'elle a parfaitement compris son projet et il sent un léger dégoût tourner autour de ses lunettes en écaille.

— Cela vous gêne parce que nous sommes riches ou parce que c'est mon père ?

— Cela ne me gêne pas, cela me surprend, dit la jeune femme d'une voix qui ne fait entendre aucune surprise. La fosse commune n'existe plus, la municipalité couvre les frais de ceux qu'aucune famille ne réclame. Mais cela peut aussi être un choix testamentaire. Ce n'est pas le cas.

— Non, ce n'est pas le cas, mon père n'a laissé aucun testament, je suis son testament vivant, dit Lucas comme si c'était une plaisanterie irrésistible.

— Alors il s'agit du terrain commun, enfin de la division à caveaux du terrain commun… C'est ce que l'on appelait autrefois "le carré des indigents".

— Le carré des indigents, répète Lucas et il ne sait pas pourquoi contrairement au nom administratif de "division à caveaux", ce "carré des indigents" le rassure profondément. Le rassure non pas sur le sort des indigents mais sur le sien, le mot même d'indigent lui semble une sorte de reconnaissance aristocratique.

— Pourquoi ne plus dire cela ? demande Lucas.

— Quoi ? demande la jeune femme.

— Le carré des indigents.

— Il y a une dizaine d'années, l'administration a trouvé que c'était péjoratif.

— La pauvreté ? Péjoratif ? Je n'avais jamais pensé à ça, dit Lucas. Mais vous avez raison, dans le monde où nous vivons…

C'est donc une fosse commune qui n'est pas une fosse commune pour des indigents qui ne sont pas des indigents.

— Il y a des centaines de personnes qui meurent et que personne ne réclame, des sans-abris, des irréguliers. Ce ne sont pas des indigents, ce sont des êtres humains, c'est cela, je pense, qui était choquant, qu'on les considère uniquement comme ça, ne pas pouvoir payer leur tombe cela ne fait pas une identité.

— Vous avez raison. Mais cela veut dire que la municipalité prend en charge les frais d'une sépulture individuelle, c'est ça ?

— Oui, il y a ce que l'on appelle une semelle, mais pas une pierre tombale et bien sûr, ni nom ni dates. Il y a une cérémonie laïque.

— Une semelle ? C'est le mot ? demande Lucas.

— Oui c'est le mot, dit la jeune femme qui se lève pour allumer la lumière.

Son bureau peint en bleu apparaît dans toute son incomparable tristesse.

— Qui vient à la cérémonie laïque ? demande Lucas.

— Les services, et il y a une association qui escorte ceux qui sont morts loin de tout. Ils viennent, et ils sont la famille, nous sommes tous de la famille au fond.

— J'aurais aimé qu'il soit jeté dans un trou, sans aucune cérémonie, dit Lucas.

— Cela n'est plus possible, s'il n'y a pas de concession, il y a ce lieu, et au bout de cinq ans, les corps sont exhumés, incinérés et enterrés dans le jardin du souvenir, près de l'église.

— Le jardin du souvenir pour ceux qui ne laissent aucun souvenir, c'est plutôt le jardin de l'oubli, et est-ce que ce n'est pas préférable ? Le souvenir est toujours une illusion, le néant est une vérité plus fiable, dit Lucas comme si on ne l'écoutait pas.

Mais la jeune femme refuse de divaguer sur le peu de fiabilité de la postérité et le triomphe du néant, elle veut boucler le dossier.

— C'est à Thiais qu'il sera inhumé, c'est le plus proche pour ceux qui n'ont pas de concession. C'est votre choix, mais si vous changez d'avis vous avez cinq ans pour donner une sépulture à votre père.

— Je ne veux pas donner de sépulture à l'homme qui m'a servi de père. J'aimerais être comme la terre, une machine d'oubli.

Lucas pense à tout ce qu'il doit encore accomplir pour liquider l'ensemble de ses biens. Ce sera long et difficile, il voudrait être débarrassé de tout cela au plus vite, pour se consacrer enfin à l'essentiel, l'essentiel que personne ne comprendra, et c'est peu important, il n'y a personne. Il avancera comme il pourra, il suivra comme il pourra les intuitions, l'intuition majeure, il entrera dans la nuit comme on entre en religion. Mais il a encore une question.

— Est-ce qu'il y a eu une autopsie ?

— Non, quand les gens sont en soins palliatifs…

— On ne sait pas de quoi il est mort ? demande Lucas.

La jeune femme lui demande s'il veut parler à un des médecins.

— Non, ça ira, merci pour tout.

Il sort de l'hôpital à grandes foulées et il voit que l'érable jaune est devenu un arbre en hiver, quand le froid le prend, il lui souhaite du fond du cœur une bienvenue mystérieuse.

Il voudrait ne pas penser à la chute, au bruit de la tête de son père frappant le mur. Mais il sait qu'il devra y penser toujours, et que ce sera comme la porte d'acier d'une prison. Ce n'est pas seulement son père qu'il voudrait jeter dans un trou et recouvrir d'oubli, c'est lui-même et tout ce qui a fait sa vie. L'ivresse du néant le saisit comme seule jouissance possible, et comme parole prophétique.

S'il veut retrouver la joie d'être au monde, il a devant lui un long chemin de renoncement et d'abnégation. Pourtant parmi toutes les manières d'oublier, c'est la fête qui lui semble la plus noble, mais a-t-il du courage pour la fête ? Il pense à la splendide rousseur d'Aurélien, et il lui semble qu'il pourra lui demander une aide précieuse, et si Aurélien refuse de le conduire dans les labyrinthes qu'il réclame, il pourra toujours l'acheter, c'est rassurant de savoir qu'il y a des âmes que l'on peut acheter, que l'on ne paiera en quelque sorte d'aucun retour, d'aucun autre retour que l'argent qui n'a pas de valeur. L'argent est la valeur zéro du spirituel, faire échange d'amitié ou d'amour, il n'en est pas capable, il doit se consacrer aux méandres du sol bleu et à l'appel d'une chose à laquelle il ne comprend rien. Et par-dessus tout, il ne sait pas comment commencer, il a déjà commencé, mais comment retrouver ce commencement, comment recommencer ce commencement, comment commencer ce qui commence toujours ? Il n'a pas décidé d'être un saint, il est tombé dans l'exigence spirituelle, il n'a voulu ni la perfection, ni l'héroïsme, ni même la beauté, il n'a voulu que la paix et il doit, s'il veut retrouver la paix des indigents, suivre le chemin de la folie.

Il veut passer la nuit dehors avec des êtres plus démunis que lui, c'est la seule compagnie qui le rassure. Il a vu, dans le tunnel du pont au Change, des misérables autour d'un petit feu, il ne demandera pas leur compagnie, ni la chaleur de leur feu, ni qu'ils disent leur histoire.

Il veut seulement se faire croire qu'il est comme eux, un misérable dans la ville, sans ami et sans ressources, qui ferait d'un morceau de chocolat un paradis et de quoi oublier l'avenir. Il a pris à l'hôpital une couverture bleue et l'a cachée dans son sac, et dans un coin du tunnel, un coin d'ombre malodorant, il s'est calé un petit espace philosophique dans lequel il sent la fatigue des derniers jours se changer en une médiocre volupté. Il s'endort bercé par le fleuve et les voix qui résonnent sous la voûte, sa belle tête contre son sac, ses beaux poings fermés et crispés, sa belle bouche murmurant, Aidez-moi, Aidez-moi, à un Dieu qu'il sait absent.

LES CHRÉTIENS

"Nous avons juré de témoigner et de vivre pour le Christ roi contre les lois imposées par les homosexuels et les maçons, le moment est venu de proclamer une sainte colère contre toute la clique politique qui propage la subversion dans nos familles, subventionne le blasphème et le rejet du christianisme."

Devant le théâtre un carnaval d'imbéciles intégristes a dressé son campement bleu et blanc, les fervents traditionalistes font monter vers un ciel plein d'évidence de très belles antiennes remplies de rancœur et de haine. Les murailles de Jéricho ne sont tombées que par la prière, pleure la bande des intégristes sous les fenêtres.

Ayant appris par les soins d'une intrigante Jacqueline que l'on blasphème allégrement sur la scène d'un petit théâtre parisien, les boutefeux du Dieu-m'a-dit et les allumés de la calotte ont rejoint les monarchistes stigmatisés, les mères de famille en bleu marine, les gros bras du GUD, les néofascistes à peine masqués, les monarchistes au cul serré, les souverainistes boutonneux qui zozotent et les pseudo-intellectuels d'extrême droite, figures incontournables du guignol télévisuel.
Passent des banderoles avec le cœur de Marie, des porteurs de bougies éteintes, des défilés de croix en carton, et

des stigmatisés en loden rouge. Le tout est un cortège dérisoire mais très photogénique et dans un petit café accointant le théâtre, Jacqueline, enveloppée dans une écharpe mauve, boit du petit-lait dans son café serré.

Bric-à-brac idéologique, merveilleusement tissé dans la peur du présent, le déclin de l'Occident, la mort de la famille, la décadence des mœurs et le blasphème, entrecoupé de prières mielleuses pour le salut des égarés.

"Nous sommes les ouvriers du Christ et de la reconquête de la France.

Notre devise est Dieu Famille Patrie.

La France du terroir et des clochers, la France des patriotes, la France du pays réel."

Les catholiques intégristes citent la Bible à la manière qui les arrange, leur lecture à la lettre de la Loi mosaïque est en fait la reconduction de la morale bourgeoise la plus moisie, ils sont prêts à brûler les homosexuels mais mangent du jambon, ils croient que le cosmopolitisme est l'ennemi de la France catholique sans savoir que catholique veut dire universel, ils sont l'Inquisition en version parodique, ils font de Dieu le Très-Bas et ils rêvent que la vidange de leur pensée intestine soit une cathédrale de pureté.

"Les murailles de Jéricho ne sont tombées que par la prière, pleure la bande des intégristes sous les fenêtres. Face à cette décadence que nous vomissons, fiers d'être chrétiens, rejoins-nous pour résister, riposter, reconstruire !"

Personne n'aurait cru que cet hilarant concert de lieux communs intégristes, d'incompréhension de l'Évangile et de moralisme faisandé puisse se constituer en force politique. Mais leur façon de parler au nom du peuple a fini par convaincre un peuple qui ne sait plus très bien ce que Nation veut dire. Le chemin le plus court d'un point d'angoisse à un point de haine a été la peur de l'autre, de la destruction des clochers, de la perversion des dîners dominicaux, de la femme voilée et du grand remplacement civilisationnel. Le gigot à l'ail a servi de borne théologique et voilà nos catholiques proférant leur douleur d'être les victimes d'un complot ourdi par intellos et homosexuels. Quand on peut rajouter l'islam radical, l'Europe et les maçons, on est sûr de voir ces visages frigides s'épanouir dans l'orgasme d'une colère sainte. Le discours préconciliaire, relayé par les médias, a fait grossir la conspiration des imbéciles et alimente le fleuve de l'extrême droite d'un nouvel égout d'exécration. Ces catholiques à la papa ont converti le message du Christ qui dit "Quitte tout et suis-moi" en Travail Famille Patrie. Ils ne veulent pas voir qu'ils sont très exactement ce contre quoi le Christ s'est élevé en nous demandant d'aimer la Samaritaine.

Ils auraient pu trouver d'autres épouvantails pour rassembler leur troupeau bêlant mais c'est le bon vieux petit théâtre public, si accessible et si vulnérable qui est la cible de leurs crachats.

Leur haine de toutes différences s'est inscrite en lettres d'or dans le vide politique. Ce qui n'aurait été qu'un bouton de fièvre sur la lèvre vermeille de la République est devenu en quelques saisons, et parce qu'il faut bien que tout le monde s'exprime, surtout les crétins pleins de ressentiment, une véritable maladie à la mode. Certains commentateurs y trouvent même un discours de vérité. Il est vrai que ces bas de plafond ont l'air de croire à ce qu'ils disent quand ils demandent à la Vierge Marie de laver la France de cette culture de mort subventionnée par une gauche électoraliste. Ce n'est pas le capitalisme impitoyable, les dictatures financières ou le marché sans conscience qui leur font peur, c'est un spectacle dans un petit théâtre où, comble d'horreur, une femme brûle un crucifix.

— Eh bien, tu vois, ils célèbrent la force du théâtre ! dit Catherine en déshabillé chinois, qui les regarde par la fenêtre de sa loge. Les églises sont vides, le monde est un supermarché, la politique est morte, mais ce qui les fait réagir c'est qu'un Julien épouse un Sébastien et qu'une actrice sur le retour lance un morceau de bois croisé dans les flammes. Nous ne sommes donc pas tout à fait rien ! Ça me surprend ! Ah, tant qu'il y aura des trous du cul pour crier au scandale et au blasphème, nous aurons à manger.

— Pourtant, il y a tous les jours à la télévision mille fois pires blasphèmes, dit Iris.

— Oui, mais les chaînes sont inaccessibles et n'auraient pas de scrupule à leur envoyer les flics, dit Ulysse en brossant sa perruque.

— Vous pensez que je devrais appeler les flics ? demande le directeur du théâtre.

— Mais non, nigaud ! Ils font notre gloire, dit Catherine en se servant un whisky.

— Mais c'est la liberté d'expression qu'ils condamnent, dit le directeur drapé dans ses grandes idées.

— C'est surtout un aveu d'impuissance, dit Catherine qui lève son verre. Et puis taisez-vous, monsieur le directeur ! Ils ont transformé une pochade pseudo-philosophique en symbole, contentez-vous de faire votre caisse.

— Mais ils insultent les spectateurs ! Ils leur lancent des trognons de pomme, dit le directeur avec passion.

— C'est amusant, mais l'œuvre de notre petit faune méritait mieux que ce succès à l'envers. Je commence à croire qu'il a du talent, même s'il est très bête, dit Catherine en donnant une petite fessée à Aurélien. Tu devrais aller leur casser la gueule et te faire filmer le nez en sang, tu deviendrais une icône.

— Je suis une icône et mon nez est une œuvre d'art, dit Aurélien, superbe.

— Tous ces imbéciles encuraillés me donnent envie de faire pipi, dit Catherine.

Et joignant pompeusement le geste à la parole, elle ouvre son peignoir et exhibe ses fesses peu fraîches. Elle les tourne vers la fenêtre et les écrase contre la vitre.

— Qu'ils lèchent mon cul ! Sous-humanités, émasculés, frigides, coprophages !

En bas c'est à peine si les pénitents ceints de disciplines imaginaires regardent le visage écrasé des fesses de la grande artiste. Ils sont si passionnément en train d'idolâtrer leur rancœur qu'ils ne voient pas la face rubiconde du cul de l'actrice qui leur dit une vérité plus essentielle. Et ils n'entendent pas non plus les merveilleuses insultes à l'éloquence scatologique.

Devant cette indifférence et dans l'espoir émérite de les réveiller de leur torpeur évangélique, Catherine ouvre la fenêtre et de sa voix mâle, par-dessus les cantiques, elle profère d'obscures imprécations.

— Allez bouffer votre Dieu et le vomir hors de mon théâtre, bande de pisse-froid ! Laissez-moi crier l'absence de Dieu, c'est plus profond que vos prières pleines de chiasse ! Vous faites de Dieu un vide-ordures et vous y jetez votre médiocrité ! Les anges n'existent pas, mais votre connerie les fait pleurer ! Vous êtes les loufiats de tous les fascismes, vous aboyez avec tous les pouvoirs, et tout ça parce que vous êtes nés asexués. Vous croyez aimer Dieu parce que vous n'aimez personne ! Vous ressemblez à des morves au fond d'un drapeau, vous êtes des crachats au visage de la vie, vous êtes des pains mouillés dans des pissotières, des pantoufles sales, des chiens sans poils, des trous du cul furonculeux, des bites fromagées, des ulcères idéologiques, des mycoses théologiques, des vomissures ecclésiales, des salpingites pastorales, vous êtes des taches de crasse au fond d'une cuvette, vous êtes les égouts de la foi !

Finalement, levant un regard plein de dignité, une femme à chignon du même âge que l'imprécatrice lance d'une voix mal assurée :

— Nous prions pour la France et nous prions pour vous !

— Vous êtes incapables de prier ! crie Catherine. Vous n'avez aucune idée de ce qu'est la prière, la prière est une joie si profonde qu'elle annule le monde, la prière est l'acte le plus fondamental de l'homme. Vous lavez les chiottes des fascistes, c'est ça que vous appelez prière !

Mais déjà le dialogue est fini, et la théologie de l'actrice passionnée n'atteint pas les priants, ils ont commencé à réciter le Je vous salue Marie, toujours de la voix la plus monocorde, comme si l'ennui était de l'encens et la monotonie une suprême sacralité.

Aurélien a rejoint Jacqueline dans le café refuge où ils se délectent du conflit.

— Contraste saisissant d'une théologie proférée par une actrice athée mais qui réinvente, le cul à l'air, les audaces de sainte Thérèse et de dévots carbonisés de morale incapables d'accéder à la folie de l'amour, dit Aurélien à Jacqueline.

Bien à l'abri, il applaudit ce carnaval de médiocrité où Jésus, Jeanne d'Arc et le maréchal Pétain servent de marionnettes visqueuses à la grande guignolade des abjections.

Iris de son côté est plus inquiète, Serena lui a dit qu'elle comptait intervenir avec une légion de jeunes filles dépoitraillées. Les caméras qui se sont massées aux abords du théâtre dévorent les slogans réactionnaires et les faces de Carême brandissant des visages de Marie tandis que quelques gauchistes les insultent sans grande conviction, les traitant de moyenâgeux, ce qui ne les fait pas frémir.

Convaincus d'être sur un chemin de croix où les infidèles les conspuent et les regardent tomber sous les injures, ils vivent leur heure de martyre glorieux, et toute la cérémonie les autorise à se croire héroïques. Mais Serena apparaît, d'une beauté scandaleuse, debout sur une voiture, seins nus et talons hauts, encadrée de deux autres Grâces, les cheveux défaits, déhanchant leur jeunesse et exhibant leur corps programmatique. Sur l'une d'elles on peut lire, à la peinture rouge, "Je suis libre", sur l'autre "Faites l'amour" et sur Serena, sur ses seins durcis par le froid, la phrase emblématique de la modernité, ravivée par la beauté de sa peau parfaite : "Dieu est mort."

Les trois Grâces bougent d'une seule et même ondulation, et les trois phrases résument tout ce que la vérité de l'expérience sensible oppose aux rigueurs dogmatiques. La liberté, le désir et la mort.

Iris est partagée entre la crainte de la bagarre qui semble de plus en plus imminente et l'admiration pour la femme qu'elle aime, qui dans les rues grises de Paris lance avec son corps et sa jeunesse naïve des morceaux de soleil encore comestibles. Tant de beauté ne peut pas échapper aux censeurs, et déjà quelques curés en col blanc, la soutane comprimée sous un blouson, ainsi qu'un vigile rasé, essayent de faire descendre de leur piédestal les allégories de la liberté, de la luxure et de l'impiété qu'elles ont eu tant de mal à incarner.

Mais Serena, d'un coup de talon, fend l'arcade sourcilière du vigile qui, pissant le sang sur le trottoir, bafouille des insultes rebattues. Des femmes effarouchées dans leur vertu poussent des hommes un peu timides à chasser ces incubes qui gondolent le toit de la voiture dans un sabbat fort nécessaire. L'une des moralistes, sous un chapeau charlotte vert foncé, les regarde éberluée par leur beauté et leur audace, et n'a d'autre défense que de serrer un collier de perles sur son cou. Sa bouche ouverte dit assez bien que le monde dans lequel elle vit n'est pas le jardin des délices.

Un jeune homme, assez beau quoiqu'un peu rougeaud, la chemise à rayures toute gondolée, leur demande si elles n'ont pas honte. La question étant purement rhétorique : c'est sa propre honte devant la splendeur rebelle des créatures qui lui fait briller le menton de bave.

Quand deux caméras, lassées de filmer les bréviaires latins et les jupes plissées, s'avancent vers les trois révolutionnaires, la bagarre devient immédiatement une scène de cinéma burlesque. Le vigile a repris courage et a réussi à faire tomber une première beauté. Deux personnes sont intervenues pour les séparer, dont un homme en gris qui retient deux rosières par les poignets. Il s'interpose de toute la douceur de son visage glabre, entre les chimères peinturlurées et les gros bras de l'extrême droite.

Mais les forces tampons cèdent dans une magnifique mêlée, Serena est traînée par les pieds, prisonnière de deux jeunes hommes qui ont pourtant l'air de gendres idéaux. Ses deux comparses odalisques lancent des claques et des coups de talon au hasard dans une foule plus compacte, qui ne sait si elle doit lécher, palper, pardonner, mordre ou frapper. Déjà la police intervient, et au bout de quelques minutes de confusion chorégraphique, dans le même panier à salade, Serena se retrouve avec le vigile qu'elle a ensanglanté, l'homme gris perle qui la regarde en souriant et quelques jeunes gens de bonne famille hallucinés d'être ainsi traités par les forces de police qui devraient défendre l'ordre et l'honneur qu'ils croient incarner.

À l'intérieur du camion, le calme est recueilli et personne ne songe à débattre. Seule Serena, qui a perdu ses deux doublures, s'inquiète. Les deux filles ont réussi à se faufiler jusqu'au théâtre et, dans les bras d'Iris, pansent leurs blessures. Dispersée par des gaz lacrymogènes, la foule s'est réfugiée dans les cafés voisins pour boire des chocolats chauds.

Isolée, une femme invective la police qui a lancé des gaz sur des enfants, une ombre lui répond qu'il ne faut pas traîner les enfants dans les manifestations.

Une fois de plus, se dit Iris, les enfants sont l'alibi de toute la conformité bourgeoise, de toute l'hétéronormativité, le justificatif vivant de la droiture réactionnaire. L'enfant traîné, exhibé, brandi, sert toujours à la bourgeoisie pour condamner ce qui ne lui ressemble pas. Que des homosexuels puissent être parents est une blessure à leur construction identitaire. Si les enfants ne sont plus la monnaie avec laquelle ils payent leur identité, il ne leur reste plus qu'à constater le vide désolant de leur destin. L'enfant est, et reste, le meilleur garant de la reproductibilité sans fin du schéma bourgeois. La même vie que maman, et comme maman avant la même vie que grand-maman, et tout cela pour dorer éternellement le blason d'une existence sans transcendance ni danger, la plus éloignée possible de toute expérience véritable. C'est sans doute ce que disaient les seins nus des trois filles, Vivez, rencontrez la folie et la mort, le reste importe peu.

Dans le panier à salade, l'homme en gris parle d'une voix pleine de tristesse et de sourire.
— Dieu ne se trouve pas dans les dîners de famille ni dans la morosité des rites de la bourgeoisie. Comment peuvent-ils faire de la famille un synonyme de l'Évangile, quand le Christ a brisé les familles, et désuni tous les liens claniques. Il n'a pas lui-même fondé de famille. C'est la famille des hommes dans son entier qui est sa famille. Toute la hiérarchie qui veut que l'on préfère ses frères aux étrangers est une offense à la lumière. Jésus est un pourfendeur de famille, un destructeur de nation, il est ce qui brise tous les liens de la cellule familiale et il pourfend l'appartenance patriotique. Quel malentendu les défenseurs de la morale familiale portent-ils dans

leur cœur quand, croyant suivre le Christ, ils se contentent de suivre le maréchal Pétain. Jésus n'a pas attribué de nationalité à son prochain, il a aimé le Samaritain et la prostituée du même amour et peut-être même avec plus d'amour encore car son amour surabonde. Nous savons qu'il nous demande d'aimer et d'accomplir la loi, toutes les lois morales, non pas dans la rigidité mais dans la surabondance de l'amour.

Serena l'écoute parler, elle est perplexe, il lui a donné son blouson et comme elle a vu que ce n'était pas par pudibonderie mais parce qu'elle avait l'air d'avoir froid, elle a accepté. Elle écoute l'homme qui parle très calmement, plein d'une lumière très douce. Puis elle dit :

— Comment peut-on croire en Dieu ?

Et c'est une question qu'elle pose avec une sincérité cristalline.

— Qu'est-ce qui vous fait croire en l'amour ? demande l'homme en gris.

— Les êtres que j'aime, dit Serena.

— Voici votre réponse. Cela s'appelle l'incarnation. C'est l'incarnation qui permet de croire en Dieu. C'est la présence de l'amour dans la présence des êtres aimés.

— Donc, ce sont les hommes qui ont créé Dieu, dit Serena sur le ton de l'évidence.

— Ils ne le créent pas, mais ils le mettent au monde, dit l'homme très énigmatique.

— Alors Dieu peut être annulé par absence d'amour ? demande Serena.

— C'est de la bonne théologie, dit l'homme.

— Donc, il ne préexiste pas, dit Serena passionnée.

— Il ne préexiste pas, il n'existe pas, il est, dit l'homme. Il est, si je le fais être. Il est par moi avec moi et en moi.

— Nous pouvons aussi l'annuler alors ? demande Serena.

— Oui vous avez cette liberté. La liberté du chrétien, c'est cela : tuer Dieu.

— Si je dis Dieu est mort, je le tue.

— Dieu est mort, et ressuscité.

— Je n'y crois pas. Je crois que Dieu est mort.

— Je crois que Dieu est mort sur la croix, la différence c'est le lieu où vous le faites mourir.

— Je crois que Dieu est mort dans l'histoire.

— Jusque-là nous ne pouvons pas nous opposer, dit l'homme qui la regarde avec tendresse.

— Je crois que Dieu est mort et que c'est bien ainsi.

— Je crois que Dieu est mort pour moi et que c'est bien ainsi.

— Non, vous croyez que Dieu est mort à cause de vous, vous êtes coupable.

— Si j'étais parfaitement chrétien, je ne serais pas coupable.

— Mais vous ne l'êtes pas.

— Je ne suis pas sûr d'aimer.

— Moi, je suis certaine d'aimer.

— Qui ?

— Les exclus, les oubliés, les victimes…

— Alors vous possédez l'essentiel de la foi. Ce que l'on appelle le kérygme.

— Mais je ne crois pas en Dieu.

— Parler de Dieu c'est dégueulasse, parlons de l'homme.

— Oui, parlons de l'homme et de la femme.

— Parlons tant que vous voudrez de cette part qui en l'homme est fragile, ouverte, poreuse, trouée, souffrante, c'est là qu'est la fertilité.

— Vous ne voulez pas croire que je n'ai pas la foi.

— Rien ne ressemble plus à la foi pour moi que votre egagement.

— Et eux ? Elle désigne avec une moue les jeunes intégristes que ce dialogue indiffère.

— Ce ne sont pas des fous de Dieu, ce sont des fous. Dieu ne s'exprime pas par certitudes.

— Comment parle-t-il ?

— Nous sommes ses mots.

— Je ne veux pas être un mot de Dieu, je veux être libre.

— C'est en obéissant à l'amour que vous serez pleinement libre.

— Je veux que l'amour m'enseigne la désobéissance, plutôt.

Mais à ce moment Serena a l'air d'une enfant et elle s'en rend compte. Pour le cacher, elle rit avec superbe.

— Vous êtes curé ? demande Serena sans se priver d'une pointe d'agressivité.

— Je suis prêtre, dit l'homme. Je suis dominicain et je m'appelle Dominique.

— Je suis Serena, je suis transgenre et lesbienne.

— La vie religieuse fidèle, la morale, l'obéissance aux commandements, la pureté, tout cela ne sert à rien si vous n'avez pas l'amour, a dit saint Paul. Je crois que le Christ a désobéi toute sa vie au nom de l'amour.

— Alors pourquoi transformer l'amour en interdiction du corps.

— Je n'ai jamais lu ça dans l'Évangile, dit l'homme en ouvrant les mains.

— Fais pas ci, fais pas ça.

— Je n'ai jamais lu ça dans l'Évangile.

— Alors vous ne l'avez pas lu.

— J'essaie de lire l'Évangile en le vivant, mais je pense que vous vivez l'Évangile plus que moi.

— Je ne peux pas vous aider, vous appartenez à un monde mourant.

— Si j'appartiens à une Église mourante, qu'elle meure et qu'elle ressuscite dans ceux qui se battent pour les exclus.

— Il vous faut une autre vie, vous n'êtes pas heureux.

— Non, je ne suis pas heureux.

— Et il n'y a rien de sacré, rien de pur, rien de beau dans votre souffrance.

— Il n'y a dans la souffrance rien de pur, de beau ou de sacré.

— Allez vers le pur le beau et le sacré, pourquoi y renoncer ?

— Je n'y ai pas renoncé. Mais je n'ai pas votre force.

— Alors à quoi vous sert l'existence de Dieu ?

— Encore une fois, l'existence ou la non-existence de Dieu ne sont pas des questions théologiques. Dieu dépasse ce que nous connaissons de l'existence. Il y a une chose dont nous sommes certains, vous et moi.

— Quoi ?

— Une chose qui nous réunit absolument. Une chose qui fait que nous sommes humains.

— L'amour ?

— Contrairement à vous, je ne suis pas certain de l'existence de l'amour. Mais je suis certain de l'absence de Dieu. Et c'est ce qui fait que je suis plus proche de vous que de cette bande de crétins.

— Vous croyez que vous et moi nous nous retrouvons dans l'absence de Dieu ?

— Je veux que vous et moi nous puissions nous aimer à cause de l'absence de Dieu.

— Absent plutôt qu'inexistant…

— Pouvez-vous me rejoindre là où Dieu est absent ?

— Comment est-il absent pour vous ?

— Ça, c'est de la bonne théologie, ça c'est une bonne question ! Pour moi, dire que Dieu est absent est une manière, la dernière, d'envisager sa présence.

— Pour moi, dire qu'il est absent veut dire que je dois faire le boulot toute seule.

— Oui, c'est du boulot de retrouver le sens.

— Vous avez transformé le doute en absence, et vous attendez. Vous attendez, moi, j'agis.

— *Orat et laborat*. Le travail et la prière. J'attends, vous agissez. J'agis dans mon attente. Votre action est une attente active. Il y a la présence et l'absence et c'est tout ce que nous pouvons savoir. Être ou ne pas être c'est trop compliqué pour les humains. Il y a la présence et l'absence.

— Mais c'est la Présence que vous devriez désirer, pas l'absence.

— Qu'il soit présent, je ne peux pas l'exiger. Qu'il soit absent et pas mort, c'est mon boulot comme vous dites.

— Vous vivez votre vie dans l'absence de Dieu. Vous êtes Pénélope. J'aimerais que vous soyez heureux.

— Pourquoi dire cela ?

— Je ne sais pas, j'aimerais que vous soyez heureux, je vous souhaite le plus grand bonheur.

— Pour vous comme pour moi, la route sera longue.

LE DEMANDEUR D'ASILE

Il aurait voulu passer quarante jours au désert sans boire ni manger, mais après une semaine sous les ponts, enroulé dans sa couverture d'hôpital, buvant l'eau d'un petit robinet rouillé à l'autre bout du quai, Lucas s'avoue vaincu, il est un anachorète de pacotille, un mystique de contrebande, un ermite de papier mâché et il n'en peut plus d'attendre que les flammes de feu tombent sur sa tête.

Il a un coin à lui, séparé des autres sans-abris, qui vivent un peu en hauteur sur un remblai, dans des cartons et des tentes données par des associations. Visiblement, ils évitent d'installer un campement moins précaire pour ne pas attirer l'attention des pouvoirs et la descente de police. Plusieurs fois la nuit il y a eu des bruits de rafles, tout le monde s'est réuni et mis au garde-à-vous, mais c'était seulement des passages d'observation, et la police n'est même pas venue sur le quai.

Lucas se tient en contrebas, il a bricolé une cabane avec des cartons qu'il a recouverts de sacs en plastique, comme font les autres, il a trouvé tout le matériel dans une poubelle de recyclage un peu plus loin. Il fait ses besoins derrière les arbres et ne souffre pas trop du froid, la nuit il dort assez bien dans cette couverture qu'il a appris à nouer autour de lui comme un cocon. Et à l'intérieur du carton, il n'entend plus rien d'autre que le bourdon du fleuve qui grossit avec les pluies d'automne, parfois il pense qu'il n'a jamais été aussi bien. Parfois il s'enivre du ballottement originel et de l'écoulement d'un temps pur distillé par le vide. Il ne veut pas gêner ou insulter ceux qui, au-dessus de lui et à quelques mètres, sont là par nécessité. Il n'a rien mangé et la bouteille de plastique qu'il remplit au robinet lui suffit.

Il salue poliment les hommes qu'il croise le soir, mais dans la journée il est pratiquement seul, à part un vieil Africain qui ne parle pas français et qui reste à garder le campement. Le plus probable est que les hommes travaillent mais il ne veut pas leur demander quoi que ce soit, il veut seulement être accepté. L'un d'entre eux, jeune et timide, le visage fatigué, lui a apporté des morceaux de pain et les a déposés devant sa cabane, sans rien dire. Il est parti comme il est venu avec la discrétion de la grâce. C'est un pain industriel, tranché et mou, dans un emballage fermé par un élastique.

Lucas a été bouleversé par cette offrande, pure, gratuite, et sans obligation de palabres. Il n'espère plus retrouver ce qu'il a vécu à l'hôpital, cet instant où le sens de son existence lui est apparu si concret, à portée de main, il sait qu'il doit traverser le désert, il n'en a pas peur. Mais comment vivre ? Comment vivre en étant un peu plus humain ? Parfois, et il en a honte, il envie les misérables pour qui la survie seule est question. Et encore, qu'en sait-il ? Même s'il partageait leur vie, il ne saurait rien de ce qu'ils vivent. D'ailleurs, ils ne vivent rien en général, chacun vit sa vie en particulier, et chacun comme lui a parfois un éblouissement de sens, et cette ivresse s'envole parce qu'aucun mot ne peut la contenir. Toute vie est philosophique, les hommes qu'ils croisent et qui se battent toute la journée et rentrent dormir dans un carton, épuisés, humiliés, affamés, et pourtant prêts à recommencer, sont plus grands que la philosophie.

Après deux jours, le garçon qui lui a apporté du pain est revenu avec une boîte de haricots et du jambon sous vide. Il a ri en disant :

— On ne mange pas de jambon là-haut, mais toi tu en manges peut-être. On sait bien que tu n'es pas là par misère. On en a parlé hier, avec le chef, et on t'accepte. Si ce n'est pas la misère tu as tes raisons.

— Je suis coupable, dit Lucas.

— Tu sais, ça ne m'intéresse pas trop ton histoire, dit le garçon. Il y a des toilettes au-dessus, il faut une pièce d'un euro mais on a fait sauter la serrure, tu peux y aller, c'est mieux que de faire derrière les arbres. Si tu veux te laver nous avons un tuyau qu'on se prête, c'est encore possible, il ne fait pas très froid. Si tu veux te réchauffer avec nous, tu peux aussi.

— Je vous admire, dit Lucas.

— Ah oui c'est vrai, c'est admirable, admirable, tout ce que nous faisons est admirable. Quoi de plus admirable que de conserver sa dignité dans de telles conditions ! Je m'appelle Anys, dit le garçon en lui donnant sa main.

Il parle un français très élégant, presque littéraire, comme beaucoup d'Algériens qui ne sont pas arrivés depuis longtemps, son français est pur de tout argot et légèrement chantant mais sans accent.

— Je suis arrivé il y a quelques années, toujours pas régularisé. J'étais professeur et j'avais des lunettes, à un moment à Alger, avoir des lunettes était devenu très dangereux. Je suis parti et arrivé sans trop de difficulté en passant par l'Espagne, évidemment. C'est ici que les choses sont devenues plus dures, et je me suis retrouvé sans rien. Je suis dans la rue depuis cinq mois, avec les autres, comme les autres, mais je vais remonter la pente. Je peux te laisser seul si tu veux…

— Le monde est cruel, dit Lucas. Je suis bien ici avec vous, je suis mieux que nulle part ailleurs.

— Tu n'as pas de chez-toi ? demande Anys.

— Non, je n'ai pas d'endroit où aller, je ne sais pas vivre.

— C'est pourtant simple de vivre, il faut se tenir propre, c'est tout, dit Anys.

— C'est ce que je n'ai pas su faire, dit Lucas.

— Il faut te pardonner, tu es en deuil, tu n'es pas coupable, personne n'est coupable, nous sommes tous obligés de faire des saloperies à un moment ou à un autre, nous sommes prisonniers du destin, les riches volent les pauvres, les pauvres volent les plus pauvres, c'est la vie, c'est dégueulasse parfois. Tu n'as pas l'air d'un mauvais homme, tu es en deuil, c'est tout.

— Oui, je suis en deuil. Mon père est mort.

— Laisse faire la vie, c'est la vie qui veut ou qui refuse, nous, nous sommes des grains de sable. Tu sais ce qui me manque, ici ? La musique. Je voudrais écouter de la grande musique, je voudrais un petit transistor pour écouter de la grande musique, je suppose que je me ferais frapper par les autres.

— Je cherche quelque chose, quelque chose de parfait, en moi, dit Lucas comme si cela découlait naturellement du besoin de musique d'Anys.

— Pour nous, le dernier qualificatif de Dieu est silence, dit Anys.

— Oui c'est exactement ça que je cherche, et pour l'instant je dois rester ici et attendre, attendre un signe, dit Lucas.

— Je ne crois pas aux signes, je crois qu'il faut rester propre, c'est tout.

— Il paraît qu'il y a une loi morale en nous, comme il y a des étoiles dans le ciel.

— Oui, je le crois, oui. Il faut que je retourne voir les autres, je ne veux pas avoir l'air de les quitter, ils ont peur de toi.

— Peur de moi ?

— Oui, certains disent que tu es un policier, que tu nous observes.

— Je ne vous observe pas, je vous demande l'asile.

— Ah ah, ça c'est très amusant, je vais leur dire que tu es un demandeur d'asile. Et si ça ne les fait pas rire, je les bastonne, dit Anys en rigolant, une main devant la bouche.

Lucas sait que l'aventure spirituelle est faite d'une lente érosion, il s'agit de devenir la forme que le vent désire, et cela ne s'accomplit pas comme un plongeon dans la mer. Pour apprendre à vivre il doit prier de la manière la plus intense et la plus radicale, prier sans croire, prier sans ferveur, prier toujours. Devenir l'attente, incarner la soif, frapper encore et encore à la porte fermée. Il doit se dépouiller de tant de choses, et le plus difficile, il doit se dépouiller de sa douleur. Parfois, dans l'extravagance de cette aventure, il est pris d'un petit rire très rouge, et sa douleur lui semble la chose la plus dérisoire qu'il ait jamais étreinte.

Alors sans atteindre à une joie véritable, et certainement pas à une lumière qu'il pourrait donner à un autre, il entre dans un espace d'équanimité, qui est en lui seul une récompense. Mais cette délicate balance est chavirée par des souvenirs insupportables, ou pire encore, par des nostalgies pleines de larmes. Les deux premiers jours de sa vie errante il a beaucoup dormi, après la marche ininterrompue dans Paris, et au lieu de l'apaisement qu'il espérait, il a été attaqué par les démons de toutes ses culpabilités, et des cauchemars dans lesquels, les bras arrachés, il marchait dans des villes en feu. La douleur de dormir sur le pavé faisait venir à lui des fantasmes de démembrement, mais ses bras arrachés l'horrifiaient, il se réveillait tremblant et en sueur, et il déchirait le carton qui lui servait de coquillage.

Il dort enfin paisiblement, habitué à la précarité et à la douleur. Dans son petit igloo de cartons et de couvertures, un rat entre et lui mord le mollet. Il se lève, crie plusieurs fois de rage, et fond en larmes. Sa lâcheté lui fait horreur, il a tant d'orgueil que même un rat innocent peut mettre à mal son œuvre. Il regarde les clandestins sans abri, pelotonnés les uns contre les autres, et il a honte d'être ce qu'il est. Au moins, il peut se saisir de son dégoût de lui-même et abattre ce qui le sépare encore de sa résolution. Vivre comme un homme, atteindre ce que les livres disent mais ne donnent pas, créer une échelle pour monter vers le ciel, il doit le pouvoir, sinon, à quoi bon continuer.

Sa crasse lui est désagréable, et là aussi il a honte de ne pouvoir supporter plus. Alors, pour conjurer cette révolte de son corps, il se barbouille les cheveux et le visage avec de la boue qu'il ramasse de ses mains dans une flaque. Cette fois il se sent en deuil, et pas seulement de son père, mais aussi de lui-même et de toutes les choses charriées par le fleuve de sa vie. Il voudrait atteindre la structure même du temps, la tordre, la faire tournoyante, et non plus rectiligne, il voudrait que le temps devienne en lui-même une jouissance. Il sait qu'il doit pouvoir faire, avec du silence, des cartons sales, un corps qui souffre et la proximité d'une humanité misérable un paradis précaire, il en a la clef, il cherche la serrure, la porte, et s'il trouve le moyen de l'ouvrir, cette porte qui mène à une incommensurable joie, alors ce ne sera pas seulement pour lui, il pourra toucher une épaule et guérir le malheur, il sera omniscient. Il sait que tout cela est possible, mais il n'y arrive pas, dans cette humilité qu'il s'impose, ce n'est pas encore une humiliation, dans cette humilité, le jeûne, la pauvreté, le silence, il mendie, il mendie au Dieu absent des gouttes de joie.

Anys est près de lui ce matin.

— Je ne peux pas travailler, je suis malade, j'ai la fièvre. Il y a combien de jours que tu es là ? demande Anys.

— Je ne sais plus, dix-sept ? Dix-huit ?

— Tu vas rester combien de temps ?

— Le temps que quelque chose arrive. Tu sais, dans les monastères tibétains, le suppliant reste plusieurs jours à attendre qu'on lui ouvre la porte.

— Moi, je crois que tu t'y prends mal. Tu veux tout abandonner mais tu ne reconnais pas l'existence de Dieu, à quoi te sert de tout perdre, de renoncer à tout, si tu ne mets pas Dieu dans ton cœur ?

— C'est moi que je veux mettre au cœur de Dieu.

— Je crois que c'est trop violent, ce que tu fais. Tiens, c'est du pain aux raisins, on m'en a donné trois, mange un peu. Et j'ai du café aussi, il est chaud, dans ce thermos.

Lucas mange lentement, et il regarde Anys avec toute la tendresse dont il est capable, parce qu'un simple merci ne serait pas suffisant. Il doit lui dire merci avec le fleuve, avec la ville, l'air, le matin, il doit lui donner le monde en échange du morceau de pain. Ils boivent le café brûlant en se passant la bouteille thermos, Lucas essuie ses lèvres avec sa manche avant de boire au gobelet argent.

— Comme je suis malade, Barnabé, c'est un Malien, m'a rapporté du café, il travaille dans les entrepôts de Bercy, il aide à porter les palettes, et on lui donne des ronds comme ça, au noir.

Lucas s'amuse du mot *rond*, un peu démodé. Il reconnaît un argot littéraire, il pense que la langue, de l'autre côté de la Méditerranée, s'est arrêtée dans les années qui ont suivi l'Indépendance, et ce français, élégant et sans signe du temps, le rassure mystérieusement.

— J'aime le français que tu parles, il est toujours très beau, très académique, dit Lucas.

— J'aime cette langue, cette langue m'a sauvé la vie.

— J'ai entendu la radio cette nuit.

— Oui un garçon m'en a trouvé une, ce n'était pas très cher.

— Qu'est-ce que tu fais comme travail ?

— Je me prostitue.

Devant le silence de Lucas, Anys se sent obligé de sourire.

— Ça va, t'en fais pas pour moi. Ça va. Je fais comme je veux avec les types. On est quelques-uns à avoir fait cette expérience. Certains, surtout les Syriens, ont vécu des choses très dures. Moi je suis là, je vis au jour le jour, et j'ai connu un temps meilleur donc je sais que ça peut s'arranger. Et je nourris un gosse de riches avec du pain aux raisins, c'est pas beau ça ?

— Pourquoi tu dis que je m'y prends mal ? demande Lucas.

— L'amour du père, c'est ce qu'il y a d'abord, le reste vient en plus. Tu veux tout perdre, comme un moine, mais le moine ne veut pas tout perdre, il veut tout donner. Si tu n'as personne à qui donner ce que tu donnes, tu ne le donnes pas. Il te faut d'abord trouver l'amour du père, c'est aussi simple que ça.

Et Anys se tait un instant.

— C'est peut-être de cela que je ne suis pas capable. Aussi simple que ça, répond Lucas.

— Tu n'es pas l'humilité incarnée, Lucas, même avec tes cheveux pleins de boue, dit Anys en riant.

Pendant la nuit, un homme a voulu le voler, il lui a fait les poches pendant qu'il dormait et Lucas s'est réveillé avec une ombre au-dessus de lui, et l'ombre l'a frappé. Empêtré dans les cartons, il n'a pas pu se défendre et n'a pas vu son visage, l'homme a pris un sac plastique dans lequel Lucas avait mis une montre, un peu d'argent et des cachets d'aspirine, cette ridicule possession lui a été enlevée et a provoqué de la violence. En essayant de sortir des cartons, il a vu qu'il était blessé à la jambe. Il a pensé au combat avec l'ange, le grand tableau sous lequel il a rencontré Aurélien.

Il va claudiquer après son combat, la figure de l'homme qui veut rejoindre Dieu est celle du boiteux, pas du faune bondissant, ni du danseur. Étrange religion que celle qui aime les boiteux et les mendiants, il est si facile d'adorer les elfes dansants et l'or des parures royales.

Anys est venu chercher Lucas pour lui présenter les autres. Ils sont assis adossés à leurs tentes. Seul un vieux Malien, l'aîné du groupe, est resté couché. Ils parlent d'une voix très basse qui résonne sous la voûte, au centre il y a un petit réchaud à gaz et une casserole où des haricots gargouillent.

— L'hiver est là, on ne pourra pas rester. Ils vont nous déloger, ils ont peur qu'on crève, dit un homme muni d'une cuillère en bois.

— Ici, on est près de Bercy, si on nous emmène, on ne pourra plus travailler, dit un plus jeune à la voix claire.

C'est sans doute Barnabé.

— Moi, je ne travaille pas à Bercy, je viens d'arriver de Syrie, je connaissais Ahmed, on s'est retrouvés, je ne sais pas ce que j'attends.

— Tu peux rester ici, on a parlé, tu peux rester, dit le chef, un Africain au visage fermé.

Lucas pense qu'il fait ce qu'il peut pour avoir l'air d'un chef, ce sont les autres qui préfèrent qu'il y ait un chef. Lucas ne s'est jamais senti aussi timide, il a l'impression d'être accueilli dans le cercle des dieux, et que son destin dans cet aréopage a été pesé, et que par la voix du chef lui sera révélée une place dans les étoiles, et une œuvre qui ne le laissera plus seul. Il s'efforce de lire entre les paroles banales des signes horoscopiques, il est intimidé parce qu'il sait qu'il ne peut pas mentir.

Ahmed lui tend la casserole de haricots et lui dit, T'en veux ? Lucas dit non merci en ne sachant pas s'il l'offense, mais il n'y a pas de protocole, il mange quelques cuillères et passe la casserole à Anys, qui mange à son tour et apprécie, C'est chaud.

À ce moment, ils parlent arabe et Lucas voit qu'ils ne se comprennent pas très bien, l'Algérien, le Syrien et les autres, le panarabisme est un rêve échoué, se dit Lucas.

Le chef reprend la parole et dit :

— Tu resteras autant que tu veux, autant que tu pourras, je pense que les policiers vont revenir, ils ont fait des repérages. Nous ne savons pas où nous irons, toi tu sais où tu iras, tu retourneras chez toi, c'est tout.

— Je n'ai pas de chez-moi, pas vraiment, dit Lucas.

— Tu n'as pas de chez-toi, mais tu peux en bâtir un, dit Anys.

— Je me demande ce qu'il y a dans la tête des riches, dit Ahmed.

— Les riches veulent vaincre la mort, on est vraiment riche quand on commence à vouloir ça, vaincre la mort, dit Anys.

— C'est ce que tu veux, demande le chef en riant aux éclats, tu veux vaincre la mort ?

— Oui, Anys a raison, c'est ce que je veux, répond calmement Lucas.

Le chef rit de plus en plus fort et son rire va réveiller les rats, son rire file sur le fleuve, il est la vie, il vole au-dessus des vagues, au-dessus des immeubles et au-dessus du malheur, son rire est d'une beauté grave, c'est le rire d'un dieu, se dit Lucas, un rire qui commence et qui ne finit jamais, il va jusqu'au cœur du temps.

— Mais on ne peut pas vaincre la mort ! Ce n'est pas possible ! Et il rit encore et encore et tous rient…

Alors Lucas dit :

— C'est pour cela qu'il est plus difficile à un riche d'entrer au royaume des cieux qu'à un chameau de passer par le trou d'une aiguille.

La citation biblique les fait rire encore plus fort.

Ahmed dit simplement :

— Ils pourraient nous aider, ils ont tout pour nous aider, ils se lèvent le matin, ils disent bonjour à leur femme, à leurs enfants, et ils pourraient faire un petit geste de rien du tout et sauver des vies, mais au lieu de ça, ils veulent vaincre la mort ! C'est à mourir de rire !

Le chef interroge Lucas.

— Et comment font-ils, pour essayer de vaincre la mort ?

C'est Anys qui répond.

— Ils font des œuvres d'art, ils font des livres, ils roulent dans des voitures décapotables avec des jolies filles, ils s'habillent de manière extravagante, ils écoutent de la musique, ils sont très occupés.

Ahmed qui regarde Lucas avec des yeux embués boit au goulot une bouteille de vin, c'est une bouteille en plastique et il la tend à Lucas qui boit à son tour.

— T'es mignon toi, dit Ahmed avec un sourire cruel.

La nuit est calme, ni voleur, ni rat, ni police, peut-être à cause du jeûne et du vin, Lucas dort une vraie nuit et pour une fois il lui semble qu'il a atteint quelque chose, qu'il a gagné un petit quelque chose sur la fatalité. Mais il devra encore se battre avec l'ange, inlassablement, et l'ange aura tous les visages, et il devra se battre de plus en plus violemment parce que, ce que l'ange veut éprouver, c'est la faiblesse de Lucas, or si des cris de rage sont sortis de sa bouche quand il a été visité par ce rat, si l'humilité a été sincère quand il a bu avec l'aréopage des miséreux, si la haine qu'il a de lui-même est vraie, il lui manque un abandon, il lui manque les larmes d'un véritable abandon.

Au matin le campement est désert et Lucas reste toute la journée dans son carton et essaye de ne penser à rien.

Ce qui revient toujours et tourne dans sa tête, c'est le sourire d'Aurélien. Aurélien est pour lui une tentation, et il le découvre subitement au cœur de la journée, une tentation de bonheur. Parmi les monstres, les démons, les femmes dépoitraillées, les porcs à tête de chien, les succubes et les incubes de sa tentation de saint Antoine, il y a la désinvolture magnifique d'Aurélien, et le miel de ses regards, la tentation du bonheur. Aurélien célèbre le monde et c'est si beau à voir, avec ses éclats de rire coupants, ses danses désordonnées, c'est si beau à voir que cela donne envie d'être jeune et beau, de l'être au moins une fois, jeune, beau, insouciant, libre, cruel, d'essayer de l'être. Ah, Aurélien a trouvé sa voie, et son chemin dans le monde, et Lucas, lui, patauge dans une crasse dont le feu de la douleur ne le lave pas.

Anys vient le voir avec le soir, il a l'air inquiet, il lui dit que le chef a disparu et que, là-haut, ça discute beaucoup.
— Qu'est-ce que tu veux dire, ça discute ?
— Ils ont peur, je crois, ils ont peur de toi, ils ont peur de tout. Reste dans ton carton, dit Anys.

Mais une heure plus tard ce n'est pas Anys qui revient, c'est Ahmed et il a l'air furieux et saoul, il est armé d'un morceau de bois.
— Si tu veux rester ici il faut payer, crie Ahmed.
— Bien, dit Lucas, je payerai, je payerai.
— C'est cent euros, si tu veux rester ici, c'est cent euros, t'as compris ?
Il le menace avec le bâton, Lucas ne réagit pas. Il dit qu'il lui donnera l'argent demain. Et il pense immédiatement qu'il devra retrouver ses affaires sous le lit d'Aurélien, aller chercher de l'argent, mais il ne veut pas qu'il le voie si sale, non parce qu'il a honte de son état, mais parce qu'il devrait s'expliquer, parce qu'Aurélien adorerait son histoire ; la mort

du père et les jours sous les ponts. Aurélien en ferait inévitablement un poème et cela serait une souffrance pour Lucas.

Une nouvelle nuit vient et Lucas entend sur la plateforme des éclats de voix, et il sent que la communauté est agitée, il se dit que si Ahmed a pris le pouvoir, rien de bon ne peut arriver, et il est inquiet pour Anys. Il pense qu'il doit donner de l'argent à Anys, lui en donner assez pour qu'il se reconstruise, demain il ira retrouver ses affaires, et il passera à la banque pour Anys, pour lui donner de quoi vivre, revivre. Et s'il refuse, il l'obligera à prendre l'argent, l'idée d'Anys se prostituant lui est insoutenable. Il l'imagine cachant ses dents gâtées, s'interdisant de sourire pour cacher ses dents gâtées et se laissant prendre par des notaires qui jouissent de son humiliation plus que de son corps.

Il est révolté, il est furieux contre lui-même, depuis vingt jours qu'il est avec eux il n'a pas songé à l'argent, et il a utilisé l'amitié d'Anys. Il devra lui donner de l'argent et exiger qu'il parte, sinon il croira que c'est une sorte de protection qu'il veut acheter. Mais est-ce qu'il y a moyen de donner de l'argent sans acheter l'autre ? En tout cas, être sous les ordres et même les coups d'Ahmed ne lui fait pas peur, au contraire. Mais pourquoi n'a-t-il pas pensé à l'argent ? Comment a-t-il pu ne pas penser à l'argent ?

Dans la nuit, il entend encore des cris sur la plateforme, et quand il voit Ahmed revenir vers lui, il protège son visage, instinctivement. Ahmed est furieux et crie.

— On ne veut pas de ton argent, on n'en veut pas, de ton argent !

Il fait mine plusieurs fois de le frapper avec le morceau de bois et Lucas recule.

Comme il n'a pas bien compris, il dit qu'il aura l'argent demain mais Ahmed lui répète qu'il ne veut pas de l'argent.

— T'as rien à faire ici, c'est pas pour toi ici, tu dégages ou je te casse la tête !

— Où est Anys ? demande Lucas.

— Tu pars maintenant ! crie Ahmed.

Et toujours en le menaçant, il le fait reculer jusqu'aux escaliers de pierre du quai. Alors Lucas abandonne et monte les marches jusqu'à la route et le pont au-dessus, Ahmed ne bouge pas pendant un long moment et reste planté en haut des marches pour lui interdire le passage. Quelle faute a-t-il commise ? Il ne demandait rien, il ne demandait pas même la place d'un chien. Il comprend qu'Ahmed a jalousé l'amour naissant entre lui et Anys, et peut-être craint qu'il ne lui vole son pouvoir.

Il est sur le pont et il voit, en contrebas, la petite communauté qui s'éparpille et Ahmed qui parle en agitant les mains. Il ne voit pas Anys. Il pense qu'il les a offensés en jouant au sans-abri, qu'il a ridiculisé leur misère. Il voulait seulement ne plus être éloigné de cette misère, ne plus en être séparé, ne plus appartenir à un autre monde, ils l'ont pris pour un espion, pour un voyeur, pour un touriste. Mais c'est peut-être encore autre chose. Ahmed a peur, il est devenu le chef malgré lui, et il ne sait pas comment régner, il élimine celui qui pourrait être son rival, celui qui est proche d'Anys, qui a la force de l'éducation et de l'éloquence, il a peur du pouvoir de la parole. Lucas est pétrifié de tristesse et de désespoir, il a peur qu'ils ne le voient du bas du pont, mais il ne peut pas partir sans leur dire un long adieu muet, et les bénir de toute son impuissance.

Enfin il se détourne et regarde vers la Bastille où le génie commence à briller sur sa colonne, mais en s'éloignant, il entend des sirènes et il revient sur ses pas. Il voit les forces d'intervention, très nombreuses, qui descendent sur le quai et une flotte de cars de police rangés les uns derrière les autres. L'armée des hommes sans visage, avec leurs combinaisons bleu marine et leurs boucliers transparents, est sur le quai et s'empare des sans-abris, épuisés, endormis, maigres, ils se laissent porter. Quatre policiers pour un homme, ils les soulèvent de terre, les corps volent littéralement jusqu'au camion, l'inimaginable disproportion des forces fait des hommes en uniforme une sorte de puissance surnaturelle et, fatalistes, les misérables se laissent entraîner. Seul Ahmed, armé de son bâton, se tient droit et semble vouloir défendre la plateforme. Mais Lucas voit Anys emporté qui lui crie de se rendre, il crie en arabe et Lucas ne comprend pas, seul le mot de dignité émerge plusieurs fois à travers les cris, il est crié en français.

Anys a dit plusieurs fois qu'en cas de rafle seule la dignité comptait, mais il le disait toujours et pour tout, seule la dignité a de la valeur. Préserver sa dignité, c'est ce que Lucas voit, des hommes d'une immènse dignité, y compris Ahmed dans sa posture défensive, qui finalement jette le bâton et lève les mains au ciel. Mais sa façon de jeter son arme est d'une noblesse pure et quand il lève les mains au ciel ce n'est pas pour se rendre mais dans un geste de prière. Lucas veut les rejoindre, il a couru instinctivement jusqu'à eux, et il essaie d'approcher du groupe, mais les policiers l'en empêchent. Il tourne plusieurs fois autour des camions et finalement il peut voir Anys derrière les grilles. Par trois fois les policiers le repoussent, mais au moment de partir, la sécurité se relâche et il s'approche d'une fenêtre grillagée où Anys peut lui parler.

— Il n'y aura pas de reconduction aux frontières, ça coûte trop cher, ils vont nous disperser, ils vont nous jeter ici et là, à cinquante kilomètres, c'est les gens du quartier qui veulent ça, personne n'a de papiers ici, tous les passeports ont été déchirés, personne ne peut rien savoir sur personne, nous sommes une seule humanité.

Lucas reste seul et le jour se lève. Il n'a pas fallu plus de vingt minutes pour embarquer la quinzaine d'hommes sans défense dans des camions. Il ne sait pas où ils vont, mais il a vu dans le regard de certains policiers la conscience de la profonde inutilité de leur besogne. Lucas écoute tous les bruits de la machine parisienne qui repart, et il n'a pas d'autre choix que de retourner chez Aurélien, de lui demander asile. Mais pour faire quoi, ensuite ? Pour aller où ? Pour prier quel dieu ? Pour se révolter contre quelle puissance ?

Il est épuisé par ces nuits de veille à attendre quelque chose qui n'est pas venu, par ces jours de jeûne à se faire plus fort qu'il n'est, et par ces rencontres décousues dont il ne reste rien.

Il se reproche amèrement de ne pas leur avoir donné de l'argent, et d'avoir pris leur pauvreté comme décor de son beau drame intérieur. Quoi qu'il fasse, où qu'il aille, il est toujours ramené à sa faute, à sa faiblesse. Et si pour d'autres, un échec ou une erreur sont les étapes d'une vérité qui s'affirme, pour lui, il y a retour vers le vide, vers le froid polaire de sa culpabilité. Il ne se sent plus un homme, il se demande dans quel combat il pourrait faire apparaître encore cette dignité qu'il a entendu criée comme un mot magique contre les forces de l'injustice.

Il se demande comment faire pour vivre plus humainement, et il a envie d'abandonner le combat et de dériver absurdement jusqu'aux jouissances matérielles.

LA REINE

La dernière de *Pénélope* vient d'avoir lieu. Après la manifestation intégriste, devenu symbole de la liberté d'expression,
le spectacle a fait le plein et l'échec s'est transformé en succès d'estime. Maintenant le théâtre est plongé dans la nuit,
et c'est là que mystérieusement il dit toute sa puissance.
On voit à peine la salle, quelques vagues d'un rouge sale
abîmées dans l'ombre. De la régie tombe une pâle lumière
grise qui vient de la veille du jeu d'orgue à travers une vitre
trouble. Les sorties de secours n'éclairent qu'elles-mêmes,
d'un rayon vert détouré d'or. Et, les yeux grands ouverts sur
la nuit, Aurélien contemple ce calme, ce repos des choses et
cette intelligence muette des accessoires de son drame. Tout
lui semble non seulement d'une beauté solennelle mais aussi
chargé d'une connaissance innommable, il regarde le théâtre
éteint comme une peinture rupestre, indéchiffrable et parlante pourtant, les traces au sol sur le plateau noir, sur le bois
noir éraflé, et les chaises renversées, et le manteau d'Ulysse
froissé à l'avant-scène, tout cela devrait suffire à lui chanter
encore et encore la beauté de son œuvre, ou tout au moins
la beauté éternelle du théâtre, indépendante de la réussite
ou de l'échec. Même si son œuvre est bancale, atrophiée,
borgne ou sale, elle est par le fait même une incroyable victoire sur l'à-quoi-bon et le silence. Peut-être que sa *Pénélope*
est un échec, peut-être est-elle voilée d'échec, submergée de

ratures et de ratage, mais elle a été, et l'on ne peut pas faire qu'elle n'ait pas été. C'est en contemplant le plateau abandonné qu'il en voit toute la splendeur enfuie, car le théâtre n'est pas comme les autres œuvres d'art, par sa disparition, il s'ennoblit, par l'extrême difficulté de sa présence au monde, il remporte déjà la victoire et par sa mort le soir même, alors qu'il avait été si difficile à faire naître, il devient l'ultime sagesse. Le théâtre n'est pas de l'art, il est plus, l'art peut toujours devenir un butin de guerre, le théâtre est insolvable et libre. Si le mot d'art a recouvert la vertu du théâtre, c'est à cause de la toute-puissance de l'argent, nul ne pensait à l'appeler art, à le comparer aux objets d'art, quand seule la vérité métaphysique était l'horizon de l'art.

Aurélien est assis le dos contre le lointain, ce mur noir qui fait face à l'audience, il est assis au sol, bien calé dans sa tristesse et la volupté de l'échec. L'échec est pour lui seul, puisque déjà on murmure en ville que son spectacle est passionnant, nécessaire, imparfait, scandaleux. Il a déjà échappé à la question du jugement – bon ou mauvais, qui peut le dire et qu'importe ? L'objet est à la mode, l'objet est polémique, l'objet est controversé, mais l'échec est pour lui seul et dans l'ombre, dos au mur, regardant le champ de bataille de la scène que les régisseurs n'ont pas encore nettoyée, il se sent dans un délicieux paradis coupable.

Maintenant tout est beau ! Il suffisait d'éteindre la lumière et d'allumer cette petite lampe qui veille sur la scène et qu'on appelle une servante. L'ampoule nue sur son pied, bien au centre, éclaire également l'illusion de l'œuvre et l'enivrement de la création. Aurélien se dit qu'il est là où il doit être, il est devenu ce qu'il a toujours rêvé d'être, un homme de théâtre. Il a sa place dans ce combat perdu et il fait tourner sa lance vers les moulins à vent de la gloire et de l'accomplissement artistique. Tout est bien, se dit-il, et moi, douloureux, déçu, cassé, écœuré, c'est bien aussi. Parce que le théâtre dont il rêve, il le sait, n'aura peut-être jamais lieu, et s'il avait lieu selon lui, dans le recueillement de son impatience, il ne serait peut-être ni vu ni reçu, et le monde lui opposerait l'opacité de son ennui.

Alors d'entre les festons sang des fauteuils, émerge une tête hirsute précédée d'un rot puissant. C'est la reine Catherine qui, endormie entre les sièges, se réveille sans pouvoir dire où elle est, échouée entre les rangs K et L, à plat ventre, comme une morte. "Il y a quelqu'un ?" et on ne sait pas si elle désire ou non la présence d'un témoin.

— Je suis là, dit Aurélien d'une voix de spectre de *Hamlet*.

— Je crois que ta *Pénélope* restera un bide historique, dit difficultueusement la reine. Il faut dire que tu y as mis tout ce qui peut faire un bon bide. Un style grandiloquent et pompeux, une scénographie apocalyptique, un formalisme qui trahit le manque de confiance, une distribution médiocre, des lumières de train fantôme, une bande-son horripilante et, dans le programme, une pataphysique qui avoue que le propos est compliqué faute d'être profond. Par-dessus tout, qu'allait faire la grande Catherine dans cette galère ? Elle ne sait pas elle-même, exclue, chassée, conspuée, elle a trouvé asile chez un jeune naïf qui se prend pour Rimbaud mais ne renonce pas à Sacha Guitry. Oh, je suis peut-être un peu dure, mais voilà ce qu'on gagne quand on en demande plus au théâtre qu'il ne peut donner.

Aurélien acquiesce.

— Oui, j'en demande plus, j'en demande trop, je rêve qu'après une représentation certains spectateurs ne puissent plus continuer à vivre. Ne puissent plus retourner au bureau, dans leur foyer, qu'ils soient brisés, incapables, à cause du sublime, de retourner dans le quotidien.

— Et c'est pour ça que ce que tu écris est tellement ampoulé, tu crois qu'on fait descendre le soleil en se mettant sur la pointe des pieds… ? dit Catherine.

— J'essaye, au moins j'essaye, dit Aurélien.

— Mais moi aussi, j'ai essayé, dit la reine. J'ai essayé à moi seule de subvertir toute la société conservatrice et frileuse, de dénouer le songe bourgeois, d'opposer à l'ennui de la bourgeoisie une belle fureur, une envie d'absolu qui annule les travaux et les jours. Je ne respire qu'aux extrêmes. Regarde-moi : une épave, une éponge, vieillie prématurément, détruite, caricature vivante de ce que j'ai été, je fais rire, peur et honte, et tout ça pourquoi, pour avoir voulu quelque chose d'autre, quelque chose de plus. Je ne voulais pas être actrice, je voulais être révolutionnaire, je voulais les armes, je voulais le sang, mais j'étais une faible femme. Je me levais dans les assemblées gauchistes et je disais "Combien de morts acceptez-vous ?" On me virait à coups de pied, on ne voulait pas que je dise la vérité. La vérité c'est que ce monde est détestable et tout le monde s'en arrange. Ils ont eu ma peau, Ulysse n'est pas venu me sauver.

— Et pourtant je pense que l'on ne pouvait pas faire autrement, dit Aurélien.

— Comme tu dis cela ! On ne pouvait pas faire autrement, non, dit Catherine. Il nous fallait répondre à la désillusion par un excès de poème, il nous fallait barbouiller de merde et de sang l'élégance frelatée de l'art dramatique. Je voulais être incontestablement contestée, je voulais être huée, on m'a juste écartée, on m'a mise en cage, et quand parfois je sortais de ma cage, les antidépresseurs, les cures de désintoxication, quand je sortais de ma cage, c'était pour jouer Lucrèce Borgia et Gertrude et toutes les mères monstrueuses du répertoire pour un parterre qui préférera toujours la sobre élégance d'Isabelle Huppert ou la retenue distanciée de Delphine Seyrig. Et moi, le monstre, la folle, on m'enferme à double tour dans le mépris et le dégoût.

— Ce n'est pas vrai, dit calmement le jeune homme roux qui pleure dans l'ombre.

— Ils m'ont frappée, ils m'ont violée, ils m'ont craché dessus, dit la reine épuisée. Les hommes et les femmes, les femmes qui me jalousaient, j'étais belle, et les hommes qui voulaient me sauter, ce sont des porcs, tous, ils ne savent pas qu'ils sont mortels, ils ne savent pas que les étoiles les jugent. Et toi, mon chéri, tu auras du succès parce que tu es jeune, et il leur faut toujours de la jeunesse à dévorer, mais ensuite ils comprendront que tu veux incendier leur confort avec un mysticisme délirant et ils te casseront les dents. Et qui sait ? Peut-être que tu résisteras plus que moi.

— Je suis invulnérable, dit Aurélien.

— Oui, c'est ce que dit la jeunesse. Mais il faut tenir, il faut continuer, survivre, et moi je n'ai plus de force. Comment continuer, je ne peux pas continuer.

— Comme disait Beckett, *je ne peux pas continuer donc je vais continuer*, cite Aurélien.

— C'est ce que je me suis répété ces cent dernières années, dit la reine, tout ce qu'il reste c'est de continuer. Parce qu'il ne s'agit pas de jouer des paroles, mais d'incarner LA parole. Il ne s'agit pas d'être juste, naturelle, sincère ou que sais-je, mais d'incarner la parole d'un poète et, par lui, de changer la représentation de l'humain. Aujourd'hui l'image que l'Homme se donne de lui-même a considérablement régressé, l'image de l'Homme et donc son destin aussi sont formatés, ce sont des biens de consommation. L'actrice de télévision, naturelle et jolie, interprète – ce qu'elle appelle créer un personnage – un peu plus ceci et un peu moins cela, psychologique et complexe, avec des problèmes de femme et une dignité de femme, tout ça m'a toujours fait vomir. Je n'interprète pas un personnage, j'incarne la révolte ultime. Je ne joue pas un personnage, je joue la pièce. Je ne construis pas un personnage, je suis la parole. Et c'est pour ça qu'on veut me réduire au silence, qu'on m'a bâillonnée. L'actrice de télévision joue une femme qui a des problèmes et moi j'incarne des questions. Je joue des êtres qui font de leurs problèmes des questions. Voilà ce que je fais. J'apprends aux hommes de bonne volonté à faire de leurs problèmes personnels des questions éternelles. L'actrice de télévision est compatissante, elle est comme tout le monde, elle croit qu'elle joue le peuple mais elle joue la bourgeoisie qui a des problèmes de plomberie. La bourgeoisie qui a peur de dégringoler jusqu'à la vérité de la misère et de la mort. L'actrice de télévision montre des cosmétiques, vend des cosmétiques, et moi j'arrache tous les masques et je montre ma tête de mort qui rit. Je suis une reine et une concierge, une prolétaire ou une aristocrate, une mendiante ou une sainte mais pas une actrice de télévision qui sert de modèle à la petite-bourgeoisie de Lisieux.

La sainteté a été remplacée par la notoriété, et l'idéal par le consumérisme. Voilà la vérité, il n'y a plus d'Occident, il n'y a plus de héros. Il y en a mais on ne les voit pas, on n'en fait pas des images qui sauvent, et même la jeunesse est ennuyeuse. Alors il reste la reine Catherine qui montre sur la scène sa folie, qui montre que l'ivresse des sommets est la seule ivresse, qui montre qu'elle est détruite par son aspiration à l'idéal. Mais qui voit encore que je suis reine ?

— Moi, dit Aurélien.

— Oui peut-être toi, peut-être. Et qu'est-ce que tu espères ? demande la reine.

— Je crois que j'espère des soirées comme celles que nous avons vécues. Le public dubitatif, la bagarre dans les couloirs, le metteur en scène épuisé. Je ne souhaite rien d'autre. C'est cela que j'appelle une victoire, un absolu, une vérité, c'est cela l'Éthique, dit Aurélien.

— Toi, tu demandes au théâtre de restaurer la justice, d'être l'absolu, la vérité, l'Éthique, la transcendance, dit Catherine. Et bien sûr, en laissant Dieu en dehors du coup, sinon pas besoin de théâtre. Dieu est plus grand que le théâtre, et le théâtre est aussi incertain que Dieu ; qui nous prouve que le théâtre existe ? Il faudrait que le théâtre prouve l'existence du divin en laissant Dieu aux vestiaires. Ce n'est pas possible. Alors il faut le faire puisque c'est impossible, dit Catherine dessaoulée.

— Qu'est-ce qui est impossible ? demande Aurélien. L'impossible est impossible ? À moi, l'impossible me semble possible. Je te regarde sur la scène et je me dis que c'est possible.

— Non, moi je me contente de jouer, comme s'il y avait la vérité, l'absolu, la transcendance et le divin, je joue comme si ça existait, je joue avec l'absence de ça, je joue avec le manque, le désert et la mort comme si c'était pas vrai. Et l'absolu, la transcendance, la vérité, tout ce qui fait du bien, tout ce qui comble, pour moi c'est le jeu lui-même. Mais à l'intérieur, il y a la mort, la mort, rien que la mort, juste pas tout de suite, juste pas encore, mais certaine, le néant irréfutable, la défaite totale, à cause de la défaite, c'est pour cela qu'il faut jouer. Je ne crois pas qu'un acteur puisse être grand au sens où nous l'entendons toi et moi, sans le désespoir, le désespoir est sa patrie. Le jeu c'est tout ce qui reste. Tout n'est que jeu, le théâtre est un jeu, tout est un jeu, la mort aussi est un jeu, nous ne comprenons pas parce que nous sommes toujours perdants, il n'y a pas de gagnant, on peut juste jouer encore, encore un peu, pas pour longtemps, jouer encore, faire déborder encore un peu le jeu dans toutes les choses de la vie, c'est pour cela que l'acteur ne joue pas un personnage, il joue un personnage qui joue un personnage, il n'y a pas de psychologie, il n'y a que des masques, des rôles, des situations qui provoquent encore et encore du jeu, et dans le labyrinthe de miroirs où nous voulons nous perdre, il n'y a aucune sortie, aucun sens, il y a le jeu et la mort et c'est pareil, parce que le but suprême, c'est de jouer la mort en mourant.

Après un silence très long, Aurélien prend la parole, d'une voix grave.

— Hamlet dit "des mots, des mots, des mots" parce qu'il voit dans les livres toutes les questions et toutes les inquiétudes, mais pas l'Éthique qui est la réponse personnelle au silence de Dieu. C'est cela, il n'y a pas de réponse littéraire ou philosophique, il y a une réponse personnelle, incarnée, vécue, éprouvée. Nous savons que l'acteur, en entrant en scène, en prenant la parole, répond à cet au-delà des mots, à cet au-delà de l'énigme et apporte une réponse de joie dans le sacrifice de son art. Une réponse incarnée, sa chair en joie est une réponse, la joie dans sa chair est la réponse. Mais cette réponse est proclamée sous les lustres fragiles, pour un temps donné, elle est mortelle, et possible seulement par l'allégeance de la salle, par la permission de son silence assoiffé. L'acteur se tient droit avec à ses côtés un ange obscur et un ange lumineux, et il les regarde tour à tour avec la même soif d'absolu.

Catherine se traîne misérablement entre les sièges et agrippe le bras d'Aurélien.

— La liberté n'est pas un droit, elle est un devoir.

Et elle l'attire jusqu'à sa loge, un véritable chaos de valises ouvertes, de vêtements en boule, de bouteilles vides, de fleurs oubliées. Entre les produits de maquillage, sur le miroir, il y a une photo d'un jeune homme brun au regard perdu. Il porte certainement un costume de scène, on voit le col en dentelle d'un Molière ou d'un Shakespeare, les couleurs ont passé, et la peau du jeune homme semble jaune, si bien qu'on dirait bien plus un mannequin de cire qu'un être de chair. Elle pousse Aurélien jusqu'à la photographie qui est placée au centre du miroir, entourée de lampes et de fleurs, à la manière d'un autel.

— Il est comme un fantôme souriant, dit Catherine. D'autant plus discret qu'il connaît son pouvoir.

Elle le regarde non pas comme un fils mais comme un monde. Elle s'assoit et regarde l'image de son fils mort et sans aucune larme, elle hoche la tête à la manière d'un assentiment étrange, qu'elle seule peut comprendre. Elle dit oui à quelque chose d'infiniment mystérieux et qu'Aurélien pense être une promesse obscure.

— Être au monde comme n'y étant pas, dit Aurélien sachant qu'elle comprendra.

— Qui a dit cela ? demande Catherine.

— Saint Paul a dit *Soyez au monde comme n'y étant pas*, dit Aurélien.

— Il a raison, nous n'appartenons pas au monde.

— Nous appartenons à la Joie plus réelle que le monde.

— Et quand la Joie est morte ?

— Nous appartenons encore et toujours à la Joie. Quand la Joie est morte nous appartenons toujours à la Joie, répète Aurélien.

— Je crois comprendre, je crois comprendre hélas, dit Catherine. Il s'est tué. Il avait fait un testament d'empereur, il voulait être enterré dans son costume de Hamlet, avec *Les Illuminations* de Rimbaud et *Le Capital* de Marx. Et que *L'Internationale* soit chantée par ses amis, et pas de fleurs et cent autres demandes funéraires, un testament d'empereur. Je l'ai trouvé dans le salon, le crâne explosé, il avait acheté un revolver du XIXᵉ siècle. On a dit que c'est moi qui l'avais tué, on l'a dit, des gens ont dit ça. Je n'étais pas à proprement parler une mère, peut-on être mère et actrice ? Non, je ne pense pas. Une actrice c'est toujours une pute ou une sainte, ou les deux, mais pas une mère. Et son père ne l'a pas reconnu. Donc il y avait Hamlet et

Rimbaud. Je l'ai élevé comme j'ai pu, j'étais si jeune, je ne l'ai pas élevé du tout, mais le tuer ? Non, je ne crois pas que je l'aie tué. Je l'ai cogné oui, mais je ne l'ai pas tué. Il devait me reprocher des choses, il s'est revolvérisé le jour de mon anniversaire. Non, je ne pense pas l'avoir tué, je pense que c'est le monde qui l'a tué, le monde tel qu'il est, avec son manque de lumière, je pense que c'est Paris qui l'a tué, les faux espoirs, la médisance, les mouches, les cafards, la vermine, les Parisiens, ils l'ont tué. Les ricanements l'ont tué. L'impossible révolution l'a tué, le monde l'a tué, pas moi. C'est pour cela que j'ai déclaré la guerre au monde et que j'ai voulu mettre le feu au Théâtre de l'Odéon, et que j'ai frappé Giorgio Strehler avec une bouteille de whisky et qu'un soir je suis descendue dans le public pour gifler un spectateur qui mangeait des bonbons bruyamment. Oui, je ne suis pas quelqu'un de facile, mais je ne l'ai pas tué. Non, c'est lui qui m'a tuée. C'est lui, ce salaud, qui m'a tuée, j'étais déjà alcoolique et folle avant sa mort, sa mort m'a servi d'excuse, sa mort a été ma vérité. Et je suis au monde comme n'y étant pas. Alors la rédemption par le théâtre, mon petit agneau, j'y crois oui, j'y crois… et je n'y crois pas.

Elle arrache la photographie du miroir et la tient dans sa main, de l'autre elle prend le bâton de rouge et se fait une bouche gigantesque, carnassière, une immense bouche monstrueuse et elle montre ses dents au miroir. Et avec cette bouche monstrueuse elle parle encore.

— La liberté n'est pas un droit, elle est un devoir. Si on ne considère pas la liberté comme un devoir, on ne peut pas entrer en scène, car il n'y a qu'en scène, obéissant au poète, que nous soyons absolument libres, en état de grâce, libéré et en état de grâce et sans rien devoir à Dieu.

Pour entrer en scène comme on entre dans la grâce, il ne faut pas se contenter de jouer un rôle, il faut plonger dans le vide, se perdre tout à fait, abandonner sa dignité, traverser la folie, accepter sa mort, ne plus appartenir qu'à l'écoute de la foule qui espère dans l'ombre, ne plus appartenir qu'à l'attente de la communauté qui s'interroge dans les ténèbres. Il faut pêcher en eaux profondes, toujours plus loin et toujours plus profond, loin des règles et des dogmes, dans la grande mer des paradoxes, au large des discours, dans les tourbillons de la vérité vivante, dans la profondeur de l'absence de Dieu. J'ai tout donné pour le public, mais le public n'existe pas, je suis une reine sans peuple, exilée, déchue, sans pouvoir, je suis Pénélope, mais Ulysse ne reviendra pas.

Quand l'acteur entre en scène, ses pas pèsent des tonnes, il marche dans l'obscurité comme poussant des montagnes invisibles, il semble proche des gouffres, et il fonde la vie de l'acteur comme danger spirituel immanent, il invente une vie nouvelle faite de combat et de gloire, il rend possible encore ce combat spirituel dont, aujourd'hui, l'adversaire est l'ennui.

Quand nous ne savons plus ce qu'est la grâce, nous nous ennuyons.

Quand l'acteur entre en scène, on n'apprend pas à jouer la comédie on apprend à vivre, le son des mots dans son corps change notre destin, agrandit notre devenir, nous frappe d'une responsabilité sans bornes. L'aventure de la parole recommence et les vocables, encore comme des armes blanches, brillent dans la nuit fermée.

L'inquiétude de l'acteur est sa force, une force, qu'il doit tourner vers l'avenir et transformer en impatience. Il ne faut pas désespérer de la réponse, car la réponse vient au moment où l'on accepte de ne plus avoir de visage, de ne plus avoir de masque, de ne plus rien avoir que cette impatience.

C'est pourquoi on ne peut pas être mère, on porte la mort en soi et on présente la mort comme le maître absolu. Et pour cela, si nous réussissons, nous sommes admirés et haïs.

Elle se lève et va se coucher contre le mur, à même le sol, la tête dans l'angle. Elle ne dort pas, elle gémit et Aurélien n'a pas d'autre choix que de se retirer sur la pointe des pieds et de retourner au théâtre endormi. Là, il peut rêver à cet immense devoir de liberté qu'est la vie d'artiste. Et pour la première fois peut-être, sa vie lui apparaît absolument héroïque.

LA FÊTE

Aurélien, en pull marin, le sexe à l'air, ouvre la porte et voit Lucas, défiguré et maigre, miraculeusement sale. Derrière lui, Iris, en fourreau pailleté bleu sirène, montre son visage effaré et Serena, nue avec des bas rouges, relève la tête et éclate de rire.

— Oh là là ! T'es pas beau à voir !

Elle essaie des chaussures, les pieds en l'air, renversée sur le lit.

Il n'est pas beau à voir du tout, avec ses croûtes de sang séché dans les sourcils, son pantalon troué et auréolé de boue, ses cheveux graisseux, ses yeux rouges, ses ongles noirs. Lucas s'assoit sur le lit et il fait comprendre, en portant sa main à la bouche, qu'il a du mal à parler. Aurélien est en train de se maquiller, il colorie sa bouche hilare de rouge pailleté. Un magique accord les fait rire de la souffrance et de la crasse de Lucas, Profanez le malheur !, semble dire un metteur en scène facétieux. Mais c'est aussi le désir de Lucas qu'ils exaucent savamment, son désir de s'asseoir parmi eux dans un éclat de rire salubre et la préparation d'une fête délectable.

— On pensait que t'étais mort ! dit Iris. Tu as vu mon costume de sirène ? Je ne peux pas bouger, je suis prisonnière de ma beauté, je n'ai plus de jambes, je ne peux pas m'enfuir, je ne peux plus rien faire sauf aimer…

Et elle essaie plusieurs coiffures, debout sur le lit, tandis que Serena lui mordille les pieds.

— Tu sens vraiment mauvais, chéri, on va te javelliser, tu sors d'une poubelle ? D'un cimetière ? C'est terrifiant ce que tu pues ! Et tu es si maigre ! dit Serena.

Lucas les regarde avec douceur et dit pour toute explication que son père est mort.

Serena fait celle qui n'a pas entendu.

— Tu veux une tequila à la mangue ? propose Iris. C'est abject, j'adore ! Attends, je vais te faire ça, on a gagné un truc à presser les fruits avec un bon découpé dans une revue porno. Serena l'a renvoyé et on a gagné ce machin pour faire des jus, et on en boit de toutes sortes, on goûte à tous les fruits... y a plus de mangue, je vais te faire un cocktail kiwi/Xanax. Je mets un Xanax dans la centrifugeuse, un kiwi, du sucre et de la tequila.

Et joyeusement elle se signe avant de lancer dans la machine un fruit et des médicaments qui ne sont rien de ce qu'elle a annoncé, et elle boit une goulée de tequila avant de servir le cocktail verdâtre. Lucas refuse et, fortement vexée, elle retourne sur le lit où Serena a enfilé une robe cyclamen et tente de la faire tenir avec des fleurs en plastique piquées.

— Regarde mes lèvres couleur d'apocalypse qui te disent : Il est temps d'apprendre à vivre, dit Aurélien.

Serena fouille dans la pharmacie et trouve des boîtes qu'elle secoue comme des maracas.

— Un Lexomil menthe pour le jeune héritier ? Si ton vieux a passé l'arme à gauche, tu es héritier non ? Tu es blindé mon petit loup ? Ah ! Je sais ce qu'il te faut ! Un Prozac avec du sirop d'érable et du lait de coco, très doux...

— J'ai échoué, dit Lucas entre ses dents.

— Il dit qu'il a échoué, rapporte Aurélien qui enfile une petite jupe aussi pailletée et rouge que sa bouche d'oracle.

C'est Iris qui répond en s'enroulant dans un boa vert.

— Il a échoué ? Et alors ? Tout le monde a échoué ! Qui pourrait réussir ? Le monde, le temps, ne nous aident pas, nous sommes une génération perdue, il faut échouer, tomber, toucher le fond, se briser en mille morceaux et puis après… ramasser tous ces morceaux et en faire des bijoux. Tu sais où je me les mets moi, les plumes perdues dans les combats spirituels ?

Iris fait vrombir la machine à jus. Elle est éclaboussée de zeste d'orange et de lait, ce qui lui permet de se lécher les babines de manière ostentatoire.

Aurélien, maintenant habillé et perruqué comme un désinvolte travelo un soir d'équinoxe, a soudain envie de parler très sérieusement. Il aggrave sa voix et croise les bras.

— Depuis que tu es parti, il s'en est passé ! Une bande de cathos fachos nous a agressés, et nous sommes devenus les parangons de la liberté d'expression. Il y a eu de la bagarre, et Serena a été décorée de l'ordre du bleu sur les tibias. Dans le panier à salade, elle a noué des pactes mystiques avec un certain frère Dominique et achevé son rôle de *mater dolorosa* des transgenres. C'était farce ! Toute cette crétinerie chrétienne, très bonne publicité ! Ce n'est pas exactement la thématique de l'attente vaine de Pénélope qui passionne Paris, ni celle de l'espérance sans espoir, ni même la tentative de définir la littérature comme une religion sans Dieu, non. Ce n'est pas ça qui les passionne, mais on a rencontré du beau monde, on s'est battus pour la liberté de l'art, on a défendu la création, bref on a été courageux. Pourquoi faut-il que mon admirable poème serve de courage politique pas cher à la société protectrice des cultureux, va savoir ! En tout cas, nous sommes devenus des icônes, que veux-tu, le succès repose toujours sur un malentendu, et toi tu ne ressembles vraiment plus à rien, je crois que nous allons devoir te récurer mon mignon.

— J'ai échoué, répète Lucas.

— Tu voudrais pas m'aider à me raser, dit Serena qui a relevé sa robe et enlevé sa culotte. On s'en fiche de ton échec, il n'y a que des jouets cassés ici, rase-moi la touffe.

Lucas, comme un robot, se saisit du rasoir et, à quatre pattes sur le lit, inspecte le pubis couvert de mousse de Serena. Il s'exécute avec un soin extrême.

— J'ai échoué, j'ai voulu être plus grand que le désespoir, j'ai voulu avaler la mer !

Serena lui désigne le rasoir.

— Si tu dis ça encore une fois, je te casse la tête. Donne-lui ta boisson magique, il arrêtera de dire, J'ai échoué. Et rase bien ! Ne tremble pas. Tu vois que tu peux être utile, les anges attendront, ils ont l'éternité pour attendre, ils savent attendre, nous, nous sommes les impatients, et je veux avoir la minette propre et douce, mais toi qu'est-ce que tu pues !

— Je voudrais que vous m'appreniez à vivre, dit Lucas.

— On va commencer par te laver, te déguiser, te coiffer avec une raie, te maquiller les paupières de paillettes et puis nous irons danser, dit Aurélien qui se déshabille complètement.

— Il y a une soirée à thème au Folie's Pigalle, "Strass & Stress", on ne peut entrer que si on a des paillettes. On pourrait t'habiller avec une robe en lamé et un collier de lames de rasoir ? Ou une corde au cou et des bas à rayures ? Ou un boa noir avec un collier d'antidépresseurs ? Ou un gibus en strass, un tutu, et un masque de squelette ? On pourrait lui teindre les cheveux ! Mais qu'est-ce que tu es maigre ! dit Serena en se bouchant le nez, et elle parle avec une voix de canard.

Iris commence à le déshabiller et dit :

— Tu es riche alors ? Mon petit lapin, ça tombe bien, nous on est pauvres ! Tu devras subventionner la révolution !

— Quelle révolution ? demande Serena.

— La révolution absolue ! répond Serena qui fait les questions et les réponses.

— Qui fait la révolution ?

— Les femmes libres !

— Quand a lieu la révolution ?

— Dès ce soir et jusqu'à demain midi !

— Qui sera guillotiné ?

— La bourgeoisie qui collabore avec le patriarcat ! T'as vu ? Je fais les questions et les réponses !

— Mettez-le sous la douche il sent la mort !!! crie Aurélien comme si c'était une phrase sacramentelle.

Et, se saisissant du corps sacré du saint affamé, ils le déshabillent avec des grimaces écœurées et des rires et le portent, à demi pâmé, sous la douche tiède. Là, derrière les rideaux mystiques du saint des saints décorés de petits éléphants crachant de l'eau, ils procèdent aux libations rituelles. Aurélien et Iris, nus et frétillants, tenant l'un une brosse l'autre un carré de savon de Marseille, se lancent dans un sabbat hygiénique à faire pâlir les publicités pour lessive. Serena de son côté, pas entièrement nue, vide des bouteilles d'eau de Cologne sur la tête du jeune baptisé qui cesse de dire, J'ai échoué, et après une hésitation bien compréhensible, avoue dans une moue délicate, C'est bon. Il n'en faut pas beaucoup plus pour transformer l'ermite rétif en frais hédoniste.

Une fois la première couche de crasse décollée, on s'avise de le récurer plus en profondeur et de profiter de la besogne pour justement besogner ses parties intimes. Aurélien le suce hardiment et Serena l'embrasse en lui tordant les tétons. Iris, toujours un peu sur la touche, lui caresse le cul avec gourmandise avant d'oser, avec la délicatesse d'une rosière, faire pénétrer un de ses doigts dans le rose orifice. Lucas se laisse caresser, mordre, toucher, doigter, embrasser par les trois carnavalesques. Les yeux clos par le savon, la tête pleine de mousse, le saint s'abandonne au plaisir.

Aurélien se retire de la douche et laisse entrer Iris qui branle Lucas gaillardement tout en lui rinçant le visage avec le pommeau de douche. Lucas, de plus en plus élastique, murmure, Merci merci merci, et son merci brise le cœur des deux filles qui l'embrassent et le caressent avec une douceur maternelle conjuguée à une sévérité de professeur de grammaire.

Tout en se rhabillant, Aurélien fait la leçon.

— Il faut cesser toute métaphysique, et se laver de tout devoir spirituel. Devoir spirituel c'est une aporie. Voilà, j'ai dit.

— C'est quoi une aporie ? demande Iris en récurant les aisselles de Lucas.

— C'est une chose qui ne peut pas être, comme un mort vivant par exemple, si tu es mort tu n'es pas vivant et si tu es vivant tu n'es pas mort, c'est un paradoxe en colère, ou un oxymore qui a mal aux dents, bref c'est ce qui ne peut pas être parce que substantiellement contradictoire.

— Ah très bien, très bien, dit Iris en introduisant ses doigts dans le cul de Lucas courbé en avant, la tête dans l'entrejambe de Serena. Une aporie vite ! De l'ennui jouissif !

— Bon exemple d'aporie ! applaudit Aurélien, ou de la jouissance ennuyeuse, oui, c'est aporétique, qu'est-ce que je disais ? Ah oui ! Devoir spirituel, le *spiritus*, le souffle, la vie, ce n'est pas un devoir ! C'est une fête, on ne saurait obliger quiconque à vivre. On ne dit pas je dois donc je suis, on dit je désire donc je suis ! ajoute Aurélien en parodiant le ton d'un juriste lisant le Code civil.

Et, très fier de sa trouvaille, il replonge sous la douche et embrasse Lucas. Mais comme l'eau du petit ballon devient froide, tout le monde sort de la salle de bains et danse en éclaboussant les livres de poésie ouverts sur le lit.

On doit maintenant raser le Jésus. C'est vite fait, et quelques gouttes de sang sur le menton ne ternissent pas l'humeur. Longue discussion sur le port de la moustache, avis contradictoire des filles et des garçons, on procède au vote, et la moustache est sauvée.

— Maintenant qu'il est propre et rasé, faut lui faire une tête de carnaval, dit Serena.

Et sur le jeune homme efflanqué pleuvent immédiatement des cotillons, une étole rose, un chapeau pointu, une arlequinade décolletée, un collant à pois, des couettes blondes et des colliers d'onyx.

— Il faut que ce soit bien dépareillé, dit Iris qui mime l'artiste inspirée. Et maquillez jusqu'à ce que sa grimace puritaine soit révoquée !

On ajoute encore des boucles d'oreilles en plastique en forme de cerises et des chaussures vernies taille 43. Enfin, les trois artistes-magiciens-métamorphistes s'assoient et regardent la pauvre créature colorée, absolument défigurée par la joie, comme un clown outragé, et il s'ensuit un silence recueilli.

— Maintenant, dis-nous tout, dit Aurélien d'une voix de juge aux enfers.

Lucas raconte sa pénible aventure sous les ponts. Et il conclut en disant qu'il n'a pas de place en ce monde, pas même chez les plus misérables.

— Prends la dernière place, dit l'Évangile, et c'est ça que je veux, toujours, prendre la dernière place, mais je ne sais pas ce qu'est la dernière place. Je sais seulement que je me hais toujours plus, je voudrais tant être comme vous, célébrer la vie.

Les trois amis se regardent et hochent la tête doctement.

— Le cas est grave docteur mais pas désespéré, dit Aurélien faisant des lunettes avec ses mains.

— Y a du boulot, dit Iris en se faisant une moustache de son index.

— Infirmiers, il va falloir pratiquer une ablation de sa connerie sans anesthésie, dit Serena en faisant de sa main un masque chirurgical.

Dans la rue ils sont tous les quatre un vaporeux plaidoyer pour le mauvais goût. Lucas marche maladroitement en réajustant sa perruque mais Aurélien, tout de vermeil éclatant, ouvre la marche et indique la direction avec des poses de conquistador. Les deux filles, belles comme des éclaboussures de sang, se pavanent avec arrogance et donnent à Lucas des fessées nécessaires. Les rues de Paris sont faites pour eux. Joie des touristes, l'extravagant quatuor sifflote et chante une série de chansons stupides, le plus faux possible. Les paroles sont parfois changées pour que l'imbécillité touche le fond sans rebondir et qu'il n'y ait aucune excuse artistique à leur débauche.

Enfin, ils arrivent au temple où une longue queue de fidèles patiente sous les néons roses. Les lettres de Folie's et de Pigalle, de bon augure, qu'un petit chat de lumière fait clignoter, éclairent la place où la fontaine asséchée est le reposoir des toxicomanes et des fêtards à bout de souffle. Aurélien, qui a ses entrées, passe crânement avec sa cour devant les piétinants pèlerins et, avec la bénédiction d'un videur qui tire une langue salace en regardant Lucas, ils entrent dans le lieu du culte.

— Ce n'est pas en étant coupable que tu forceras Dieu à exister !

Et en disant cela, Aurélien entraîne Lucas sur la piste de danse. Une jeunesse dénudée et pleine de bijoux scintillants sautille dans la fumée et la lumière. Et Lucas danse avec fureur. Quand Aurélien se déshabille, Lucas voit le collier de perles de sa mère qui danse autour de son cou et il connaît une décharge électrique de bonheur. Comme Aurélien n'est pas près de le laisser retomber dans la morbidité, il met dans sa bouche une petite pastille bleue et lui fait signe d'avaler.

— C'est nouveau, dit Aurélien et pour vérifier que Lucas a bien pris sa médecine il lui fouille la bouche avec sa langue.

Toutes les jeunesses dansent et s'embrassent sous les acclamations, la beauté des deux garçons éclabousse le monde et l'instant en est changé en un sacrement de vie. Comme une parole, le corps de la foule qui danse, devenu un, franchit tous les désespoirs. Lucas regarde en extase l'inimaginable et toujours vraie réponse de la jeunesse aux désillusions politiques et aux désœuvrements séculiers. Du ciel, tombent des paillettes d'or et d'argent qui tourbillonnent et recouvrent les corps en sueur, ils ont l'air habillés d'armures de vermeil. Certains ont à leur cou des sifflets métalliques et sonnent une sirène spectrale de contre-*si*. Lucas est lui-même recouvert de paperolles dorées, et son corps d'anorexique devient une lumière liquide, une flamme, un rayon ouranien. La drogue et la fatigue montent en lui et imposent à son visage une arrogante béatitude.

— T'es beau, faut que je te crache dessus ! crie Aurélien dans ses oreilles et, joignant le geste à la parole, il crache plusieurs fois au visage de Lucas qui s'offre à lui.

Recouvert d'un masque d'or et des bijoux de quelques crachats, Lucas sourit d'un sourire miséricordieux.

— La beauté doit être punie, dit Aurélien, à cheval sur une libellule d'acier, fouettant l'air avec un serpent multicolore. Tandis que poussent sur sa tête des tentacules fleuris, il s'ébroue dans un essaim d'oiseaux-mouches en céramique.

Le moment tant attendu arrive enfin, on va élire le roi de la fête, un jury composé d'une chanteuse de variété oubliée, d'un coiffeur sans sourcils et d'un vieux danseur déguisé en œuf mimosa demande aux candidats de se désigner à ce jugement de Pâris. La scène se vide et, sur la piste, l'œuf mimosa interroge tour à tour Pascal qui vient d'Arcachon et travaille dans la restauration, le sculptural Armando qui a une agence immobilière dans le 15e, Mystère, habillé en policier et qui est au chômage, Louis, un professeur de géographie aux yeux bleus, et Aurélien qui se présente comme perturbateur professionnel. Le jury se retire pendant qu'un danseur exhibe la couronne convoitée sur un coussinet prune.

Iris et Serena, au sommet de l'enthousiasme, scandent le nom d'Aurélien en montrant leurs seins, et Lucas, pris par la passion politique de cette élection, finit lui aussi par crier le nom d'Aurélien et siffler entre ses doigts. Le jury délibère pendant que le sponsor de la soirée, une marque de pâté en croûte, lance des ballons marqués du sigle charcutier. Lucas regarde la couronne de diamants qui lance ses feux sur les visages, et il se prend à espérer véritablement le triomphe d'Aurélien. Aurélien parodie l'anxiété en se mordant les doigts et quand son nom est lancé, il joue à s'y tromper les larmes de la victoire.

— Au fond, la politique c'est pas autre chose, des rois frivoles sponsorisés par des vendeurs de saucisses, dit Aurélien.

Et il embrasse Lucas qui est le seul pour qui cette victoire n'est pas une mascarade. Cette parodie d'élection divine, superficielle par profondeur, lui prouve qu'il avait raison, on ne résiste pas à la volonté de puissance qui, chez Aurélien, a les arguments de feu de son intelligence et la célérité de ses yeux clairs.

On pose sur les cheveux roux et mouillés d'Aurélien la couronne de diamants en plastique et il roule des mécaniques avec affectation, parodiant tour à tour l'humilité et la suffisance, le despotisme et la clémence, la lascivité repue et la convoitise féroce. Sur la piste, il danse, ondule, exhibe son corps, caresse son entrejambe, bénit la populace, guérit les écrouelles, roule du cul comme une danseuse hawaïenne, fouette les esclaves qui lambinent à la construction de sa pyramide, joue de la lyre dans les flammes, s'offre en expiation. Léchant ses aisselles, il offre à la foule ce qu'elle attend : la puissance réflexive de la beauté éprise d'elle-même.

De retour au bar où l'attend une foule admirative, on lui offre évidemment une caisse de pâtés en croûte pas cher que généreusement il distribue à sa cour. Lucas, ému aux larmes, l'embrasse et le cajole, il caresse son corps humide, il arrange ses cheveux et redresse sa couronne, il admire plus que tout qu'il ait osé se prêter à ce jeu, et qu'il parodie toutes les puissances. Qu'il parodie et incarne tous les pouvoirs puisque, porté par la vanité de la fête, il est roi, et le signe le plus concret en est un sexagénaire habillé en Alice au pays des merveilles qui, à genoux, lui baise les pieds. Aurélien traite Lucas en favori et le caresse aussi avec une inimaginable douceur, il veut lui enseigner l'amour de la vie, qui est en fait l'amour du jeu. Cette douceur a raison des dernières forces de Lucas qui lui murmure dans l'oreille, Sauve-moi mon roi.

Un grand barbu fait irruption, brandissant un billet de cent euros, il paye pour renifler les aisselles d'Aurélien, qui prend le billet, le donne à Lucas et lui demande de commander des déliriums, cocktail bleu avec des cerises confites qu'on enflamme avant de le servir. Il lève les bras au ciel. Le barbu plonge son nez et respire la transcendantale odeur des aisselles rousses du jeune roi. Quand Lucas revient, tenant les deux verres encore illuminés de flammes bleues, le barbu remercie très élégamment Aurélien par une série de serviles révérences.

— Tu vois comme je traite la mort, moi !

Et il donne un coup de pied désinvolte à un blondinet sous un masque de squelette électrique.

— Il faut danser tu comprends ? Il faut danser sur nos douleurs, il n'y a pas d'autres solutions. La vie est un jeu, il faut boire des flammes.

Le jour se lève et les amis sortent sur la place Pigalle, titubant et parlant très fort, sourds pour une semaine. Serena a décidé de prophétiser, les pieds dans la fontaine sans eau. Aurélien applaudit toutes ses phrases et laisse tomber sa couronne. Lucas la ramasse et la regarde comme si c'était le crâne de Hamlet.

— La chair est lente et j'ai écrit tous les livres, dit Serena. Moi, ce que je veux, c'est être toujours plus légère, il faudrait un poème écrit sur la cendre, même pas la cendre, juste un parfum d'eucalyptus, un parfum c'est encore trop lourd, non, je veux être légère comme le rire des innocents. Je veux être déjà morte, je veux briller comme une étoile…

Serena regarde Lucas qui tient la couronne tristement et s'endort sur l'épaule d'Aurélien. Elle reprend.

— Et toi tu demandes toujours des réponses et c'est lassant à la fin, ces réponses que tu réclames, quand il suffit de marcher la nuit dans Paris et de regarder les enseignes qui se reflètent sur le pavé mouillé.

Mais Serena se demande à qui elle s'adresse, est-ce Lucas ou Aurélien ou elle-même qui exige des réponses ?

Aurélien les entraîne vers le café des Noctambules, avec ses moulures des années 1950 et sa troupe de fêtards défraîchis.

— N'oublie pas ta couronne, dit Lucas qui la replace sur la tête d'Aurélien et l'embrasse dans le cou.

Avachis, presque assoupis autour de tasses de café, le maquillage dégoulinant, ils écoutent Aurélien pris de fureur, qui rhapsode, la couronne dévissée sur le front, dans la lumière blanchissime.

— Moi, roi de cette nuit parisienne pleine de spectres et de fées ménopausées, je veux connaître encore la violence ensoleillée des pirates tatoués, les scarifications sous la lune dans les cérémonies païennes, les abordages sanglants et les naufrages homériques, je veux les combats gladiatoresques, les armures balancées sur les chevaux écumants, les duels au pistolet dans la brume, les charges héroïques, les étendards qui claquent, les tambours qui tombent sous la mitraille, je veux toutes les histoires saintes écrites le soir même dans la fébrilité des flammes, tous les combats contre tous les dragons, toutes la batailles navales et les naufrages des vaisseaux armoriés, tous les serments et les embrassades des guerriers mourants, les canons qui trouent le ciel, les incendies qui dévorent l'azur des chapelles, les cérémonies et l'arroi des commémorations éplorées, et le héros immolé qui brûle sur sa barque funèbre au large de tous les accomplissements, tous les heaumes et toutes les parures, toutes les médailles et tous les caparaçons d'or, tous les habits de parade et toutes les trompettes, tous les triomphes de l'enfance et toutes les enfances de la gloire… mais je veux tout cela en rêve, en rêve seulement, car je n'aime pas la mort.

Je veux tout ça, mais faussement, comme cette couronne, c'est cette couronne que je veux, je veux le simulacre de combat, je veux le simulacre de victoire, je veux le simulacre ! Je veux ce qui n'est pas, ce qui joue à être. Sur le merveilleux champ de bataille de la vie intérieure, là où se battre veut toujours dire s'offrir, là où l'argent et l'or ne sont que décoration pour mourir en gloire et symboliquement, là où la réalité rugueuse est transformée en théâtre ruisselant de diamants.

Je suis roi de mes douleurs ! Je suis roi de mes jouissances, Paris m'a reconnu !

Lucas a les yeux brillants d'admiration.

— Un type t'a donné cent euros juste pour flairer tes aisselles, c'est une victoire conséquente et qui change profondément la perspective de la métaphysique occidentale.

Serena fait l'offusquée.

— Qui change ? Bien plus ! Qui l'anéantit !

Iris est d'accord et en trempant une tartine dans son café au lait, elle dit :

— Lacan a dit : "L'homme désire le sein de sa mère puis n'importe quoi."

— Je suis d'accord avec ça, dit Aurélien. Nous sommes sous le règne du n'importe quoi.

Lucas a un petit sourire intelligent qui n'échappe pas aux autres.

— Ça m'a fait réfléchir.

— Quoi ?

— Que l'homme achète ton odeur.

— Réfléchir comment ? Tu veux devenir parfumeur ? demande Iris.

— Non, je pense que ce que j'aimerais faire maintenant que j'ai échoué, c'est me prostituer, dit Lucas, impérial.

Il s'ensuit un petit silence autour de la table et toute sorte de mimiques d'Iris qui ne prend pas la proposition très au sérieux.

Mais Aurélien affiche son plus beau sourire de roi et dit :

— Je trouve que c'est une très bonne idée.

Le visage de Lucas est plein de lumière, l'idée d'être vendu le comble de douceur. Paris devient bleue, les quatre enfants perdus, tout dégoulinants de paillettes et de rêves héroïques, vont dormir dans le même lit. Avant de sombrer, Iris dit dans un souffle :

— Lucas n'a pas joui ! On aurait dû le faire jouir !

LES AMANTS

Une fois de plus il est allé au bordel, encore une fois plus par
ennui que par désir, cette fois encore pour faire de sa solitude
un choix et de son désœuvrement une mystique. L'Oubli
lui a ouvert sa porte, ses caves enténébrées et son odeur de
mort l'ont rassuré immédiatement, ici Touraine peut médi-
ter librement. Affranchi de toutes les vanités du siècle, de
toutes les erreurs de son orgueil. Entrer dans ce temple de la
déchéance lui a donné espoir, ici au moins les masques sont
tombés et seule la jeunesse a du pouvoir, belle inversion des
rôles, belle perversion du système. Mais la chasse n'a pas été
bonne, aucun virevoltant bellâtre n'est venu se frotter à lui,
aucun étudiant éméché n'est venu le renifler, pas même un
monsieur Tout-le-Monde en manque et prêt à tout, rien. Et
il y a plus d'une heure que, la queue amollie, il attend dans
les Enfers. Touraine se dit qu'il est de toutes les façons trop
tard pour partir. Il a connu l'humiliation magistrale, il hési-
tait entre Pierre et Paul et les deux sont partis ensemble s'enfermer dans un cagibi et lui ont fermé la porte au nez. Priape
n'est pas de son côté, le dieu boude, et il manque la musique
divine qui ensorcelle les étudiants en droit, les directeurs des
ressources humaines et les préparateurs en pharmacie dans
une même parade ithyphallique. Manque la musique qui
devrait les plonger dans les sortilèges bachiques où, le pantalon sur les genoux, ils offrent leurs orifices au tout-venant

344

sans plus se poser la question de leur carrière. Il y a des jours où le lyrisme déserte, seul le mécanisme hormonal, désœuvré, agite sa créance.

C'est l'ennui insurmontable, et surnommer trois vieux mollusques de noms amusants de présidents de la Troisième République ne suffit pas à animer le rire intérieur. Félix Faure, Paul Deschanel et Gaston Doumergue se tripotent sans conviction. Leurs poils blancs et leur calvitie trompent les ténèbres, mais pas l'ennui. C'est un mauvais théâtre qui se joue ce soir et peut-être que c'est lui-même, le mauvais théâtre, lui qui ne peut pas rire de sa solitude. Au fond de L'Oubli, il faut danser avec une certaine désinvolture, un lest de souffrance et patatras, tout le sordide vous saute au visage ! L'écœurement anéantit le sacré et il n'y a plus que des misérables, la bite à l'air, perdus dans un vide-ordures. Là où il espérait retrouver les éclats brisés du lustre de sa jeunesse, il n'y a plus que l'évidence de sa maturité échouée sur l'écueil de l'insatisfaction.

C'est en général à ce moment que Touraine, qui est fort peu mystique, est pris d'une nostalgie qu'il réfrène tant qu'il peut. Il se souvient des doux commencements quand, allant à travers Paris il rêvait d'œuvre totale avec, accroché à ses basques, une foule de chiots en chaleur, tous aussi drôles et inoffensifs les uns que les autres, la truffe pleine de sucreries et l'aboiement très littéraire. Il en a passé, des nuits à rire et à parler de Baudelaire et de Proust avec des petits chevelus qui fleuraient le poireau, ils étaient pleins de promesses extravagantes et comme ils s'entendaient à moquer les puissants ! Ah ! Comme ils se sont moqués des puissants, ici même, c'était peut-être plus fondamental encore que de s'enterculer et de se pourlécher. Et parfois, mais c'est un rêve qu'il n'ose plus rêver, il pense au délicieux contre-pouvoir de la jeunesse masculine, oui, ils étrillaient les romanciers à la mode et leurs ennuyeuses autobiographies, les étoiles montantes de la politique qui prêtent à toutes les compromissions, les acteurs sans aura d'un cinéma sans convictions, et toutes ces railleries sans conséquences étaient lancées dans la nuit en avalant des ecstas, ils ridiculisaient les metteurs en scène officiels et leurs relectures usées de classiques rebattus, les chanteurs lyriques incapables de lyrisme, les directeurs de théâtre verbeux, ils lançaient leurs projectiles sur le jeu de massacre des vieux cons et des jeunes imposteurs tout en se fessant amicalement.

Et quand parfois, ils sauvaient du grand chamboule-tout de leur intransigeance juvénile le nom de l'un ou de l'autre, de la poésie ésotérique d'Alcandre ou des mises en scène décadentes de Régy, c'était pour brandir leur singulière différence, se croire incorruptibles et savants. Il fallait aimer comme personne, désirer comme aucun, admirer sans modèle. Et ce goût de ne pas penser comme tout le monde était leur seul ornement quand ils se baignaient joyeusement dans la boue.

Mais ce souvenir de lui-même insouciant, cruel, désiré, assombrit encore plus cette soirée d'échouage et il se reproche d'avoir idéalisé le passé.

— Le passé ne sert à rien et à personne, dit-il en crachant par terre.

Faure, Deschanel et Doumergue, totalement gazés au Poppers, s'amusent sans pétillement à tâter leurs fessiers visqueux et leurs mamelles tombantes. C'est un ballet charmant de dinosaures en slip à chenues grimaces blêmes. Ils ne sont finalement pas assez sordides pour que Touraine se joigne à eux, à vrai dire ils se léchottent et se culottent un peu comme des vierges, adolescents timides déguisés en épaves blanches. Sous sa casquette en cuir, Paul Deschanel tire sur ses vieux nichons pour faire monter la sève du désir tandis que Félix Faure, embarrassé dans sa tenue de latex trop étroite, a du mal à durcir sa vieille nouille en disant des gros mots de vaudeville. Gaston Doumergue qui s'est agenouillé n'arrive pas à se relever et peste contre ses genoux déglingués. Le spectacle a fini de l'amuser – s'il l'a jamais amusé, et le trou noir de la salle du fond, destination finale de toutes les soirées ratées, l'attend. Ce soir, s'il veut dormir sans regret, il n'a plus qu'à plonger dans les ténèbres où quelque monstre aveugle lui fera la fête, et où il éjaculera sans jouir comme on avale un somnifère.

Il entre, résigné, dans l'ombilic du monde, et il flaire la présence de quelques congénères sans visages qui eux aussi n'espèrent plus rien d'autre qu'une bouche charitable. D'abord parfaitement aveuglé, il se cogne aux murs en quinconce, mais très vite, un énorme tentacule de poulpe le rabat dans une masse informe et gluante, et dont la seule douceur est d'être plus chaude que les murs du sépulcre. Il se laisse malaxer par un grand amas de membres flasques qui ne lui procurent pas la plus petite étincelle de désir. Il pense non pas qu'il est dévoré par des hommes aux visages d'ombres, mais par un grand et même corps dont il devient un des organes, un gigantesque monstre sans yeux, avec des sphincters mielleux et des ventouses usées. Le monstre des grands fonds gémit d'une voix sans timbre, et de très répugnants bruits escargotiques prouvent qu'il vit encore. Il vit d'une vie peu définissable, avalant son dégoût et se métamorphosant en une chose sans nom vaguement cousine du plaisir.

C'est à ce moment que se produit en général une sorte d'abandon qui commence par un amusant *Pourquoi pas* se métamorphose en *Après tout Dieu seul me voit* et accouche d'un *Finalement c'est ça que je voulais*. Il n'en faut pas beaucoup plus, le Poppers et la fatigue aidant, pour se retrouver à genoux, balafré de bites et de couilles qu'on peut toujours attribuer à des héros épiques. Tâtonnant à travers les sous-vêtements, tandis que sous lui, encore plus défoncé, un receveur des postes lèche des chaussures de sport, Touraine commence à sucer deux ou trois bites surgies du monstre comme si elles n'appartenaient à personne. Des mains trem-blantes le recadrent ici ou là et dirigent sa tête aveugle vers des proies peu véloces. Le plaisir finit par venir quand il se sent englouti dans l'opacité de son propre désir, quand il ne désire plus rien, quand il ne s'appartient plus et que seul le guide une mécanique d'extase, qui le fait échap-per à son corps. Maintenant il n'a plus qu'à jouir de son imaginaire. Il n'est plus en train de sucer un poulpe, il est une partie de ce poulpe, il est un organe sans corps ou un corps sans organe et, exilé de toute humanité, il se laisse défaire, découdre, détruire par le hasard des chairs révul-sées. Une paix charnelle emplit la terre, tout est pardonné, nous sommes tous des misérables, la seule honte est de se refuser à la jouissance.

Pendant un temps il n'est plus présent à lui-même, il est ailleurs, hors de son corps, dans une conscience sans con-science, dans un ciel souterrain, un paradis invisible, un espace temporel qui compte pour rien. Il vole dans le non-être, il ne ressent littéralement plus rien, ni plaisir ni dégoût, il abdique toute volonté, qui le veut le prend et le perd, qui le veut se sert de lui et de ses organes, il n'appartient plus au monde causal, il est dissous dans le désir collectif.

Combien de temps ? Il ne sait pas. Passée cette phase d'abandon, il découvre que le corps commun s'est désar-ticulé, et qu'il ne reste plus qu'un seul sexe, magiquement épais, associé à un torse velu qu'il touche, sa main remonte jusqu'à une bouche barbue et jeune qui lui suce les doigts. Consciencieux, il reste dans les abysses de son rêve et se met à aimer d'amour la bite solitaire que le banc de lotte pourri lui a laissée, et alors, transsubstantiation du dégoût en jouissance, il n'a plus besoin de jouir à l'envers, il se laisse aller à l'admiration de ce corps viril qui lui donne ce qu'il voulait. Il attribue à ce membre victorieux tous les visages d'Antinoüs et de Patrocle, et c'est ce qu'il voulait, non pas faire l'amour avec un homme, qui aurait pu le satisfaire, mais avec tous les hommes, avec l'essence de la masculinité. Seul avec son totem, il s'offre sans retenue, cadeau de la providence, il commence à renifler sa merveilleuse odeur âcre et sucrée, et il enfonce son nez dans un pubis noir et parfumé, qu'il vénère. Le corps de l'homme lui plaît tant qu'il éprouve la déchirure de l'éros jusqu'à une plénitude d'intelligence qu'il connaît de plus en plus rarement. Il aime cet homme inconnu comme il n'aimera jamais plus personne, il le remercie de sa présence, et il confesse en grognant la plus belle tendresse qu'on puisse exhaler dans un tombeau et pour un être d'hypothèse.

Cette volupté à laquelle il s'offre maintenant et qui le maintient en apnée est ce qu'il connaît de plus sacré et de plus beau, de plus beau peut-être parce qu'obscure, définitive, innommable, elle ouvre l'au-delà du langage auquel il aspirait dans l'art. Il a ce qu'il voulait, le sublime.

Mais dans ce rêve une trouble musique vient réveiller la cervelle de l'homme diurne, celui qui est toujours enclin au doute. Tant de splendeur sans visage ne peut longtemps régner sur son âme, et il connaît quelque chose de très difficilement analysable, comme un pressentiment angoissé qui le pousse plus avant encore dans cet oubli de lui-même. Quelque chose en lui dit non à cette extase et quelque chose dit oui, absolument. C'est comme un combat de la raison et du rêve qui dans sa conscience altérée a des parfums mystérieux. Une chose veut le réveiller et, sans aucun palier de décompression, l'extraire de son enchantement. Il se sent capable d'aimer l'homme sans visage d'un amour que peu comprendraient et qu'il sait être bien au-delà de la morsure charnelle. Il a enfin trouvé moyen d'aimer l'humanité, et en même temps, une chose dit qu'il ne devrait pas aller si loin dans son rêve, qu'il y a un danger sans retour.

À ce moment l'homme jouit et lui remplit la bouche d'un lait fait d'impatience et de fureur, et le goût prodigieux du sperme le fait jouir presque à l'unisson. Le beau et mystérieux velu a grogné un cri de tristesse profonde et tandis qu'une part du cerveau de Touraine se perd dans la jouissance aiguë, une jouissance démesurée, une autre partie de sa conscience reconnaît le cri, c'est celui d'un frère, un cri non pas de soulagement mais de revanche, l'homme vient de dire au Dieu qui le tourmentait, Voilà tu as eu ce que tu voulais maintenant laisse-moi ! Il aime ce cri qu'il a entendu comme s'il était un commandement divin. L'homme qui vient de jouir dans sa bouche, qui l'a honoré de sa vulnérabilité, a crié pour se libérer du malheur d'exister. Ce n'est pas un cri, c'est une prière.

Et cette prière est exprimée dans des vocalises viriles aux chromatismes descendants. Mais Touraine n'en croit pas ses oreilles, il lui semble reconnaître ce grognement, il lui semble le connaître. Il se redresse et dans un maigre rayon de lumière, maintenant que ses yeux sont habitués à la pénombre, il voit, aussi effaré que lui, le visage de Sarazac qui le regarde. Les deux ennemis se font face et tandis qu'une comète fait exploser la terre, dans la lassitude des corps anéantis, sous la lumière nucléaire d'une explosion de matière noire, ils ne trouvent pas le moindre mot à se dire.

Les deux miroirs se font face dans la nuit, et l'un et l'autre comprennent instantanément d'où a jailli leur jouissance obscure.

Touraine sort de la voûte et s'assoit dans les escaliers, à mi-hauteur entre l'Enfer et le Purgatoire, la bouche encore

pleine de la semence de l'homme qu'il hait plus que personne au monde, il commence à comprendre le pressentiment, le contre-chant qui dans la jouissance lui annonçait
un tel coup du sort. Il l'avait reconnu sans le reconnaître.

Il n'a pas songé que, assis à cet endroit, il barre le passage à son ennemi, ou alors il a inconsciemment provoqué la confrontation. Qu'au moins Sarazac sache que le
hasard et l'obscurité seuls l'ont guidé et qu'il n'a pas profité de l'ombre de la cave pour vivre une dernière volupté
avec celui qu'il a aimé et dont il ne veut aujourd'hui
rien de moins que l'anéantissement. Mais comment l'en
convaincre ? Comment s'en convaincre lui-même ? Quand
il était aveugle, intelligent comme un chien en rut, c'est là
qu'il a trouvé la force de le retrouver et de l'aimer avec une
passion surhumaine.

Sarazac met beaucoup de temps à sortir du trou, lui-
même abasourdi par la force de ses désirs inconscients qui
ont dû le guider vers Touraine et l'empêcher de l'identi-
fier, quand il caressait sa nuque, quand il tenait dans sa
main la petite chaîne d'or qu'il connaît pourtant depuis
plus de vingt ans.

Mais il décide de présenter son visage à la lumière, espérant vaguement que Touraine se soit enfui, moins humilié
il est vrai d'avoir été actif et de n'avoir aimé de lui que la
moiteur de sa bouche.

En voulant remonter vers le Paradis, il est interrompu
par le corps de Touraine qui, la tête dans les mains, pleure
peut-être, et cette image lui donne immédiatement envie
d'abdiquer toute arrogance et de s'agenouiller devant sa
souffrance. Mais il connaît son vieux partenaire, il ne supportera ni la condescendance ni la pitié, seul un humour
méchant peut leur servir de langage et leur permettre de
survivre à ce mauvais coup de théâtre.

— Tu connais la phrase de Napoléon. Le corps de mon ennemi sent bon.

— C'est moi qui te l'ai apprise, dit Touraine qui, de fait, accepte les pourparlers.

— Oui, c'est toi qui me l'as apprise, comme tant de choses.

— Oublions ce qui s'est passé, le Dieu obscur nous a joué une farce.

— Il ne s'est rien passé, ce n'est pas moi que tu suçais, c'est une ombre.

— En es-tu si sûr ? demande Touraine.

— Ne jouons pas à ce jeu, dit Sarazac, et il ajoute : tu es en forme, je trouve.

La phrase semble anodine mais elle sonne comme un coup de feu dans la nuit du souvenir.

— En forme ? répond Touraine. Pour quelqu'un qui sort de onze mois de chimio ? Oui, j'ai remonté la pente, qui l'aurait cru ? Qui aurait cru que la mort ne voudrait finalement pas de moi ?

— Peut-être que nous devrions quitter cet endroit, il fait froid ici, et les lumières se rallument, toute la crasse va nous ensevelir. Viens, fuyons, viens, fuyons jusqu'à L'Étoile, ils ne ferment pas avant le jour, nous pourrons boire un verre. Comme si la jeunesse n'avait pas de fin.

— Et demain, je t'anéantirai, dit calmement Touraine.

— Si tu veux, comme tu veux, mais je te le demande, allons boire un verre tous les deux, pendant que Paris dort, allons voir les lumières qui filent dans l'eau de la Seine, allons à L'Étoile, j'ai soif. J'ai soif et j'ai mal à ma jeunesse.

Sarazac a dit tout cela avec une presque joie qui l'étonne lui-même.

— Boire ton foutre, ça ne me gêne pas, c'est même agréable, mais ta sentimentalité, je ne la supporterai pas, je me sens jeune depuis que je suis en rémission, et je ne suis pas d'humeur nostalgique. Allons boire un verre à L'Étoile, j'ai toujours détesté ce bar, encore une bonne raison d'y aller.

En remontant des Enfers, ils voient les trois présidents endormis les uns contre les autres à la manière d'enfants. Après des jeux d'adolescents ils ont achevé leur régression jusqu'au sommeil des innocents. Déjà les lumières se rallument et, comme promis, toute l'ordure, tout l'abject, toute la crasse éblouissante leur sautent au visage et, sans doute pour presser le pas et échapper à la lucidité blafarde des néons, Sarazac prend la main de Touraine. Le barman les salue d'un regard étonné, il pensait que plus personne ne pouvait encore hanter les derniers cercles de L'Oubli. Il leur demande s'il y a encore du monde dans les bas-fonds et Touraine répond qu'il reste trois débris endormis. Le barman soupire à l'idée qu'il va devoir aller les réveiller et les chasser de leur paradis. Les deux amants poussent la porte qui les sépare du réel et, passé le halo de lumière rouge de l'enseigne, ils retrouvent les rues désertes de Paris.

Tout autour d'eux la nuit est devenue transparente, les étoiles se sont levées, le couvercle de pollution jauni par l'irradiation de la ville a été dissous par une légère brise. Parfois au point du jour Paris se souvient de la nature, du ciel et du fleuve. C'est comme un moment d'innocence que la ville par temps clair offre aux mendiants et aux insomniaques, mais le matin lancera dans ce moment de vérité toutes les guerres et tous les désirs qui l'enivrent.

Il y a peu de circulation et les derniers touristes sont allés s'effondrer dans leur lit. Un peu avant cinq heures, on entend alors une rumeur qui est proprement la respiration de la ville, son souffle est grave et, harmoniques propagées par le fleuve ou lointaines fuites des camions de la périphérie, la résonance profonde est comme une musique ensorcelante. C'est l'heure où on ne peut échapper à la Vérité, et les deux amants qui marchent vers le bar nocturne de leur jeunesse y vont, le pas solennel, comme au procès de leur destin.

UNE VIEILLE HISTOIRE

Ils marchent l'un derrière l'autre, c'est Touraine qui est devant et Sarazac regarde sa nuque fragile et ses doigts rougis par le froid. Au-dessus d'eux, le ciel de Paris est pur et parfaitement sombre et bientôt L'Étoile, bar de nuit où les étudiantes coréennes mangent des frites devant des éditeurs de bande dessinée pleins de whisky, L'Étoile donc, où ils sont allés si souvent ensemble avant le jour pour manger des nourritures grasses et boire un café au goût de fromage, décoration des années 1970 dûment préservée, L'Étoile les réunit. Ils se souviennent d'avoir connu des petits matins frileux et amusés avec un rugbyman qu'ils avaient lutiné en tenaille, ou avec un séminariste qu'ils avaient comblé et qu'ils émerveillaient de leur harmonie sans tache.

— Des années sans nuages, dit rêveusement Sarazac.
— C'est pour cela que nous étions fragiles non ? Nous ne savions pas comment faire avec le malheur, dit Touraine.
— Tu es gentil de dire ça.
Sarazac a parlé presque à voix basse.

Ils sont assis l'un en face de l'autre et ils ont commandé du cognac, mais ils n'osent pas trinquer. Avec eux, à la même table, dans des habits d'automne, sont assis le remords, le ressentiment, le désir, la culpabilité, la nostalgie, la terreur, la haine, la plus infinie tendresse, le chagrin le plus humiliant, et toute cette foule allégorique bavarde en même temps, il est bien difficile d'entendre dans ce brouhaha la voix d'un avenir possible.

Et pourtant l'un et l'autre le savent, l'amour quand il est véritable ne s'interrompt qu'avec la mort.

— Tu vois j'ai survécu, dit Touraine. Personne n'a même su que j'étais malade. Qui aurait cru que je serais là, moi et mon débardeur noir très années 1990, devant toi, en tenue de bal. Je ne devrais plus être aujourd'hui qu'un passant dans ton souvenir.

— Je ne pensais pas que tu survivrais, je pensais que tu ne voulais plus te battre.

— Le lymphome était très atypique, et je pense qu'il a été mal diagnostiqué, ils m'ont enterré un peu vite, dit Touraine.

— Et aujourd'hui ? demande Sarazac.

— Plus rien, tu vois, est-ce que j'ai l'air d'un mort vivant ? Juste un peu mince, et mes cheveux ont repoussé, les petits minets se pressent comme autrefois pour que je les honore.

— Nous n'avons jamais été aussi beaux, dit Sarazac, utilisant le *nous* par pudeur.

— J'ai le goût de ton sperme dans la bouche, dit Touraine, énigmatique.

— Qu'est-ce que tu veux dire ?

— Rien que ce que je dis. Tandis que je réfléchis aux moyens par lesquels je pourrais te détruire, j'ai le goût de ton sperme dans la bouche. Et j'ai envie de le garder. Et pourtant, je veux te détruire et je te détruirai, c'est justice, non ?

— Oui, c'est justice. Tu as le droit de m'anéantir, et moi je ne pense pas pouvoir me battre contre toi. Je t'ai tué une fois et maintenant que tu es ressuscité, tu tiens mon âme entre tes doigts. Quand j'ai vu ton visage, j'ai eu l'impression que j'étais une bulle de savon, une chose sans corps, sans poids. Je n'existais plus.

— Tu venais d'éjaculer, rien que de très physiologique, dit Touraine en souriant à peine.

— Notre époque était cruelle mais il y a quelque chose dans l'air de Paris aujourd'hui qui me fait horreur, dit Sarazac. Ils ne savent pas rire ; ils n'ont plus d'esprit, il semble que plus personne ne puisse entendre que la vie est un jeu. Paris était une fête et aujourd'hui c'est une guerre de tous contre tous. Notre génération n'était pas celle de 68, elle ne croyait pas à la révolution, elle était en danger de perdre toute dignité, la dignité politique et la dignité spirituelle.

— La dignité spirituelle ? Qu'est-ce que c'est que cette connerie ! dit Touraine.

— Nous n'avions pas droit au bonheur. Nous n'avions pas d'héritage et pas d'avenir. Et de cela nous avons fait une fête. Surhumain, non ?

— Il n'y avait rien de mieux à faire. Et tout le monde crevait comme des mouches, n'oublie pas ça. Paris de notre jeunesse était une guerre et aujourd'hui c'est moins qu'une guerre, c'est un combat de chiens.

— Tu penses que nous sommes des chiens ?

— Je ne parlais pas de nous.

— Bien sûr que si, tu parlais de nous.

— Alors c'est soir de Noël dans les tranchées ? demande Sarazac.

— Le monde n'est pas plus cruel qu'autrefois, dit Touraine, il est juste plus bête, et nous sommes plus vieux, nous avons toi et moi une intolérance à la médiocrité, aggravée dans ton cas par la réussite et dans le mien par la souffrance. Nous voudrions une chose parfaite, une chose exemplaire, un opéra fabuleux, nous voudrions être à l'origine d'une chose parfaite parce que, pour toi comme pour moi, il n'y a jamais eu de transcendance, je suppose que si tu te fais toujours aussi allègrement sucer dans les salles obscures de L'Oubli, c'est que le petit étudiant en lettres classiques qui te servait de caniche a fini par te lasser.

— Oui, je me lasse facilement, comme tous ceux de notre espèce, dit Sarazac.

— C'est quoi, notre espèce ? demande Touraine.

— Les survivants.

— C'est vrai, nous sommes des survivants. Entre les overdoses, les suicides et le sida, il semble que nous méritons une médaille juste pour avoir survécu. Nous sommes toujours là, voilà ce qui compte, L'Étoile brille dans le ciel parisien, et les deux guerriers sont là, ils sont toujours là après toutes ces guerres…

— J'aurais aimé savoir que c'était toi, dit Sarazac.

— Quand ? Quoi ? Où ? demande Touraine en colère.

— Dans le noir.

— Tu ne te pardonneras jamais et je ne te pardonnerai jamais, c'est impossible, dit Touraine. Tu sais pourquoi j'ai survécu ? Pour me venger de toi, c'est tout. Je suis entré à l'hôpital et je savais obscurément que je ne crèverais pas comme ça, que je survivrais. Et je me suis battu pour te retrouver, pour te rejoindre et te tuer. C'était ça qui me portait, c'était une force surnaturelle. J'avais avec moi une carte postale de Santorin, c'est là que je voulais mourir quand je voulais mourir, dans une île haute, un balcon au-dessus de toutes les souffrances, avant toutes les déchéances. On m'avait promis une fin épouvantable que je pourrais peut-être différer de six mois, c'était mal connaître mon goût pour les mises en scène classiques. Ça aurait eu de la gueule, l'île haute, la Méditerranée. Et toi dans la lumière, tenant ma main décharnée pendant que j'aurais bu la ciguë, avoue que c'est le mauvais goût de la mise en scène qui t'a rebuté ?

— C'est vrai, c'était de mauvais goût.

— Je t'ai attendu deux jours, assis sur mes valises, et j'ai compris que tu ne viendrais pas avec moi dans ce théâtre. J'ai mis deux jours à comprendre. Impatience, inquiétude, angoisse, et puis lucidité. Il ne vient pas, il ne viendra pas, je vais mourir seul, si je ne peux pas mourir dans la lumière, je vais mourir dans l'ombre. Je voulais mourir pour que tu ne voies pas ma catastrophe, pour rester parfait dans tes yeux, il n'y a que dans tes yeux que la perfection avait du sens.

— Tu as toujours été parfait, dans mes yeux et dans le monde.

— Mourir n'avait plus grand intérêt sans toi, j'ai choisi de me battre et me voici revenu d'entre les morts pour te hanter. Buvons à notre jeunesse, buvons à la mort qui n'a pas voulu de moi, buvons à la vengeance, buvons à la fin du monde.

— Tout à l'heure quand nous marcherons sur les bords de Seine, je te dirai pourquoi je ne suis pas venu, dit Sara-zac. Pourquoi je t'ai abandonné. Je te le dirai, il faut que tu le saches, cela jettera un soleil noir de plus dans notre ciel, mais tu dois tout savoir…

— L'étudiant en lettres classiques qui te lisait Pétrarque le cul à l'air dans la suite nuptiale du Plaza Athénée ? demande Touraine.

— Il m'a aidé à te quitter, c'est vrai.

— Tu veux l'Opéra de Paris pour accomplir quelque chose, tu veux que je te voie dans le ciel, en gloire, dit Touraine dans un souffle.

— Oui, je veux que tu me voies, c'est vrai, j'ai toujours voulu que tu me voies triomphant, est-ce que je n'ai pas vécu dans ton ombre, est-ce que je n'ai pas été un petit chien obéissant à tes ordres, à tes extravagances ? Quand tu as voulu acheter un guépard et le mettre dans le jardin, j'ai trouvé les moyens de clôturer le parc de la maison de Bordeaux, et l'animal est mort pendant l'hiver, ensuite il a fallu organiser des funérailles comme si c'était un enfant, et tu portais une chemise à motifs léopard. Tu crois que je voulais ces délires ?

— Tu m'aimais parce que j'étais la lumière, dit Touraine impérieux.

— Oui c'est vrai, je croyais à ton talent, à la fulgurance de ton esprit frondeur, à tes paradoxes soigneusement orchestrés, je croyais à ton intelligence tellement plus courageuse que la mienne, je ne te voyais jamais lire et tu savais tout, qu'est-ce que j'étais, moi ? Un petit comptable à lunettes qui avait fait de la gymnastique pour cacher son manque de confiance en lui.

— C'est à peu près ça. Tu avais aussi un joli torse velu et une ambition très organisée, un sens stratégique de requin et une insensibilité de serpent très utile dans le monde des arts. Tu étais un animal à sang froid et c'est pour cela que notre guépard n'a pas supporté le climat bordelais, il te regardait à travers ses grilles et la nuit, quand tu allais draguer sur les bords de la Garonne, il me disait qu'il avait froid, et que tu étais le seul à pouvoir vivre dans ce monde glacial.

— Mon père était un ouvrier à qui il manquait trois doigts, dit Sarazac comme si c'était une réponse.

— Le mien était un aristocrate de robe passionné d'art précolombien, dit Touraine.

— La vie avec toi était une fête, et je me trouvais très touchant habillé en femme de ménage pour ramasser les pots cassés de tes déclarations fracassantes, pour récupérer les mécènes que tu avais traités de veaux sans oreilles, pour éviter de justesse les grèves que tu trouvais passionnantes, pour laver les sols de toutes les éclaboussures sanglantes, de toutes les déjections verbales, de tous les crachats de tes grandes colères. Tu te drapais dans les rideaux du salon pour jouer Héliogabale se prostituant à ses légionnaires, ou Sardanapale se masturbant sur son bûcher, ou Cléopâtre abandonnée par Antoine… parfois j'avais envie d'être près de toi dans un restaurant de routiers et de parler de marques de matelas et de cors aux pieds. J'avais envie d'une vie simple, prolétaire, discrète, besogneuse, pauvre, vraie, médiocre. J'avais l'impression qu'à vouloir toujours une chose plus folle et plus grande et plus vivante, plus rien n'était vivant et que nous devenions deux grimaces, plus exactement que tu étais devenu une grimace et moi, ton spectateur unique.

— Je crois que ma vie s'est bornée à arracher les rideaux du salon pour m'en faire des costumes de théâtre.

— On ne saurait mieux résumer.

— J'ai arraché les rideaux de tous les salons bourgeois, et je me suis paré des draperies les plus luxueuses pour jouer des rois et des reines condamnés par la médiocrité de leur temps.

— C'est tout à fait ça ! Et moi là-dedans ?

— Tu me regardais avec un émerveillement parfaitement sincère, j'embellissais ta vie, mon amour. Directeur d'opéra, devisant avec les grands chefs de l'essence du style français en costume Dior, tu es resté le petit comptable fils d'ouvrier de la banlieue de Draguignan. J'ai fait de ta vie un opéra fabuleux, et tu n'as eu qu'à me singer pour monter les marches de l'Olympe quatre à quatre.

— Tandis que tu continuais à arracher les rideaux même quand il n'y avait plus de rideaux.

— C'est ma contribution à la métaphysique, l'arrachage de rideaux. Et un jour, à force d'arracher tous les rideaux de l'art bourgeois, j'ai vu le mur qu'ils cachaient, un mur lépreux, blême, sali, sur lequel rien n'est écrit.

— J'avais l'air bête, mais j'avais compris que quand il y a un rideau, c'est qu'il y a quelque chose de sale derrière, dit Sarazac amusé.

— Quelque chose de sale, oui, qu'on appelle la mort, dit Touraine.

Ils marchent dans les rues de Paris, entre les façades hauss-manniennes et jusqu'à la Seine agrandie par l'automne, un grand coup de pinceau noir où quelques étoiles tombent, vertes et rouges, et s'en vont en passant sous les ponts. Les berges sont éclairées d'halogènes orange, et le son du fleuve, presque inaudible dans la journée, tombe de l'éternité dans le temps, fait de la ville au-dessus des berges un paradis de tris-tesse. Ils marchent très silencieusement pour aller jusqu'à ce lieu où Sarazac dira enfin sa lâcheté et son remords. Il a essayé plusieurs fois déjà mais l'humour moqueur de son interlocu-teur a retardé la scène. Et maintenant le fleuve les unit dans la cruauté du temps, dans l'impossibilité de dire l'amour et dans la nuit qui sauve.

Enfin Sarazac parle.

— Venir avec toi, et te regarder mourir, je ne pouvais pas le faire. Je ne pouvais pas jouer ce rôle-là. Je n'étais pas à ta hau-teur. J'étais terrifié à l'idée de vivre sans toi. Je ne comprenais pas pourquoi tu refusais la petite fenêtre qu'on ouvrait pour toi.

— Il n'y en avait aucune.

— Personne ne savait vraiment, tu as décidé à la place des médecins que tu étais foutu et que tu voulais mettre en scène ta mort et moi j'ai accepté, comme toujours, je t'ai servi comme toujours, j'ai trouvé la maison blanche au-des-sus de la Méditerranée et j'étais prêt. Mais il y a eu comme une révolte inattendue dans mon cœur.

— L'étudiant qui lisait Pétrarque.

— Il m'a servi pour un temps, pour que j'aie la force de t'abandonner. Je ne me révoltais pas contre toi mais contre la mort, j'étais peu philosophe et pas du tout artiste, je ne voulais pas de rideaux arrachés et de scandales, je voulais me battre et tu ne voulais pas.

— C'est quand tu es parti que j'ai voulu me battre, parce que mourir sans toi c'était devenu trop banal.

Le glacial et sculptural Sarazac est assis sur un banc humide et Touraine, les mains dans les poches, lui tourne le dos et regarde les luminescences qui filent dans le courant noir. Quand il se retourne, il voit le visage d'une blancheur extrême de l'homme assis qui, avec un regard d'enfant, lui demande pardon. Sarazac répète trois fois *pardon*, toujours sur le même ton neutre et déterminé, le visage purifié de toute expression, comme si son corps était raidi contre la sentimentalité. Il demande pardon avec les mots, avec la voix, et aussi avec toute sa vie et tout son avenir, qu'il dépose au sol, comme un chien qui rapporte un gibier à son maître. L'autre, debout, le regarde avec une expression tout aussi vide, non pas à cause de la pureté de l'abdication, ou de l'anéantissement de l'aveu, mais à cause du désir de lui planter un couteau dans la gorge.

Il y a un silence d'environ une demi-heure entre les deux hommes, celui qui est assis et celui qui est debout, celui qui demande et celui qui refuse. Et Touraine finit par dire :

— Crève ! Crève ! Crève ! Maintenant ! Devant moi. Crève en gémissant, souffre toutes les souffrances de l'enfer, je ne te pardonnerai jamais, jamais !

Et le coup de poing part, horizontal comme un alexandrin classique, et casse le nez de Sarazac avec un bruit ridicule. Au sol, Sarazac crie un long cri monotone et Touraine immobile s'apprête à recommencer. Le sang gicle sur le pavé des berges et, dans la lumière orange, le sang a une couleur artificielle sur les chaussures vernies de Touraine.

À quatre pattes, Sarazac essaie de respirer, il a horriblement mal et il cherche au fond de lui l'énergie de la riposte, mais l'immobilité magnifique de l'autre le fascine. À genoux, il regarde la statue de celui qu'il a aimé, à contre-jour des lumières effilochées dans le fleuve, et il pense que c'est la mort qui lui a donné cette force et cette perfection qu'il ne peut pas s'empêcher de vénérer. La minceur de Touraine, ses yeux fixes, sa bouche entrouverte, il se dit qu'il est en train de jouir d'une jouissance que peu d'hommes connaîtront. Et c'est vrai, Touraine jouit d'une jouissance électrique et qui lui donnerait la force de tuer son ennemi d'un deuxième coup. Toute l'adrénaline qu'il a en lui le paralyse et le réquisitionne pour frapper à nouveau et cette fois, fatalement. Il a dans tout le corps des éclats de feu, il mesure deux mètres, ses bras sont faits de marbre.

Sarazac le regarde à genoux et il dit :

— Tu as vaincu la mort.

L'autre ne répond pas, acquiesce par un silence qui devient inexplicablement musical et qui les émerveille tous les deux. Ils attendent le deuxième coup, et Sarazac présente son visage plein de larmes et de sang et Touraine en le regardant voit l'enfant qu'il a toujours aimé.

Une deuxième fois, mais cette fois sur un ton de délivrance, Tu as vaincu la mort.

La première fois c'était une fascination sacrée, il célébrait la force magique de son bien-aimé, il le projetait dans le ciel avec les héros mythiques. Mais la deuxième fois, il ne dit plus rien que son bonheur de le voir en vie, de le savoir en vie. C'est ce qui lui donne un visage d'enfant, il est heureux comme il ne l'a jamais été, la mort est vaincue. Et c'est ce bonheur que Touraine voit et qui d'un coup illumine toute la crasse de Paris. Alors, comme s'il ouvrait avec une clef d'or la porte du paradis, il dit :

— Mon amour.

Les deux hommes roulent l'un contre l'autre, visage contre visage et bouche contre bouche, en répétant, Mon amour, Mon amour, non pas comme un cri de détresse, ni comme une acclamation de retrouvailles, non pas comme une plainte ou une revanche, mais comme une affirmation, comme l'essence même de toute affirmation, comme s'ils étaient tombés dans un Oui cosmique, et qu'ils n'avaient plus qu'à affirmer l'amour, l'amour de celui qu'ils tiennent dans leurs bras mais aussi l'amour même, principal, originel et qui jusque dans la pierre fait l'harmonie des atomes.

Ce mot qu'ils n'ont pas dit depuis si longtemps et qui à lui seul peut racheter l'impossibilité du langage. Ils sont deux corps roulés dans l'ombre, éperdument collés l'un à l'autre et liés au sacré dans l'étreinte la plus violente. Puis, au bout d'un temps qui a défié l'éternité, les membres se relâchent et ils flottent dans un demi-sommeil, comblés de douleur.

Ils respirent ensemble et se protègent, ils se taisent, ils se parlent dans un langage nocturne, ils parlent la langue qu'on parle au bord de la vérité. Le jour vient et un froid terrible s'abat sur Paris, la clarté bleue monte d'un coup et commence à faire trembler le pont Marie.

— Je ne veux pas aller chez toi, dit Touraine.
— Viens, allons dans n'importe quel hôtel, dit Sarazac, le premier qu'on trouvera.

C'est un hôtel assez minable, dans une rue derrière Beaubourg. Ils montent l'escalier en silence, ils se déshabillent et se couchent l'un contre l'autre, tremblants de froid.
— Mon nez me fait très mal, dit Sarazac avant de s'endormir.

LE DÉSESPOIR

C'est Jon Karlsberg, dans son costume ensanglanté de Tristan, qui est venu chercher le maestro pour les saluts. Il tend sa main vers Milo qui entre de jardin avec un sourire radieux, l'ovation est si grande que le lustre tremble et que les personnages de Chagall au plafond pleurent des larmes multicolores. Alors Milo change son sourire en humilité non feinte et, s'approchant de la fosse, fait le signe auguste qui enjoint à l'orchestre de se lever, l'ovation redouble, et l'orchestre à son tour, chose rare, applaudit son chef. Devant cette admiration de la fosse pour l'homme qui la dirige, le public se lève d'un coup et plus rien ne peut arrêter la tempête du triomphe. Toute l'équipe de ce *Tristan* historique s'avance vers la fosse et la postérité, les saluts peuvent durer une demi-heure.

— Tu sais, il y a le succès et il y a le triomphe, lui dit Jon à l'oreille. Ça, c'est le triomphe.

Au tremblement du monde, à un déferlement de sens, à une présence plus dramatique du dieu du théâtre, Milo voit qu'il ne s'agit pas d'un succès de plus dans sa carrière jalonnée d'acclamations, mais d'une autre chose, comme le dit le divin ténor, un triomphe. Mais de quoi s'agit-il au juste ? D'un événement plus spirituel que culturel, d'un effondrement de tous les critères esthétiques, d'une approbation qui sort du théâtre et se met à recouvrir l'ensemble des choses connues. Les réverbères de la place de l'Opéra ne brillent plus de la même lumière, le génie de la danse de Carpeaux est rehaussé sur ses pointes, les chevaux de Garnier hennissent dans le cuivre vert-de-grisé et, au-dessus, les étoiles jettent sur Paris une aurore boréale de sens. Le triomphe révèle le sens même du théâtre qui est de faire apparaître l'Être. Le triomphe est l'apparition de l'Être pour une communauté qui trouve enfin la Réponse. Le triomphe affirme que le théâtre est l'Expérience suprême, la foule communiant se donne à elle-même un instant par lequel comprendre la mathématique incompréhensible du temps. Dans le triomphe, toute la salle est unie dans une acclamation qui est une lumière sur l'opacité tragique du temps. Le temps n'est plus mesuré avec son cortège de mort et de deuil, d'absence et de disparition, le temps devient une cascade habitable, et l'homme, un ingénieur de joie.

La salle crépite et quand les pieds commencent à scander le tonnerre de l'admiration, on craint même pour l'équilibre du bâtiment. L'opéra Garnier vacille sur sa base, il s'élève, il monte au ciel comme un gigantesque vaisseau, les Parisiens voient dans le ciel l'édifice monter vers les étoiles, à son sommet, la lyre d'Orphée devenir l'étoile qui guide les hommes. Et dans ce moment d'adulation sublime où même les régisseurs de plateaux ne peuvent retenir leurs larmes, Milo, écrasé par les fleurs, sent monter une nausée incontrôlable et ne songe plus qu'à retenir les vomissements qui le torturent. Son œuvre devient un soleil éternel et lui n'est plus qu'un intestin.

Mais les saluts n'en finissent pas, vingt fois le grand rideau de velours et de passementerie en trompe-l'œil monte et descend. Et la salle ne se lasse plus de sa propre admiration, les techniciens font de grands signes des bras pour remercier l'audience et Jon pousse par trois fois le chef à l'avant-scène pour qu'il soit inondé de sa gloire. Milo voit la salle tourner et tanguer, il n'est plus qu'un ventre malade et il commence, à force de retenir un vomissement qui revient toujours par salves plus puissantes, à avoir un goût de sang dans la bouche. De funèbres mouches noires tournent devant ses yeux et il recueille avec un dégoût insurmontable les roses sur le bois des planches, comme si c'étaient des charognes écœurantes. Sa main moite est crispée dans celle de Jon qui ne voit pas qu'il traîne un mort vivant vers le gouffre de la fosse. Les hourras lui percent le crâne et une sueur glacée descend dans son dos. Son frac, toujours trempé à la fin des représentations, se transforme en costume de glace et lui déchire la peau, ses jambes commencent à trembler. Épuisé par le mouvement de va-et-vient et par l'obligation de pencher son corps souffrant vers le vide, Milo s'enfuit au vingtième rappel. Dans l'ombre bleue et fraîche des coulisses, sous le regard amusé de techniciens aux mains sales, il vomit à grandes vagues, en s'appuyant sur un morceau de décor de *Don Giovanni*.

Le triomphe l'exclut du monde. Il est giflé par les centaines de mains qui frappent et qui disent dans ce battement qu'il n'y a plus de place pour lui en ce monde. Pourtant, quand la foule trouve le rythme de sa communion, elle réinvente l'Histoire. Mais lui, *a contrario* de ce flot bénéfique, est enfermé dans un instant de souffrance infinie, la gloire le plonge dans le malheur. Et toutes les heures de labeur et de combat qui l'ont conduit à cette gloire ont refermé derrière lui la pyramide de la vie. Plus aucun bonheur n'est possible, asphyxié de malheur, il vomit en pleurant dans l'obscurité.

Aurélien et Jacqueline, qui l'ont vu tituber et fuir les saluts, connaissent la porte étroite sur le côté jardin de l'orchestre. Ils déboulent dans la coulisse, ils sont sur le plateau et derrière eux la gloire est loin d'avoir achevé son cri.

— La gloire est la clef d'un malheur sans fenêtre, dit Jacqueline en voyant Milo hagard, à genoux, les yeux pleins de larmes, le menton sale.

Il ne sait plus lui-même où il se trouve, à demi asphyxié par les rejets, et entre ses pleurs il voit surgir de l'ombre le visage lumineux d'Aurélien.

— Emmène-le dans sa loge qu'on ne le voie pas comme ça. Et ne le quitte pas une seconde. Il va se tuer, dit Jacqueline.

Devant le ton comminatoire de Jacqueline, Aurélien s'exécute et pousse le maestro dans sa loge avant de tourner le verrou virilement. Idiot, Milo le regarde, les yeux inondés, la bouche gluante. Le barrage a craqué dans les profondeurs de son âme, il est englouti par un désespoir qu'il n'a jamais vécu.

— Je ne peux plus, je ne peux plus.

Il dit cela en boucle, entre ses dents, comme un message absent, une lettre infortunée. Il ne peut plus, ni vivre ni croire ni aimer ni désirer. Sa boulimie a des limites, aucun garçon, aucune musique ne suffit plus. Après avoir consommé des nuits de sexe et des kilomètres de gigolos, dévoré des œuvres d'art et des foies gras aux figues, après avoir enchaîné les triomphes et les soirées mondaines, le spectre hideux de l'à-quoi-bon vient de triompher de tous les divertissements, et ce spectre est moins armé qu'autrefois mais très déterminé, il veut sa peau. Aurélien a compris que lui seul peut sauver Milo, lui seul connaît ses crises de désespoir inqualifiables et comment les profaner.

Le malheur des hommes vient de ce qu'ils ne peuvent définir la souffrance morale. Et toute la littérature est une difficile, vague ou inutile tentative de donner un visage à la souffrance d'exister. Et pourtant, il n'y a que cette douleur qui soit véritablement humanité, mais les hommes soudain enivrés par le succès ou l'amour viennent à douter de son existence même. Celui qui se taillait les veines au printemps et a retrouvé la lumière regarde sans pouvoir l'aider le frère qui se pend dans l'automne, il ne sait plus rien de la science occulte de la souffrance. Et il est possible que certains êtres y échappent, ou arrivent à trouver en eux une place d'indifférence qui, sans être de la lumière, les protège de la morsure du néant. Pour des hommes comme Milo, la vie a été un combat quotidien contre cette souffrance, la joie mystique est plus accessible que la plénitude somnolente du bonheur bourgeois. Rien, jamais, ne lui a fait oublier le monstre tapi dans l'ombre, mais le plaisir le tient attaché dans un placard. Pourtant, Aurélien autant que Milo savent que tôt ou tard le monstre surgira de l'obscurité et leur mangera le visage, et qu'ils vivent toujours dans un danger de mort. Ce danger de mort est ce qui donne la mesure de leur jeu.

— Regarde-moi, dit Aurélien et il gifle plusieurs fois Milo qui tombe à genoux devant lui. Il faut tenir, il faut que tu tiennes, nous allons partir d'ici, mais tu dois t'accrocher.

Ce à quoi Milo répond, toujours et toujours sur le même ton :

— Je ne peux plus.

Aurélien essaye de le sermonner.

— Tu ne peux plus quoi ? C'est comme hier ! C'est comme hier, la vie n'a pas de sens et nous prenons ce que nous pouvons dans la maison en ruine. Nous allons piller encore beaucoup de joie. Beaucoup de joie et beaucoup de souffrances. Tu n'as pas le droit de me laisser.

Mais, plus effrayant que les larmes, c'est ce regard fixe, cette apnée toujours plus profonde, Milo tombe dans les eaux noires où les mâchoires l'attendent, et Aurélien est incapable de magie.

Aucune définition pathologique ne conviendrait à ce qu'il est, à ce qu'ils sont, eux, eux qui ne peuvent tout simplement pas vivre, à qui il faut une violence à l'image de ce combat d'ombres, de cette lugubre agonie sans mots, pour qui la violence seule – de la joie de l'amour de la guerre – donne image à une souffrance innommable qui est leur patrie et qui les appelle sans fin. Ils appartiennent à la douleur comme on appartient à la terre, et la douleur les appelle inlassablement. Et quand la violence de la jouissance, de la musique ou des combats d'hommes ne les distrait plus de cet appel, il n'y a plus que la littérature pour les sauver un temps, avant le naufrage. À condition que cette littérature soit la formulation de l'indicible souffrance. Et encore, la littérature n'est qu'un misérable radeau dans la mer de leur souffrance qui n'est pas individuelle, mais au contraire, le lieu de toutes les souffrances les plus fondamentales, originelles et infrangibles. Milo et Aurélien appartiennent à la douleur, et s'ils ont quelquefois la force titanesque de détourner, de retourner ce malheur vers une forme d'intelligence sans égale, vers un éblouissement, vers une connaissance payée au prix fort, ils n'espèrent pas pour autant vaincre le dragon. Un jour, épuisés, comblés, indifférents, béats, ricanants, ils s'avouent vaincus. Milo ne sait plus quoi inventer, quoi mettre entre lui et cette vérité, seul un dieu pourrait le sauver encore, et comme il ne vient pas, il se saisit de ce petit démon d'Aurélien, petit miroir merveilleux, petit faune de pacotille, peau blanche, sourire impeccable, cruelle envie de vivre, bras forts, bite dure, yeux qui voient dans la nuit.

— Fous-toi à quatre pattes, je vais t'enculer, dit Aurélien, pragmatique.

Le chef s'exécute et baisse son pantalon mollement, son énorme cul est ouvert et triste, sa bouche est crispée, et il pleure des larmes continues dont il sent le goût dans sa gorge. Aurélien le prend le plus violemment possible en le frappant et en l'insultant autant qu'il peut. L'homme désespéré n'a plus aucune résistance et geint avec la tristesse d'un animal mourant, rien qui ressemble à du plaisir. Avec l'énergie d'un urgentiste, Aurélien lui attrape les couilles et tire violemment, Milo commence à ressentir la douleur et avec elle un semblant de plaisir. Ainsi frappé, humilié, baisé, insulté, il parvient à échapper par une jouissance obscure et maigre à l'accablement du malheur et à l'effondrement de son monde intérieur. Mais c'est pour un instant ; pour un instant, il déplace la violence de la douleur vers une autre douleur qui ne se soucie plus d'annuler le monde mais seulement de traire une difficile goutte de plaisir. Aurélien attrape la queue de Milo et la pince et tire dessus, il ne jouit qu'en ayant mal, et cette fois, plus rapidement encore que d'habitude, et comme s'il voulait se débarrasser de l'ennuyeuse besogne de l'extase, il envoie sur le tapis chinois un jet de foutre transparent.

La jouissance a rétabli la mystérieuse balance mais n'a pas annulé la catastrophe.

Lente remontée vers la parole, la douche froide lui donne une excuse pour se taire puis, en remettant son armure et un invraisemblable gilet brodé de lys, ses lèvres se dénouent.

— Voilà, je suis prêt, je vais leur donner mon cœur par petits bouts, ils vont le mâcher lentement et le cracher dans les toilettes. Beaucoup pensent que je serai le prochain directeur de l'Opéra de Paris, alors à quatre pattes ils vont me montrer leur vieux trou du cul et me dire qu'ils sont prêts pour l'enfilade, c'est ce qu'ils appellent la politique. Je connais leurs compliments, ils ne savent pas la différence entre la clef de *fa* et de *sol,* mais ils parlent de musique. Je vais jouer mon rôle, je sais faire. Je sais faire ça mieux que tout le reste, je suis comme eux, un pourrissement de pourriture de Parisien pourri. Mais ils ne le savent pas, ils croient que je suis la vie. Je vais paraître le Bouddha repu, le gargantuesque et jovial dévoreur de vie, l'ogre de plénitude gourmande, je vais jouer le Falstaff enivré de bonheur et de musique, ils ne verront rien, ils ne verront pas le dégoût à l'œuvre, le désespoir à l'œuvre, la mort à l'œuvre. Comment pourraient-ils voir que le travail de la mort a commencé en moi ?

Face au miroir, Aurélien s'ébouriffe les cheveux et dit :

— Je ne vais pas chercher à te contredire.

Et Milo est apaisé par cette parole.

— Quand je dis que la mort a commencé son travail en moi, je ne veux pas dire que je sens la mort en moi, la mort commence son travail le jour où nous naissons.

— C'est ce que disent les poètes, répond Aurélien en remettant en place son entrejambe.

— La mort a commencé à annuler le monde autour de moi. Je ne peux plus jouir, je n'arrive plus à jouir, j'ai parcouru tout le chemin, j'ai dévoré tous les fruits, plus rien ne s'oppose à la souffrance, plus rien ne me protège.

— Pas même ma jeunesse, pas même ma beauté ? dit Aurélien, surjouant la vanité piquée.

— Viens avec moi, dit Milo avec une gravité sentencieuse qui fait éclater de rire Aurélien, d'un rire aigu et méchant, un rire de lustre en cristal, un rire de soir de fête.

— Mais je veux vivre, moi, j'aime la vie ! J'aime les beaux garçons et les filles qui m'aiment, j'aime la musique quand elle est belle, j'aime la beauté quand elle est belle, je veux

posséder, je veux vaincre, je veux ma petite couronne de pacotille, je veux mes débauches adorables, je veux mes tourments
au petit matin, et quand j'aurai joui de toutes les joies de la
jeunesse, je veux m'installer à une table de travail dans une
belle maison calme, et écrire une grande œuvre, je veux vivre,
je ne veux pas mourir avec toi, je veux vivre avec toi, j'aime
ton gros bide et ton gros cul, j'aime te baiser dans ta loge,
j'aime dormir avec toi dans ton palais, j'aime tes yeux qui
me regardent comme le dernier rayon de soleil du monde.

— Tu es le soleil, tu es le soleil, il n'y a plus d'autre
soleil que toi.

Et sans doute pour équilibrer ce lyrisme qui n'a d'excuse
que d'être débordant de sincérité Milo ajoute :

— J'ai pris mes dispositions, tu es mon légataire universel. Avec ma discographie océanique, tes petits-enfants sont
à l'abri du besoin, mais maintenant, puisqu'il n'y a plus de
champagne, je veux mourir, c'est simple, je meurs, je suis
mort, je veux mourir.

— Viens, nos admirateurs nous attendent, nous devrons
parler de choses plus sérieuses que la mort. Qui régnera
demain sur Paris ? Et où peut-on acheter les meilleurs chocolats, et que penses-tu de la nouvelle coiffure de la Louise
Ducreux ? La mort n'y peut rien, nions la mort, soyons parisiens, et ensuite, si Son Altesse le veut, nous irons nous avilir dans un bordel en parlant de musique baroque… "J'ai
écouté l'*Armide* de Gluck par Christie, c'est un vrai tunnel",
que tu diras en me mettant des doigts dans le cul pendant
que je sucerai un bel Algérien dédaigneux.

Il a donné ce programme en lui tapant sur les fesses, en
le sortant de la loge à coups de pied, en bombant son petit
torse héroïque.

Et les voilà trinquant avec le Tout-Paris comme des animaux en paradis. Jacqueline, qui sait parfaitement ce qui

s'est passé dans la loge, pérore et vibrionne. Agrippée au bras de Jon Karlsberg dont tout le monde veut sentir la nouvelle eau de toilette à l'eucalyptus, elle parle haut perché et exige des réponses aux questions qu'elle lance, faussement ingénue.

— Pourquoi *Tristan* n'est pas joué plus souvent ?

On répond :

— Parce qu'il faut un Tristan !

— Combien de temps le ministre de la Culture va-t-il tenir ?

On répond :

— Le temps qu'on sache où le recaser !

— Jon a chanté comme jamais, qui chante mieux que lui ce répertoire ?

On lui répond :

— Melchior.

— Melchior oui, j'adorais Melchior, je l'ai bien connu, il avait la voix mais le style était trop allemand, ce n'est pas du chant allemand. Tristan ce n'est pas pour un ténor allemand c'est pour un baryton italien.

Et Jon répond, épuisé après six heures de mélodie infinie :

— Deux barytons italiens plutôt !

— Mon cher Jon, comment faites-vous, ce legato, cette prosodie, cette expressivité, ces accents…

— Pour moi, chanter c'est disparaître, et quand on a trouvé le trou c'est facile, dit, modeste, le ténor.

— Vous l'avez trouvé ! Mais c'est le rôle le plus dur du répertoire non ? demande Jacqueline.

— C'est le plus long, il suffit de survivre, c'est plus facile que de vivre ! répond, amusé, le ténor.

— Votre allemand est si beau, si sensuel, comment faites-vous ?

— Je me raconte que c'est de l'italien, dit le ténor en joie.

— Vous n'êtes pas *typisch*, dit Jacqueline.

— Je suis un Allemand de la Méditerranée, ma voix c'est la mélancolie et le soleil mêlés.

— C'est pour cela que vous chantez si bien le français aussi. Le chant français, c'est du chant italo-allemand, dit Milo.

— Le *r* français, vous ne le trouvez pas difficile ? demande Jacqueline.

— Le *r* ne doit pas être roulé mais grasseyé en français, et encore, sur un seul roulement, ce n'est jamais *Rrrr* juste un peu de liquide dans le roc.

— Vous avez l'aigu si facile, si léger, je dirais presque évident, dit Louise Ducreux productrice d'opérettes qui rêve de distribuer le grand Karlsberg dans Franz Lehár.

— Je ne pense jamais à l'aigu, je pense toujours à la note d'avant. Si on pense à jouir on ne jouit pas, dit le ténor, philosophe.

— Donc, cette évidence de l'aigu, c'est la jouissance ? demande Jacqueline.

— Chanter, c'est se réconcilier avec le monde surnaturellement. Je ne sais pas si cet adverbe est français, dit le ténor polyglotte.

— Il l'est, surnaturellement, dit Jacqueline, gourmande de tous les néologismes.

— Il faut apprendre à faire de sa faiblesse une force, dit le ténor, énigmatique.

— Et vous, quelle est votre faiblesse ? demande Louise Ducreux.

— Je suis comme tous les Allemands, un sentimental, dit le ténor teuton.

— Vous habitez Paris ? demande Louise Ducreux.

— J'habite l'Espoir, répond le ténor poétique.

— Je ne connais pas, ça doit être dans un arrondissement à deux chiffres, dit Jacqueline.

— J'habite le chant lyrique, on peut chanter sans être lyrique, le lyrisme est une foi sans dieu, dit le ténor métaphysique.

— La musique est une foi sans dieu ? demande Jacqueline qui fait l'idiote.

— Oui la musique est la forme de l'espoir la plus profonde, parce qu'elle ne sait pas ce qu'elle espère, dit le ténor profond et sombre.

— C'est bien beau ça ! dit Milo, attrapant la phrase au vol. Et il ne faut pas confondre ne pas savoir ce qu'on espère avec n'espérer rien !

— J'ai vu Touraine et Sarazac, il paraît qu'ils sont réconciliés, c'est vrai ? demande Louise Ducreux à Jacqueline pour revenir sur un terrain moins futile.

— Évidemment, tu ne sais pas ? dit Jacqueline, hautaine.

— Mais alors, ils postulent ensemble ? demande Louise, fascinée par ce retournement de la fortune.

— Ça ! dit Jacqueline, avouant ses limites.

Oh la belle spirale de paroles qui emporte la foule, les choses profondes sont lancées avec un air de rire, et on prend des mines d'augure pour les affaires du siècle les plus inanes. La foule tourne autour du chef qui lance ses sourires et ses saillies. Alors Milo aperçoit, dans une alcôve discrète, Touraine et Sarazac buvant à la même coupe. Toute l'assemblée déjà a jasé sur leur apparition côte à côte au rang protocolaire.

— On dit que Duverger est sous assistance respiratoire, c'est vrai ? demande Louise.

— S'il n'est pas venu, c'est qu'il ne peut pas, dit Jacqueline qui fait mine d'en savoir plus.

— Tu en sais plus ? demande Louise, plus émoustillée par la mort que par l'amour.

— Il est très mal, je crois que cette fois il ne s'en sortira pas, dit Jacqueline avec une fausse légèreté.

La foule se dirige vers les tables rondes de la soirée d'honneur, dans le grand foyer, tout en passementeries d'or et lustres tarabiscotés. Aurélien, le nez au plafond, regarde les peintures néoclassiques débordantes de muscles et de bouches ouvertes.

— Ne me dis pas que tu aimes le plafond ! dit Jacqueline à Aurélien qu'elle sent prêt à s'extasier sur de très chromatiques faunes luttant contre des hoplites. C'est pompier, dit-elle avec réprobation.

Mais Aurélien a un temps d'avance sur elle dans les modes parisiennes, car la mode est maîtresse de tout et même la postérité en subit les conséquences : Gérôme, Bouguereau, Laurens sont redevenus à la mode après un siècle et demi de dédain. Les pompiers, réhabilités par quelques savantes monographies, s'imposent à Paris. Les collectionneurs, qui ne rêvent plus d'acquérir de grands impressionnistes, ont intensément fécondé les historiens de l'art pour que Bouguereau et Caillebotte deviennent des valeurs massives. En un mot, quand Jacqueline dédaigne les pompiers elle sonne terriblement années 1970, comme si entre-temps le quai d'Orsay n'avait pas exposé ces chairs et ces drapés dramatiques qu'on admirait déjà dans le reste de l'Europe.

Étrange effet retour du snobisme, c'est parce qu'ils étaient conspués qu'on les aime aujourd'hui. L'amour du corps masculin devenu objet du désir, non plus réactionnaire ou martial mais au contraire libérateur et transgressif, a changé le regard. Ceux qui n'aimaient pas les féminités grasses et molles des bourgeoises à la guinguette, qui préféraient les sacs de noix des ventres des garçons bouchers, disent de plus en plus haut que les pompiers sont des génies méconnus.

— Jacqueline, ne sois pas si 70, regarde ces culs merveilleux, Flandrin avait raison, quoi de plus beau que le cul d'un homme.

L'argument est de taille et ils en rient ensemble, attablés devant une aumônière de homard dégonflée d'attendre.

À leur table, la baronne de La Roche, déjà passablement éméchée, parle de ses neveux mais n'arrive pas à en dire du bien. Un mécène japonais sourit et demande qu'on lui traduise en anglais les bons mots d'Aurélien, mais il est difficile de traduire le mot-valise "adultérieurement" qu'Aurélien prononce à propos d'un serveur blond qui a une bague au doigt et qu'il aimerait retrouver "adultérieurement". Touraine et Sarazac, sages comme des premiers communiants, prennent à peine la parole et se tiennent la main sous la table. Jacqueline ne peut pas résister à la tentation de les passer sur le gril.

— Il paraît que vous ne vous boudez plus !

— Nous ne nous sommes jamais boudés, chérie, nous nous sommes agonis, mais jamais boudés, dit Touraine.

— Mais alors, lequel de vous deux se désiste ? demande Jacqueline avec une moue de collégienne.

— Se désiste ? demande le Japonais, perplexe, tandis que la baronne pousse un petit cri de joie en voyant arriver le filet de bar.

Et Milo, dans l'étrange silence qui suit, dit :

— Vous devriez tirer au sort.

— Pourquoi pas ! dit Jacqueline qui improvise une courte paille avec deux *gressini* qu'elle tend au couple.

— Ma chère Jacqueline, vous ne comprenez pas que ce que nous aimons, c'est nous battre. L'un contre l'autre et contre le monde. Nous aimons la bagarre, nous sommes des garçons, dit Sarazac qui pense s'en sortir à bon compte avec cette pirouette.

— Enfin, deux garçons et un seul fauteuil mes chéris, dit Jacqueline, fausse ingénue.

— Ah oui, c'est vrai, les garçons aiment se battre n'est-ce pas ? Et les femmes, qu'est-ce qu'elles aiment ? demande la baronne en vérifiant la cuisson du poisson.

— À vous de voir. Il semble que les femmes aiment toujours que les garçons se battent, dit Touraine.

— Même si vous ne vous battez pas pour nous, oui, c'est vrai vous êtes divertissants, à vous mesurer le zizi avec vos doubles décimètres ! dit Jacqueline avec profondeur.

Le Japonais ne comprend pas vraiment le sens de double décimètre dans le contexte.

Abruptement Milo dit qu'il aimerait trouver des cordes azur.

Le mot de cordes azur est si poétique que tout le grand foyer change de couleur et que les cent cinquante convives de la soirée de première se mettent à courir nus dans un éden bleu, mais autour de la table, c'est le silence.

— Pourquoi, azur ? demande Jacqueline, très en colère.

— Pourquoi des cordes ? demande la baronne en essuyant son jus de truffe sur son menton.

— Je voudrais me pendre avec quelque chose de joli, dit Milo en souriant.

— Tiens ! Prends ça, dit Jacqueline en lançant dans son assiette son long collier de perles de verre.

Aurélien explique au Japonais dans un anglais approximatif que pour sortir d'une situation gênante, comme l'annonce du suicide d'un ami ou le cancer d'une cousine, une vraie Parisienne jette ses bijoux en l'air, ça se fait, c'est la coutume.

— *Yes, like that*, dit Jacqueline en lançant au hasard son bracelet, qui tourbillonne dans l'air avant d'atterrir sur une table voisine.

Mais, contrairement à tous les autres, le Japonais ne rit pas, il prend un air très intéressé, comme si on lui parlait d'une tradition séculaire, un air passionné, comme celui que les Occidentaux s'efforcent d'avoir devant la cérémonie du thé.

— *Yes, it is my speciality,* dit-elle en lançant par-dessus son épaule deux jolies bagues brillantes qui brisent des verres derrière elle.

— Vous comprenez monsieur Hoshiko – je ne sais pas s'il s'appelle Hoshiko, on s'en fout –, je vous explique, c'est comme ça que je tue la mort, vous comprenez Hoshiko ? *I am killing death.* Et j'ai survécu comme ça ! À tout ! J'ai quatre-vingt-quinze ans, je suis indestructible, mais un peu à court de bijoux.

— *Killing death,* répète le Japonais.

Ça, il a l'air de comprendre.

LA NUIT

Le corps blanc d'Aurélien dans la nuit semble produire sa propre lumière, c'est un corps céleste, se dit Milo qui a relevé la couverture pour le regarder.

— Je le regarde par-delà la mort, dit Milo.

Il est à plat ventre, une jambe repliée, et ses deux mains sous sa tête font un losange parfait. Il est de la lumière charnelle, de la chair illuminée.

Son corps, translucide, si peu réel et d'une immobilité de neige, est plus qu'un corps, c'est une âme présente, que l'on voudrait mordre.

— Tu ne dormirais pas si bien si tu n'avais pas fait de ta journée une fête, tu fais de chaque journée une fête, tu es le sourire de la mort.

Il le caresse sans le toucher, il passe sa main sur son dos, sur ses épaules rondes, ses petits biceps bandés, il caresse l'aura de son corps et de son âme confondus dans la même lumière.

— Voyez-vous, puissances du mal, comment on dort quand on n'est pas coupable ? dit Milo d'un filet de voix plein de larmes.

Autour de lui les œuvres d'art sont ensevelies dans l'ombre mais Milo qui les connaît bien peut dialoguer avec elles et les regarder sans les voir. Sculptures de bronze du XVIIIᵉ, paysages romantiques, annonciation flamande, tout cela autour de lui qu'il a collectionné, il le compare à la beauté d'Aurélien.

— Vous n'êtes rien, beautés immortelles, lui seul est la véritable beauté et je ne parle pas de son corps mais de son sourire.

La nuit est silencieuse et, dans les astres, le basculement des étoiles crée un horoscope de désespoir.

— Je t'ai demandé de m'accompagner dans la mort, tu as été ma seule raison de vivre, j'ai vécu pour te voir encore une fois danser sur mes douleurs, profaner ma tristesse, ridiculiser mon chagrin. Tu m'as fait connaître la seule vérité qui soit, il faut vivre un peu avant de tirer le rideau, j'ai bu dans tes yeux ce que ni la philosophie ni la musique ne me donneront jamais. J'ai bu dans tes yeux la philosophie et la musique, une danse qui fait de la jeunesse et de l'insouciance la plus haute conscience humaine, je n'en étais pas capable mais j'ai été capable de la reconnaître en toi. Et maintenant je veux partir.

Il ne faut plus regarder que les étoiles, il faut comparer toute chose aux étoiles. Sais-tu que les astrophysiciens ont trouvé une étoile si grande que sa journée est l'équivalent de mille ans sur la terre ? Le jour, depuis la naissance du Christ, ne s'est levé que deux fois là-bas. Et chaque fois il y a eu cinq siècles de nuit et cinq siècles de jour. Quand je pense à cela, mon échec m'importe si peu, et je ne désire plus d'autre destin que de t'avoir vu dans la nuit, de t'avoir admiré dans le jour, et à nouveau contemplé dans la nuit. C'est parce que je t'aime que je veux partir. Que j'ai la force de partir, si je pensais qu'une chose n'est pas accomplie encore, je ne pourrais pas partir, mais c'est accompli, j'ai eu quelques jours de fête avec toi, avec la permission de la mort et le silence de ma tristesse. Tu m'as demandé ce que l'on appelait en musique ce petit signe, le point d'orgue sur une pause. C'est un point d'arrêt, la musique s'arrête aussi longtemps que le chef le veut, mais pour cela il doit entendre dans le silence la suspension magique de la musique jusqu'à des octaves infinies qui n'ont aucune matérialité. C'est au fond le plus difficile à faire, le chef devient la musique, lui-même est silencieux et il fait de son silence un état d'écoute surhumain. Il doit entendre jusqu'à la mort des soleils, il doit vivre l'instant comme si toute musique matérielle et sonore était devenue inutile. Le point d'arrêt, si le chef n'y entend pas la musique inouïe de la création tout entière, terrestre et céleste, devient alors un vide, un silence encombré de pensées vides.

Ce qu'il vit s'appelle encore le désespoir mais plus rien de comparable avec la noire douleur qui fait de la mort la dernière liberté, ce désespoir est de couleur inconnue.

— C'est d'un bleu presque violet, fluorescent et profond, en musique je l'accorderai bien avec un *mi* bémol diminué, et si je devais lui trouver un parfum ce serait l'odeur de l'herbe coupée au point du jour.

Le désespoir a pour lui les couleurs de l'ultime connaissance, il plonge dans la mort comme dans une odeur de nature, vraie et apaisante, qui fait fermer les yeux et apaise magiquement.

Milo défait les embrasses d'un grand rideau de velours vénitien, il avait dit qu'il voulait des cordes bleues et il n'avait pas pensé qu'il les avait sous la main. Avec les cordes bleues, il avance dans l'ombre, jusqu'au lit, pour regarder encore une dernière fois Aurélien, pour l'écouter respirer, pour respirer avec lui, sur son rythme, pour lui faire l'amour par le souffle. Il n'a pas bougé, l'adorable faune, il est resté dans l'écrin du lit blanc, dans l'impeccabilité blanche de son sommeil.

— Beaucoup de gens pensent que j'ai réussi quelque chose. Ma vie, mon œuvre, ma gloire, mes ennemis, tout cela, ce sont les signes d'une réussite. Mais moi, je sais que je n'ai rien accompli. Rien qui inscrive mon nom et mon histoire dans cette éternité pervertie qu'est la postérité. Rien de ce que j'ai fait, comparé au prestige des illustres morts, ne peut me donner une place au soleil de la postérité. Cela me faisait souffrir et tant que j'en souffrais je ne pouvais pas me résoudre à mourir. Mais depuis que je pense à cette étoile, cette journée de mille ans, plus rien ne me fait souffrir, je ne veux me venger de rien, je veux seulement partir. Avec des belles cordes de satin en passementerie bleu cobalt, et sachant que toi tu auras mon royaume, et que tu en feras quelque chose. Je t'ai tout donné, et je suis testamentairement déculpabilisé. Tout cet argent, avec lequel j'ai acheté toutes ces œuvres, je l'ai volé. Cent autres auraient pu faire ce que j'ai fait, mais ils ne l'ont pas fait, j'ai ramassé le trésor et je l'ai dépensé en trésors, et l'art va à l'art, et dans toute cette splendeur inutile, il n'y a qu'une seule œuvre valable et c'est ton sourire. Ton sourire et ta peau de lait, mais c'est pareil. Ton sourire et ta désinvolture et tes cheveux de cuivre mais c'est pareil, ton intelligence pleine de pirouettes et ton cul impeccable mais c'est pareil, puisque tout est parfait en toi. À part, peut-être, ton nez. Mais c'est cette imperfection de ton nez qui fait que tu es une perfection unique et non pas l'image répétée d'une beauté connue. Tu es la perfection faite pour mon destin à moi, la clef de ma serrure à moi, de ma porte à moi. Et je veux ouvrir cette porte tout doucement, sans te réveiller et, sur la pointe des pieds, marcher vers la lumière qui m'a fait te reconnaître et t'admirer. L'art imite la nature mais le sublime imite l'homme. Sans le sublime, il n'y a rien, l'art n'est qu'un objet comme tous ceux-là, des cailloux, de la boue, des vieilles toiles, dans l'ombre, pendues à des clous.

Toi, ta respiration dans la nuit est le sublime et quand tu jouis tu as un cri de triomphe alors que moi je grogne de douleur et de revanche. Quand je te regardais jouir, je comprenais le dérisoire de ma vie artistique, j'aurais voulu faire une œuvre d'art qui imite le sublime d'Aurélien jouissant et criant sa jeunesse. Mais je n'ai pas pu, au moins tu m'as guéri de la boulimie, du dégoût, du manque, de tout ce qui faisait ma vie, ma vie sans limite, sans bord et sans sens.

À partir de ce moment il agit sans souffrance, porté par la beauté de sa résolution, il est déjà mort. Il prend une chaise et vérifie qu'elle est assez solide pour lui. Il cherche dans l'ombre la poutre qui traverse le salon de l'hiver et à laquelle déjà il avait pensé se pendre un an plus tôt. Il ne lui vient pas à l'idée d'allumer la lumière, il préfère agir dans l'ombre, être une ombre. À la lueur de la lune, il voit ses mains nouer la corde dans l'embrasure de la porte-fenêtre. Il ne sait pas faire de nœud coulant mais il s'assure que le simple nœud qu'il fait glisse facilement. Par deux fois il lance la corde par-dessus la poutre et la manque, mais à la troisième elle retombe majestueusement et lui effleure la joue. Il la trouve presque animée de tendresse, c'est elle qui décide, elle est plus sage que lui – lui qui n'est plus rien. À cet instant, il ne revoit pas sa vie, ne ressasse pas ses bonheurs et ne regrette rien, il n'est pas littéraire, il est pratique. Au moment où il monte sur la chaise, lui vient l'image ridicule d'un podium d'athlétisme, et il se met la corde au cou comme si c'était une médaille d'or. Il pense qu'il a vaincu quelque chose, quoi ? La mort elle-même, peut-être ? Ou bien un adversaire moins prestigieux, la banalité. Rien dans sa vie n'aura été banal et jusqu'à sa mort, avec des cordes bleues dans un palais endormi tandis qu'un garçon au corps blanc repose paisiblement tout près de son calvaire. Mais la pensée d'Aurélien le trouvant pendu demain vient troubler cette paix et il hésite, il est interdit. L'idée des excréments ou de la bave qu'Aurélien pourrait trouver au matin le dégoûte et il pense qu'il a eu tort de choisir cette mort. Il enlève la corde et descend de la chaise, il écoute le silence. Le silence qui n'est pas silencieux, il entend, au fond de la nuit, le sifflement du chauffage et le bourdonnement en basse continue des aérateurs. Il entend distinctement un *la* grave et un *do* dièse un peu vibrant, il pense qu'il entend le *diabolus in musica*, cet accord de quarte qu'on a associé aux forces démoniaques. Cela le fait sourire et, mystérieusement, cet accord achève de le convaincre. Aurélien lui pardonnera, il lui a tout pardonné, ramasser un peu de merde et de sang, c'est peu payer pour tout ce que sa mort va lui apporter.

Cette fois il n'hésite pas, serre bien le nœud et fait basculer la chaise. La douleur est très intense, comme si on lui sciait le cou, et il sait que ses cervicales n'ont pas rompu et qu'il va mourir asphyxié. Le temps ralentit horriblement, mais il ne perd pas connaissance. Le balancement de la corde qu'il a produit en se déportant sur le côté accentue la douleur et la rend insupportable, il a les mains sur son cou, machinalement, et il pense qu'il ne souffrira plus longtemps. Mais au bout d'une interminable minute, il ne sent pas la mort encore à l'œuvre, et son corps se balance et serre de plus en plus la corde. Ses bras épuisés retombent et de son nez et de sa bouche, la sensation du sang qui coule, il en goûte toute l'amertume mais ne parvient pas à sombrer dans le néant. Alors il comprend que l'agonie n'est pas une lutte contre la mort, mais une lutte pour en finir et il pousse avec ses jambes, de manière désordonnée, espérant accélérer l'étouffement. Sa poitrine le brûle tant qu'il ne ressent plus la douleur au cou mais à aucun moment il ne perd conscience et, bien au contraire, il est par la douleur dans un état de conscience accrue qui est en soi une torture épouvantable. Quand il se pisse dessus, il espère être enfin soulagé mais il sent distinctement qu'il se souille sans pour autant perdre la conscience de son corps. Il se dit que ce ne sera plus très long et qu'il n'y a rien à faire, qu'attendre. Mais attendre, même quelques secondes de plus, est si insupportable qu'en son âme est ruinée toute la volonté de mourir et tout le prestige de l'acte volontaire. Il ne se tue pas, il attend la mort, c'est précisément ce qu'il voulait empêcher. Alors un bruit de craquement vient le sauver, il pense que sa colonne vertébrale vient de craquer et qu'il va être délivré. Mais au sol recouvert de plâtre, il comprend que c'est la poutre qui l'a trahi et que, sans avoir saisi ce qu'il faisait, il a desserré la corde en se déchirant le cou. Il est à plat ventre, dans une poussière inondée de lumière de lune et il entend les pas d'Aurélien réveillé qui accourt pour constater son pitoyable échec.

— Qu'est-ce que c'est que ce bordel ? demande Aurélien.

— Je me suis pendu.

— C'est con, viens te recoucher.

— J'ai cassé la poutre.

— Tu as toujours pensé que tes cent cinquante kilos te tueraient, ils t'ont sauvé la vie, dit Aurélien en riant.

— Ce sont les termites qui m'ont sauvé la vie.

— Ils vont bouffer toute la maison, faut appeler un spécialiste, dit Aurélien en bâillant.

— On fera ça demain.

— Tu veux boire quelque chose ? demande Aurélien.

— Oui un truc que j'ai jamais bu, dit tristement Milo.

— Je vais te faire une avalanche, c'est de la mousse de lait avec du rhum et de l'orgeat.

— Ça a l'air infâme, dit Milo.

— T'avais qu'à pas te pendre, dit Aurélien.

— Je ne voulais pas te déranger, tu étais si beau.

— Tu as du sang partout.

— C'est la corde, elle m'a déchiré le cou.

— Franchement, tu aurais pu attendre un jour de relâche, demain tu diriges *Tristan*, tu vas devoir porter une écharpe.

— Ça fait mal.

— Mon avalanche va te faire du bien.

— Tu es un ange baigné de lune.

— Et toi un gros con décevant et narcissique.

— C'est pas faux.

— Qu'est-ce que tu vas faire maintenant que tu as raté ta sortie ?

— Je vais me laisser flotter, on verra où le courant me porte.

— Très sage résolution, cette fois tu ne dis pas de conneries grandiloquentes. Et puis si tu veux te dézinguer tu n'as qu'à demander, je ferai le cocktail, mais puisqu'on en est là, j'en profite pour te dire que ça ne me fait pas plaisir.

— Je n'ai plus besoin ni de vivre ni de mourir.

— Ah bon ? Ben alors quoi ?

— Je vais me contenter de te regarder vivre.

— Faut dire que je fais ça bien ! Mais qu'est-ce que vous avez tous à vouloir mourir ? À vouloir trouver le sens dans la mort ? À vouloir être parfaits et parfaitement morts ? Est-ce que c'est moi qui vous attire dans ce gouffre ? Vous admirez ma force vitale et vous voulez vous pendre.

— C'est qui *vous* ?

— Toi et l'autre.

— C'est qui, l'autre ?

— Un certain fils de milliardaire qui s'appelle Lucas et qui veut expier un péché aussi imaginaire que la première pomme. Et le plus risible, c'est qu'il n'arrive pas plus à expier que toi à te supprimer. Tout ce qu'il sait faire c'est répéter "Apprends-moi à vivre", comme toi tu l'as fait depuis des mois. C'est pourtant pas si difficile. On ne tue pas la mort avec un suicide, mon gros. On la tue en jouant qu'on la tue.

— Mais alors, on ne la tue pas vraiment.

— On la tue vraiment en faisant semblant, en la piégeant dans un miroir, en recommençant et en répétant le jeu.

— Ce n'est pas vaincre la mort.

— C'est la vaincre un peu.

— J'avais quatorze ans, dit Milo, et j'aimais un garçon brun, il s'appelait Vincent. Il était d'une beauté d'étoile, il bégayait légèrement, et il aimait Mahler. Un jour, après le sport, on a tardé dans les vestiaires et quand l'essaim de jeunes footballeurs rougeauds a disparu, j'ai caressé son corps et pris son sexe dans ma bouche et il a joui très vite. Pendant la semaine nous avons continué à parler littérature et musique comme si rien n'était arrivé. Le mercredi venu, j'ai vu à sa lenteur qu'il traînait pour se retrouver de nouveau seul avec moi. Moins furtivement, mais toujours dans la volupté du secret, nous nous sommes caressés, enfin ma bouche a embrassé la sienne, nous nous sommes cachés dans une cabine et nous avons joui. Et ainsi de suite tout l'hiver, avec pour seule connivence et accord secret de parler de musique. Quand il parlait musique, quand il parlait de la première de Mahler et du finale de *Don Giovanni*, cela voulait dire, mercredi, on se retrouvera dans ce placard peint en vert pomme et je te donnerai mon corps et tu boiras mon sperme et tu lécheras ma sueur. La musique alors a vraiment eu du sens pour moi, la musique était véritablement le langage secret, la seule chose réelle. Le printemps venu, je ne vivais plus que pour lui et aussi dans l'angoisse de le perdre. Un jour, il a été absent à notre rendez-vous et les portes du paradis se sont fermées. La musique que j'étudiais pour lui est devenue une matérialisation de la douleur. Le plus indicible, c'est la douleur, pas la volupté. Mais dans la semaine, quand je lui ai parlé de la plainte de la Didon de Purcell, il a renoué l'écoute. Le mercredi suivant, dans les vestiaires, je le prenais avec une violence inouïe et il jouissait de toute ma colère et de toute ma brutalité. Il m'avait fait souffrir cosmiquement. Simplement, après avoir joui, il a dit "ça m'a plu". Et devant cette confession, cette manière d'assumer très pauvrement et très sincèrement sa part de jouissance féminine, je n'ai pas résisté à lui dire mon amour. "Je t'aime, tu es ma vie, partons tous les deux, loin, vivons ensemble au cœur de la musique." Voilà ce qui a tout détruit, en parlant j'ai vu dans son visage qu'il n'y aurait jamais plus rien, la formulation avait anéanti le fragile édifice de notre secret. "Je ne suis pas comme toi" qu'il a répondu et il a emporté loin de moi sa peau douce, son corps fin et musclé, ses cheveux noirs bouclés, ses yeux gris. Les mots avaient tué la vie. Les dieux, quand on les appelle par leur nom, s'enfuient. C'est l'esprit qui corrompt la chair.

Et je suis devenu apatride. Et la musique a été non pas une patrie, ce n'est pas une patrie, la seule patrie c'est le bonheur, mais une manière de faire de mon exil un exode. La musique, promesse de ne plus jamais céder à la formulation du bonheur, est devenue mon ciel ; mais on ne peut pas vivre dans le ciel. Tu vois, j'ai essayé de mourir dans le ciel et le ciel m'a refusé, on ne peut pas y mourir non plus. On s'agenouille, on tombe, on pleure, sous le ciel. On vole quelques heures, on lance des pierres et des crachats qui vous retombent sur la gueule, on ne construit aucun destin. Le ciel est infini, la terre est un grain de sable, notre douleur un grain de sable dans un grain de sable. Le ciel reste inchangé, malgré la musique et malgré la colère, il est là, inchangé. Nous en faisons une surface bleue par défaut de formulation, puisqu'il est un trou noir qui mange des étoiles, qui mange le temps lui-même. Et la musique est un morceau de ciel que l'on peut avaler par les oreilles. Que l'on peut avaler et qui vous avale, pour un instant. Il ne s'agit pas de battre misérablement des bras pour se faire croire qu'on vole, comme un chef d'orchestre, mais d'être le ciel, être un trou noir qui dévore le temps, nous le pouvons pour un instant. Nous pouvons rejoindre l'instant anachronique de notre déchéance et y faire entrer tout le ciel. Tu dors ?

Aurélien respire calmement, son corps merveilleux a retrouvé cette étrange position à plat ventre, une jambe repliée comme s'il gravissait la montagne des rêves, oui, il dort, il dort magnifiquement, et Milo parle encore à voix basse, il parle encore et encore, dans la nuit, à voix très basse, en regardant le corps innocent du jeune homme roux.

NOURRITURES TERRESTRES

— Notre génération a appris à vivre sans destin, dit Aurélien en dansant la bite à l'air, lascivement drapé dans un rideau mauve.

Sur un matelas bleu pâle jeté sur le parquet Versailles, Iris, Serena et Lucas sont plongés dans une médiation déshabillée, et quand Aurélien lance cette formule péremptoire, ils soupirent, se calent dans les coussins de velours et montrent par leur silence qu'ils attendent mieux de leur prophète. Serena, qui asperge leur nid de fleur d'oranger, est plus applaudie que l'aphorisme sur la mort du destin d'un Aurélien enrubanné.

Le chef d'orchestre est parti enregistrer Bruckner à Vienne et a laissé le château aux enfants. En embrassant Aurélien sur la bouche, il a dit, Mettez un peu de bordel dans cette perfection, ce musée est morbide. Les quatre petits monstres ont pris possession du lieu et dans le salon du printemps, Iris a fait trembler les vitres avec sa "musique", de la tecktonik aux infragraves percutants qui a laissé perplexes toute une collection de pastels mythologiques. Jacqueline est passée un peu plus tôt pour les ravitailler en friandises hors de prix et, dans un sanctuaire de bougies, Serena a traîné le matelas où, tout en léchouilles et caresses, la dispute philosophique a échoué sur le thème du destin.

Aurélien leur a présenté la scène du drame où Milo a tenté de se pendre, il a montré la poutre brisée, la corde tachée de sang et il a ramassé un rideau mauve effondré dans la nuit tragicomique de la pendaison ratée. Maintenant, il se pavane dans le salon de printemps en imitant les poses néoclassiques des pastels XVIIIe et les anneaux des rideaux tintinnabulent avec ses facéties. Il dit de grandes phrases applaudies avec plus ou moins d'humeur par les trois autres.

— Qu'est-ce que ça veut dire "sans destin" ? demande Iris, la bouche pleine de macarons à la violette, et branlant mollement Lucas.

— Tu es l'exemple du contraire, tu as fait un destin avec tout ce que tu pouvais ramasser, la volupté, la musique, le théâtre, Paris, un rideau mauve, dit Serena à plat ventre, la fesse en joie.

— Non, je n'ai pas fait un destin avec des antiquités, j'ai fait semblant d'avoir un destin et c'est comme ça que j'ai hérité de ce palais. Mais je ne crois pas avoir un destin, j'ai un théâtre. Je ne deviendrai pas une légende, je ne serai pas immortel dans l'histoire. Je me serai bien amusé mais ce n'est pas un destin. Est-ce que je veux un destin ou un théâtre ? J'aurais voulu les deux, mais à choisir, et puisque la mort emporte tout... et disant cela Aurélien parodie les tragédiennes.

— Tu es déjà une légende. On parle de toi dans tout Paris, tu es déjà l'enfant terrible, la jeunesse révoltée, le faune scandaleux, le génie roux qui dévore la vie. On vend ton effigie pour orner les autels du Dieu manquant, on vend des répliques de ta bite pour dépuceler les adolescents et ravir les vieilles, on publie le moindre de tes éternuements.

— L'éternité et l'éternuement, c'est sans doute la même étymologie, dit Iris hilare.

— Avoir un moulage de sa bite, ça c'est être une légende !
Qu'est-ce que la politique à côté de ça... dit Aurélien.

Et Serena commence à se demander si cette histoire de
moulage phallique est vraiment fausse.

— Évidemment, Dionysos et la république ne sont pas
conciliables, mais c'est vrai cette histoire de bite moulée ?

— Oui c'est vrai, dit Aurélien. J'ai posé pour un sculpteur, enfin un mouleur, mais je n'ai pas de droits sur la
duplication de son œuvre. Il fallait bander longtemps, je
n'ai pas de problème pour ça, c'est plutôt débander que je
n'arrive pas à faire, donc il m'a immortalisé et il vend ça,
un godemiché pseudo-artistique.

— Moi je trouve ça démocratique, compatible avec la
démocratie, dit Serena.

— C'est Pan qui n'est pas conciliable, et moi je veux
être Pan ! dit Aurélien dansant le faune.

— C'est-à-dire ? demande Serena.

— Accepter toute la réalité, affirmer la totalité, je suis
le grand tout qui féconde le grand vide. Réconcilier les
contraires, accorder le désaccord, sourire à toutes les effrac-
tions du possible, la totalité insécable, infrangible, indéchirable...

— Tu l'es ou tu veux l'être ? demande Iris.

— Je le suis en voulant l'être, en voulant l'être je le suis,
dit Aurélien sentencieusement.

— Alors pourquoi dire que nous n'avons pas de destin,
que tu as fait un destin avec des simulacres et des rideaux ?
demande Lucas.

— Parce que c'est la vérité, dit Aurélien.

— Ce que tu dis, c'est que nous n'avons pas de destin
mais que toi et toi seul, dans la jungle touffue des ambi-
tions parisiennes, tu as inventé une manière de vivre sans
destin qui est comme un destin, dit Lucas.

— Oui, une manière de vivre avec dignité, dit Aurélien.

— Personnellement, dit Serena en se lovant entre les cuisses d'Iris qui essaie d'ouvrir un pot de confiture de grenade au safran, je vis avec suffisamment de dignité. Dans cette absence de destin, je fais de la dignité avec mes révoltes et mes combats. Et je vis bien entre deux inculpations et deux bagarres.

Elle désigne non sans fierté son arcade sourcilière fendue par un fasciste.

— Voilà, ma dignité. Toi tu fais des œuvres et moi je fais des bagarres. Et ce n'est peut-être pas la roue de l'Histoire que j'actionne en écrivant des slogans sur mes nichons mais ce n'est pas non plus la torpeur bourgeoise.

— Je suis le poète, tu es la révolutionnaire. Mais en apparence seulement, dit Aurélien.

— C'est ça, je suis seule dans l'Histoire arrêtée mais je continue parce que je ne peux pas continuer et toi tu continues dans la littérature défigurée, dans le désespoir des mots. Il n'y a pas de destin pour nous, ni d'Histoire ni de rédemption par les mots ; reste que nous sommes tous les quatre sur ce matelas depuis soixante-douze heures, nous faisons l'amour et nous repeignons le monde avec notre impatience, dit Serena.

Énigmatique, Lucas s'est levé pour regarder par la fenêtre. Que voit-il ? Les lumières de la ville striées par la pluie fine.

— Je ne me suis jamais fait prendre, qu'il dit sur le ton d'une pensée profonde.

Faussement scandalisée, Serena profère :

— Et voilà la contribution du poète à la question du destin de notre génération ! Il veut se faire enculer !

— Je n'ai pas dit que je voulais, j'ai dit que je ne m'étais jamais fait.

Iris donne son avis :

— Mais c'est sa contribution à notre douloureux questionnement : avons-nous un destin ? Il dit que son destin c'est de se faire mettre donc que nous devons en finir avec les référents masculins, d'action, de possession, de dureté, de pénétration, d'attribution et de violence pour entrer dans l'ouvert, la création au sens de recevoir, la féminité c'est la révolution.

— Tu confonds féminité et passivité, dit Serena.

— Laisse-moi finir, je crois que si nous avons un destin, il ne peut pas s'inscrire dans un matérialisme historique fait d'une succession de révolutions politiques mais dans une forme de spiritualité ouverte et sensuelle…

— C'est ton destin à toi, de changer les canons théoriques du genre et d'inventer une révolution vaginale, dit Aurélien.

— Et qu'en pense le poète ?

Aurélien murmure, comme si l'oiseau allait s'envoler :

— Amies, Lucas se tait.

Le regard de Lucas est d'une tristesse biblique et pourtant cette tristesse qui fait taire leur jacasserie théorique et qu'ils reçoivent, entendent, admirent, cette tristesse n'est pas culpabilisante ou narcissique, c'est une pure tristesse, une très pure tristesse, c'est la tristesse née de la pureté, de la pureté de son désir ou de son destin ou de son absence de destin.

Après le silence recueilli que ses yeux tristes ont jeté sur les philosophes, Lucas est attiré entre les coussins, caressé et pincé, embrassé et ébouriffé jusqu'à ce que naisse sur son visage idéal un faible sourire contraint, sourire qui fait dire à Aurélien avec une douceur paternelle :

— Moi je t'enculerai si tu veux, mais je ne veux plus voir cette tristesse dans tes yeux.

Des pluies d'étoiles tombent sur leurs quatre corps embrassés. Ils sont la chimère alanguie à huit bras et huit jambes, deux phallus brandis et quatre bouches abouchées qui annoncent une douceur ineffable, la contrepartie de toutes les souffrances humaines. Toutes sortes d'anges, des rouges et des bleus, des faux timides et des voyeurs hirsutes, viennent coller leur museau sur le bord de leur expérience.

— Ce qu'il veut dire, reprend Iris en grattant la tête de Lucas, c'est que nous n'avons pas de destin commun. Ce qui est à questionner, ce n'est pas notre destin, c'est que nous puissions être ou pas une génération. Nous ne sommes pas une génération, nos destins sont devenus des destins indi-viduels, toute la responsabilité pèse sur chacun de nous, nous devons sauver quelque chose d'essentiel dont nous ne connaissons pas le nom, et cela pèse sur nous. Autre-fois, un devoir aussi mystique était porté par une généra-tion, et même plusieurs générations, mais aujourd'hui c'est cette petite folle d'Aurélien qui porte à lui seul le salut de l'Europe et c'est ce garçon brun que nous caressons qui, à lui seul, pense et rend possible toute l'aventure intérieure.

C'est cela que Lucas veut dire, se faire prendre, cela veut dire appartenir à une cause, appartenir à un rêve, non pas comme un précurseur, un génie inconnu, un éclaireur, mais comme le dernier des Mohicans.

— C'est ce que tu voulais dire ? Que tu es le dernier des Mohicans ? demande Aurélien en léchant ses doigts pleins de crème au citron.

— Peut-être que je le suis. Peut-être, oui, dit Lucas faible-ment. Et je veux bien que tu m'encules mais il faut que les filles participent à ma dévirginisation en me caressant et en m'excitant et qu'elles y mettent un je-ne-sais-quoi de sacré.

Et Aurélien répond :

— Tu seras dévirginisé avec toute la pompe sacrée que ton génie mérite, mon petit roi. Et commençons par débou-cher ce champagne, du Ruinart rosé, bois mon roi, bois.

Les filles, émoustillées par l'idée de dépuceler Lucas, commencent à se caresser et se rouler des pelles. Iris l'avoue sans rougir :

— L'idée de faire sa première fois à Lucas me met des papillons entre les jambes. Je rêve de voir son petit visage douloureux tout contracté de peur et de plaisir. Mais revenons à l'idée d'un destin individuel qui se substituerait à un destin générationnel ou national, c'est peut-être notre seul moyen de sauver le destin. Je veux dire de le penser comme individuel.

— Je crois que ce qu'il veut dire en disant qu'il nous offre sa virginité, c'est qu'il a décidé de faire de son attente une espérance, dit Serena.

— J'essaie seulement de survivre, dit Lucas la bouche encombrée de la langue d'Aurélien et d'un morceau de saumon cru.

— C'est bien ça, non ? *Faire de son attente une espérance*, dit Iris, citant Pénélope.

— Mais il fait plutôt de son espérance une attente, parce que si son destin c'est de se donner, il ne sait pas encore à qui se donner, dit Aurélien qui giflotte Lucas.

Lucas répond tristement.

— Je sais seulement qu'il y a le dégoût de moi. Et oui, cela, j'en fais une force. J'essaie d'en faire une force. De l'espérance ? J'ai dû connaître l'espérance puisque j'étais poète. Mais aujourd'hui, il y a au moins cette attente, j'attends avec toute l'immobilité de ma souffrance.

— Ta souffrance est une illusion, dit Iris, qui se laisse caresser les seins par Aurélien tandis que Serena lui mange la chatte.

— Ma souffrance est une illusion mais je ne peux pas vivre sans cette illusion, maintenant je dois relier ma souffrance à l'énergie première, à la toute première douleur, celle d'être sans réponse, dit Lucas un peu en retrait des trois, observant son sexe comme un hiéroglyphe.

— C'est une bonne définition de la littérature, mais la littérature est lente, mon roi, dit Aurélien en suçant son majeur. La littérature c'est de faire de la souffrance personnelle la souffrance commune d'être sans réponse.

— Alors, pour faire de la souffrance individuelle et du destin individuel une connaissance qui rachète notre temps, qu'est-ce que tu proposes de plus efficace ? dit Lucas qui prend la main d'Aurélien et la guide vers son cul.

— Je te propose de vivre, mon roi, dit Aurélien pénétrant Lucas de son majeur embavé et en l'embrassant.

— C'est toi le roi, Aurélien, dit Lucas avec une jolie grimace. C'est à toi qu'on a donné une couronne.

— Non, non, je ne suis pas un roi, je suis un prince. Moi je n'ai pas d'autre devoir que ma beauté.

— Et quel est le devoir d'un roi ? demande Lucas.

— Donner un destin à ceux qui n'en ont pas, dit Aurélien.

— Alors je ne suis pas roi, dit Lucas qui, sur le dos, relève ses jambes.

— C'est moi qui décide ! dit Aurélien. Tu es prêtre, prophète et roi et je suis en train de te fourailler le cul et de te donner du plaisir.

— Le plaisir ne suffit pas, Aurélien, pour moi il ne suffira jamais. Je suis exilé, dit Lucas.

Iris est emportée par une irrésistible ivresse, elle danse en tenant des bougies dans ses mains. Elle chante :

— Et si nous arrivions, avec notre douceur et notre insouciance, à prendre ta souffrance et à en faire une bulle de savon ?

— C'est ce que vous faites ! C'est ce qu'Aurélien fait en ce moment même, c'est ce que votre beauté fait, miraculeusement. Si je pouvais vivre toujours avec vous, dans ce château, nourri de promesses et de sucreries… mais non je m'enfuirais pour retrouver ma patrie, la douleur.

— La douleur n'est pas un destin, et c'est en te donnant parfaitement à l'immanence que tu retrouveras ta patrie, dit Aurélien.

— Ne sortons plus jamais du château ! Restons ici pour toujours ! dit Iris.

— Venez, aimez-moi. Je vous abandonne ma souffrance. J'ai tué l'homme que j'aimais, j'ai tué mon père, j'ai échoué dans tout ce qui aurait pu établir ma dignité. Et pourtant, j'avais toutes les chances, trop de chances ! Et maintenant je ne suis plus bon qu'à vous offrir mon corps et mes larmes. Je devrais apprendre à vivre mais j'en suis incapable. Je devrais vous aimer jusqu'à reconquérir le ciel mais je suis trop lourd. Je coule dans l'ordure. Et votre jeunesse, votre joie me tiennent la tête hors de l'eau mais pour combien de temps ? J'ai tellement peur de vous faire du mal. Je ne suis pas digne de tout cet or qui tombe sur moi.

— Alors accepte que tu es notre prisonnier et notre champ d'expérimentation, dit Serena. Un beau spécimen de névrotique phrasouilleur. Nous allons ignorer toutes tes morbidités et vivre ici un millier d'années pour te prouver que si la miséricorde existe, elle n'est ni dans les étoiles, ni dans l'expiation, ni dans les mots.

— Où est-elle ? demande Lucas.

— Elle n'est pas de ce monde mais elle est parmi nous, nous quatre, dans l'innocence de nos jeux. Et maintenant je vais danser pour vous sur le *Miserere* d'Allegri, dit Aurélien, laissant les filles lécher et doigter Lucas.

Est-ce la note aiguë et dissonante de l'ange, est-ce la lumière des bougies sur les stucs dorés à la feuille, ou les seins délicieux de Serena ? Ou la bouche d'Iris ? Est-ce le léger souffle qui fait trembler les rideaux, ou la danse ironique du faune qui ondule et s'ébroue comme s'il voulait secouer la poussière des temps ? Toutes choses semblent briller d'un

surcroît d'existence. Et Paris, capitale de l'envie, de l'inquiétude et de l'insatisfaction, ne fait plus entendre ses klaxons.

L'équanimité vient dans la danse, peut-être parce qu'Aurélien n'est pas danseur. Il apaise avec son sourire de geisha
et de lynx toutes les dissonances de l'être-là. C'est emportée par la magie de ses gestes lents que Serena renverse sa
tête et laisse Iris la mordre doucement au cou. Le jeune
et fier corps d'Aurélien parodiant Nijinski, conscient de
sa beauté, démultiplié par les ombres, avec huit bras et
autant de jambes comme un poulpe d'encre prend possession de toutes les philosophies et les rend impuissantes. Il
ne suffit pas d'être beau et jeune et danseur pour réduire à
néant les crampes intellectuelles, les questions inutiles, les
concepts tarabiscotés sur les limites du langage ou la difficile formulation de la Vérité, il faut être jeune et beau et
danseur *et* jouer à être beau, jeune et danseur. Les trois qui
le regardent et font l'amour en le regardant, dans un état
de conscience altérée, illuminé de feux follets, assistent au
mystère le plus sacré.

Dans le temple de lapis-lazuli, suspendu au faîte des tours
hexagonales, très haut au-dessus de la ville et plus près de
la Voie lactée qu'aucun autre sommet, dans les offrandes
propitiatoires et les hécatombes de fruits et de boucs, les
prostitués sacrés de Babylone dansaient la réconciliation du
monde. Mais il fallait un roi pour les voir et se sentir exclu
de leur beauté tout en l'ayant permise. Il fallait un roi pour
abdiquer son pouvoir et être nostalgique de l'instant même.

Sacrifice de parfum et de fruit, Aurélien, peu lavé depuis
trois jours et se douchant sous une grenade sure, badi-
geonne sa bouche et ses petits tétons durcis du vin zinzo-
lin et du lustre des crachats que, par dévotion, Lucas lui

envoie. Les trois lui crachent dessus pour oindre encore le corps sacré par sa danse et comme dans un rituel d'expiation, il fait mine de les piétiner et les trois dévots embrassent ses pieds. Alors, saisissant une bougie orangée à la flamme toute tremblante, il en fait couler la cire sur le torse de Lucas qui gémit du plaisir bref et de la brûlure fugace. Aussitôt il s'enorgueillit de la carapace d'or de la cire sur son torse et en réclame encore.

Plusieurs interprétations à ce geste, c'est soit la reconnaissance de la royauté de Lucas, soit la volonté par la douleur infligée de changer le cours de sa douleur et de la faire glisser vers la volupté, dans les deux cas, et ils sont compatibles, le geste d'Aurélien est un geste d'art véritable. L'art est une brûlure érotisée qui change le cours de notre souffrance. C'est justement ce que rêvait de faire Lucas, que la triste rivière de ses échecs et de ses hontes rejoigne le grand fleuve de la souffrance éternelle. Ce que Lucas n'est pas sûr de pouvoir accomplir avec des exercices spirituels éprouvants, Aurélien, dans sa toute jeunesse, en donne l'exécution immédiate, parfaite.

Décidément, le danseur est bien au-dessus du saint, et si le saint veut faire de la sainteté autre chose qu'une gymnastique morale, il doit apprendre à danser, à réconcilier tout ce qui autour de lui, de l'oiseau à l'ordure, attendait son assentiment. Cela, Lucas a le sentiment qu'Aurélien vient de le lui dire en déversant sur son torse de la cire brûlante comme un simulacre d'or en fusion.

— Je suis inférieur à toi, dit Lucas.

Et pourtant, sans Lucas, Aurélien connaîtrait imparfaitement sa beauté. Mais les pensées deviennent confuses, les quatre corps sont confondus en un corps brûlant et calme,

Iris ne sait même pas à qui est la bouche qui l'embrasse, et Aurélien se soucie peu de savoir à qui appartient la main qui l'étrangle. Il se pourrait que le plaisir reconduit dans ce château fermé leur ouvre la porte d'une béatitude secrète, il se pourrait aussi que demain, à l'aube, laissant les velours et les chandelles, ils retrouvent l'amer combat.

— Viens, dit Lucas sobrement.

Et quand Aurélien le pénètre, Lucas ne ressent aucune douleur, il se sent accompli, il sent appartenir au monde, il n'est plus exilé, inquiet, honteux, il n'est plus rien. C'est pour lui une infinie consolation de penser que le sperme d'Aurélien va l'ensemencer, il voudrait être fécondé par sa joie. Et il le lui dit calmement, tristement, profondément.

— Jouis en moi, donne ta joie.

Leur amour devient si grand qu'il engloutit Paris et les foules, tout est dévoré par ce qui, entre eux, devient une lettre majuscule dans l'alphabet de Dieu.

DU SACRÉ AU SAINT

— La pute est le personnage le plus important de la culture occidentale, dit Gilda sur le ton péremptoire et pailleté qui la caractérise.

L'assemblée générale du Mouvement des travailleuses du sexe a lieu dans le presbytère de Saint-Gervais. Frère Dominique, que Serena a retrouvé après leur dispute théologique dans le panier à salade, a ouvert sa porte aux prostituées et aux Samaritains, au grand dam de sa hiérarchie. Il écoute, toujours passionné par la parole de l'étranger, il ne cherche pas à convertir les âmes perdues comme certaines associations catholiques, il se considère lui-même comme une âme perdue qui ne peut être sauvée que par l'écoute de l'autre. Il essaie de se faire petit.

Gilda présente sa thèse sur la figure des prostituées à travers l'art et la littérature, elle a d'ailleurs participé à une exposition au quai d'Orsay sur les femmes vendues, et c'est une partie du texte qu'elle a écrit pour le catalogue qu'elle lit à ses ouailles avec une ferveur brûlante. Dans l'auditoire, Lucas et Aurélien sont assis sur un rebord de fenêtre, main dans la main. Serena et Iris, habillées du même tee-shirt noir marqué d'un triangle rose, encadrent frère Dominique.

— La pute a, seule, assumé l'héritage classique et la perpétuation du sacré dans le désenchantement du monde chrétien, dit Gilda, incontestable. La pute a tenu Dionysos et les puissances de Baal dans son bordel devenu le temple ultime. Tout l'Olympe s'est réfugié dans sa tarification et ses bas roses. L'Occident des clochers et des couvents n'a eu qu'une seule et unique contradiction, la pute. Madeleine, Manon, Thaïs, Carmen, Lola sont des noms de femmes libres qui disaient la possibilité de la liberté, la revanche contre la Trinité et la morale de l'Église. Et l'Occident n'aurait pas survécu sans les putes, sans ce retour de la vérité de l'Éros jusque dans la prière et la piété.

— Que serait une foi sans Éros ? demande frère Dominique à l'oreille de Serena.

— Un catéchisme, mon père, répond Serena sur un ton de révérence parodique.

— Il fallait des putes pour peindre des madones, il fallait des putes pour perdre les puritains, il fallait des putes pour rendre à la littérature son feu et son danger, pour que survivent Homère et Virgile, il fallait des putes, pour que tout l'héritage de sagesse ne soit pas transformé en papier, et que l'expérience sensible ne soit pas asséchée en leçon d'université, il fallait des putes.

Quand la mère a dévoré toutes les femmes, quand la mère et l'épouse ont tué la femme libre et la femme pensante, il reste la pute, libre et pensante, qui témoigne d'une liberté que l'homme lui-même a abdiquée. La pute a sauvé la pensée !

Acclamation de l'assemblée, la pute sauvant la pensée est évidemment bien accueillie et Erika en cuir rouge dit d'une voix mâle, La pute a sauvé la pensée, et la politique !

— Le XVIIᵉ siècle a tenté de christianiser l'Éros, et la pute est devenue madone, être inaccessible et aimé, mais au XVIIIᵉ siècle quand les Lumières ont rêvé d'éteindre la lumière de l'Évangile, les libres penseurs sont allés chercher les putes, elles incarnaient la mort de Dieu, elles proclamaient la liberté et l'égalité de l'individu, elles enchantaient l'immanence dans les déserts de la Raison.

Ébloui par le discours, Dominique reste songeur.

— Au XIXᵉ, on les a industrialisées et la grande péripatéticienne philosophique s'est mise à ressembler à une ouvrière du sexe, exploitée, humiliée, et nécessaire au monstre capitaliste. Le travail à la chaîne, le chemin de fer du plaisir pas cher, à l'ombre de toutes les morales, de toutes les discriminations, dans les ruelles et les impasses et les caves, elles agonisaient, elles étaient la mauvaise conscience du colonialisme et de la révolution industrielle. Mais dans les salons bourgeois, ici et là, les Nana et les Lola détournaient la puissance capitaliste. Elles étaient devenues les seules représentantes d'un hédonisme désormais honteux, et saupoudré de morale boulevardière.

Serena se penche vers Dominique et lui murmure, Elle est vraiment géniale !

— Avec le XXᵉ siècle, le combat contre Dieu continue, elles ne sont plus la contradiction, elles sont le remplacement. Dieu est sexe et le sexe est Dieu, la femme libre, seule, assure encore la part sacrée, la part maudite, la part lumineuse, la part mystérieuse, la part mystique d'un monde qui n'a plus d'espoir d'atteindre à l'éblouissement. La pute est devenue la lumière perdue, et l'horizon transcendant.

Cette dernière partie laisse Éric dubitatif, il apporte un élément de dialectique. Habillé en treillis militaire et debout sur une chaise, il lance sa contradiction pour le plaisir de la joute oratoire.

— Je ne suis pas d'accord ! Nous ne sacralisons pas le sexe, nous le désacralisons. Et c'est ce qu'on nous reproche, la bourgeoisie veut conserver l'idée que le sexe est mystérieux, obscur, indéfinissable, transcendantal, la bourgeoisie veut du sexe transcendantal pour transsubstantier sa culpabilité et son manque. Quand nous disons que le sexe est un besoin naturel auquel on peut répondre par une pratique tarifée, hygiénique, voire médicale, nous détruisons l'horizon transcendantal de la bourgeoisie laïque.

— Mais le sexe est Obscurité et Soleil, personne ne sait ce que c'est, dit Aurélien, sûr de lui.

— Si je pensais cela du sexe, je ne pourrais pas le vendre, répond Kamel. Au commencement était le sexe, a dit je ne sais plus quel poète, c'est-à-dire le sacré, le divin… L'irreprésentable est sexe, mais moi qui suis travailleur du sexe, je ne pense pas le sexe comme cinquième évangile apocryphe, je le regarde comme un marin regarde la mer.

— Non, il y a du sacré dans notre pratique, nous ne vendons pas un soulagement génital, on peut se branler pour ça et c'est gratuit, dit Gilda. Nous vendons justement le sacré, nous vendons un billet d'entrée pour la sphère du sacré, de l'oubli, de la Miséricorde, de l'épiphanie de la parousie, donc du sacré.

— Le sacré c'est le sexe et le sexe c'est le sacré ; les hommes peuvent se passer de sexe mais pas de sacré, dit le prêtre de son clair ténor. Vous confondez le saint et le sacré. La sainteté, c'est une tentative de se débarrasser du sacré. Si le saint, l'ascète, l'anachorète sont abstinents, ce n'est pas du refoulement, c'est qu'ils ont remplacé le sacré par la sainteté.

— C'est ça le sacré ? demande Gilda dont le tutoiement prouve qu'elle connaît bien le religieux atypique.

— Le sacré c'est considérer l'irreprésentabilité de Dieu, dit Dominique, contraint de monter en chaire. Irreprésentable et pourtant accessible, accessible justement dans la perte de représentation, l'obscur, le mystère, la jouissance. La jouissance, c'est rencontrer Dieu mais ne pouvoir en témoigner. C'est justement parce que c'est une rencontre aveugle qu'il y a jouissance. Le sexe est la mystique de l'éblouissement. L'homme doit choisir entre être aveuglé et être ébloui. Agnostique ou mystique, au fond, l'un comme l'autre disent que Dieu n'est pas visible et qu'on ne peut pas s'en faire d'image. C'est cela, le sexe, c'est le moyen le plus court de jouir de l'absence de Dieu.

Lucas écoute avec passion, le discours semble s'adresser à lui et lui seul, lui qui cherche une Expérience et refuse de mettre Dieu en point d'orgue de sa partition.

— De l'absence ou de l'invisibilité ? demande Lucas qui semble subitement comprendre son destin.

— Pour le monde chrétien, de l'absence, mais pour les antiques, l'absence de Dieu n'est pas concevable, il n'y a que sa présence éblouissante, on ne peut pas regarder le soleil, ni la mort, ni le sexe, on détourne le regard, on baisse les yeux, on se voile. Le christianisme c'est le monde des lampes, la nuit peut être traversée ! La lumière traverse les ténèbres, la lumière individuelle ! dit Dominique.

— Mais cette nuit traversée a exilé l'éblouissement, dit Gilda.

— Justement, le saint c'est un être ébloui qui ne ferme pas les yeux, répond Dominique.

— Non pas du tout. Le saint c'est celui qui voit très clairement Dieu, qui le voit très clairement comme un homme, dit Lucas qui sidère l'auditoire par son grave vibrato. C'est celui qui voit Dieu en chaque homme, c'est celui qui voit Dieu dans l'amour des hommes, c'est celui qui a osé une représentation de Dieu, unique et infiniment multiple : l'homme. Les travailleurs du sexe connaissent l'homme mieux que les religieux, ils donnent de l'amour et en vivent, ce qu'on leur reproche c'est de brasser la vérité, c'est d'être la Vérité de l'amour.

— La pute est la présence du sacré dans la ville, pas de la sainteté dans l'église, dit Kamel.

— Une pute peut accéder à la sainteté, comme toute autre personne, dit Dominique.

— Être les gardiens du sacré n'empêche pas de concevoir la sainteté, ne confondons pas l'éblouissement du client et le travail de représentation de celui qui est payé, dit Serena qui a parfaitement suivi les méandres théologiques du débat.

— L'éblouissement du client ne vient pas du sexe, dit Iris. Je veux bien croire que quelque chose de sacré est recherché par le client, par certains en tout cas, ce n'est pas seulement le manque ou la misère sexuelle qui pousse au bordel, c'est autre chose, c'est le besoin de sacré, non pas dans le sexe mais dans la théâtralité.

— La théâtralité ou le théâtre ? demande Gilda.

— La théâtralité et non pas le théâtre, répond Iris. Le fonctionnement pur de la représentation, sans le travail artistique ou le filtre culturel, le sacré de la représentation du jeu, c'est cela que veut le client, il veut renouer avec la fonction primaire du jeu, et le sacré c'est cela, c'est la capacité d'entrer encore en scène, donc d'être ébloui, de perdre toute représentation dans la possibilité de toutes les représentations, quand le client vient, il avoue que pour lui il n'y a pas de vérité, il y a un kaléidoscope de représentations ; et c'est cela la vérité. Il est ébloui par les facettes de tous les jeux possibles et il se perd, il perd son identité.

— Il veut une expérience extatique, dit Kamel.

— Oui, et je suis d'accord, il veut un dieu qui ne soit pas humain, dit Dominique. Je pense que la différence entre le sacré et le saint n'est pas l'interdit de représentation ou la représentation anthropomorphique, je pense que c'est plus simple. Soit Dieu est homme, soit Dieu est autre chose qu'un homme. Voilà la différence entre le sacré et le saint.

— Si Dieu est autre chose qu'un homme, qu'est-ce qu'il est ? demande Lucas.

— Justement, on ne sait pas, et c'est ce non-savoir qui est une splendeur, dit Kamel.

— Donc, sans représentation, et avec, à la place de la représentation, une présence, le visage de Dieu est éblouissant et nous sommes un miroir dans lequel on peut l'entrapercevoir, dit Dominique.

— Oui mais pourquoi l'argent ? Parce que le dieu de la bourgeoisie est l'argent ? demande Éric qui comme tout étudiant sociologue s'ennuie un tantinet quand on vire à la théologie.

— Toujours la même histoire : celui qui n'a pas payé n'en aura pas pour son argent, dit Erika en faisant claquer son soutien-gorge.

— Oui, il ne faut pas oublier que pour beaucoup de clients, ce qu'ils veulent c'est payer, dit Gilda. Certains sont humiliés de payer, surtout les riches étrangement, et certains au contraire éprouvent un sentiment de puissance, mais beaucoup ne voudraient pas de nous si nous étions gratuites. Et certains payent juste pour payer. Ou payent pour parler. Ce qui n'est pas rien.

— Un objet bénit, sanctifié, si on le vend, il perd sa bénédiction, dit Dominique. Une statuette de Lourdes n'est bénite qu'après achat, l'achat annule l'onction divine.

— Alors nous devrions désacraliser le sexe en le vendant, dit Éric.

— Non justement, nous le sacralisons par l'argent, l'argent sacralise, puisque toute la part sentimentale, émotionnelle, est retirée, il reste le sacré pur, purifié par l'achat. La parole pure est libérée par la tarification en psychanalyse, le sexe pur est libéré par la tarification. Et le sexe pur, c'est le sacré, l'homme infiniment petit devant Dieu infiniment grand, dit Serena.

— L'amour conjugal, c'est l'Éros christianisé. Il est gratuit parce que l'amour est gratuit. Donc oui, avec l'argent nous réinventons un sexe purifié de l'amour, pure puissance originelle, dit Gilda.

— L'argent permet la représentation, dit Kamel. L'argent nous le gagnons non pas avec nos parties génitales, mais avec notre souplesse symbolique, notre force à devenir un personnage. Nous sommes les acteurs et les actrices d'un théâtre purifié du théâtre. Du seul vrai théâtre sacré.

— Et nous faisons jouir la zone la plus érogène du client, à savoir l'espoir, dit Ernesto, qui n'avait pas osé s'aventurer sur la question de Dieu.

— Au fond nous rendons l'argent utile, nous le redistribuons, dit Éric.

— On s'éloigne du sujet, dit Gilda un peu perplexe.

— Quel est le sujet ? demande Ernesto.

— Fonction sacrée de la prostitution, dit Dominique.

— Le sujet c'est de rester révolutionnaire. Dans un monde qui peut faire de nous une marchandise, nous restons un ferment révolutionnaire, dit Éric, qui veut sortir de ces gloses théologiques.

— Et je ne suis pas humilié d'être une marchandise, nous sommes tous des marchandises, dit Kamel. Et je ne comprendrai jamais pourquoi je devrais me sentir humilié quand on me donne de l'argent pour faire l'amour, même quand j'avais quinze ans je ne trouvais pas ça humiliant.

— Je suis une marchandise si je me considère comme une marchandise et je suis une révolutionnaire si je me considère comme révolutionnaire, dit Gilda en bonne sartrienne-beauvoirienne. Je pille le Capital ou je suis réifiée par le Capital, la seule différence c'est comment je conçois mon rôle.

— Justement, comme un rôle, dit Iris, comme une farce que je joue. Encore une fois, la différence c'est la théâtralité, ce n'est pas mon cul que je vends, jamais. C'est la fiction de mon cul.

— Ce qu'il faudrait, pour subvertir le patriarcat capitaliste, c'est montrer, démontrer – oui, pas seulement intellectuellement mais physiquement – qu'il repose sur une série de fictions qui se donnent comme des dogmes, des vérités, des axiomes inébranlables, dit Aurélien.

— Il faudrait branler l'inébranlable, dit Kamel, qui est le seul à rire de son bon mot.

— Oui, il faudrait offrir nos services aux chômeurs, aux exclus pendant une semaine, et leur donner la possibilité de dialoguer avec leur oppresseur, dit Gilda qui redevient pratique. On jouerait pour eux l'administration pénitentiaire, le directeur de banque, le flic, le président de la République...

— Que des hommes alors... dit Serena.

— Non, des femmes aussi, des stars de cinéma, des journalistes, des milliardaires et ils viendraient nous baiser gratos. Et ce grand carnaval provoquerait l'étincelle révolutionnaire, dit Gilda.

— Occupons un lieu symbolique ! La Comédie-Française ou la Bourse ! Et organisons un grand carnaval révolutionnaire où toutes les figures du pouvoir patriarcal seront dénoncées, dit Serena, exaltée.

— Ce que vous proposez, c'est tout simplement un théâtre, dit Aurélien.

— C'est pour cela que ce doit être ailleurs que dans un théâtre, pas de récupération culturelle, frappons au cœur du pouvoir, occupons l'Assemblée ! dit Éric.

— Nous ne sommes pas assez nombreuses pour frapper le cœur du pouvoir, frappons le pouvoir symbolique, McDonald's ou Disneyland. Les symboles du capitalisme, dit Ernesto.

— Nous ne tiendrons pas une heure, et puis il faut un lieu qui s'adresse directement aux exclus, un lieu où nous montrons que nous sommes solidaires des exploités, de tous les exploités du patriarcat, dit Gilda.

— Alors il faut occuper Pôle Emploi, c'est petit, accessible et symbolique. Le chômage est une machine d'exclusion, le chômage est le problème, pas la prostitution libre, dit Aurélien.

Au silence qui suit sa proposition, il voit qu'il a frappé juste. L'unanimité est acquise, reste le fonctionnement pratique.

— Créons des cellules de travail sur l'occupation de Pôle Emploi, dit Gilda. Un groupe va en repérage, l'autre organise l'intendance de l'action, la date sera votée à la prochaine réunion et nous devrons construire une équipe de communication puissante. Nous n'occuperons pas les locaux très longtemps. Le contenu de l'occupation doit faire l'objet d'une programmation : débats, invités prestigieux, spectacles, prises de parole, et surtout, surtout, favorisons la prise de parole de ceux qui en sont dépourvus, les associations de prostituées asiatiques, les associations d'aide aux prostituées africaines, les sans-papiers, les sans-logis, ne nous retrouvons pas entre intellectuels, sachons écouter.

— Voilà un projet qui me séduit, dit Kamel à Lucas.
Lucas regarde Kamel comme un sphinx.
— Votre révolution, je n'y crois pas, dit Lucas, mais j'aime vos idées.
— Pourquoi tu n'y crois pas ? demande Kamel, l'air faussement déçu.
— Parce qu'on ne peut pas forcer les autres au bonheur, dit Lucas.
— On peut leur rappeler qu'il est possible, dit Kamel.
— Qui suis-je pour cela ?

DIALOGUE DES AMANTS

— Moi, j'ai essayé de faire quelque chose de mon désespoir, dit Lucas en buvant un gin Sapphire. Et je n'ai trouvé
que la culpabilité, me rendre responsable de ce désespoir,
c'est tout ce que j'ai trouvé. Là commence peut-être une
aventure littéraire, une série de gymnastiques et de gesticulations éthiques, mon maigre chemin spirituel. Comme
dit Dostoïevski, tout le monde est coupable, surtout moi.

Aurélien et lui sont sortis au milieu de la nuit, les filles
les ont chassés du studio, ils se sont réfugiés chez Carmen, à
Pigalle, où les derniers travelos de la grande époque viennent
cuver leur insomnie.

— Je ne suis pas coupable, je nais chaque jour, dit Aurélien.

— Je suis coupable de ne pas naître chaque jour, dit
Lucas.

— Je ne suis pas désespéré, je n'ai pas le temps.

— Je ne suis plus désespéré depuis que je suis coupable.

— Pénélope n'attend pas, elle espère.

Un grand travesti en jupe à paillettes se met à danser
sur le bar et Lucas lui donne son gin Sapphire et en commande un autre.

— Elle espère parce qu'elle a déjà rencontré Ulysse, dit
Lucas. Mais moi, qui est mon Ulysse ? Qui m'a donné de
la joie ? Notre génération attend, elle n'espère pas, elle est

née après l'apocalypse, elle ne peut plus qu'attendre. Ou ne pas attendre, refuser d'attendre, remplir son attente de choses inutiles mais ceux qui croient, l'infime minorité des croyants qui font de chaque génération une génération nouvelle, qui ne reproduisent pas la triste démission de leurs pères, ceux-là, aujourd'hui, ils attendent, ils n'espèrent pas, ils attendent…

— C'est de moi que tu parles ? demande Aurélien.

— Toi, tu es le très rare diamant, tu n'attends pas, tu as trouvé. Tu danses sur un fil, tu as tendu un fil entre la joie d'avoir un corps et la responsabilité du langage et tu danses sur ce fil, dit Lucas.

— Donc je suis en danger, dit Aurélien en filant sur la piste se dépoiler et se déhancher pour prouver la véracité des dogmes qu'il incarne.

— Mais justement, c'est ce danger qui fait ta joie, dit Lucas.

Mais Aurélien ne peut pas entendre. En sueur et essoufflé, le petit faune vient frotter son torse humide contre le pull sale de Lucas.

— Comment fais-tu pour me connaître si bien ? demande Aurélien qui embrasse la moustache de Lucas.

— Je me le demande, qu'est-ce qui en moi te connaît si bien ? Quelle part de cette nuit en moi peut connaître ta lumière ?

Et après avoir dit cela, Lucas se retient d'ajouter, *mon amour*.

— Est-ce que je suis celui que tu attends ? demande Aurélien avec un sérieux papal.

— Oui, tu es celui que j'attends, mais je ne suis pas capable de te suivre, tu es inaccessible, dit Lucas, splendide.

— Pourquoi ? demande Aurélien avec une voix d'enfant.

Et il entraîne Lucas sur la piste, Lucas qui danse maladroitement. Il lui enlève son tee-shirt et le jette dans l'assistance complaisante. Ils ne sont plus que cinq sur cette petite piste sous des lumières tournantes et une boule tango au lustre passé.

— Je suis lourd, je suis trop lourd. Je suis des couches et des couches de pathos sédimenté, je suis ennuyeux, triste, sombre, toute mon énergie brûlée pour soulever une enclume que j'ai sur le ventre et toi tu viens comme un oiseau, parfait désinvolte, et tu me demandes si j'aime cette enclume. Et moi je te réponds, Je ne sais pas vivre autrement, et quand je te dis, Apprends-moi à vivre, qu'est-ce que tu fais ? Tu danses. Comme si je pouvais danser avec cette enclume sur le corps.

— Donne un nom à l'enclume, dit Aurélien.

— Mon enclume, c'est la culture, dit Lucas.

— Ah ah ah, oui c'est bien vu ! Tu es trop cultivé pour vivre !

Et en disant cela, Aurélien met les mains derrière sa tête à la manière du faune Barberini. Il entraîne Lucas dans un coin, sur un canapé rouge sang troué de brûlures de cigarettes, il l'assoit sur lui et Lucas le caresse et embrasse son cou.

— Et moi, je mets dans la culture un ingrédient de non-savoir qui la rend bonne. C'est trop compliqué pour toi, avec tous tes morts et tes livres, moi je dis que la culture est une cathédrale sans ciel, ouverte sur le non-savoir, et que je veux vivre pour vivre, je le dis avec ma jeunesse et non pas avec ma langue. Trop occupée, cette langue, à lécher des idoles de sucre.

Et joignant le geste à la parole il lèche Lucas qui se laisse faire. Un vieux travelo s'assoit près d'eux et les évente avec un grand éventail de plumes mauves.

— Tu es un sauvage, tu es un monstre d'avant le langage, on ne peut pas ne pas t'aimer, dit Lucas, qui semble très amusé par le léchage consciencieux d'Aurélien.

— Je sais bien qu'on ne peut pas ne pas m'aimer, je n'en fais pas une malédiction, je donne ma jeunesse à qui la veut, dit Aurélien en chantonnant.

— C'est ça qui a tué Milo, dit Lucas.

— Il n'est pas mort, la poutre a cassé, dit Aurélien comme s'il citait un oracle. Il n'est pas mort, mais c'est vrai, ma jeunesse, ma beauté, mon sourire, ça lui donne envie de mourir, ça annule toutes les choses extraordinaires qu'il a pu faire. Il dirige l'orchestre de son désespoir et moi je suis la petite flûte acide du berger qui réconcilie le crépuscule avec la nature, je suis Pan, je ne suis pas sorti du paradis, quand je souris on voit le jus des grenades et le sang des sacrifices, et on voit dans mes yeux les larmes inutiles du monde. La musique n'a jamais consolé personne.

Aurélien pense à Milo, et cela l'assombrit un peu.

— Milo a cru que la musique était l'ordre suprême, l'ordre qui préexiste, la sphère supérieure qui, mille octaves plus haut, accorde tous les désaccords. Il a voulu entendre la musique des limbes, avant que les choses soient séparées dans les prémisses de la conscience, quand tout vibre avec tout et que l'aurore des mots pointe sur la langue. Il a cru cela parce qu'il souffrait dans son corps, il a travaillé, travaillé, travaillé, il voulait rejoindre l'unité perdue dont seule la musique témoignait. Mais plus il travaillait, plus il était écrasé par le solfège et les notes, plus son oreille s'ouvrait, plus elle s'ouvrait à la dissonance, il entendait les commas manquants, les millionièmes de silence perdus et les balances mauvaises. Il a voulu une musique parfaite et il a travaillé encore et encore, et il s'est éloigné de la vie. Et celui qui écoute la musique comme on écoute les vagues, ou la confession de l'homme qui ploie sous les larmes, celui-là entend l'exil, toujours et encore l'exil, la musique nous dit ce que nous avons perdu, la musique ne nous donne pas ce que nous avons perdu, il n'y a pas de miséricorde dans la musique, il y a la souffrance d'avoir été exilé, pour toujours, dans le langage. Que fait l'homme qui écoute ? Il transcrit en mots imparfaits et il constate qu'il entend la musique mais qu'il n'est pas musique, que la musique n'est pas la clef qui rouvre le paradis, que la musique est la sentence de son bannissement.

Et maintenant les deux garçons dansent l'un contre l'autre, lentement, en écoutant une version techno de l'*Adagio* de Mahler.

— Alors, pourquoi jouissons-nous en écoutant la musique ? demande Lucas.

— Parce que nous avons une fenêtre dans notre prison, dit Aurélien le visage barbouillé de lumière. Et que c'est mieux qu'une caverne, ou une cave ou un cercueil. Une fenêtre d'où nous voyons toutes les choses exquises dont nous sommes éloignés, et nous jouissons d'elles autant que de leur absence, nous sommes éplorés pour toujours et ensorcelés par l'absence des choses aimables.

— Alors, si la musique ne console pas, qu'est-ce qui console ? demande Lucas.

— Rien ne console, il faut renoncer à la souffrance, il faut faire de soi-même, de son propre corps, la porte du retour, dit Aurélien en entraînant Lucas vers la sortie.

— Mais pour cela il faut être beau, jeune et heureux, dit Lucas.

— Il faut être beau, jeune et heureux même lorsqu'on est laid, vieux et triste, dit Aurélien.

Ils marchent dans la nuit, ils descendent la rue des Martyrs d'un pas rapide. Aurélien a promis à Lucas de le conduire dans le plus vieux restaurant des Halles.

— Et toi ? demande Lucas.

Et le caractère elliptique de la question ne trouble pas Aurélien.

— Je suis la connaissance, dit Aurélien en se recoiffant dans la vitrine d'un fleuriste, son visage entouré d'orchidées.

— Donc tu es plus grand que la musique, dit Lucas en faisant mine de l'étrangler.

— Mais oui ! Je suis la Vérité, dit Aurélien, toujours plus étranglé par Lucas.

— Et comment t'étreindre sans avoir envie de se pendre ? Ou de se jeter par la fenêtre ? demande Lucas.

— Silence ! Je devrais pouvoir répondre à cette question. Mais à quoi bon ? Cela me concerne si peu, dit Aurélien.

Et il repart en courant, traverse les rues, se fait klaxonner par les autos, Lucas le suit comme il peut, Aurélien joue du tam-tam sur les poubelles et donne des coups de pied dans les rideaux de fer pour réveiller la ville.

— Alors tu t'en moques, que Milo se soit pendu ? demande Lucas.

— Encore une fois, il n'est pas mort, dit Aurélien qui monte dans un taxi.

— Tu savais que la poutre casserait ? demande Lucas. Tu as de quoi payer le taxi ?

— C'était probable, c'est une très vieille poutre, une poutre frelatée, une poutre à laquelle on ne peut pas faire confiance, dit Aurélien allongé sur Lucas. Nous allons rue Vauvilliers.

— Et moi, si je me tuais maintenant ? dit Lucas à son oreille.

— Mais pourquoi le ferais-tu ? demande Aurélien.

— Un garçon s'est tué pour moi, à cause de moi, dit Lucas.

— Disons qu'il a voulu te rejoindre dans la mort parce que tu étais inaccessible dans la vie, mais toi tu ne me rejoindras pas dans la mort, puisque tu m'as déjà rejoint dans la vie.

Et après une telle évidence, il le gifle violemment.

— Il faut la nuit pour le jour et le jour pour la nuit, dit Lucas, enchanté.

Aurélien descend la vitre du taxi et pousse des cris par la fenêtre. Le chauffeur n'a pas l'air choqué, il sourit dans le rétroviseur.

— Il n'y a ni jour ni nuit, c'est nous qui tournons le dos, ou plus exactement, le jour et la nuit habitent le même monde, dit Aurélien, assagi. Je n'ai pas d'argent pour payer, je peux vous tailler une pipe ?

Le taxi a l'air d'accepter. Mais soudain Aurélien devient grave et regarde Lucas dans le noir des yeux.

— Si je t'appelle *mon amour*, est-ce que tu répondras *mon amour* ?

— Oui mon amour, dit Lucas. Dès le premier instant de notre rencontre, tu m'as tout donné et je t'ai tout donné.

— Et pour combien de temps ?

— Une saison et toujours.

Le taxi est arrêté et pendant que Lucas attend dehors, Aurélien paye la course d'une courte pipe non conclue. Il rejoint Lucas, hilare.

— Je pourrais dire que j'ai remis mon destin entre tes mains, mais ce serait mentir, je n'avais pas de destin, dit Lucas qui caresse sa joue.

— Le destin est comme la lumière, pour apparaître il lui faut un objet, dit Aurélien en l'attirant dans le restaurant La Poule au Pot.

L'entrée est ornée d'une boule à facettes qui tourne et dont les éclats de lumière se projettent jusqu'à l'église Saint-Eustache. C'est un vieux restaurant des Halles qui a gardé son atmosphère d'avant-guerre. On y mange, comme son enseigne le dit, une poule au pot traditionnelle parmi des acteurs encore sous le coup de l'adrénaline de la scène qui viennent y retrouver un Paris éternel.

— Et quel est l'objet de notre génération ? demande Lucas.

Le patron embrasse Aurélien et lui ouvre une table dans une alcôve.

— Nous voulons deux douzaines d'huîtres, des tranches de foies gras grosses comme ça et deux babas au rhum, et on boira des coupes !

— Et tu as de quoi payer ? demande Lucas.

— Ici, je ne paye pas, c'est entre le patron et moi. Je crois que le but de notre génération, c'est la réunion de la terre, la réunion de toute la terre, mais pour cela nous devons laisser le mal au monde.

— Accepter le capitalisme ? demande Lucas.

— Non, pas l'accepter, mais l'admettre dans notre jeu. Il est l'argument de la mondialisation, il faut l'admettre, dit Aurélien en fronçant les sourcils.

— Tu n'as pas de morale, dit Lucas.

— J'ai plus que de la morale ! dit Aurélien en trinquant.

— Qu'est-ce que c'est, plus que la morale ?

— J'ai mis du temps à le comprendre, dit Aurélien, sûr de son effet.

— Plus que la loi morale ? Qu'est-ce qui est plus grand que la loi morale ?

— La mode ! La mode est plus grande que tout. La mode est plus grande que le Christ, dit Aurélien en avalant une huître.

— Si je voulais me hisser jusqu'à ta grandeur, il faudrait au moins que je sois un saint, dit Lucas qui refuse de manger une huître, il a horreur de ça.

— Oui, et je t'humilierais avec une chemise imprimée et une boucle d'oreille en perle rose. Et ça fait douze huîtres pour moi ! dit un Aurélien proche de la béatitude.

— Oui, tu me montrerais, tu me démontrerais que nous n'avons pas le droit de vivre ailleurs que dans le temps, dit Lucas qui le comprend à la perfection.

— Nous avons le droit de vivre hors du temps, nous avons tous les droits d'ailleurs, mais c'est inutile, dit Aurélien en tartinant du foie gras. Tu mangeras au moins du baba ? Il est excellent.

— Tu accroches une perle rose à l'oreille du Christ. Embrasse-moi pour ce blasphème. Et Aurélien l'embrasse avant de reprendre sa démonstration hérétique.

— Oui, je veux un Christ dans le temps.

— Mais il est dans le temps et hors du temps, dit Lucas.

— Il est dans le temps, hors du temps, il est hors du temps par le temps, il crée en souriant un temps anachronique, dit Aurélien.

— Comme toi ? demande Lucas.

— Non, comme toi ! dit Aurélien.

— Mais je ne souris pas, dit Lucas en faisant non de son doigt.

— Comme toi *si* tu souriais, dit Aurélien qui a toujours le dernier mot.

— Je pourrais t'embrasser pendant des heures, cela ne m'apprendrait pas ton sourire, dit Lucas.

— Il faudra bien apprendre, mon amour, la vie est la seule sagesse, dit Aurélien.

Et il s'adresse à la table de touristes américains qui les coudoient :

— *Life is the only wisdom !*

Les Américains lèvent leur verre.

— Pourquoi ? Ma culpabilité est un beau royaume, Prince, gardez votre sourire, dit Lucas très triste.

— Je dois prouver la suprématie de mon royaume, Altesse, je vous demande d'abdiquer, dit Aurélien très joyeux, en réclamant deux autres coupes d'un petit mime.

— Tu veux que j'abdique ma souffrance ? dit Lucas très inquiet.

— Absolument, dit Aurélien, très léger et comme si c'était fait.

— Qu'est-ce que tu y gagnes ?

— Je gagne, c'est tout. Je suis vainqueur, ça suffit, dit Aurélien qui lui pince le menton.

— Parfois je pense que tu n'existes pas, que tu es seulement une idée, dit Lucas en espérant clore la conversation.

— Parfois, oui, dit Aurélien. Parfois je suis un sourire sur une statue, je n'existe pas. Parfois je passe en criant entre deux vagues vertes, on n'est pas sûr que j'existe, parfois aussi, avec l'envol des oiseaux et la lumière du printemps, j'existe une trop brève seconde pour devenir une morale. Je ne m'attarde jamais, on m'attend partout, on m'attend quelque part, je n'existe pas plus que la lumière et pas moins que la musique. Je suis l'énigme adorable et la chair qui sait. Après bien des combats, nombreux sont ceux pour qui mon existence n'est plus une question. Ils ne m'ont pas enfermé dans un livre mais ils ont passé tant de nuits à m'attendre qu'il faut bien que j'existe. J'existe quand tu m'appelles et je n'existe plus quand tu me prends dans tes bras. J'existe avec la joie errante qui n'existe pas. Je n'existe pas quand trop d'existence ferait de moi une règle et quand le pouvoir veut me rallier à ses manigances. J'existe quand je joue à exister, je n'existe pas si l'on me demande des preuves d'existence, je meurs dans l'exactitude et je renais dans l'imprescrit. Je suis ce que tu veux que je sois et pourtant je reste libre, je suis libre et pourtant je t'appartiens, le jour se lève encore et encore et annule chaque matin tout ce que l'on croit savoir de moi. Pour moi-même, je n'existe jamais, mais je parle d'exister pour que tu me cherches, j'ai des miracles plein les poches et j'en donne à manger aux enfants tristes, il n'y a que dans mon théâtre que la vie échappe aux questions inutiles. Là où je suis, il y a de la lumière, toujours. Pourtant je ne suis pas la Lumière et la Lumière ne pourrait pas me suivre, je m'envole plus vite que la pensée, je dors plus profondément que la mémoire, je suis plus léger que l'ombre des feuilles et plus consolant que l'œuvre accomplie.

Lucas applaudit l'improvisation d'Aurélien et les touristes, qui n'ont rien compris, applaudissent aussi. Aurélien salue comme un arlequin.

— Et pourtant, parfois, tu es triste, dit Lucas.

— Et pourquoi ne pas l'être ? Mes larmes sont fertiles ! dit Aurélien. Tu vas manger du baba, c'est un chef-d'œuvre.

— Je ne peux pas, dit Lucas, mes mains sont paralysées.

Aurélien vient s'asseoir près de lui et, cuillère après cuillère, donne à manger à son ami. Il essuie son menton plein de rhum et de sucre, et enfourne encore et encore le délice onctueux recouvert de chantilly. Parfois, il lui lèche la bouche, et ce silence les enchante. Les Américains les regardent, amusés, ils ont dû percevoir que dans cette saynète, une profondeur inatteignable par les mots se travestissait en facétie. Autour d'eux, les lumières du restaurant tournent et se reflètent dans les miroirs, le temps passe en légèreté idiote, en rires sucrés, leurs yeux sont pleins de choses mortelles où ils lisent des oracles, et la nuit roule ses étoiles avec plus de mystère.

UN CLIENT POÉTIQUE

— Le plus grand désir de l'homme est d'être sacrifié, dit Kamel en se léchant les lèvres.

— C'est ce qu'il veut ? demande Lucas.

Les deux garçons attendent place de Clichy l'heure d'un mystérieux rendez-vous.

Kamel a parlé à Lucas de ses clients poétiques, ceux qui ne veulent pas simplement une fellation ou une pénétration, mais une fiction. Bien plus dangereux et pervers que les peine-à-jouir, ou que les frustrés qui se haïssent. Pour certains initiés, le corps est aussi étranger à la sexualité que les mots le sont au papier qui les porte. Ils pensent et savent que la sexualité est un terrain d'expérimentation iconographique, un lieu où les représentations sont déchirées. Entre alors dans l'alchimie de leur jouissance une composante politique que le théâtre de la prostitution révèle et confirme. Kamel et ses amies révolutionnaires pensent que c'est là la vérité de l'extravagante aventure de la prostitution libre, à cet endroit qu'ils servent des forces de carnaval qui peuvent faire jouir autant que miner les architectures souterraines de la société. En un mot, la révolution est proposée dans un laboratoire où la jouissance est le signe de sa réussite possible. Ce qui, à titre individuel, déclenche les mécanismes de jouissance peut être l'origine d'une réorganisation de la société.

— Pervers de tous les pays du monde, donnez-vous la main ! dit Lucas amusé.

— C'est cela. Et nous allons retrouver M. Martin à l'hôtel Souquet. C'est un hôtel très beau et très secret, une ancienne maison de passe, justement, redécorée par Jacques Garcia en salon oriental et alcôves de velours. M. Martin est un grand mélomane, il vient d'être nommé à la Cité de la musique, à moins que ce ne soit à la Philharmonie, enfin quelque chose de grand et de très musical. C'est un raffiné, il veut autre chose que de la branlette à cinquante euros, dit Kamel, orgueilleux dans son costume trois pièces un peu serré. Il veut être sacrifié, il veut l'inversion des rôles, il veut perdre son identité dans l'inversion des rôles. Il veut disparaître.

— Être sacrifié c'est autre chose, dit Lucas songeur.

— Oui, mais c'est son seul accès au sacré, tu comprends ? Je suis le sacré pour lui, dit Kamel, très sûr de son pouvoir.

— Qu'est-ce qu'il veut ? demande Lucas très impatient.

— Il veut être une pute, dit Kamel, c'est son plus grand rêve, oserais-je dire, son rêve d'enfant. Il veut que je le paye, comme un client exigeant. Bien sûr, il me donne auparavant le double de la somme, je le paye et j'en fais ce que je veux. Je dois être un client important, je dois jouer le rôle d'un client qui a peu de temps et des exigences précises. Nous discutons tarification parce que j'en veux toujours plus.

— Qui, toi ? demande Lucas, déjà perdu dans la mise en abyme de la pute qui joue au micheton.

— Non, le personnage. J'en veux toujours plus, mais comme j'ai beaucoup d'argent ce n'est pas un problème, seulement je ne suis pas content de ses services, mon exigence est trop grande, je dois lui dire que je suis déçu, M. Martin veut se prostituer à un homme qu'il décevra toujours, il veut être réprimandé de ne pas donner l'absolu. Il veut que j'humilie ses limites, dit Kamel comme s'il parlait de plomberie.

— Et il ne jouit pas ? demande Lucas.

— Il jouit ! Il n'éjacule pas, mais il jouit ! Il jouit de ne pas éjaculer. Non seulement son jeu est complexe mais en plus il faut qu'il échoue toujours. Et comme c'est un fils de colonisateur, il lui faut un Arabe, riche et habillé comme un directeur de banque, tandis que lui jouera, se jouera à lui-même, la pute contrainte de vendre son cul pour nourrir ses enfants. Avec les années, le jeu est devenu complexe, il veut échouer à être une bonne pute.

— Comment ça ?

— Il aime que le client soit mécontent, c'est ce qui le fait jouir.

M. Martin est assis au fond du salon bleu marine, il est habillé d'un survêtement gris et boit un verre de vin. Il a l'air mal à l'aise et inquiet, mais Lucas devine que c'est déjà une part du scénario.

— Est-ce que je peux rester ? demande Lucas.

— Oui, je te ferai passer pour… je ne sais pas, je trouverai, dit Kamel.

— C'est bien, tu es à l'heure, j'ai horreur d'attendre, j'ai du boulot.

— Mon neveu est avec moi, ça ne te gêne pas j'espère, dit Kamel à l'homme assis qui a mis ses doigts dans le bol de cacahuètes, et dont une tache de vin a sali le gris perle du survêtement.

— Non, monsieur, dit M. Martin, ça ne me gêne pas, l'important c'est que vous soyez satisfait. Mais pas sans supplément, j'ai besoin d'argent.

428

— D'accord, cinquante euros pour que le neveu mate. On y va, j'ai réservé la suite nuptiale, dit Kamel.

En montant les escaliers, Kamel donne une bonne tape sur les fesses de M. Martin qui ne bronche pas. Cette familiarité rend la scène un peu grotesque et Lucas ne peut pas s'empêcher de sourire. La chambre est un peu ridicule aussi, un tissu ocellé de plumes de paon recouvre les murs, et les armoires en miroir sont cernées de marbres noirs. Kamel se couche sur le dos et fait signe à Lucas de s'asseoir sur un fauteuil crapaud hystériquement recouvert de tissu léopard.

— Va t'habiller ! T'es pas encore habillé ? Je veux qu'une pute ait l'air d'une pute ! Tu as des sous-vêtements féminins j'espère, demande Kamel.

— Oui monsieur, dit l'homme.

— Il me faut une pute très docile. Pas docile, *très* docile. Je suis prêt à payer ce qu'il faut. Mon neveu a envie de te gifler, c'est possible, non ?

— Cela vaudra un supplément, dit l'homme.

— Je te l'ai dit, ce n'est pas un problème. Est-ce que tu es propre ? demande Kamel en posant ses chaussures noires vernies sur le dessus-de-lit crème.

— Comme vous voudrez, je ne me suis pas lavé depuis trois jours au cas où vous me préféreriez sale. Sale ou propre, comme vous voulez, l'important est que le client soit content, dit M. Martin.

— Va te laver, alors. Mais fais vite, j'ai eu une journée épuisante.

— Bien, monsieur.

— Tu te fais remplir, je ne me souviens plus ? dit Kamel.

— Pour cent euros de plus, dit M. Martin.

— Bon, ça ira.

Et Kamel fait signe à la fausse prostituée qu'il peut disposer. S'ensuit un long et ennuyeux temps de vide. Parfois, Kamel fait une grimace comique et Lucas sourit de bon cœur. L'homme sort de la salle de bains en sous-vêtements roses et prend immédiatement la pose pour se faire saillir. Lucas le gifle sans trop de conviction tandis que Kamel lui adresse des clins d'œil amusés. Kamel n'a pas pris le temps de se déshabiller, il a seulement ouvert sa braguette et comme si l'érection ne lui posait pas plus de difficulté technique que de se curer les dents, il pénètre l'homme en regardant sa montre.

Lucas se demande si regarder sa montre est un jeu ou si Kamel est en retard.

L'homme ne bronche pas, et un va-et-vient de l'ennui au vide fait danser les plumes de paon.

Lassé de le gifler, Lucas a repris son poste d'observation sur le fauteuil de roi africain. Parfois, Kamel signifie par un grognement qu'il n'est pas satisfait de la position de sa monture et c'est alors que très mystérieusement Lucas se surprend à penser à autre chose. Il se dit qu'il y a longtemps qu'il n'est pas allé voir la collection flamande du Louvre et qu'il aimerait y aller un dimanche après-midi avec Aurélien. Mais tandis qu'il visite les Cranach et les Bouts en se nourrissant de fraises en imaginant Aurélien qui sourit, le nez rougi par un vin d'Espagne, Kamel fait comprendre à M. Martin qu'il a joui et qu'il peut aller se rhabiller.

C'est là que le jeu commence véritablement.

— Tu m'as vidé les couilles mais tu ne m'as pas fait jouir, dit Kamel, conscient qu'il vient de formuler une profonde énigme et une injuste sentence.

— Je suis désolé, monsieur, dit l'homme.

— Tu devrais être autre chose, tu devrais réussir à être autre chose, un théâtre, une parole, tu devrais par la jouissance donner un sens à ma vie, à la vie. Ou alors, tu devrais être si désirable et remplir d'une jouissance si puissante, que tu ferais naître une colère, une colère révolutionnaire. Tu devrais subvertir tous les jeux du pouvoir, pourquoi n'es-tu pas capable de ça ? Tu n'es qu'un cul, ce n'est pas un cul qu'il me faut, c'est une idée qui a un corps. Tu ne sais pas faire ça ? Pourquoi ? Je pourrais tout aussi bien dégorger dans une poupée gonflable, tu ne me fais pas peur, tu ne me fais pas trembler, tu es aussi utile qu'une poire à lavement. Tu ne sers à rien et tu humilies le beau métier de prostitué, en un mot tu es bête. Tu ne comprends pas, tu n'entends pas la souffrance du client.

Kamel s'est assis sur le lit et parle d'une voix monotone qui peut faire croire tout d'abord qu'il ne pense pas ce qu'il dit, que c'est un texte appris, répété, dit sans foi. Mais c'est l'inverse, il est entré dans la conscience tragique de son rôle et il n'a plus besoin d'inflexion, il parle de l'autre, il parle de lui, il ment avec la vérité, il n'a pas besoin d'être naturel, juste, investi, tout ce qu'il dit est si profondément ancré dans l'océan de son destin qu'il n'a plus qu'à le dire. Lucas qui le regarde faire a les larmes aux yeux, il voit une confession impudique et une proclamation d'existence, dites d'une voix monocorde par un homme brun, le pantalon descendu et la queue encore luisante.

— Tu devrais être l'ultime consolation. Tu devrais me libérer du dégoût de moi. Tu devrais m'apprendre à vivre. À quoi sert une pute si elle ne donne pas ce que les livres refusent ? Des mots des mots des mots, il n'y a que des mots dans les livres, et on cherche désespérément une expérience qui ouvre, qui justifie, qui rende possible... Quoi ? Je ne sais pas. Quelque chose. La chair est triste quand elle ne rouvre pas un paradis fait de sens. Je voudrais que tu sois un ciel étoilé et tu es un égout, j'ai besoin d'un égout pour vomir et me vider de toutes les choses mortes en moi, j'ai besoin d'un égout pour ma jeunesse morte et mes succès amers, mais j'ai aussi besoin d'un ciel pour apprendre à aimer et à vivre. Tu sais pourquoi tu n'es pas tout ça ? Parce que tu es incapable de voir au-delà de ta déchéance, tu es incapable d'entendre la mystérieuse grandeur de ton acte, tu es incapable de comprendre le sacré de ton métier. Ce n'est pas un métier, c'est un acte, toi tu le fais comme un métier, docile et répétitif, mais c'est un acte, un acte libre. Tu choisis les clients les plus riches, pour avoir le plus d'argent possible dans le moins de temps possible, et tu n'es pas capable de les faire tomber de leur piédestal social. Tu n'es rien, je t'ai déjà oublié, je remonte ma braguette, le paradis ne s'est pas rouvert, pas une heure, pas une minute, rien n'a été.

Alors Kamel baisse la tête et se met à parler d'une voix plus grave encore.

— Ma femme est morte et mes enfants ne me parlent plus et toi tu es incapable de donner à tout ça un sens avec ton cul. Tu es soumise, mais avec trop de facilité. Je te soupçonne même d'avoir du plaisir, de prendre plaisir à être insulté comme ça !

— Non, monsieur, je vous jure que non, je ne me permettrais pas d'avoir du plaisir, seul votre plaisir compte, dit l'homme avec une extrême maladresse d'acteur.

Il est visiblement dépassé par la puissance et la vérité du jeu de Kamel, mais c'est sans doute pour cela qu'il revient toujours à lui. Car il doit répondre, sans sortir de son rôle, que Kamel est bien, lui, tout ce qu'il n'est pas censé reconnaître en la fausse pute. Il est la subversion, la beauté, la consolation ou le paradis entrouvert, selon les besoins mystiques de son client, et Lucas est admiratif.

— Je fais tout ce que je peux pour vous donner du plaisir, dit la fausse pute.

— Mais je ne veux pas de plaisir, je veux du sens, même pour un instant, dit le faux client.

— Dites ce que vous voulez, je le ferai, vous n'avez qu'à rajouter cent euros et vous pouvez tout faire, dit le client qui joue à être payé en payant.

— Vénère-moi, dit Kamel, qui sait qu'à ce moment il offre à son client une chance unique de se dévoiler en gardant son masque.

— Oui, je vous vénère, vous êtes la virilité et la puissance, j'aime votre odeur, votre merveilleuse odeur de mâle, il n'y a pas un être qui ne voudrait vous appartenir, dit le client qui ne joue plus et se laisse aller à une sincérité bouleversée. Tu es le ciel, il n'y a pas d'autre ciel que toi, mon amour.

— C'est nul, c'est nul ! Tu fais semblant de vénérer, dit Kamel.

— Je croyais que c'était ce qui vous plaisait, que je sois fausse, que je fasse semblant, dit la fausse pute à celui qu'elle vénère véritablement.

— Oui, il faudrait que tu fasses semblant, mais que ce soit vrai. Que ce soit vrai et que tu fasses semblant, dit Kamel sous le regard émerveillé de Lucas qui a aussi, à cet instant, une certaine admiration pour M. Martin.

Lequel des deux a commencé ce jeu du jeu dans le jeu ? Qui demande l'inversion abyssale des demandes ? Et il lui vient à l'esprit que c'est ce jeu qui est en soi une sorte de Paradis, et que le plaisir physique n'en est qu'une clef.

— Mais je ne sais pas, je ne sais pas comment faire, pardonnez-moi, dit M. Martin, le visage blanc.

— Prends ton argent et fous le camp, j'essayerai de trouver quelqu'un, tu m'enverras des numéros de vrais professionnels, dit Kamel en faisant signe que le jeu est clos et en sortant de sa poche des billets neufs pliés en quatre.

— Et votre neveu ? Je peux lui donner du plaisir, je peux encore servir à ça, dit l'homme.

— Non, je crois que tu le dégoûtes, ou même pas… que tu l'amuses. Il est habitué à des plaisirs très raffinés, dit Kamel qui se sent légèrement déstabilisé.

Il a du mal à savoir si Lucas veut entrer dans le jeu ou pas.

— Comme quoi, monsieur ? demande M. Martin.

— Il a une armée d'esclaves, il n'a pas besoin d'une vieille pute comme toi, dit Kamel.

— Je comprends, je vous demande pardon, monsieur, je m'excuse de n'avoir pas su vous servir, dit l'homme, au comble de la jouissance déceptive.

— Fous le camp, tu me dégoûtes, dit Kamel.

— Avec mes excuses encore, dit l'homme en sortant à reculons.

Une fois seuls dans la chambre, Kamel ouvre le mini-bar et boit au goulot des rasades de champagne dans une petite bouteille qu'il tend à Lucas. Lucas boit la fin de la bouteille et rote joyeusement.

Ils marchent dans les rues vers l'antre de Kamel. Lucas est lumineux. Il ne cesse de repenser à l'étrange aventure qui l'a conduit dans le sillage du mage prostitué. Ils se taisent et passent joyeusement entre les façades grises du 9e arrondis-sement, des bars branchés démarrent leur activité noctam-bule, une foule de jeunes gens à bonnet et de jeunes filles en parka s'attablent sous les grils chauffants des terrasses. Quand ils arrivent au Duc d'Enghien, une jeune fille salue Kamel comme un habitué, et quand ils prennent la rue des Petites-Écuries, les deux hommes voient des multitudes de musiciens portant des instruments.

— J'habite au-dessus du New Morning, parfois j'entends les riffs de jazz percer mon étage, mon donjon est en haut, dans les chambres de bonne, dit Kamel.

Lucas rêve de voir le donjon, les croix de Saint-André, les bougies rouges, la collection de badines, il se demande comment Kamel fait pour vivre si librement, si simplement, si joyeusement.

— Mon secret, c'est ma famille. Viens, on va manger un morceau avec les enfants, Charlotte a fait des crêpes. Elle a quitté le trottoir maintenant, pour s'occuper des enfants, elle me donne un coup de main quand un client insiste sur la présence d'une femme, mais elle n'a plus le feu sacré. Elle s'occupe de la compta, elle prend les rendez-vous, elle m'aide énormément.

Ils montent quatre à quatre vers l'appartement aux sons étouffés d'un concert de jazz. Deux mondes cohabitent, les cris des martyrs volontaires de Kamel et les scats endiablés des vedettes du jazz. Dès qu'il ouvre la porte, un petit garçon vient se coller dans les jambes de Kamel tandis qu'un autre s'enfuit. Charlotte, ravissante métisse, fait signe qu'ils sont en retard. Lucas voit qu'on attendait sa venue. La table de la cuisine est recouverte de sets en plastique violet, de verres en forme d'éléphants et d'assiettes incassables orange. Une place pour lui est réservée, et un petit carton avec son nom écrit au feutre vert trône sur son assiette.

— Ah ! Voilà mon petit prince ! T'as dessiné quoi ? demande Kamel au deuxième petit garçon qui l'accueille avec un dessin.
— Un avion, dit le petit garçon.
— Pour aller où ? demande le père.
— Dans le ciel, dit l'enfant.

— C'est loin ? demande le père.

— Non, non, dit l'enfant.

— C'est mon deuxième. Il est génial. Ils sont aussi différents l'un de l'autre que possible : la nuit et le jour, le soleil et la lune. L'un est toujours mélancolique et l'autre toujours radieux, dit Kamel en accueillant la lune qui s'assoit sans rien dire et sirote un jus d'abricot. L'un veut aller dans le ciel et l'autre en Amérique, ils ont la plus extraordinaire des mères. Elle est à la fois le ciel et la terre. Elle est à la fois mon ciel et ma terre.

Charlotte fait une grimace pour montrer que Kamel est trop lyrique.

— Tu es heureux ? demande Lucas dans le dos de Charlotte qui est allée chercher un plat.

— Comment ne pas l'être ? Avec eux, comment ne pas l'être… dit Kamel.

— Je voudrais faire ce que fait M. Martin. C'est ce que je suis venu te demander, dit Lucas avec une extrême timidité qui l'étonne lui-même.

— On en parlera après dîner, là-haut, dit Kamel.

Et ils mangent en famille, avec jets de nourriture entre les enfants, sermon paternel, et questions de Charlotte sur l'état civil de l'invité.

— Je ne travaille pas, je ne sers à rien, dit Lucas. Je suis un fils de riche inutile, mais je suis capable d'amour, résume Lucas.

Une fois avalées les glaces en forme de pingouins, Kamel emmène Lucas vers le donjon. Il est un peu déçu par les lieux. Cinq chambres de bonne dont les fenêtres voilées de velours donnent sur les toits de Paris créent une enfilade de petites pièces noires ou blanches. La dernière est carrelée, une baignoire et une douche y sont placées, sans rideaux.

— Tu veux payer pour être ma pute ? demande Kamel.

— Non, je veux me prostituer, dit Lucas avec un grand sourire.

— Mais pourquoi je te donnerais mon gagne-pain, chéri ? demande Kamel.

— Je ne veux pas prendre ton gagne-pain, je veux te faire gagner de l'argent. Avec moi, avec ce que je suis, avec mon corps, je veux me prostituer et te donner tous les revenus de mon travail. Je n'ai pas besoin d'argent, j'ai besoin d'une expérience, mais je veux être vendu, dit Lucas très résolu et calme.

— Pourquoi ? demande Kamel, et sa question est plus profonde qu'une simple curiosité.

— Je crois avoir entendu que ce qui est vendu n'est plus béni, alors si tu me vends à qui tu veux comme tu veux, je perdrais toute bénédiction, dit Lucas conscient de sa pirouette.

— Tes raisons ne me regardent pas, au fond, dit Kamel. Je veux bien qu'on fasse un essai. Il faut que tu saches, ce boulot est rarement désagréable, il l'est parfois, mais assez rarement. Après un moment d'adaptation, on découvre que travailler en cuisine, vidanger les égouts ou changer des pansements est bien plus répugnant. Il est souvent émotionnellement fatigant. D'une manière ou d'une autre, nous avalons leur misère, nous épongeons leur manque. Même si parfois nous prenons aussi leur joie, même si souvent leur donner de la joie est une joie, malgré tout c'est fatigant d'écouter, d'aider, de servir, et leur douleur peut nous atteindre. Avec aussi parfois une sensation d'échec très désagréable, bien plus désagréable que de sucer une bite pas fraîche. Personnellement j'aime les vieux, ils ne sont pas difficiles à combler et j'ai l'impression de faire quelque chose de bien, quelque chose de philosophique, j'ai l'impression de les aider à mourir, d'être un passeur. Les réguliers permettent de créer quelque chose qui n'est pas très loin d'une analyse.

Ils parlent, on écoute, ils payent, ils partent, ils reviennent…
C'est un métier répétitif, ennuyeux le plus souvent, et il n'y
a pas toujours des poétiques comme M. Martin.

— Je suis prêt, dit Lucas.

— Je veux aussi te mettre en garde contre un certain mysticisme, dit Kamel, et tout en parlant il passe un coup de balai
dans la salle des tortures à la cire. Je devine que ce n'est pas
de ta part un simple fantasme, cela j'en ai l'habitude, c'est
même le fantasme suprême de ceux qui fréquentent les putes,
tous rêvent un jour d'inverser les rôles. Toi, tu cherches autre
chose, je ne saurais pas le définir, mais j'ai une conviction :
tu ne le trouveras pas ici, ce que tu cherches n'est pas ici.

— Et pourtant c'est le seul désert que j'imagine à ce
jour, dit Lucas en souriant.

— Alors tout est bien. Tout ce que tu gagnes est à moi.
Trois clients par jour, c'est faisable ? demande Kamel.

— Oui, dit Lucas.

— Tu peux être actif trois fois par jour ? demande Kamel
sur le ton qui convient à un entretien professionnel.

— Je ne sais pas, je pense que oui, dit Lucas.

— Pour le reste, tu as des restrictions ? Violence ? Saleté ?
demande Kamel.

— Tout est possible, dit Lucas.

— Mais tu sais qu'un client sur deux voudra surtout
parler… dit Kamel en riant.

— Je parlerai, dit Lucas, qui joue avec une petite raquette
de bois.

— Trouve-toi un nom, dit Kamel.

— Un nom ?

Lucas est un peu étonné, il n'avait pas pensé que le
théâtre commencerait dès ce soir.

— C'est nécessaire, tu ne peux pas te prostituer sous ton
nom, dit Kamel sur un ton d'évidence.

— Pourquoi ? demande Lucas bien naïvement.

Il veut surtout que Kamel s'exprime.

— La prostitution est un théâtre, dit Kamel. Ils n'achètent rien de toi, le nom c'est le verrou. Tu ne dis jamais ton vrai nom. C'est cela qui te permet de bander, c'est cela qui t'abstrait de toi-même. C'est ton masque, ton costume, ton armure. Je ne m'appelle pas Kamel. Je m'appelle Rachid. C'est d'ailleurs assez moche.

— Et si c'est moi que je veux vendre ? demande Lucas.

— Ce n'est pas toi qu'ils veulent, tu es un théâtre, et ce n'est pas toi qu'ils achètent. Du moment qu'ils savent que ce n'est pas ton nom, ils peuvent acheter la marchandise, tu les déculpabilises, tout reste pur, dit Kamel.

— Je ne veux pas rester pur, dit Lucas et cette phrase résonne en lui étrangement, car c'est un aveu de sa pureté.

— Chéri, que tu le veuilles ou pas, tu restes pur, on reste pur, dit Kamel. Je te l'ai dit, tu ne trouveras pas ici d'abaissement ou de dégradation, tu trouveras peut-être la joie du théâtre, mais pas l'ascension à l'envers, ni la perte qui rachète, ni je ne sais quelle connerie mystique. Après quelques semaines ici, tu seras pur comme tous les travailleurs, purifié par le labeur. Alors, ce nom ?

— Anys, dit Lucas sans hésiter.

— Anys, la pute, tu commences demain.

Et Kamel claque des mains en signe d'assentiment.

— On va boire un coup au Duc ?

Le Duc d'Enghien est un bar de musiciens. Lucas et Kamel y boivent des Campari en écoutant les rêves des musiciens et leurs désillusions, le contrebassiste encombré par son instrument et le batteur qui sort de répétition les doigts engourdis. Autour d'eux, Paris brasse les destins et détruit les rêves. En détruisant un rêve, Paris en compose mille autres, et la contamination des providences a lieu dans les cafés. Les musiciens et les révolutionnaires, les arrivistes et les aigris, ceux pour qui le vent souffle et ceux pour qui il ne soufflera plus, tous, une tasse entre les mains, ils grignotent des étoiles. La grande Voie lactée de la vie parisienne les arrache à la banalité du siècle. Le contrebassiste sait qu'il lutte contre la mort avec un instrument qui l'empêche de rentrer dans un taxi, à quoi bon rêver d'autre chose. Il joue négligemment la mélodie de *Round Midnight* en regardant fondre les glaçons de son whisky.

LE TRAVAIL

Après quelques jours d'apprentissage, Lucas est entré dans la banalité promise. Les rougeauds suants, les vieux secs, les pères de famille honteux, les grisonnants pressés, tous se ressemblent et ne sont plus pour lui que la même humanité souffrante qui repart comme elle est venue, sans réponse. Quelquefois, la sensation d'éclairer la monotonie d'un corps qui ne s'aime plus, de donner un peu de plaisir ou d'écoute vient égayer son triste labeur. Le premier de ses clients était un ventru suant peu habitué des performances tarifées. Lucas a d'abord pensé qu'il ne pourrait rien faire puis, presque magiquement, s'est mise en place une distance entre lui et son corps qui a tout rendu possible. Cette distance, cette conscience altérée est la plus grande découverte de sa nouvelle vocation. Il n'avait jamais fait l'expérience du corps hors du corps et pourtant incarné que l'acteur lance sur scène, il est forcé de s'avouer que ces instants où il est comme agi par le désir d'un autre lui procurent, sinon une connaissance, du moins une sorte de paix. Et cette paix vaut bien quelques désagréments.

L'homme voulait boire du sperme et attendait la bouche ouverte l'offrande du débutant. Lucas ne pensait pouvoir ni bander ni jouir, et quand il a vu qu'il durcissait et qu'il pourrait éjaculer sur commande, il a constaté aussi que ce n'était pas lui qui agissait, qui se donnait, qui jouissait mais une disposition si étrangement simple qu'il ne pouvait la dire autre que miraculeuse. Miraculeuse ne veut pas dire miséricordieuse. Il n'a retenu de cette première passe ni dégoût, ni plaisir, ni supplément de sens. Le corps a fait son travail, tandis que l'âme s'occupait à autre chose. Dès les premiers clients, Lucas a découvert cette chose fascinante du théâtre : si le corps et l'âme sont confondus, il suffit de très peu de mise en scène pour que, se séparant l'un de l'autre, le corps devienne une image offerte et l'âme une errance sans douleur.

Le deuxième client, débarqué à peine quelques minutes après le premier, n'a voulu que parler avec lui et se masturber en l'embrassant, c'était un sexagénaire maigre aux yeux doux, et Lucas s'est interdit d'être trop tendre avec lui. Mais il a aimé lui donner ce plaisir presque innocent, il l'embrassait et sa bouche sentait la menthe, l'homme avait rafraîchi son haleine pour ne pas incommoder celui qu'il paye. Cette délicatesse, quand il l'a comprise, a ému profondément Lucas, il a aimé l'embrasser, non parce que cela lui donnait le moindre plaisir mais parce qu'il embrassait à travers lui la solitude infrangible et l'indicible tristesse. Après son deuxième client, il lui a semblé que ce métier était si proche d'un soin médical que plus rien ne le voilait dans les mystères de la corruption et de la déchéance. Il ne rejoignait pas Anys, l'enfant perdu, il ne retrouvait pas sa souffrance, il n'était pas dans un état de prière en transparence avec lui, mais il rencontrait toute une humanité sans costume, encore plus dénudée par les jeux et les désirs.

Puis, a suivi un autre passif qu'il a enculé en pensant à autre chose, et sa journée était finie. La somme gagnée l'a émerveillé, et penser qu'il nourrissait la famille de Kamel s'est transformé en une sorte de joie printanière, il a siffloté sur le chemin du retour et il est allé dormir dans le lit chaud d'Aurélien, Aurélien rentré à quatre heures d'une fête dont il a gardé tous les parfums lui demande comment s'est passé son dépucelage.

— Alors, mon chéri, le grand œuvre ? demande Aurélien.

— C'est plutôt de la plomberie, dit Lucas.

— Ne crois pas ça, dit Aurélien, ne crois pas ça. Si tu les aimes, ce n'est pas cela, si tu les aimes, ils le savent, ils le sentent, tu les sauves, tu ressuscites les morts, dit Aurélien en soulevant les draps pour parler directement au sexe de Lucas.

— Je ressuscite les morts ? Oui, c'est possible. Je sauve de la mort, oui, c'est ce que je me suis dit. Et aussi qu'il n'y a pas de rédemption pour le rédempteur, comme dit Wagner.

Et Lucas embrasse Aurélien.

— Rédemption ! Rédemption ! Quand cesseras-tu de chercher une rédemption ? Tu as deux jambes, deux yeux, deux bras, une bite, ça fait sept bonnes raisons de ne pas chercher la rédemption, dit Aurélien en lui tirant les cheveux.

Et comme il se déshabille pour entrer sous les couvertures, Lucas l'accueille en miaulant.

— Je suis un enfant du Nord, dit Lucas, tu ne peux pas comprendre. Beaucoup de travail, peu de vie, toi tu aimes vivre, pourquoi t'inquiéter de métaphysique ? Tu possèdes plus que la rédemption, tu as dénoué toutes les culpabilités. Mais moi… regarde, je suis une plaie ouverte, il faut que je guérisse d'abord.

— Si je n'ai pas le pouvoir de te guérir, dit Aurélien, alors je suis un charlatan.

— Tu es un charlatan ! dit Lucas, c'est pour cela que tu peux me guérir.

Après une première semaine de prostitution, il n'a donné son cul que deux fois et les deux fois sans souffrance. Aucun de ses clients n'a soupçonné qu'il est lui aussi un charlatan, un moine déguisé en pute.

— Toutes les putes sont déguisées en putes, c'est le principe, dit Kamel. Qu'est-ce que ce serait une "vraie" pute ?

— Une pute qui n'a pas le choix, dit Lucas en étranglant ses mots.

— Ce n'est pas une pute, c'est une esclave, cela ne devrait pas exister, dit Kamel.

Un rondouillard et un jeune en cravate l'ont baisé sans excès, aucun des deux n'a joui et pourtant Lucas a précisé que pour cent euros de plus ils pouvaient jouir en lui. Kamel n'a pas insisté sur cette discussion, s'il pratique une prostitution sans risque lui-même, il juge que Lucas est conscient et qu'il n'a pas à lui dicter sa conduite. D'ailleurs il n'est pas étonné, il se doutait bien que Lucas ne mettrait aucune retenue à sa façon de se donner.

— Tu fais comme tu veux, moi j'ai charge d'âmes, dit Kamel en se doutant que la formule troublera Lucas.

Au bout de quelques jours, la seule difficulté véritable est un client qu'il doit dominer et à qui il a peur de faire mal. L'homme n'est pas jeune et a déjà beaucoup de peine à se déshabiller et à enlever ses chaussettes. Le ligoter et lui donner des coups de badine est au-delà des compétences de l'apprenti. Il le dit à Kamel, qui accepte de l'assister. Il lui montre le parcours extrêmement préparé et balisé qu'il pourra adapter à tous les passifs. Faire les nœuds, choisir les insultes, pisser, taquiner les tétons avec des pinces à linge, tout cela est un alphabet assez simple et il ne faut pas plus d'une heure de travaux pratiques pour en maîtriser l'art.

Après plusieurs soumis, il a appris à jouer avec les cordes et à composer avec les limites des clients. Très vite, il est devenu une référence, et les clients actifs se sont faits moins nombreux, tandis qu'une ribambelle de cadres hétérosexuels sont venus apprendre à être une salope entre les mains sacrées de Lucas. Tout est devenu routinier et banal, l'argent coule à flots, le fouet claque, les liens se serrent, la peau pleure, les regards s'embuent de gratitude, la vie va son train comme ailleurs, et quand parfois, elle est plus belle, ce n'est pas à cause des corps ou des performances, mais parce que la folie du théâtre vient raviver la triste répétition des rêves. Quelques cas intensément poétiques ont trompé son ennui.

Un monsieur en costume gris veut qu'il téléphone à sa femme et lui dise tout le mal qu'il pense de lui.

— Quel mal ? demande Lucas.

— Voici le numéro, appelez ma femme et dites-lui que je suis une tapette, une ordure, que j'aime la bite, dit le monsieur en complet gris.

Et Lucas a un petit pincement en entendant la voix étonnée de la conjointe.

— Votre mari est là et c'est une ordure, il se masturbe devant moi, c'est vraiment une minable ordure, un pervers, il est pathétique, il me dégoûte et il me paye.

Le monsieur en gris se masturbe et jouit assez vite. Lucas s'étonne que la femme n'ait pas raccroché et il comprend que la femme n'existe pas plus que l'ordure, que rien n'existe, la femme est certainement payée pour jouer le rôle de la femme. C'est tromper Lucas dans ce petit jeu qui excite l'homme en gris, qui se sent mystérieusement manipulateur.

Lucas comprend plus profondément ce qui lui a permis de s'abstraire dans le travail du sexe : rien n'est vrai, c'est cette factice perversion et ce désir sans réalité que les hommes payent. Ils annulent le réel avec la vérité de leur jouissance.

Autre cas poétique, un étudiant, fils à papa, qui roule en voiture décapotable. Il ne veut pas baiser mais faire l'amour, il dit des *je t'aime* dévots à Lucas, qu'il vient voir un jour sur deux. Il l'aime et un mardi pluvieux, en pleurant sur le lit, il le lui avoue :

— Je suis amoureux de toi, je pense à toi tout le temps.

Kamel l'a mis en garde contre les amoureux, ce sont les plus difficiles, on ne peut nier que leur amour est vrai mais on ne peut que les décevoir ou se décevoir en y répondant.

— Pourquoi moi ? demande Lucas pour faire dévier la souffrance.

— Parce que tu ne me désires pas, je ne peux pas faire l'amour avec un garçon ou une fille qui me désire, le désir des autres m'inhibe, toi, je sais que tu fais ça pour l'argent, rien d'autre. Je suis beau, tout le monde me veut, et moi je me dégoûte, dit le jeune homme qui roule en Maserati, voiture qui lui va bien puisqu'il se prénomme Lorenzo.

Lucas le prend dans ses bras et Lorenzo pleure encore plus bruyamment.

— C'est vrai, je ne te désire pas, tu es un client, comme les autres. Mais je vais te dire une chose, je pense t'aimer. Je suis au fond incapable de ne pas aimer.

Le lendemain il revient, toujours aussi amoureux, et quand Lucas le pénètre, il ne peut pas s'empêcher de pleurer.

— Je t'aime, je voudrais connaître ton nom, ton vrai nom, dit Lorenzo en montrant les dents.

— Je m'appelle Lucas, dit le travailleur du sexe conscient qu'il rompt avec la déontologie la plus élémentaire.

— Tu mens ! Dis-moi ton vrai nom, dit Lorenzo, et il lui donne un coup de poing vague et mou sur le sternum.

Lucas est un peu essoufflé.

— Je te l'ai dit, c'est Lucas, dit Lucas.

Lorenzo veut lui donner cette fois un coup plus violent au visage, que Lucas évite.

— Je ne viendrai plus, plus jamais. Mais si tu m'appelles et que tu veux qu'on se voie ailleurs, je viendrai, j'abandonnerai tout, dit le jeune homme perdu.

— Cela ne sera pas, dit Lucas. Cela ne peut pas être. Je ne peux te sauver que pendant une heure, dit Lucas.

Le lendemain Lorenzo revient avec des fleurs et une montre en or que Lucas lui demande de garder, Kamel lui conseille de ne plus le voir qu'une fois par semaine.

Celui-ci veut qu'il soit son bourreau, celui-là, qu'il soit son employé, cet autre qu'il soit un patron en colère, et cet autre encore, qu'il joue au cadavre. Et Lucas, consciencieusement, joue tous les rôles, il enfile sa cagoule de tortionnaire, sa livrée de valet humilié, son costume de dictateur de bureau, son suaire de cadavre exquis. Les jeux se multiplient et, au-delà des jeux, les massages prostatiques et les élasticités anales sont les sujets de fous rires que son patron partage avec gourmandise.

Au bout d'un mois, Lucas sait tout du métier. Mais il l'a su dès le début, il l'a deviné, le théâtre seul est nécessaire, et quand le désespoir, ou seulement le chagrin, devient une habitude, le théâtre est une réponse satisfaisante en attendant que les dieux reviennent ici-bas.

Quand il dit à Kamel qu'il est étonné de la facilité de ce qu'il a fait, Kamel, moins désinvolte, lui dit qu'il n'y a pas encore eu de problème. Client violent, pratique difficile, accidents…

— Mais cela viendra, dit le professionnel sans vouloir l'effrayer. J'ai à moitié tué un homme une fois, il s'est évanoui pendant que je l'étranglais. C'est ce que j'ai vécu de pire, je croyais pourtant maîtriser l'étranglement, il ne jouissait que comme ça. J'ai eu peur. La police est arrivée et les choses ont été un peu violentes avec nos amis en costume bleu. Pour le reste, je préfère oublier les histoires dégueulasses et me souvenir des bons moments, des bons clients ; ceux à qui j'ai tenu la tête hors de l'eau, ceux à qui j'ai fait du bien. La médecine sauve des vies mais moi je sauve des existences, tu comprends ?

Mais la prophétie s'était réalisée. En descendant dans les ténèbres, il n'avait rien trouvé, pas même les ténèbres. La gymnastique, les massages intimes et les jeux de rôles le laissent indifférent, cette indifférence est peut-être en elle-même une source de joie, mais c'est une joie qui éclaire peu, et il est devenu indifférent à lui-même, il est indifférent à la douleur qui parfois survient comme un cri désespéré de son identité perdue. Mais ce n'est rien, il reste indifférent, il n'est pas dans l'oubli de lui, il vit ailleurs, dans une distance confortable et il n'y a qu'Iris qui en parle bien quand elle décrit comment, entrant en scène, elle est lavée de toute culpabilité.

Alors il pense que l'identité est un péché et que seul le théâtre nous en sauve. Il y croit, mais il sait aussi qu'il ne supportera pas la patiente mécanique du métier théâtral, et la souffrance de l'acteur qui ne joue pas. Il est dans les limbes, il ne pourrait pas vraiment dire qu'il est un rien, un vide, un silence. Après plusieurs clients, il retrouve le Lucas qu'il a laissé, il va faire l'amour avec ses amis, il jouit une troisième ou une quatrième fois dans les bras d'Aurélien ou de Serena, et il ne sent pas de changement spirituel en lui. Il n'a littéralement rien trouvé en se prostituant et il pense ne pas avoir à prolonger l'expérience. Il a fait le tour.

Pourtant une chose encore l'interroge, et il y pense parfois en branlant machinalement un inspecteur d'académie chauve. Qu'est-ce qui lui a fait penser qu'il trouverait là une lumière ou un passage vers la vérité ? Pour cela, il doit regarder en face le choix qu'il a fait de ce nom, le désir de retrouver Anys en partageant sa souffrance, en mimant le malheur de celui qu'il a croisé dans le tunnel. Il ne l'a pas rejoint et peut être même a-t-il ruiné toute chance de le retrouver.

Et maintenant il pleure en pensant à Anys, il pleure en dînant avec la famille de son patron, et devant sa tristesse, le plus jeune fils de Kamel vient se blottir contre lui et lui demande pourquoi il pleure. Il dit qu'il a perdu un ami et de ses yeux coulent des larmes libres, il ne pleure pas, les larmes coulent, elles coulent et rejoignent la mer du malheur, mais lui ne pleure pas, ce sont les larmes qui pleurent pour lui. Il aurait honte de pleurer, ce qu'il veut c'est échapper à l'étroite prison de son malheur personnel par le ciel du malheur des autres. Et dans ce ciel, il y a ce garçon, Anys, qu'il a croisé une nuit sous un pont.

— Tu pleures, il ne faut pas pleurer, dit le petit garçon.

Et sa mère le retient, et dit qu'il ne faut pas empêcher quelqu'un de pleurer. Alors Kamel prend la parole, de manière très paternelle.

— Dans notre maison, nous accueillons beaucoup de larmes, Ismaël, notre maison est belle parce qu'on a le droit d'y pleurer, même sans raison. Un jour tu comprendras que notre maison était la maison de l'amour dans tous les sens du terme.

— Alors, tous ceux qui veulent pleurer viennent chez nous ? demande l'enfant.

— C'est exactement ça ! dit Kamel.

— C'est triste, dit l'enfant.

— Mais non, ce n'est pas triste, ce ne sont pas les larmes qui sont tristes, c'est de pleurer seul, qui est triste, dit Kamel.

— Tous les gens qui n'ont pas de maison doivent venir chez nous, dit l'enfant.

Et Lucas pense aux exilés qui désespérément cherchent patrie, et parfois n'ont de patrie qu'un livre ou un souvenir. Mais lui, quelle est sa patrie ? S'il a voulu vivre la vie des prostitués, c'était pour être au plus proche d'Anys. Il l'a cherché dans plusieurs parcs et dans le bois de Boulogne, il a dit son nom à des garçons et des filles aux regards las, mais personne ne connaît Anys.

Et il doit maintenant le rejoindre au plus profond de son amour, laisser les larmes le guider vers lui. Mais si le visage d'Anys lui est devenu indispensable, si l'amour qu'il ne lui a pas donné reste une dette incommensurable, ce n'est pas pour le poids de malheurs qui a fait chavirer la barque du garçon aux dents abîmées. C'est autre chose, que les larmes ne comprennent pas. Une chose qu'il ne peut pas comprendre ni formuler puisque cette chose le comprend lui, et comprend son histoire.

Dans les nuits qui ont suivi la mort de son père, quand il tentait de faire de sa déchéance un choix, un garçon infiniment plus malheureux et pauvre que lui lui a apporté un morceau de pain. Et il a bravé son clan, et peut-être risqué sa place dans la tribu, pour lui donner ce morceau de pain. Ce qu'il a connu à cet instant, acceptant l'offrande, voyant la blancheur lumineuse du pain dans la nuit, il sait que cela seul a valeur de Miséricorde. Anys l'a sauvé. Mais Anys, disparaissant dans le fourgon de police, ne lui a pas dit comment garder vivante cette lumière, ni même comment s'empêcher de cesser de croire en elle. Le sentiment éblouissant de ce morceau de pain dans la nuit, pas plus réel qu'un parfum, défie la mémoire et exige, pour vivre encore, non pas un souvenir mais une espérance. Il se sent comme toujours incapable de répondre aux chances inouïes que son destin lui offre.

Il doit recommencer, repartir à zéro, il doit retrouver cette lumière, elle était le Verbe. Sitôt Anys disparu dans le fourgon de police, le sentiment de miséricorde et le parfum de destinée se sont évaporés et il n'est plus resté qu'un devoir inquiet, une espérance déçue. Le doute était d'autant plus abyssal que la miséricorde avait été grande, grande et passagère. Parmi les joies errantes, celle-là laissait une cicatrice brûlante et pourtant en forme de point d'interrogation. Il a imaginé cette extravagante machine pour le retrouver, pour retrouver le sentiment de solitude abolie que le morceau de pain du garçon a si mystérieusement jeté dans sa nuit. Et quand il repense encore au goût du pain qui n'était pas très bon, à la main tremblante qui le posait devant lui, il lui semble que lui sera à jamais inaccessible cette simplicité qui lui a ouvert le royaume de l'amour.

À ce moment tout a pris sens, la violence de son père, le suicide de son ami, l'échec de sa jeune vie, tout cela doit le conduire à ce don d'un morceau de pain et à la reconnaissance d'un amour sans nom encore. Anys ne lui a pas donné le morceau de pain mais l'a posé devant lui, laissant toute liberté à son âme de se saisir de tout ce qui dans le morceau de pain peut être bénéfique ou miséricordieux.

Et maintenant il est seul, loin, très loin, plus loin encore qu'il ne l'a jamais été de cette lumière. L'écœurant chemin qu'il a choisi ne mène à rien et pourtant il ne peut pas s'empêcher de le suivre, l'écœurant chemin qui l'a conduit à dormir dans des cartons près des sans-papiers ne mène à rien, et pourtant il a cru y apercevoir la lumière.

La lumière dévore les objets, elle se pose sur un diamant avec autant d'amour que sur un crachat, mais sans objet, elle doute d'elle-même. Et ce qui peut l'annuler, ce ne sont pas les ténèbres, qui au contraire rendent adorable son plus infime atome, c'est l'excès de sa présence, l'évidence impérative qui aveugle la question. La lumière n'est pas avec lui quand il descend dans les ténèbres, et les ténèbres non plus ne veulent pas de lui, il est dans la tiédeur de l'expérience inachevée et il se hait pour cela.

— Tu es allé au bout ? Tu as vu qu'il n'y a rien à voir ? demande Kamel. C'est juste un boulot.

— Je sais ce que je veux, dit Lucas.

— C'est quoi ?

— Je veux les trompettes qui font tomber les murs.

— Tu es libre d'arrêter, tu n'as rien promis.

— Qu'est-ce que tu en sais ?

— Pas à moi, en tout cas.

— Il me faut une très grande violence. Je dois être brisé. Je dois briser le sceau. Je veux mourir à moi-même. Je veux tuer Lucas, dit le mystique travailleur du sexe.

— Si nous te faisons faire des choses violentes et doulou-reuses, des choses bien dégueulasses, cela ne changera rien, dit Kamel. On gagnera plus de fric, c'est tout.

— Appelle tes clients et préviens-les que j'accepte tout, gagnons ce fric comme tu dis. Je veux faire ce que les autres ne font pas. Je veux tout. La violence, l'humiliation, autant qu'ils pourront.

— Ils ne peuvent rien.

— Mais toi, tu peux m'aider, dit Lucas.

— Je ne peux pas t'aider, dit Kamel.

Un grand silence est tombé sur eux, un grand silence amical. Kamel pose sa main sur l'épaule du jeune homme qui sanglote à nouveau.

— Je t'en prie, je t'en supplie, c'est ça ou alors… je vais devenir fou, je ne veux pas devenir fou comme mon père, la douleur seule m'empêche d'être fou, dis-moi que tu com-prends, dit Lucas.

— Oh oui, je te comprends. Je vous comprends tous, je vous comprends, et je n'ai que ce pauvre rêve à vous offrir. Alors je te ferai baiser par un monstre et manger de la merde autant que tu en voudras. Et pour ce qui est de la douleur, j'en connais un ou deux qui payeront un paquet pour t'entendre crier vraiment, et quand ils auront écrasé des cigarettes sur ta jolie peau blanche, tu sauras qu'il n'y a qu'une seule manière de vivre, dit Kamel qui redevient impérieux et froid.

— Laquelle ? demande Lucas.

— Vivre, dit Kamel.

— Il n'y a jamais eu que deux actions véritables, la danse et la prière, dit Lucas.

Mais il se sait incapable de danser.

LE CARNAVAL

Gilda, debout sur une table, un micro crachouillant à son poing, lit la déclaration de guerre qui a réuni un carnavalesque bataillon d'indignés. L'heure est rien moins que solennelle, les locaux de Pôle Emploi, occupés dès l'aube, ont été désertés par des fonctionnaires apeurés par ce déchaînement de liberté et de corps dénudés. Il n'y a pas eu de bagarre, certains sont restés et sourient dans la foule qui a grandi en l'espace d'une heure, jusqu'à devenir une belle liesse. Gilda parle, on l'écoute. Le silence recueilli est à peine troublé par quelques bruits de papiers, les tracts qui circulent et envahissent déjà la rue Lecourbe.

— Nous occupons les locaux de Pôle Emploi pour une durée indéterminée, parce que nous pensons que la question de l'emploi est ce qui produit la prostitution contrainte. Tant que l'État ne reconnaîtra pas la légalité des services que nous apportons à la société, tant qu'il ne se battra pas plus activement contre le chômage, nous serons les alliés de toutes les femmes qui ne choisissent pas la prostitution mais y sont contraintes.

Nous ne sommes pas des militants pro-prostitution, nous défendons seulement les travailleuses du sexe, pas le système, pas plus que la défense des ouvriers n'est une défense du capitalisme.

Nous sommes contre la pénalisation de notre clientèle, contre les maisons closes, contre l'esclavage et contre le travail au noir.

Nous sommes aussi contre les violences faites aux femmes en général, les violences policières, médicales, économiques, étatiques, judiciaires qui sont notre quotidien. Tandis que les proxénètes continuent impunément, d'honnêtes travailleuses sont empêchées de gagner leur vie.

Nous défendons les transgenres qui ont droit à un état civil, les réfugiés qui ont droit à un asile, et les travailleuses qui méritent le respect.

Nous pensons que nous faisons un beau et noble métier, que notre métier a à voir avec l'amour, et que c'est bien plutôt les banquiers fous, les technocrates parasites, les vendeurs d'armes, les spéculateurs immobiliers, les utilisateurs de paradis fiscaux, les agriculteurs transgéniques qui devraient être déclarés illégaux, harcelés par la police et dénoncés par les partis politiques.

Nous avons décidé qu'à compter de ce jour, les bureaux de Pôle Emploi ne serviront plus d'alibi aux politiques, ils seront des lieux d'art et de rencontre, de débats et d'utopie, bref des lieux utiles.

Pour lancer cette campagne, certaines d'entre nous offriront des services sexuels gratuits aux chômeurs et aux réfugiés qui voudront participer à la lutte.

Nous devons montrer une solidarité sans faille avec le monde des exploités, des oubliés et des proscrits. Il y a sur cette planète six milliards et demi d'exploités qui sont nos frères et nos sœurs.

Et une poignée d'hommes sans conscience qui détiennent les richesses et les pouvoirs.

Ici commence l'ordre nouveau, travailleurs, travailleuses, chômeurs, chômeuses, nous sommes les indignés de Pôle Emploi !

Le discours a provoqué un *hourra !* volcanique. Toute l'assemblée des travailleuses et des sympathisants est portée par un vent de liberté. C'est le serment du Jeu de paume en version multicolore et génitale. Dans cette petite salle éclairée au néon, une agora improvisée de chaises en plastique bleues en demi-cercle permet à chacun et à tous de parler sans précaution oratoire. Un grand tableau indique le programme. Et Éric, un keffieh autour du cou, en détaille les réjouissances aux nouveaux arrivants.

— Midi : le rôle des femmes dans la révolution rouge ; 13 heures : comment changer le fonctionnement hiérarchique du travail ; 14 heures : pourquoi nous sommes solidaires des migrants ; 15 heures : nouvelles architectures d'une vraie gauche ; 16 heures : droit à la procréation médicalement assistée ; 17 heures : projection d'un film sur la situation des prostituées en Inde ; 18 heures : débat ouvert sur l'avenir du mouvement et l'occupation de locaux destinés aux chômeurs et chômeuses ; 19 heures : comment faire rhizome avec les autres associations solidaires ; 20 heures : information sur les droits et les revendications des trans ; 21 heures : rencontre avec Erika, auteur de *Pute et fière de l'être* ; 22 heures : les nouvelles formes du patriarcat ; 23 heures : mon corps m'appartient ma mort aussi, en lien avec les associations pour l'euthanasie ; minuit : début d'un happening – poème de Serena, femen trans.

Après la salve des hourras, des communiqués sont arrivés de Lyon et de Marseille où des groupes de prostitués et de chômeurs occupent aussi des locaux pour réclamer un plan d'urgence sur le travail et une dépénalisation de la prostitution et du cannabis.

— Il se pourrait que le mouvement soit épidémique, dit Kamel, mais pour l'instant nous sommes juste un grand carnaval. Si les CRS ne nous délogent pas trop tôt nous allons peut-être créer un réveil du peuple de gauche.

— Ce que je vois, c'est une véritable utopie en marche, dit Aurélien. Ce soir tu veux participer à la performance de Serena ?

— Qu'est-ce qu'il faut faire ? demande Kamel.

— Se faire enculer, si j'ai bien compris, dit Aurélien. Serena, avec un gode ceinture bleu blanc rouge, encule des figures du patriarcat. Nous devons jouer les politiques, les prélats, les militaires, les patrons de médias, tous ceux qui veulent se faire mettre par Serena peuvent venir, il faut se dilater un peu avant, intellectuellement et sphinctèrement.

— J'aime bien l'adverbe sphinctèrement, dit Kamel. Je suis clitoridiènement excité par cette performance, elle est filmée j'espère !

Iris entre dans le bureau un peu épuisée, des lunettes sur le nez.

— Je suis avec le groupe qui rédige une lettre au président demandant la suppression des violences policières, et l'abolition de la loi sur la pénalisation des clients, je ne peux pas m'occuper de la performance de Serena et elle m'en veut, elle voudrait qu'on lui lance des seaux de peinture bleu, blanc et rouge pendant qu'elle pénètre les instances du pouvoir. Vous pouvez aller acheter la peinture ?

— Qu'est-ce que ça va donner ces trois couleurs mélangées ? demande Aurélien.

— Du métisse, mon chéri, dit Kamel, un joli brun comme moi.

— J'ai préparé des tee-shirts "Mon corps est à moi", "Le chômage est stratégie", "Soyons tous femmes", "PMA pour toutes, travail pour tous", dit Éric.

Et il les vend pour la cause.

— Nous avons décidé avec Erika de lancer un atelier carnaval, dans l'esprit des carnavals que faisaient les esclaves
dans les Caraïbes, dit Ernesto. C'est l'inversion systématique des pouvoirs, tout le monde peut venir jouer le rôle
de son oppresseur. La performance de Serena est juste le
début d'une grande inversion systématique et dialectique.
Il y a deux sans-papiers qui jouent des rôles de préfets et
qui lisent tous les refus de régularisation. Moi, je joue un
flic qui coffre des prostituées incarnées par des volontaires
non-travailleurs du sexe, des transsexuels font un procès
des cisgenres, on les accuse de vouloir rester dans leur sexe
biologique, des chômeurs jouent des patrons qui font des
demandes d'emploi délirantes, etc. C'est le monde à l'envers qui permet de remettre le monde à l'endroit.

— C'est beau, dit Kamel, mais comment traitez-vous
les pouvoirs occultes ? La finance occulte, les réseaux d'in-
fluences, les magouilles diplomatiques entre les États et les
fournisseurs de pétrole… ? Tout ce qui excède les limites
de l'individu.

— C'est une bonne question, dit Éric. C'est vrai que
l'ennemi n'est pas individuel, le patron, le flic, le banquier,
il est toujours diffracté et systémique. Je pense que dans ce
carnaval il faut aussi jouer des rôles allégoriques : la Spécu-
lation, le Marché, les Médias, le Chômage…

— Ce qui se passe ici est sans précédent ! dit Aurélien.
Moi, ce que je trouve fascinant, c'est que tout est construit
autour d'une pensée politique du théâtre, ou plutôt d'une
pensée théâtrale de la politique. Non, ce n'est pas encore ça.
Tout est pensé ici à partir d'une pensée politico-théâtrale ;
au fond, ce que les homosexuels ont appris du mouvement
pour les droits des Noirs américains, c'est la question de
la visibilité. Les homosexuels n'avaient pas les mêmes problèmes sociaux, économiques, juridiques, que les Noirs,

mais ils étaient unis par un déni de visibilité. Et ce que nous faisons ici, c'est donner une visibilité aux travailleurs du sexe, au travail du sexe, aux chômeurs, aux femmes, aux étudiants et aux artistes.

— Je suis d'accord, dit Kamel, la parole et la visibilité sont l'alpha et l'oméga d'une révolution. Je crois que nous sommes en pleine révolution, mais cette révolution est originale et ne reproduit pas le schéma révolutionnaire néo-marxiste ou néoromantique. Elle a lieu ici et maintenant et vaut pour elle-même. Ce n'est pas un lendemain qui chante, c'est un présent qui dit qui il est. Peu importe que demain ou après-demain la descente de police nous réduise au silence, nous aurons fondé une communauté d'esprits. C'est cela qui rendra meilleur le présent, plus puissante la parole, plus visibles les exclus, plus nécessaire la culture.

Une femme en violet, d'une cinquantaine d'années, outrageusement maquillée vient renifler leur bonne humeur.

— Je ne suis pas prostituée, ni réfugiée, ni artiste mais je suis solidaire, cela ne peut plus durer, il faut que quelque chose change, c'est à la société civile d'agir ! Qui est la femme qui a lu la déclaration tout à l'heure ? demande la solidaire en violet en cherchant des chewing-gums dans un grand cabas aux couleurs jamaïcaines.

— C'est la grande Gilda, la passionaria des trottoirs, dit fièrement Aurélien. C'est elle qui a organisé la révolution.

— Ah bon, dit la femme en violet, je croyais que c'était vous.

— Non, dit Aurélien, moi je suis une sorte de mascotte. Vous voulez bien peindre quelque chose sur mon torse ?

— Oui, mais quoi ? demande la dame très excitée. Je vais écrire *révolution* si vous voulez.

— Je veux bien, dit Aurélien, mais mettez-y un *s*.

Serena débarque torse nue, comme à son habitude, et légendée d'un proverbe révolutionnaire aussitôt acclamé par ses amis, il s'agit de "Je veux tout".

— Alors, vous voulez bien que je vous encule au nom de la réorganisation de la société civile ? dit la ménade en exhibant son pseudo-phallus cocardier.

— Oui ! Oui ! Oui ! répond le chœur des hommes d'une voix unie et martiale.

Aurélien, fier de porter sur son torse le pluriel de la révolution, danse debout sur une table et se laisse photographier par la madame violette.

— Est-ce que l'idée de services sexuels gratuits pour les chômeurs a fonctionné ? Elle est restée purement symbolique non ? demande Serena.

— Je crois qu'Ernesto a eu deux clients hier soir, et Gilda dit qu'elle a des rendez-vous, répond Éric toujours passionné par l'exactitude sociologique.

— Ce que la sociologie ne comprendra jamais c'est qu'un élément non représentatif, singulier, ipséique et spontané est justement ce qu'est le réel, et non la norme constituante, le motif répété, la majorité des sondages. Les chiffres du sociologue ne peuvent pas mettre en équation l'irruption d'une vérité, excentrique et anachronique, dit Aurélien qui a envie d'agacer Éric depuis qu'il s'exhibe en short à paillettes bleues.

— Justement ! C'est ça la sociologie, c'est l'étude non pas du système comme machine désirante mais de l'élément de désir non systémique qui compose une nouvelle fiction constituante. En fait, la sociologie, quand elle est intelligente, se passionne pour le je-ne-sais-quoi et le presque rien comme lieux de fertilité pouvant faire dévier le sens de l'histoire. La sociologie, c'est l'étude de ce qui dépasse la sociologie.

Éric, fier de sa tirade, danse joyeusement. Et Aurélien ne lui demande pas de tout redire en français.

— Donc, s'il y a eu au moins un chômeur pour bénéficier de notre offre promotionnelle, quoique Gilda ne soit pas une promotion mais plutôt un magasin d'antiquités, une seule de ces passes justifie notre action.

— Tout ce qui remet en cause la hiérarchie patriarcale est justifié, dit Serena sur un ton de reine au bûcher.

Kamel entraîne Aurélien dans un coin sombre pour lui pincer les tétons et lui parler de choses sérieuses.

— Depuis dix ans que je mène de front une carrière de dégorgeur de vieux responsables politiques et de détonateur révolutionnaire, j'ai constitué une pelote. Dans ma main, mon chéri, j'ai de quoi faire sauter tout le système. J'ai accumulé pas seulement des noms mais des preuves. Et comme notre élitocratie est toujours la même depuis trente ans, mes cocos coupables sont toujours aux commandes. Des preuves, des factures, des photos, des fausses notes de frais, des lettres, des enregistrements téléphoniques par centaines, de quoi mettre le feu à toute la clique dirigeante. Nos sénateurs, nos ministres, nos dirigeants, nos représentants de la République, des régions, de la culture et des finances, tout le joli petit troupeau des vieux crapauds. Pas seulement des affaires de mœurs, mais des détournements de fonds, de l'utilisation de biens publics, des tripatouillages financiers, des emplois fictifs. Je suis le J. Edgar Hoover du trou du cul. Je les ai observés, étiquetés, branlés, vidés, classés, et ça tient sur cette petite clef en forme de phallus.

Joignant le geste à la parole, Kamel brandit une clef USB en forme de sexe bleu pâle.

— Il y a là de quoi assommer tout le monde. J'ai toujours pensé que cela me protégerait en cas de malheur, en cas de déportation par exemple, puisque je n'ai pas la nationalité, mais j'ai découvert tant de choses et accumulé tellement de mines antipersonnel, que si je ne révèle que la moitié je peux déjà faire trembler la République. S'il y a charge de CRS et coffrage et panier à salade et violences policières et fichage et enculage – ce qui est à prévoir, j'appuie sur le bouton et boum ! Tous ces pères de famille, ces messieurs honorables, ces marchands d'éthique, ces autorités morales iront nous rejoindre dans un trou. Au trou !

Kamel a parlé et, les yeux pétillants, il a sorti une langue rose à travers des crocs impeccablement blancs.

— Tu as des choses sur le ministre de la Culture ? demande Aurélien.

— Des caisses, dit Kamel. Emplois fictifs pour les messieurs de monsieur, dîners en ville avec des professionnels, voyages d'affaires en Thaïlande aux frais du contribuable. C'est même un très beau spécimen !

— Tu peux le sauver de la curée ? demande Aurélien en passant sa main dans le pantalon de Kamel.

— Qu'est-ce que tu me donnes en échange ? demande Kamel.

— Mon petit cul, dit Aurélien, pas si sûr de lui.

— J'en ai plus qu'il ne m'en faut des petits culs ! dit Kamel qui éclate de rire et tire les oreilles d'Aurélien. Mais tu me plais, et tôt ou tard tu seras au sommet d'une échelle que j'aurai besoin de grimper. Pourquoi tu veux protéger Ferrand ? Il est carbonisé ! Bon, je ne te demande pas tes raisons, si je lance la bombe, je mettrai le nom de Ferrand et les petits dossiers qui le concernent dans mon frigidaire/coffre-fort. C'est à charge de revanche.

Aurélien l'embrasse et lui murmure à l'oreille, Quand tu veux où tu veux.

Ils sont interrompus par Gilda, un peu inquiète.

— Les renseignements généraux m'ont prévenue, la rafle est pour ce soir, notre utopie festive est morte. Mais elle peut devenir virale. Pour cela il nous faut le maximum de publicité, le nerf de la guerre. Il y a une femme qui s'appelle

Mireille Verdier, elle veut faire un article sur le théâtre et la révolution et veut parler à Aurélien.

Sémillante, Mireille Verdier vient renifler le terrain, toujours excitée par les marges et les limites du théâtre, par la frontière poreuse entre l'art et l'engagement, par les œuvres indisciplinaires et par la post-avant-garde-néo-moderne recyclée en agitation événementielle. Elle avoue que le théâtre ne l'intéresse pas vraiment et sans le savoir confesse qu'elle a été virée du service politique et replacée dans le spectacle en récompense de son incompétence.

— Alors, qu'est-ce qui se passe ici ? demande la journaliste en agitant ses boucles d'oreilles en forme d'ananas. Un spectacle ? Une manifestation ? Un colloque ?

Aurélien s'efforce de répondre avec toute l'arrogance qu'on lui prête, et selon le principe que Jacqueline lui a enseigné : ne pas écouter les questions des journalistes et dire ce qu'on a à dire.

— Ceci n'est pas une révolution symbolique mais une révolution du symbole. Nous voulons toucher, pervertir, déséquilibrer tout le système de représentation du pouvoir. C'est un théâtre et ce n'est pas un théâtre, c'est une manifestation de soutien aux sans-papiers, aux transgenres, aux réfugiés et à tous ceux qui sont les fantômes de notre société. Toute la journée ici, dans ce carnaval des valeurs, nous inversons les rôles, les exclus jugent les inclus, les forts servent les faibles, les réprouvés sont décorés. Nous faisons d'ailleurs de vraies fausses remises de Légion d'honneur, à une prostituée qui a perdu un œil dans les violences policières, à la femme de ménage de ces bureaux qui n'a pas de quoi payer son loyer, à des instituteurs de banlieue, à tous les vrais héros de notre société.

Mireille est en transe, elle caresse son dictaphone d'une main, et de l'autre noircit du papier. Les ananas vont et viennent pour témoigner de la passionnante activité de son cerveau.

— Et vous, Aurélien, quel est votre rôle ? demande la journaliste émoustillée.

— Tous ceux qui veulent venir ici dans ces locaux participer à l'expérience sont les bienvenus. Certaines prostituées offrent des caresses aux chômeurs, certains intellectuels tentent de formuler l'avenir du mouvement, certains artistes modifient les représentations. Moi, je suis ici au service de la révolution, et je fais ce que je sais faire : du théâtre.

— C'est passionnant, c'est passionnant, dit Mireille, en joie. Vous réinventez l'occupation du Théâtre de l'Odéon, et les manifestations de Stonewall. Mais quelle sera la suite du mouvement ?

— La suite du mouvement, dit Aurélien, oraculaire, c'est la chute du patriarcat et de l'élitocratie sexagénaire. La suite du mouvement, c'est de considérer qu'un soi-disant responsable qui n'est pas capable d'envoyer un mail n'est plus responsable de rien. Les sénateurs qui demandent à leurs neveux des conseils informatiques sont des parasites de la société. Le peuple réel est plus jeune, plus inventif, plus ouvert, plus culturel que ses représentants. Seuls les sondages nous font croire le contraire. Le Front national n'existe que parce que les médias le veulent. Nous allons changer définitivement la représentation politique. Nous avons les moyens techniques de le faire et déjà notre mouvement est relayé sur la Toile par des millions de sympathisants. Si la police vient ici ce soir, d'autres lieux symboliques seront occupés, la Bourse, le Sénat, le siège de France Télévision, les grandes franchises américaines…

— Vous ne semblez pas avoir peur, demande Mireille qui est au bord des larmes ; il est vrai qu'elle était trop jeune pour avoir participé aux émeutes du Quartier latin et en a toujours gardé une blessure.

— Que fait Hamlet quand le coup d'État a échoué ? demande Aurélien. Il convoque les acteurs. C'est ce que nous faisons. Puisque tous les pragmatismes ont échoué, il ne nous reste plus qu'à réinventer l'amour. Puisque la politique s'est changée en gestion du désenchantement, il nous reste à affirmer la suprématie de la vie intérieure, puisque l'économie est devenue la fatalité des masses, nous devons créer de nouvelles communautés d'esprits, libres et fraternelles, puisque les femmes, les exclus, les prostitués, les chômeurs sont les nouveaux colonisés, nous devons, en tant qu'artistes, commencer par les rejoindre. Puisque la république est vendue aux partis de gouvernements, eux-mêmes vendus aux lobbys, à la finance, aux groupes internationaux, nous devons inventer une république symbolique qui replace le souci de l'individu au centre de son action. Puisque les temps sont difficiles, les destins niés, la jeunesse marginalisée, nous devons inventer un théâtre plein d'espoir, d'intelligence et d'amour. Voilà ce que nous avons commencé à faire ici, et nous ne sommes pas près de nous arrêter !

— Attendez, dit Mireille Verdier, je n'ai pas eu le temps de noter !

DANSE SUR UN VOLCAN

Le spectacle-action de Serena laisse la horde des carnavaliers dans un état d'ébriété, sacrément accru par les stupéfiants. Une foule plus nombreuse s'est rassemblée pour soutenir le mouvement, des journalistes commencent à actionner leurs stylos et quelques personnalités bien connues de la dissidence et de la gauche éternelle se rallient à la folle aventure. Après tous les colloques et débats de la journée, il n'y a plus qu'à s'aimer, à fumer et à boire, en espérant que la police donnera un peu de sursis à nos dangereux révolutionnaires. Sous la douche des toilettes, Serena et Iris effacent la peinture marronnasse de la performance en se frottant avec une joie sans pareille. Ernesto, qui a prêté ses entrailles à la cérémonie, est dans l'autre douche et se laisse tripoter par deux garçons inconnus qu'on croyait des renseignements généraux. En fait, leurs lunettes noires étaient plutôt le signe d'une conjonctivite due aux nuits blanches. Kamel s'est beaucoup amusé de l'idée de deux barbouzes qui, pour se cacher, se déguiseraient en barbouzes. Il apprécie ce genre de mise en abyme.

— Je suis bien une pute déguisée en pute !

Et, assoiffé, il avale une bouteille de bière bien méritée, mais il a décidé de garder sa peinture bouillasse sur le torse jusqu'au lendemain.

Personne ne sait s'il y aura un lendemain, mais tout le monde aime ce suspense. Seule Gilda, dans un petit coin des bureaux, un mug de café *I love Paris* à la main, continue la lutte. Elle téléphone, et envoie des messages aux médias, aux intellectuels, aux soutiens, aux homologues étrangers. Peut-être est-elle la seule qui sait que le temps est compté, et qu'une si belle occasion ne se représentera pas de sitôt.

— Je ne croyais pas à cette occupation, je pensais que nous allions à l'assaut de la montagne avec un pétard mouillé. Comment les choses ont-elles pris ? C'est toujours un mystère, dit Gilda.

Près d'elle, Erika a à moitié tombé son costume de dominatrice : on voit un homme en pantalon avec des chaussures à talons, du rouge à lèvres et le crâne chauve.

— Il y a combien d'années que nous militons, pétitionnons, arpentons, hurlons ? Trente ans ? Et pour finalement, quoi ? Avancer d'un millimètre ? Au moins nous aurons eu cette fête, et demain il faudra éviter qu'il n'y ait trop de casse, c'est tout, dit Erika.

— Je crois qu'aligner la cause des prostitués sur la misère du monde est une réussite stratégique, et c'est ce qui a déclenché l'incendie, dit Gilda. Tant que nous nous cantonnons aux revendications corporatistes, nous sommes privés de caisse de résonance.

— Le danger, dit Erika, c'est de se perdre ou d'être récupérés. Tu vois comment le petit metteur en scène a ramassé la mise médiatique ? Il a fait croire à cette journaliste que tout n'était qu'un grand bal masqué pour célébrer son génie de la mise en scène et sa conscience politique. Et la réserve parlementaire du député Durand est une stratégie pour déstabiliser la gauche classique. C'est toujours la même histoire, la gauche de la gauche veut mettre des bâtons dans les roues des socialistes, les mouvements citoyens, les manifestations spontanées, les réseaux associatifs, les organisations universitaires, nous sommes les cauchemars de socialistes énarques qui veulent le pouvoir. Et le petit metteur en scène sait très bien tirer les marrons du feu…

Serena qui apparaît, drapée dans un grand tissu rouge, n'est pas d'accord.

— Ce n'est pas vrai, il n'a pas fait ça ! Il était là, c'est tout. Si vous reprochez à tous les artistes qui sont solidaires de faire de la communication sur votre dos, vous serez seuls demain.

Gilda lui donne raison.

— Le mouvement est peut-être plus en danger aujourd'hui qu'hier. La rafle demain, le mauvais traitement médiatique, il faut s'attendre à tout ça et même si je me bats comme une lionne, il y aura un essoufflement du mouvement. Les partis politiques institutionnels ne croient pas à la possibilité de changer le monde. Seuls les parias peuvent rappeler que notre présent nous appartient. Nous sommes dans une société de consolation, le centre commercial nous console de notre perte d'espoir politique, il faut arriver à briser ce sommeil. Il faut faire du bruit, le plus de bruit possible.

En disant cela, elle a l'air d'une tristesse sans frein. Elle se maquille à la louche.

— Le jour va se lever. Ils attaquent toujours à l'aube. Je vais me faire belle pour recevoir ces messieurs. À mon âge, être traînée par les pieds et matraquée, c'est du sport.

Iris marche dans les bureaux, elle n'arrive pas à dormir non plus et veut contempler toute cette joyeuse foule endormie sur ses rêves. Partout des sacs de couchage, des matelas gonflables et des couvertures. Ici et là des chandelles éclairent les locaux sans âme et un bruissement de chuchotements fait frémir le silence de la nuit. Elle rejoint Kamel et Aurélien qui boivent à la même bouteille en riant.

— Vous pensez que ça va cogner demain ? demande Iris.

— J'espère, dit Kamel en lui tendant la bouteille de cognac.

— Tu me protégeras de ces méchants policiers, dit Aurélien, pelotonné contre Kamel.

La dame en violet tient toujours fermement son cabas, d'où elle exhibe un sandwich mou et le partage généreusement. Elle a le temps d'enlever ses souliers et de se caler sur un morceau de matelas. De là, avec une lampe de poche, elle entame goulûment la lecture de *La Misère du monde* de Bourdieu.

— Parfois je crois que nous avons accompli quelque chose, dit Iris. Toutes ces paroles, toutes ces rencontres, c'était midi dans le royaume du possible non ?

La formule est si belle qu'elle est répétée de bouche en bouche : *midi dans le royaume du possible*, il suffit de cela pour qu'une génération retrouve sa dignité.

— Où est Serena ? demande Aurélien.

— Elle est avec son idole. Gilda est mélancolique, je crois, dit Iris.

— Elle a vu tant de révolutions avortées, dit Kamel. C'est difficile à faire comprendre à des jeunes gens comme vous, mais la révolution doit être un échec. Il faudrait même que l'art soit un échec. Et il faudrait aussi que le mysticisme soit un échec. Ce sont ces échecs, ces combats perdus, qui font une vie réussie.

— Tu deviens philosophe, dit Aurélien, je vais cesser de fantasmer sur toi.

— Non, je ne suis pas philosophe, je suis un artiste de la jouissance, donc de la déception, dit Kamel.

Et pour punir Aurélien, il le retourne et lui donne une fessée carabinée avec sa ceinture.

— Tu me fais vraiment mal, dit Aurélien.

— C'est pour la cause, dit Kamel. Il faut que tu apprennes que le monde n'est pas là pour te servir d'huître, sale petit arriviste.

— Pitié ! Je ferai ce que tu veux, dit Aurélien.

— Bon, je veux que tu ailles aider Gilda à faire ses valises, dit Kamel.

— Elle fait ses valises ? Elle nous abandonne ? dit Iris.

— Non, mais je la connais, elle doit archiver et mettre à l'abri tout ce qu'elle peut, dit Kamel. Le jour se lève dans une heure, les flics vont débarquer, je doute qu'ils prennent le temps de classer les actes de notre colloque. Et pourtant des choses importantes ont été dites, comme toujours par les plus démunis et les plus pauvres, vous avez vu cette prostituée africaine qui a parlé de marche silencieuse pour les victimes des violences policières ? Que sommes-nous à côté d'une femme comme ça ? Gilda sait que ce sont des paroles aussi essentielles qui sont perdues si personne ne les recueille. Elle est une passionaria et une bibliothécaire, et c'est pour cela qu'à soixante-douze ans, elle pense avant tout le monde à l'étape suivante.

— Et c'est quoi l'étape suivante ? demande Aurélien.

— C'est la reconnaissance internationale des droits des migrants, dit Kamel avec certitude.

— Quand tu parles comme ça, j'ai envie de te baiser les pieds, dit Aurélien.

Et l'utopie s'endort avec les corps de ceux qui l'ont pensée.

Seule, la reine Gilda guette par la fenêtre l'arrivée des forces répressives. Elle voit le beau champ de bataille qu'en deux jours ses suivants ont inventé. Éclaboussures de peinture et délirantes représentations, propositions radicales de société nouvelle où la liberté du corps serait l'indice démocratique. Gilda regarde son peuple dormir, les prostituées de tous styles, les malheureux assoiffés de dignité, les transgenres sans état civil, les intellectuels révolutionnaires épuisés par la théorie. Toute cette foule disparate, ce carnaval de désirs extravagants et de légitimes revendications peut-il constituer une force ? Seul Kamel y a cru, et il dort la bouche ouverte en serrant contre lui un jeune homme roux.

Gilda se sent lasse et aperçoit une étoile entre deux bâtiments haussmanniens dans le ciel noir sale d'un Paris qui dort peu. Elle se demande ce qu'elle a voulu, ce qu'elle a rêvé, et elle pense à déposer sa couronne. Elle a peur des débordements qui demain ne manqueront pas d'entacher son règne. Il y a quelques boutefeux, dont Kamel lui-même, qui n'accepteront pas qu'on les traite comme du bétail. Qu'est-ce qu'un œil crevé ou un bras cassé apporterait au mouvement ? Et le mouvement existe-t-il ? N'est-il pas qu'une fête de la jeunesse à laquelle elle a tenté de donner des armes politiques ? Qu'est-ce que la politique ? se demande Gilda. Est-ce que cela existe encore, dans un monde où le pouvoir est essentiellement économique, et est-ce que la politique n'est pas comme elle aujourd'hui, une vieille pute lassée, qui fait semblant de croire encore que l'action nous fonde.

Au fond, ce qu'elle voudrait transmettre avant de passer sur l'autre rive, c'est que nous ne sommes pas, tant que nous n'avons pas mené une action. Elle voudrait que l'on pense non plus en termes sociologiques, c'est-à-dire comme une fatalité en forme de constat, mais en des termes d'action pure, elle voudrait remplacer les mots par des corps. Est-ce qu'elle n'a pas essayé toute sa vie de remplacer les mots par des corps ?

Ne pas chercher la vérité dans ce qui est, mais dans ce qui sera, et que le corps reconnaît avant l'analyse. Elle a passé sa vie à dire, *faisons ça, qu'est-ce qu'on fait ?, assez parlé, agissons !, et si on essayait ça ?, pourquoi ne pas tenter ça ?, allez hop !* La pensée c'est après, la pensée, si elle n'est pas action, n'est que masturbation bourgeoise, pour penser il faut des mains, des pieds, un cul, et la cervelle on en a toujours trop. Et des livres et des articles, et de la paperasse, on a en toujours trop et ils n'ont pas de mains, ces livres, pour s'emparer du réel. Elle a donné des mains et des yeux à ceux qui ne se connaissaient pas, à des vocations qui ne savaient pas exister. Et aujourd'hui, seule sur ce champ de bataille, connaissant la suite annoncée, la charge des CRS, le panier à salade, le fichage et le vide, elle ne croit plus en rien. Le monde a gagné, le monde l'a vaincue. La petite voix de Serena vient la réveiller de sa pessimiste rêverie.

— Tu ne dors pas ? demande Serena.

— On ne dort plus à mon âge, tu sais, on ferme un œil, dit Gilda.

— Tu as toujours l'air si calme et si forte, je voudrais être comme toi, dit Serena.

— Tu es plus belle, plus forte, plus désirante et courageuse que je ne l'étais à ton âge. Moi j'ai survécu, voilà ma force. J'ai survécu à tant de choses, un groupe de choses qui formaient un siècle, le xxᵉ siècle, et il n'en reste plus grand-chose, de mon siècle. J'ai survécu au maoïsme, au sida, aux violences policières, à la misère, pêle-mêle, j'ai survécu au moralisme, à l'embourgeoisement, au désespoir politique. Je suis la dernière des dernières, sur une terre brûlée. S'il n'y avait pas une fille ou deux comme toi, pleines de beauté rayonnante, et terriblement exaltées, j'aurais tout lâché pour aller tirer mes carottes.

— Il ne faut pas nous abandonner, dit Serena, tu ne peux pas.

— Je suis fatiguée, ma chérie, dit Gilda avec un joli sourire. Je n'en ai pas l'air mais je suis épuisée. J'ai une sciatique qui me tord de douleur, j'ai de l'ostéoporose, j'ai un ulcère, je suis en croix du soir au matin, et je mens à mon peuple en lui promettant des droits qu'il n'aura jamais. Mais c'est mon peuple, c'est mon royaume. Je ne me sens bien que quand j'ai fait jouir un ouvrier. C'est le seul moment où je me sens un peu utile sur cette boule de crasse. Non, je ne suis pas cynique, ma chérie, je suis juste une vieille pute, c'est difficile d'être une pute et c'est difficile d'être une vieille, et les deux ensemble, je crois que je n'y arrive plus.

— Moi, je crois à la beauté de ce qui vient, dit Serena.

— Ce qui vient pour moi, c'est la vieillesse et la mort, aucune beauté, dit Gilda.

— Je ne crois pas que je vais continuer à me battre comme je l'ai fait. Je veux partir, je veux aller ailleurs, je voudrais être dans un pays jeune où personne ne se sent coupable, dit Serena.

— J'ai ressenti cela dans les années 1970 à San Francisco, pas de culpabilité, la lumière du matin partout sur les actes des hommes, dit Gilda les yeux embués.

— Je crois que je deviens mystique, quelque chose s'est déchiré en moi, dit Serena. Et je n'ai pas le courage d'en parler à Iris.

— Parle-moi, dit Gilda. Demain, ce sera la bagarre et nous ne nous reverrons peut-être jamais plus.

— Je veux une vie parfaite, dit Serena.

— C'est déjà bien d'avoir une vie, dit Gilda.

— Je veux une vie parfaitement pure, et je trouve que ma vie n'est pas cette flamme... n'est pas cette flamme qu'il faudrait qu'elle soit. J'ai rencontré un prêtre, et il m'a convaincue que l'amour seul doit être notre boussole. Je veux consacrer ma vie à l'amour, je veux consacrer ma vie aux pauvres, je ne veux plus être un objet de désir, je veux aller dans le château de la pureté, je veux disparaître dans l'amour comme un moucheron dans le soleil.

Après avoir dit ces mots, Serena pleure des larmes qu'elle a contenues trop longtemps, et Gilda la prend dans ses bras.

— C'est ce que j'ai toujours voulu, dit Gilda, donner de l'amour, mais je ne crois pas en Dieu, je ne croirai jamais en Dieu.

— Moi je crois à une chose plus grande que nous que je ne connais que par ce désir inassouvi de tout donner, dit Serena.

— Alors, il faut tout donner.

Et ces mots redoublent les pleurs de Serena.

— Mais comment faire ?

— Je ne sais pas, dit Gilda, je suppose qu'il faut suivre une étoile.

Serena interrompt ses pleurs, elle pense, la douleur est suspendue par la pensée.

— Une étoile ? Un ciel ? Une nuit ? Je crois que oui, je connais tout cela, dit Serena ; et elle se met à pleurer à nouveau.

— Mais pourquoi pleures-tu ? demande Gilda.

— Parce que je dois partir, je dois quitter celle que j'aime.

— Je me suis battue toute ma vie, dit Gilda, et j'ai été seule toute ma vie.

Une explosion sourde se fait entendre dans le sous-sol. Personne n'est réveillé, la fête a été trop intense. Comment, dans leurs rêves, entendraient-ils cette détonation ? Comme un lointain tonnerre absent de la beauté de leur repos.

— C'est les flics, ils sont en avance, dit Gilda en se penchant par la fenêtre.

Pourtant, elle n'entend pas de sirène, ni de bruits de bottes. La rue est silencieuse, seule une vague et oppressante inquiétude flotte dans l'air nocturne.

Gilda va et vient dans les couloirs suivie de Serena, mais elles n'identifient pas l'origine du bruit.

Elles descendent vers les sous-sols où une masse de papiers et d'archives est entreposée mais déjà l'escalier est envahi d'une fumée noire qui ne laisse plus de doute. L'incendie s'est propagé à la vitesse d'une comète, tout le sous-sol est illuminé de flammes et la fumée asphyxiante de plastique brûlé s'est répandue par les bouches d'aération.

Aucun système d'alarme ne s'est déclenché, il a été déconnecté pour pouvoir fumer tranquillement dans les locaux administratifs. En quelques secondes, Serena et Gilda conçoivent l'étendue du danger. Elles sont les seules à pouvoir sauver les révolutionnaires endormis. Sans prendre le temps de se concerter, Gilda monte au deuxième étage tandis que Serena réveille en criant qui elle peut au rez-de-chaussée et à l'accueil. C'est un chaos trop lent, les réveillés ne prennent pas conscience du danger, certains ne croient pas à l'affolement de Serena, Iris elle-même rit sans comprendre. Certains fêtards ont pris une cuite immémoriale et refusent de se lever. Aurélien et Kamel, alertés d'abord à la pensée d'avoir dormi trop longtemps et que la rafle commence, sont aux aguets, mais ils ne comprennent qu'au bout de longues minutes que la violence qui se déchaîne au sous-sol est d'une autre nature. Kamel, avec ses bras puissants, commence à pousser dehors des filles qui protestent et des garçons qui reviennent immédiatement à leur sac de couchage. Les pompiers ne sont pas encore là et le temps se compte en précieuses minutes vitales. Au deuxième étage, Gilda a encore plus de mal à faire comprendre que l'évacuation doit être immédiate.

L'odeur âcre des fumées noires finit par convaincre qu'il faut sortir du bâtiment. C'est alors une véritable foire pour retrouver les livres, les sacs, les ordinateurs dispersés ici et là dans l'ébriété de la révolution. Iris a mis sur elle un imperméable et elle est déjà sortie du bâtiment, mais elle a perdu Serena dans la foule. Voyant qu'elle n'est pas dehors, elle entre à nouveau dans le couloir où la fumée commence à être irrespirable et tombe sur Serena, hagarde et à demi nue. Bien évidemment, certains ont ouvert les fenêtres du premier étage pour sortir, un appel d'air a entraîné avec lui un énorme nuage de cendres brûlantes qui s'est engouffré dans l'escalier. Gilda et quelques-uns sont restés bloqués et ne peuvent plus sortir que par l'extérieur, le premier étage donne sur un toit. Toute une troupe déshabillée enjambe les fenêtres, certains entièrement nus et pressés par les cris de Gilda, tandis qu'en dessous, ceux qui sont sortis les premiers leur indiquent qu'il y a une descente facile un peu plus loin par une gouttière et une série de poubelles de fer.

Bientôt tout le monde est sur le trottoir. Dans un instinctif mouvement d'inquiétude, ils se serrent les uns contre les autres. C'est alors seulement que les pompiers arrivent, toutes sirènes hurlantes. Des hommes casqués entrent rapidement dans le bâtiment enfumé mais pas encore en flammes. Aurélien, torse nu, grelottant et idiot, cherche Gilda des yeux. Kamel comprend qu'elle est restée en arrière comme un capitaine soucieux du moindre passager. Ils attendent quelques secondes et ne la voyant ni dans l'entrée ni sur le toit, alors que les pompiers commencent à éloigner la petite foule dépenaillée, Kamel, le visage entouré d'une écharpe orange, plonge dans la fumée.

Aurélien voit madame violette sortir son appareil photo et photographier les visages sidérés.

À l'intérieur, il y a peu de flammes mais la fumée et les cendres de papier empêchent de garder les yeux ouverts. Pourtant Kamel monte l'escalier en retenant sa respiration, il arrive à l'étage et ne voit pas Gilda. Un paquet de vêtements oubliés lui fait penser qu'elle est au sol. Il a le temps de fouiller entre les chaises et les bureaux renversés mais ne la trouve pas. La fumée devient poussière brûlante et il commence à voir des flammes dans l'escalier. Il n'a pas d'autre choix que de sortir par le toit en abandonnant sa mission de secours.

Aurélien le repère sur le toit, le visage et le corps totalement noircis et luisants. Il a la beauté d'un dieu primitif. Quand il arrive sur le trottoir, il crie qu'il n'a pas retrouvé Gilda, et dans son affolement, il n'entend pas ce qu'on lui dit. Gilda est allongée sur une civière à deux mètres de lui, les pompiers l'ont trouvée inerte dans l'escalier et referment déjà les portes de l'ambulance.

L'eau ruisselle, le feu est assez vite maîtrisé. Le jour se lève, la police vient d'arriver. À ce moment, sans que personne ne la remarque, la dame en violet sort de son sac un brassard jaune marqué du mot *police*. Elle sourit à Aurélien, sans animosité.

On murmure que le mouvement sera vite tenu pour responsable des dégâts et les manifestants, mêlés à de nombreux badauds, s'enfuient dans toutes les directions. Les interpellations commencent, ciblant évidemment les femmes noires en premier. Mais il y a trop de monde pour que la police puisse trier les visages recherchés et déjà fichés des présumés organisateurs. Aurélien est d'ailleurs peu reconnaissable depuis qu'il a enfilé un blouson de cuir beige et un bonnet de laine noir. Il ne voit pas tout de suite que le blouson qu'il a trouvé par terre est couvert de sang frais, quand il s'en aperçoit, il décide pourtant de le garder. Serena, plus visible, a su s'esquiver vers un café voisin, Iris reste encore pour vérifier que les femmes ne sont pas maltraitées, certaines prostituées africaines ont l'air d'être connues de la police. Devant le calme et la tristesse qui ont succédé à la confusion, elle rejoint Serena au chaud dans le café voisin. Elle n'a pas vu que le café porte son nom : L'Iris.

Le gigantesque brasier, le Vésuve qui crépitait dans la nuit, est réduit à un peu de suie et d'eau, les rampes d'incendie et les produits ignifuges ont fait plus de dégâts que le feu. Les archives du mouvement sont quelque part dans cette boue noire à l'odeur d'alcool. Seuls les soupiraux ont leurs rebords noircis, la fumée envolée ne laisse pas de paysages apocalyptiques. Avec le matin, la crasse et la banalité témoignent médiocrement de la terreur de la nuit.

À L'Iris, bistrot de la rue Lecourbe qui a l'avantage d'ouvrir avant les autres, les révolutionnaires épuisés commandent des cafés crème. Debout au bar, Kamel regarde la triste façade noircie de l'utopie morte et le visage blême du retour à l'ordre.

— Les forces de police ont trouvé moyen d'éviter la rafle, c'est peut-être eux qui ont mis le feu, dit Serena.

— Je ne crois pas qu'ils auraient pris un tel risque, dit Aurélien. Nous ne savons pas qui a mis le feu, il va y avoir une enquête.

— La police a arrêté deux ou trois filles, il ne restait plus grand monde quand ils sont arrivés, dit Iris, qui découvre sur le menu que le bar porte son nom.

— Ça va nous retomber sur la gueule, c'est sûr. La femme en violet nous a fichés, elle prenait des photos, dit Aurélien.

— Et l'article de la Verdier va désigner des coupables, dit Kamel en regardant Aurélien.

Kamel est inquiet pour Gilda, il l'a vue dans l'ambulance, la jupe relevée jusqu'à la fraise, un masque sur le visage, inerte sous une couverture de papier doré.

— Elle tiendra le coup, dit Serena. Elle est restée trop longtemps dans les vapeurs de plastique brûlé mais elle est hors de danger, c'est ce que m'a dit un des pompiers.

— Voilà ce qui reste de notre révolution, dit Kamel. Ils se sont dispersés dans la ville, la grande ville les a mangés.

Belles paroles, belles colères, réduites en cendres, le visage est brûlé, la reine est asphyxiée, les actes de notre colloque sentimental sont partis en fumée, Gilda a essayé de sauver des mots, après avoir sauvé des êtres. Après avoir mis ses petits à l'abri du feu, des flammes et de la police, elle est descendue dans les enfers pour sauver quelques paperasses. Et nous sommes dans un café qui s'appelle L'Iris, nous buvons du café crème, et nous faisons le deuil de notre belle insurrection. Maintenant, c'est le règne de la peur. Je deviens poète et j'ai envie de vomir. Comment vivre dans ce monde où la politique est impossible ?

— Vivre poétiquement, dit Aurélien.

— Qu'est-ce que ça veut dire ? demande Kamel.

— Ça veut dire garder en soi l'énergie spirituelle jusqu'au moment où les événements de l'histoire nous demanderont d'agir, dit Aurélien.

— Tu es bête ou tu es jeune ? demande Kamel.

— Ou les deux ? dit Serena.

— Mais il faut quelqu'un de bête et de jeune pour dire que désormais nous portons secrètement dans notre cœur la justice et la révolte. Nous sommes l'asile de l'espoir, individuellement, dit Iris.

— Espoir individuel, c'est un oxymore, dit Kamel. Je ne crois pas en Dieu, je ne crois pas en l'individu, je n'adore que le collectif. Le collectif pour moi, c'est le Sens.

Aurélien le regarde avec admiration.

— Donc pour toi, ce matin, il n'y a plus rien.

— Plus rien, dit Kamel. Je quitte le mouvement. Si Gilda s'arrête, je ne veux pas devenir le chef d'une telle bêtise. Je commence un autre travail insurrectionnel, plus dangereux et plus violent. Je suis lanceur d'alertes, je suis un homme couvert de cendre dans un Occident qui n'a plus aucun sens, c'est-à-dire aucun souci du collectif. Je suis mondialisé, désenchanté, je vais prendre ma femme et mes gosses, les emmener vivre en Islande, j'ai fait assez de fric avec mon cul, je brûle mes vaisseaux.

Et sur ces mots tragiques, le beau guerrier couvert de suie sort du café et s'éloigne dans la rue. Il se sent étrangement libre, quelque chose est sur le point de finir, quelque chose va commencer. Aurélien, qui est sorti pour l'appeler et le retenir, voit débouler une Jacqueline en cheveux et maquillée pour les grands soirs. Un appareil photo au bout de ses babioles, elle cliquette furieusement.

— Qu'est-ce que tu photographies ? demande Aurélien.

— Mais toi, mon chéri ! dit Jacqueline. Tu es blessé ! C'est merveilleux ! Je diffuse l'image de notre jeune héros. J'étais venue pour la bagarre avec la police, et je trouve les pompiers, le feu, j'ai eu peur, à vrai dire, mais je t'ai vu dans la rue, superbe et blessé, tu vas devenir un symbole demain matin. Aujourd'hui tu es déjà un petit héros.

— Ce sang n'est pas le mien, dit Aurélien.

— Je crois que c'est un garçon qui s'est blessé en descendant par le toit, je l'ai vu jeter le blouson et les pompiers lui ont fait un pansement, dit Serena.

Attablés de nouveau avec les filles, ils lisent à haute voix le papier de la Verdier qui vient de sortir dans *Libération*. Une grande photographie d'Aurélien, avec écrit révolutions sur le torse, illustre le portrait titré "Le faune incandescent."

— Elle a prédit l'incendie ! dit Aurélien. Et ce ne sont pas mes cheveux qui l'ont provoqué !

Iris lit calmement : "L'enfant terrible du théâtre, qui avait déjà déclenché l'ire des catholiques intégristes, a lancé un mouvement dont on ne connaît pas l'ampleur à ce jour, ils sont nombreux autour de sa silhouette de jeune faune dansant, de Che Guevara des faubourgs ou de pyromane des idées. Une foule d'intellectuels, de marginaux, d'artistes de tous poils, a occupé symboliquement les locaux d'une agence Pôle Emploi de la rue Lecourbe. Ils imaginent ensemble la réorganisation de toute la société, dans une forme d'insurrection qui tient autant du théâtre que de la manifestation. On retrouve les idées de l'agit-prop ou celles qui, il y a cinquante ans, avaient lancé une jeunesse à l'assaut du temple de l'Odéon pour y déclarer la parole libre. Idée majeure, la solidarité pour les prostitués, les proscrits, les réfugiés, les chômeurs, les exploités, désignés sous le nom de *putitude*. On retrouve la pensée de la négritude qui unissait tous les peuples soumis au colonialisme. Il s'agit aujourd'hui de tous les exploités du patriarcat et du capitalisme qui, ensemble, prennent conscience de leur force. Un jeune homme seul a réveillé la conscience politique de la cité et formé une communauté d'esprits sans hiérarchie, dont il se défend d'être le chef et l'inspirateur. Mais comme dit Serena, jeune performeuse aux seins peints en bleu blanc rouge, *sans lui il n'y aurait pas l'étincelle de l'espoir.*"

— Je n'ai jamais dit ça, dit Serena. J'ai dit, Nous sommes l'étincelle de l'espoir.

— Le papier est excellent ! dit Jacqueline.

— Sauf si on m'accuse de l'incendie, dit Aurélien. On m'attribue la paternité de l'action, je risque d'avoir à payer les pots cassés.

— Tu iras peut-être en prison, c'est merveilleux ! dit Jacqueline, exaltée. Je pense que rien ne pouvait arriver de plus beau ! Et quand on te verra ensanglanté par les violences policières, tu deviendras la lumière du Tout-Paris.

— Parfois tu me fais peur, dit un Aurélien radieux.

Il vient de sentir son propre corps se détacher de lui, et s'envoler vers les cimes exaltantes de la médiatisation. Il sent une auréole de feu tourner au-dessus de sa tête et l'horoscope de son triomphe arriver à son zénith.

L'HOMME AU CHIEN

C'est un trentenaire en costume qui porte des lunettes noires, des lunettes de marque, à cela Lucas voit que c'est un homme fier de sa réussite sociale. Il frime. Ses chaussures de luxe et sa montre énorme sont décidément exagérées. Il entre dans le donjon de Kamel avec un chien noir que Lucas identifie comme un pitbull. Tout est noir autour de sa présence à la voix grave. Même sa façon de serrer la main de Kamel et de vérifier que c'est bien l'homme qu'il a rencontré sur un site spécialisé, noire aussi. Lucas sait qu'une transaction a eu lieu qui le concerne et que le secret du contenu de la passe faisait partie des conditions. Lucas sait aussi que cette transaction revêt la symbolique d'une passation. C'est son ultime leçon. Kamel lui passe une sorte de relais.
L'homme aux lunettes s'assoit sur un tabouret.

— Vous m'appellerez monsieur H. Est-ce que je peux avoir un peu d'eau pour la bête ? demande monsieur H. en désignant le chien qui bave.

Kamel apporte une gamelle et Lucas est surpris de la facilité avec laquelle il a trouvé l'accessoire, puis il sourit en pensant à tous les notaires qui avant le chien de monsieur H. se sont agenouillés pour y boire une eau du robinet tiédasse ou manger des croquettes. Kamel est très sérieux, il considérerait comme une faute professionnelle de sourire des désirs de ses clients, il en rajoute même un peu.

— Comment pouvons-nous vous aider, monsieur H. ? demande Kamel.

— J'ai été précis sur un point, je ne veux pas en parler en ligne, ni au téléphone. La discrétion est absolument indispensable. J'occupe une position... vous ne saurez rien de moi, si ce n'est que je me suis fait seul, je suis blindé comme on dit. Depuis peu, ma réussite m'écœure, d'ailleurs. Elle a été facile et j'ai échappé en trois ans à la merde où je suis né. Je suis né dans la merde, j'ai été humilié et j'ai bouffé de la merde. On m'a fait laver la merde des autres et lécher les chiottes. Vous comprenez ? C'est une métaphore.

Lucas voit que, comme le costume et la montre, l'emploi du mot métaphore est artificiel, un signe de richesse extérieure. Tout, chez monsieur H., est faux.

— Je vous dis cela pour que vous compreniez, dit monsieur H. Je ne suis pas un client facile. Viens ici, Fortune !

Il appelle son chien qui joue à rogner le pied en caoutchouc d'une chaise. Ce n'est pas sans émerveillement que Lucas et Kamel découvrent que monsieur H. a appelé son chien Fortune.

— Oui, je l'ai appelé Fortune, dit l'homme en esquissant un sourire. L'argent est mon problème, j'en ai trop, et je ne sais plus comment l'utiliser pour jouir. Je suis impuissant. Je n'aime ni les femmes, ni les hommes, je ne bande pas. Je bande parfois le matin de manière mécanique mais je ne peux pas assurer de relations sexuelles normales.

— Je ne suis pas certain de savoir ce qu'est une relation sexuelle normale, dit Kamel.

— Pénétrer un cul ou une chatte, c'est normal, éjaculer, normal. Je ne peux pas, dit l'homme, sans pudeur et sans tristesse. Je suis handicapé. Je l'ai toujours été. Fortune, au pied !

Et Fortune vient servilement se coucher aux pieds de l'homme qui reprend son monologue.

— J'avais Fortune avant ma réussite, c'est le seul ami qui me reste. Mon infirmité m'a beaucoup… Comment dire ? On s'est beaucoup moqué de moi pour mon infirmité. Les filles ont parlé, les amis ont parlé, on a dit que j'aimais les mecs, ce qui est faux, et on a commencé à raconter des horreurs, et puis l'argent, la réussite, ça n'a pas aidé. Je suis seul et je veux rester seul, ce n'est pas seulement ma bite qui ne bande pas, c'est mon cœur qui est mort. Je suis mort, je peux dire que je suis mort. Je n'aime qu'une chose : l'argent. Et je n'aime pas l'argent, personne n'aime vraiment l'argent. Nous aimons le pouvoir, ça oui. L'argent, le pouvoir, j'ai cela. Et cela ne sert à rien. Je pense que très prochainement je vais me tirer une balle dans la tête. Ce qui me retient, c'est le chien. Qui s'en occupera ?

— C'est pour cela que vous vouliez nous rencontrer ? demande Kamel.

— Oui, c'est pour cela, dit H. Il faut que je place ce chien, vous comprenez ? Il ne m'a jamais trahi lui. Il ne m'a jamais humilié. Il n'est pas allé dire à mes amis d'enfance que je suis un infirme de la braguette, il n'a pas ri, il ne m'a pas demandé d'argent, il ne m'a pas cassé la gueule avec un démonte-pneu, il ne m'a pas fait bouffer de la merde, il n'est pas venu servilement me demander du travail. Il est pur. Il n'est pas bestial. L'homme seul est bestial. Je vote Front national, ça vous surprend ?

— Nous nous soucions assez peu de ce qui se passe dans l'isoloir, monsieur H., dit Kamel. Certains membres du parti viennent ici, de hauts membres, ils savent que la confidentialité est une règle d'or. Si je voulais, sans me flatter, je pourrais demain détruire les états-majors de tous les partis à l'aide d'une simple photocopieuse.

Lucas est stupéfait de la confession de Kamel. Il se demande quelle ruse il emploie pour accrocher H.

— Nous nous ressemblons, je crois, dit l'homme, et la ruse de séduction de Kamel transparaît dans sa réussite même.

— Je n'en suis pas si sûr, dit Kamel, déniant pour cacher la ruse avec laquelle il a conduit l'homme à une confiance plus grande.

— Je voudrais vous faire gagner cinq cent mille euros, dit l'homme et il laisse un suspens qui laisse tout loisir à Kamel et Lucas de cacher qu'ils sont impressionnés par la somme. J'ai rencontré trois personnes avant vous, et nous n'avons pas pu nous mettre d'accord. Ma proposition vous paraîtra étrange, certainement. Je voudrais laisser à Fortune un certain confort de vie puisque, je vous l'ai dit, je vais me faire sauter la cervelle le plus vite possible.

— Donc, dit Kamel légèrement impatienté par la fan-faronnade suicidaire du bonhomme, vous voulez que l'on s'occupe du clébard ?

— Oui, dit l'homme toujours impassible. Il a déjà dix ans, donc quoi ? Sept, huit ans d'espérance de vie, mettons dix. Disons qu'à cinquante mille euros par an sur dix ans, cela peut convenir. Je l'ai élevé à la viande crue, il faut qu'elle soit bonne. Il est propre mais il faut le sortir, il a l'air agressif mais il est doux. Vivre en famille lui plaît, s'il y a des enfants il sera heureux, plus qu'avec moi. Quelquefois, je l'ai un peu cogné pour passer ma rage. Donc je dois régler la vie de Fortune avant le bang. Et dans cette vie, il y a sa vie sexuelle. Je veux qu'il ait droit à des saillies régulières. C'est un petit mâle, il a des besoins. Disons, deux fois par mois, et je veux que ce soit avec un humain, homme ou femme cela importe peu, je ne crois pas qu'il fasse la différence.

Le silence est entré dans la pièce et, sans doute pour cacher un léger déséquilibre, Kamel ferme les grands rideaux de velours et allume des lampes dans la petite pièce laquée de noir. Contre le mur, Fortune semble une ombre, il halète et bave, son ventre saillant lui donne l'aspect d'un gros bourgeois de province. Comme Kamel l'espérait, l'obscurité pousse l'homme à retirer ses lunettes et Lucas voit alors le regard sans sourcils, noir et vide, de monsieur H.

— Votre offre nous intéresse. Est-ce que ce garçon irait, pour commencer les saillies ? dit Kamel en désignant Lucas qui s'efforce de montrer un visage de statue.

— Il faut que vous sachiez, dit l'homme, que je veux une certitude contractuelle : deux fois par mois, un huissier viendra constater la saillie. En cas d'échec, la somme cessera d'être versée.

— C'est assez clair pour nous, dit Kamel.

— Maintenant, si vous le voulez bien, je voudrais faire un essai avec ce garçon, si vous dites qu'il est... disons, compétent.

— Il l'est, dit Kamel sans en douter.

— Je vous paierai en liquide : cinq cents euros pour cette première saillie et si tout se passe bien, alors nous signerons et je pourrai passer à la suite de mon projet. Je vous laisse quelques minutes, j'ai des coups de fil à passer, je vends une maison à Saint-Tropez, et quelques appartements dans le 6ᵉ, je veille à ce que mes héritiers – ce sont mes neveux – n'aient absolument plus rien. Sur ces mots, l'homme sort sur le palier et on l'entend parler d'argent d'une voix lassée.

Dans le silence qui suit, Lucas a donné son consentement mais c'est Kamel qui hésite.

— Il y a des spécialistes du zoo, tu sais, j'ai une amie qui a tourné des films avec des chiens et des chevaux, c'est une star du genre, elle est plus compétente que nous, que toi.

— C'est beaucoup d'argent. Il ne faut pas refuser. Je ne te promets pas que je le ferai pendant dix ans, tu appelleras ton amie après, quand j'aurai quitté le métier, dit Lucas très calme. Ce n'est rien, c'est juste une petite bite de chien, les animaux ne sont pas pervers.

— Non, techniquement, ce n'est rien, mais je pense que le type nous embrouille, dit Kamel. Je pense que tout cela est une histoire qu'il invente, le suicide, tout ça, c'est n'importe quoi, même le costume de ce type est faux. Il ment, il ment totalement, il jouit d'un mensonge compliqué, insensé.

Quand l'homme revient, Kamel ne montre aucun de ses doutes.

— Nous sommes prêts.

L'homme regarde Lucas.

— Comment tu t'appelles ?

— Anys, dit Lucas.

— C'est bien, Anys, je suis content. Nous allons voir si tu satisfais Fortune, dit monsieur H.

Lucas se déshabille entièrement et se met à quatre pattes. Kamel, un peu malhabile, emmène le chien, qui n'a pas l'air concerné par le corps maigre de Lucas, par les pattes de devant. Kamel regarde le corps de Lucas, il est si maigre, sa taille est minuscule, il n'a pratiquement pas de fesses, sur le dos il a toute une série de bleus qui dessinent des nuages gris. Mais, depuis plusieurs jours, il se refuse à comprendre Lucas, et Lucas refuse de s'expliquer, il a seulement demandé à faire ce que d'autres ne font pas et Kamel a acquiescé de toute sa puissance tutélaire. Le chien se refuse à monter Lucas qui reste impassible, les yeux fermés, avec un inexprimable sourire. Kamel se demande s'il n'y a pas là un triomphe discret.

— Il ne veut pas, il n'a pas envie, dit Kamel.

— Il faut le travailler un peu avec la main, dit l'homme.

Lucas s'exécute et, au bord du fou rire, branlotte le chien qui tarde à réagir, puis sa queue turgescente commence à se décalotter. Cette fois il est opérationnel, et Lucas aide la bête à monter sur lui.

Monsieur H. approche son visage de Lucas et lui parle avec douceur.

— Tu as compris ce qui fait jouir ma queue toujours molle ? C'est ta souffrance, ton humiliation. Je veux penser que j'ai payé pour qu'après moi mon chien baise une humanité désespérée. Après moi, pendant dix ans, je ferai baiser l'humanité souffrante par mon chien, voilà ce que je veux. Le mal absolu, le mal radical, un testament de haine. Je vous laisse mon chien, je vomis sur vous, les pauvres, les malheureux, je vous maudis, je veux que vous soyez baisés par mon chien, ça, ça me permet de jouir encore avant le big bang.

Lucas s'est relevé d'un coup, il est debout contre le mur et instinctivement il cache son sexe.

— Je ne peux pas, dit Lucas.

Kamel vient immédiatement à son secours.

— Il ne peut pas, allez chercher ailleurs. Je vous donnerai une adresse pour des spécialistes zoo.

Il a parlé d'une voix extrêmement ferme, comme s'il protégeait Lucas d'une aile angélique.

— C'est dommage, dit l'homme, c'est dommage. Qu'est-ce qui vous dégoûte ? Ce n'est qu'un chien, les hommes sont bien plus répugnants.

— C'est vous qui me dégoûtez, pas le chien, dit Lucas. C'est vous que je ne peux pas satisfaire, je ne peux pas faire ça. Vous êtes un démon.

— Je suis un démon ? demande l'homme, sans colère. Pourquoi ? Parce que je sais que les hommes sont mauvais ?

— Non, dit Lucas, vous êtes un démon parce que vous ne pouvez pas jouir.

— Ce garçon est merveilleux, dit monsieur H. Il me plaît terriblement, c'est un diamant. Bien, partons, dommage pour l'argent bien sûr.

— C'est ça, foutez le camp, dit Kamel.

Mais ce cri est de trop et la fermeté de Kamel, la façon qu'il a de voler à son secours, émeuvent Lucas prodigieusement. Il pense à l'argent et il veut donner cet argent à Kamel, il regrette tant de ne pas avoir donné d'argent à Anys, il change d'avis en un instant.

— Attendez, dit Lucas, je change d'avis. C'est rien, je crois que je suis prêt, laissez-moi une minute.

Monsieur H. sourit impitoyablement.

— C'est l'argent, ça achète tout l'argent, c'est fascinant non ? demande H. à Kamel.

Lucas s'est remis en position mais sitôt en contact avec le poil du chien son corps se met à trembler de manière inexplicable. De même qu'il avait été émerveillé de voir son corps détaché de son âme, facilement agir comme en lévitation, il voit aujourd'hui son corps refuser l'accouplement bestial auquel il a consenti. Il tremble de plus en plus fort et finalement s'effondre à plat ventre et pleure, le front contre le sol.

— Pardon, pardon, pleure Lucas, pardon.

Kamel le relève et l'emmène dans une pièce à côté qui sert de salle d'attente. Il l'allonge sur un divan, et lui apporte ses habits.

— Je te demande pardon, dit Lucas.

— C'est fini, ne pleure pas, dit Kamel.

Il le laisse seul et Lucas s'habille précipitamment avec un survêtement et colle son oreille à la porte. Il entend Kamel dire qu'il fera le travail, que pour lui c'est comme un jeu. Lucas sort du donjon et dévale les escaliers. Il sait qu'il ne reviendra plus jamais. L'échec a un goût de sang dans sa bouche.

Tu as encore échoué, encore, encore, tu échoues toujours, lui dit une voix dans sa tête.

Il arrive aux portes de l'entrée des artistes du club de jazz et s'assoit sur le sol, la tête dans ses mains. Devant lui, des boîtes contiennent les instruments d'un groupe qui démonte. Le groupe de jazz s'appelle Les Démons et Lucas regarde le pochoir rouge répété sur plusieurs boîtes, les démons, les démons, les démons.

Son échec le paralyse, il se sent exilé, mais d'un exil bien plus effroyable que le bannissement géographique, il est exilé de sa vie intérieure. Il ne peut plus détacher les yeux du mot *démons* écrit en rouge dans le théâtre de sa catastrophe. Il a trahi Anys, Kamel, Aurélien, et tous ceux qui l'épaulaient dans sa quête invisible, il est bien pire qu'un guerrier tombé, il est un traître, un lâche, il n'osera plus jamais parler à aucun de ses amis. Il n'a plus de place au monde, pas même cette place si difficile, si étroite, il ne l'a plus, il ne sert à rien, il tombe dans le néant.

Combien de temps Lucas reste-t-il assis par terre, dans l'ombre, dans l'indifférence des musiciens affairés ? Cette succession d'échecs l'a conduit, paradoxalement, où il devait aller, dans ce vide inestimable qui appelle, par-delà l'existence, une vérité sans faille. Sa magnifique immobilité est à l'image de ce qu'il vit. Il a ralenti jusqu'à sa parole intérieure, parfois il peut prononcer un seul mot étendu sur un spectre de plusieurs minutes. Son appel à l'aide lui-même est d'une immobilité mystérieuse, il devient une pierre au fond d'un fleuve, il sent le monde tourner et passer au-dessus de sa détresse. En revenant à des niveaux de conscience plus mobiles, il brasse son accablement comme une boue. La tentative était vaine, le courant était trop puissant, les démons se sont ligués contre lui. Un démon rare est venu pour lui interdire la voie sacrée, l'indifférence du siècle, l'incompréhension de sa génération, la douloureuse inanité des littératures, tout cela lui a servi de boulet, il coule, il se noie, il mourra d'ici quelques instants de ne pouvoir retrouver la parole. Dans sa chute, ce qui est le plus insoutenable, c'est l'impossibilité de formuler jusqu'à son échec. Il essaie parfois, dans un labyrinthe d'hypothèses, de retrouver le fil de son récit, mais le récit s'écourte, devient courbe, le ramène au point innommable. C'est le corps qui a refusé, c'est le corps qui s'est révolté, le corps s'est révolté contre la littérature. Où serait-il à présent s'il était devenu l'objet de ce démon qui veut, par-delà la mort, humilier l'humanité ? Détruit aussi, probablement, complice d'une humiliation sans nom, complice d'avoir réjoui la méchanceté fondamentale. Pourtant, il a eu quelques vicieux sadiques ces derniers jours, il se laissait faire, il a été violé, frappé, humilié dans des jeux d'un ennui répétitif. Mais chaque fois il décelait sous le maître qui l'humiliait une souffrance indicible, et il était l'épanchement non pas du mal mais de la solitude et du désarroi des puissants. Et tous ces hommes l'ont toujours remercié les larmes aux yeux, aucun n'aurait voulu autre chose que le jeu, jouer au mal pour faire dévier la flèche empoisonnée du malheur. Pourquoi monsieur H. lui est-il apparu si différent ? Et, est-il différent ? C'est son corps qui a refusé de le servir, pas lui. C'est son corps tremblant qui a dit un non, que lui s'interdisait de prononcer. Monsieur H. lui est apparu comme le mal radical, l'incarnation du mal, l'obscurité terminale du sacré. Mais maintenant qu'il est immobile dans un couloir où vont et viennent des musiciens, par deux fois on a trébuché sur lui, il n'est plus très sûr de ce qui s'est passé, il a perdu pied si vite. Il était sur le fil, au-dessus de la ville avec son ombrelle, et un rayon de soleil l'a aveuglé, maintenant il est au fond de l'eau, les bateaux raclent leur coque sur sa tête, et il est recouvert de coquillages gris. Il entend, au fond de l'eau, un ricanement métallique, il pense à la chaîne d'une ancre qui cogne sur les roches, il lève les yeux et voit devant lui, planté comme un totem, l'homme au chien. Les yeux percent à peine l'ombre, et l'immobilité du chien et de l'homme s'est mise au diapason de l'immobilité de Lucas. C'est un dialogue d'immobilités.

— Notre combat n'a eu besoin d'aucun mot, dit l'homme.

— Le bien et le mal n'existent pas, dit Lucas. Dieu les fait disparaître.

— C'est à moi que tu parles ? demande l'homme.

— Non, ce n'est pas à vous que je parle, c'est au Dieu qui m'a abandonné, dit Lucas.

— Éteindre l'enfer, brûler le paradis, Dieu seul le peut. Tu as raison. J'ai su tout de suite que tu étais ce que j'étais venu chercher. Et je t'ai trouvé, et je t'ai vaincu, ton jeu ne joue plus, ton rêve ne rêve plus, il reste la terre. Agenouille-toi et mange la terre, j'ai déchiré tes ailes, dit l'homme, mais Lucas se demande si ce n'est pas le chien qui parle.

Le chien ponctue de courts aboiements, *ahan, ahan, ahan,* mais Lucas entend distinctement que Fortune dit *Néant, Néant, Néant.* Monsieur H. tire sur la laisse et l'animal répète *Néant* et il a l'air de lancer ce néant à la gueule de Lucas.

— Ce projet de t'offrir à ce qui vient, de te déposséder de ton corps, de t'abaisser jusqu'à contraindre Dieu, de déboussoler ton ego, quel Narcisse n'en a pas fait le rêve ? Être plus grand que l'existence, devenir pure volonté, valser avec la perfection, échapper aux corruptions des désirs terrestres, quel chapelet de petites vanités imbéciles, combien de jeunesses se perdront dans ce jeu ? Descendre vers le haut, s'effacer pour être, devenir glorieux d'humilité, s'enorgueillir d'abjection, pour finir à genoux, jugé par un chien, élément exclu de la course des étoiles, déchet de la providence, crachat de Dieu.

L'homme a parlé d'une voix lente et doucereuse.

— Si je suis ce que vous dites, ce n'est pas rien, dit Lucas. Mais je ne suis pas même cela, j'ai trahi les étoiles, j'ai échoué, je suis déshonoré.

— De tous les ors, l'honneur est le plus pur. Tu as voulu un triomphe à l'envers ? Plus dure est la chute, il ne fallait pas se rêver héroïque. L'échec est un échafaud. On meurt de déshonneur en moins d'une heure, dit l'homme au chien qui se met à aboyer à son tour.

— Nous sommes venus t'anéantir, dit le chien, nous ne savons pas même pourquoi. C'est comme si nos forces avaient été décuplées un matin, comme si ton odeur nous avait guidés, comme si la pureté de ta viande était devenue notre destin.

— Qui êtes-vous ? demande Lucas.

— Dieu dit *Je suis*. C'est à cela qu'on le reconnaît. Quand on lui demande qui il est, il dit *Je suis ce qui est*. C'est pour cela aussi que son nom est imprononçable. Pour cela aussi qu'on le vomit. Il ne dit pas son nom, le salaud. Nous disons que nous sommes légion. Notre nom, c'est le nombre. Et toutes ces légions ne vivent que de l'eau que tu leur donnes, nous venons boire tes larmes, dit l'homme.

— Je ne suis pas digne du combat que j'ai voulu mener, dit Lucas, et il s'entend prononcer cette phrase, et il voit le visage de l'homme qui se tenait devant lui, ce n'est plus monsieur H. c'est un technicien qui lui demande de partir, à côté de lui un sac noir évoque vaguement la forme d'un chien.

Le concert fini, la lumière s'est rallumée, et Lucas marche dans les rues en direction d'Aurélien. Aurélien aimera cette histoire de diable, Aurélien ne croit pas en Dieu, ni au diable mais il aime les histoires. Lucas ne croit ni en Dieu ni au diable, il croit en sa défaite comme il a cru à sa victoire, les rues nocturnes de la capitale, la belle jeunesse qui va et vient dans le tintamarre des cafés, c'est le décor idéal pour croire en soi ou désespérer de soi. Il y a tant de miroirs dans les rues de Paris, les flaques d'eau, les vitrines, les voitures, les trésors. On appelle défaite un échec, et victoire une réussite, comme si les lampes des cafés étaient des étoiles et la carte du métro, une providence en spirale.

Dieu se tait, le Diable se déguise, la vie se répète, la mort rit.

LA CHUTE

La nouvelle est tombée le matin même : Francis Ferrand, ministre de la Culture, a été déboulonné, au moment où on le croyait conforté sur son siège. Il se préparait à manger une religieuse au café quand on a annoncé un petit remaniement. Ferrand à la casse, lui succède Valérie Guilloux, apparatchik du parti, plus connue des banquiers que des milieux de l'art, c'est ce que disent les journaux de gauche. Les journaux de droite la décrivent comme passionnée de littérature et accessoirement mariée à un capitaine d'entreprise. On compte donc sur elle pour trouver des financements privés à la culture. De son côté, Ferrand est hélas traité avec politesse mais rien de plus, les larmes de crocodile du monde culturel sont taries, la page est tournée, on convoite déjà le cousin de la belle-sœur de la ministre, et Ferrand est aux oubliettes. Il est littéralement en train de faire ses cartons quand Jacqueline, accompagnant Duverger, vient le harponner. En pull moutarde, il sue en triant les livres qu'il va abandonner, avalanche de cadeaux protocolaires, et ceux qui peuvent avoir un prix : monographies dédicacées par des grands peintres, incunables sur papier vélin, jolis objets souvenirs de voyages en Malaisie et au Groenland. Plus il empile, plus il se sent enterré dans les souvenirs.

Duverger se tient droit sur son fauteuil, que Jacqueline a gaillardement poussé vers le bureau aux moulures d'or.

— Donc vous n'avez pas eu le temps d'arbitrer pour ma fondation. Je suis venu vous dire que je m'opposerai fermement et de tout le poids de mon carnet de chèques à votre nomination au Grand Palais. Je sais qu'on ne peut pas vous mettre à la poubelle si facilement, vous partirez en exil, il y a pire que vivre cinq ans en Pologne. On pourrait vous envoyer au Burkina. Espérons que vous ne ferez pas trop de bourdes là-bas, évitez de tourner autour des stagiaires de l'ambassade, votre réputation vous aura précédé.

— Écoutez Duverger, si vous êtes là pour rire de ma déconfiture, riez un bon coup et rentrez prendre votre morphine, quand vous souffrez vous êtes odieux.

— Oh oh, Francis, les dents repoussent depuis que vous n'avez plus d'espoir politique !

— Le malheur des autres est votre dernier orgasme, Duverger.

— Le malheur de mes ennemis, oui, pas le malheur des minables. Je suis venu vous soutenir, malgré votre lâcheté. Si vous ne voulez pas partir à Wrocław ou à Erfurt, il faudra encore passer par moi. La villa Médicis, ça vous ferait une belle retraite, non ?

À ces mots, Francis cesse de geindre et prend un peu de repos sur une chaise Napoléon III qui proteste en crissant.

— Même cette chaise ne vous soutient plus, dit Duverger.

— Qu'est-ce que vous voulez en échange de la villa Médicis ?

— Quand vous ferez la passation des pouvoirs, demain matin, gardez les clefs de quelques dossiers et vendez-les au prix fort. Il faut que la nouvelle ministre, comment elle s'appelle déjà ? C'est là que je vois les ravages du temps, on nomme une ministre de la Culture avec qui je n'ai jamais dîné ! Bref, mettez ma fondation en haut de la pile, sinon je vous envoie en Pologne, c'est clair ?

— C'est très clair, monsieur Duverger.

— Maintenant vous m'excuserez, je dois aller changer ma poche stomacale, je ne vais pas faire ça dans vos salons, ils puent déjà tellement la mort.

Après avoir poussé Duverger dans l'ascenseur, Jacqueline a le temps de coincer Ferrand.

— C'est moi qui l'ai convaincu de renouer alliance avec toi. Fais ce qu'il dit, tu as besoin d'alliés. Et pour l'Opéra ?

— La ministre n'aura pas la main, elle est là pour faire joli, c'est le château qui décide donc Sarazac sera nommé sous peu.

— Encore une petite chose, mon loulou. Est-ce que tu connais un proxénète du nom de Kamel ?

Au silence éloquent de Francis, Jacqueline comprend que oui.

— Il a des dossiers dans lesquels tu figures, ne me demande pas comment je sais ça, je le sais c'est tout. Un jeune homme t'a pincé les fesses un jour, c'est ton ange gardien, il peut faire disparaître ces dossiers, il le fera, je le lui demanderai. Je n'exige rien en retour, tu n'as rien à donner, mais souviens-toi que c'est moi et mon protégé qui t'avons *in extremis* retiré de la charrette.

— La charrette ? demande Francis, très, très effrayé.

— Il y a pire que la Pologne, mon lapin, bien pire. L'indignité nationale !

Et sur ces mots, elle trotte dans l'escalier pour récupérer un Duverger impatienté à la sortie de l'ascenseur.

— Qu'est-ce que tu lui as dit ? demande Duverger.

— Que je le soutenais, et même que je sauvais sa tête, dit la guêpe.

— Pourquoi soutenir ce déchet ? demande Duverger, et c'est l'occasion pour lui de faire une de ses célèbres grimaces, celle de l'incompréhension.

— Tu es puissant, moi pas, dit Jacqueline. Je pense qu'il faut toujours ramasser ceux qui tombent au moment où tout le monde les lâche. Il faut les soutenir. Tant qu'ils sont au sommet, ils se soucient peu des Jacqueline, mais quand ils tombent, ils cherchent des appuis chez n'importe qui et tout le monde. C'est le moment. Ferrand est un bouchon, il remontera, et il se souviendra que j'étais là quand il n'y avait plus personne et que les Duverger lui marchaient sur le crâne.

— Tu es l'être le plus exquis que j'ai jamais rencontré, dit Duverger. Il faudrait t'élever un monument, place du Palais-Royal. Tu es le sel de ce ragoût réchauffé que j'avale faute de mieux depuis soixante ans. Paris me dégoûte, mais il faut bien que j'en mange tous les jours pour survivre à mon cynisme, c'est un cancer qui ronge le cœur.

Une demi-heure plus tard, la trotteuse retrouve Touraine au café Marly, au Louvre. Elle picore une feuille de salade devant un Touraine radieux que la mauvaise nouvelle n'atteint pas.

— Le ministre est mort, Sarazac a gagné, j'ai perdu, tout cela n'a plus aucune importance, dit Touraine.

— C'est lui que tu voulais, pas l'Opéra, et de toutes les façons, vous régnerez ensemble, dit Jacqueline.

— Tu n'as pas de souci à te faire pour Aurélien, c'est un petit charlatan, mais il nous plaît. On lui trouvera une jolie petite chose à faire, *La Petite Renarde rusée*, par exemple, dit Touraine.

Jacqueline esquisse un sourire, et revient à la charge.

— Je demanderai au directeur ce qu'il en pense, mais *La Petite Renarde*, ça a beaucoup été fait dans les années 1990.

Touraine est touché et s'amuse de la petite pique, il ne veut pas que le ciel serein de son bonheur soit terni par quoi que ce soit.

— Nous demanderons à Milo ce qu'il en pense, après tout c'est son protégé, dit Touraine, diplomate.

— Oh moi, tu sais, dit Jacqueline. Je ne suis qu'une vieille idiote, et vous êtes tous si intelligents, j'espère que je vous amuse au moins ! À propos d'amusement, tu devrais appeler Ferrand, il est aux abois.

— Je ne suis pas certain d'avoir envie de repêcher cette vieille lotte pourrie, dit Touraine.

— Ah ! ah ! Comme ça lui va bien ! dit Jacqueline en riant. Je te le conseille quand même. On ne sait jamais. "On ne sait jamais" devrait être la devise des courtisans.

— Je ne suis pas un courtisan, ma chérie, dit Touraine. Je suis un revenant d'entre les morts, je ne peux plus jouer ce jeu, j'ai un devoir vis-à-vis du bonheur.

— Le bonheur ! dit une Jacqueline faussement indignée. Le bonheur ! Qu'est-ce que ça fait *province*, chéri !

Touraine a rejoint Sarazac au club de sport de la rue du Louvre. Tout en poussant sur des machines aux formes d'araignées pour développer ses deltoïdes, Sarazac prend la mesure de son futur règne. Autour de lui, une belle brochette de quinquas, qui ne se laissent pas aller et ont encore de l'espoir dans les saunas, essayent d'écouter la conversation entrecoupée de soupirs et de grognements sportifs. Touraine se tient à côté du héros du jour. Il boit debout un café dans une tasse en porcelaine en forme de gobelet plastique cabossé.

— Je veux que tu sois avec moi dans cette aventure, dit Sarazac. Tu choisis, soit tu es directeur artistique, soit tu es artiste associé, soit tu n'es rien officiellement. Mais les choses sont claires pour moi : je règne et tu gouvernes. Dans la lumière ou dans l'ombre, comme tu voudras.

— Je ne voulais pas l'Opéra, c'est toi que je voulais. L'ombre ou la lumière, le pouvoir ou l'influence, quelle importance ? Ce qui compte, c'est les heures et les œuvres. Je veux travailler et t'aimer.

Touraine parle sur un ton de banalité appuyé, il se méfie de son propre lyrisme.

— Je ne veux pas régner sans toi, dit Sarazac. Moi aussi je voulais la couronne pour toi, pour te montrer que j'étais le plus fort, le plus beau.

— Tu n'avais pas besoin de cela.

— Quand me pardonneras-tu ? demande Sarazac en faisant saillir ses pectoraux.

— La nuit où je t'ai cogné je t'avais déjà pardonné, dit Touraine en aspirant bruyamment son café. Depuis des années je ne vis plus que pour toi et par toi.

— Pourquoi moi ? demande Sarazac avec la voix d'un enfant.

— Parce que tu es la virilité incarnée.

— Qu'est-ce que ça veut dire ? demande le musculeux sceptique.

— En quinze ans, je ne t'ai jamais entendu te plaindre, dit Touraine. Tu te penses toujours inférieur et tu es éblouissant d'humilité, tu te penses laborieux et tu es admirable de courage, tu te penses sans éloquence et tu es lapidaire et fulgurant, tu te penses banal et tu es exemplaire, tu te penses froid et tu es écorché vif, tu te penses sans destin et pourtant rien ne t'a jamais résisté.

— Donc tu m'aimes parce que je me hais, dit Sarazac en riant.

— C'est assez bien résumé, dit Touraine. Et t'aimer, te rendre l'estime de toi peut me suffire comme destin. Alors je te laisse les réunions syndicales, les délires de chefs d'orchestre, les baisses budgétaires, les heures de mendicité chez les mécènes, et l'angoisse de trouver quatre heures avant le lever de rideau une soprano qui puisse chanter Elektra parce que Mlle Tartempion a ses règles. Je te laisse aussi les solliciteurs, les minets qui cherchent du travail, les journalistes corrompus, les nominations d'étoiles, les triomphes unanimes, les dîners avec la baronne et le bureau qui plane au-dessus du génie de la Bastille. Je te laisse tout ça. Je te regarde, je t'aime je suis le plus heureux des hommes. Qu'est-ce que tu veux faire ce soir ? Il faut fêter ça, tu veux aller où ?

Sarazac hésite à parler, et puis, droits dans son désir, les mots viennent.

— J'aimerais marcher discrètement dans le quartier de l'Opéra, tourner autour sans y entrer, le regarder comme je le regardais quand j'avais quinze ans. Et puis nous irons dîner à L'Entracte, après la représentation. Tout le monde y sera, les grands et les petits, Jon Karlsberg y boit une bière avec la maquilleuse et Milo Venstein mange un bœuf bourguignon avec le petit Aurélien. Ils seront tous là, et je veux qu'on nous voie ensemble, triomphants.

— Tu as raison, c'est moi qui dois apparaître ce soir, plus encore que toi. Montrer au Tout-Paris que je ne suis rien d'autre que triomphant.

— Amusons-nous, habillons-nous d'une veste de la même couleur. Il y a des vestes rouges chez Valentino qui sont terriblement voyantes, allons en acheter deux, et paradons. Et que notre peuple s'incline devant nous. Tu le crois, dis ? Tu le crois ? Nous sommes les rois de Paris ! Nous avons gagné, et si tu avais été nommé, la soirée aurait été la même, absolument.

— Tu le penses ? demande Touraine.

— Mais oui ! Ton triomphe m'aurait suffi. Tu m'aurais nommé directeur délégué et les choses n'auraient pas été différentes.

— Les Parisiens vont acclamer et plier le genou sur le passage de ces deux salauds en veste rouge, ce sera poétique, et Milo ne pourra pas retenir sa rage. Mais comme nous allons lui dire qu'il reste chef et que nous sommes là pour

le servir, il y trouvera son compte. Et quand nous propo-
serons, dès ce soir, *Lohengrin* à sa petite pute rousse, il rou-
coulera. Ce sera très pitoyable et tellement délicieux. Il n'y
a qu'à Paris qu'on peut vivre de si belles choses.

La représentation d'une reprise d'*Adrienne Lecouvreur*
est finie à Garnier et le temps de se démaquiller, toutes les
équipes, hors hiérarchie, se retrouvent dans ce bar à vin
lambrissé où les lampes sont faites de grappes de raisin en
verre poli. Ce n'est peut-être pas le lieu le plus élégant de
la ville mais l'énorme bâtiment de Garnier repousse trop
loin les bistrots et les brasseries. Tout le monde se retrouve à
L'Entracte et la salle du haut permet de dévorer des croque-
monsieur Poilâne en regardant par la baie vitrée les sculptures folles de la façade et les masques d'or tragiques qui
festonnent le dernier étage. Le génie de la danse de Carpeaux, souriant éternellement dans la pierre et la crasse,
triomphe de toutes les déchéances, il a un petit quelque
chose d'Aurélien quand il met ses bras au-dessus de sa tête
couronnée pour montrer ses aisselles suantes.

Pour ne pas être trop voyants, ils dînent tous les deux,
en miroir, dans cette salle à la vue imprenable. De là, ils
verront le petit monde de leurs sujets frétiller et persifler.

Le premier à s'approcher d'eux est le grand ténor, il salue
Touraine et semble ignorer Sarazac.
Après quelques banalités, il les quitte, et Sarazac est un
peu déçu de ne pas avoir eu de félicitations. Il n'est peut-
être pas au courant, ou alors il a fait celui qui ne voulait
pas avoir l'air d'avoir l'air de courtiser le nouveau roi. Son
génie le place au-dessus de la courtisanerie, et il est sourd
aux bruits de couloir qui se sont répandus avec des cym-
bales et des caisses claires.

— Tu verras, dit Touraine, beaucoup s'éloigneront de toi aussi, les meilleurs, pour que tu ne les confondes pas avec des courtisans. Le pouvoir tue toutes les amitiés, tu le sais, autant avoir une veste rouge pour recevoir les crachats.

— Très beau ces vestes rouges, dit Sophie, qui est habilleuse à l'opéra Bastille mais vient quand même finir ses soirées à L'Entracte. Un peu voyant non ?

Cette irrévérence laisse les deux garçons hébétés. Soit le bruit n'a pas encore conquis la ville, soit tous les habitués de L'Entracte jouent à ceux qui ne savent pas.

Quand Milo passe les saluer et ne s'attarde pas à leur parler, ils commencent à douter de leur triomphe. Quelque chose ne va pas, les félicitations se font trop attendre, et Touraine hésite à commander une tarte fine. C'est finalement Jacqueline qui s'approche des deux hommes en rouge avec une mine d'enterrement.

— Tout ça c'est des conneries auxquelles personne ne croit, dit-elle en s'efforçant de se composer un visage de sainte.

Rien ne pouvait effrayer Sarazac davantage. À leur sincère innocence, elle voit qu'ils ne sont pas au courant de la catastrophe médiatique qui vient de se répandre dans les journaux du soir.

— Je ne crois pas que cela puisse remettre en cause ta nomination, dit Jacqueline, certaine du contraire. Mais c'est vrai que le directeur de l'Opéra est nommé par décret, donc il faut un Conseil des ministres et l'inscription au *Journal officiel*. D'ici là, tu as le temps de te laver de cette merde.

Elle sort de son sac à main en cuir d'autruche parme une feuille de papier noircie de lettres et propose ses lunettes à Touraine qui s'en saisit.

— Ça paraîtra demain dans *Le Parisien*, mais ça circule déjà partout. Visiblement, quelqu'un a voulu mouiller le plus de monde possible. L'argent public servirait à financer des prostitués dans plusieurs théâtres, des gigolos témoignent avoir été payés par les frais de bouche de grandes institutions, sous couvert de figuration, des factures pour des figurants qui ne sont jamais montés sur scène ont couvert des prestations sexuelles, et j'en passe, c'est le grand déballage, une horreur. Tu es cité.

Sarazac parcourt l'article en diagonale, il a l'air brûlé au fer rouge.

— Un ministre habitué des rapports tarifés s'est laissé photographier… C'est Ferrand ? demande Sarazac.

— Non, pas du tout, dit Jacqueline. Pourtant on le connaît, mais il n'est pas sur la liste. En revanche, ton nom apparaît, c'est embêtant, on t'accuse d'avoir payé des figurants qui n'ont pas figuré. Un surtout. On ne dit pas son nom, mais il témoigne, ce figurant, c'est clairement une cabale, tu vas balayer tout ça d'un revers de main.

— Je ne vais rien balayer, c'est la vérité. Je sais qui m'a donné. Je suis foutu, il va falloir trouver un autre roi, dit Sarazac en riant.

Jacqueline a l'air catastrophée, et se met à bégayer légèrement.

— Ce n'est pas po… possible, tu vas abandonner ?

Sarazac se lève avec toute la dignité dont il est capable et annonce qu'il voudrait partir. Il passe devant toutes les équipes de l'Opéra qui rient au bar et ce court instant l'humilie plus qu'il ne l'a jamais été, même si personne ne lui fait de remarque. Deux choristes viennent l'embrasser chaleureusement, peut-être un peu trop, mais il n'en est pas certain. Enfin, Aurélien vient le saluer, l'air de rien, et il a envie de gifler son petit museau persifleur. Dehors il pleut et il accélère le pas. Touraine le suit et ils se réfugient près du monument à Charles Garnier où des éphèbes dédorés couronnent le célèbre architecte.

— C'est toi ? demande Sarazac. C'est toi ? Tu ne supportais pas que je gagne, c'est ça ? Tu as payé Kamel ? Ça vient de lui. Qui t'a donné les factures ?

— Ce n'est pas moi, tu ne peux pas penser ça, dit Touraine.

Sarazac arrache sa veste rouge et la lance dans le ciel, Elle reste suspendue à un des deux éphèbes, sur la pointe de son pied. Touraine, lui, se contente de l'enlever et de la jeter au sol, elle tombe dans une flaque.

— Ça ne change rien, ils me nommeront et je viendrai te chercher pour gouverner. Qu'est-ce que ça change ? Nous avons le pouvoir, tout cela sera vite oublié, et nous aurons le pouvoir, dit Touraine.

— Tu ne te rends pas compte de ce qui m'arrive, tu ne penses qu'à toi. Je suis carbonisé, plus personne ne me serrera la main sans penser qu'elle est pleine de foutre.

Sarazac crie, la pluie est de plus en plus forte.

— Je n'ai rien à voir avec ça, je te le jure. Je suis là avec toi, pour toi, dit Touraine.

— Tu mens ! Tu as ta vengeance, vas-y, danse, tu as gagné ! Tu m'as détruit.

Et il répète plusieurs fois, Tu as gagné ! en criant de plus en plus fort. Il prend Touraine à la gorge, comme s'il allait l'étrangler, il veut seulement jouer la scène, lui faire croire qu'il va le tuer.

— Tu as détruit ma vie. Je ne veux pas être ton esclave, pendant que tu te regarderas dans un miroir, moi j'irai faire les basses besognes, c'est parfait non ? Pourquoi tu as fait ça ? demande encore et encore Sarazac.

— Quand c'était toi qui devais régner, je me réjouissais pour toi, dit Touraine. Et maintenant tu ne peux pas accepter que j'aie la couronne. Tu ne m'aimes pas autant que je t'aime. Appelle Kamel, il te dira que je n'y suis pour rien. Tu vas avoir assez d'emmerdes, je serai à tes côtés.

Sarazac lâche sa prise et tombe à genoux en pleurant.

— Pardon, pardon, ne m'abandonne pas. Non, tu n'as pas fait ça, tu n'as pas pu faire ça, tu m'aimes, tu m'aimes absolument.

— Je t'aime absolument. Et si tu veux, je renonce à l'Opéra, dit Touraine. Tu n'as qu'un mot à dire.

Sarazac est interdit et il fait non de la tête.

— Je suis perdu, je ne m'en remettrai pas. Je suis couvert de honte. Ne m'abandonne pas, dit l'homme qui tombe.

Ils marchent encore un long moment sous la pluie, sans rien dire avant de rentrer dans l'appartement de Touraine, rue des Martyrs. Là, dans un bain chaud, whisky à la main, ils méditent sur la tempête à venir.

La veste rouge bat comme un drapeau sur le monument en hommage à Charles Garnier. Paris fait et défait les rois, les oubliettes s'ouvrent, l'ordre omniscient de la courtisanerie se rassure, tout sera toujours comme avant. Les médiocres seront sauvés et les ambitieux humiliés. L'intelligence est partie en seconde classe respirer l'air des montagnes.

DÉMONOLOGIE

— Tu crois que tu as échoué ? dit Lucas. Qu'est-ce que je devrais dire, moi ?

— Échoué, non je n'ai pas échoué, dit Aurélien.

Aurélien regarde Lucas aller et venir dans les salles du Louvre. Ils ont eu envie d'égayer leurs méditations de quelques splendeurs. Lucas voulait voir *L'Astronome* de Vermeer et les voilà tous les deux se parlant à l'oreille devant le chef-d'œuvre. Aurélien a croqué une petite pilule bleue et en a donné la moitié à Lucas dans un baiser. Ils sont vaguement vagues. En regardant le tableau, Lucas a l'impression qu'il est la petite goutte de lumière, un point blanc presque invisible sur le petit doigt de l'astronome, une petite tache de blanc sur le reflet de l'ongle, qui fait valser toute l'œuvre.

— J'ai prié, je crois, dit Lucas.

— Qu'est-ce que tu veux dire ? demande Aurélien en le traînant par la main vers d'autres Hollandais. Et il fait la grimace écœurée qui convient au mot "prière".

— C'est comme si jamais auparavant il n'y avait eu le silence dans ce crâne. Un silence inouï, dit Lucas qui s'est arrêté devant un immense Rubens.

C'est *Hercule et Omphale*, où l'on voit la chair puissante du héros habillée d'une robe de femme et travailler au rouet. Derrière lui des servantes ricanent. Aurélien vient enlacer

Lucas par-derrière et Lucas laisse sa tête renversée reposer contre l'épaule d'Aurélien.

— C'est ça que tu appelles une prière ? demande Aurélien. Un silence inouï ?

Et Aurélien fait entendre son petit rire moqueur jusqu'aux faîtes des plafonds français.

— C'est absolument ça, un silence inouï. On tombe dans un trou de silence inouï, dit Lucas. Je suppose que c'est ça, la prière, ou non, c'est peut-être autre chose, je ne sais pas, disons que je me sentais incapable d'agir, et donc il ne restait plus qu'à presser le temps comme un citron pour en faire goutter l'amertume. Oui, je sais, c'est un peu compliqué… Comment représenter le silence ? Je ne suis pas Vermeer.

— Tu n'as pas prié pour mon salut, j'espère, dit Aurélien. Tu as raison c'est cela que Vermeer a toujours voulu peindre, le silence.

— Je suis incapable de marchandage, dit Lucas. Je n'ai pas prié pour ton salut.

— Non, pas marchander, mendier tout simplement, dit Aurélien qui devient profond.

— Oui, j'ai mendié à genoux, toute la nuit, c'est ça, dit Lucas qui est au bord des larmes. J'ai eu la force de mendier, j'ai trouvé la faiblesse de mendier, j'ai mendié par la force de la faiblesse, j'ai mendié à ce milliardaire absent, j'ai cru en lui par faiblesse, par épuisement, par lâcheté ? La lâcheté, la faiblesse, la douleur, la peur, le dégoût, tout cela m'a permis d'être à genoux et de mendier. J'ai connu l'abaissement, je lui ai demandé de faire le travail pour moi, j'ai fait silence. Je sais bien que Dieu n'existe pas, mais il faut comprendre que Dieu ne se soucie pas d'exister, il *est*. Il est dans tout ce qui est, et jamais séparé de lui-même, il n'existe pas au sens où nous existons, mais il est par toutes les choses qui sont, nous devons exister pour qu'il soit, nous souffrons une torture sans fin à cause de cela, exister est une faute, nous sommes coupables d'exister. Alors oui j'ai mendié…

— Mendié quoi ? demande Aurélien qui l'embrasse dans le cou et le serre contre lui.

— Le sens, quoi d'autre ? dit Lucas, et il abandonne son corps à Aurélien qui est effrayé de sa maigreur.

— Ah, le sens ! dit Aurélien. Mais le sens… je crois que nous devons le faire, le sens, j'ai toujours pensé cela. Dieu, c'est une façon de parler. Bien sûr, je ne crois pas en Dieu, disons que le Dieu absent attend que *nous* lui donnions sens. Il est comme un énorme eunuque sur un monticule de sucreries et il attend que nous lui donnions le sens, il se nourrit de ce que nous appelons le sens, et l'artiste qui a donné un sens à sa vie, il l'avale comme une friandise, et le saint qui s'est oublié dans l'amour, il s'en gave avec ses doigts boudinés, oui, nous sommes le menu plaisir du souverain, qui est un énorme imbécile. Le sens vient de nous, le sens c'est ma bouche dans ton oreille, mes mains qui te caressent, mes bras qui te soutiennent. Nous nourrissons Dieu de notre manque et de nos aspirations et de nos extraordinaires trouvailles, nous le divertissons de son ennui, car il n'a pour compagnon que des chiffres. Dieu rêve de chaos, mais l'univers est le contraire du chaos, tout y est précisément prévu et ineffable et inviolable, tout y est parfaitement établi, cela a un nom, cette perfection écrite avant l'écriture… cela s'appelle la musique. Et nous, nous devons apporter là-dedans, non pas un peu de désordre, nous en sommes incapables, mais un peu de sens, de sens à l'envers, perverti, inversé, tout ce que tu veux ; de sens désespéré. Mais il faut libérer les chiffres de leur exactitude, tu comprends mon amour ? Nous sommes les abeilles de la vérité et Dieu boit ce miel avec délectation dans les grands divans profonds de l'exactitude mathématique.

— C'est une métaphysique de merde, dit Lucas qui respire comme un mourant. Je crois que le sens, nous ne devons pas le faire, mais l'attendre, simplement l'attendre. Comment le sens pourrait-il venir de nous qui sommes si imparfaits, si paresseux, si pleins d'encombrements intellectuels ? Non, nous ne pouvons pas produire de sens, même Shakespeare ou Michel-Ange n'ont pas fait de sens, leur vie n'était pas un jardin de sens. Ce que tu appelles le sens, que nous devrions faire, créer, que nous sommes les seuls à pouvoir créer, c'est de la justification. Tu veux justifier ton existence, c'est ça que tu appelles lui donner un sens. Moi je crois que le sens nous devons l'attendre.

— L'attendre et l'espérer ?

— L'attendre sans espérer, dit Lucas, parfait.

— Donc être immobile sous les étoiles, dit Aurélien qui tourne son visage vers une marine nocturne de Franz Francœur. Dans le port d'une Méditerranée rêvée, entre une caravelle dont les voiles sont presque transparentes, la lune est pleine et auréolée dans le centre du ciel et du tableau. Sur les quais, des ombres anonymes s'affairent, elles attendent le navire blanc qui traverse la nuit. Les deux garçons entrent dans le bleu sombre de la nuit peinte piqué de minuscules étoiles jaunes, ils jouent avec les voiles perdues dans l'ombre, et le port endormi brille de tous les travaux abandonnés.

— Non, je ne vois pas l'attente comme ça, dit Lucas.

— Tu vois ça comment ? L'attente d'un chasseur ? L'attente de Pénélope ? L'attente du condamné ?

— Peut-être l'attente d'un pyromane.

Et Lucas, miraculeusement, sourit d'un petit sourire tiède qu'Aurélien embrasse chastement.

— Qu'est-ce que ça veut dire, mon amour ? demande Aurélien.

— Je rêve de mettre le feu à tout ce qui m'empêche d'attendre : la ville, mon intelligence, mes désirs, toi, nous, la beauté… dit Lucas, et ses yeux se voilent et deviennent d'un noir de deuil.

— Tu veux incendier Paris ? demande Aurélien, cette idée lui envoie des décharges électriques dans l'entrejambe.

— Oui, incendier Paris, oui, mettre le feu à tous les désirs, et peindre mon visage avec la cendre, comme une peinture de guerre, comme une peinture de grande prêtresse païenne ! Danser sous les étoiles, sur les décombres, avec des peintures sacrées, j'appelle ça attendre.

Aurélien danse avec les mots de Lucas, il touche la chaleur de sa nuque, il goûte la sueur qui perle sur ses tempes. Il voit que Lucas est possédé par la drogue et il aspire la parole poétique que l'autre arrache de ses entrailles en pleurant. Aurélien n'a jamais honte de faire souffrir Lucas, il se dit qu'il a le droit, puisqu'il l'aime, puisqu'il entend sa plainte, puisque la souffrance de Lucas se change toujours en extravagant poème.

— *Si tu m'as jamais porté dans ton cœur*
absente-toi de la félicité pour un temps
et dans ce monde terrible retiens ton souffle dans la douleur
pour raconter mon histoire.
C'est ce que chante Hamlet à Horatio, dit Lucas, et il semble épuisé.

Il tombe sur un banc de cuir vert, et ses mains tremblent légèrement.

— Oui, j'aimerais que tu racontes mon histoire, car depuis que j'ai tué un enfant, je me suis exilé sur un chemin qui ne mène nulle part, dans une nuit qui ne mène nulle part, dans une beauté qui ne mène nulle part…

Et il sourit, il semble dire *Je ne suis pas sérieux, ne m'écoute pas*. Mais Aurélien approche son oreille et Lucas murmure d'une voix qu'Aurélien n'a jamais entendue :

— J'ouvre mon cœur, j'en fais saigner de quoi repeindre la totalité du monde.

Aurélien le regarde droit dans les yeux et exige qu'il continue son chant.

— Désormais je suis protégé de tous les échecs, je suis enfermé dans la grâce comme dans un cachot. Et ce malheur, il n'appartient qu'à moi qu'il ouvre le sur-angélique jardin du Sens.

Aurélien embrasse ses lèvres brûlantes, et il tient contre lui un corps ruisselant de sueur.

— Je vais être un saint malgré moi, si je faisais un effort pour échapper à cela je serais rejeté plus puissamment au cœur de la vérité. Un saint n'est pas saint pour lui seul mais pour retrouver la possibilité de la sainteté, et l'ouvrir pour le reste de l'humanité.

Et Lucas tombe en arrière, il voit le plafond peint d'angelots débiles d'un rose écœurant, les nuées bleuâtres, la chair emportée dans le vent d'un idéal de sucre. Aurélien, sans conscience du danger, lui dit :

— Parle encore.

— Mais je dois être un saint sous le manteau, je vais me défigurer autant que je le pourrais, et tout aura la pâleur de la prière, mes colères et mes excréments, mes livres, mes victoires, et le vide au cœur de tout cela, comme si c'était la seule belle chose. Maintenant, mon amour, je suis libre, c'est-à-dire que j'ai trouvé enfin l'obéissance qui libère, j'ai enfin trouvé la nuit qui éclaire, la nuit constellée, la nuit parfaite et mère. Et tout cela, je te le dois. J'ai bien fait de ne pas demander la grâce à Dieu, c'est une autre grâce qui devait venir à moi. La plus simple : le désespoir.

Il a parlé comme s'il récitait un texte appris et ses yeux sont devenus aveugles. Il tremble maintenant et un peu d'écume commence à monter aux commissures de ses lèvres. Redressé d'un coup, il tangue, et Aurélien voit ses yeux révulsés qui luttent pour rester dans leurs orbites.

— Oh que tu es beau, j'ai envie de te frapper quand tu parles comme ça, dit Aurélien, lui aussi enivré d'amour et de cruauté.

C'est comme un devoir sacré de l'aimer dans sa démence. Le jeûne, l'épuisement et la drogue agissent en tourbillonnant, et déchirent les voiles de l'âme de Lucas. Il lui semble voir toutes les vérités incarnées dans les objets présents. Comme il l'avait déjà connu dans le hall de l'hôpital, tout s'ordonne en un labyrinthe de vérités magnifiques dont lui seul voit la géographie. Il commence à regarder les parallèles du parquet comme des oracles, il voit les cadres dorés comme des vérités géométriques, il interroge le mouvement des rideaux…

Aurélien exige qu'il parle encore, qu'il dise ce qu'il voit. Et après un silence profond, la digue éclate et tous les mots viennent dans un désordre de cascade, comme de la lumière précipitée dans l'ombre.

— La gueule béante de la déchéance, le monstre érotique du manque de foi, la sirène borgne qui chante le malheur vibrant, la pute sanguinolente qui écrit le nom de son meurtrier, le fils de riche qui ne peut pas aimer, le mage plein d'impostures qui fait son boniment, les adolescents surconscients qui ont trouvé moyen de monnayer leurs souffrances, les diplomates de l'enfer avec leurs têtes de chiens pelés, les grandes araignées bleues qui sont lassées de leur malédiction, l'homme au chien, l'Africain avec un bâton, les bourreaux qui pleurent dans le fond de la chapelle, les artistes maquillés sous la pluie polluée, les contrebandiers d'œuvres d'art amoureux de leurs sœurs, les soldats défigurés qui ont fait vœu de silence…

Lucas continue son étrange énumération et, pendant un instant, Aurélien est envoûté par sa voix. Soudain il comprend qu'il s'inspire des tableaux et voit ces monstres et ces merveilles dans les Vierges de Rubens ou dans les personnages à collerettes de Cornelis. Ici c'est un châtiment dernier de Pourbus, là une résurrection de Cranach, ou une simple fermière coupant du pain, et sur ces images classiques, Lucas invente un peuple de cauchemar comme s'il était le saint Antoine d'une tentation moderne.

Une bave blanche commence à jaillir de la bouche de Lucas, et il baisse la tête pour la laisser couler.

Aurélien doute, ces personnages ne sont pas des descriptions de tableaux, ils sortent de l'esprit de Lucas, armés et furieux. Les yeux de Lucas sont devenus totalement noirs, ses pupilles dilatées semblent aveugles, et ses mains qui tremblent pendent inutilement le long de son corps. Sur son front et dans sa moustache, il voit une rosée de sueur, et il comprend à l'odeur forte de Lucas que tout son corps est possédé. Lucas tombe comme un arbre abattu ; il est assis au sol et déjà les gardiens s'inquiètent. Sa voix est à peine audible à présent et un léger filet de sang coule de sa bouche, mêlé à l'écume. Lucas s'est mordu et en parlant il touche sa langue blessée.

— Qui sont ces personnages ? demande Aurélien qui ne cherche pas à l'apaiser. Qui sont-ils ?

— Les démons, mon amour, ce sont les démons, dit Lucas avec une extrême difficulté. Le père avec son couteau propre, la mère de l'enfant qui a peur de la nuit, les démons viennent, le vieillard qui aime qu'on le frappe et distribue des pièces d'or, la jeune fille aux griffes bleues qui sait qu'elle va mourir, la femme au sexe d'homme qui est la patronne des brutes, le serpent qui pleure et trie les alphabets.

Chaque personnage lui demande un effort de plus en plus grand.

— Et moi, je suis parmi les démons ? demande Aurélien.

À cet instant il est peut-être sans pitié, il veut la parole de la folie recueillie à la source, il veut entendre encore la parole libre et vraie de la folie folle avant qu'elle soit nommée folie, quand elle a encore le droit de parler. Il refuse d'appeler les médecins, il refuse de perdre la source de folie qui chante miraculeusement, il veut aimer Lucas d'un amour qui le tue.

— Toi ? Un démon ? Je ne sais pas. Est-ce que tu m'aimes ? demande Lucas.

— Oui je t'aime, je t'aime d'un amour qui défie tout, tu es la seule belle chose qui soit, dit Aurélien.

Ils sont tous les deux à genoux sur le sol, la salle autour d'eux bruisse, des pas, des chuchotements, le temps presse, la vérité s'efface.

— Ce n'est pas de l'amour, tu m'aimes comme une pierre précieuse, dit Lucas, et il essaie de frapper Aurélien mais son bras est trop faible.

— Je t'aime comme une pierre précieuse qui est en moi, dit Aurélien qui se sent lui aussi gagné par l'incompréhensible.

Pourtant il n'a pas su dire autrement cet amour dévorant, Lucas est en lui.

— Alors pourquoi tu ne me sauves pas ? demande Lucas, et des larmes coulent de ses yeux, de ses yeux aveugles tombent des pleurs sans fin.

Il se frappe plusieurs fois le visage pour s'empêcher de pleurer, et il se mord les doigts jusqu'au sang.

— Viens, dit Aurélien, je vais te protéger.

La terreur entre dans l'âme de Lucas comme la foudre. Aurélien voit qu'il est trop tard et qu'il ne pourra plus le consoler avec des mots et des caresses. Cette fois Lucas a peur, terriblement peur de tous les visages peints sur les murs, il voit leurs yeux ouverts sur sa mort, il sent dans chacune des images la force magique de la mort.

— Les yeux ! Je ne supporte plus les yeux ! Il y en a trop ici, emmène-moi, je t'en supplie, crie Lucas.

Mais dans le couloir les yeux des tableaux le poursuivent et il se met à crier et à tourner sur lui-même.

— Les démons sont intelligents, c'est à cela qu'on les reconnaît. Et ils ne te dévorent pas tout de suite, ils attendent que tu leur ouvres la porte. La littérature conduit à l'échec et l'échec conduit à la mort. Voilà, c'est ça mon histoire. Et les démons, il y en a de toutes les sortes, les démons sont patients. Et le jeune homme ne peut pas vivre sans leurs compliments, il doit choisir entre les hommes ennuyeux et les démons. Maintenant je sais que le combat est perdu et j'ai ouvert la porte pour qu'ils me dévorent le visage. Le sang ne me fait pas peur, j'ai peur du déshonneur, on n'efface pas le déshonneur. Ce n'est pas moi qui ai échoué, c'est le temps, c'est l'époque, j'étais abandonné dans l'enfer des ratures. Chaque fois que je croyais reconstruire l'alphabet, je m'endormais heureux, et dans la nuit, un démon changeait les chiffres et les mots, et il ne restait plus rien au matin. J'ai fait l'amour avec eux pour les consoler de leur exil. Le matin venu, ils avaient profité de mon sommeil pour changer toutes les règles et j'étais seul à nouveau. Dis-moi que tu m'aimes comme une bête, je ne veux pas être aimé comme un homme.

— Pourquoi ? demande Aurélien.

— Le savoir des hommes est technique, le savoir des bêtes est amour. J'ai voulu dans la porcherie rejoindre le non-savoir, et j'ai mangé les excréments de la culture. La disgrâce est si grande que j'ai le crâne en feu, la disgrâce est si visible que les yeux des peintures la voient, la disgrâce est si profonde que tu ne peux rien. J'avais dans mes mains un objet précieux et je l'ai laissé couler au fond de la rivière.

Aurélien regarde Lucas qui pleure, entre les grincements de dents et les cris étouffés, les mots se perdent et ne forment plus qu'un texte épars, une série de mots perdus répétés comme des suites algébriques, pourtant, est-ce amour ? Aurélien veut croire qu'il y a dans la langue déréglée de Lucas un sens plus grand encore, si grand qu'il n'est plus exprimable que par un langage incohérent. Certains mots reviennent et se répètent comme des talismans que Lucas lance aux passants et aux murs.

— La porcherie, la porcherie, la porcherie, et moi je ne peux pas, je ne peux pas, veux pas, moi je ne sais pas, moi, dans la porcherie, musique de sirène que je ne peux plus entendre, dans l'orgueil et le tumulte, dans le tumulte, dans l'orgueil, à cause de mon échec, l'échec noir, le noir échec de l'œuvre, l'œuvre perdue, noircie, noire et sans aide. Noir et sans aide, sans aide.

Aurélien sait que son écoute protège Lucas. Lucas aime l'écoute d'Aurélien comme une bénédiction mais le fil craque et Lucas ne peut plus être sauvé de la crise de démence. Aurélien croyait pouvoir retenir la folie en écoutant avec la pureté de la neige, mais Lucas n'articule plus, il crie, il crie sans fin et, couché au pied de la pyramide de cristal du Louvre, sa voix frappe les grands murs de pierres ouvragés où les statues des pairs de France impassibles s'ennuient en méprisant les touristes. La sécurité a appelé les urgences et des ambulanciers emportent Lucas qui se débat. L'un des ambulanciers demande à Aurélien s'il est de sa famille.

Aurélien répond qu'il est son frère et, grâce à ce sésame, il peut l'accompagner à la Salpêtrière où, dans une grande salle blanche, on tue les allégories du poète d'une piqûre d'antipsychotique.

DÉSHONNEUR

Le lendemain de la publication de ses turpitudes et de son utilisation érotomane des deniers publics, Sarazac a le courage de se présenter au Théâtre de la Colline. En tenue de sport bleu foncé comme s'il n'avait pas eu le temps de se changer, et pour que le Tout-Paris voie qu'il n'a pas cessé de se battre, il a, épinglés à la boutonnière, l'arrogance des proscrits et le sourire des vaincus. Impeccablement rasé de frais, Touraine l'accompagne. Seule extravagance, il porte un pull saumon savamment percé de trous de mites. L'un doit montrer qu'il n'a peur de rien, et l'autre, maintenant attendu aux plus hautes fonctions, qu'il restera ce qu'il est, et qu'on ne l'encravatera pas.

On joue une pièce de Valère Novarina dont Sarazac avait projet de faire un opéra, *L'Envers du verbe.*

Dès l'entrée dans le théâtre, il a senti qu'on l'évitait soigneusement. Mireille Verdier le salue de loin et ce cher Alexandre Martin qui a lui aussi bénéficié de la main experte de Kamel slalome pour l'éviter et fait mine de vouloir parler urgemment à une actrice de boulevard.

— Il est sur la liste de la prochaine charrette et il le sait, dit Sarazac, c'est pour cela qu'il m'évite.

— Il faut que tu te montres, dit Touraine qui espère toujours pouvoir en faire son second à l'Opéra de Paris.

Et Sarazac se montre, mais personne ne le voit. Seule, héroïque et splendide, Jacqueline traverse le hall du théâtre en bleu canard, en tenant deux coupes de champagne, et, toute tintinnabulante de nouvelles verroteries, elle l'embrasse avec un peu trop de chaleur sous le regard effaré des bien-pensants.

— C'est le baiser au lépreux, dit Sarazac.

— Ne sois pas bête, on ne parlera plus de tout ça dans une semaine, dit une Jacqueline un peu grise. Il paraît que la nouvelle ministre a été maoïste dans sa jeunesse, ça va effacer ta petite histoire, d'ailleurs c'est moi qui ai fait courir le bruit.

Mais, passant dans leur dos, un des neveux de Mme de La Roche dit à l'autre d'une voix assurée :

— J'espère que le champagne n'est pas aux frais du conseil général.

— C'est moins cher que les putes, répond l'autre futur héritier.

Sarazac sait qu'il n'a plus d'espoir. Paris ne lui pardonnera pas, les hypocrites sont toujours les plus grands moralistes et vice-versa. Il ne peut plus aller au théâtre, ni au concert, il ne peut plus participer aux inaugurations, il est marqué du chiffre de l'infamie.

— Tu sais ma chérie, dit Sarazac à Jacqueline, on peut pardonner une grande trahison, il n'est pas de si grand déshonneur que la machine parisienne ne puisse laver, et regarde ceux qui règnent, les casseroles ne les ont pas empêchés de continuer leur marche vers le sommet, et les taches sur les nappes sont recouvertes par tous les bouquets de fleurs de la mondanité. Mais le ridicule, on ne peut pas l'oublier. Une grande actrice prise en flagrant délit de chirurgie esthétique, un ministre qui apparaît pompette à la tribune, une très mauvaise blague faite au saint-père lors d'un voyage officiel, et c'est la mort. À côté de ça, détournements de fonds, népotisme, faits du prince, pratiques illégales, rétrocommissions, c'est trop ennuyeux et trop banal pour qu'on s'en souvienne. Mais le pantalon qui craque, la goutte au nez, ça, c'est la fin de la carrière. On ne me reproche pas d'avoir payé mes turpitudes avec le budget de la figuration, on me reproche d'avoir des turpitudes aussi grotesques et d'avoir eu besoin de les payer.

Sur ces mots, il se dirige vers la sortie et renonce à la provocation d'assister à une première parisienne marqué par la lettre du Déshonneur. Touraine essaie de le retenir, en vain. Et Jacqueline, laissée en plan, comble comme elle peut le malaise. Elle n'a plus comme interlocuteur qu'une Louise Ducreux qu'elle ne peut pas souffrir mais dont elle s'empare faute de mieux.

— J'aime Novarina, dit Jacqueline. Depuis qu'il ne veut plus nous convertir et seulement nous amuser, il est devenu très spirituel.

Une fois disparu le sulfureux Sarazac, un petit groupe se forme autour du probable futur directeur de l'Opéra de Paris. Louise Ducreux parle de *L'Opérette imaginaire*, œuvre de Novarina qu'elle croit être littéralement une opérette.

— Ce n'est pas une opérette, ma chérie, c'est une œuvre métaphysique avec un accordéon.

L'acteur qui jouait un Ulysse enrhumé s'est joint à eux accompagné d'un jeune metteur en scène blond qui regarde Touraine avec admiration. Ulysse, fanatique de Novarina, leur fait la leçon.

— Vous avez vu *Pendant la matière* ? C'était un peu long mais très beau. Et *L'Espace furieux* vous l'avez vu ? C'était au Français. C'est la dernière pièce que la grande Catherine a jouée au Français. Vous savez qu'elle est morte ?

— Quand ?! demande Jacqueline, assommée par la nouvelle.

— Ce matin, dit Mireille Verdier qui les a rejoints. Elle a fini à l'instant sa nécrologie, dans laquelle elle fait à nouveau l'éloge d'Aurélien, le dernier metteur en scène à avoir donné au monstre sacré un espace où dévorer la langue.

Ce sont les mots qu'elle prononce se citant elle-même tandis que Jacqueline envoie un message à Aurélien qu'elle sait au chevet de Lucas.

— Dévorer la langue, c'est très novarinien comme formule justement, dit Ulysse. Elle est morte bêtement, elle est tombée dans la cour de son immeuble, elle est tombée, certains disent que son mari l'a poussée, j'ai eu si souvent envie de la tuer moi-même, mais maintenant qu'elle est morte, je ressens comme un grand vide.

— Je l'aurais bien vu dans Arkadina, dit le metteur en scène blond qui ignore qu'elle a déjà joué le rôle pour mieux placer élégamment qu'il monte *Les Trois Sœurs* à Avignon, dans l'espoir d'attirer l'attention de Touraine.

Mais Touraine est inquiet, il quitte le théâtre et cherche Sarazac dans les rues qui longent le cimetière du Père-Lachaise. Il le sait capable de tout.

Après cette humiliation, il n'a plus d'autre choix que l'exil, c'est-à-dire la Province. Même à L'Oubli, son bordel délectable, il rencontrera ses semblables et ceux qui feront mine de lui pardonner le poignarderont dans le dos. Il ne sera ni numéro un ni numéro deux à l'Opéra de Paris, il ne sera plus rien, c'est fini. Il est tombé, il ne se relèvera plus, il n'en doute pas. Et Touraine ne sait pas comment gouverner seul cette maison qui, il en est certain, lui dévorera le foie. De plus, il préfère suivre l'homme qu'il aime dans un trou perdu en Corrèze plutôt que de s'asseoir sur le trône sans l'avoir près de lui. L'avenir lui semble un mur infranchissable, il sait pourtant que l'épaisse couche du temps recouvrira la honte et que Paris, contrairement à ce que croit l'homme blessé, oubliera. Il pense que très certainement, Sarazac est à L'Oubli. Un étudiant fraîchement arrivé le consolera avec ses petites fesses de sorbonnard amoureuses de quarantenaires névrosés.

Mais Sarazac cherche désespérément l'étudiant miraculeux qui assurerait la consolation charnelle. Depuis sa disgrâce, il a la sensation de vivre plus au présent, il se dit, J'ai tout perdu, il me reste la vie. Il lui reste la vie. Le désir enflammé de carrière l'avait rendu sourd au chant de l'immanence.

Quand il entre à L'Oubli, la boîte est presque vide et il erre un moment, son verre de vodka à la main. Un garçon assez laid le suce mollement tandis qu'il regarde les infos du jour sur son téléphone portable. Se faire sucer en passant en revue les souffrances du monde est un blasphème qui le rassure toujours. Au bout d'un moment, il congédie le garçon, c'est toujours un lion, et il n'a qu'à bouger la queue pour que les mouches s'envolent. L'étudiant miséricordieux n'est toujours pas là et, par dépit, il papote au bar avec un serveur fanatique de comédies musicales américaines dont le mauvais goût l'amuse, puis l'irrite, puis l'offense et enfin l'humilie. Quoi ! Il n'est pas désespéré au point de prétendre apprécier *Le Fantôme de l'opéra*.

Retrouvant un peu de dignité, il suit un bellâtre qui s'avère être un vieux poisson à la peau tendue et à la bouche pincée et il décide de s'asseoir dans le noir et de se branler rêveusement sur un porno californien des années 1980 qu'une télévision verdâtre diffuse par intermittence. Au bord d'une piscine, sous un soleil artificiel des étalons chevelus se gamahuchent avec la conviction des débutants.

Le sexe est un hors temps à portée de la main. L'Oubli commence à lui ouvrir sa clémence, là au moins, il a tout loisir de penser à la grande page blanche de son avenir, le temps s'est perdu dans les couloirs malodorants du bordel, il n'y a plus qu'un présent vague qui permet toutes les hypothèses. Il rêve secrètement que Touraine démissionne mais se ferait couper une jambe plutôt que de le lui demander. Il rêve secrètement de partir loin, plus loin que la province, sur une île où personne ne le connaît, et de vivre là un amour tranquille en mangeant des homards grillés pimentés d'un peu de médisance. Il rêve de retourner à son premier amour, le piano, et de jouer tous les préludes de Rachmaninov. Il pourrait vivre de Musique seulement, sans penser aux distributions, aux mises en scène, aux journalistes, il rêve de pouvoir arracher de son cœur la maladie qui s'appelle Paris et dont il a conscience qu'elle lui a fait perdre ses plus belles années. Mais dans l'ombre, s'amusant du visage d'un blondinet soumis à bord d'une voiture de sport jaune, il retrouve un peu de calme. Il peut s'exiler, il en a la force, mais s'exiler sans l'homme qu'il aime, autant clouer soi-même son cercueil.

Un vieillard chauve s'approche de lui et Sarazac, toujours léonin, bâille et détourne son regard pour signifier qu'il cherche une viande plus fraîche que ce gnou boiteux. Il n'a pas reconnu Laiguillé, le conseiller de Ferrand, qui vient lui aussi de se faire déboulonner. La nouvelle ministre lui a préféré un énarque qui ne connaît rien à la culture mais qui a un avenir politique.

— Tu es tombé bien bas, dit le gnou du ministère. Comment, toi ici ? Dans les derniers cercles de L'Oubli, avec les épaves comme moi ? Pas de quoi payer une jolie consolation ? Ah oui, c'est vrai, tu préfères que la République paye pour les besoins de tes grosses couilles. Comme elles sont grosses, il a fallu payer beaucoup, elles étaient toujours trop pleines.

Sarazac a un moment d'hésitation, il pense d'abord à le cogner, et puis il retient l'impulsion. Mais il sait comment répondre à ce genre de crachat. Toutes ces années passées, cet ignoble technocrate l'a regardé comme un soleil, et aujourd'hui il se vautre dans la plus misérable vengeance.

— Tu as toujours rêvé de ma queue, dit Sarazac en bâillant plus fort encore. Viens, je te la donne. Viens, prends-la, pleure en me léchant les couilles, pleure ta vie médiocre en me léchant les couilles, viens.

Et Laiguillé, à la fois désespéré et enchanté, s'agenouille. Au bout d'un moment, sans rien dire, Sarazac referme sa braguette et remonte vers la ville. Il ne peut ni partir ni rester. Il ne peut ni mourir ni vivre. Reste à marcher dans les rues de Paris.

Touraine est arrivé une heure plus tard dans les bas-fonds de L'Oubli et, au fond de l'Enfer, il jette des yeux pleins d'amour. Laiguillé lui confirme qu'il était là.

— Je pense qu'il te cherchait aussi mais vous vous raterez toujours. Il ne peut pas rester à Paris et vous voilà, monseigneur, promu aux plus hautes fonctions. Un décret vous fera roi intouchable de la vie musicale, c'est cornélien. Le magot ou la fille, il faut choisir. Rejoindre le beau musclé dans son exil ou régner seul. Moi, à ta place, mon vieux, je partirai. Le temps se fait court, ces rêves de pouvoir deviennent un peu nauséeux avec la nuit.

— Tu as raison, dit Touraine, je vais dire à la ministre que je ne serai pas le prochain directeur de l'Opéra de Paris, que j'ai un projet spirituel plus élevé.

— Chacun ses luxes. Moi, je vais aller lécher les pieds de ce professeur de grammaire sur le retour.

Et joignant le geste à la parole, il s'abaisse dans d'académiques lécheries.

Touraine, décidé à démissionner, laisse plusieurs messages à Sarazac, qui ne répond pas. Rien ne pourrait être plus inquiétant que ce silence, et pour s'adonner pleinement à son angoisse, Touraine aussi disparaît de tous les radars. Touraine cherche Sarazac au café de l'Étoile, à L'Oubli, il l'attend devant chez lui. Personne ne l'a vu, nulle part. Il le sait capable de se tuer mais il n'imagine pas qu'il pourrait le faire sans laisser un mot d'adieu. Touraine craint plutôt un accident, une overdose, une bagarre…

Il n'est pas loin de la vérité. Sarazac s'est enfermé dans un hôtel du 15e arrondissement, il a retrouvé Micha, le gigolo pourvoyeur qui lui a fourni de quoi s'assommer pendant quarante-huit heures. Ils ont copieusement arrosé les substances de mauvais gin de bar d'hôtel et se sont mis à faire n'importe quoi. Sarazac s'est senti subitement très actif et a pris Micha avec violence mais d'un coup, il s'est mis à trembler et ses yeux se sont révulsés. Il est tombé au sol et le gigolo n'a pas compris tout de suite qu'il se passait quelque chose. Quand il l'a vu inerte, la bouche ouverte, sur le tapis orange, il a pris peur et s'est enfui. Le lendemain, la femme de ménage l'a retrouvé à demi inconscient et délirant, mais il a refusé qu'on appelle les secours. Il s'était ouvert la main sur un morceau de verre cassé, il a bandé la blessure avec une serviette. Il est resté tout le reste du jour à regarder le plafond.

Touraine craint que sa nomination ne devienne officielle mais le décret n'est pas encore tombé et le temps qui lui reste pour démissionner est court. Mireille Verdier a déjà préparé un magnifique portrait intitulé "Un artiste à la tête de l'Opéra". Dans l'après-midi, il change d'avis et est de nouveau prêt à accepter la proposition du ministère. Pourquoi abandonner si Sarazac s'est enfui pour toujours ? À quoi bon ? Il s'enferme chez lui, les volets clos, il regarde obsessionnellement son téléphone. L'angoisse se change mystérieusement en sentiment de fatalité, il lâche prise, il se dit qu'il ne le reverra plus. Il s'endort assis en écoutant Strauss. Au milieu de la nuit, il voit sur l'écran de son téléphone ces quelques mots : *Ne démissionne pas, ça leur ferait trop plaisir, triomphe pour moi.*

Sarazac a eu pitié de lui, mais il tient à peine debout, il a honte d'avoir consommé autant de saloperies, il est furieux contre lui-même.

Dans ce message laconique Touraine comprend que Sarazac a décidé de disparaître et que c'est un adieu. Mais la fulgurance lapidaire du message éloigne l'idée du suicide. Il décide de s'enfermer dans son cloître intérieur et d'attendre la réponse d'un ange. Que faire ? Comment vivre, tout lui a été enlevé y compris sa victoire. Il faut attendre dans le noir, retourner à l'oubli, retourner à l'attente. Il trouve au fond de lui un reste d'espoir venu du fait qu'ils ont l'un et l'autre assez souffert, et qu'il croit encore en la force de leur amour.

Le lendemain du message, il a deux épreuves à vivre. Il a rendez-vous à l'hôpital et doit passer à l'enterrement de Catherine. Il ne peut pas se résoudre à lui refuser ce dernier hommage. Il hait les enterrements, non pas à cause de la présence de la mort, au contraire, il a toujours conçu l'art comme un rite funéraire, mais à cause de la mondanité. Combien de questions devra-t-il subir ? Sur sa santé, son avenir, son amour disparu ?

À huit heures du matin il est rasé de frais pour un contrôle de santé à l'hôpital Pompidou. Il attend dans un bureau du service d'oncologie, il admire les lithographies de Kubin qui décorent le quotidien de l'oncologue. Quel choix étrange, se dit Touraine, elles sont si morbides. Des hommes perdus dans l'ombre sont guettés par un poisson-chat qui sourit. Le ciel est constellé de petites bouches gri-maçantes. Touraine apprécie le jeune médecin qui le suit depuis deux ans. Il est d'habitude rempli d'une espérance toute professionnelle. Mais cette fois, il a sur le visage une douceur qui n'augure rien de bon. Touraine a compris.

Les résultats ne sont pas ceux qu'il espère : le lymphome a repris ses droits et les trithérapies n'agissent pas. Il n'est plus officiellement en rémission et il doit écouter l'énoncé de la procédure de la nouvelle chimiothérapie. Le jeune médecin parle avec beaucoup de calme et Touraine l'écoute avec ce qui pourrait avoir l'air d'être de la patience. En réa-lité, il a lâché prise. Il est prêt à avaler la ciguë.

— Le traitement antirétroviral hautement actif permet de ralentir l'évolution du sida. Votre système immunitaire est affaibli, beaucoup plus qu'à l'automne, et le traitement du cancer peut causer davantage de problèmes. Nous allons devoir vous traiter à plus faibles doses de chimiothérapie que les personnes atteintes d'un lymphome qui n'ont pas le sida. Le traitement antirétroviral hautement actif peut vous permettre de recevoir des associations d'agents chimio mais ce n'est pas sans danger. En d'autres termes, nous ris-quons de détruire vos défenses immunitaires pour guérir le lymphome.

— Je peux donc mourir de ma mort ou de celle des médecins, j'ai le choix.

— Ce n'est pas désespéré, dit le médecin. Mais nous avons peu de statistiques.

Maintenant il doit se rendre à l'église Saint-Roch où la Comédie-Française organise les enterrements des sociétaires. Secrètement, il a l'espoir d'y retrouver Sarazac qui était un grand admirateur de l'actrice, cela tout au moins l'aide à mettre un pied devant l'autre. Mais dans le taxi qui l'emporte vers le 1er arrondissement, il voit défiler Paris étincelant de soleil, et il se sent déjà mort.

UN FANTÔME

L'ombre est plus grande que celle de son père. C'est une ombre et ce n'est pas une ombre, ce n'est pas une ombre au sens où une autre présence la produirait, il n'y a pas d'autre présence, elle est pour elle-même, et son obscurité lui appartient. C'est une ombre sans maître, c'est son père et ce n'est pas son père. C'est comme si la parole de son père avait trouvé une forme nouvelle, une autre forme que ce corps décharné qui l'a accompagné dans la mort. La parole est devenue une ombre dense, une statue d'asphalte qui pense, et cette forme obscure tourne lentement autour d'un centre absent.

Son père était comme un fauve, son immobilité préfigurait l'attaque, mais sa présence d'ombre est constamment en mouvement, d'une ondulation calme, à peine emportée par une brise, comme une palme dans la nuit.

Les mains de l'ombre ne sont pas menaçantes comme celles de son père, Lucas guettait toujours la main qui frappe, le coup qui part sans prévenir, les mains de l'ombre implorante sont renversées et leurs paumes noires semblent apaisées. C'est le visage qui est difficile à reconnaître, l'ombre du visage se tient dans l'ombre, le corps est comme légèrement abîmé en arrière, et ce visage effacé par la nuit appelle Lucas, il ne peut pas en détacher les yeux, il doit reconnaître son père ou en rejeter l'imposture. Est-ce l'ombre de son père ? Ou est-ce l'ombre d'un homme qui dit être son père ? Le visage ne lui permet pas d'en savoir plus, ce visage est une question, ce visage lui dit mystérieusement, Tu dois.

Ainsi est la loi morale, enténébrée, perdue dans les étoiles, belle d'être nocturne et difficile à comprendre, et nous ne la connaissons qu'en un visage. Et de même pour toute vérité, que serait-elle sans visage ? Des ombres, des idées, des chiffres, des origines égarées, des sources sans nom, tout ce qui peut être connu d'essentiel ne l'est que d'un visage, un visage qui pourtant n'est jamais aussi certain qu'un mot, qu'un chiffre ou qu'une statue. Visages d'ombres sont nos questions, est-ce toi ? Est-ce le même visage ? Est-ce le visage que j'ai connu hier ? Est-ce toi dans la nuit ? Et la première parole du fils pour le père est :

— Je ne te reconnais pas.

Comme cette parole est paradoxale, se dit Lucas, si je ne le reconnaissais pas je ne dirais pas cela. Et entre en lui la certitude qu'il est bien face à son père, mais qu'il manque à l'ombre une permission de parler, un accord qui touche à son plus profond désir, pour accéder à la parole. Lucas pense que s'il existe des corps glorieux que le catéchisme nous présente comme des méduses lumineuses, à la fois autres et identiques au corps terrestre, il existe aussi des corps obscurs, qui n'ont de différence avec le corps incarné que leur obscurité. Intranquillité, inquiétude, impatience, voilà la trilogie du corps. Et qu'il existe par-delà notre monde un corps similaire mais défait de ses doutes.

— Je ne t'appartiens pas, dit le fils au père.

— Tu n'es pas libre pourtant, dit l'ombre. Je suis devenu toi, dans ce mouvement pour t'arracher à moi tu as fait de nous une seule substance.

Et en disant cela l'ombre se couche sur lui et met sa langue dans la bouche de Lucas. L'ombre parle et elle a la voix de Lucas. Lucas parle et il entend les mots de son père. Cette confusion de leurs bouches est une ordure insupportable pour Lucas.

— Tu ne peux pas te défaire de moi, dit l'ombre, ne te révolte pas, ne te révolte plus. Nous sommes unis dans la mort, nous sommes unis par la mort. Tu m'as tué pour que je sois confondu à toi. Plus rien ne peut nous séparer, ni l'amour de ceux que tu aimes, ni le désenchantement du monde. Tu as bu ma folie et chaque fois que tu veux y échapper, par la douleur ou par la joie, tu la fais grandir en toi. Tu es cendre, je suis feu. Tu es nuit, je suis métal, tu es bête, je suis livre, nous sommes ensemble dans le combat inachevé.

— Quel combat ? Il n'y a pas de combat. C'est ce que j'ai compris enfin, c'est ça ton mensonge, il n'y a aucun combat. Je ne me refuse à aucun combat, rien n'est inachevé, le combat n'existe pas.

En criant ces mots, Lucas donne à la petite chambre close une dimension plus douce. L'ombre devient plus grise, elle ressemble maintenant précisément à une ombre sur un mur et non plus à cette silhouette d'encre qui pouvait tout. En pensant qu'il n'y a pas de combat il enferme l'ombre dans le mur blanc.

— J'ai le droit d'être ici, de me soigner, d'être soigné, j'ai le droit de refuser la folie. J'ai le droit d'être en vie sans devoir et sans dette, d'être là, aidé, aimé, j'ai le droit d'être prisonnier des drogues qui me protègent, j'ai le droit de dire qu'il n'y a pas de combat. Je ne suis pas le centre du monde, je ne suis pas le chevalier de l'invisible, je ne suis pas un héros du Graal, je suis un enfant perdu, j'ai le droit d'être aimé. Je sais que je peux être aimé en étant ce que je suis, sans exploit, sans grandeur et sans langue. Je veux vivre petitement, je veux servir petitement, je veux être anonyme, simplifié, apaisé, pauvre, souriant, reconnaissant, aimant, patient, calme, docile.

Et il répète ces pauvres mots, l'ombre semble de plus en plus claire sur le mur, Lucas se couche et tout son corps se relâche, il lui semble qu'il a vaincu la mort. Il pleure doucement des larmes qui font du bien. C'était si simple de dire non, il suffisait de dire non, et l'ombre épouvantable a perdu sa mâchoire. C'est fini, il est sauvé, la malédiction est rompue. Le mur est parfaitement blanc dans la nuit.

Mais il sent sous les draps une présence étrange et il pense tout d'abord à un animal, un chien ou un chat qui rechercherait sa chaleur, il a envie de s'abandonner à cette pensée d'un animal qui aurait besoin de lui, et il touche le poil crissant sous ses doigts. Mais le toucher devient humide et le dégoût vient d'un coup à la pensée que c'est autre chose, sous la couverture, qui bouge lentement. Autre chose mais quoi ? Un nid de serpents ? Un gigantesque mollusque ? Une charogne de chien ? Il est en sueur, il se lève d'un coup et, dos contre le mur, à l'endroit où l'ombre a été avalée par la peinture blanche, il regarde sous la couverture grise la forme qui bouge à peine. Maintenant il pense à un crabe, ou à un crapaud, ou encore à un fœtus, et il tremble à l'idée de soulever le drap. Mais il le faut, alors d'un geste et en criant, il tire sur la couverture pour laisser apparaître sur le drap blanc et taché la tête coupée de son père qui parle encore. Les yeux sont révulsés et la bouche pleine de sang murmure difficilement. La base du cou est coupée et saigne doucement un sang noir, les cheveux sont collés par le sang et la tête posée sur sa joue gauche a de telles difficultés à déglutir et à parler que parfois des dents saillantes brisent l'obscurité de la chambre. Lucas se penche et pose son oreille contre la bouche.

— Je souffre, dit la tête, tu es ma souffrance, tu n'existes plus autrement que par ma souffrance. Regarde ce que tu as fait de moi, regarde ce que tu as fait de toi, une tête coupée, une tête coupée qui pleure des mots que personne n'écoute.

Et Lucas commet l'irréparable, il répond à cette tête qu'il sait pourtant être un songe.

— Je n'ai pas pitié de toi, ce n'est pas comme ça que tu me peux me reconquérir.

— Mais moi, j'ai pitié de toi. Maintenant que je suis mort, tu souffres toute ma souffrance. J'ai pitié de toi, dit le père sur un ton de père.

— Ta souffrance n'est pas la mienne, ma souffrance m'appartient, dit Lucas d'une voix brisée.

Alors la tête se met à rire et dit :

— Qui espères-tu tromper ? Se débarrasser d'une ombre c'est facile, mais d'une tête coupée c'est autre chose. Si le combat n'existait pas, tu ne lutterais pas autant. Si la lumière n'existait pas au ciel de ce combat, tu ne serais pas en colère. Je n'ai qu'à parler et tu ressens chacune de mes douleurs. On ne peut pas vivre sans vérité, pas toi, toi tu ne peux pas. Tu es un monstre d'orgueil, tu as cherché mon amour partout où il n'était pas. Il est pourtant présent, toujours. Mon amour est dans ta souffrance. Ce qu'ils appellent folie, c'est peut-être un débordement de la vérité qu'une âme ne peut pas supporter. Tu penses t'être libéré de moi, mais c'est impossible, réfléchis, je t'ai enfermé, emmuré dans la liberté. Tu crois pouvoir échapper à la liberté ? C'est la liberté qui est ta prison. Tu es libre, libre de découvrir, d'aller au fond de l'âme humaine, poétiquement ligoté au mât de misaine dans la tempête merveilleuse des mots, tu es libre d'aller vers la connaissance. C'est à cette liberté que tu ne peux pas échapper, elle te tentera toujours, et je suis cette tête coupée qui te le murmurera toujours. Ton destin est de souffrir plus encore, de te noyer dans les profondeurs abyssales de la souffrance humaine. Il y a un trésor dans ma mâchoire, une perle parfaite, naturelle et littéraire, la perle du savoir, celle qui mérite d'abandonner tous les trésors.

À la fin de cette prosopopée la tête ouvre grande la bouche, toujours avec difficulté et Lucas voit dans le cœur rouge, visqueux, briller la perle, une vraie perle, de la taille d'un œil, et il désire la prendre. La tête, par des clignements d'yeux, lui fait signe de venir au fond de sa bouche prendre le trésor.

Lucas extrait la perle de la bouche et se retourne pour la contempler au creux de sa main, mais la perle fond et n'est plus qu'un morceau de sang visqueux.

— Ce n'est pas une perle, c'est un caillot de sang, dit Lucas en montrant à la tête sa main rougie.

— C'est ta main qui ne sait pas la contenir, dit la tête, regarde encore !

Et Lucas voit à nouveau dans la bouche la perle qui roule et brille, grenat et blanche. Il comprend qu'il n'a saisi qu'un caillot de sang, qu'il n'a pas su, qu'il n'a pas réussi et il est inexprimablement triste.

— Quand tu prenais la perle, quand tu essayais de la prendre, qu'est-ce que tu as remarqué ? demande la tête dont les yeux viennent d'apparaître.

— Je ne sais pas, dit Lucas, je ne sais pas, qu'est-ce que j'aurais dû remarquer ? Non, rien n'a changé. Ni ma haine pour toi, ni le silence de la chambre, ni la nuit.

— Pourtant, dit la tête, quelque chose a changé, quand tu essayais de la prendre ta souffrance s'est arrêtée, dans ce jeu tu as oublié ta souffrance. Ta souffrance qui est moi.

Lucas se débat comme il peut.

— Tu n'es plus rien, tu es mort, je peux te faire disparaître, je peux te cacher, je ne veux pas de cette perle, avale-la, ah je voudrais bien voir comment cette perle peut être avalée par une tête sans corps.

— Il n'y a jamais eu de perle, dit la tête coupée. Il n'y a jamais eu de mot non plus pour rendre compte de la souffrance.

Lucas réfléchit avant de répondre. Il a envie de prendre la tête et de la jeter par la fenêtre mais il sait qu'elle réapparaîtrait immédiatement au pied de son lit, ou pire encore, après un peu de repos, à côté de lui sur l'oreiller. Il réfléchit car il pense qu'il peut se débarrasser de la tête en argumentant, en monnayant une sortie du cauchemar, il croit encore à la force de son intelligence.

— S'il n'y a pas de mot pour dire la souffrance, alors il n'y a pas d'échappatoire.

— C'est ce que je n'arrête pas de dire, il n'y a pas d'échappatoire, il faut trouver autre chose que la littérature, dit la tête.

— Alors aide-moi, aide-moi à trouver cette autre chose, aide-moi à trouver cette chose qui sauve, dit Lucas.

La tête, pour la première fois, semble moins ricanante, et ses cheveux deviennent blancs.

— Il faut que tu acceptes que tu n'existes pas, dit la tête, et elle sourit avec béatitude.

— Mais toi, tu as tellement existé que tu existes encore, dit Lucas.

— Moi, j'ai cessé d'exister le jour où tu es né. Quand je suis devenu ton père, j'ai cessé d'exister. Je suis devenu l'horizon, la nuit, le couteau, je suis devenu un livre mystérieux, je suis devenu le vent dans les branches avec le soir, je suis devenu un vol d'oiseaux qui dessine des nuages de pointillés dans le ciel. J'étais déjà une tête coupée, je suis toujours une tête coupée. J'ai dit la vérité, j'ai été annulé par une lumière inouïe. Toi.

— Je ne t'ai rien pris et tu ne m'as rien donné, nous sommes deux étrangers, dit Lucas. Je vais me branler et te rendre le centimètre cube de sperme qui m'a fait naître, nous serons quittes. Tu n'es pas mon père, tu es une tête coupée, tu n'as pas de corps, je n'ai pas eu de père, tu n'as jamais eu de corps et je n'ai pas de père. Les livres m'ont servi de père.

— Ne te révolte pas, c'est inutile. Je ne suis pas ton géniteur, je suis ton père. Tu as tué ton géniteur mais le père est invincible. Branle-toi autant que tu veux, je ne t'ai pas engendré avec du sperme. Lis tous les livres, tu n'y trouveras pas l'amour du père. Tu perds un temps précieux, il faut accepter, dit la tête dont la voix est plus forte encore.

— Un temps précieux pour quoi ? Accepter quoi ? demande Lucas la bouche pleine de nuit.

— Accepte la souffrance. Et utilise le temps pour vaincre le temps, dit la tête dont les yeux se ferment.

— Énigme stupide, dit Lucas, tu me conduis d'énigme en énigme et tu ne donnes jamais d'amour.

Le mot *amour* fait frissonner la tête, réveille ses yeux qui deviennent durs.

— L'amour, c'est toi qui dois le faire naître, c'est cela, vaincre le temps. L'amour n'est pas dans le temps, cette fois tu es moins bête, dit le père.

Et elle devient transparente à la manière d'un crâne aztèque fait de cristal, mais ce n'est pas du cristal, c'est de la glace et quand Lucas la touche, le sang devient de l'eau et la chaleur horrible de la vie, un froid idéal.

Alors, progressivement, la tête se met à fondre. Quand elle n'est plus qu'un morceau qui tient dans la main, Lucas la pose à côté de lui sur l'oreiller et la regarde. C'est un crâne, c'est une métaphore, c'est un morceau de glace, il ne sait plus si l'eau dans son lit vient de la tête ou de sa sueur, si la sueur sur son corps est un sang changé en eau, si ce lit froid est rassurant ou hostile, il ne sait pas non plus quelle est la couleur de son désespoir.

Il sait que rien, dans les mots que son père a prononcés, ne l'aide à sortir de sa prison. Comme toujours depuis l'enfance, une énigme trop grande, un défi inaccessible, un combat qu'il doit mener et perdre, une humiliante défaite qui l'oblige à revenir, les mains tremblantes, devant la figure paternelle.

Lucas s'amuse de sa catastrophe :

— Si j'en crois ce qu'a dit la tête coupée, j'ai le choix entre la folie et la souffrance de la responsabilité. C'est sans compter les médicaments du docteur Lambert. Papa n'a jamais été très chimique. Maintenant, je dois juste contrôler l'effroi de penser qu'il peut y avoir, sous le lit ou dans le placard, une chose pire encore que la tête de mon père ricanant de mon échec. Et si je vidais tous les placards, tous les tiroirs, toutes les poches et tous les coins sombres, il y a encore dans cette caboche assez de coins sans lumière où peut se cacher un cadavre. Mon petit Lucas, il faut choisir, l'anesthésie, le cauchemar ou le courage. Rien de tout cela n'est plus à ma portée, et je vais être ballotté de l'un à l'autre comme un bateau ivre. Rions tant que nous le pouvons encore, je sens le torrent de larmes prêt à emporter le semblant de visage que je viens de me composer. Qui parle de vaincre ? Ce qui compte, c'est survivre.

Et en disant cela, Lucas se couche sur le carrelage froid, cette réalité dure et froide l'aide à supporter le flot d'images qui viennent à lui cruellement. Son père le punissant injustement, son père ricanant de ses échecs. Et sa mère, discrète et diaphane, de plus en plus transparente et effacée devant l'alliance obscure des deux hommes. Quel âge avait-il, quand elle est morte ? Il ne sait plus. Il voit le collier de perles au cou d'Aurélien qui joue dans la lumière des chandelles de leur culte, et cela le rassure. Il entend le cliquetis des perles quand il embrasse Aurélien dans le cou, par-derrière, dans sa merveilleuse nuque sucrée, miraculeuse, pleine de rousseur émouvante, sa peau de lait, ses petites mèches collées de sueur par la danse et le plaisir. Il se pose comme un colibri dans la nuque d'Aurélien et il dit, C'est ma place. Et le sol froid et dur l'aide à se concentrer sur ce petit lieu du monde où rien de mal ne peut lui arriver, où rien de mal n'est écrit, où rien de douloureux ne chante, la nuque d'Aurélien. Lucas sourit, la chambre est sombre mais par la fenêtre il voit une lune ronde qui fait partout des ombres. L'ombre de son père sur le mur a disparu, la tête coupée a disparu, et le grincement lugubre de la nuit de l'hôpital disparaît, la lumière vient d'Aurélien.

Son père est assis sur le lit et il porte un chapeau de papier sur la tête.

— Tu te souviens ? Ta mère te faisait des chapeaux comme ça.

Lucas se lève et regarde le vieillard en costume noir, coiffé du chapeau.

— Elle s'est tuée. Tu le sais, n'est-ce pas ? Elle s'est tuée, elle a eu raison de se tuer, je ne le lui ai jamais reproché, dit le père.

— Je ne veux plus rien savoir, dit Lucas, je veux retrouver la paix, je veux trouver le moyen de ne plus appartenir à ta violence, dit Lucas.

Le père prend le chapeau et le brûle, mais sa main prend feu aussi, il la regarde sans étonnement et bientôt tout son corps prend feu.

— Je brûle en enfer, dit le père, parce que tu refuses de me sauver.

— Non, dit Lucas, ce n'est pas vrai, il n'y a pas d'enfer. Il n'y a pas de feu, je ne suis pas coupable. Et si vous m'avez tous abandonné, je ne suis pas coupable de cela non plus.

Le visage de son père brûle et pourtant il est impassible.

— Cesse de te débattre, tu me jettes dans des images insupportables, tu me fais dire des choses insupportables, et tu m'accuses de crimes que je n'ai pas commis, dit le père.

— Qui dit cela, toi ou moi ? demande le fils.

— Apaise-toi, dit le père, je suis cendre déjà.

Et sur le sol, Lucas voit distinctement un tas de cendres qui a la forme de son père couché sur le dos. Et la cendre parle encore.

— Tu es le fils de l'impossible, tu es l'enfant de la parole impossible. Tu es l'orphelin de l'Europe, et les mots mendient à ta porte. Tu es le poète, mais l'œuvre t'est interdite. Regarde bien dans la cendre, il y a peut-être un alphabet nouveau. Il y a peut-être une mort nouvelle ? Non plus la mort industrielle, non plus les colonnes de morts qui avancent vers le bûcher, la fumée noire qui tue des multitudes. Cela, c'était la mort de mon père à moi. Maintenant nous subissons autre chose, je suis venu te sacrifier. Je veux ta mort, dit le père au fils.

— Mais il y a l'ange, l'ange qui doit retenir ton bras, dit Lucas sans y croire.

— Qui est cet ange ? Il y a si longtemps que les anges ont détourné leurs visages, ils ne supportaient pas l'odeur des charniers du xxᵉ siècle.

— Nous ne sommes plus au xxᵉ siècle.

— Je n'en suis pas si sûr, dit le père. Je veux que tu meures d'une mort lumineuse. D'une mort qui éclaire le monde, je veux que tu sois la lumière du monde. Parmi toutes les morts, c'est le feu qui est la plus belle mort.

Lucas sent qu'il n'a plus de forces, il sent qu'il est au bord d'acquiescer. Il se lèvera et trouvera dans l'hôpital, les garages, les sous-sols, les outils de son sacrifice. Il s'immolera par le feu dans le jardin nocturne. Il est irrépressiblement fasciné par la beauté du geste. Mais, au moment où il va accepter la mort, la mort horrible, la mort lumineuse, il voit la bouche d'Aurélien qui sourit et lui dit, Embrasse-moi, perds-toi dans mon baiser, et pour retrouver le goût de la bouche, le goût du sourire, Lucas embrasse son épaule nue. Et Aurélien lui dit, Souffle, souffle sur lui, il n'existe pas, moi je suis ce qui est.

Alors Lucas éparpille les cendres avec ses pieds, d'abord en dansant une danse maladroite, et les cendres se mettent à voler en fumées noires. Avec ses bras, il éparpille au sol les cendres, et tout son corps est noirci, la fumée l'étouffe, il manque d'air, et dans les vapeurs sombres, il entend encore la cendre parler au nom de la mort. Quand il veut brasser l'air noir, il ne fait que l'amplifier, et bientôt il est inondé d'une obscurité matérielle et il a dans la bouche le goût du soufre et de la suie. Il tente d'ouvrir la fenêtre mais la fenêtre est fermée, et il cherche avec quoi briser la vitre. Son père est devenu une fumée noire qui l'étouffe, qui l'aveugle, qui entre en lui à chaque respiration, il sent cette fumée âcre et brûlante dans ses poumons, dans son cœur, et il pense que cette fumée est aussi une cendre de mot, une cendre de livre, une suie de parole.

— Tu dois rétablir l'ordre, dit la fumée.

Lucas appelle à l'aide.

— Tu dois découvrir un nouveau continent, dit l'obscurité.

Lucas armé d'une chaise frappe l'air noir, il a perdu tout repère spatial, il entend la chaise qui cogne le lit, les murs et il ne trouve pas la fenêtre, la chaise lui échappe, ses membres sont lourds, il cherche à tâtons la chaise qu'il a perdue.

— Tu dois rendre sa dignité au vocable, dit la nuit.

Alors, au moment où il sent qu'il va suffoquer, Lucas brise la vitre qui, avec un bruit de clarine, fait entrer une nuit qui n'est pas obscure, mais au contraire pleine de lait de lune et de lumière stellaire. L'opacité s'échappe dans la nuit claire, et avec le silence, Lucas respire et pense à nouveau avec des mots. Il est à genoux, la tête contre le mur, un morceau de verre planté dans sa cuisse qu'il retire doucement, et il se dit qu'il est libre, qu'il est enfin libre. Les infirmiers le couchent et le sanglent, désinfectent sa plaie, et le droguent. Maintenant, il est à l'abri des révélations et des cauchemars et un infirmier au regard fade lui pose des questions.

— Vous avez beaucoup de cauchemars, mais c'est toujours le cas avec les premières prises d'antipsychotiques.

— Oui, des cauchemars, mais je les préfère à la vie, dit Lucas.

FUNÉRAILLES NATIONALES

Pour rien au monde Jacqueline n'aurait manqué l'enterrement de la grande Catherine.

L'église Saint-Roch vibre de toute l'admiration qu'on a refusée à la tragédienne ces dernières années. Jacqueline pousse Duverger dans sa chaise roulante, il s'est endormi sous un plaid à carreaux roses et verts, et seul Alistair écoute Jacqueline qui ne cherche pas à paraître éplorée. L'enquête de la police a conclu à un accident et mis fin à toutes les rumeurs. Le mari russe, déjà accusé par la médisance, a été disculpé. Ce qui n'empêche pas qu'on le regarde de travers et ne lui adresse aucunes condoléances. Il est au premier rang et lui aussi ne surjoue pas la douleur, il ne fait pas partie du monde du théâtre et cela est une marque d'infamie. Autour de lui, la fine fleur de l'art dramatique a dépassé toutes les querelles et se célèbre elle-même.

Ses partenaires ne savent pas encore comment est morte l'actrice, ils l'ont vue si souvent tomber dans un coma éthylique et s'en relever qu'elle leur semblait invulnérable. Mais Ulysse explique à qui veut l'entendre qu'elle a été retrouvée morte dans la cour de son immeuble, elle aurait trébuché dans l'escalier et serait passée par une fenêtre au ras du sol de son palier, ce que Jacqueline appelle "un accident ménager tout bête".

— Un jour elle avait inhalé de la paraffine, j'étais allée la voir à l'hôpital, elle avait les bronches comme un sapin de Noël. Réussir à s'envoyer de la paraffine dans les poumons, un exploit ! Elle était spécialiste des accidents ménagers. Une autre fois elle s'était cassé un bras en vidant les poubelles, elle était tombée dans le vide-ordures, une autre fois encore elle s'était électrocutée avec un grille-pain aux fils dénudés, et là elle est tombée, bêtement. Elle a glissé dans l'escalier et puis elle est passée par la fenêtre. On a retrouvé ses pantoufles sur le palier, la mort d'Empédocle version 7ᵉ arrondissement.

Alistair ne sait pas bien comment répondre à Jacqueline, faut-il rire, faut-il pleurer ? La fin tragicomique de l'actrice le laisse froid et il réagit à l'anglaise, c'est-à-dire avec un sourire énigmatique que son interlocutrice peut bien interpréter à sa guise.

Jacqueline retrouve Iris cachée dans un recoin derrière la sacristie, elle a le nez rouge mais ne veut pas avouer son émotion.

— Elle est tombée. Le monde va être beaucoup plus ennuyeux sans elle. Ce que la bourgeoisie adore par-dessus tout c'est s'ennuyer, quand le théâtre est ennuyeux, il fait toujours l'unanimité. Elle m'en a fait voir, mais elle était une leçon d'art. Une leçon de vie et une leçon d'art. Il faut être libre, il faut être vrai.

— Elle ne pouvait pas simplement vivre, dit Jacqueline en voyant entrer dans l'église un Touraine habillé de noir.

La cérémonie n'a pas commencé et les piliers roses de l'église baroque brillent dans la lumière des beaux jours. Un foisonnement de fleurs blanches couvre le cercueil et au-dessus de l'autel une grande photo de l'actrice dans sa robe bleue de Médée, l'épaule dénudée, rappelle qu'avant d'être une sorcière effrayante, elle a été une sirène à la beauté surnaturelle. L'hommage à la reine ne va pas de soi, mais ses ennemis, plus nombreux que ses admirateurs, ne sont pas venus cracher sur sa dépouille.

Dans le fond de l'église, écoutant l'orgue plaintif, Touraine contemple le champ de ruines de sa vie, ses amours et ses gloires tournent au-dessus du cercueil de la grande Catherine.

Il pense qu'il n'y a pas mieux pour subir son infortune que d'être entouré de mousseline noire et d'hypocrisie. Et, mentalement, il fait déjà ses adieux à toutes ces grimaces, tous ces masques qui l'ont accompagné, et il attend le moment où Jacqueline, pleine de piquantes railleries, viendra blasphémer près de lui et lui demander s'il a retrouvé son grand amour dans le labyrinthe des nuits. Les stucs meringués de l'église l'entraînent dans une rêverie étrangement douce. Rien n'a existé, ni l'art, ni l'amour, ni la guerre, ni la mort. Il n'y a eu que le plaisir. Il n'y a eu que les plaisirs, et les plaisirs volés à la mort étaient les plus parlants. Il se voit à genoux dans un univers apocalyptique, buvant à même une flaque d'eau. Il boit tant qu'il peut, la volupté des souvenirs, la tristesse solennelle, la gravité du secret de sa mort prochaine, la déchirure d'avoir cherché celui qu'il aime et de n'avoir trouvé que la mort. Il boit tout cela parce que c'est encore la vie, et qu'il a atteint la connaissance, une brise légère sur le charnier de ses jours.

— Tu l'as retrouvé ? demande l'espiègle octogénaire.

— Disparu depuis deux jours, mais quand il aura fini de se flageller il reviendra, nous avons du travail lui et moi.

— La défaite est amère pour lui, dit Jacqueline.

— La défaite, il s'en moque aujourd'hui, dit Touraine. Il y a le déshonneur. Il aimait beaucoup Catherine, il est possible qu'il débarque habillé de cuir noir avec une couronne de fleurs. Le grand avantage de Catherine, c'est qu'on pouvait lui confesser toutes nos médiocrités, tous nos échecs, toutes nos désillusions, on allait la voir dans sa loge c'était comme de mettre son désespoir au clou.

— Chéri, tu as beaucoup mieux que le clou pour ranger ta souffrance, dit Jacqueline en mangeant son rouge à lèvres.

— Je vais démissionner, dit Touraine très doucement.

Jacqueline le regarde en cachant son effarement.

Mais immédiatement, dans ses veines, passe le venin de la conspiration. S'il démissionne, il n'y a plus que Milo qui soit dans la course. Ce qui la propulse reine mère du royaume, douairière omnipotente, régente absolue des destins musicaux, impératrice secrète du zoo lyrique. Et sous le faux détachement, elle imagine déjà les toilettes qu'elle portera aux premières, assise à côté de Duverger qu'elle supplanterait en influence. Tout en faisant mine d'écouter l'oraison funèbre et d'essuyer une larmiche, elle cherche Aurélien. Elle le sait, ce qui déplaît à Aurélien dans les enterrements, c'est qu'ils sont matinaux. Il est en retard, et comme il n'a pas été convié à lire un texte d'éloge, il ne se presse pas. Mais Jacqueline sait aussi qu'il aime les églises, les larmes, les mensonges, les fous rires, et la foule. Jacqueline est impatiente de l'attraper et de lui dire que leur incroyable manœuvre a fait de Milo le dernier champion en lice. Et elle est aussi incroyablement impatiente de l'annoncer au chef, pour qui elle a déjà préparé mentalement une liste détaillée des ouvrages indispensables, des chanteurs nécessaires et des metteurs en scène prometteurs. Elle se sent emportée par un véritable délire de joie qu'elle est obligée de cacher en feignant d'essuyer ses yeux dans un carré Hermès imprimé de violoncelles.

Mais la joie l'a saisie trop vite et elle craint maintenant d'être trahie par son désir. A-t-il vraiment dit qu'il démissionnait ? Qu'il allait démissionner ? Qu'il était sur le point de démissionner ? Elle n'y tient plus et trouve une manière élégante d'obtenir des précisions.

— Mon chéri, mais tu ne peux pas faire ça ! Il ne l'aurait jamais fait pour toi, dit la manipulatrice en enfilant des gants de velours violets et en rajustant ses bagues par-dessus.

— Il refuse que je démissionne, il me l'a dit, c'est le message que j'ai eu de lui, "ne démissionne pas, ça leur ferait trop plaisir, triomphe pour moi".

Jacqueline vient de recevoir un coup de poignard entre les omoplates, elle regarde le lustre néogothique et rêve qu'il se décroche et écrase Touraine.

— Donc, tu ne démissionnes pas ! dit Jacqueline dans un accès d'impatience.

Et dans le silence qui suit, ils ont tout loisir de se faire croire à eux-mêmes qu'ils écoutent l'oraison funèbre. C'est Éric Ruf, l'administrateur général de la Comédie-Française qui parle de sa belle voix grave. Il a joué avec elle *Lucrèce Borgia* et *Ivanov*, il a connu son génie et sa démence, il l'a sincèrement détestée et adorée.

— Avec elle, il entrait dans le monde du théâtre une déraison, une extravagance alliée à la plus grande des beautés. La beauté de son corps insoumis, de sa chevelure de flamme, la beauté de la langue, le français le plus subtil, le plus grave, le plus exact. D'une voix lente et sombre, légèrement éraillée dans l'aigu, elle donnait au français une noblesse populaire. Tout devenait poème par sa voix, et si parfois une ironie légère venait iriser toutes ses intentions, c'était encore l'amour de la langue, la beauté de la langue française quand elle ouvre des précipices de non-dits, c'est ce qu'elle révélait comme aucune autre voix.

Elle n'entrait pas en scène, elle apparaissait. Sa chevelure rousse, sa haute stature et sa voix mâle étaient à la fois l'expression de l'élégance la plus aristocratique et de la rage de tous les prolétariats. Elle était une reine ou une charretière, parfois une reine qui parle comme une charretière, parfois une charretière qui parle comme une reine. Et son français était à la fois le plus académique, la beauté vocalisante de son phrasé semblait toujours citer Ronsard, et en même temps magiquement concret, trivial et contemporain, car elle savait que nos sources littéraires sont autant Rabelais que la Pléiade.

En tout elle était grande, qu'elle joue une Mère Courage les pieds dans des bottes crottées ou une Marie Tudor la bouche dévorée de vin, ou une Pénélope détruisant toutes les œuvres d'art, elle était la grandeur, la dignité de ceux qui se battent pour vivre, pour survivre, pour vivre dignement. Oui, elle nous apprenait à vivre dignement et cela n'était pas sans scandale. Si elle était à la fois Versailles et Sarcelles, la noblesse et la plèbe, c'est surtout parce qu'elle refusait l'imagerie bourgeoise. Oui, elle était une reine, et une mendiante mais en rien une bourgeoise. Elle dévorait les textes, et les poètes seuls lui donnaient les armes pour ce combat qu'elle menait pied à pied contre le désespoir.

— Elle était insupportable, alcoolique, méchante et folle, dit Jacqueline dans sa concise oraison personnelle.

Touraine ne semble pas entendre, il pense à lui, à ses excès à lui, à sa vie à lui. Le seul moment où il a été bourgeois, au fond, c'est quand il a brigué cette place réginale de la direction de l'Opéra. Mais la mort le sauve de la corruption, du compromis, et du relâchement de l'abdomen si fréquent chez les directeurs de théâtre. Tout est bien, se dit-il, et on dira de moi à peu près les mêmes choses, "excessif, élégant, trivial, mais pas bourgeois". Et Jacqueline qui nous enterrera tous, que dira-t-elle, que murmurera-t-elle à l'oreille d'un Sarazac éploré ou d'un Duverger goguenard ?

— Qu'est-ce que tu diras de moi à mon enterrement chérie ?

— Il a aimé l'art autant que sa queue, ça te va ? répond Jacqueline toujours très vive quand il s'agit d'oraison funèbre. Mon Dieu, j'en ai tant enterré ! Toi et Milo, vous avez survécu, mais quelle époque, les années 1990, ça tombait comme des mouches, tous ces beaux garçons, pas un jour sans une croix, c'était vraiment affreux !

— Je ne suis plus en rémission, dit Touraine dans un souffle.

Jacqueline ferme les yeux et un froid premier la rend pâle, son épaisse couche de maquillage vire au vert, elle est statufiée, interdite, réifiée.

Elle revit en une seconde des centaines de deuils et elle a envie de crier haut et fort l'injustice de toutes les morts précoces qu'elle a dû accompagner.

— Je donnerais tout pour ne pas avoir entendu ça, mon chéri, dit-elle dans un accent de douleur qui ne trompe pas.

Touraine voit sous le personnage de farfelue intrigante l'âme écorchée qui ne peut plus supporter de nouveaux tourments.

— C'est dégueulasse, dit Jacqueline. Et ce mot, *dégueulasse*, est pour elle le plus puissant pour dire sa révolte contre tant de morts prématurées.

— Oui, c'est dégueulasse, dit Touraine. C'est la vie.

— Qu'est-ce que tu vas faire ? demande Jacqueline.

Sous l'apparente banalité de la question, il y a un grand courage et une véritable compassion. Quoi faire quand on va mourir ? Si Jacqueline est tétanisée de rage et de douleur, Touraine lui est assez serein.

— La mort, ma chérie, est une affaire très ennuyeuse. Je vais donc me consacrer à la vie, le compte à rebours est commencé, et le combat sera pour moi de trouver un léger sourire, un bienveillant et doux sourire. Pour mourir bien, il faut que je vive ces jours qui viennent comme les plus beaux de ma vie.

— Il le sait ? demande Jacqueline.

— Non, il ne sait pas, dit Touraine entre ses dents. Tu es la seule personne à savoir, l'avantage quand on te dit un secret, c'est qu'il ne sort pas de Paris.

— Ça ne sortira pas de Paris, dit Jacqueline en faisant mine de cracher par terre.

Maintenant la foule vient bénir le cercueil, un grand cercueil de bois clair. La mine contrite, enrubannés d'hypocrisie et d'écharpes noires, les sociétaires de la Comédie-Française viennent asperger le corps de la reine. Ses rivales, bien qu'elle n'ait jamais eu d'égale, cachent comme elles peuvent l'immense soulagement d'être débarrassées de cette impossible sorcière. Toute une floraison de vieilles rancœurs fond comme les cierges, et on branle volontiers du chef devant la boîte qui enferme pour toujours l'infréquentable artiste. Certains de ses partenaires se souviennent des bleus et des humiliations que la reine paillarde leur a infligés, son tempérament taquin trempé dans l'alcool produisait des violences qu'elle seule trouvait excusables.

Elle avait à demi étranglé son Hamlet avec la ceinture de Gertrude, elle avait cassé le bras de son Électre quand elle était Clytemnestre, et elle avait ridiculisé son Tréplev quand, prise d'une inspiration méchante, Arkadina lui avait arraché sa moumoute un soir de première. C'était bien peu, mais les sociétaires sont rancuniers et les acteurs, comme elle disait, sont dénués d'humour.

Le plaisir qu'elle éprouvait à verser de la glu dans les serrures des loges des acteurs qu'elle n'aimait pas, à écrire des insanités vraies dans les couloirs, accusant un tel de pédophilie et un autre de toxicomanie, la jouissance de mettre du sucre dans le moteur de ceux qui s'étaient offert une voiture de course, ou de siffler ses camarades aux premières, lui avait coûté l'inimitié absolue de la troupe et dix ans de mise au placard. Toutes ces amusantes méchancetés étaient peu de chose au regard de ce qu'elle tentait : défendre un théâtre du poème radical et brûlant qui mette à bas tous les conforts bourgeois.

Les anecdotes vont bon train, chacun se flattant comme il peut d'avoir subi ses humeurs, et c'est là une oraison chorale qui lui va mieux. *Vous souvenez-vous du jour où elle a cogné les services de police dans une tournée à Moscou ?* Rires et applaudissements. *Et quand elle a attaqué avec une chaise le barman du café de la Comédie qui était raciste !* Acclamations et soupirs. *Et ce jour où elle a arraché les fleurs du parterre de l'Élysée pour s'en faire une couronne !* Ricanements et hourras. *Et quand elle a versé son pot de chambre sur la tête de l'ambassadeur d'Israël qui avait acheté une représentation privée d'*Hernani *!!* Fous rires et yeux au ciel.

On se souviendra d'elle, errant en culotte et manteau de fourrure dans les couloirs du ministère de la Culture, ou faisant la circulation en pleine place de l'Étoile avec un poireau, ou ensanglantée et radieuse, les veines ouvertes, buvant du champagne au balcon de la salle Richelieu. Parmi toutes ses frasques, c'est tout de même le saccage du sapin de Noël des enfants du personnel qui reste la plus impardonnable, mais il est difficile de ne pas rire en la revoyant zigzaguer place du Palais-Royal, couverte de guirlandes et récitant du Nerval.

Touraine a une intuition et sort de l'église avant tout le monde. Sarazac, au fond du café qui fait face à l'église, boit un demi debout au bar. Quand il voit entrer Touraine, il sourit. De là ils peuvent voir le corbillard ouvrir sa gueule pour avaler sa proie et la foule se répartir sur les marches pour un dernier adieu.

Aurélien arrive juste au moment où le cercueil décolle, il tient dans ses mains un bouquet de violettes, qu'il jette sur le cercueil avec une sorte de colère. Il murmure un merci que personne n'entend, il entre dans l'église presque vide et la tête contre le mur pleure des larmes pleines de rage.

Quand le cercueil descend les marches la foule se met à applaudir comme on le fait toujours aux funérailles d'acteurs, l'applaudissement met fin à toutes les ironies et devient un véritable chant d'amour piqué de bravos et de merci criés de voix brisées. Aurélien les entend et applaudit à son tour, il est maintenant seul dans l'église, assis par terre, et Jacqueline revient pour lui tendre son carré Hermès.

— Mouche-toi, chéri, Pénélope est immortelle à présent. Tu peux être fier de ce que tu as fait.

— C'est comme ça alors ? On combat et on tombe.

— On combat, on tombe et on est applaudi. C'est comme ça, et c'est bien.

Dehors, dans une fausse manœuvre, le corbillard a éraflé un feu rouge. Le cercueil a tremblé et cogné contre les portes vitrées. Cet incident est attribué au génie de l'actrice qui, même morte, continue de perturber toutes les sentimentalités et de déjouer toutes les cérémonies.

Gloire au ciel, sa beauté et sa révolte illuminent le souvenir des amoureux de la scène.

LES CLOCHES

Lucas est agenouillé dans la chapelle d'or qui brille et brûle dans le chœur de l'église Saint-Gervais.

Dans cette église près de l'Hôtel de Ville, la sobriété est de mise et une communauté de chartreux vient lancer des chants grégoriens sur des tapis de fibres naturelles, tout respire, tout s'apaise dans la sobriété entretenue des murs gris. Mais dans le chœur, vestige de l'ancien régime, une chapelle tout ouvragée d'or et de vitraux miroite et s'irise de spectres de couleurs.

Lucas laisse le silence entrer en lui, il aime la présence de deux religieuses toutes voilées de gris qui prient avec lui dans le royaume des choses sans nom. Depuis qu'il est sorti de l'hôpital et qu'une camisole chimique le protège des démons, il avance sans violence dans le monde de l'espérance et apprend à faire de son impatience mystique une attente presque sereine.

Le problème était chimique, selon l'avis des experts en blouse blanche, rien de littéraire dans ses chutes ascensionnelles. J'étais trop impatient pour prier, se dit Lucas, il ne s'agit pas de croire en Dieu, il s'agit d'avoir la patience, je ne l'avais pas à cause de quelque mauvaise alimentation neuronale. Mais une fois les niveaux hormonaux rétablis, il lui semble d'une infinie facilité de s'agenouiller avec des religieux, de distiller le silence et d'attendre sans but.

— C'est l'esprit qui contient le corps et non pas le corps qui contient l'esprit, lui dit le père Dominique, qui l'a attiré à l'écart des prieurs sur un banc vernis.

Depuis qu'il a croisé ce prêtre au visage glabre dans les rangs des prostituées, il a appris à lui faire confiance. Le moindre atome de prosélytisme lui lèverait le cœur, mais son interlocuteur sait écouter et a renoncé à sermonner qui que ce soit. D'ailleurs, comme il l'affirme souvent, on peut ne pas croire, ni en Dieu, ni au Christ, ni en l'homme et pourtant vivre l'Évangile avec plus de vérité et de puissance que les clercs.

— Vous le croyez vraiment ? demande Lucas avec un peu de dureté. L'esprit contient le corps ?

— Je crois que vous êtes arrivé, dans cette impatience, cette folie d'amour et ce dégoût de vous-même, à déclencher une tempête de cauchemars. La réalité chimique ne nous apprend rien sur le sens de cette tempête. C'était une tempête de mots, pourtant, dit Dominique.

— Donc ce n'est pas le corps, c'est l'âme qui était malade, dit Lucas.

— Le corps et l'âme, il n'y a pas de différence. Le Christ est vrai homme et vrai dieu, chaque parcelle de votre corps souffrant est de l'âme, dit Dominique.

— Pourquoi "souffrant" ?

— Parce que vous souffrez.

— À quelqu'un d'autre, vous auriez dit, Chaque parcelle de votre corps en joie est de l'âme ?

Et en disant cela, Lucas est d'une tristesse profonde. Son regard épuisé parcourt les voûtes gothiques si hautes, si inaccessibles…

— Doutez-vous que votre souffrance soit un honneur ? demande Dominique, et aussitôt il regrette sa question.

— Hélas, je le crois et je l'ai toujours cru, dit Lucas. Je ne me suis jamais rebellé contre cette souffrance, mais je me reproche amèrement de ne pas avoir connu la Joie, la Joie pure, qui justifie l'existence des malheureux, et de toute chose sur terre.

— Tu ne la chercherais pas si tu ne l'avais déjà connue, cette Joie, dit Dominique, sans volonté d'avoir le dernier mot.

L'orgue joue une partition de Messiaen, un fouillis d'arc-en-ciel et de cris d'oiseaux tourne dans l'église et désordonne sa quiétude. La Joie qui entend des couleurs d'accords dans toutes les discordances semble la plus élevée de toutes. Elle n'est pas une gaie jeunesse ou une insouciance festive, elle est la clef de la Connaissance. La musique manque dans le monde, et quand elle vient, elle ne vient pas toujours réparer ce manque. Elle passe, clandestine et incomprise, ou bien encore, et c'est le comble de l'erreur, elle décore le dégoût et le vide.

— Je suis sans défense, je dis oui malgré moi, dit Lucas, qui souffle les mots plus qu'il ne les dit. Je n'ai plus la moindre force pour contredire, réfuter, récuser, nier, je ne suis plus rien. Ils m'ont drogué pendant trois semaines, ils m'ont dit que sans antipsychotiques je verrais de nouveau les flammes de l'enfer et Abraham s'avancer vers moi avec un couteau rouillé. Mais ma folie m'appartient, mon vide m'appartient, mon échec m'appartient, je préfère venir déposer ici ce vide, cette folie, cet échec, plutôt que de le vendre aux entreprises pharmaceutiques. J'ai donc déversé leur prodigieuse pharmacopée dans la gamelle d'un chien et je me suis amusé à le voir prophétiser. Il a promis le paradis sur terre, le revenu d'insertion universel et la satisfaction libidinale avec une tranche de jambon. Et puis je suis venu ici dire au Dieu absent que je suis prêt à attendre toujours. Je ne prie pas, j'attends. Je ne cherche pas, j'attends. Je ne vis pas, je meurs. Je n'aime pas mais je ne hais pas non plus. Je voudrais vous demander le droit de rester ici. Je voudrais dormir ici, et venir, dès le matin, pleurer dans mon silence, j'aime cette petite chapelle d'or où certains font offrande de leur joie, et moi de mon vide.

— Comment puis-je vous aider ? demande Dominique.

— Ouvrez-moi la porte du ciel, dit Lucas sans rire.

Dominique tente de donner la réponse la plus concrète possible à cette demande :

— Voici les clefs du clocher, il y a longtemps qu'il n'y a plus de sonneur, mais il reste là-haut un matelas, la nuit n'est pas très froide, vous ne serez pas plus proche du ciel mais vous serez plus loin de Paris.

— Est-ce que je prie ? demande Lucas. Depuis trois jours que je suis ici, sans camisole chimique, est-ce que je prie ?

— Vous êtes là, donc vous priez, dit le prêtre.

— C'est aussi simple que cela ?

— Je n'ai pas de leçon à donner, je n'ai moi aussi que ma vulnérabilité à vous offrir.

— Je me sens parfaitement faible.

— Cela me semble plus beau que de se sentir fort, dit le prêtre, rompu à cette dialectique. Ne faites pas de moi quelqu'un qui sait, je ne sais rien, je vous regarde et j'apprends. Je ne sais rien de Dieu, je ne suis pas certain d'avoir jamais connu l'exaltation qui fait présupposer Dieu, et qui le fait advenir, en quelque sorte. J'étais sans famille, on m'a lentement poussé vers l'Église et je me suis laissé faire.

Nous étions si pauvres, ma mère et moi, si pauvres que l'Église semblait une chance inouïe. J'avais été recueilli par des religieux, et je me sentais une dette. J'ai été ordonné avant même de m'être posé la question de croire en Dieu ou pas. Je n'étais pas très sensuel, à l'âge où mes camarades vivaient les expériences du désir, je m'efforçais de passer inaperçu et d'éviter de décevoir ceux qui avaient mis en moi un espoir infondé. Je me sentais parfois comme un charlatan, non parce que je ne croyais pas en Dieu, mais parce que je me croyais inférieur à toute fonction. L'étude était ma joie, la lecture de l'Évangile suffisait à m'épargner toutes les souffrances et toutes les désillusions de la jeunesse. Jamais je n'avais songé que je pourrais faire quelque chose pour moi-même, ni que je pouvais être utile à quelqu'un, d'ailleurs. J'étais dans un sommeil tout à fait extraordinaire. Le manque de considération pour moi-même m'a aidé à supporter toutes les mesquineries de la curie, à ignorer le peu d'idéal de mes coreligionnaires, à me défaire de tout jugement sur la hiérarchie. J'étais un bon sujet, passif, silencieux, obéissant. Sans mystique aucune. Et puis un jour, tout s'est déchiré dans mon cœur. L'ennui s'était installé au point de me rendre fou, et je me suis pris de passion pour les prisonniers, les prostituées, les misérables, et il n'y avait qu'avec eux, qu'en leur présence, que je pouvais supporter la vie. Mais je ne me sentais plus appartenir à l'Église. Et j'ai dû m'avouer, un soir d'avril, entre deux vomissements, que je n'avais jamais cru en Dieu. Un évêque m'a demandé de fermer les yeux sur des affaires de corruption, un nonce apostolique avait volé les pauvres. Si j'ai de l'indulgence pour toutes les fautes de la chair, voir voler les pauvres a ébranlé toutes les architectures de ma vie. J'ai voulu parler, on m'a fait taire, je me suis tu, mais j'ai perdu à jamais toute confiance dans l'Église. J'ai vu l'insoutenable mensonge de l'Église, j'ai vu la trahison de l'Évangile dans les gestes quotidiens de l'Église. Et je ne peux pas vous cacher que j'ai pour les hommes d'Église un dégoût qui dépasse toute mesure, un dégoût qui certainement dépasse le vôtre ou celui de vos amis, moi je parle en connaissance.

Mais il m'arrive parfois de rencontrer un homme ou une femme qui, parce que je porte cet habit, espère en moi. Je ne me crois pas capable de donner quoi que ce soit, mais je ne me sens pas capable non plus de décevoir cette attente, donc je m'efforce d'aimer. Et je dis tous les jours cette phrase de saint Paul : *Même si je comprenais tous les mystères, si j'avais la connaissance absolue, la foi qui déplace les montagnes, sans l'amour, je ne suis rien. Même si je donne tout, je sacrifie tout, sans l'amour, ça ne vaut rien.* Je m'efforce d'aimer, le reste m'indiffère.

Lucas ne répond rien, il le regarde et le prêtre voit dans les yeux du jeune homme une humilité surnaturelle.

— Je vous crois capable d'aimer, dit le prêtre. Je vous sais capable d'aimer. Je ne crois plus en Dieu mais je crois en vous, en votre force d'amour.

— J'ai tué ceux que j'aimais, dit Lucas.

— Vous savez bien que c'est un rêve, dit le prêtre. Un rêve que vous avez inventé pour vous retirer du monde, pour construire autour de vous un cloître où plus rien ne pourrait vous détourner de la prière. Vous voulez prier sans cesse, vous savez que Dieu répond à la persévérance de l'âme, vous offrez votre courage quand vous en avez et votre découragement quand vous n'avez plus que cela. Quelle est votre vie, Lucas ? Vous êtes agenouillé dans un oratoire depuis des jours et des jours, vous n'êtes enivré que de silence, vous ne voulez appartenir qu'à de l'imprescrit et c'est pourquoi, très vite, vous vous êtes éloigné des doctrines. Vous voulez être la lumière, et vous avez refusé la foi parce que vous pensez qu'elle vous priverait de votre inaliénable liberté. Ce que vous voulez, c'est être librement esclave et offrir toute votre liberté, librement, à ce qui vous dépasse. Vous vous êtes condamné à la Vérité et aujourd'hui, c'est moi qui vous demande d'où vient l'énergie merveilleuse qui vous a conduit dans ce désert.

— Le dégoût de moi-même a été ma seule boussole, dit Lucas en riant.

— Je vous souhaite de trouver cette joie que vous cherchez, mais je ne peux pas vous aider, dit Dominique.

— Personne ne m'a jamais aidé comme vous.

— Il ne faut pas dire cela, ce n'est pas vrai. Venez, je vous conduis dans le clocher.

L'escalier de pierre en colimaçon est très étroit, et les deux hommes, en montant, se tiennent aux murs. Derrière Dominique, Lucas traîne un peu à cause de sa blessure à la jambe. Enfin, une porte s'ouvre dans un nuage de poussière et apparaît un pigeonnier, troué d'une petite fenêtre pleine de ciel gris. Là, un lit pliant en fer rouillé et un petit réchaud humanisent des murs lépreux. C'est un paradis grisâtre que le son des cloches, d'une puissance inimaginable, réveille aux heures de culte. Des pigeons s'échappent par la lucarne.

— Vous boitez ? demande Dominique.

— Oui, je me suis blessé dans un de mes délires, ma jambe me fait souffrir mais ce n'est pas profond, au moins cela m'empêche de m'enfuir en courant.

— Voici votre prison, la voulez-vous ? La vue est assez belle ; ici au sud vous aurez un soleil impertinent, et si votre aventure intérieure vous lasse, vous verrez par cette trouée les bateaux-mouches, l'île Saint-Louis, la coupole du Panthéon…

— Je n'aime pas la vie intérieure, dit Lucas. J'ai toujours voulu éviter d'avoir une vie intérieure. J'ai peur de ce qu'il y a en moi.

— Qui haïssez-vous en vous et qui aimez-vous en vous ? demande Dominique.

— Je hais cet homme incapable d'aimer, j'aime cet homme incapable d'aimer, dit Lucas.

— La prière ce serait disparaître dans le silence, dit le prêtre, s'effacer dans le silence. Ce serait non pas déposer son vide aux pieds de Dieu, mais déposer aux pieds de Dieu le silence dont nous sommes capables. Et je suis d'accord, ce n'est pas la vie intérieure… c'est le silence.

— Je suis incapable d'autre chose que de silence, plus rien en moi ne désire, dit Lucas en s'asseyant sur le lit.

— Mais ce silence est-il adressé à quelqu'un ? demande le prêtre qui, machinalement, époussette un peu le rebord de la lucarne.

— Je crois qu'il est adressé à mon père, dit Lucas en dépliant une couverture de laine brune.

— Donc vous attendez qu'il réponde quelque chose ?

— Oui, je suppose que c'est ce que j'attends.

— Quoi ? demande le prêtre avec une soif sincère.

— Tout est pardonné, dit Lucas en faisant grincer le métal du petit lit de camp où il s'allonge dans un soupir. J'attends qu'il me dise que tout est pardonné.

— Tout est pardonné, Lucas. Je ne suis pas votre père, mais je peux vous le dire, tout est pardonné. Ma fonction me permet de vous donner une absolution dont vous ne voulez pas. Mais ce n'est pas seulement le prêtre qui parle, c'est l'homme qui vous invite dans ce clocher où avant vous ont vécu des sans-papiers. Tout est pardonné.

Et le prêtre se tait.

Et puis il reprend la parole.

— Je suppose que la Miséricorde est un autre nom de la Joie.

— Je ne ressens aucune joie. Je ressens seulement une immense fatigue, dit Lucas.

— Il faut aller à Dieu sur la pointe des pieds.

— Je n'ai jamais rien fait sur la pointe des pieds, et je ne vais pas à Dieu, dit Lucas.

— Oui, il faut laisser venir Dieu à vous, dit le prêtre qui ne désarme pas. Il faut ouvrir la porte à la Miséricorde. Pas seulement pour vous, mais pour moi.

— Pourquoi, pour vous ?

— Je ne peux pas vous le dire sans sacrilège. Je vous le dirai pourtant, mais mon histoire personnelle, mon échec personnel n'ont pas grande importance, dit Dominique.

Le silence est long avant la réponse de Lucas.

— Pour vous ? Je ne peux rien pour vous. Je ne peux rien pour moi, je suis brisé. Si les démons ne viennent pas jusqu'à ce clocher, je serai déjà assez heureux. Pour le reste, fouillez, cherchez, il n'y a rien dans ce cœur, tout a été écœuré dans ce cœur.

— Vous avez besoin de silence, comme d'autres ont besoin de jouissance, dit le prêtre.

— Cela est vrai, dit Lucas avec colère.

— Alors je prierai tous les jours en bas dans la chapelle pour écarter les démons. Qui sait, il suffit peut-être de ça ?

Et le père Dominique ouvre la porte.

— Je ne vous remercierai jamais assez.

— Si vous trouvez une joie en vous, vous m'en donnerez un petit éclat. Votre sourire serait vraiment beau dans toute cette église grisâtre. Et puis les cloches vont vous casser la tête, l'appel de Dieu est extrêmement puissant, dit le prêtre en riant.

— Nos résistances aussi, dit Lucas en rejoignant son rire.

— Je ne pense pas que vous puissiez résister très longtemps. Nous ne marchons pas *vers* la Miséricorde nous marchons *avec* la Miséricorde.

Et le prêtre dit cette phrase avec une douceur inimaginable qui rompt tout ce qui en lui pouvait apparaître résigné ou amer.

— Si je me sens indigne de ces cloches, je me jetterai par la fenêtre, dit Lucas sans désirer le blesser.

— Votre jambe malade vous en empêchera, dit le prêtre en sortant.

Il a refermé la porte et Lucas est resté immobile, assommé par la force de son amour. Il se couche sur le dos et regarde l'entrelacs de poutres. Il se relève et tourne dans le clocher. Il faut se mettre sur la pointe des pieds pour regarder par la lucarne. Au-delà, le camaïeu de gris des toits, parfois irradié par un arbre d'un vert neuf. Les beaux jours viennent à pas mesurés, les oiseaux ont un vol plus ample, il faudrait être aveugle pour ne pas augurer des jours meilleurs, leur vol dit tous les possibles et toutes les jeunesses. Savent-ils que le temps existe ?

Lucas tourne encore dans sa prison, les murs lézardés, la charpente tutélaire et, à l'angle nord de la pièce qui est plutôt octogonale que ronde, il voit les énormes cloches à travers un treillis de planches. Il sent qu'il pourrait être broyé par leur prodigieuse puissance, il se compare à elles, musicales, majestueuses, immortelles. Il pousse une petite porte et le voilà en présence des monstres d'airain. Si un bras mécanique électrique les actionne aujourd'hui, elles sont pourtant immuables, impeccables, inviolées dans leurs robes de métal. La pureté du métal, la régularité de la courbe, la douceur des volutes, le diamètre merveilleux, tout exprime la perfection. Où sont les fondeurs qui les ont pensées ? Se sentaient-ils comme lui, misérables, salis, blessés face à l'invulnérable métal et à la justesse du son ? Elles représentent le jugement de Dieu, l'appel de Dieu, l'exactitude de Dieu, l'intransigeance de Dieu, elles ne sont pas humaines, elles sont les ornements effroyables d'un Dieu de l'Ancien Testament, et comme le visage de Dieu, elles ne sont pas faites pour être vues.

Lucas affronte une sensation de sacrilège quand il touche le métal froid – elles ne sont pas faites pour être regardées, ni touchées, elles sont faites pour emplir l'air de la violence du manque. Elles sont faites pour glacer le ciel de leur terrible chahut, de leur terrible imprécation. Elles ne sont pas humaines, elles sont comme la mer et la tempête, une chance de comprendre que nous ne sommes rien. Elles sont faites pour le détruire, pour l'annuler, pour l'humilier de leur force et de leur éternité. Et pourtant, elles le protègent, elles le protégeront des démons et des cauchemars. Il sait que dormir près d'elles et trembler sous leur ballant et leur rugissement le protège de tout ce qui rampe, siffle, mord, et ricane ; elles sont impérieuses, elles ne connaissent pas l'ironie, et c'est bien. Il n'a plus la force de supporter les douceâtres exhortations à la raison et à la morale. Elles sont plus fortes que lui et c'est bien, ses démons aussi sont plus forts que lui. Il leur remet une part de son combat et leur demande protection, c'est le léger qui porte le lourd, et l'air qui porte leur puissance.

Il allume le petit réchaud que les anciens occupants ont laissé, une flamme bleue s'élève, et il la laisse ainsi, votive, briller dans le soir qui descend.

La flamme nue retient la nuit et quand l'or du couchant chute derrière les lointains d'ardoise, le bleu de la flamme colore tout l'hexagone du pigeonnier. Les oiseaux commencent à entrer, rassurés par l'immobilité de Lucas. Sous sa couverture sale, il ne déteste pas sentir la présence de ceux qui ont dormi ici avant lui, il tente d'oublier la douleur de sa jambe et convoque les moments heureux qu'il a passés avec Aurélien.

Aurélien lui manque, et pourtant il n'a pas voulu qu'il vienne le voir à l'hôpital, Aurélien l'a vu parfois en piteux état mais l'idée de ne plus lui apparaître aussi brillant et arrogant lui faisait horreur. Dernière vanité, il veut rester pour Aurélien un être exemplaire. Et maintenant il pense à lui, au jour où il a été couronné dans une cérémonie de cotillon, quand il dansait à demi nu parmi les jeunesses, tout cela n'est-il pas plus vrai, plus pur, plus parlant, que le dolorisme ? Qu'est-ce qui a retenu Lucas de se jeter dans cette eau turquoise, de boire la lumière, de se baigner dans la joie d'Aurélien, de dissoudre dans son rire toutes les sordides argumentations de son père ? Est-ce encore possible ? Aurélien va si vite, il vole si haut ! Il monte parfois au sommet des immeubles avec des chaînes d'or et il écrit en lettres capitales *Je m'en fous* sur toutes les façades du pouvoir. Et combien de temps encore le fier, l'impétueux Aurélien acceptera-t-il d'écouter le sombre Lucas, qui dit toujours la même tristesse ?

Les sans-papiers ont collé sur les murs des photos de filles nues et des articles de journaux sur la régularisation de leur situation. Il aimerait y ajouter le visage d'Aurélien, mais être ici, au milieu des affaires oubliées des autres, est plus rassurant que tout. Il pense aussi à Anys, et bien qu'il soit incapable de croire, il le recommande au ciel. Et l'étrange prêtre qui l'a conduit ici, est-il en train de prier pour lui ? Même s'il ne croit pas à la prière, il sait que c'est cela qui lui permet de s'endormir dans son lit mouillé de larmes.

UNE ÎLE

Devant l'imminence de la mort, Touraine et Sarazac se jettent dans des nuits sans fin d'expérimentations sexuelles. Ils jouent tous les rôles et reprennent l'alphabet fantasmatique à la lettre A pour arriver au Z de tous les plaisirs, et recommencer encore. Le premier soir, ils se retrouvent silencieusement après l'enterrement de Catherine et sans dire un seul mot, dans l'appartement trop blanc et trop vide du metteur en scène, se dévorent majestueusement. Leur bonheur fusionne avec leur angoisse dans une pluie de météorites. Au soir tombant ils commandent à manger et toute la nuit, comme des jeunes mariés, ils se donnent tout le plaisir qu'ils peuvent, mais en veillant à ne jamais jouir, règle d'or de plus en plus abrupte, jouir toujours donc ne pas jouir, devinent-ils que la jouissance satisfaite, plus rien ne les séparerait de la mort ? Sarazac laisse Touraine le frapper et l'humilier, puis c'est Touraine qui donne à Sarazac toute liberté sur son corps, toute la violence de leur relation devient un chant d'amour viril, ils s'aiment comme font les hommes de leur âge, en se cognant en s'entreculant, en se crachant dessus, en s'insultant. Quand l'un ou l'autre se sent proche de l'explosion, ils s'arrêtent, ils mangent du poisson cru, des gâteaux précieux, ils boivent des whiskies japonais, des vins mystérieux au goût de moisissure, ils parlent de Proust et de Richard Strauss.

Une fois calmés, apaisés par la millième écoute du *Meta-morphosen* de Strauss par Klemperer et par une dose épaisse de sucre, ils repartent en guerre. Parfois, le corps visqueux de sueur, ils se regardent et se disent, Je t'aime comme on crie, Feu ! Autour d'eux la chambre a perdu tous ses contours, c'est un foutoir sans nom, et le monde lui-même au-delà de l'immeuble haussmannien de la rue Scribe qui tremble sous leurs cris commence à perdre toute réalité. Le monde véritable est devenu une hypothèse qu'ils entrevoient entre deux orages de plaisir. Leur véritable ennemi pourtant, ce n'est pas le monde, c'est la mort. Dans ces moments de bru-talité radieuse, pinçant jusqu'au sang les tétons de l'autre ou le pénétrant sans retenue ou fouillant sa bouche avec des doigts tremblants, il leur semble détruire la mort, dénouer le malheur, élire à jamais le présent.

Parfois, les yeux pleins de larmes, Touraine confesse qu'il vit les plus belles heures de sa vie et déclare son amour lavé de tout désir de possession, absolument neuf, un amour purifié du sexe même, et qui n'existe plus que par les mots qui le confessent, et qui fait des mots la véritable patrie de l'amour.

Pour Sarazac, c'est presque la même chose à l'envers, tout est devenu sexuel, il désire voir l'homme qu'il aime man-ger, chier, dormir, saigner, plus rien ne lui est indésirable, il ne peut plus détacher les yeux de ce corps qui en regard du sien invente une nouvelle manière de vivre, ce ne sont pas les mots qui retrouvent leur puissance, mais le silence qui devient un royaume habitable. Il habite dans le silence recueilli de celui qu'il aime.

Ils dorment comme des enfants et se caressent dès le réveil, mais ils suivent le vœu, comme dans un conte de fées, de ne pas aller jusqu'à l'écoulement de leur jouissance. Parfois, au bord de l'explosion, ils rient d'un rire gras pour désamorcer la bombe, et lancer dans les mystères cosmiques une pointe d'humanité salée. Au bout de deux jours, cette jouissance volontairement insatisfaite devient une douleur qui les excite encore davantage, ils sont devenus des volcans. C'est tantôt l'un, tantôt l'autre qui regarde le sexe gonflé de son frère et interrompt la montée de l'éjaculation en sermonnant sur la vanité de l'art. Dans leur sommeil, bouche contre bouche, ils murmurent, Je suis à toi, sans savoir lequel des deux parle vraiment. Ils atteignent à l'infini des miroirs et se perdent dans un labyrinthe de bonheur douloureux, ils deviennent absolument humains.

Dans ce déluge de plaisir de plus en plus aigu et de plus en plus difficile à contenir, il leur semble tuer la mort sous toutes ses formes. La mort du vieillissement, la mort de la pourriture du corps ; la mort de l'immanence et de l'illusion du temps, la mort d'être soi, séparé, individué et sans autre arme qu'une parole inefficace, la mort qui dans l'art apparaît comme seule vérité vivable, la mort de l'écrit et des objets inanimés, qui plus que notre mort et sans décomposition, est une mort infranchissable, la mort de l'absence, la mort de l'oubli, la mort de l'inéluctable, de l'indicible, la mort de la solitude infrangible, et la mort enfin qui dans le sexe et le plaisir semble trouver un antidote à elle-même et ne fait en vérité que réaffirmer sa toute-puissance. La mort dans leur amour délirant est belle comme une flamme, ils n'ont pas tué la mort, mais ils ont substitué à l'effroyable une mort intelligente et musicale. Une mort intelligente et belle qui n'a pas d'autre nom que la connaissance absolue.

Ce que l'art sans doute nous dit de plus mystérieux, c'est cette venue de la conscience de la mort non pas à la vue des charognes seulement mais à la vue de la plus délicate beauté. L'artiste pleure devant la fleur adorable et toute la nostalgie du présent le submerge, s'il a le temps de sculpter dans le marbre cette apparition de disparition, il devient un enviable démiurge. Mais pour qui ? Et pourquoi ? Voir dans le temps le temps qui fuit ne nous apprend pas à vivre. Regarder la poussière ne nous apprend pas à écouter le vent. Folie d'un instant, la conscience de la mort est ce à quoi nous pouvons accéder de plus beau, mais nous ne pouvons jamais en témoigner pleinement, ni bâtir sur cet éclair quoi que ce soit d'apaisant. L'art est souffrance.

— Tu sais, dit Touraine, ma seule passion a été de jouer avec la folie, l'art, le sexe, la drogue qui m'ont permis d'entrer parfois dans le royaume des fous et d'en sortir, oui, c'est cela l'art, être libre d'entrer et de sortir du royaume des fous, avec la certitude que c'est dans ce royaume que les choses cachées depuis le commencement des temps peuvent être dites.

Ils atteignent à la connaissance suprême, l'évidence de la mort, et comme un art, ils la transforment en jouissance mais avant que l'orgasme ne vienne les exiler de cette connaissance, ils s'endorment, les couilles douloureuses, en se caressant le visage.

Au bout de trois jours, épuisés d'amour et totalement enivrés par le sperme retenu, ils décident de marcher un peu dans Paris et d'applaudir le vert du Jardin des plantes. Après un thé à la mosquée, ils vont agacer les vieux lions qui dans leur cage art déco vivent à Paris une existence absurde et paresseuse. Reniflant l'odeur des bêtes, de nouvelles envies de saillies les reprennent et ils se replient dans une pissotière où, à tour de rôle, ils se prennent en se disant leur amour à l'oreille. Devant l'impossibilité de trouver dans les jours frondeurs une sortie parisienne qui les soulage de l'attente de jouir, ils rentrent et appellent Micha, la pute dealer, qui leur apporte de la coke et de nouvelles variantes du GhB. Micha se joint à eux dans une tournante sauvage à l'odeur de lion enfermé.

Micha parti, Touraine s'endort dans un long coma de quinze heures. Sarazac, plus résistant à la chimie, n'arrive pas à débander et erre péniblement dans le vide de son avenir. Il regarde Touraine dormir, dépose une couverture sur son corps qui frissonne légèrement.

La perte de cette vanité qu'était l'Opéra de Paris a rouvert le monde. Il regarde maintenant la course folle vers la nomination comme un délire étrange qui aurait eu lieu des millénaires auparavant. L'annonce de l'incurabilité de la maladie de celui qu'il aime a remis en place la hiérarchie du désir, et le renoncement au trône, plus facile qu'il ne croyait, ouvre à Sarazac un champ de possibles admirable. En fait, il semble plus proche de son désir secret maintenant que le désir le plus ardent de pouvoir s'est évanoui. Mais quel est son désir le plus secret ? Il le sent et le reconnaît mais ne saurait pas en dire grand-chose. Le nommer risquerait de le faire s'enfuir. Il s'agit d'un désir de vivre, vivre d'une vie sans justification et débarrassée de toute attente. Il s'agit, il s'agirait de vivre vraiment, sans rien avoir à prouver, et d'être le seul arbitre de sa jouissance. L'opprobre le protège aussi de toute société, il ne retournera jamais dans les allées du pouvoir, il devient le Robinson de son désir, il est libre, et Vendredi, le compagnon éternel, est près de lui, Vendredi dort du sommeil le plus sacré. La mort entre eux est pacte plus grand que le désir. Il a envie de jouir dans le sommeil de Touraine et de lui mentir, mais finalement il se retient et accepte l'état de fureur que provoque l'interdiction.

Quand Touraine se réveille, il est ébloui à la vue de Sarazac nu sur un fauteuil, la bite dure comme du marbre, qui lui sourit et lui demande de lui raconter ses rêves…

— J'ai rêvé que je jouais dans une piscine, j'avais une dizaine d'années, et tout était chatouillé par la lumière, j'avais un chapeau en papier sur la tête et d'un coup le chapeau est devenu un château puis le château un cheval puis le cheval un bateau amiral et je pouvais par la force de la pensée le modifier infiniment, je jouais dans l'eau bleue et le monde se pliait à tous mes rêves.

— Le monde intérieur et le monde extérieur étaient réunis, dit Sarazac qui joue au psychanalyste.

— C'est cela, dit Touraine, le grand baptême de la vie dans les eaux d'une piscine, la renaissance…

Ils se couchent l'un contre l'autre et se caressent avec solennité.

— Quand partons-nous ? demande Sarazac. Qu'est-ce qui nous retient encore ?

Et le soir même, ils réservent une maison à Santorin et prennent des billets d'avion, trente heures les séparent de la mer qui a ravi Ulysse. Pendant ces heures, Touraine a le temps de se demander ce qu'il rêve d'emporter, des photographies de son enfance et quelques livres, dont le plus beau roman du XXᵉ siècle, *La Mort de Virgile* d'Hermann Broch. Petit à petit, il vide sa valise plus qu'il ne la remplit, ni vêtements ni souvenirs ni rien, juste cette photographie de lui et de sa mère au zoo, en 1969, ils jouent avec un lionceau. Sarazac s'amuse de son amour des fauves, et le lendemain, en rapportant du ravitaillement, il lui a trouvé un petit guépard en plastique qu'il pose en embuscade parmi les sushis. Touraine l'adopte et joue avec toute la journée, comme s'il manipulait des runes.

— Et toi qu'est-ce que tu emportes en Grèce ?

Sarazac répond qu'il n'y a pas pensé mais qu'il voudrait aller acheter un piano électrique, pour jouer Rachmaninov en regardant la mer. C'est à peu près tout son horizon, se remettre au piano. Dix heures les séparent du départ mais ils sont déjà partis, ils vivent déjà sur une île entourée d'azur et de béatitudes. Déjà, ils font de chaque instant une fête intemporelle, et ils ordonnent au temps de devenir une colombe et non plus un vautour. Parfois, Sarazac regarde son visage dans le miroir et se trouve beau, et il le dit à l'autre homme, il dit, Je me trouve beau.

— Tu as eu raison d'enlever ton masque, mon amour, ton visage respire, dit Touraine.

Paris est loin déjà, sa jungle violente, ses cannibales, ses pièges et ses tortures raffinées, tout cela est un rêve, reste l'étonnement d'avoir supporté si longtemps cette drogue de la mondanité, ce cancer de la courtisanerie, cet arrivisme qui n'arrive à rien, ce dégoût travesti en intelligence cynique. Parfois, l'un et l'autre rient de leur invraisemblable duel et de la course au pouvoir qui continue d'agiter les Parisiens. Demain ils échappent à la peste, la mer les appelle et dans cette île grecque où leur désir véritable trouvera sa parole, ce n'est pas seulement la mer, c'est le ciel, c'est la lumière du Sud qu'ils savent être une conclusion, un point d'orgue, et un miroir à tous les récits. Là-bas, ils vont s'élever au-dessus de leur anecdote et contempler divinement la grâce d'être au monde et la grâce de mourir.

— Qu'est-ce que tu vas travailler au piano ? demande Touraine.

— Les préludes de Rachmaninov, il y en a tellement. Il y en a pour toute une vie.

Sur le boulevard de la République, le magasin de pianos ouvre ses portes et Sarazac erre parmi les Steinway, il se regarde dans l'altière beauté de leurs capots noirs. Il attend un vendeur qui lui conseillera un piano portatif qui ait le son d'un Bösendorfer. Il caresse les monstres, leurs courbes, leurs cordes, leurs ors et leur ivoire et leur impériale beauté, il voudrait être aussi parfait, aussi beau qu'eux, il voudrait être comme eux, disponible à toutes les musiques. Leur beauté ne peut pas venir seulement de leur noirceur, de leur laque obscure, elle vient de leur alliance avec le possible, ils sont une page blanche, ils sont un avenir désirable. Quelqu'un viendra, se saisira de leur corps, et réinventera le monde. Il doit être cet homme, il doit vivre impeccablement ouvert à ce qui vient. C'est la promesse intérieure qu'il se fait, être impeccable, littéralement sans taches, puisqu'il lui reste, au fond du cœur, un diamant pur que Paris n'a pas assombri. Il est nostalgique de l'élégance altière de ces grands monstres. Il se voit arrivant sur l'île escarpée, faisant tirer un Bösendorfer par des ânes jusqu'à une villa blanche où l'instrument prendrait la presque totalité de l'espace et deviendrait le maître de ses jours. Et soudain la folie de cette expédition ne lui semble plus une farce mais une ordalie qu'il doit s'imposer, il est pris d'une fureur extravagante et veut réaliser le rêve insensé de transporter non pas une réplique de piano mais un véritable chef-d'œuvre de piano, là-bas, dans l'azur, il jouera Debussy et Rachmaninov et il négociera dans l'altitude une autre manière de vivre.

Mais la mort ? Quand la mort deviendra la seule issue, que faire ? Touraine ne supportera jamais la déchéance du corps, et quand il sera seul, le piano, la mer ne lui offriront pas un destin. L'idée qu'il faudra tout recommencer le plonge soudain dans le désespoir. Une nouvelle vie, de nouvelles amours, il n'en sera jamais capable. Il pianote distraitement dans l'aigu, et c'est l'ouverture de *Tristan* qui vient, avec son suspens avant la résolution, ses chromatismes, son accord qui dit la jouissance dans la mort. Le plus simple est de se tuer mais de ne rien en dire à Touraine, de lui promettre le contraire, promettre de retourner à la vie, de partir à Londres, de devenir conseiller artistique à Covent Garden, on le lui a proposé, et là-bas il épouserait un minet à l'accent *working class*. Il promettra ça, et puis il se tuera. Cette résolution lui fait retrouver son calme.

Dans une pièce voisine, un jeune homme à la nuque propre et à la posture élégante joue médiocrement une mélodie de Duparc. Mais Sarazac n'arrive pas à se souvenir si c'est *L'Invitation au voyage* ou *La Vie antérieure*. Il aime la nuque blanche et le cheveu aussi brillant et noir que le piano, et même si le jeu est médiocre, il sent qu'il est mû par un besoin impérieux de musique, et finalement, quoi de plus beau ? Il s'approche et voit les mains jeunes et blanches du pianiste, il a envie de les embrasser, il a envie de mordre cette nuque si offerte, si absente au monde, si musicalement prisonnière de son extase. Le jeune homme se sent observé et Sarazac sait maintenant qu'il joue pour lui, et il se donne à cette séduction, lui-même immobile et arraché au monde. Il s'approche encore et il commence à percevoir l'odeur délicate du pianiste, une odeur de parfum citronné-épicé, certainement une eau de Cologne anglaise un peu démodée et terriblement bonne famille. La position des mains, parfaitement ronde, il se souvient qu'on lui faisait tenir une pomme, montre aussi la bonne éducation, et quand il s'approche pour tourner une page, il sent plus qu'il ne voit le sourire du jeune pianiste amateur qui le remercie, il voit sa poitrine retenue et il aime sa concentration et sa volonté de finir l'exécution sans faute. La partition close, le jeune homme dit avec un fort accent anglais :
— Je joue mal.
La coïncidence d'entendre cet accent au moment où il s'est projeté dans un rêve londonien sidère Sarazac.

— Je suis Alistair, l'ami de Laurent Duverger, vous ne me reconnaissez pas ? Moi je vous reconnais. Je vous ai toujours admiré de loin, pour vous je n'étais que le valet de chambre d'un vieillard. Non, ne répondez pas, c'est si joli de vous voir protester sans rien dire. Vous achetez un piano ?

— Oui je veux un grand piano pour aller jouer à l'autre bout du monde, dit Sarazac.

— Loin de Paris, dit Alistair et ses yeux se remplissent de larmes. Moi aussi je quitte Paris. Laurent n'en a plus pour très longtemps, je ne veux pas qu'il pense que je suis resté avec lui pour… vous comprenez ? Par intérêt. J'ai aimé cet homme quoi que les gens puissent dire. Ils sont méchants, vous savez. J'ai aimé son humour, sa culture, sa force et j'ai fait l'amour à son vieux corps par amour, vous me croyez ?

— Votre délicatesse est un scandale, dit Sarazac.

Alistair le regarde de ses yeux gris, et caresse le piano. Il soupire.

— Si vous pouviez me donner une bonne raclée maintenant, dit Alistair, je crois que ça me ferait du bien.

— Tu retournes en Angleterre ?

Le jeune Anglais fait signe que oui. Il sort de sa poche une photographie pliée en quatre, la page arrachée d'un magazine. C'est un cottage au pays de Galles.

— C'est chez moi, dit Alistair. J'en ai hérité, et j'ai aussi un appartement à Londres, dans un *basement*. *Nothing posh*. Je ne laisse pas Laurent sans aide, j'ai trouvé quelqu'un qui s'occupera de lui et je lui ai laissé ma montre, elle vient de mon père, il le sait. Son argent ne m'a jamais intéressé, je lui ai demandé de rédiger un nouveau testament au cas où il aurait pensé à moi. Je lui ai demandé de ne rien me donner. Il était souvent difficile mais il m'a rendu heureux, je ne veux pas être sa veuve, vous comprenez ?

— Non, je ne comprends pas, dit Sarazac.

— *'cause you're not British*, dit Alistair. Nous sommes des îliens, nous ne voulons rien de personne, notre orgueil nous suffit. Je n'aime pas l'idée d'être à Paris le gigolo qui a dévalisé la plus grosse fortune de France, *I have my pride*.

— Voilà quelque chose que je n'ai plus, dit Sarazac. Et je me sens assez libre depuis que je suis un proscrit.

Alistair se lève et s'approche. Il va à la rencontre d'un vendeur qui lui explique que tout est réglé et que le piano sera livré demain.

— Il fallait que je règle cela d'abord, il doit avoir un bon piano, pour que Chamayou vienne lui jouer des pièces qu'il aime dans ses dernières heures.

Il salue Sarazac et sort avec une extrême lenteur, il donne l'impression de souffrir au-delà de toute mesure et attend sur le trottoir que la lumière verte d'un taxi vienne le libérer de son dernier remords avant l'oubli.

Sarazac le regarde à travers les baies vitrées du magasin et il le trouve d'une élégance spectrale, ce n'est pas seulement sa minceur, ou la félinité douce de ses gestes, c'est cette manière qu'il a de marcher sans vouloir laisser d'empreinte. Il se demande pourquoi il ne l'a pas remarqué ces dernières années. Et, sans trop comprendre ce qui l'aimante, il sort sur le trottoir pour parler encore un peu avec lui. Il est dépendant de n'importe quel augure, la souffrance vient de ce que l'on ne peut clore un récit, et les êtres qui s'offrent à nous ou les événements qui nous frappent peuvent servir de ponctuation, de point d'orgue ou de point d'arrêt. Les rencontres sont la ponctuation du destin. Quand un être ou une chose nous permet de dire, C'est fini, il nous permet aussi de dire, ça commence.

— Alistair ! appelle Sarazac.

Le garçon se retourne et le voyant venir cligne des yeux comme s'il était ébloui.

— Qu'est-ce que tu voulais dire avec cette raclée ? demande Sarazac.

— C'était une manière élégante de vous dire que je vous ai toujours désiré, dit Alistair. Je vous voyais passer, avec cette arrogance si belle, cette virilité si facile, et je craignais toujours votre regard. Je vous ai toujours désiré, secrètement et espérant que mon désir reste secret.

— Il ne l'est plus. Tu veux que je vienne avec toi ?

— Oui, je voudrais que vous veniez avec moi. C'est ce que je veux le plus profondément.

Quelques minutes plus tard, ils sont gare du Nord, absolument abasourdis de la facilité de cette décision. Ils s'épargnent les détails pratiques, et Sarazac dit qu'il fera suivre ses affaires puis il se reprend, il dit qu'il laisse tout sur le vieux continent, qu'il n'y a plus rien sur le vieux continent.

Quand le train part, ils sont assis face à face et, au moment d'entrer dans ce long tunnel sous la mer, ils ressentent une volupté qui n'a pas de nom puisqu'elle est faite des sentiments les plus puissamment contradictoires. Ils savent seulement l'un et l'autre qu'ils ne regretteront rien, ils se regardent et la beauté juvénile d'Alistair suffit à absoudre Sarazac, et la beauté mûre de Sarazac suffit à venger Alistair.

Ce n'est que deux heures plus tard que Touraine commence à comprendre. Au troisième appel resté sans réponse, il a la certitude qu'il ne reverra jamais l'homme qu'il aime.

LA PRIÈRE

Le prêtre parle d'une voix amusée, comme si ce qu'il décrit est impossible à réaliser.

— Dieu nous regarde quand nous dormons. Dieu ne nous apparaît que lorsque nous sommes vides de nous-mêmes. Avec cet état de vide ou de néant, apparaît l'architecture du monde. L'unité du monde nous réclame, nous en sommes le nœud.

— Et comme un nœud, nous sommes vides, dit Lucas qui fait le geste du zéro avec ses doigts.

— Oui, il faut parvenir à ce tour de force, devenir réflexif, dit le prêtre, se replier sur soi-même pour embrasser un zéro temporel, et dans ce vide nous attachons l'amour à la cohérence du monde.

— Mais comment apprivoiser cet oiseau ? demande Lucas.

Depuis trois jours, ils parlent ensemble une heure ou deux, et Lucas dissimule comme il peut sa douleur devenue terrifiante. Il ne peut plus marcher et reste sur ce lit de fortune et d'infortune à divaguer sur la grâce avec un homme si épris de perfection qu'il ne voit pas l'état effroyable de son interlocuteur.

— Il pleut un déluge de grâce et nous ne savons pas en récolter ne serait-ce qu'une toute petite goutte, dit Lucas toujours sur un ton de désinvolture ou de pardon généralisé pour tous les échecs de la Joie.

— Notre refus abonde mais la grâce surabonde, dit le prêtre sans trop y croire. Certaines formules comme celle-là le préservent de trop d'introspection.

Mais pour se faire pardonner cette sortie facile, il ouvre son cœur plus avant. Et sa voix en est changée, elle devient aiguë et chantante :

— Il faudrait considérer chaque joie, même les plus infimes, comme une personne, comme une présence, comme un être. J'ai faim et je mange, j'ai soif et je bois, le soleil est beau quand il naît, il est beau quand il meurt, quand le travail a été épuisant il y a dans la nuit des étoiles, j'ai le souvenir d'une belle chose, la nature est patiente et l'homme a fait les œuvres d'art pour mon impatience, il y a l'eau qui coule et les nuages qui improvisent, il n'y a pas de mauvaise musique, et parmi toutes les splendeurs, je suis unique et mon histoire n'est celle d'aucun autre. Cela devrait suffire mais cela ne suffit jamais.

— Notre besoin de consolation est infini, dit Lucas, à bout de souffle.

— Il n'est pas infini, il est l'infini, dit le père Dominique, et il marche à grands pas dans la pièce, il effraye les oiseaux. Il n'y a pas la grâce d'un côté et l'âme inconsolée de l'autre. Il ne peut y avoir deux infinis.

— Notre besoin de consolation est comme une Voie lactée, dit Lucas, qui pourtant attend toujours la nuit avec inquiétude.

— Notre besoin de consolation *est* la Voie lactée, dit le prêtre, mais pas comme s'il imposait cette idée, plutôt comme s'il la comprenait.

— Il ne faut plus regarder que les étoiles.

— Il faut tout regarder comme les étoiles.

— Alors, la beauté, c'était la clef ? dit Lucas, qui voudrait s'arrêter là.

— C'est la clef, pour échapper à la blessure du langage.

— Le langage nous éloigne du monde ?

— Le langage crée le monde et nous en exclut. Il crée le monde par notre exil, dit le prêtre, qui se sent moins douloureux d'avoir un ami pour avancer avec lui dans les mystères.

— Précisément, il n'y avait pas de monde quand nous ne parlions pas, nous étions le monde.

— Pour Dieu, une seule chose manquait : le manque, dit le prêtre. Ce qu'il faut aux hommes, ce n'est pas une consolation, mais une douleur plus grande. Ce qui manque aux foules, ce n'est pas une réponse, mais un manque plus insatiable. Ce qui fait défaut dans les religions, ce n'est pas la morale, c'est le doute, ce qui doit encore exister dans un monde où la satiété est un idéal, c'est un besoin plus grand, un insupportable besoin de choses belles. Trop de Dieu et pas assez de manque de Dieu. Le saint, aujourd'hui, ce n'est pas celui qui sent à chaque instant la divine présence guider ses pas, ce n'est pas celui qui entre dans l'arène dans la confiance du salut, ce n'est pas celui qui prie jour et nuit porté par un amour indicible ; c'est celui qui est effaré de son incapacité à croire, c'est celui qui fait de l'absence de Dieu son devoir le plus personnel, c'est celui qui ne croit pas, n'espère pas et n'aime pas et qui pourtant croit, aime et espère.

— Mais cela n'est pas possible, dit Lucas qui souffre atrocement.

— C'est pour cela que cela doit être accompli, ce qui est impossible doit être fait quand même. Il ne faut plus rien faire que ce qui est impossible.

— Accompli, comme un simulacre ? demande le garçon, qui souffre l'enfer.

— Accompli, dit le prêtre. Qu'importe ? Qui juge ? Un simulacre d'amour, un simulacre d'art, un simulacre de vie ?

Quelle est la différence ? Et le baiser de Judas, c'était un baiser ou un simulacre de baiser ? Et les mots, ils existent ou pas ? Et la vie, quand est-elle réelle ? La matière n'existe pas, le temps est une illusion, notre vie, nos malheurs n'existent pas. Seule la Joie est ce qui est.

— Je voudrais seulement connaître un instant de joie pure, et en disant cela, Lucas pleure presque. Une joie pure, pure et suffisante, suffisante et faite pour moi, faite pour moi et certaine, certaine et vivante. Et je suis prêt à tout abandonner pour cela, je suis prêt à tous les abaissements, à toutes les dépossessions.

— Tu ne la chercherais pas, cette joie, si tu ne l'avais déjà connue, dit le prêtre.

Il est exalté et si proche de comprendre son propre destin qu'il ne voit pas le visage de Lucas à demi tourné, grimaçant, pleurant.

— La kénose est un mot qui n'a pas de traduction en français, poursuit le prêtre. L'abaissement, prendre la condition d'esclave, descendre dans la toute humilité, être plus bas que le plus bas, jusqu'à l'absolu, là, au plus profond de l'humiliation, il y aurait une béatitude, une ressemblance d'amour. Je ne sais pas. C'est bien plus que l'humilité, c'est la toute humilité, et c'est autre chose, c'est devenir le néant, le devenir dans sa chair puisque l'on n'est pas capable de l'être ailleurs, et l'esprit est rétif et difficile. Le corps, on peut l'humilier jusqu'au plus bas, jusqu'à ce que l'esclavage devienne une liberté, l'humiliation une grandeur, le néant une lumière. C'est ce que tu as voulu.

— J'ai voulu cela, je ne le nie pas, pourquoi le nier. J'ai cru en l'abaissement, dit Lucas et ces mots, il s'étonne lui-même de les prononcer au passé.

— Le Christ qui lave les pieds de ses disciples, et puis la souffrance et la croix, dit le religieux qui ne voit pas devant lui la croix sur laquelle Lucas agonise.

— Je ne crois pas au Christ, dit Lucas. Je crois que je n'ose pas. Je voudrais être inférieur à cela. J'étais enivré de cela, être inférieur.

— Tu aimais la souffrance ?

— Je n'avais pas le choix. Vous ne comprenez pas, je ne pouvais échapper à la souffrance alors j'ai essayé d'en faire quelque chose. Et j'ai échoué.

— Pourquoi, échoué ? Pourquoi ? demande Dominique soudain accablé.

— Parce que je voulais sortir de la souffrance par la souffrance, et j'ai trouvé toujours plus de souffrance, l'infini de la souffrance ne m'a pas apporté la souffrance de l'infini. J'étais seul et je suis resté seul.

— Tu es un enfant sans père.

— J'ai essayé de faire un père de cette souffrance, mais il n'y a rien, le puits est sans fond. Vous ne comprenez pas, toute cette souffrance volontaire, ce que vous appelez la kénose, n'a de valeur que si elle conduit à l'amour. Que si elle désire la lumière. C'est un moyen pour trouver le jardin perdu. Moi, j'ai fini par aimer la souffrance pour elle-même. Je suis perverti, je suis malade. L'expérience de la souffrance ultime, du désespoir, le corps cloué sur la croix, l'obéissance dernière ne m'ont pas purifié. Je ne suis pas devenu lumière, je suis devenu fou. Il est aussi difficile à un fils de riche d'entrer au royaume des cieux qu'à un chameau de passer par le chas d'une aiguille. J'ai voulu ce que je n'avais pas ; le désespoir. Et j'ai cru qu'il n'y avait pas d'intelligence sans ce désespoir. J'ai cru à cette expérience. Mais il aurait fallu le vouloir par amour, et je ne suis pas certain d'avoir voulu ça pour autre chose que pour moi. Au fond de cette merde, je n'ai rien rencontré, ni la Joie, ni Dieu, et pas même l'orgueil.

Le prêtre ne sait pas comment répondre. Il embrasse le front brûlant de Lucas et alors seulement l'évidence qu'il délire vient à lui.

— Je voulais mourir à moi-même, oui, dit Lucas en pleurant.

— Pourquoi ?

— Parce que je souffrais trop de tout cela, de ma beauté, de mon intelligence, cela me faisait souffrir.

— Pourquoi ? dit encore et encore le prêtre.

Il le demande vraiment, il veut vraiment comprendre.

— Il faut me laisser mourir, dit Lucas.

— Il n'y a pas de père en soi. Le père n'existe que s'il y a un fils, dit le prêtre, qui croit un instant détenir ce qui sauverait Lucas.

— Je ne suis ni l'un, ni l'autre, ni le troisième, dit Lucas en riant.

— Et pourtant tu désires une chose qui n'est pas de ce monde, dit le prêtre. Il ne lâchera pas sa proie.

— La mort seule peut me l'apporter, je crois, dit Lucas péniblement.

— Qu'est-ce que je pourrais dire pour te faire changer d'avis ?

— Que quelqu'un vienne.

— Quelqu'un vient, dit le prêtre, peu sûr de lui.

— Je suis lassé d'attendre, dit Lucas.

Et il s'endort, épuisé.

Le lendemain est pâle, tout dans cette pièce circulaire appelle au silence, mais les cloches parfois viennent faire trembler les murs, et chaque fois la surprise de Lucas le fait rire, irrépressiblement. Il souffre au-delà de toute mesure, son corps est parfois tétanisé par des douleurs qui déferlent sans prévenir. Par la fenêtre, le ciel est si blanc que la petite ouverture lui est apparue d'abord comme une feuille blanche. Il ne l'a pas vu immédiatement mais le prêtre est venu et a laissé au seuil de la porte de l'eau et un repas frugal de pain et de fromage. Mais Lucas ne peut pas y toucher, il est ensorcelé par le silence et il ne sait plus s'il lutte pour survivre ou pour mourir. La mort parfois est comme une personne. Mais l'ombre passe, et il retrouve la douceur grise de sa prison et la prière qui vient à lui, naturelle et sans mot. Naturelle, c'est-à-dire exempte de toute formulation et de tout désir, une prière qui est là pour rien, et qui n'est pas même là pour remercier ou célébrer Dieu. Est-ce une prière ? Il ne sait pas. Il sait qu'il a trouvé au fond de lui un lac de silence et qu'une force magnétique l'attire dans cet oubli.

De toute la journée, il n'a eu pour seul compagnon qu'une hirondelle qui va et vient tout affairée à nourrir une portée, quelque part dans les combles. Comme lui, elle se bat. L'eau est bonne, le goût lui semble sucré et apaisant, il a les lèvres sèches et les yeux brûlants. Le vent vient parfois avec quelques bruits de la ville, il tourne dans la rotonde, s'épuise et sort. Lucas vit la vie la plus poétique, la vie hautement consciente de la mort. Mais cette conscience doit être maintenue par un effort intérieur et par une délicatesse de l'âme qui ne peuvent s'encombrer de souffrances narcissiques. Parfois, en regardant les nuances du ciel blanc par l'ouverture, il lui semble atteindre à l'équanimité, à l'équilibre magique de toutes les passions. Il marche, funambule sur le fil de sa souffrance. Il y a de longues heures aussi où, allongé sur le dos, il laisse ses rêves aller et venir et se confondre avec les objets gris de son asile. Mais les démons ne sont plus à sa porte, quelque chose les empêche d'entrer, quoi ? L'amitié de ce religieux qui ne croit plus en Dieu ? La fatigue qui le place hors du temps ? La présence tonitruante des cloches qui brisent le silence pour lui redonner une forme plus pure ? Ou la jeunesse épuisée qui s'enfuit dans la vague douleur de sa jambe ? Tout cela ensemble dialogue dans la poussière grise des murs. Il regarde avec passion les formes perdues des taches sur les murs sales, il pourrait y passer sa vie, une tête d'Indien, une étoile, un cheval, une mosquée, une main ouverte, les formes dansent devant lui et servent sa contemplation. Et les femmes nues laissées par les clandestins, pâlies et froissées, vibrent dans la grâce de la brise.

— Comment vous entendez-vous avec le silence ? demande le prêtre que Lucas n'a pas vu entrer.

— Plus je l'écoute, plus il est peuplé, répond Lucas. Et je m'entends bien avec ce peuple-là. Les démons n'osent pas franchir ce seuil, c'est déjà ça. Il y a un homme avec un chien noir, ils veulent me dévorer le visage. Ici, je suis en sécurité.

— J'aimerais vous aider davantage.

— Alors dites-moi, si nous cheminons avec la Miséricorde, qu'est-ce qui nous empêche de nous en saouler, d'en vivre, de la proclamer ?

— La peur, peut-être ? La peur d'être dissous dans cette joie ?

— Au fond, nous parlons du péché mais nous ne l'entendons pas comme une faute morale, c'est juste une erreur que nous préférons à la vérité. Le mal, qu'est-ce que c'est ? Je l'ai fréquenté si souvent. Quand il est incandescent, quand il n'est pas un petit fonctionnaire de la disgrâce, quand il est véritablement négatif, quand il annule le soleil et la jeunesse, quand il veut la mort de toute joie, il se consume lui-même, il devient un esclave qui fait monter l'eau dont nous avons soif.

— J'aime ce que vous dites, l'homme au chien noir vous a conduit dans un pigeonnier près du ciel, dit le religieux inquiet.

— Oui, c'est cela, il fallait que quelque chose cède, vous comprenez, que j'accepte de me remettre à ce qui vient.

— Pour moi, le Christ est celui qui vient, avant d'être celui qui est, c'est Celui qui vient, il vient, on ne le connaît pas mais on le reconnaît, parce qu'il est sans défense, il vient à vous, dit le prêtre.

— Mais pour vous, il ne vient pas, il ne vient plus ? demande Lucas.

— Il n'est jamais venu et je l'attends encore aujourd'hui, grâce à vous, dit le prêtre, bouleversé.

— Alors il faut attendre, c'est déjà bien d'échapper à l'homme au chien et au père décapité. J'ai toujours espéré un homme qui me dirait, viens, quitte tout, suis-moi, vivons d'espérance. Je l'ai été pour moi-même, et les démons se sont acharnés contre moi. Les démons, ou ma faiblesse, dit Lucas les yeux vides.

— Les démons, pourquoi ne pas y croire ? Est-ce que nous ne voyons pas le mal à l'œuvre, est-ce que nous ne voyons pas la bêtise, l'indifférence, l'égoïsme, la cruauté, partout ? Et ce qui est la vie, les étoiles dansantes, dans quel ciel les voir ?

— Si une toute petite étincelle de joie vient à moi, je ferai sonner les cloches, tout Paris entendra, dit Lucas.

— Je crois que c'est le signe même qui nous permet de reconnaître la Joie, répond le prêtre, nous ne pouvons pas la garder pour nous-mêmes. Nous ne pouvons pas en faire une jouissance solitaire, nous sommes envoyés sur les routes du monde, nous écrivons sur les murs de la ville. Même le mémorial que Pascal a épinglé dans son manteau, *Joie, Joie, Joie*, écrit trois fois d'une main tremblante, il voulait qu'on le lise, sur son cadavre il voulait qu'on le lise. Si la Joie véritable, celle qui donne sens à toutes les présences, si la Joie véritable vient dans un cœur, qu'est-ce qu'il fait ? Il déborde, il ne peut pas contenir la totalité de la vie pour lui seul. Et moi je vous ai vu déborder d'amour.

— J'essayais seulement d'avoir moins mal, c'est tout. Pourtant, je crois à ce que vous dites. Et je ne sais pas comment l'exprimer, mais cette joie immortelle, il me semble que je la conçois, je dirais même que je la connais, il me manque des mains pour l'atteindre, pour la saisir et vous la donner, la donner au monde. J'ai toujours eu peur de la lumière.

— N'ayez pas peur, vous êtes déjà entièrement brûlé, dit le prêtre.

— Je suis en cendres, c'est vrai, j'attends le souffle qui me dispersera.

— Moi, je ne vois en vous que de la lumière, dit le prêtre en refermant la porte.

Mais pendant la nuit, un froid épouvantable mord le corps de Lucas, il est dans un lit de glace, il lui semble qu'il va briser la couverture qui le recouvre, qu'elle va se fendre en morceaux de verre coupants. Il craint aussi que les cloches ne fassent tomber la cloison, et quand les coups résonnent avec le matin, elles lui déchirent la tête. Il est obligé de se bander les yeux, la lumière du jour est devenue une épée. Tout son corps est ruisselant d'eau glacée et il n'a rien d'autre pour se réchauffer que la petite flamme bleue vers laquelle il tend une main tremblante. Sa mâchoire le fait souffrir et il comprend que, dans la nuit, il a serré les dents si fort qu'il a dû s'abîmer les gencives. Les douleurs qui viennent de sa jambe sont devenues si insupportables que le souffle de l'air lui-même le fait souffrir. Mais ce qu'il craint le plus, c'est le prêtre qui croit en lui, qu'il le voie dans cet état de démence et imagine que c'est un retour des démons, alors que lui sait que la fièvre seule est la cause de son délire. Il se cramponne à tout ce qui est stable, réel et rugueux, le sol poussiéreux, le lit de fer, la pesanteur de la bouteille de verre dans laquelle il boit une eau amère. Il est tremblant de fièvre et comme il ne veut pas donner l'alerte, il se dit qu'il n'y a qu'à attendre, subir, rester conscient. Quand le prêtre entre pour lui apporter un peu de nourriture, il lui demande de ne pas rester.

— Pardonnez-moi, je dois être seul. Je ne veux pas parler.

— Je comprends, dit le prêtre, pardonnez-moi.

Il ne voulait pas le blesser, mais il ne peut physiquement pas parler tant sa mâchoire et sa jambe le font souffrir. Il doit cacher sa fièvre. Au cœur de la journée, un sommeil de plomb écrase la douleur et il ne se réveille qu'avec le soir. Il a bu toute l'eau et maintenant la fièvre est brûlante, quand il veut se lever pour respirer à la fenêtre, son pied au sol lui arrache un cri, la douleur est longue et résonne dans tout le corps, elle lui coupe le souffle. Il lui faut une énergie immense pour se recoucher, mais il peut à peine respirer, il halète pour supporter la souffrance par traits coupés.

Il délire mais il est conscient qu'il délire, ce ne sont pas les monstres de ses moments de crises psychotiques, c'est la perception du réel qui est faussée. La fièvre provoque une très étrange synesthésie, il croit sentir l'odeur des piaillements d'oiseaux. Il croit entendre le gris des murs. Il a dans la bouche le goût exact du métal des cloches.

Vingt heures passent et son état ne s'améliore pas, succession de fièvre glacée et de fièvre brûlante et surtout, la douleur a fait de sa jambe un morceau de marbre et elle irradie dans son sexe et dans son ventre des lames de rasoir qui lui saignent l'entrecuisse. Il soulève la couverture et voit l'affreuse couleur de la gangrène. Il sait que s'il attend trop, il mourra. Alors il hésite.

Qu'est-ce que je voulais d'autre que vivre dans l'anonymat, l'obscurité, l'ombre, j'ai demandé à la vie la plus petite place, je voulais seulement servir certains pressentiments, je voulais seulement vivre de mes pressentiments, de tout ce qui dans l'enfance a parlé de lumière et de printemps à travers les larmes et la violence. J'ai voulu me consacrer à ce qui en moi désirait encore la douceur et la clémence, c'est vrai, d'étrange façon. Mais je ne faisais aucun mal, j'étais un enfant, j'étais coupable comme un enfant et je voulais comme un enfant aller au cœur de la nature et écouter la parole des arbres. Mais dans la grande ville, il n'y avait pas de nature et j'allais au cœur des nuits, il n'y avait pas d'arbres alors j'écoutais les destins, les travaux, les désirs, je voulais être le spectateur du spectacle de la vie. Rien d'autre, et les démons se sont acharnés contre moi. Mon père, Julien, les autres, je sais comment parlent les démons, ils disent, Ce n'est pas assez, ils disent, Ce n'est jamais assez, ils disent qu'il faut quelque chose de plus, ils exigent une chose d'outre-vie, ils veulent un ciel qui n'existe pas, et ils nous privent de l'existence qui est un ciel en elle-même. Les démons nous parlent de l'invisible et ils nous empêchent de voir l'invisible dans le visible. Quand Aurélien a été couronné, j'aurais dû reconnaître sa gloire, il me disait une vérité si douce, il me disait qu'il faut aimer la vie, la vie est sagesse, la vie seule est sagesse, il faut fermer les livres qui parlent de ce qui n'existe pas. La poésie, c'est dire que ce qui est là est là pour nous. Et que nous, nous ne sommes là que pour célébrer ce qui est, et faire que ce qui est soit.

Mais il parle seul et il parle pour atténuer la souffrance.

Quand le prêtre entre à nouveau dans la chambre, il le voit livide et les dents serrées, il comprend que la blessure est mortelle et il se maudit d'avoir été négligent. Il appelle les urgences.

Faire descendre Lucas par le petit escalier de pierre en colimaçon est presque impossible, aucune civière ne passe et il faut le porter. Deux infirmiers le prennent sous les bras mais chaque mouvement est pour lui un atroce calvaire. Sitôt dans l'ambulance, on lui administre de la morphine et au bout de quelques minutes, il retrouve la paix. Dans l'ambulance, le prêtre est aussi blême que lui.

— Tout cela est de ma faute, je voulais continuer cette conversation et je vous ai laissé mourir, dit l'homme ravagé de honte.

— Non, dit Lucas, vous n'avez rien à vous reprocher, je ne savais pas que j'étais si mal. Je ne sais plus très bien quelles sont les limites de mon corps. Prévenez Aurélien, je ne vais pas crever sans dire quelque chose, et il a de très jolies oreilles.

Quelques heures plus tard, il est endormi et un Aurélien débraillé attend le diagnostic en froissant des revues de mode sur une chaise en plastique rouge. Le père Dominique est près de lui, et il ne fait aucun doute à son regard en colère qu'il est incapable de prier.

Le médecin vient vers eux, voix factuelle et mains froides. Il demande qui est de la famille. Aurélien s'est encore présenté comme un frère du patient, il se tient devant lui, au garde-à-vous. Si le prêtre est incapable de prier, le danseur est incapable de danser.

— C'est rarissime, mais il existe des infections qu'on appelle fasciites nécrosantes, dues à des germes. On les appelle, excusez la violence du terme, des infections "mangeuses de chair". Ce sont des streptocoques ou des staphylocoques très virulents qui peuvent s'infiltrer dans une coupure ou une plaie banale chez une personne par ailleurs en excellente santé. Le plus souvent c'est une infection nosocomiale, dit le médecin.

Face au regard interrogateur d'Aurélien, il consent à expliquer.

— Il a fait un séjour en hôpital, et c'est là qu'il a dû être contaminé. C'est une infection due à une hospitalisation.

Ces infections peuvent dégénérer en vingt-quatre heures et déboucher sur une amputation.

Aurélien le regarde avec le plus de calme possible.

— Donc on peut craindre qu'il ne perde une jambe c'est ça ?

— Non, on craint qu'il ne perde la vie, répond le médecin. Si vous voulez lui parler, il est réveillé. Mais nous allons l'endormir de nouveau, ce qu'il souffre est au-delà de tout.

Lucas, le visage trempé de sueur, d'une pâleur de pierre, regarde Aurélien incrédule.

— Je vais mourir de la même mort que le Roi-Soleil, dit Lucas. Je pourris littéralement. Et vous qui vouliez que je sois un ange de lumière, vous n'avez pas vu que je pourrissais, le soleil pourrit, dit Lucas avant de sombrer dans le sommeil.

LE TEMPS DES CERISES

Milo met en scène son triomphe, le château vibre du pas des courtisans et, au cœur de l'apothéose, Aurélien, en débardeur jaune, pérore et donne de grandes tapes dans le dos de Jon Karlsberg. Le ténor rit de son rire qui réveillerait les morts. À la vue de cette désinvolture – taquiner Karlsberg ! Porter un débardeur jaune citron ! –, les Parisiens le toisent avec crainte et désir. Voici donc la puissance occulte dont Milo Venstein est la marionnette. Ridicule petit gigolo sentencieux ! qu'on murmure tout bas. Admirable jeune artiste transgressif ! qu'on proclame bien haut.

Jacqueline lui a conseillé de s'habiller le plus mal possible – le lui a-t-elle suffisamment répété, être *overdressed* est *la* faute de goût impardonnable. Et tandis que le Tout-Paris entre déjà à l'hôtel des Ambassadeurs, en costumes noirs et cravates de circonstance, l'égérie du nouveau directeur de l'Opéra de Paris, maillot jaune, pantalon de sport et basket sales, distribue les coupes de champagne.

Le palais, comme son maître, resplendit. Cataractes de fleurs blanches, lumignons étincelants sur les tables recouvertes d'organza crème, petit orchestre surélevé parmi les festons d'or et, délire décadent, des cerisiers en pots agitent çà et là leurs perles jaune et rouge.

— Ce sont des Napoléon, dit Milo, ce qui amuse beaucoup Aurélien qui ne connaissait pas le nom de cette variété de cerise jaune et douce, comme lui.

— Tu as vu, dit Jacqueline, c'est une idée que j'ai soufflée à Milo, j'avais vu ça chez les Rothschild, des cerisiers sur roulettes, on les fait entrer au café et les convives peuvent picorer sur les branches. Mais personne n'ose encore. Tu dois être le premier à tirer dessus.

La décoration florale permet-elle que l'on consomme les cerises ? Les cerisiers sur petits chariots qu'on appelle des diables, dont la rugosité prolétaire tranche avec les moulures et la feuille d'or du décor à la Lebrun, ont fait une entrée spectaculaire. Les cerises sont-elles là pour montrer la puissance flamboyante du nouveau maître ou pour être consommées en dessert ?

— Faut-il manger la cerise ou pas ? Question philosophique, dit Jacqueline.

Il est vrai que déjà, les canapés de foie gras en forme de lyre, les craquelins remplis de caviar, les pâtés truffés en forme de cruche, la corne d'abondance en nougatine pleine de fruits de mer, les cuillères en laque comblées de graines de grenades et de homard effiloché ont émerveillé les pique-assiettes. Les jumeaux de Mme de La Roche, dont le talent pour dénigrer est proportionnel à la vacuité, n'ont pas pu faire autrement qu'applaudir. Et que dire des vins ? Chacun est expertement conseillé et servi dans un verre qui lui convient, le blanc rare d'Alsace dans des baccarats roses, le nuits-saint-georges dans des hanaps de cristal, pour les champagnes, des coupes et certainement pas des flûtes. Jacqueline explique à qui n'aurait pas remarqué le raffinement, c'est-à-dire tout le monde, que les flûtes c'est bon pour le Rotary Club de Cavaillon.

— Le champagne, ça doit déborder, ça doit se renverser, la flûte c'est la volonté du contraire, c'est petit-bourgeois, pas de gaspillage, alors que la coupe, hop, on en perd la moitié en allant saluer la baronne, et on asperge la Légion d'honneur de M. Martin ! dit Jacqueline.

Et pour démonstration, elle va embrasser la baronne de La Roche qui a fait signe à ses neveux d'aller jouer plus loin, quant à Martin, il est vrai qu'il vient de recevoir une Légion d'honneur qui toutefois ne lui pas été remise à l'Élysée, mais comme il en est très fier, il apprécie et répète la plaisanterie de Jacqueline et montre son point rouge tout gondolé des éclaboussures de la pétulante.

— Chérie, dit la baronne, tu as bien fait de t'habiller en rose, je suis en vert nous sommes complémentaires !

— Ah ! Ah ! Chérie, dit Jacqueline, hilare, chez toi la partie tête l'emporte sur la particule !

Enfin, les cerisiers ont épaté la galerie. Avec les desserts, ils étaient dans l'entrée et, poussés sur leurs diables, les voilà dans le salon d'apparat. Derrière eux, un régiment d'extras apporte d'autres douceurs, dont "la cerise sur le gâteau", amusante confiserie au chocolat créée par Pierre Hermé, un gâteau cubique surmonté d'une cerise surdimensionnée.

— C'est *la cerise sur le gâteau*, dit Milo à Ferrand qui manque de s'étrangler devant tant de drôlerie au lendemain de son humiliation.

Milo n'a pas hésité, toujours sur les conseils de Jacqueline, à inviter la nouvelle ministre *et* l'ancien, les appartements sont assez grands pour qu'ils se tiennent à distance mais, cruauté gratuite ou sens politique aigu, Jacqueline a traîné Ferrand jusqu'au salon du printemps où la ministre est retranchée. Elle connaît finalement peu de monde et se souvient de ne pas avoir été très courtisée, il y a quelques mois, à l'anniversaire de Milo.

— Ne sois pas bête viens la saluer, tu auras l'air d'un prince, dit Jacqueline, et Ferrand se laisse guider.

La nouvelle ministre de la Culture, un peu gauche et très gênée de la présence de son prédécesseur, se tient cachée derrière ses conseillers. Elle salue Ferrand avec une sympathie excessive et ose même une plaisanterie qui ne fait pas rire l'intéressé.

— Vous voilà sauvé des soucis de la rue de Valois, vous devez profiter de la vie !

Ferrand, qui n'a aucune idée de ce que profiter de la vie peut bien vouloir dire quand on a perdu le pouvoir, dit qu'il a bien profité aussi quand il régnait. La malheureuse ministre ne sait pas quoi répondre, ni comment cacher qu'elle est au courant de toutes les turpitudes de l'ancien ministre et n'a pas fini de frotter les taches de sperme sur les tapis persans.

— Bien sûr. C'est la vie, dit bien maladroitement la jeune ministre.

— Enfin, quand vous aurez appris à éviter les crachats, vous serez une femme comblée, dit Ferrand avant de tourner les talons.

Il sait que, la veille, elle a essuyé sa première tempête. Le vent ne tourne pas dans son sens. Elle a été huée à la Philharmonie, sa toute première sortie officielle, pour des raisons inconnues mais très probablement imputables à la rage de Ferrand. Aurait-il osé organiser la cabale ? Sitôt qu'elle est apparue pour présenter le concert exceptionnel en hommage à Dutilleux, quelques voix éparses ont fait entendre des *hou !*, vite suivis par d'autres *hou !*, toujours adorablement au diapason de la cruauté. Elle sait que cette soirée sera plus paisible mais craint une deuxième attaque des amis de Ferrand. Elle ne se doute pas que c'est le vieillard Laiguillé, jeté avec l'eau du bain, qui a acheté ces lazzis. Elle se tient sur ses gardes et, voyant arriver le jeune homme en débardeur jaune, elle a un mouvement de recul.

— Madame la ministre, dit Aurélien, avant que le maître ne nous ennuie d'un de ses longs discours musicologiques, voulez-vous nous faire l'honneur de bien vouloir prendre la première cerise à même l'arbre ? Après vous, tout Paris osera. Il y a, pour les noyaux, d'exquis petits verres en forme de moineaux que la maison Daum a moulés pour l'occasion, prenez celui-ci.

Très amusée de cette invraisemblable cérémonie, la ministre se détend, déjà elle ne sent plus l'élastique de son soutien-gorge lacérer le gras de sa fonction et, rayonnante, elle tend un bras ostentatoire vers une cerise flavescente et, non moins ostensiblement, l'avale avant d'en rejeter avec un sourire malicieux le noyau dans le verre de Daum qui émet un petit *si* bémol.

Ah bon, on a le droit, semble dire l'assemblée, émerveillée par la transgression de la ministre.

— Il me semble qu'elles sont là pour ça, dit candidement la nouvelle princesse de la rue de Valois, infiniment reconnaissante à Aurélien de lui avoir offert cette tribune et l'occasion de montrer que, sous l'énarque un peu serrée et encartée, se cache une femme libre et pleine d'esprit.

Sourires complices de la culture à la jeunesse artistique. Un peu plus loin, Jacqueline, debout sur un fauteuil pour photographier la scène, émet des petits cris de jouissance.

Alors c'est la curée. Tous les courtisans se jettent sur les cerisiers, le cabinet de la ministre en tête, suivi de toute la théorie des solliciteurs, les futures nominations ne tiennent plus à des projets et des compétences mais à la rapidité du geste pour attraper une cerise et la jeter dans la bouche hilare du directeur de cabinet de Mme la ministre.

Aurélien a attiré Milo dans la chapelle et fermé les rideaux derrière eux, il le branle discrètement à travers la flanelle de son nouveau costume sur mesure.

— Tu vois mon gros, tu es le roi de Paris et moi, ta cerise sur ton gros gâteau.

Excité, Milo lui pince les tétons et lui crache dans la bouche.

— Tu m'as organisé une orgie encore plus belle, ce soir ? demande le chef.

— Tu sais que Kamel veut quitter Paris ? Vous avez de la chance non ? De ne pas avoir fait les gros titres des charogneries de la presse… Et tout ça, grâce à moi.

Milo s'agenouille devant lui et baise son entrejambe.

— Oui, embrasse-moi, je le mérite. Tu ne comprends pas que j'ai fait tout ça par amour, dit Aurélien.

— Par amour pour ce gros bonhomme vieillissant ? demande Milo, incrédule.

— Par amour pour celui qui m'a ouvert la porte du plus répugnant des royaumes, dit Aurélien qui se tourne et lui présente son cul virevoltant.

— Ce n'est pas parce que je suis devenu roi de Paris que je suis actif, dit le maestro tout réjoui.

— Non c'est plutôt une fessée que je voulais, dit le jeune homme aux couleurs du soleil.

— Je veux bien te fesser mon amour, la beauté doit être punie encore et toujours, dit Milo. Tu te souviens quand je t'ai demandé, ici même, de me servir. Je voulais mourir et je te demandais de me donner tout ce que l'on peut désirer et de m'aider à mourir. Et puis j'ai trouvé injuste de te faire subir ma mort et j'ai essayé seul, et la poutre a rompu. Et aujourd'hui, j'ai tout ce que l'on peut désirer et je ne veux plus mourir. Je ne veux plus mourir, je veux vivre, pour toi, pour nous, pour la musique…

Aurélien le regarde avec une lueur d'ironie.

— Vous ne m'avez pas habitué à cela, maestro. Quoi, vous résurrectez ? Ne me dites pas que vous avez envie de Musique.

— Je suis assoiffé de Musique, dit Milo, assoiffé ! Comme si je n'avais jamais entendu de musique, comme si je pouvais écouter non seulement avec mes oreilles, mais aussi avec mes douleurs, mes souvenirs, mes espoirs, mes joies, comme si l'écoute était devenue pour moi une manière de remercier la Vie. Je suis devenu moi-même musique, c'est ce que dit Elektra à la fin de l'opéra de Strauss, *comment n'entendrais-je pas cette musique, elle vient de moi, de ma joie, de mon triomphe*, et Elektra meurt en dansant.

— Tiens, avale ça, dit Aurélien en montrant sur sa langue une petite pilule en forme de cœur d'un vert tendre. Ne t'inquiète pas, ça ne te fera pas dormir mais, tout à l'heure, quand viendront les garçons, tu auras la baguette en six huit…

Milo embrasse Aurélien et avale la pilule magique.

— Le divertissement des cerises est fini, il faut que tu fasses ton discours.

Et Aurélien l'entraîne vers l'estrade préparée pour la cérémonie. Derrière lui, une toile peinte représentant l'Opéra de Paris a été tendue et accrochée avec des nœuds de passementerie roses.

Sur l'estrade, le sublime Jon chante *Le Temps des cerises*. Au contraire de la fête de l'automne, il y a dans l'air une joie presque puérile, et c'est cette joie qui rend Ferrand si profondément triste. En entendant *Le Temps des cerises*, il se souvient de sa jeunesse et larmoie. Il n'est plus rien, seule Jacqueline se souvient de lui, et elle est si pleine de commisération que sa gentillesse devient une sorte de sentence.

La méchanceté est professionnelle chez Mireille Verdier quand elle s'approche de Ferrand, et il se jure intérieurement de ne rien dire de ses ridicules cerises posées en boucles d'oreilles.

— Ne faites pas cette tête, Ferrand, je ne viens pas portraiturer votre défaite, vous avez vu, j'ai même été assez discrète sur votre action, sur votre inaction, disons plutôt. La ministre vient de me nommer, va me nommer, ne tardera pas à me nommer conseillère théâtre. C'est très ennuyeux, mais il faut bien que je mette mes compétences au service de l'intérêt général. Ce que j'ai toujours fait d'ailleurs. Notamment en défendant les jeunes artistes, nous avons ça en commun, quoique, moi, je le faisais sans rien attendre en échange. C'est comme pour ce petit phénomène, Aurélien, j'ai contribué à en faire un génie, nous verrons s'il tient la route. Les charges sont tombées dans l'affaire du saccage du Pôle Emploi, vous savez, le Mai 68 des prostituées, il avait tout manigancé, il s'est fait cogner par les flics d'ailleurs, enfin, les charges sont tombées, il semblerait que ce soit des extrémistes de droite qui aient mis le feu. Si vous voulez mon avis, c'est de l'enfumage, ah ! c'est bien trouvé ça non ? Les flics les ont enfumés pour éviter la bagarre, mais qui saura jamais ? Enfin, il est mignon dans sa tenue négligée, il n'a pas eu le temps de se changer évidemment, on n'apprend pas aux vieux singes à faire la grimace, c'est rusé non ? Vous ne dites rien. Comment le trouvez-vous ?

— Je le trouve adorable, dit Ferrand, quoiqu'il me pince moins souvent les fesses depuis que je ne suis plus ministre…

Mireille pousse un petit rire gêné et gênant.

L'ancien ministre n'a pas encore remercié Aurélien et Jacqueline de l'avoir sauvé de l'assassinat médiatique, il n'a d'ailleurs pas beaucoup de monnaie d'échange. Celui qu'on a surnommé le bouchon socialiste, le sparadrap de la vie politique, l'autocollant de la mondanité, le fil à la patte des puissants trouverat-il un nouveau printemps ? La gentillesse de Jacqueline à son égard montre au Tout-Paris que c'est peu probable.

À la tribune, Milo est parfaitement ennuyeux. La prise de fonction n'ayant pas eu lieu, il doit éviter toute erreur, plusieurs messages sont envoyés à son futur personnel dont il célèbre déjà la compétence et l'engagement. Il espère qu'ils auront sous sa gouvernance la possibilité de réinventer un projet social pour que tout le monde se sente fier de la grande maison. Quelques appels du pied aux sponsors, quelques léchages de fesses aux politiques, et quelques annonces de grands artistes, à mots couverts, mais tout le monde sait bien que le nom de Touraine est celui qui est caché dans la périphrase "les plus grands artistes reconnus", et que celui d'Aurélien est dissimulé sous "ainsi que les forces de l'avenir". Là aussi, Jacqueline lui a rappelé que, moins il en dit, plus il a de chances de ne pas décevoir. La tarification, la situation de l'orchestre, la candidature pour la direction de la Danse, la non-reconduction du directeur technique, tout cela, il évite soigneusement d'en parler. Enfin, dans cet exercice, il doit montrer qu'il est de gauche : "ouvrir le théâtre à tous, métisser les publics, travailler avec les associations, resserrer les liens avec l'Éducation nationale"... à un parterre qui s'en soucie comme d'une omelette froide mais lui reprocherait de ne pas mentionner l'Action sociale. Et par ailleurs, il doit convaincre le puissant cercle des mécènes que s'il s'intéresse au renouveau de la mise en scène, il n'oubliera pas de faire venir les plus grandes voix et de convier les virtuosités pyrotechniques de l'art lyrique, Karlsberg est là pour en témoigner.

— Et sur le répertoire ? lui demande la ministre, un peu versée dans l'art lyrique.

— Je crois qu'il est temps de lever l'interdiction sur le grand répertoire français, dit Milo.

Elle est aux anges.

— *Gustave III* d'Auber c'est aussi beau que Verdi, et *La Juive* d'Halévy vaut bien *Le Vaisseau fantôme*. Ce répertoire a été oublié, condamné souvent avec un relent d'antisémitisme écœurant. Meyerbeer est un grand compositeur même si ça défrise Wagner. Je crois que nous pourrons ouvrir avec *Le Prophète*, qui n'a pas été joué depuis soixante-dix ans à l'Opéra de Paris.

Jacqueline reste dubitative sur ces excentricités musico-logiques. Elle regarde Milo qui se sent obligé d'ajouter qu'il aime toujours *Carmen* et *La Traviata*.

Le carton précisant qu'il s'agit d'un cocktail, la foule s'éclaircit peu à peu, seuls ceux qui n'ont pas de spectacle à aller voir restent pour lécher le fond des plats. Jacqueline est accaparée par l'insupportable Louise Ducreux qui essaye de la convaincre de monter à l'Opéra de Paris les opérettes d'Hervé et, assez fière de son pouvoir sur le futur directeur, Jacqueline convient, pour le plaisir de se donner de l'im-portance, que *Mam'zelle Nitouche* est une œuvre amusante.

Aurélien a retrouvé Iris. Prostrée dans un fauteuil, elle mâchonne un noyau de cerise en caressant un verre vide, elle est en noir.

— Pourquoi êtes-vous toujours en noir ? demande Auré-lien, parodiant la première réplique de *La Mouette*, pièce qu'il exècre.

— Je porte le deuil de ma vie, dit Iris, Serena est partie faire la révolution au Moyen-Orient. En allant voir Gilda à l'hôpital, elle a croisé une militante de la cause palesti-nienne et a décidé de la suivre pour filmer la violence dans les territoires occupés. Elle m'a laissé une petite lettre ce matin : *Nous étions trop belles, j'ai suivi une vieille moche qui ne pourra pas t'effacer dans mon cœur.*

— C'est assez amusant, dit Aurélien. Et toi, tu pars répé-ter à Avignon avec Ulysse…

— C'est un remplacement en catastrophe, ils cherchent une Arkadina pas trop vieille, je crois que c'est un spectacle épouvantablement formel et vide, mais j'ai besoin de quitter Paris pour un mois ou deux. Ou pour la vie.

Ils se taisent devant la triste éloquence de l'éloignement des destins.

— Tu me dégoûtes, dit Iris en serrant les dents. Je suis venue te dire que tu me dégoûtes. Je t'ai suivi parce qu'il y avait en toi une sorte de fureur, tu étais une fête, et puis qu'est-ce qui s'est passé ? Comment comprendre ? Tu as récupéré tout et tout le monde, et tu te fous éperdument de l'impossibilité de faire la révolution ou de la transcendance de l'art. Tu ne t'intéresses qu'à ta petite gloire.

— C'est vrai, dit Aurélien qui refuse toute polémique.

Mais devant ce refus de se défendre, Iris n'a pas d'autre solution que de le gifler.

— C'est la mort ! dit Iris. La jeunesse est morte et on a amputé Lucas. À cause de toi ! Et elle est partie à cause de toi ! Tu as détruit tout ce qui était beau et pur dans ma vie, je veux être le plus loin de toi possible, ce n'est pas Paris que je fuis c'est toi ! Toi, Paris, la même merde.

— Très bien, dit Aurélien. Donc, tu ne veux pas participer à notre partie fine avec le maestro ce soir ?

Elle ne rit pas, elle cherche le moyen de lui faire le plus mal possible.

— Tu m'as déçue. Et maintenant qu'il n'y a plus d'espoir politique, qu'est-ce qui me retiendrait ? Tu m'as trahie et tu t'es trahi toi-même. Tu as vendu ton âme, tu ne le vois pas encore, les miroirs sont encore indulgents. Je pars et je ne reviendrai pas, je ne veux pas vivre dans ton château, j'ai aimé vivre dans la chambre de bonne de la rue du Temple avec toi, tes amis, tes amants, mais pas ici. Il n'y a plus rien ici.

Le soir est lent à descendre dans le ciel des beaux jours. Aurélien la regarde partir dans le bleu dense, il sait qu'il la retrouvera sur les sentiers de la gloire, ou bien sur les sentiers de l'indifférence, les deux se croisent infiniment dans la vie théâtrale.

Avant d'aller entreprendre Milo, il passe dans la chambre rouge où Lucas est couché. Il somnole, les fièvres se sont atténuées et la douleur s'est enfuie. Il pose une main sur son front et lui dit qu'il a du travail.

— Est-ce que tu connais la douleur fantôme ? demande Aurélien.

Lucas rit et ne répond pas, mais il comprend que la douleur dont parle Aurélien n'est pas celle que l'on prête à un membre amputé. Ils s'embrassent longtemps.

Quand il revient dans le salon de l'été, les gigolos sont déjà nus et en action. Milo, sur un Récamier d'or, a les yeux fermés et écoute l'ouverture de *Lohengrin*, il ne faut pas le déranger. Kamel est en train d'asticoter deux Asiatiques qui jouent les nouvelles recrues étonnées de la splendeur et du faste du château. En baisant ardemment le plus jeune, Kamel attire Aurélien à lui et le mord profondément.

— Notre révolution est finie, dit Kamel. C'est triste, en un sens, mais qui peut dire ce qui renaîtra ? Tu sais, j'ai compris quelque chose qui m'a profondément troublé. Gilda a cru qu'elle allait mourir et, à l'hôpital, elle m'a avoué qu'elle avait elle-même allumé le feu. Elle craignait que les filles sans-papiers soient interpellées. Elle se sentait coupable de nous avoir naïvement lancés dans cette aventure folle, elle ne croyait plus elle-même à sa propre révolution.

— On ne fait pas la révolution seul, dit Aurélien. On la fait poussés par des forces historiques qui unissent les destins et les aspirations. Ces forces décident de nous, elles font de nous une génération, elles sont le vent de l'histoire et il n'y a qu'à ouvrir grandes les voiles, mais le vent de l'histoire pour nous ne souffle plus, et nous pédalons comme des souris dans des roues. Alors il reste le théâtre, c'est là que les idées se reposent en attendant un autre combat, c'est là que les forces de l'histoire se reconstruisent, ou tout au moins, c'est là que l'espoir politique se réfugie pour ne pas mourir.

En l'écoutant Kamel gifle copieusement les fesses imberbes d'Ernesto qui a l'air d'en être reconnaissant. Milo a toujours les yeux fermés sur son trône incliné et personne n'ose briser sa méditation, on ne l'a jamais vu dormir aussi paisiblement.

Au cœur de la nuit, les garçons payés, Kamel fait des adieux sobres à son compagnon d'armes. Sa décision d'arrêter le métier est irrévocable et sa femme et ses enfants l'attendent déjà dans le restaurant de la Costa Brava où, faute de transgresser la société capitaliste, il regardera l'éternité retrouvée de la mer et du soleil mêlés.

Aurélien ferme les volets et les rideaux. Quand il a compris que Milo était mort, il a préféré continuer la soirée et attendre le départ de tous pour rester seul avec lui dans l'ombre et l'or du château.

LE CIMETIÈRE

Milo avait demandé un enterrement dans la plus stricte intimité. Au Père-Lachaise, l'urne de ses cendres est mise dans un petit reposoir où seul son nom et ses dates sont gravés. Une lointaine cousine de province n'est venue que pour découvrir que l'ensemble de sa fortune et de ses droits revient à un jeune homme roux qui pleure sous un arbre. Elle doute sévèrement de sa sincérité, et retournera à Saumur dire à son mari que le *pédé* ne leur a rien laissé, qu'il s'est fait vidanger par un minet.

Jacqueline est avec Aurélien et n'a pas eu l'indécence de s'habiller en noir. Elle porte un chemisier vert forêt recouvert de rangs de perles d'opale. Seuls tous les deux, ils marchent dans le Père-Lachaise, et soupirent devant la tombe d'Héloïse et Abélard.

— Je l'ai tué, dit Aurélien.

Et Jacqueline ne le contredit pas. Elle enlève ses colliers et les jette au hasard, les perles ricochent sur les pierres et les marbres, et Aurélien applaudit et l'embrasse. La colossale fortune du maestro est augmentée par les droits de ses enregistrements, pour cinquante ans, même les enfants d'Aurélien, aussi hypothétiques soient-ils, pourraient vivre de la somme océanique produite par les disques du maître. Jacqueline n'est pas excessivement triste et rappelle à Aurélien qu'ils doivent dîner chez Duverger.

Duverger a d'abord pensé venir assister à la "non-céré-monie" mais sa santé s'est effondrée le matin même. En vomissant du sang, il a laissé un message à Jacqueline pour lui dire qu'une promenade dans le Père-Lachaise n'était plus faisable pour lui. Le départ d'Alistair l'a laissé effondré et a accéléré le grand huit de la mort.

— Pourquoi a-t-il voulu une absence totale de cérémonie ? demande Jacqueline. Il a passé sa vie à organiser des fêtes démentes qui resteront dans Paris comme les feux d'artifice d'une époque révolue, comme les *Cena Trimalchionis* du XXIᵉ siècle, et pour la dernière, rien que le petit gigolo et la vieille, ni flonflons ni champagne. Ce protestantisme ne lui ressemble pas.

— Ces fêtes étaient pleines de la conscience de la mort, dit Aurélien. Il ne croyait en rien. Mais il voulait voir la mort en face, entrer en pleine conscience dans son royaume. Le bonheur l'a aveuglé, le bonheur l'a tué, il en a rêvé si longtemps, quand il est venu, quand enfin il a goûté l'intelligence de la cerise, le noyau lui est resté en travers. Moi, je pense que je vais vivre cent ans.

— Qu'est-ce que tu vas faire de tout ce pognon ? demande Jacqueline.

— Ma chérie, le pognon comme tu dis ne m'intéresse pas. Maintenant je vise le prix Nobel, dit Aurélien sans aucun humour.

— Pas le prix Nobel de la paix, j'espère ! Ça m'emmerderait de faire de la politique humanitaire pour les cinq ans qu'il me reste à vivre.

Et disant cela, Jacqueline relève ses jupes violettes et esquisse quelques pas de danse sur une tombe.

Aurélien regarde le ciel magnifique, il a l'impression d'être devenu aussi grand que les arbres ou de pouvoir, d'un soupir, se hisser dans les cimes. Il vole dans un ciel bien plus mystérieux que celui de sa jeunesse. Quand il voyait le ciel d'en bas, écrasé par ses désirs de vaincre, le bleu en était moins passionnant qu'aujourd'hui. Aujourd'hui, le ciel, bleuité adorable, approfondit tous les possibles.

Ils marchent tous les deux silencieusement et respirent l'air doux à longs traits, les chants d'oiseaux les accompagnent.

— Messiaen – que j'ai bien connu, dit Jacqueline, j'allais l'écouter jouer de l'orgue à l'église de la Trinité – était fasciné par le chant des oiseaux comme tu le sais, mais surtout par le fait qu'ils ne chantent pas dans la même tonalité. Ils s'accordent suffisamment pour discorder. Messiaen m'a appris ça, et j'y pense presque à chaque fois, il y a un accord supérieur qui unit toutes les discordances. Pardonne-moi mon chéri, je suis toujours un poil sentencieuse aux enterrements. Quoique le mot d'enterrement ne convienne pas, c'était plutôt... un encaissement.

Ils rient copieusement. Aurélien sent en lui une métamorphose bruyante, il pressent que son corps et son âme sont sur la charnière de son destin, il respire la fin de sa jeunesse, ou la fin d'une jeunesse, et il se demande s'il en souffrira ou si au contraire, avec ce passage, il connaîtra une plénitude insoupçonnée. Cette tristesse si voluptueuse, si rapide, a l'intelligence des secrets du monde. C'est cela qu'il appelle le ciel.

— Comment va Lucas ? demande Jacqueline tout à trac.
— Il a une prothèse provisoire, dit un Aurélien badin. Elle est assez jolie, rouge vermillon avec des articulations chromées. Il marche une petite heure tous les jours dans le château, il va du printemps à l'automne en sifflotant. Il

marche avec l'humour d'un canard boiteux et quand je le regarde, quand je l'espionne plus exactement, quand je l'espionne et qu'il me surprend, il sourit. Nous parlons peu, mais je ne le trouve pas triste. Je suis même étonné de sa quiétude. Je crois que la souffrance physique était devenue pour lui une manière de vivre. Il a été troublé par sa disparition, quoi de plus intime que la souffrance ? Troublé d'abord, et puis il a dû s'y faire, et il est devenu moins prolixe. Mais je le trouve immensément beau dans son silence. Nous avons à nouveau fait l'amour, et il avait l'air d'avoir du plaisir. Son corps mutilé ne me gêne pas, au contraire, je l'aime absolument et j'aime absolument ses blessures, ses angoisses, ses divagations. Tout est de ma faute, la jambe coupée, la mort de Milo, tout est à cause de moi. J'installe un théâtre dans le monde, et je pousse ceux que j'aime dedans et quand ils veulent jouer la mort, je les laisse faire, j'applaudis, et ils tombent. Je suis peut-être un salaud.

— Tiens-moi mon sac, dit Jacqueline, j'ai terriblement envie de faire pipi.

Et elle va s'accroupir entre deux tombes, sous une statue de jeune fille voilée. Aurélien voit ses genoux maigres qui brillent entre les marbres noirs. Elle soupire d'aise.

— Continue à me parler de ta conscience morale, ça m'intéresse ! dit Jacqueline, toujours accroupie.

— Est-ce que je suis une pourriture, Jacqueline ? Une petite pute qui n'a voulu que son propre règne et qui a utilisé les autres, avec une impitoyable indifférence ? Est-ce que Paris m'a gangréné ? J'aurais dû, comme Lucas, me faire couper une jambe avant que mon âme pourrisse ? Mon âme, c'est peut-être lui ? Je reste jeune et joyeux en apparence et, lui, il porte tout le poids de ma souffrance non dite. Est-ce que j'ai aimé Milo ou est-ce que je l'ai seulement exploité ? Est-ce que je suis un artiste ou un charlatan ? Est-ce que j'ai frayé avec la révolution des putes par narcissisme, ou par désir impérieux de changer le monde ? Est-ce que je m'attribue toujours les succès des autres en les envoûtant, et en les dépossédant de leur désir de vivre ? Est-ce que j'ai été une seconde un véritable ami pour les filles, pour toi ? J'ai attisé les bûchers, j'ai tiré des coups de revolver au hasard, j'ai versé du poison dans le champagne, mais pourquoi ? Parce que la vie est un combat et Paris une guerre permanente ? Mais qui me forçait à vivre cette vie ? Qui me forçait à être plus parisien que les Parisiens ? Je regarde Lucas avec sa jambe coupée et je vois un ciel radieux. Quant à moi, j'ai de plus en plus de mal à fuir le dégoût que j'ai de moi-même.

— Ah que c'est bon de pisser ! répond Jacqueline.

— Paris me dégoûte.

— C'est toujours mieux que le pari de Pascal…

De retour au château, ils retrouvent Lucas perdu dans un fauteuil violet et dans une méditation souriante. Il montre à Jacqueline sa prothèse avec la joie d'un enfant exhibant un jouet neuf.

— C'est bien qu'elle soit rouge, non ? dit Lucas, hilare. Vous avez apporté des vivres ? Je meurs de faim enfermé dans ce château, prisonnier d'un sort, avec pour compagnon un jeune lion qui ne pense qu'à se faire gratter le dos.

— Nous allons pique-niquer, dit Jacqueline avec un petit air égrillard. Voilà, on a encaissé le maestro et on peut pique-niquer sur le tapis.

Avec difficulté mais non sans élégance, Lucas boite jusqu'à la chambre et rapporte des coussins qu'il jette dramatiquement au sol. Jacqueline, affairée à la cuisine, fait réchauffer des pâtes au safran et arrange sur un plat de porcelaine des roulades de saumon au céleri. Aurélien installe Lucas confortablement et ouvre une bouteille de champagne millésimé. Le bouchon ricoche dans les lustres et rebondit sur le parquet.

— Il s'est fait encaisser dans le plus grand silence, dit Aurélien avec respect avant de cracher une fontaine de champagne au visage de Lucas et de le lécher. Leur badinage est interrompu par Jacqueline, nu-pieds, apportant les victuailles.

— Et maintenant si vous le voulez messieurs, faisons un peu de philosophie, dit Jacqueline.

— Ce qui veut dire ? demande Lucas.

— Ce qui veut dire, servez-moi une coupe de champagne, dit Jacqueline en se calant contre le mur.

Aurélien va chercher le reste du festin et laisse Jacqueline et Lucas parler de la souffrance physique en sirotant le grand cru.

— Mais je ne souffre pas, dit Lucas. Quand la prothèse me pressurise un peu le moignon, je ne souffre pas vraiment, c'est un inconfort intéressant, c'est réapprendre à marcher, c'est réapprendre à parler…

— C'est réapprendre à vivre ! dit Jacqueline, émerveillée par la beauté de Lucas.

Les trois rient franchement quand Lucas, retirant sa prothèse, se sert du pied pour couper une part de bavarois aux fruits de la passion, tandis qu'Aurélien lui caresse le moignon avec tendresse.

— Quand je pense que nous nous sommes rencontrés, Aurélien et moi, sous une peinture représentant le combat avec l'ange. Jacob combat l'ange et en reste claudicant au matin, dit Lucas rêveur.

— Et voilà, le combat a eu lieu, et le jeune homme va parmi les inquiétudes avec sa prothèse rouge, dit Aurélien. Au fond, soit on danse, soit on boite, mais marcher c'est terriblement ennuyeux.

— Reste que l'on peut voler, dit Jacqueline en sirotant son champagne bruyamment.

— Voler, j'ai essayé, dit Lucas. Je crois finalement que boiter est plus noble.

— Je n'ai aucun goût sexuel pour les oiseaux, dit Aurélien, mais pour les boiteux j'ai une fixation obsessionnelle.

Jacqueline lève son verre et célèbre la mémoire de Milo, mort d'avoir trop vécu.

— Il était dévoré par son manque, je n'ai jamais vu un être aussi dépendant de sa jouissance. Voilà pourquoi il avait choisi la musique, parce que c'est la plus grande jouissance. Un homme sans père, en quelque sorte, d'autres à sa place n'auraient pas survécu à un tel besoin. Mais lui a réussi à construire une cathédrale, il a parcouru le monde pour enregistrer des kilomètres de partitions et avec l'argent de l'art, il a acheté de l'art et ce palais est son mausolée. Je crois qu'il n'a pas voulu de cérémonie parce que c'est ici son véritable caveau, il sait que tu vas faire vivre cette maison, qu'à ton tour tu y inviteras le Tout-Paris aux dents longues, et que la foule des solliciteurs disparue, comme il en avait le secret, tu organiseras des orgies mémorables. Ah ! il ne nous aura pas rien appris, le vieux cochon ! Je sens son esprit voleter autour de nous, je sens sa douleur toujours présente au monde, et Dieu sait qu'il souffrait ! Quand je dis Dieu je parle de Wagner, pas de Jésus, c'est clair. Illusionniste sans illusions, chauve échevelé, pervers innocent, il a trouvé dans les jouissances noires une naïveté d'enfant. Un artiste, c'est rien d'autre qu'un homme qui érotise la mort. Je l'ai connu si jeune, tout mince, tout timide et j'en ai fait un totem. Moi, j'ai fait cela. Il a été mon fils, et pourtant je ne peux pas pleurer. Pourquoi ? Si je commençais à pleurer j'en mourrais, mes petits chéris. Et je préfère honorer sa mémoire en regardant Aurélien triompher.

— Mais qui va être nommé à l'Opéra de Paris maintenant ? demande Aurélien.

— Ça, mon chéri, dit Jacqueline, nous le saurons ce
soir chez Duverger.

Et sur ces mots elle trottine vers la porte et laisse les deux
garçons pleins d'une mélancolie amusée.

Que se passe-t-il dans le cœur de Lucas ? Quelle métamorphose est à l'œuvre dans celui d'Aurélien ? Tous les deux
ont fait un pari sur la vie, l'un a parié qu'en perdant tout
il sauverait la lumière, l'autre a pensé qu'en gagnant tout
il atteindrait le sommet de la montagne et agacerait le ciel.
L'un contre l'autre, débraillés et malodorants, ils rêvent en
regardant le plafond à caissons. Les beaux jours entrent par
les fenêtres ouvertes, il y a un parfum de jacinthe dans les
rues et des groupes de jeunes gens éméchés chantent des
chansons stupides. Les deux, au cœur du château, ont la
beauté des œuvres volées. Ils ont dérobé leur destin à un
temps qui ne voulait ni transcendance ni aventure spirituelle, ni héroïsme, ni amour démesuré, et ils sont proches
de croire qu'ils ont réussi quelque chose. Tous les deux
pensent qu'ils méritent le palais dans lequel ils n'auraient
finalement plus rien d'autre à faire que vivre. Vivre une vie
sans violence et sans manque, vivre la pleine vie de la pleine
parole. Ils sont à deux doigts de cela, et leur immobilité en
témoigne tandis que les rideaux soulevés par des brises esti-
vales dansent et lancent des copeaux de lumière blonde sur
les trésors silencieux. Ce silence, ce repos, ce calme, le soir
de l'enterrement de Milo, est leur chance, et s'ils savent s'en
saisir, ils peuvent devenir des hommes accomplis.

C'est peut-être Lucas qui comprend cela mieux qu'Aurélien, dont la béatitude est chatouillée par le souvenir de
l'étrange crise morale du cimetière. Mais quand il se penche
pour respirer les cheveux de Lucas, il n'est plus coupable

de rien. Est-ce ainsi que l'amour vient ? Rendant toutes les choses plus silencieuses ? Le silence est toujours l'indice de l'amour, mais ce silence permet de percevoir l'harmonie fondamentale qui préside à toutes les disharmonies. Aurélien pense à cette histoire d'oiseaux que Jacqueline, fort à propos, a jetée sur sa mélancolie. Il approche de cette révélation : le chaos du monde est un ordre. Il s'en approche et pourtant il résiste il ne faudrait pas mettre trop de mots sur la douceur de l'instant.

— Tu penses que je suis un salaud ? demande Aurélien.
Et Lucas a du mal à répondre. Bien sûr, il sait qu'Aurélien est capable de tout, et que jamais les obligations morales ne viendront contrarier la marche d'Alexandre vers la conquête du soleil levant. Pourtant il doit répondre.
— Je crois qu'il y a la loi morale dans le ciel, et les étoiles au plus profond de nous, dit Lucas qui parodie la formule de Kant qui voit les étoiles au firmament et la loi morale en soi.
— Alors, je suis un salaud, dit Aurélien. Les étoiles au fond de moi, c'est certain, la loi morale, au ciel, inaccessible, ça me va aussi. Les étoiles sont plus accessibles que la loi morale.
— Il ne faut plus regarder que les étoiles, dit Lucas citant le frère Dominique.
— Le salaud a droit aux étoiles autant que le juste.
— Ce n'est pas important, tu es un salaud, je suis un salaud, tout le monde s'en fout. Nous avons essayé quelque chose. Tout le monde se fout de ça aussi. Mais il doit y avoir dans les univers parallèles une conscience qui nous pardonne, parce que nous avons essayé quelque chose.

Le soir vient et ils ont à peine bougé, parfois ils regardent la prothèse dont le pied est luisant de sucre, et cela les fait rire. Depuis que Lucas est sorti de l'hôpital, et les jours où il a dû rester immobile dans la chambre rouge du château, il a un sourire que l'on peut difficilement qualifier autrement que de surnaturel. Sur le fronton de la cathédrale de Reims, un ange sculpté par un inconnu sourit de la manière la plus énigmatique. Le sculpteur a atteint ce qu'aucun théologien jamais n'atteindra, le visage de la douceur la plus ineffable, l'existence d'un pardon qui n'est pas théorique, d'une joie si lumineuse et douce qu'elle défie toutes les joies du monde. Qu'est-ce que le sourire du Bouddha à côté de celui de cet ange ? Lucas n'est pas détaché du monde, il y est attaché plus étroitement, le monde, il est cloué dessus et c'est cela même qui le fait sourire.

— Ton sourire est surnaturel, dit Aurélien qui l'embrasse.

Mais pour Lucas, il n'y a plus rien que la vie, il a découvert au fond de sa souffrance une chose d'une telle simplicité qu'elle déjoue les livres. Il faudrait pour l'atteindre une littérature incarnée, ce que certains appellent un théâtre, il a découvert qu'il voulait vivre. Il a découvert qu'il pouvait vivre sans justification aucune, et ce n'est pas paresse non plus. Le fantôme effroyable de son père ne le visite plus, aucun spectre jamais n'exige de lui une éthique impossible, une révolution insensée, un héroïsme sans objet ou une prière qui réinvente les cieux. Il regarde sa jambe coupée et sourit. Parfois il touche son moignon et le caresse avec une douceur de mère pour son enfant.

— Voilà j'ai donné ça au mysticisme, dit Lucas. J'ai laissé une jambe dans ce combat. Je vais te dire quelque chose : c'est assez. Je me suis réveillé avec ce morceau coupé, cette part de moi arrachée, et j'ai rêvé que cette part cisaillée, détachée et brûlée contenait toute ma souffrance, et toute ma dette. Depuis que j'ai une jambe coupée, je me sens le droit de vivre. Qui me comprendrait à part toi ? Tu m'as toujours compris sans rien comprendre. Mais tu sais que je dis toujours la vérité. Ma folie, ma douleur, ma culpabilité étaient toutes dans ma jambe gauche, on m'a amputé de ma souffrance. Voilà ce que signifie le combat avec l'ange. Et maintenant je veux vivre, très humblement, je veux célébrer la vie en moi, très très humblement. Je ne danserai jamais comme toi, je ne volerai pas non plus, je boite dans le monde et, incomplet, inachevé, je me donne à la vie. Qu'est-ce que j'appelle la vie ? Je ne sais pas moi-même. Disons que c'est un peu de soleil sur un mur, un peu de soleil sur un mur qu'on se sent la force de regarder pendant une après-midi entière et qui suffit à tout.

Aurélien qui l'écoute a les larmes aux yeux, le bonheur de Lucas lui transperce le cœur. Mais il sent aussi que quelque chose d'insupportable l'empêche de le rejoindre dans cette grâce, et il ne sait pas ce que c'est. Il cherche, il fouille, et il ne trouve pas. Cette idée qu'il est un salaud continue de faire son travail de ver dans le bois de sa charpente. Mais peu importe, Lucas est près de lui, sa tête repose sur sa cuisse, il caresse ses cheveux, il peut respirer son odeur mêlée à celle de l'été, et son sourire est plus beau que la plus grande beauté. C'est le sourire de la miséricorde, inqualifiable et qu'on ne peut pas confondre avec la grimace ricanante du faune désirant. Jamais il ne sourira comme lui. Il jette sur son front des poussières d'étoiles et alors il entend sortir de sa propre bouche les mots les plus inimaginables qui soient.

— Tu m'as vaincu mon amour.

LE COMBAT DE PRESTIGE

Tout est sombre dans l'invraisemblable hôtel particulier de Duverger. La rue de Bellechasse n'étant elle-même pas très bruyante, seules des voitures de ministres la traversent veloureusement. S'ajoute à l'ombre le silence luxueux du plus cher arrondissement de Paris. L'entrée est au premier étage et un majordome ganté de blanc a disposé des lumignons bleus dans l'escalier magistral qui y conduit. Il accueille Jacqueline et Aurélien d'un signe de tête ennuyé. En gravissant les marches, une ténèbre bleue les dévore, et Aurélien ne peut pas s'empêcher d'imaginer le majordome comme un Charon ouvrant les derniers cercles du royaume des morts. La porte est capitonnée comme un cercueil et derrière eux, une fois franchi ce seuil, le majordome tire encore une draperie de velours. Au-delà des statues voilées, un salon les attend, que l'on devine n'être que l'antichambre de l'antichambre du labyrinthe au bout duquel un Duverger couleur cyanure ricane et juge.

Jacqueline et Aurélien sont assis dans ce salon tendu de tissus Canovas vert foncé et de gravures baroques à peine éclairées. Ils tiennent à la main une coupe de champagne et par-delà les portes capitonnées, on entend vaguement Mozart. Jacqueline reconnaît la *Messe en ut* et fredonne distraitement. Ils n'ont pas de goût pour la bavardise. Jacqueline avait promis à Aurélien un voyage dans le temps, un voyage au-delà de toutes les apparences, et l'immense hôtel particulier dont les plafonds sont perdus dans le noir surpasse en théâtralité tout ce que Milo a construit à l'hôtel des Ambassadeurs. La maison ne date que du XIXe, l'abondance de marbre de Carrare, de dentelle d'albâtre, de fer forgé soutenant des cariatides n'a pas l'élégance sobre du bâtiment Grand Siècle qui est désormais la propriété d'Aurélien. Ce château parisien de 1830, joyaux néogothique hystérisé, est l'œuvre de la prospérité d'un siècle amoureux de théâtre, de décors tarabiscotés pour drames hugoliens. En levant les yeux progressivement habitués à l'obscurité, Aurélien voit qu'il n'y a pas de plafond dans le salon d'attente, au-dessus de lui un ovale percé dans l'étage supérieur et bordé de balustrades de marbre permet la communication verticale. Il imagine les balzaciens en fracs, du haut de cet observatoire, qui regardaient entrer le Tout-Paris, dévorés d'avidité et d'ennui. Ce ciel ouvert au-dessus d'eux est un pastiche d'espérance, et au faîte de cette verticalité, un lustre surdimensionné diffuse une lueur à basse tension, parodie d'étoiles dans un ciel clos. Duverger n'a jamais cru en rien.

Le majordome, amidonné jusqu'au ridicule, revient leur dire que M. Duverger va les recevoir. Il a parlé du haut du balcon, d'une voix chaliapinesque. Ils se lèvent, prisonniers de cette liturgie délétère, et suivent le passeur. Le temps s'est considérablement ralenti et la *Messe en ut* qu'Aurélien imagine diffusée par un vieux vinyle a crachoté son apothéose. Maintenant ils sont dans les étages supérieurs, à moins que cette ascension ne soit une chute, et qu'ils ne s'approchent de la matrice de toutes les énigmes. Aurélien comprend alors que si Duverger a consenti à le faire entrer dans son antre, c'est qu'il le considère désormais comme son égal. Dans la hiérarchie parisienne, il y a peu de degrés, on est soit un impétrant, soit un prince. Pour les proscrits, les défroqués, les bannis, il n'y a pas de place. Quand on tombe, on tombe dans la mort, c'est-à-dire la province. Aurélien vit cette lente montée vers les appartements du prince comme une consécration. Les putes arrivent au pouvoir, les hommes de pouvoir chutent dans les bordels, c'est la dynamique du désir et de la gloire qui fait sonner sa mécanique. Celui qui a su se vendre saura acheter, celui qui sait acheter devine qui est à vendre, ils sont unis, le client, la pute, le prince, la mort, par un même rêve d'éternité que dans un grand éclat de rire ils appellent Paris.

Quand ils entrent dans le grand salon d'apparat, le visage de Duverger d'une pâleur surnaturelle émerge des ténèbres. Il a devant lui une lampe Gallé bleue qui représente des chardons, et il fait face à un homme que Jacqueline et Aurélien ne reconnaissent pas immédiatement.

Duverger se tourne lentement vers Jacqueline et un faible mouvement de sourcil semble témoigner de sa joie ou de son ironie. La force de Duverger a toujours été de laisser ses solliciteurs interpréter ses grimaces, mais il ne s'agit pas de solliciteurs. Jacqueline est la dernière braise d'une vie éteinte. L'autre homme, qui est de dos, ne se retourne pas, il semble hypnotisé par son hôte.

Aurélien ne reconnaît pas tout à fait Duverger. Le visage est devenu si osseux, si blanchi, si luisant qu'on dirait une statue sous la pluie. Et dans cette statue, seuls les yeux brillent, mais ils brillent d'une intensité qui fascine Aurélien. Ce qu'Aurélien se dit, c'est qu'ils sont la force de la jeunesse dans le visage d'un cadavre. Il voit que les yeux de Duverger sont enflammés d'un éternel désir de vaincre, et il pense qu'il entrera dans la mort avec ce regard toujours avide et toujours ironique.

L'ombre est d'une telle densité que Jacqueline peine à marcher et les tapis épais freinent son pas. Elle entre dans l'Hadès et piétine les âmes perdues. Aurélien non plus n'entend pas ses propres pas, mais il se dirige avec aplomb vers le spectre qui l'attend. À ce premier regard de Duverger, il a compris que ce n'est pas sa vieille compagne qu'il a invitée mais bien le petit prince roux dans lequel il veut planter ses griffes. Que lui veut ce spectre ? Vérifier que la vie est encore à l'œuvre au-delà de ses tentures ? Connaître celui qui lui succédera dans le combat ? L'adouber, ou le perdre ? Le jauger ou l'introniser ? Mais Aurélien croit profondément en son destin, et il s'est habillé d'une chemise blanche pour montrer au vieillard que désormais, il a ce que l'autre n'a plus. Peut-être que, de son côté, Duverger attend la mort avec désir, et qu'Aurélien est le poignard qui va lui scier les veines. Dès les premières secondes, il y a entre eux une connivence qui efface toutes les rivalités. Duverger l'a reconnu, Duverger l'accepte dans son royaume. Mais les yeux de tigre du vieillard lui disent aussi que pour avoir le droit d'être ici, au cœur du pouvoir, il sait qu'il faut tuer tous ceux que l'on aime. C'est ce que Duverger a vu dans Aurélien, ils sont tous les deux nyctalopes et ce qu'ils voient dans la nuit c'est une alliance sans dieu, une alliance avec les forces carnassières de la vie. Aurélien ne doute plus, Duverger doit lui remettre les clefs de l'énigme, Duverger devra lui donner le sésame du trésor. Quand le mystérieux mandarin l'a abordé, à l'anniversaire de Milo, il lui a donné une première partie du puzzle : la mode est plus forte que la foi, a dit l'effrayant oracle. Quand Aurélien serre la main osseuse de son hôte, il croit presque entendre les os craquer et il lui dit sans mot, Vous êtes le maître absolu, mais vous mourez, il est temps de livrer le secret.

Et le vieillard, serrant cette main aux ongles noirs, cette adorable peau blanche, touchant avec son pouce à l'ongle jaune un peu du duvet roux d'Aurélien, répond sans un mot, À toi et à toi seul, je dirai le secret.

Jacqueline voit que les rideaux sont tirés, épais velours dévorés bleu foncé armoriés à la vénitienne, liés de passementerie d'or. On ne peut distinguer dans l'ombre la collection de peinture flamande que Duverger a réunie avec la passion d'un monstre. Cet athée, cynique, fasciné par la mort, n'a eu de véritable amour que pour la peinture religieuse, les bergers agenouillés devant l'enfant roi, les Vierges irradiées sur fond de brocart bénissant les donateurs, les crucifixions élevées dans des cieux orageux, et les rois apportant à la lumière du monde leur myrrhe et leur benjoin. Voilà ce qui au cours des ans a ravi l'homme à l'humour terrible qui croit que seule la mort est une vérité. Dans sa chambre, bien plus sobre que le reste de la maison, il n'y a rien d'autre qu'un enfant Christ tenant le monde dans sa main droite. Duverger l'aime et le hait, il s'est toujours refusé à cet enfant, mais les boucles blondes dans le ciel cobalt, le serpent d'argent fuyant sous son pied, le mantelet rouge à demi envolé… tout cela, il ne peut s'empêcher de le contempler et de l'admirer.

D'une voix fragile et féminine il accueille les arrivants et présente le visiteur mystérieux.

— Mes chers amis, vous ne m'en voudrez pas, j'ai invité à dîner avec nous le nouveau patron de l'Opéra de Paris.

L'homme se retourne et Jacqueline ne peut retenir un petit cri en découvrant Ferrand, ridiculement endimanché dans un costume trop petit, qui lui est présenté comme le vainqueur du tournoi.

Le matin même, il a été prévenu que l'Élysée a donné son aval à sa nomination, laquelle sera rendue publique dans les prochains jours. Ferrand a su jouer les victimes en quittant le ministère de la Culture, ce qui a fait apparaître la nouvelle ministre comme une intrigante sans réelle légitimité. Il a veillé aussi, avant de partir, comme le lui avait conseillé Jacqueline, à emporter quelques clefs qui ont vite fait défaut à la jeune ministre. Les termes exacts des négociations sur le téléchargement des œuvres d'art, le véritable budget des travaux de la Comédie-Française et leur calendrier, les raisons d'un blocage mystérieux du Sénat contre une loi-cadre sur la Création. La jeune ministre, prise de panique, a cherché à regagner son estime, et des émissaires sont venus caresser son abdomen pour que le miel de ses secrets s'écoule. Bref, il a bien monnayé une nomination importante, et quand le grand maestro Venstein est mort, il s'est imposé comme le candidat providentiel pour un Opéra dont la nomination a trop tardé. Ferrand, qui mangeait des chocolats devant la télévision, la queue incommensurablement ramollie par son éviction, s'est vu offrir sur un plateau un recyclage en bonne et due forme. De rage et de bonheur, il s'est branlé énergiquement et a bu son propre sperme en souriant d'extase.

Avant de prendre sa décision, la ministre a appelé Duverger qui s'est formellement opposé à ce que Ferrand soit nommé, et a juré de reprendre les fonds de sa fondation pour le développement de l'art lyrique et de les transférer au Metropolitan de New York. Il a pimenté sa sanction de quelques jurons charnus, traitant Ferrand de gros tas de merde parfumé, de mollusque flétri, de vomi dans une capote anglaise. La ministre, peu habituée à cette rhétorique, n'a pas osé rire. Et Duverger l'a méprisée et l'a saluée chaleureusement, en lui donnant rendez-vous à son enterrement. Mais quand la ministre lui a dit qu'elle tenait absolument à ce que le budget de son futur musée soit voté avant la fin de la semaine, Duverger s'est radouci et a lâché qu'il recevrait

Ferrand le soir même et arbitrerait en écoutant son projet. La ministre, qui n'est pas si bête, a compris que le tour était joué et que l'ancien ministre de la Culture discuterait avec le cacochyme influent des urgences de l'Opéra. La nomination du meilleur chef d'orchestre pour remplacer Venstein a déjà été établie et, par là, Ferrand a montré qu'il ne contredirait jamais Duverger, et saurait baiser la main qui l'a béni.

Jacqueline accueille la nouvelle avec grâce en faisant sonner ses bijoux. Elle embrasse copieusement Ferrand en lui laissant du fond de teint plein le col.

— Chéri, c'est merveilleux ! Et puis ce n'est pas grave que tu n'y connaisses pas grand-chose, ta vieille Jacqueline sera là pour te conseiller.

Ferrand pense d'abord la moucher, puis avec un sourire tordu, il avale la vacherie et lui offre benoîtement le rôle de conseiller occulte qu'elle réclame.

— Tes conseils seront toujours les bienvenus ma chérie, dit le nouveau directeur, et c'est un hasard merveilleux qu'Aurélien soit présent ce soir, nous devons trouver un jeune metteur en scène pour un nouveau *Ring*, cela ne vous fait pas peur, Aurélien ?

— Rien ne me fait peur, dit Aurélien en clignant de l'œil droit.

Duverger sourit à cette phrase et branle du chef. Il n'y a pas de doute, cet enfant est bien un petit roi, seuls les bourgeois ont peur, c'est même le signe emblématique de la bourgeoisie que d'avoir peur. Le bourgeois qui a usurpé la noblesse avance toujours dans la peur d'être démasqué et de perdre ce qui ne lui appartient pas substantiellement. Aurélien n'a pas peur, son destin lui appartient, il a inventé une liberté nouvelle dans un temps où pourtant rien n'est possible.

— Si nous passions à table, dit Duverger. Je vous ai fait préparer un risotto aux truffes blanches, et des artichauts farcis aux fruits de mer. Et vous verrez, le dessert est ébouriffant. Je ne mangerai rien de tout ça, ni Jacqueline qui mange une fois par an, mais le gosse a besoin de se remplumer et Francis est notoirement goinfre. Moi, je mangerai ma trithérapie en vous regardant, et puis ma vaisselle est merveilleuse, elle a appartenu à Joséphine de Beauharnais. Depuis qu'Alistair a foutu le camp cette maison est devenue un tombeau. Qui aurait cru que ce petit con foute le camp au moment où il allait ramasser le pactole ? Ma colossale fortune ira à la recherche contre le cancer. J'ai toute ma vie lutté contre la mort, j'ai voulu croire à cette lutte, comment est-ce qu'on appelle ça ? Ah oui, le combat de prestige ! Le plus grand le plus fascinant de tous les combats perdus. Le combat de prestige !

Tout le repas se déroule en conversations superficielles et Jacqueline a le temps de dicter à Ferrand ce qui sera sa politique à l'Opéra de Paris ; les chanteurs qu'il faut inviter, le répertoire attendu… Elle préconise l'abandon de toutes les mesures sociales, l'augmentation du prix des places et la réduction drastique du personnel. Pour Jacqueline qui lance son plan de guerre dans l'artichaut tiède de Ferrand plus soumis que jamais, l'Opéra de Paris doit réduire le nombre de représentations, servir une élite et devenir, par là, la lumière des nations. Elle veut de l'excellence au détriment du sens politique, et de l'art à la place des démagogies sociales. Quand elle va un peu trop loin, Ferrand jette un regard inquiet à Duverger qui lui enjoint d'un sourcil l'ordre de se plier à toutes les exigences de la vieille dame enivrée d'art élitaire.

Le dessert est une meringue en forme de tête de mort, c'est une trouvaille macabre de Pierre Hermé pour Duverger, une exclusivité qui le fait rire aux éclats et l'on voit ses dents jaunes et irrégulières, sa langue grise et pointue, ses gencives sanglantes. Après avoir incité les convives à briser la nacre du crâne meringué, il se sent maintenant dans un état d'excitation philosophique extrême. Et pendant qu'Aurélien, de sa petite bouche rousse et duvetée, croque l'étrange pâtisserie, Duverger avale toute une série de pilules et se met en position de recevoir sur la fesse droite un dessert de piqûre administré par une infirmière au sexe indéfini.

Provocation ou inconscience, il ne demande pas aux autres convives s'ils sont gênés de le voir se faire piquer entre la poire et le fromage. Jacqueline s'en amuse immodérément et Ferrand, ébahi par la scène, n'ose pas regarder le vieillard grimaçant sous la seringue. Aurélien sourit, et applaudit la folle obscénité de sortir son cul et de le faire piquer tandis que les invités dégustent une tête de mort.

— Nous ne pouvons pas tuer la mort, et pourtant nous essayons, c'est même la plus belle chose qui soit, ce combat de prestige, dit Duverger en regardant la meringue perler dans les poils roux autour de la bouche d'Aurélien. Le gentil petit mari qui trompe sa femme avec une serveuse de pizzeria de cinq à sept dans un hôtel de Barbès, sait-il seulement que ce qu'il veut, ce n'est pas seulement tirer un coup, c'est l'immortalité ! Et le jeune courtier serré dans son costume gris, qui présente éclatant les signes de sa réussite et le triomphe de ses placements, cela ne lui vient pas à l'esprit, il croit aimer l'argent, il croit s'aimer lui-même, mais ce qu'il veut, c'est l'immortalité ! Jamais pensé à ça ? L'immortalité, seul désir. Une bande de jeunes gens qui fracassent des bouteilles sur une affiche de mode, ces affiches gigantesques, avec des femmes gigantesques, gigantesquement belles, femmes idéales aux lèvres théoriques, eux

aussi, les garçons aux couilles insatisfaites, ils croient désirer une vie meilleure, une vie de rêve sous les tropiques de
l'accomplissement sexuel, alors ils cassent, ils brûlent, parce
que ce dont ils rêvent, c'est l'immortalité. Le prêtre parle
d'éternité et l'écrivain de postérité, mais leur désir profond, le prêtre quand il parvient à prier, l'écrivain quand
il parvient à écrire, c'est l'immortalité. Unique désir, désir
unique. Et la petite fille photographiée par son père ? Et
l'obèse qui s'empiffre ? Et le séducteur qui s'achète une chemise rose ? Ils veulent l'immortalité. Il n'est pas vrai que
nous voulons oublier ou fuir la mort. Il est faux que nous
cherchons dans les amours et les gloires un divertissement.
Seul le grand combat de prestige anime nos actions. Nous
voulons détruire la mort.

— Mais on ne peut pas détruire la mort, la mort est invincible ! dit Jacqueline en croquant un morceau de meringue crânienne.

— Et alors ? dit Duverger. Cela n'empêche pas les par-
fumeurs de parfumer, les politiques d'intriguer, les chefs
d'orchestre de battre la mesure… la mort est invincible, cela
n'est pas si sûr. Si nous en étions sûrs, tout s'arrêterait, ou
plus exactement tout s'arrêtera quand nous aurons échoué.
Tout s'arrêtera quand j'aurai échoué !

— Échoué dans le combat de prestige ? demande Jacqueline.

— Oui, nous nous mesurons à la mort, nous voulons
la forcer à nous apparaître, nous voulons lui voir plier le
genou, nous voulons l'aimer d'un amour dévastateur. Le
désir des hommes n'est pas sexuel, ni spirituel, le désir des
hommes, diffracté de milliers de rayons inutiles et lubriques,
c'est de vaincre la mort.

Ferrand semble mis en appétit par ce discours et croque
toujours plus de meringue de ses dents coquines en évi-
tant la partie de sa mâchoire qui est pleine de plombages.

— Dans un milliard d'années, le soleil deviendra rouge et sera mille fois plus grand, et puis d'un coup, il ne faudra pas plus d'une seconde, il deviendra une boule noire de matière calcinée et ne sera plus qu'une étoile morte.

Et Duverger disant cela se met à rire comme s'il était complice des puissances cosmiques.

La parabole reste énigmatique aux trois qui l'écoutent. Mais Jacqueline soudain la saisit dans son sens le plus simple et le plus éloquent.

— Tu as raison, chéri, c'est la fin d'un monde.

— C'est fini, oui, dit Duverger avec un sourire, c'est fini. Ce qui distingue notre monde de celui d'Aurélien, c'est que nous n'étions pas seuls dans notre combat, nous étions portés par des forces extraordinaires, des forces idéologiques, politiques, économiques, poétiques… Nous étions portés par l'histoire.

— Et maintenant, c'est chacun pour soi, conclut Aurélien avec une dignité neutre.

— Chacun pour soi et le champagne pour tous, dit Jacqueline en se levant.

Duverger s'excuse de ne raccompagner personne, il entre dans une somnolence qu'il appelle son sauveur. Les invités se séparent et font le chemin qui les rendra au monde des vivants à travers les méandres de l'art et de l'obscurité. Le majordome les conduit jusqu'aux dernières portes, puis disparaît dans la nuit des antichambres.

De son côté, Duverger, dans sa chambre noire, regarde son corps décharné et nu dans une psyché au mercure abîmé. Seul dans son lit, sous un baldaquin cramoisi, il tient dans sa main la montre d'Alistair et comprend la folle élégance de son départ.

Sur le palier, Ferrand prend rendez-vous avec Aurélien pour parler plus sérieusement du *Ring*, et il lui dit que leur soirée l'inspirera sûrement pour monter le *Götterdämmerung*. Un chauffeur l'attend sur le trottoir de gauche de la rue de Bellechasse, et Aurélien reste auprès de Jacqueline le temps que son taxi arrive. Elle a l'air d'une jeune fille, avec un sourire de Joconde à peine esquissé, mais Aurélien voit qu'elle savoure son triomphe. Duverger et Ferrand, qu'elle a toujours eu comme partenaires ou comme ennemis selon les saisons, viennent d'abdiquer devant elle, elle les a vaincus. Elle n'a ni le pouvoir de l'un, ni la fortune de l'autre, mais ce soir elle les a vaincus, c'est sa philosophie à elle qui a triomphé, c'est son poulain qui est sur la ligne d'arrivée. Elle ira à l'opéra, rang protocolaire, dans des tailleurs aux couleurs acidulées, et on craindra son avis. Et Aurélien lui rendra la jeunesse et l'amour que la vie lui a enlevés. Elle a une façon de remonter son col qui dit tout cela, je suis la reine de Paris, je suis au cœur du cœur de la cité éternelle, j'ai avec moi les armes les plus extraordinaires pour le combat de prestige.

LES DEUX ÂNES

Pour retrouver son château et le prisonnier à la jambe coupée, Aurélien prend son temps et flâne dans la chaleur de l'été parisien. C'est un été tout jeune et il est encore miraculeux dans le cœur de ceux qui ont lutté toute la saison pour survivre. Il passe par le pont des Arts qui est envahi de jeunesses qui boivent et chantent avec leurs guitares désaccordées. Il traverse cette jolie foule, et pour la première fois il a l'impression qu'il n'appartient pas, qu'il n'appartient plus à cette génération. Il n'a plus d'alliance avec leur colère ou leur joie, et quand il se fait interpeller par un groupe de jeunes garçons, il sourit mais ne se retourne pas. Il traverse le Louvre et la cour carrée qui est encore éclairée, des centaines de petites lampes halogènes font croire que la lumière vient du bâtiment lui-même, comme si son histoire l'éclairait et le montrait vainqueur du temps, immatériel et glorieux. La rue de Rivoli est plus sombre, et peu de voitures la descendent. Ici et là, des couples se tenant par le cou rentrent dans leurs tanières. Arrivé au Châtelet il voit les lumières du Théâtre de la Ville qui indiquent la sortie du spectacle. Bientôt, une foule fera l'opinion avant d'aller au Zimmer manger des tartares de saumon.

Dans le jardin de la Tour-Saint-Jacques, il a une pensée émue pour Nerval qui, un soir, s'est pendu dans la rue de la Vieille-Lanterne, disparue dans les transformations d'Haussmann et qu'on situe à l'avant-scène du Théâtre de la Ville, autrefois Théâtre Sarah-Bernhardt. Il prend la rue Saint-Martin, où les bourgeois vont dévorer de la tête de veau chez Benoît, et il hésite à entrer dans les bars pédés du quartier. Un troupeau de vieillards en casquette de cuir se pincent le menton au Bears'den, ils boivent une bière bon marché en parlant d'opéra. Il les laisse à leurs désillusions ou à leurs illusions et, drapé dans sa jeunesse puissante, il tourne vers la carcasse de Beaubourg. L'immense usine à gaz brille encore de ses couleurs scandaleuses et l'affiche pharaonique de sa façade annonce une rétrospective Soulages, *Le maître du noir revient nous apprendre la lumière*, titre l'affiche. Dans la rue Sainte-Croix-de-la-Bretonnerie, un petit escadron de jeunes folles lui emboîte le pas et lui propose d'aller partouzer en sniffant de la blanche. Il les regarde avec une tendresse supérieure, et comme un prince dans son carrosse qui lancerait des petits morceaux de pain à la populace, il les autorise à l'embrasser. Les garçons l'embrassent et le caressent, il se laisse faire et finalement s'esquive.

— Maintenant, pardonnez-moi, je dois rentrer dans mon palais où le plus beau garçon du monde m'attend, dit Aurélien, très amusé qu'ils aient pris sa phrase de conte de fées pour un mensonge.

La porte de l'hôtel des Ambassadeurs s'ouvre lentement, il a pianoté le code, 1965 MV, date de naissance et initiales de celui qui lui a tout donné. Dans la cour tiédie par le solstice, il regarde la fenêtre allumée où il imagine Lucas lisant de la poésie, sa jambe d'aluminium et de composite rouge repliée sur un fauteuil Empire. Il reste là un long temps, à regarder cette fenêtre et à faire le silence en lui, et dans ce silence vient le cyclone de l'amour qui fait trembler tout son corps. Comme un vœu irrépressible, il donne sa vie à Lucas, il jure de ne plus vivre que pour le servir. Et il sent qu'il est investi d'une force cosmique, et qu'en un instant, quand il verra le garçon brun lever les yeux de son livre et l'accueillir dans leur palais, il sera lavé de toutes les injures de la vie.

Lucas est nu dans la chambre, son corps blanc et sa jambe coupée ont tout de l'homérique, il boit dans un verre de cristal rouge, et dans la lumière des bougies, il a l'air d'un être mythologique à la perfection presque inquiétante, d'un ange échoué et assoiffé d'humanité, d'un guerrier vainqueur et d'un guerrier vaincu, d'un dieu sans armure et sans ailes, d'un enfant cachant un vol, d'une jeune vierge arrogante et certaine de son pouvoir, d'un roi à son couronnement, d'un corsaire couvert d'écume découvrant les Caraïbes, d'un supplicié sous les flèches du mystère divin et de tout ce que la littérature et l'art ont pu inventer pour donner au sens et à la beauté la forme d'un jeune homme.

Lucas lève les yeux et lisse sa moustache comme il le faisait autrefois, au cœur de sa culpabilité, mais cette fois une lenteur insigne prouve qu'aucun démon ne le suit. Il l'air d'un être accompli et sa chair est reposée, dans la quiétude de son esprit, dans la béatitude de son monde intérieur, dans le silence recueilli de son désir. Qu'est-ce qu'il désire ? Il ne désire plus rien, il est désiré par les étoiles. Il ressemble à celui qui sait qu'on l'attend quelque part.

Aurélien l'embrasse et pose devant lui un livre de petit format. Le titre en est *Mutilations provisoires*. Lucas est amusé par le titre et l'accueille d'un *oh là là !* ironique. La couverture est bleu pâle et le nom de l'auteur, un certain Icham Onyx, est imprimé en lettres noires et vernissées.

— Icham Onyx, ça sent le pseudonyme, dit Lucas de plus en plus amusé, en soupesant le livre dans ses mains habiles. Qui est-ce ? Toi ?

— Toi ou moi, dit Aurélien. Je te laisse le choix. C'est ton livre que j'ai fait éditer. Le vieux Laiguillé est toujours éditeur et il n'a pas hésité une minute. Je lui ai dit que l'auteur voulait rester masqué, il a pensé que c'était moi. Mais demain, tu peux apparaître, avec ta patte coupée tu ferais un tabac, comme dit Jacqueline.

— Tu as choisi un titre ridicule mon amour, dit Lucas qui feuillette distraitement les cent pages du livre.

— Il n'y avait pas de titre, dit Aurélien. Alors, toi ou moi ? Lequel de nous deux ?

— Mais toi, toi, toi ! Moi, je ne veux plus entendre parler de ce livre. Je ne veux plus avoir le moindre dialogue avec la souffrance passée. Tu imagines dans quoi je serais plongé à nouveau ? Et puis ce livre raconte un échec, il raconte l'histoire d'un garçon qui veut quelque chose et qui ne le trouve pas et qui finalement se mutile.

Lucas regarde Aurélien avec un sourire très doux.

— Tu as choisi ce titre avant ou après le coup de scie ?

— Avant, bien avant, dit Aurélien. Tu vois qu'il n'est pas si mauvais, ce titre…

— Toute ma vie j'ai attendu quelque chose, dit Lucas et en parlant, il se rhabille, sur un pied comme un oiseau, il enfile une chemise bleue, un pantalon crème, il a aussi un foulard qu'il noue de manière canaille, un foulard multicolore imprimé de fleurs.

Aurélien est surpris par ce foulard, il ne sait pas que Lucas l'a trouvé dans les affaires de Milo, le reste des vêtements sont les siens. Il a des chaussures de sport jaunes et, sitôt habillé, il se met à danser pour montrer que sa jambe ne lui fait plus mal et que la mutilation qui a donné son titre au livre est bel et bien provisoire.

— Toute ma vie j'ai attendu quelque chose. Elle n'existe pas, pas encore, cette chose que toute ma vie j'ai voulue, elle n'existe peut-être pas, et elle est la réponse, la réponse personnelle, la réponse intime, la réponse inaliénable à l'absence de Dieu. La meilleure image que j'ai pu en donner, c'est ma jambe coupée. C'est idiot mais c'est comme ça.

— Moi, j'appelle ça l'art, dit Aurélien. Cette chose qui est réponse, tout simplement, l'art.

Et je crois qu'une œuvre d'art digne de ce nom ne signifie rien. Rien, ni ceci, ni cela, elle ne signifie pas, elle est le Sens, elle est l'incarnation du Sens, elle ne signifie pas le Sens. Milo a fait cette maison pour que nous habitions le Sens. L'œuvre d'art absolue, elle n'a pas besoin d'être éloquente, elle est dans sa présence, la présence du Sens.

— Tu es un désespéré, dit Lucas.

En réponse, Aurélien lui donne un coup de poing mou dans le ventre, non parce qu'il conteste le terme de désespoir, mais parce qu'en le prononçant, Lucas se sépare de lui, irrévocablement. Un an plus tôt, il aurait dit, Nous sommes des désespérés. La froideur du diagnostic éloigne Lucas de lui en un instant, en fait un être inaccessible.

— Oui, je suis un désespéré, dit Aurélien, un désespéré joyeux évidemment, c'est toujours mieux qu'un croyant sinistre.

— Avec ce petit foulard multicolore et ma raie sur le côté, je ne suis pas sinistre du tout, je me suis parfumé avec ton parfum, dit Lucas.

Aurélien est percé au cœur.

— Je ne sais pas pourquoi je me débats, dit-il d'une voix faible. Tu m'as vaincu, je te l'ai dit, et c'est ce que je voulais quand je t'ai provisoirement mutilé dans cette église. Je crois que la réponse est toujours un être. Je crois que la lumière est un être. Une Personne. La lumière pour moi n'est pas un effet physique, mais une Personne.

— Une personne qui n'est pas encore venue, alors ? dit Lucas qui rejette d'un coup, par cette phrase, le pacte d'amour qui les lie.

— Une personne qui vient, celui qui vient, je vénère celui qui vient, dit Aurélien, très instable. Et c'est toi qui es venu, c'est toi qui viens, c'est toi qui es toujours neuf, c'est toi qui es le maître du temps. Je veux vivre pour toi, si tu veux écrire, tu écriras, si tu veux te taire, tu te tairas, j'ai trouvé ma place, c'est derrière toi.

— Plus personne ne vient. Nous pouvons vivre sans espoir, et sans en être désespérés, dit Lucas avec une tristesse infinie. Tu ne comprends pas que la métaphysique est morte, l'histoire du monde est cassée en deux, c'est ici que ça se passe, pas dans l'azur, c'est maintenant que ça a lieu, pas demain. Il faut vivre, c'est la meilleure manière d'attendre. C'est toi qui m'as appris ça. Je t'ai regardé vivre, je me suis dégoûté de ma complaisance et je vis la vie des Méditerranéens. La vie insouciante, sous le soleil que Dieu a fait.

Alors Aurélien le regarde et le voit habillé, et il voit aussi sur le lit un sac de cuir rouge. À aucun moment il ne s'est demandé pourquoi Lucas s'habillait… pour qu'ensemble ils marchent dans le château comme si c'était un monde ? Ou pour aller boire un verre dans un bar du quartier et inventorier leurs espérances ? Il s'habille par jeu, certainement, se dit Aurélien, il se déguise en dandy pour montrer qu'il n'est pas humilié par son amputation.

Mais l'évidence lui saute au visage en voyant Lucas lisser sa moustache et s'assurer de sa stabilité sur sa prothèse.

— Tu pars ? demande Aurélien, et il a honte d'avoir posé cette question avec une voix déjà tremblante. Tu pars pour de bon, c'est ça ?

Lucas ne répond rien et le regarde avec tendresse mais cette tendresse ressemble à de la pitié et Aurélien prend un visage de marbre, et rit maladroitement.

— Alors tu t'en vas ! C'est vrai ! Moi je vais aller danser, je vais ignorer ton départ, je vais t'oublier, c'est ce que je sais faire.

— Je ne peux pas rester avec toi dans ce château, dit Lucas qui s'est assis sur le bord du lit et cherche le moyen d'éviter la violence qui vient. J'ai trouvé quelque chose, dans la douleur, tu m'as donné quelque chose, je viens de naître. Tu ne peux pas comprendre, la douleur s'est arrêtée, je suis neuf, je suis lavé, je suis absous. J'ai envie de voir le monde, j'ai la sensation qu'on m'attend, je vis avec ce sentiment, c'est un sentiment exaltant, et je dois y répondre. On m'attend, quelque part, et je veux voir la laideur du monde. Je veux voyager, voir la laideur du monde et en faire un récit. C'est ce que je veux profondément, substantiellement. Cette joie que j'ai trouvée, elle est moins violente que ce que je croyais, ce n'est pas du feu, c'est de l'air, c'est le vent. Si je reste ici, qu'est-ce que je pourrais faire ? Si je reste ici, cette joie mourra, je dois lui donner ce qu'elle veut, c'est elle qui commande.

Aurélien est pétrifié, il ne respire plus, il est immobile au centre de la pièce et il a la sensation qu'il est l'axe du monde, qu'il est crucifié sur l'axe du monde et que tout, les travaux et les destins tournent autour de lui, il a la sensation que sa douleur a pour lieu le centre du monde.

— Je ne te retiens pas, dit Aurélien. Pourquoi parler ? Est-ce que je te retiens ? Tu es habillé, tu as des livres dans ton sac, tu es prêt, la porte est ouverte, va !

— Tu connais la fable d'Ésope sur les deux ânes ? demande Lucas. Deux ânes, ils cheminent côte à côte. L'un porte des sacs de sel et l'autre des éponges. Ils cheminent et parlent pour tuer le temps. L'âne qui porte le sel se plaint de son fardeau, trop lourd pour lui, il souffre, chaque pas est difficile, chaque pas est une douleur, il lui semble parfois qu'il va s'écrouler sous le poids de sa charge. Mais l'âne qui porte des éponges, au contraire, remercie le ciel de l'avoir fait si léger. Et il danse joyeusement sur les sentiers. Quand son ami est épuisé, il vient l'encourager et il rit, on entend ses sabots qui dansent et son rire d'âne joyeux, pour lui le soleil n'est pas un fardeau supplémentaire, c'est une bénédiction, et la nuit n'est pas un danger, c'est un émerveillement. Il peut regarder les étoiles en marchant, il peut respirer l'odeur des fleurs, il peut librement regarder le monde et se dire qu'il lui appartient. Mais pour l'autre, qui bave et grince des dents, le monde est une prison, le monde est un travail.

Les deux ânes arrivent au bord d'une rivière qu'ils doivent traverser pour se rendre au marché. Ils boivent. L'âne qui porte les éponges aime la fraîcheur acidulée de l'eau mais l'âne qui porte le sel a besoin de cette eau et il boit pour survivre. La rivière n'est pas profonde et ils savent qu'ils peuvent la franchir sans danger. Une fois dans l'eau, le sel fond et les éponges gonflent. Déjà à mi-parcours, l'âne qui porte le sel commence à trouver sa charge plus légère, et celui qui porte les éponges s'étonne du poids de sa charge qui grandit.

Arrivé sur l'autre rive, l'âne qui portait le sel est libre de tout poids, il saute gaiement et rue, il tourne sur lui-même et il commence à regarder l'herbe verte et la cime des arbres. Mais l'autre est alourdi par les éponges gorgées d'eau, il est d'autant plus écrasé qu'il n'a pas l'habitude de porter un tel poids. Et ils cheminent encore, l'un dit que son fardeau est trop lourd et l'autre qu'il est trop léger.

Voilà l'histoire, elle n'a pas de morale. Les rôles s'inversent, c'est tout. En un printemps, pour les uns et les autres la douleur s'en va et la douleur s'en vient.

— Ne pars pas ce soir, dit Aurélien. Reste cette nuit avec moi, juste cette nuit, qui sait ce qu'il y aura demain ? Donne-moi une chance.

Et il s'agenouille devant Lucas qui lui caresse les cheveux, qui respire l'odeur de ses cheveux, qui lui embrasse la nuque.

— On m'attend, ce n'est pas une métaphore, un homme m'attend en bas, dans sa monstrueuse voiture de luxe. Il s'appelle Lorenzo, c'est un client. Il m'aimait. Je lui ai demandé de m'emmener loin, le plus loin possible, il a choisi l'Australie, l'Australie ou la Chine je m'en fiche, je veux partir loin, c'est tout.

— Et toi, tu l'aimes ? demande Aurélien.

— Est-ce que j'aime ma béquille ? répond Lucas.

— Et moi, qu'est-ce que je dois faire ?

— Je t'ai dit mille fois que je ne suis pas oracle.

— Alors, réponds à cette question, une seule question. Pourquoi je me sens si sale ?

— Parce que tu viens de livrer une guerre, dit Lucas, et il voit qu'Aurélien lui barre physiquement la porte de la chambre, et il se demande s'il doit attendre ou forcer le passage.

— Toi aussi tu viens de faire la guerre, dit Aurélien.

Son visage est impénétrable mais Lucas devine une folie qui peut exploser au moindre faux pas. S'il essaye de l'écarter de son passage, ce sera la violence.

— Je me suis senti sale aussi, dit Lucas Mais j'ai payé ma gabelle sur le sel de l'esprit, non ? Sincèrement, est-ce qu'on peut vivre sans une jambe de bois ? Est-ce que ce n'est pas le plus essentiel de tous les accessoires de la royauté ? Toi, tu as une couronne, moi j'ai une jambe de bois, l'été vient, la nuit parle, comment ne serions-nous pas pleinement heureux ?

— Je suis heureux tant que je te regarde, dit Aurélien. Je comprends la noirceur de la nuit avec la blancheur de ton corps. C'est comme ça depuis le début. Ça te dégoûte ?

— Tout en toi est beau et désirable, mais je dois partir, dit Lucas comme s'il parlait à un volcan. Nous nous sommes tout donné, tu m'as donné ta joie, je t'ai donné ma douleur. C'est ce que tu voulais. Je dois partir, il faut me laisser partir.

— NON ! crie Aurélien. Non, je ne veux pas !

Lucas tente de le repousser, Aurélien le frappe au visage. Déséquilibré, Lucas tombe et Aurélien le frappe encore quand il est au sol, avec ses poings, puis il s'accroche à lui comme à une bouée, en criant. Lucas reste immobile, le temps de reprendre son souffle, mais il ne peut pas se relever avec le poids d'Aurélien sur lui. Aurélien continue de dire, Non, je ne veux pas !, en boucle avec toujours le même ton descendant et plaintif. Après un moment de calme et de silence, les larmes viennent et l'étreinte se relâche. Lucas doit ramper jusqu'à un fauteuil pour pouvoir se relever. Une fois assis, il n'arrive pas à reprendre son souffle.

— Je t'en supplie, dit Aurélien, toujours au sol, à plat ventre. Je t'en supplie, pas ce soir, laisse-moi le temps, je ne veux pas être sans toi, je ne veux pas d'un monde sans toi, je ferai ce que tu veux, je te donnerai tout ce que tu veux…

Aurélien se tait au bout d'un long chapelet de mots banals et humiliants. Il y a un long silence et Lucas, péniblement, se lève et sort. Aurélien reste au sol encore longtemps, seul, puis se relève et se regarde dans un grand miroir au-dessus d'une cheminée.

— Voilà une scène bien humiliante, dit Aurélien à son image.

Une fois sous la douche, il ne ressent plus rien. Sa capacité d'oubli l'émerveille, l'eau chaude coule sur ses cheveux, il se caresse lentement, et bande. Il jouit sans image précise, juste pour vérifier que la mécanique est intacte. Il va et vient nu dans le château éteint. Il se sert un grand verre de whisky et sifflote la "Romance à l'étoile" de *Tannhäuser*.

— Tout ça est à moi, dit Aurélien aux murs et aux œuvres du château.

Il s'allonge sur le tapis du salon d'été, et regarde le lustre à pampilles qui tremble dans le vent tiède. Les fenêtres sont ouvertes et Paris est silencieux. Alors vient le désespoir. La souffrance qu'il a connue plus tôt, quand il s'humiliait et pleurait aux pieds de Lucas, n'était pas du même ordre. Il pouvait encore dire je souffre, je pleure, je crie, mais maintenant il n'y a plus de Je, il n'a aucun moyen d'être encore le sujet de sa propre souffrance, il appartient à la nuit du monde, il est l'objet de son malheur et tout ce qui parle en lui, tout ce qui bouge en lui est la parole de ce désespoir qui a dissous son être. Plus encore, le monde entier, la toute commune présence est devenue la parole de ce désespoir si bien qu'il ne trouvera aucun asile et aucun remède, il est dépossédé de lui-même, il est offert à l'absurdité du monde, il est dispersé aux quatre coins du néant. Le désespoir n'est pas différent de la grâce en cela qu'il anéantit le sujet, seules les valeurs en sont inversées. L'expérience spirituelle du néant n'est pas momentanée, elle est une expérience de la totalité, elle agrandit l'intériorité d'un être jusqu'à l'écarteler aux confins de tous les signes. Il n'y a plus qu'à obéir, toute lutte est impossible et ce néant dit, Toujours !, de même que la Joie mystique dit, Toujours !

Il pleure et puis les larmes cessent et puis elles reviennent encore, parfois il est vide, épuisé, hébété, et de nouveau c'est la fureur des larmes, le feu, la douleur auquel il croit ne pas survivre, et au moment où il s'abandonne, c'est de nouveau un vide qui attend le prochain orage. Dans ce va-et-vient de l'abîme, il perd toute résistance et toute dignité. Parfois son corps est immobile alors qu'il croit pleurer, et parfois il bave comme un chien enragé au moment où il croit avoir retrouvé son calme. La nuit avance dans ce ballottement qui chaque fois l'oblige à renoncer un peu plus à lui-même. Quand il entend l'horloge sonner trois heures, il reste encore un peu de nuit dans ce solstice, il s'habille et s'enfuit du château. Le château est entièrement contaminé par le désespoir, plus un objet, plus une odeur, plus une lueur qui ne soient entachés, corrompus, complices de sa chute. Il ne peut plus supporter le lieu, ni la couleur des rideaux, ni le crissement des parquets, ni la présence des chefs-d'œuvre, tout est devenu un alphabet de sa mort.

Il sort et marche dans Paris jusqu'à la chambre de la rue du Temple qui n'est qu'à quelques pâtés de maisons. Le lieu est vidé des affaires de Serena et d'Iris, il n'y a plus qu'un matelas au sol, sur lequel il s'affale, tout habillé. Là, il attend le jour, une douleur plus maniable, dans la pauvreté de cette chambre sale. Un matin transparent entre dans les rues désertes de la capitale. Paris lave ses taches et ses plaies dans la chaleur de l'été. Aurélien, les yeux grands ouverts, voit par la fenêtre le bleu inaugural de sa nouvelle vie, le poison parisien a accompli son œuvre. Si un ange venait lui dire qu'il est en train de naître, il lui cracherait au visage. Et pourtant…

DU MÊME AUTEUR

Traductions
Eschyle, *L'ORESTIE*, Actes Sud-Papiers, 2008.
—, *LA TRILOGIE DE LA GUERRE* suivi de *PROMÉTHÉE ENCHAÎNÉ*, Actes Sud-Papiers, 2012.
Shakespeare, *ROMÉO ET JULIETTE*, Actes Sud-Papiers, 2011.
—, *LE ROI LEAR*, Actes Sud-Papiers, 2015.

Pièces de théâtre
LA SERVANTE, Actes Sud-Papiers, 1995 et 2000 (NÉ), Babel n° 886.
LE VISAGE D'ORPHÉE, Actes Sud-Papiers, 1997.
L'APOCALYPSE JOYEUSE, Actes Sud-Papiers, 2000.
L'EXALTATION DU LABYRINTHE, Actes Sud-Papiers, 2001.
JEUNESSE, Actes Sud-Papiers, 2003.
LE VASE DE PARFUMS suivi de *FAUST NOCTURNE*, Actes Sud-Papiers, 2004.
LES VAINQUEURS, Actes Sud-Papiers, 2005.
ILLUSIONS COMIQUES, Actes Sud-Papiers, 2006 ; Babel n° 1399.
LES ENFANTS DE SATURNE, Actes Sud-Papiers, 2007.
THÉÂTRE COMPLET I, Babel n° 886, 2009.
LA VRAIE FIANCÉE, coll. "Heyoka jeunesse", Actes Sud-Papiers, 2009.
THÉÂTRE COMPLET II, Babel n° 939, 2009.
LE SOLEIL, Actes Sud-Papiers, 2011.
THÉÂTRE COMPLET III, Babel n° 1052, 2011.
ORLANDO OU L'IMPATIENCE, Actes Sud-Papiers, 2014.
PUR PRÉSENT, Actes Sud-Papiers, 2018.
L'AMOUR VAINQUEUR, coll. "Heyoka jeunesse", Actes Sud-Papiers, 2019.

Romans et nouvelle
PARADIS DE TRISTESSE, Actes Sud, 2002 ; Babel n° 698.
SIEGFRIED, NOCTURNE (nouvelle), coll. "Un endroit où aller", Actes Sud, 2013.

EXCELSIOR, Actes Sud, 2014.

LES PARISIENS, Actes Sud, 2016 ; Babel n° 1625.

CD

LES BALLADES DE MISS KNIFE, Actes Sud (distribution Naïve), 2002.

MISS KNIFE CHANTE OLIVIER PY, Actes Sud (distribution Naïve et Harmonia Mundi), 2012.

Autres

ÉPÎTRE AUX JEUNES ACTEURS POUR QUE SOIT RENDUE LA PAROLE À LA PAROLE, coll. "Apprendre", n° 13, Actes Sud-Papiers, 2000.

DISCOURS DU NOUVEAU DIRECTEUR DE L'ODÉON, Actes Sud-Papiers/ Odéon-Théâtre de l'Europe, 2007.

CULTIVEZ VOTRE TEMPÊTE, coll. "Apprendre", n° 34, Actes Sud-Papiers, 2012.

LES MILLE ET UNE DÉFINITIONS DU THÉÂTRE, coll. "Le Temps du théâtre", Actes Sud, (également disponible en version numérique audio. Lecture par Elizabeth Mazev et Olivier Py), 2013.

LE CAHIER NOIR, Actes Sud, 2015.

OUVRAGE RÉALISÉ
PAR L'ATELIER GRAPHIQUE ACTES SUD
REPRODUIT ET ACHEVÉ D'IMPRIMER
EN MAI 2019
PAR NORMANDIE ROTO IMPRESSION S.A.S.
À LONRAI
POUR LE COMPTE DES ÉDITIONS
ACTES SUD
LE MÉJAN
PLACE NINA-BERBEROVA
13200 ARLES

DÉPÔT LÉGAL
1re ÉDITION : JUIN 2019
N° impr. : 1805164
(Imprimé en France)